PROTOAGENT JOHN EAGLE [1]
Fünf Romane in einem Band

Paul Edwards

Impressum

Text:	© Copyright by Paul Edwards/ Apex-Verlag.
Lektorat:	Dr. Birgit Rehberg.
Übersetzung:	Aus dem Amerikanischen übersetzt von Tilman Lichter, Sydney Towne und Christian Dörge.
Umschlag:	© Copyright by Christian Dörge
Verlag:	Apex-Verlag Winthirstraße 11 80639 München www.apex-verlag.de webmaster@apex-verlag.de
Druck:	epubli, ein Service der neopubli GmbH, Berlin

Printed in Germany

Inhaltsverzeichnis

Das Buch (Seite 4)

1. TOTEN DIE TODESNADELN *(Needles Of Death)*
(Seite 6)

2. DIE GEHIRNDIEBE *(The Brain Scavengers)*
(Seite 153)

3. DER LACHENDE TOD *(The Laughing Death)*
(Seite 297)

4. FATIMAS FAUST *(The Fist Of Fatima)*
(Seite 412)

5. DIE MORDTEUFEL *(The Death Devils)*
(Seite 556)

Das Buch

Der Prototyp des modernen Geheimagenten ist ein Mann wie John Eagle: von den Apachen gehärtet, von Weißen geschult, unterstützt von den Waffen der Zukunft.
John Eagle erledigt ebenso gefährliche wie phantastische Missionen, wie es sie auf Erden kein zweites Mal gibt! Seine Befehle erhält er von Mr. Merlin - aus einer geheimen Kommandozentrale, tief verborgen unter einem Vulkan auf Hawaii; seine Gefährten sind Tod und Verderben, sein Ziel ist die ganze Welt...

Paul Edwards' legendäre Roman-Serie PROTOAGENT JOHN EAGLE - die US-Antwort auf James Bond - enthält sämtliche Zutaten, die das Genre des Agenten-Romans so unwiderstehlich machen: knallharte, spannungsgeladene Action vor dem Hintergrund des Kalten Krieges, wunderschöne Frauen, exotische Schauplätze und Over-the-top-Science-Fiction-Elemente - sowie im Falle von JOHN EAGLE zusätzlich eine unübertroffen eingefangene 1970er-Jahre-Atmosphäre.

Dieser Band enthält die Romane *Die Todesnadeln*, *Die Gehirndiebe*, *Der lachende Tod*, *Fatimas Faust* und *Die Mordteufel*.

DIE TODESNADELN *(Needles Of Death)*

Prolog

John Eagles Vater hieß Dennis McTary und stammte aus dem Klan der Innes. Er wurde völlig verarmt in Schottland geboren. Mit siebzehn tötete er im *Uisgebeatha*-Rausch einen Mann mit bloßen Händen. Es war Notwehr, aber noch in derselben Nacht verließ Dennis McTary Schottland auf Nimmerwiedersehen.

Seine Mutter hieß Rose Townsend-Roberts, ein graziles, dunkelhaariges Mädchen, hübsch wie die Dorsetrose, nach der sie benannt worden war. Sie war ein stilles Mädchen mit der Zurückhaltung der aristokratischen Engländerin, bis sie Dennis McTary begegnete. Dann explodierte ihr Leben wie eine Bombe.

Dennis, der inzwischen Ingenieur geworden war, baute damals zwischen Bridgeport und dem Dorf Burton-Bradstock eine Straße am Kanal entlang. Am Abend nach der Fertigstellung wurde in der Gaststätte des Ortes gefeiert. Dennis trennte sich von seinen Kollegen, nachdem er ein Glas mit ihnen getrunken hatte, und machte einen Spaziergang unter den Klippen am Strand entlang. Die Arbeit war zu Ende, eine schottische Verdrießlichkeit erfüllte ihn. Er fühlte sich einsam, ruhelos, voller Sehnsucht nach Abenteuer und zu lange ohne weibliche Gesellschaft. Nichts in Bridgeport, dem Dorf oder auf den Nebenstraßen und Wegen hatte seine Aufmerksamkeit erregt.

Bis er Rose Townsend-Roberts begegnete. Als er sie zum ersten Mal sah, ging gerade der Mond auf. Sie rauchte, eine Zigarette und starrte aufs Meer hinaus. In diesem ersten Augenblick wusste Dennis, dass sie eine Lady war - und dass er sie besitzen wollte. Er war ein rauer Mann, in dessen Adern das Blut der alten schottischen Krieger kochte, und wenn er wollte, konnte er völlig unwiderstehlich sein. Jetzt wollte er.

Er tauchte aus der Nacht vor ihr auf, hochgewachsen und dunkel, und fragte in ziemlich rauem, schottischem Englisch, ob er vielleicht eine Zigarette haben könnte. Ohne zu wissen, wie ihr geschah, gab Rose ihm eine Zigarette, zündete sie für ihn an und teilte den Felsbrocken, auf dem sie saß, mit ihm. Als ihre Schenkel sich berührten, versuchte sie wegzurücken, wie es sich für eine wohlerzogene junge Dame gehörte, aber irgendwie konnte sie ihr Bein nicht bewegen. Diesmal war das Fleisch nicht schwach. Es war stark. Dennis McTary begann, in einem seltsam sanften Tonfall zu sprechen, und Rose war verloren.

Unrettbar verloren, selbst wenn sie den Wunsch gehabt hätte, gerettet zu werden. Aber daran dachte sie nicht einmal. Es war Vollmond in dieser Nacht, und der Zauber durchdrang ihren Körper, lange bevor Dennis McTary es tat. Eine Zeitlang, so dachte sie später, war sie wie im Rausch. Als er sie endlich küsste, kam sie stumm und willig in seine Arme. Sie fühlte eine Schwäche in sich, eine Lethargie, als sei sie tagelang ausgeblutet, und sie entdeckte, dass sie keinen eigenen Willen besaß, dass sie ein fast besinnungsloses Ding war, einzig von dem Wunsch besessen, von der wilden Gewalt durchdrungen zu werden, die sich in diesem massigen Mann verkörperte.

In den nächsten Minuten wurde der Mann gezeugt, der den Namen John Eagle tragen sollte. Eine Woche später waren sie verheiratet und auf einem Schiff unterwegs in die Staaten.

Eine amerikanische Gesellschaft hatte Dennis McTary angeworben, um in Arizona und Neumexiko eine Reihe von Straßen anzulegen. Der größte Teil des Landes war noch immer wild und unberührt, und obwohl es gute Hauptstraßen gab, herrschte Mangel an Nebenstraßen. Dennis McTarys erster Auftrag bestand darin, eine Straße in das wilde Land nahe dem größten Apachen- Reservat voranzutreiben. McTary war gerade damit fertig geworden, diese Straße zu planieren, als John Eagle, der

Sohn, den er niemals unter diesem Namen kennen sollte, geboren wurde.

Zu dieser Zeit hafte man die Stämme der Apachen in einem ausgedörrten Reservat südlich des Gila River, zwischen den Galiuro- und den Pinaleno-Bergen, zusammengetrieben. Zahlenmäßig am stärksten waren die Be-don-ko-he, der Stamm Geronimos, und es war White Deer, Urenkelin dieses grimmigen, alten Kriegers, die die Erziehung des jungen John Eagle übernehmen sollte.

Dennis McTary traf White Deer und ihren Großvater - ihr Vater war bei einem Überfall in Mexiko getötet worden -, als er die geplante Straße zum erstenmal vermaß. Der alte Häuptling Ho-kwa-sikna, *Weiser-alter-Hund-der-nicht-sterben-wird*, akzeptierte Dennis' Geschenke und Gegenwart. White Deer, immer noch ein unverheiratetes Mädchen mit einer Haut wie brauner Samt, klaren, dunklen Augen und einem Körper wie ein Faun, hielt sich im Schatten des Tipi, beobachtete den großen rothaarigen Mann und machte sich ihre Gedanken.

Die Nacht, in der John Eagle geboren wurde, war voller Sturm und Raserei. Ein erstickend heißer Wind wehte über die Wüste und trieb Kakteen und Windhexen vor sich her, und in den Bergen sprangen die furchterregenden Flammenbündel eines elektrischen Gewitters um Grate und Vorsprünge. Dennis McTary hatte vorausgeplant und brachte Rose rechtzeitig aus dem primitiven Lager der Baustelle in das Apachen-Reservat. Rose wurde in das Tipi von White Deer getragen, und eine alte Squaw kam, um zu helfen.

Viele Stunden vergingen, bevor sie ihm seinen Sohn brachten. Dennis McTary blickte den karmesinroten Affen an, der sein Sohn war, und dann White Deer. Er wusste die Wahrheit schon, bevor sie in ihrem weichen, ausgezeichneten Englisch zu sprechen begann.

»Ihre Frau ist tot, Mr. McTary. Es tut mir leid. Wir konnten die Blutung nicht zum Stillstand bringen.«

Sie sahen Dennis McTary, wie er mit Roses Leiche in den Armen aus dem Lager in die Nacht und den Sturm hinauslief. Eine Woche lang kam er nicht zurück. Als er schließlich auftauchte, war er unrasiert, schmutzig und volltrunken. Er war zum *Uisgebeatha* zurückgekehrt. In der ersten Nacht nach seiner Rückkehr murmelte er im Delirium von einem Grab draußen in der Wildnis. White Deer behielt den fiebernden Mann und versorgte ihn - und machte sich ihre Gedanken.

White Deer nahm Dennis als Mann in ihr Tipi, wie es nach dem Stammesgesetz ihr Recht war. Ihr Großvater war dagegen, und sie drehte ihm den Rücken. Viele Krieger waren ebenfalls dagegen - nicht wenige hatten sie selbst seit langem zur Squaw begehrt. Aber schließlich schreckten sie alle vor ihrem Zorn zurück. Und vor dem Messer, das sie immer bei sich trug.

McTary behielt trotz dauernder Trunkenheit seinen Job, denn gute Ingenieure waren schwer zu finden. Er schaffte es irgendwie, drei Wochen im Monat zu arbeiten. Die Apachen akzeptierten ihn allmählich und nannten ihn den *Whiskey-Mann*.

White Deer weinte nicht, als sie ihr eines Tages seine Leiche brachten. Er hatte einem Arbeiter beibringen wollen, wie man einen Bulldozer fuhr; die Maschine war einen steilen Hang hinuntergestürzt und hatte ihn unter sich zermalmt. Dennis wurde in Fort Grant von dem Indianeragenten, einem Landsmann namens McPherson, begraben. McPherson war ein freundlicher, träger Mann, und nach einem langen Gespräch mit White Deer kamen sie überein, dass das Kind, das bis dahin noch keinen Namen hatte, bei den Apachen bleiben konnte. McPherson hatte Dennis McTary nicht gekannt, und es beschäftigte ihn auch nicht sonderlich. Er schrieb einen Bericht über die Angelegenheit und schickte ihn nach Washington, wo er bald darauf in den staubigen Akten verlorenging.

In der Nacht nach Dennis' Beerdigung kam Ho-kwa-sikna in den Tipi von White Deer. Er trug seinen Häuptlingskopfschmuck mit dem Sonnenmedaillon und den Adlerfedern.

»Wir müssen die Zeremonie durchführen«, sagte er zu seiner Enkelin. »Der Junge muss einen Namen haben. Sofort. Auch muss ein Zauber für ihn gemacht werden. Vielleicht akzeptiert das Volk ihn dann als deinen Sohn. Niemand akzeptiert ihn bisher. Es gibt Gerüchte. Man flüstert von bösem Zauber.«

White Deer, die in der Schule des weißen Mannes weitgekommen war, lächelte dem alten Mann zu. »Lass die Leute reden. Es stört mich nicht. Er ist mein Sohn und wird es immer sein. Ich werde ihn als Apachen und als weißen Mann erziehen, damit er von beidem das Beste bekommt. Ich fühle, dass mein Sohn ein großer Mann werden wird, in unseren Augen und in den Augen des weißen Mannes. Er wird unserem Volk helfen. Ich träume von diesem Jungen: was die Alten Zauber nennen würden. Medizin-Träume. Er wird ein großer Mann werden, ein großer Apache. Größer als Geronimo oder Cochise.«

Der alte Häuptling ging zu der winzigen Wiege in der Ecke. Er starrte aus schmalen, dunklen Augen auf das Baby hinunter. »Er muss einen Namen haben«, sagte er. »Welchen?«

White Deer runzelte die Stirn. »Kurz nachdem er aus der Wüste zurückgekommen war, trank sein Vater eines Nachts sehr viel und murmelte den Namen *John*. Später sagte er mir, dass der Vater der weißen Frau so hieß. Sie wollte ihren Sohn John nennen. Sie wusste, dass es ein Sohn würde.«

Ho-kwa-sikna bezweifelte ihre Worte nicht. Er war weise genug, um zu wissen, wie wenig er von Squaws verstand.

Während er unter den Adlerfedern nach einer Laus kratzte, sagte er: »In dieser Zeit ist es klug, den Namen eines weißen Mannes zu tragen. Zum Teil. Aber wenn er ein Apache werden soll, wie du sagst, muss er auch einen indianischen Namen haben. Außerdem wird der Rat des Stammes es verlangen.«

»Lass mich nachdenken«, sagte White Deer.

Bis jetzt hatte das Kind gekräht und vor sich hin gegurgelt. Nun schwieg es und starrte mit hellblauen Augen zu dem alten Mann auf. »Aiiiih«, grinste der Alte. »Ein blauäugiger Apache! Er wird tatsächlich ein großer Krieger werden müssen, um das wettzumachen.« Er streckte einen knochigen Finger aus, um das Kind am Bauch zu kitzeln.

White Deer hatte dem Baby eine Adlerklaue als Spielzeug gegeben. Als der alte Mann den zarten kleinen Bauch berührte, quietschte das Kind und holte mit der Kralle aus. Es war nicht die Bewegung eines Säuglings - Kraft lag dahinter und Absicht, und die blauen Augen hatten sich zusammengezogen.

»Aiiiih!« Ho-kwa-sikna riss die knorrige Hand zurück und starrte auf sie herunter. Vier quer über den Handrücken laufende Kratzer begannen sich rot zu verfärben.

White Deer lachte. »Siehst du, alter Mann? Ich habe dir gesagt, dass er ein Krieger ist.«

Der alte Häuptling saugte Blut von seiner Hand und starrte das Kind an. Dann lachte er ebenfalls. »Du hast wahr gesprochen. Und er hat sich selbst einen Namen gegeben: John Eagle.«

Folgende Anzeige erschien in der *New York Times*:

GESUCHT: Junger Mann im Alter zwischen zwanzig und dreißig Jahren, der Gefahr liebt. Muss in Bestform sein und härteste Tests bestehen. Studium oder gleichwertige Ausbildung Voraussetzung. Unverheiratet und ohne engere Bindungen. Ausgewählter Kandidat muss sich langem und aufreibendem Training bei geringer Bezahlung und unter großer Gefahr aussetzen. Außerordentlich großzügige Entlohnung, falls der Kandidat überlebt. Er wettet sein Leben gegen die Zukunft. Seine Loyalität gegenüber den Vereinigten Staaten wird in keiner Weise beeinträchtigt. Ehemalige Mitglieder von CIA, FBI, Secret Service etc. sind nicht erwünscht. Handgeschriebene Bewerbungen, einschließlich kurzer Biographie, werden erbeten an Box XL 13.

John Eagle las die Anzeige noch einmal, diesmal sorgfältiger. Der Text war eigenartig abgefasst. Er roch nach Meuchelmord und Hinterlist, und Eagle fragte sich, ob so ein Job ihm liegen würde - und ob er der richtige Mann dafür war.

Erstes Kapitel

Sie warfen John Eagle an einem Spätsommermorgen kurz vor Tagesanbruch über 2.500 Quadratkilometern unberührter Wildnis ab. Das Flugzeug, aus dem er sprang, war schwarz gestrichen und flog ohne Licht. Außer dem Piloten war niemand an Bord; er und John sprachen nicht miteinander. Es gab nichts zu sagen. Alles war bereits vorbereitet. *Alles.*

Während er durch die Dunkelheit fiel - die Luft kalt an seinem fast nackten Körper, der Fallschirm ein flatternder Dom über ihm - bewegte Eagle den Kopf hin und her und versuchte, das Motorengeräusch weiterer Maschinen auszumachen. Aber er hörte nur das Singen des Windes. Trotzdem wusste er, dass die Flugzeuge da waren. Oder dagewesen waren: drei Maschinen. Jede hatte einen Mann abgeworfen: drei Männer.

Die drei Männer, die versuchen würden, ihn zu töten.

Kurz bevor er in das Piniengehölz fiel, bemerkte er die Gewitterblitze im Norden und Osten und das rauchig-rote Glühen von Waldbränden. Es würden noch mehr werden. Vielleicht war es möglich, die Waldbrände für sich arbeiten zu lassen, dachte er. Er brauchte Waffen. Außer einem Paar olivbrauner Shorts und kniehohen Mokassins besaß er nichts.

Die drei Männer, die ihn jagten, trugen Gewehre mit Zielfernrohren.

Als er in die Pinien fiel, kreuzte er die Beine, wie er es gelernt hatte, damit er nicht zerrissen wurde oder seine Hoden verlor. Er legte die Arme schützend vors Gesicht.

Eagles hundertachtzig Pfund Knochen und Muskeln brachen durch die obersten Zweige der Pinie. Er registrierte den Schmerz, ohne ihn wirklich zu fühlen, als der Baum die Haut seiner Arme und Beine abschürfte. Er wischte das Blut von seinem flachen Bauch, ohne sich viel darum zu kümmern, denn er wusste, dass die Verletzungen nur oberflächlich waren. Seine einzige Sorge war, dass ein größeres Tier seine Spur aufnehmen könnte. Es wehte genug Wind, um den Geruch weit zu tragen.

Er schlüpfte aus den Gurten und tastete nach der Verjüngungsrichtung des Astes, an dem er sich festhielt. Die Dunkelheit war vollständig, der Himmel bezogen, und die Feuer und Blitze am Horizont halfen ihm nichts. Nachdem er die Richtung gefunden hatte, glitt er auf dem langsam dicker werdenden Ast bis zum Stamm. Dort fand er eine Astgabel und machte es sich so bequem wie möglich. Er war jetzt wieder Apache. Wenn er diesen letzten, furchtbaren Härtetest überstehen wollte, dann als Apache und nicht als weißer Mann. Kein weißer Mann wäre dazu fähig gewesen.

John Eagle war zufrieden. Er war jung, kannte seine Stärken und Talente, seine Fähigkeiten und Schwächen. Er wusste, dass die berühmte Universität, deren Examen er summa cum laude bestanden hatte, ihm mehr geholfen als geschadet hatte. Wenn sie auch einige seiner Apachen-Instinkte geschwächt hatte, so hatte sie das durch hervorragende Ausbildung wiedergutgemacht. Die beiden Jahre als Rhodes-Stipendiat in Oxford hatten der Patina noch Glanzlichter aufgesetzt.

Aber er wusste, das Herz, das in seiner Brust schlug, war das Herz eines Apachen. Würde es immer sein. Dafür hatte seine Stiefmutter White Deer gesorgt, in deren Adern das Blut Geronimos floss. John Eagle machte es sich auf seinem primitiven Nachtlager bequem und fiel in einen leichten Schlummer.

Die ersten Lichtstrahlen aktivierten etwas wie eine photoelektrische Zelle im Gehirn des schlafenden Mannes. Er war sofort vollkommen wach, alle Sinne waren gespannt. Mit geschlossenen Augen und unbewegtem Gesicht lag er da und ließ Nase und Ohren arbeiten. Er wusste, dass er Zeit hatte. Nicht viel, aber ein wenig. Und er wusste, dass er Pläne machen und die Zeit nutzen musste, so gut es möglich war. Die Männer, die ihn jagten, waren Mörder - deswegen waren sie eingesetzt -, aber er war ziemlich sicher, dass der Wald nicht ihre Heimat war. Nicht in der Weise, wie er es verstand.

John Eagle glitt am Stamm des Baumes hinunter und stand unbeweglich und unsichtbar im Piniengehölz. Langsam und ohne das Geringste zu übersehen, beschrieb sein Blick einen vollen Kreis. Er war von Kindheit an dazu erzogen worden, zu sehen wie ein Indianer sieht.

Vor der Piniengruppe senkte sich das Land, und am unteren Ende des langen Hangs plätscherte ein breiter, flacher Fluss in eine erlengesäumte Schlucht. Eagle sah eine Bisamratte davonschnellen und hörte von weitem einen Biber klopfen. Er lächelte. Der Biber erzählte ihm, dass kein weißer Mann in der Nähe war. Noch nicht.

Der Himmel über ihm war jetzt wolkenlos, und im Osten färbte die aufgehende Sonne den Rauch der Waldbrände rot. Für eine genaue Standortbestimmung musste er warten, bis er die Sonne sehen konnte. Aber das war im Moment nicht so wichtig. Was ihn weit mehr interessierte, war der Abhang vor ihm. Ein weißer Mann hätte es Schotter genannt; für einen Indianer bedeutete es Flint.

Mühelos und geschmeidig wie ein Affe kletterte John Eagle erneut den Baum hinauf und begann, den Fallschirm zu lösen. Fünf Minuten später hatte er ihn auf dem Boden. Er machte ein Bündel daraus und trug es den Hang hinunter zum Fluss. Dort ließ er es zurück und ging suchend, nahe am Wasser, den Hang entlang. Er brauchte eine halbe Stunde, um die richtigen Stücke zu finden.

Als er zurückkam, um den Fallschirm zu holen, sah er unter der Wasseroberfläche etwas Goldfarbenes blinken. Er hielt einen Augenblick lang den Atem an und glitt auf dem Bauch zur Uferböschung. Der goldene Pfeil schoss wieder an ihm vorbei. Noch nie hatte er solch eine Forelle gesehen: eine breitmäulige Schönheit, fast einen halben Meter lang, mit goldenem Rücken und Bauch und gesprenkeltem Schwanz.

Frühstück. Mit einem der kleineren und schärferen Flintsteine schlug Eagle einen Erlentrieb ab und machte einen primitiven Speer daraus. Er ging zum Ufer zurück. Die Forelle war jetzt scheu geworden. Der Mann lag unbeweglich und starrte den Fisch mit harten, blauen Augen an, in denen eine Spur von Heiterkeit blitzte. In dem Unterholz, das den Fluss säumte, bewegte sich etwas. Der Mann wartete. Als der große Grashüpfer zum zweiten Mal sprang, landete er nahe bei Eagles Hand. Er schnappte ihn mit der Faust. Der Grashüpfer spuckte ihm ein dunkles Klümpchen auf die Handfläche.

»Tut mir leid, alter Junge«, sagte John Eagle und drehte dem Grashüpfer den Kopf ab.

Fünf Minuten lang lag er still. Die große Forelle kam zurück. Eagle schnippte den Insektenkörper in die Strömung, dreißig Zentimeter vom Ufer entfernt. Die Forelle fuhr wild darauf los. Mit einer Bewegung, die sehr viel schneller als ein Herzschlag und sehr viel lautloser war, durchbohrte der Mann die Forelle. Der schimmernde Fisch zappelte und wand sich auf dem Speer, das Maul in verständnislosem Staunen weit aufgerissen.

Eagle hackte dem Fisch mit seinem Flint Kopf und Schwanz ab und nahm ihn aus. Er schnitt einen Streifen rohes Fleisch ab und stopfte es sich in den Mund. Einen Augenblick kaute er, dann begann er zu lächeln. Seiner weißen Hälfte wäre übel geworden; aber der Apache genoss sein Frühstück.

Immer noch kauend, legte er den Fisch und seine Feuersteine in den Fallschirm und verschnürte ihn zu einem kompakten Bündel. Es war inzwischen heller Tag geworden, und Eagle bewegte sich auf allen Vieren ebenso schnell am Ufer entlang, wie ein normaler Mensch aufrecht gegangen wäre. Er folgte dem Fluss in die Schlucht hinein und lief weiter. Fast unmittelbar veränderte sich der Charakter seiner Umgebung. Die Schlucht verbreiterte sich, wo der Fluss schmaler wurde, schneller und tiefer. Er schoss um phantastische Felsformationen herum, lief singend durch eine Wildnis aus glattpoliertem Stein. Es gab kleine, mit Unterholz und Stachelbirnbäumen bewachsene Inseln und Halbinseln. Hier gediehen keine Pinien mehr, nur noch Zwergeichen, kanadische Pappeln und Erlen.

Bald darauf richtete Eagle sich auf und begann, mit ausgreifenden Schritten zu laufen. Er lief mühelos wie ein Mann, der den Trick von den Navajos gelernt hat und den ganzen Tag laufen kann. Tagelang. In den alten Zeiten hatten die Apachen und die Navajos oft in Symbiose zusammengelebt; John Eagle war in seiner Kindheit mit Whao, dem Navajo, befreundet gewesen, der selber zu einem Viertel Hopi war. Es gab uralte Mysterien – ein weißer Mann hätte sie Tricks oder Kniffe genannt –, die einem Mann die Ausdauer und das Wissen vermitteln konnten, vierzig Meilen am Tag zu laufen, ohne sich umzubringen. John Eagle kannte alle Tricks.

Während er lief, suchte er nach etwas. Nach einer Stunde mühelosen Wolfstrotts fand er es: eine Stelle, wo die Schlucht sich verengte und scharf nach Osten abbog. Hier traten die Felswände mit zunehmender Höhe enger zusammen, und vor langer, langer Zeit hatte der Fluss flache Höhlen in den weichen Sandstein gegraben und sie später austrocknen lassen. In einer von ihnen ließ Eagle sein Fallschirmbündel zurück und ging zum Fluss, um Reisig zu sammeln. Innerhalb einer Stunde hatte er sich um die Einbuchtung in der Schluchtwand eine primitive Schutzhütte gebaut, von den Bergindianern manchmal *jacal* genannt. Der Überhang schützte ihn von oben; wer von Süden kam, musste zuerst über die baumlose Ebene vor der Schlucht, und diesen Eingang konnte er leicht verteidigen.

Die Sonne war jetzt über den Rauch im Osten gestiegen. Eagle stieß einen Stab in den Boden, las den Schatten ab und errechnete mit Hilfe des Datums den ungefähren Breitengrad. Wahrscheinlich irrte er sich um ein paar Grad, aber das machte nichts.

Schließlich kam er zu dem Schluss, dass er sich zwischen dem 40. und 42. Grad Nord befinden musste, möglicherweise in dem Gebiet, wo Idaho, Utah und Wyoming aufeinandertreffen. Es war unmöglich, nur mit Stock und Sonne eine Position genau festzulegen, aber es war ihm eigentlich auch gleich. Die genaue

Kenntnis seiner Position würde ihm sicher nicht das Leben retten.

Er durchkämmte das Flussbett, bis er die richtigen Steine fand. Dann ging er zurück zu seiner Schutzhütte und begann, die Flintsteine zu bearbeiten. Nach ein oder zwei Stunden hatte er eine Messerklinge, eine Speerspitze und mehrere Pfeilspitzen. Mit dem Flintmesser hackte er auf eine Zwergeiche los. Die Arbeit war mühselig, und er brauchte lange dazu, aber schließlich hatte er, was er wollte, in genau der richtigen Größe.

Mit den Nylonschnüren des Fallschirms befestigte Eagle die Flintsteinklinge in einem gespaltenen Eichenschaft. Dasselbe machte er mit der Speerspitze. Sein primitiver Bogen war knorrig und unförmig, aber als er ihn mit einem weiteren Stück Nylonschnur spannte, gab die Sehne ein beruhigendes Sirren von sich. Er machte sechs Pfeile, setzte ihnen Flintspitzen auf und befiederte sie mit Eichelhäher-Federn, die er am Flussufer fand. Während er mit kräftigen, sicheren Händen arbeitete, wanderten seine Augen unaufhörlich umher, und seine feingemeißelten Nüstern witterten bebend, sooft der Wind die Richtung wechselte.

Der Rauch lag jetzt schwerer in der Luft, die Feuer kamen auf ihn zu. Es roch nach Bär, obwohl er weder Spuren noch Kratzbäume gesehen hatte, und jetzt kam noch ein neuer Geruch dazu: Katze. *Große Katze.* Mit dem Bärengeruch vermischt und nicht weit von ihm. John Eagle nahm seine neuen Waffen auf und verließ die Höhle. Mühelos folgte er seiner eigenen Spur auf dem Boden der Schlucht zurück. Er hatte sich nicht die Mühe gemacht, sie zu verwischen. Die Männer, die man geschickt hatte, um ihn zu töten, würden kaum imstande sein, sie zu lesen.

Er entdeckte einen Spalt, der teilweise von einem riesigen Felsbrocken verdeckt war. Er hockte sich hinter den Felsen, legte seine Waffen auf dem Boden neben sich aus und wartete geduldig. Sowohl der Katzen- als auch der Bärengeruch waren stärker geworden. Einen Augenblick später hörte er das hohe, zornige Knurren des Berglöwen. Dann die tiefen, wütenden

Brusttöne des Bären. Eagle lächelte unmerklich. Bär und Katze hatten eine Meinungsverschiedenheit.

Er konnte sie noch nicht sehen, aber er wusste, was vorging. Die Katze hatte wahrscheinlich angefangen, weil sie durch die Waldbrände verstört war. Gewöhnlich wären die beiden Tiere friedlich ihrer Wege gegangen, aber heute nicht. Ein Bärenmännchen, dickfellig und schwer erregbar, konnte bösartig werden, wenn es gereizt wurde. Ein Weibchen sogar noch bösartiger.

Wenige Augenblicke später sah der Mann, dass er recht gehabt hatte. Der Bär, ein riesiges, braunes Ungetüm, kam am Ufer entlanggetrottet. Sein Fell war an mehreren Stellen aufgerissen und blutig. Hinter ihm her schlich ein gelbbrauner Luchs, den Bauch tief am Boden. Er war ungewöhnlich groß und blutete ebenfalls aus mehreren Wunden. Jetzt, als der Bär anhielt und sich umdrehte, wobei er sich aufrichtete und mit den Tatzen durch die Luft schlug, begann die Katze, um ihn herumzuschleichen. Sie knurrte und fauchte, und ihre zurückgezogene Oberlippe enthüllte glitzernde, weiße Fangzähne. Der Bär bewegte sich schwerfällig auf seine Peinigerin zu. Die großen Tatzen ruderten wie bei einem unbeholfenen Boxer. Eagle sah das Glitzern der fünf Zentimeter langen Klauen. Ein Schlag dieser Tatzen konnte, wenn er richtig traf, einem Mann das Gesicht abreißen oder ihm den Bauch aufschlitzen.

Der Bär nimmt im Denken der Apachen einen Sonderplatz ein. Es gibt einen quasi-religiösen Glauben, dass aus dem Körper jedes getöteten Bären vier neue springen. Bärenfett heilt Wunden, und ein Halsband aus Bärenklauen besitzt große Zauberkraft.

John Eagle stand hinter seinem Felsen auf. Der Wind stand ihm entgegen, die Tiere hatten ihn deshalb noch nicht gewittert. Er murmelte ein kurzes, zweitausend Jahre altes Gebet zu Usen, dem Gott der Götter, und zu Kah, dem Stein, der tötet. Er bat den letzteren, seinen Flintstein zu segnen. Dann brüllte er die beiden Tiere an.

»Hauuuuiiiii!«, rief John Eagle. »Ahhhhkiiiiahhhhh!«, schrie er. »Komm, Bär! Sieh, ob du mich töten kannst!«

Der Luchs floh fauchend und knurrend, wie Eagle erwartet hatte. Der Bär sah der Katze nach, roch den fremden Geruch und wandte sich seinem neuen Feind zu. Seine Laune war ohnehin schon schlecht. Er war mehr als bereit, einen Kampf auf Leben und Tod anzufangen. Wenn er schon die Katze nicht hatte töten können, so würde er doch dieses neue Ding töten, das ihn jetzt bedrohte. Dieses Ding ohne Haar und Pelz, das einen Stock schwenkte und verrückt schreiend herumsprang.

Eine Minute lang wütete der Bär. Er schlug die Klauen in den Sand am Fluss und riss einen Brombeerbusch auseinander, wobei seine massive Brust ständig furchterregende Warnsignale ausstieß. Er begann, sich unbeholfen auf den Felsen zuzubewegen, hinter dem dieser seltsame neue Feind ihn herausforderte.

»Hoiiiiii - Bär! Kiiiiyiiiiaaaaa, Bär! Du bist ein Feigling, Bär! Na, komm schon, Bär, komm schon!«

Das riesige Tier trabte auf ihn zu, die engstehenden Augen starrten den Mann an, die enormen Schultern schwankten von einer Seite auf die andere, als es auf allen Vieren näher kam.

Eagle stellte seinen Bogen auf die Probe. Mit einer schnellen, automatischen Bewegung legte er einen Pfeil auf, spannte den Bogen, bis seine Hand auf gleicher Höhe mit seinem Ohr war, und ließ die Sehne los. Er hatte schon den zweiten Pfeil aufgelegt, bevor der erste sein Ziel erreicht hatte.

Der erste Pfeil traf den Bären in die linke Schulter und blieb baumelnd hängen. Der zweite Pfeil traf das Tier in die Brust. Der Bär tobte vor Ärger über den leichten Schmerz. Er entledigte sich des Pfeils in seiner Schulter mit einem Prankenschlag und biss den anderen in zwei Stücke. Dazu hielt er nicht einmal an.

Der Mann hatte sich bewiesen, was er schon vermutet hatte: Er besaß nicht genügend Feuerkraft. Seine Pfeile mochten kleineres Wild oder einen Menschen töten, aber sie konnten diesen Bären nicht aufhalten. Er hatte auch nicht damit gerechnet.

»Yiiiiahhhhh - komm, Bär, *komm!*«

Eagle sprang vom Felsen, stieß das Ende des Speers in die weiche Erde und kniete sich hin. Der Bär griff an.

An seinem zehnten Namenstag war John Eagle mit einem Krieger namens *Graues Wiesel* auf die Jagd gegangen. Ein Grizzly überfiel sie, und John - von Angst gepackt, aber zu stolz, es zu zeigen - hatte zugesehen, wie *Graues Wiesel* den Grizzly tötete. An diesem Tag hatte er eine Menge gelernt. In den Jahren, die folgten, tötete er selbst viele Bären.

Als das geifernde Tier jetzt angriff, und Eagle Schaum und Speichel aus der schwarzbraunen Schnauze tropfen sah, hoffte er, dass das Leben der Weißen seine Fähigkeiten nicht abgestumpft hatte. Oder sein Zeitgefühl. Ein einziger Fehler, ein Schlag mit diesen massigen Tatzen, und er war verloren. Selbst wenn der Bär ihn nicht tötete, war er dann eine leichte Beute für die Männer, die ihn jagten.

Im letzten Moment richtete der Bär sich auf und warf sich über den Mann, um ihn zu zermalmen. Eagle, der noch immer kniete, rammte den Speer fester in den Boden und rückte ihn mit der Hand so, dass der Bär direkt auf die Spitze zukam. Der lange, scharfe Flintstein stieß direkt in das Herz des Tieres, und das Gewicht des Niederstürzenden nahm dem Mann die Arbeit ab.

Eagle machte sich so flach wie möglich und rollte zur Seite, um aus der Reichweite der schrecklichen Klauen zu kommen. Er war einen Bruchteil zu langsam. Die rechte Tatze des Bären hakte sich in seine Schulter, die grausamen Klauen schlugen ihm ins Fleisch. Oberflächlich. Aber zu knapp. Viel zu knapp!

Und dann war alles fast vorbei. Eagle saß dem Bären im Nacken, ritt außerhalb der Reichweite der Klauen und Reißzähne und stieß ihm sein Flintsteinmesser hinter der linken Schulter tief ins Fleisch. Bei seinem letzten Stoß brach der Flintstein aus dem eichenen Griff und blieb in der Wunde stecken. Der Bär schnaubte noch ein letztes Mal, rollte zur Seite und verendete.

John Eagle starrte auf das tote Tier hinunter. Triumph erfüllte ihn, und das Blut sang ihm mit einer neuen Wildheit in den Adern. Er war immer noch Apache, hatte nichts davon verloren.

Bis jetzt, bis zu diesem letzten Moment, war er sich nicht völlig sicher gewesen. Sie hatten ihn auf die Probe gestellt und gequält. Ihn verhöhnt. Ihm zugemutet, was kein Durchschnittsmensch überstanden hätte. Aber er war kein Durchschnittsmensch und hatte es überstanden. Sie hatten ihn über der fürchterlichen Kalahari-Wüste abgeworfen, und nach einem Monat war er zu Fuß wieder aufgetaucht. Verdorrt und ausgetrocknet, mit vierzig Pfund Untergewicht, aber lebendig.

Sie hatten ihn im Dschungel Britisch-Guyanas ausgesetzt, wo der tropische Regenwald wie ein riesiger, grüner Schorf Hunderte von Quadratmeilen überzieht und wo die einzige Überlebenschance darin besteht, einen Fluss zu finden, der einen hinausträgt. Einmal hatte er, um am Leben zu bleiben, mit einem spitzen Stock eine Python getötet - hatte ihr die Spitze in die Augen gerammt - und sie aufgeschnitten, um an das kleine Tier zu kommen, das sie noch nicht verdaut hatte. Er fand ein Wai- Wai-Dorf, wurde von dem Stamm adoptiert und lernte ihre Sprache, schnitt sein Haar nach ihrer Sitte und bemalte sich mit roter Farbe. Er blieb drei Monate lang bei den Wai-Wai, weil er nicht in Eile war, weil er eine störrische Ader hatte und ein frisches, junges Wai-Wai-Mädchen in seine Hütte genommen hatte. Er entwickelte eine Vorliebe für Affenfleisch. Und als er die Lust dazu verspürte, als er soweit war, glitt er in einem Einbaum den Essequibo hinunter zu Gunn's Landing Strip am Äquator und wurde ausgeflogen.

Sein Chef, der Mann, den er nur als Mr. Merlin kannte, hatte ihn für tot gehalten.

Dann kam das Inferno von Lager III im Death Valley. Hier hatte Eagle neue Folterungen erlebt, hatte eine neue Rasse finsterer, hartgesichtiger Männer kennengelernt, die er nur als Nummern kannte - Nummer Sieben zum Beispiel war der Bastard, der ihm Karate, Judo, Savate und was es sonst noch gab, beibrachte: ein riesiger, wuchtiger Franzose, der fast drei Zentner wog und im alten Indochina aufgewachsen war. Er mochte John Eagle nicht besonders. Eines Tages waren sie beide wütend geworden und hatten versucht, einander zu töten, Eagle, der einen indianischen Griff benutzte, wäre Sieger geblieben, wenn sie ihn nicht heruntergeholt hätten. Sie waren noch nicht soweit, ihn töten zu lassen oder ihn zu töten. Das sollte später kommen.

So überlebte er beinahe zwei Jahre lang, hielt durch, errang Sieg auf Sieg, über sich selbst und andere, und stand nun hier vor seiner letzten Prüfung: Tod oder Leben.

Als er den toten Bären betrachtete, wusste er, dass er leben würde. Er würde die drei Männer töten, die ihn jagten. Jetzt war er wieder in seinem Element, einem Land, das nach Denkweise der Apachen immer noch den Indianern gehörte. Er hatte mit Flintsteinmesser und -speer einen sechs Zentner schweren Bären getötet. Jetzt war er ohne jeden Zweifel wieder John Eagle, der Apache.

Er holte die Flintsteinklinge aus dem Nacken des Bären und begann, ihn zu enthäuten. Als er das Fell abgezogen hatte, segelten bereits drei Bussarde über seinem Kopf. Eagle warf ihnen einen Blick zu, als er begann, sich ein dickes Steak aus der Bärenlende zu schneiden. Die Männer, die ihn jagten, würden die Aasfresser ebenfalls sehen, aber das war belanglos. Sie waren sicher nicht dumm genug zu glauben, dass die Wildnis oder ein Tier ihnen die Arbeit abnehmen würde.

Er wickelte das Steak in die feuchte Haut, sammelte seine Waffen auf und ging zurück zu seiner Höhle. Ihm fiel ein, dass er eigentlich gar nicht wusste, was für Männer auf ihn angesetzt waren. Mr. Merlin hatte kein Wort darüber verloren. Um ehrlich zu sein, Mr. Merlin sagte nie viel. Er gab die Befehle, und man gehorchte. Oder man hörte auf. Sprang ab, nachdem man ein Schweigegelübde abgelegt hatte. Darüber allerdings hatte Mr. Merlin gesprochen, hatte die Sache gründlich erklärt. Man konnte aufhören, aber man konnte niemals darüber sprechen. Wenn man darüber sprach, trotz des Papiers, das man unterzeichnet hatte, dann bedeutete das lebenslängliche Gefangenschaft. Nicht den Tod. Gefangenschaft. Man wurde in eine Zelle geworfen -

wo, blieb ungesagt -, um dort lebenslänglich zu verfaulen. Mr. Merlin war in diesem Punkt sehr deutlich geworden.

John Eagle hatte nicht vor, abzuspringen oder zu reden. Beides ging ihm gegen die Natur, und er hatte ohnehin seine eigenen Pläne. Pläne, von denen Mr. Merlin nichts wusste. Pläne, die sich nur verwirklichen lassen würden, wenn er die vollen fünf Jahre abdiente, für die er sich verpflichtet hatte.

Eagle begann, Reisig zu sammeln, und entzündete an der Schluchtwand ein winziges, fast rauchloses Feuer. Was sich an Rauch bildete, verschmolz mit dem Sandstein und verschwand beim Aufsteigen. Apachen können einen Häuserblock von einem weißen Mann entfernt Fleisch braten, ohne entdeckt zu werden.

Er sengte das dicke Bärensteak oberflächlich an und grub die starken, weißen Zähne hinein. Blut lief ihm am Kinn herunter, er wischte es mit einer fettigen Hand fort.

Der heutige Tag war leicht gewesen. Morgen würde es anders sein. Die Jäger waren unten und wussten, wo sie sich befanden. Eagle unterschätzte sie nicht. Er nahm nicht an, dass sie Waldläufer oder Prärieläufer waren, aber er konnte nicht sicher sein. Mr. Merlin hatte nichts darüber gesagt. Mr. Merlin war sehr kurzangebunden gewesen. Er hatte gesagt, dass drei Berufskiller auf John Eagle angesetzt worden seien, um ihn, wenn möglich, zu töten. Hatten sie Erfolg, winkte ihnen eine großzügige Belohnung - John Eagles Belohnung war der Tod. Er hatte schriftlich seine Zustimmung dazu gegeben und Mr. Merlin von aller Verantwortung befreit.

John Eagle hörte auf, über Mr. Merlin nachzudenken. Oder über den morgigen Tag. Oder über gestern. Ein Indianer weiß, wie man im Heute lebt. Er ging zu seiner Höhle zurück. Es regnete jetzt, und der Wind trieb das Wasser selbst in diesen engen Teil der Schlucht, aber er war trocken und warm in seinem schützenden Nest aus Strauchwerk und Stein. John Eagle wickelte sich in das stinkende Bärenfell, die blutige Seite nach außen, und schlief ein. Er stellte sein Gehirn auf Mitternacht.

Zweites Kapitel

Der Mann, dessen Name Mr. Merlin war, drückte auf einen Knopf an seinem Rollstuhl. Der Motor summte leise, der Rollstuhl glitt lautlos zu der Glaswand hinüber, die den Blick auf den erloschenen Krater von Makaluha freigab. Von diesem Aussichtspunkt konnte Mr. Merlin sein gesamtes Miniaturkönigreich überblicken. Er tat das, indem er einen weiteren Knopf drückte, der in die Wand eingelassen war. Der Raum begann, sich auf einem hydraulischen Gelenk um seine Achse zu drehen. Er konnte ihn nach oben oder unten schwenken. Es war nur eins der über vierzig Zimmer in dem aus Granit gebauten Haus, das wie eine Kreuzritter-Festung hoch über dem gähnenden schwarzen Rachen des alten Vulkans hing.

Mr. Merlin genoss die Aussicht, als der Raum sich drehte. Er wurde dessen nie müde. Er befand sich auf einer kleinen Insel vor Maui, und jetzt, als der Raum den Blick nach Osten freigab und Maui mit seinen tiefgrünen Hängen und dem Pasticcio aus blütenüberladenen Büschen und hochgewachsenen Bäumen in Sicht kam, stieß er einen langen Seufzer der Genugtuung aus. Kein Grün der Welt kam dem Grün von Hawaii gleich, auch nicht das von Irland. Er konnte das beurteilen, denn er hatte auch in Irland einen Landsitz, obwohl es jetzt schon Jahre her war, seit er dort gewesen war.

Der Raum drehte sich weiter. Als er einen vollkommenen Kreis beschrieben hatte und Mr. Merlin wieder auf die Mondlandschaft von Makaluha hinunterstarrte, klickte es kaum merklich, und der Raum stand still. Mr. Merlin seufzte noch einmal. Er hatte genug Zeit mit Landschaftsbetrachtungen und Tagträumereien vertan. Es gab Arbeit. Er fuhr den Stuhl zu einem reichverzierten Schreibtisch - einst Eigentum eines venezianischen Dogen - und griff nach einem der sechs Telefone, die dort standen. »Polly?«

»Ja, Mr. Merlin?«

»Schon von John Eagle gehört?«

»Nichts Genaues. Vor etwa einer halben Stunde kam ein Telex. Einer der Beobachter will Gewehrschüsse gehört haben. Er ist aber nicht sicher. Die Waldbrände sind immer noch nicht unter Kontrolle.«

»Hm.« Mr. Merlin griff nach einer langen Zigarre und entzündete sie an einem goldenen Tischfeuerzeug. »Welches Datum haben wir, Polly?«

»Sonntag, den dritten September.«

»Lassen Sie mich wissen, wenn etwas hereinkommt.« Er legte auf.

Mr. Merlin glitt zum Fenster zurück. Zigarrenasche rieselte auf sein Jackett, und er wischte sie achtlos fort. Während er in den Krater hinabstarrte, dachte er an die vielen Spalten und Höhlen, die von ihm ausgingen. Viele führten bis unter das Meer; einige verliefen unter dem Haus und reichten, tief unter der Meerenge, bis hinüber nach Maui. Sehr wenige Menschen kannten die Wahrheit über diese Höhlen. Er und Polly und ein paar andere. Nur sie wussten, wieviel Geld er in diese Höhlen gesteckt hatte. Und wofür.

Und nur Mr. Merlin und zwei weitere Männer auf der ganzen Erde kannten den Grund, warum das Geld ausgegeben worden war.

Der Präsident der Vereinigten Staaten und der Verteidigungsminister. Sie kannten und billigten sein Vorgehen. Das Geld, das ausgegeben wurde, kam von Mr. Merlin. Jeder Cent. Und es war Mr. Merlins langgehegter Traum, der endlich wahr zu werden begann.

Ein Telefon klingelte. Mr. Merlin glitt zum Schreibtisch und nahm den schwarzen Hörer ab. Es war Polly Perkins: »Eben ist ein Telex über John Eagle gekommen. Soll ich vorlesen?«

»Nein. Bringen Sie es herein.«

Mr. Merlin wartete, bis Polly den Raum verlassen hatte, bevor er das Telex las. Sie kannte fast alle seine Geheimnisse, aber dieses nicht. Nur das Komitee der Drei: er selbst, der Präsident und der Verteidigungsminister wussten von dem Protoagenten.

Nach dem üblichen Telex-Vorlauf begann der Text:

AN MERLIN - VON SAMSON - BETR. EAGLE -
GLAUBE, ER HAT ES GESCHAFFT –
DREI GRÄBER GEFUNDEN - IN JEDEM EIN STRÄFLING –
GRÄBER TRAGEN KREUZE - FINDE DAS EINE NETTE GESTE
- BIS JETZT LEIDER NOCH KEINE SPUR VON EAGLE –
ERWARTE ANWEISUNGEN –
SAMSON.

Mr. Merlin griff nach dem roten Telefon. Die Kommunikationszentrale meldete sich. Mr. Merlin sagte: »Schicken Sie Samson folgenden Text: *Bleiben Sie am Treffpunkt - Bin sicher, dass Eagle kommt - So schnell wie möglich her mit ihm - Sagen Sie mir vorher Bescheid - Gut gemacht - Mr. Merlin.*«

Es war am späten Nachmittag und Mr. Merlin war völlig in seine Briefmarkensammlung versunken, als ein weiteres Telex eintraf:

EAGLE HIER - ALLES O.K. -
KOMMT SCHNELLSTENS -
SAMSON.

Mr. Merlin legte seine Briefmarkensammlung beiseite und beschäftigte sich damit, Befehle zu geben und verschiedene Dinge vorzubereiten. Er war ein wenig überrascht, dass er tatsächlich aufgeregt war. Das war befremdlich. Mit fünfundsiebzig Jahren sollte ein Mann sich durch nichts mehr aus der Ruhe bringen lassen. Und doch wusste er, dass seine Erregung berechtigt war. Denn er, Mr. Merlin, hatte dieses Superwesen, das er nun zum erstenmal in Person sehen sollte, zum größten Teil selbst geschaffen.

Mr. Merlin lächelte ein wenig wehmütig, als er seinen Rollstuhl herumschwang und zu dem Aufzug fuhr, der dem Aussichtsfenster gegenüberlag. Dieser junge Mann, John Eagle, dieses Superexemplar, das Mr. Merlin gefunden, trainiert und zu einer scharfen Klinge geschliffen hatte, war wie Mr. Merlin selber. Er war sich schon jetzt eines seltsamen, fast beängstigenden Gefühls der Verbundenheit mit dem jungen Mann bewusst.

Als er einen Knopf im Aufzug drückte und zum ersten Tiefgeschoss unter dem Haus hinunterfuhr, dachte Mr. Merlin kurz an die drei Männer, die John Eagle getötet hatte. Es waren Verbrecher gewesen, Mörder, die kurz vor ihrer Hinrichtung standen. Mr. Merlin hatte mit seinen schier unbegrenzten Möglichkeiten erreicht, dass sie freigesetzt und mit weittragenden Waffen und Proviant in die Wildnis geschickt wurden, um John Eagle zu jagen und zu töten. Das war der endgültige Test, der Höhepunkt eines zweijährigen Trainings, das die Hölle gewesen war. Es musste so sein. Nur ein Supermann hätte überlebt. Nur ein Supermann konnte Mr. Merlins Protoagent werden.

Mr. Merlin schmunzelte leicht, als der Aufzug das erste Tiefgeschoss erreichte. Die Kreuze waren, wie es Samson bereits gesagt hatte, eine nette Geste. Er würde seine Freude daran haben, die Tonbänder zu hören, die Samson gemacht hatte. Samson war ein ehemaliger General der US Army und ein Fachmann für Verhöre. Er war gespannt zu hören, wie John Eagle die Männer getötet hatte, die ihn hatten umbringen sollen.

Mr. Merlin rollte seinen Stuhl aus dem Aufzug und nickte einem bewaffneten Posten zu. Der Mann salutierte und legte einen Hebel um. Mr. Merlin steuerte über die schmalen Geleise, die auf dem Betonboden des Tunnels verliefen, und wartete. Er konnte den Zug kommen hören.

Der kleine Zug bog um eine Kurve in dem langen Korridor. Ein weiterer bewaffneter Posten fuhr die Maschine. Die Miniaturwaggons hatten bequeme Ledersitze. Die beiden Wachen hoben den alten Mann aus dem Rollstuhl in einen der Wagen, der Fahrer ging zurück zur Lokomotive und wartete auf Anweisungen.

»Zum mongolischen Raum«, sagte Mr. Merlin. Es war vielleicht keine schlechte Idee, noch ein letztes Mal die erste Mission des ersten Protoagenten zu rekapitulieren.

Drittes Kapitel

Memorandum
An: John Eagle
Von: Mr. Merlin

Dieses Memorandum wird von beiden Parteien als rechtsgültiger und bindender Vertrag betrachtet. Der Vertrag ist bis zu dem unten angegebenen, rechtsverbindlichen Datum unkündbar, falls nicht die freiwillig gegebene und gemeinsame Kündigung beider Parteien vorliegt.

Die Partei des Erstgenannten, John Eagle, wird im Folgenden Protoagent genannt. Die Partei Mr. Merlins wird im Folgenden wie bisher Mr. Merlin genannt.

Die Partei des Erstgenannten gibt ihre Zustimmung, dass sie niemals, durch irgendwelche Mittel oder Methoden, auf irgendeine Weise oder zu irgendeiner Zeit, während oder nach ihrer Arbeit versuchen wird, die wahre Identität Mr. Merlins in Erfahrung zu bringen.

Die Partei des Erstgenannten akzeptiert (nach Vorlage ausreichender Beweise), dass Mr. Merlin ein Bevollmächtigter der Regierung der Vereinigten Staaten ist.

Der Protoagent unterzeichnet dieses Dokument in vollem Bewusstsein der Tatsache, dass seine Tätigkeit seiner physischen und psychischen Gesundheit außerordentlich gefährlich werden kann; indem er dieses Dokument unterzeichnet, entlässt er sowohl Mr. Merlin als auch die Regierung der Vereinigten Staaten aus jeglicher Verantwortung für irgendwelche Verletzungen oder für den Verlust seines Lebens, falls dies sich in Ausübung seines Dienstes ergeben sollte.

Der Protoagent ist vollständig über die militärischen und diplomatischen Realitäten der derzeitigen Weltlage unterrichtet worden und stimmt durch seine Unterschrift zu, im Falle seiner Gefangennahme, Folterung oder Hinrichtung allen Rechtsansprüchen gegenüber Mr. Merlin und der Regierung der Vereinigten Staaten zu entsagen. Der Protoagent verzichtet durch Unterschrift ebenfalls auf seine Rechte auf Amnestie, Beistand, diplomatische Immunität, Anerkennung als amerikanischer Staatsbürger, oder auf alle irgendwie geartete Hilfe und Unterstützung durch eine in- oder ausländische Vertretung der Vereinigten Staaten.

Durch seine Zustimmung erklärt der Protoagent, dass er eine staatenlose Person ohne Rechtsanspruch gegenüber den Vereinigten Staaten oder Mr. Merlin ist.

Die vorstehende Klausel ist auch für die Erben und Rechtsnachfolger des Protoagenten verbindlich.

Der Protoagent wird, nachdem er dieses Dokument unterzeichnet und alle Bedingungen erfüllt hat, das Folgende als Entschädigung erhalten:

1. Nach erfolgreicher Beendigung des Vertrages erhält der Protoagent eine Million Dollar (1.000.000.-) in bar.

2. Dem Protoagenten wird durch den Präsidenten der Vereinigten Staaten die *Congressional Medal of Honor* mit allen Ehren und Privilegien verliehen.

3. Der Protoagent erhält siebentausend (7.000) Morgen Land seiner Wahl, zu wählen aus der Gesamtheit des Grundbesitzes, der sich zur Zeit des Vertragsendes in der Verfügungsgewalt der Regierung befindet.

4. Der Protoagent zahlt keine Einkommenssteuer für ein jährliches Einkommen von einhunderttausend Dollar (100.000.-

), und wird nach Ablauf dieses Vertrages auf Lebenszeit von jeglicher Besteuerung seines Einkommens oder Vermögens befreit.

5. Sollte der Protoagent männliche Nachkommen haben, so erhalten sie nach Erreichung des notwendigen Alters eine automatische Berufung nach ihrer Wahl an eine der Militärakademien der Vereinigten Staaten. Im Falle weiblicher Nachkommenschaft, entweder ausschließlich oder zusätzlich zu männlicher Nachkommenschaft, werden die beiden unterzeichnenden Parteien eine Alternativlösung gleichen Werts ausarbeiten.

Der Protoagent versichert durch seine Unterschrift, dass er die Bedingungen dieses Vertrages niemals einem Dritten bekanntmachen wird. Er versichert ebenfalls, dass er niemals und in keiner Weise, sei es in Wort oder Schrift, irgendeine noch so geringfügige Einzelheit seiner Arbeit für Mr. Merlin anderen zugänglich machen wird, ausgenommen denjenigen Personen, die von Mr. Merlin autorisiert sind, diese Informationen zu empfangen.

Der Protoagent ist sich ebenfalls bewusst - und stimmt durch seine Unterschrift zu dass er im Falle der Verletzung der vorhergehenden Geheimhaltungsvorschriften lebenslängliche Gefangenschaft an einem von Mr. Merlin zu bestimmenden Ort zu erwarten hat; dass diese lebenslange Gefangenschaft Einzelhaft sein wird, für immer ohne Ende und Milderung, und dass diese lebenslange Gefangenschaft außerdem willkürlich und ohne ordentliche Gerichtsverhandlung über den Protoagenten verhängt werden kann.

In voller Kenntnis und klarem Verständnis der obenstehenden Klauseln, ihrer Absicht, ihrem Zweck, der Belohnungen und Strafen, unterzeichnen die beiden Signatoren diese Übereinkunft am...

Protoagent
Mr. Merlin für die US-Regierung

Mr. Merlin überflog das Memorandum. Sehr ordentlich. Klar und einfach, mit einem Minimum an juristischem Kauderwelsch. John Eagle hatte es zweimal sehr sorgfältig durchgelesen, bevor er es Unterzeichnete. Das gefiel Mr. Merlin. Um ehrlich zu sein, ihm hatte fast alles an John Eagle gefallen: seine Kaltblütigkeit, seine Haltung, die Andeutung verborgener Kraft. Auch Eagles gelegentliche Anzeichen von Starrsinn, Eigenwillen und Unabhängigkeit hatten ihm gefallen. Und sein tiefer Argwohn. Hier war ein Mann, der nichts in gutem Glauben annahm, nichts unbezweifelt ließ. Ein Mann, der Beweise wollte. Dieser Charakterzug hatte Mr. Merlin ganz besonders gefallen.

Sie hatten sich natürlich nicht persönlich getroffen. Während seiner endgültigen, fünftägigen Instruktions- und Orientierungsphase hatte John Eagle viele Stunden in dem komfortablen Befragungsraum verbracht. Hier hatte Mr. Merlin seine Interviews geführt, wobei er Eagle auf einem Fernsehschirm beobachtete, mit ihm per Lautsprecher sprach und jede Veränderung in den gutaussehenden, sonnengebräunten Gesichtszügen studierte, um vielleicht irgendwo doch noch eine winzige Kleinigkeit zu finden, die ihm mehr sagen konnte als Worte.

Es war in gewisser Weise ein Wettstreit, und Mr. Merlin gab zu, dass John Eagle gewonnen hatte. Er war froh darüber. Er hatte gehofft, dass der junge Mann gewinnen würde, aber auf der anderen Seite war er enttäuscht. Er war immer überzeugt gewesen, hatte es oft genug gesagt, dass jeder Mensch irgendwo einen schwachen Punkt hatte. Seine eigenen hatte er sich schon vor langer Zeit selbst eingestanden. Aber John Eagle schien keine Schwäche zu haben. Etwas stimmte da nicht...

Während der fünf Tage war das Verhör zeitweise hart und gnadenlos gewesen. Es wurde vorsätzlich und mit böser Absicht von einem weltbekannten Psychologen geführt, der speziell für diese Aufgabe eingeflogen worden war. Hinterlistig, verschlagen, brutal und gnadenlos, war der Mann doch nicht imstande gewesen, John Eagles innere Ausgeglichenheit, sein ruhiges Wesen, sein absolutes Selbstvertrauen zu brechen.

Als er den hohen Scheck von Mr. Merlin entgegennahm, sagte der Psychologe: »Ein vollkommenes Exemplar, in jeder Hinsicht. Physisch perfekt. Psychisch perfekt. Der I.Q. eines Genies. Ein vollkommen einwandfreies Ergebnis im Lügendetektor. Und doch...«

Mr. Merlin wurde sehr wachsam. »Ja? Und doch - was?«

Der Mann schüttelte ratlos den Kopf. »Ich kann es Ihnen nicht mit Bestimmtheit sagen, Sir. Selbst seine Unvollkommenheiten sind vollkommen, wenn Sie verstehen, was ich meine. Aber das stört mich nicht einmal so sehr.«

Mr. Merlins Augen fixierten den Psychologen. »Ich zahle Ihnen sehr viel Geld für diesen Bericht, Sir. Also, was stört Sie?«

Der Psychologe zuckte die Schultern. »Ich habe noch nie so versagt. Meine gesamte Methode ist darauf ausgerichtet, einen Menschen völlig umzukrempeln, ihm keine Geheimnisse zu lassen, ihm, wenn möglich, sein seelisches Gleichgewicht und seine Menschenwürde zu nehmen, ihn zu einem schwitzenden, sich krümmenden Wrack zu reduzieren. Es ist brutal, es ist grausam, aber das soll es ja auch sein. Wenn es eine Schwäche in ihm gibt, dann finde ich sie.«

Mr. Merlin lächelte. »In John Eagle haben Sie keine gefunden?«

»Nein, keine. Und ich habe das Gefühl, dass ich versagt habe und nicht mein Objekt. Außerdem habe ich das Gefühl, als hätte ich nicht die richtigen Fragen gestellt. Oder wenigstens nicht die eine richtige Frage. Ich glaube, es hat irgendetwas mit seinen

Beweggründen zu tun.«

»Er tut's für Geld«, sagte Mr. Merlin. »Obwohl nicht ausschließlich. Auch aus Patriotismus, aus Abenteuerlust, aus Lust am Kampf - um der schieren Herausforderung willen. Er hat alle diese Wesenszüge. Ich weiß das, weil ich ihn sehr sorgfältig ausgewählt habe.«

Der Psychologe nickte, wirkte aber nicht überzeugt. »All das vielleicht. Aber auch noch anderes. Etwas, das ich nicht einmal erraten kann, obwohl ich weiß, dass es da ist. Etwas, das Eagle erfolgreich verborgen hat. Ich habe das Gefühl, als sei es ihm leicht gefallen. Sie haben mitgehört, Sir. Hatten Sie nicht manchmal den Eindruck, als führe Eagle das Interview statt meiner?«

Mr. Merlin lächelte. »Ja. Es gefiel mir.«

»Natürlich. Von Ihrem Standpunkt aus - aber ich will mich darüber jetzt nicht aufhalten, weil ich Ihren Standpunkt nicht kenne und auch kaum daran interessiert bin, ihn zu erfahren. Ich bin mir voll bewusst, dass die Höhe meines Honorars nicht allein von meinem Können abhängt - Sie kaufen damit ebenfalls meine Diskretion und mein Schweigen.«

Mr. Merlin streckte die Hand aus. »Ich hatte gehofft, dass Sie es so verstehen würden.«

Der Psychologe warf Mr. Merlin einen fragenden Blick zu. »Ich habe von Ihnen gehört, Sir. Nicht viel, aber ein wenig. Ich nehme an, dass Sie diesen Mann für sich arbeiten lassen wollen. Ohne anmaßend sein zu wollen, möchte ich Sie warnen.«

Mr. Merlins Gesicht spannte sich fast unmerklich. »Warnen?«

»Ja. Ich bezweifle, dass Sie es nötig haben, aber ich sage es Ihnen trotzdem - Eagle wird immer etwas zurückhalten. Seinen innersten Kern. Sie können seine Dienste kaufen, aber nicht ihn selbst. Ich glaube, dass er Ihnen treu dienen wird, aber nie sklavisch. Kurz gesagt, Mr. Merlin, John Eagle ist ein Musterexemplar, wie ich es nie zuvor gesehen habe, aber er ist ein hundertprozentiger Mann und Mensch. Sie kaufen keinen Automaten.«

»Freut mich, das zu hören«, sagte Mr. Merlin. »Wenn es nicht so wäre, könnte ich ihn nicht brauchen.«

Jetzt, als er den Federhalter aufnahm und in die grüne Tinte tauchte, lag in Mr. Merlins Lächeln eine Spur von Grimm; er unterschrieb das Memorandum. Wenn Eagle nur lange genug lebte, um den Lohn in Empfang nehmen zu können. Fünf Jahre waren eine lange Zeit im Leben eines Protoagenten.

Es war dunkel geworden, Mr. Merlin drehte das Licht aber nicht an. Er rollte zu dem großen Fenster und starrte über einer frischen Zigarre in die Nacht hinaus. Ein roter Funkenregen sprühte aus dem Rachen des Vulkans. Harmlos. Der Makaluha bluffte nur. Versuchte, so zu tun, als sei er noch am Leben, immer noch gefährlich. Schwindel. Mr. Merlin schüttelte die Asche von seiner Zigarre. Es war nicht der Makaluha, der ihm Sorgen machte, sondern ein anderer Vulkan. Der Vulkan namens Erde.

Er seufzte und blies Rauch aus. Vielleicht konnte John Eagle etwas daran ändern. Vielleicht gelang es ihm, den Deckel zuzuhalten und die Explosion ein wenig aufzuschieben. Er musste jetzt schon auf seinem Weg zu B-1 in Nep sein: Basis Eins in Nepal. Dort wartete die umgebaute U-2 auf ihn. Sie würde den Protoagenten über der Mongolei abwerfen und weiterfliegen, um in Alaska zu landen. Falls alles klappte.

Die Mongolei: einsames, ödes Land des Karakorum und des Dschinghis Khan, wo unaufhörlicher Wind den schwarzen Sand vor sich hertreibt. Ein Wind, der niemals schweigt, ein Wind, der die weißen Knochen der Toten poliert und raunend zu denen spricht, die noch sterben werden.

Die Mongolei. Wo sich ein neues Unwetter zusammenbraute und vor dem alten Wind heraufgezogen kam.

Viertes Kapitel

Zwischen der Chinesischen Mauer, die sich wie eine altersgraue Schlange an der nördlichen Landesgrenze entlangwindet, und der weniger bedeutenden Mauer Dschinghis Khans, die das nordöstliche Steppenland der Mongolei abschließt, liegt die riesige zentralasiatische Hochebene. Es ist ein grausames Land mit grausamen Stürmen, grausamen Gebirgen und grausamen Menschen. Ein Land, das Eroberer ausgesandt hat und selbst erobert worden ist. Aus diesem vertrockneten, glühenden, eiskalten, nach Dung riechenden Land kamen die schrecklichen Khans, Erzmörder und Geißel der Menschheit.

Die alte Hauptstadt Dschinghis Khans liegt heute totenstill und verlassen, bis auf den unaufhörlichen Wind, der heulend durch die Ruinen peitscht. Eidechsen kriechen, und wilde Esel trampeln, nach den Worten Omars, über die Schädel der Mächtigen. Eine kleine Gruppe Lamas kommt ab und zu aus ihrem Versteck in den nördlichen Vorbergen des Altai, um durch die Ruinen zu wandern, Weihrauch zu verbrennen, Gebetsmühlen zu drehen und Litaneien zu singen. Ihre Motive verschließen sich abendländischem Verständnis, und man fragt sich verwundert, worum die Lamas wohl beten. Sicher nicht um die Rückkehr des alten Khan - er würde ihnen die Köpfe abschlagen. Und auch nicht, um seinen Geist zu besänftigen - denn die Legende berichtet, dass nichts den Geist des Dschinghis Khan besänftigen oder ihm Ruhe geben kann, bis die Mongolenhorde noch einmal die Erde erobert hat.

Etwa zweihundert Meilen südwestlich von Karakorum, quer durch das trostloseste Land der Welt, von, dem Gott schon vor langer Zeit das Gesicht abgewandt hat, erreicht man das Altai-Gebirge. Es bildet eine Barriere zwischen Chinas entlegener Provinz Sinkiang und der äußeren Mongolei. Der Altai ist ein furchterregendes Gebirge voll wüster Stürme, Schneefälle und Steinlawinen: eintausend Meilen gezackte graue Fangzähne, die geduldig wie die Zeit selbst auf den unachtsamen Wanderer warten.

Aber es gibt einen Zentralpass durch den Altai, den ein paar Lamas und mongolische Hirten und vielleicht einige der alten Männer kennen, die immer noch die Kamelkarawanen durch das endlose Land von China nach Turkestan und von der Mongolei nach Tibet bringen. Am nördlichen Ende des Passes, wo sich die mittlere und die westliche Gobi auflösen und überschneiden, liegt das winzige Dorf Bogdo. Es besteht aus einer trübsinnigen Ansammlung von Lehmhütten und Jurten; die Karawanen sind heutzutage selten geworden.

Aber das winzige Bogdo besitzt etwas, was das mächtige Karakorum niemals hatte: ein Telegraphenbüro. Die einsamen Masten marschieren wie eine lange Reihe von Kruzifixen nach Norden und Süden, ein Eindruck, der ab und zu von einem Kopf verstärkt wird, den man mit den Ohren an den Mast genagelt hat. Es gibt kaum Gesetze in diesem Niemandsland, und auch keine Regierungsbeamten in Bogdo, aber gelegentlich kommen die Soldaten vorbei, und dann fallen zwei oder drei Köpfe. Wenn jemand sich ohne Befugnis an der Telegraphenleitung zu schaffen gemacht hat, dann wird sein Kopf an einen der Masten genagelt. Deshalb passiert nicht viel mit der Telegraphenleitung.

Orientalen haben es nie sehr eilig. Die Mongolen sind ein neugieriges Volk, aber nur, wenn es Dinge betrifft, die sie unmittelbar angehen. Ein neuer oder schnellerer Weg, um Stutenmilch zu fermentieren, würde sie außerordentlich beeindrucken; Lastwagen, die in den südlichen Eingang des Passes hineinfahren, am nördlichen Ende aber niemals herauskommen, und Horden von chinesischen Arbeitern, die sich in ein verborgenes Tal im Altai ergießen, erregen nicht viel Aufmerksamkeit. Die wenigen, die diese Vorfälle beobachteten, kümmerten sich nicht darum. Es war die Politik der mongolischen Regierung, ausländische Arbeiter zu importieren. Jeder wusste das. Was immer im Altai vor sich ging, war Sache der modernen Khans in Ulan Bator. Sollten die sich Sorgen darüber machen. Ein Mongole hatte genug damit zu tun, seine Jurte warmzuhalten, seine Fettschwanzschafe und Ziegen vor den Wölfen zu schützen, seine zottigen Ponys und Hunde zu versorgen, die wenigen Patronen für die alte Mauser zusammenzuhalten und dafür zu sorgen, dass in jedem Frühjahr ein fettes Baby in der Jurte krähte.

So lag es in der Natur der Dinge, dass es Mittsommer wurde, bevor eine Nachricht stockend Bogdo verließ – Ochbal, der

Telegraph, war nachts zuvor betrunken gewesen, und tausend Teufel tanzten in seinem Schädel. Die Nachricht war für eine gewisse Studentin an der Universität von Peking bestimmt. Ihr Name war Mary Choija - in den alten Tagen hatte ein einsamer christlicher Missionar in Bogdo gelebt und alle Mädchen Mary genannt; die Nachricht kam von ihrem Bruder. Es war eine harmlose Nachricht, und sie passierte die Zensur in Ch'it'ai, Paotow und Peking ohne Schwierigkeiten. Die Beamten traf keine Schuld. Die Nachricht besagte lediglich, dass Großmutter gestorben war, und dass man sie nach der vorgeschriebenen Zeremonie an den Ort der Toten gebracht hatte, um ihre sterblichen Überreste den Hunden zu überlassen. Die Mongolen können Leichen nicht ausstehen und werden sie so schnell wie möglich los.

Die Chinesen, die diese Sitte kannten, dachten sich nichts dabei. Sie wussten nicht, dass die alte Dame, von der die Rede war, schon vor zwanzig Jahren gestorben war, lange bevor die Telegraphenleitung gebaut wurde.

Mary Choija war jung, sehr hübsch und noch Jungfrau. Sie war Stipendiatin an der Universität - die Chinesen ließen gewöhnlich jedes Jahr einige Mongolen zu, in der Hoffnung, sie zu Mao bekehren zu können - und galt als politisch zuverlässig. Oder doch wenigstens nicht als anti-Mao. Und das stimmte auch. Mary Choija war nicht anti-Mao; sie war anti-chinesisch. Sie war mit Herz und Seele Mongolin und, wenn sie wollte, so wild wie die Wölfe, die ihre Heimat durchstreiften.

Mary war gerade erst angeworben worden, als sie das Telegramm von ihrem Bruder bekam. Sie war nicht einmal ganz sicher, für wen sie eigentlich arbeitete. Sie nahm an, dass es die Amerikaner oder gar die Briten waren. Aber das war ihr nicht so wichtig, solange sie nur gegen die chinesischen Kommunisten arbeitete. Und obwohl ihr Bruder nie ein offenes Wort zu ihr gesprochen hatte, konnte sie jetzt verstehen, was sie vorher nie verstanden hatte: seine langen Abwesenheiten von Zuhause, die unerklärlichen Reisen, von denen Turkan erschöpft zurückkam.

Sechs Wochen, nachdem sie die Nachricht weitergegeben hatte, erhielt sie Antwort. Man flüsterte sie ihr zu, als sie aus einer Vorlesung kam: Sie sollte nach Hause zurückgehen und warten. Jemand würde kommen. Alles weitere später.

Am nächsten Tag verließ Mary Choija die Universität und bestieg einen klapprigen Bus nach Paotow, wo sie einen Platz auf einem Frachtsampan fand, der sie den Gelben Fluss hinauf bis nach Yuman brachte, wo die Chinesische Mauer endete. Dort konnte sie sich vielleicht einer Karawane anschließen - im Sommer gab es noch ein paar -, die durch die südliche Gobi wollte; oder sie konnte Vorräte und zwei robuste Ponys kaufen und es auf eigene Faust versuchen. Man hatte ihr genügend Geld mitgegeben. Und, so hatte ihr Kontaktmann geflüstert, es mochte das Beste sein, allein und so unauffällig wie möglich zu reisen.

Sie sollte auf jemanden warten. Jemand, der das Zeichen gab.

Mr. Merlin hatte die Air Force und die CIA dazu gebracht, ihm eine der letzten U-2 herauszugeben. Beide sträubten sich, aber Mr. Merlin hatte eine besondere Art, mit dem Bürokratismus fertig zu werden, und blieb Sieger. So überholt sie auch sein mochte, die U-2 war genau richtig für dieses Vorhaben. Seine Ingenieure machten sich in dem geheimen Stützpunkt in Nepal an die Arbeit. Die schlanke Maschine wurde auseinandergenommen und umgebaut, um mehr Treibstoff und einen Passagier aufnehmen zu können. Dass der Passagier unbequem sitzen würde, kaum in der Lage, Finger und Zehen zu bewegen, war unwichtig.

Wichtig war, dass das Flugzeug von dem Stützpunkt in Nepal bis zur Spitze Alaskas einen Winkel fliegen musste. In mehr als fünf Meilen Höhe. Wo die Schenkel des Winkels aufeinandertrafen, südlich von Bogdo und nahe dem Zentralpass in den Altai, würde es den Passagier durch eine bombenschachtähnliche Öffnung abwerfen. Plötzlich und mit einer Vorwarnzeit von knapp einer Minute.

John Eagle hatte nichts gegen den engen Raum und die Unbeweglichkeit. Er besaß die indianische Gabe, stundenlang bewegungslos zu sitzen. Sie war unbedingte Voraussetzung, wenn man auf Wild wartete. Also saß er in der Dunkelheit, eingezwängt in seine Einzelzelle, und wartete. Wartete auf das Alarmzeichen im Kopfhörer. Danach hatte er noch eine Minute, um die letzten Vorbereitungen zu treffen: die Kopfhörer abzuschalten, die Fallschirme ein letztes Mal zu überprüfen, sich zu vergewissern, dass der winzige Höhenmesser an seinem Handgelenk mit dem der Maschine übereinstimmte. Das war wichtig. Eagles Lächeln wurde ein wenig grimmig. Er hatte Mr. Merlins maßstabsgetreues Geländemodell gründlich studiert - sie luden ihn über einer Gegend ab, die im wahrsten Sinne das Dach der Welt war. Sie ließen ihn in einen Schlitz zwischen hochragenden Graten fallen, hinein in einen Wirbel aus Böen und unberechenbaren Strömungen, Aufwinden und Luftlöchern, die sich niemals auf einer Karte verzeichnen ließen. Es musste beim erstenmal klappen. Einen zweiten Versuch gab es nicht.

Er musste mindestens vier Meilen frei fallen. Mehr, wenn er den Mut dazu hatte. Je näher er dem Boden war, wenn der Fallschirm sich öffnete, desto größer war seine Chance, das Zielgebiet zu erreichen. Auch das musste er in der einen Minute schaffen, die man ihm zugestanden hatte: seine Höhe und die Länge des freien Falls errechnen. Er...

»Noch eine Minute«, sagte der Pilot in sein Ohr.

»Verstanden«, antwortete John Eagle. »Höhe?«

»Einunddreißigtausendsechshundertneunzig Fuß - tut mir leid. Musste weiter hinten über einen Gipfel springen.«

»Verstanden.« Die Leuchtziffern seines Armbandhöhenmessers zeigten dieselbe Höhe. Etwas mehr als sechs Meilen über dem Meeresspiegel.

Eagle kontrollierte rasch seine Ausrüstung. Alles in Ordnung. Sein Rücken- und sein Brustfallschirm, der Lastenfallschirm unter seinem Gesäß, den er kurz vor der Landung auslösen würde. Er hatte im Kopf mitgezählt. Jetzt drehte er den Sauerstoff ab und ließ den Schlauch fallen. Während des freien Falls atmete er aus Sauerstoffflaschen. Er griff nach dem Ventil knapp über der Halsdichtung seines Helms. Die Klappe öffnete sich, und er fiel in die asiatische Nacht.

Eagle breitete Arme und Beine aus und ging mit dem Gesicht nach unten in die konventionelle Fluglage der Fallschirmspringer. Er fühlte sich wohl in dem geheizten Anzug. Außer dem Höhenmesser, der an seinem Handgelenk leuchtete, war nichts zu sehen. Er brachte das Instrument näher an die Augen. Er hatte vor, mehr als fünf Meilen zu fallen, den Schirm bei etwa zweitausend Fuß auszulösen und den Lastenfallschirm in tausend Fuß Höhe zu öffnen. Damit reduzierte er das Risiko, gesehen zu werden, auf ein Minimum, und der Lastenfallschirm würde nahe genug landen, dass er ihn ohne Schwierigkeiten finden konnte.

Es störte ihn, kein Gefühl des Fallens zu haben. Der Druckanzug und der Helm schützten ihn zu gut. Seine Augen ließen den kleinen Höhenmesser nicht los, diesen Himmelskompass, von dem sein Leben abhing. Er war schon eine Meile gefallen, aber ohne das Instrument hätte er es nicht gewusst. Er wirbelte durch einen finsteren Abgrund, durch Leere, und drehte sich schwebend im Nichts.

Zwei Meilen. Noch kein Grund zur Sorge. Wenn Mr. Merlins Modell maßstabsgetreu war, dann lag der Gipfel da irgendwo unter ihm, 13.123 Fuß über dem Meeresspiegel. Er war sicher, dass Mr. Merlins Angaben stimmten. Wenn jetzt noch das Flugzeug seinen Kurs exakt geflogen war, wenn die Triangulation exakt gewesen war und die Parallaxe - wenn das ganze Arsenal der Methoden exakt eingesetzt worden war -, dann hatte er eine gute Chance, den Boden lebend zu erreichen. Wenn nicht, dann würde sein Kopf in wenigen Minuten an irgendeinem gottverlassenen Stück Stein zerplatzen, und niemand würde jemals auch nur seine Knochen finden.

Drei Meilen. Eagle schnitt hinter seinem Helm eine Grimasse. Jetzt konnte er anfangen, sich Sorgen zu machen. Er war schon tiefer als die Gipfel. Irgendwo da draußen streckten sich ihm Felszähne entgegen.

Etwas klatschte gegen seinen Helm und raubte ihm die Sicht auf den Höhenmesser. Er wischte es ab: Schnee. Er fiel durch einen Schneesturm.

Vier Meilen. Immer noch am Leben. Eagle stellte den Sauerstoffdruck ein wenig nach. Er war jetzt aus dem Schnee heraus.

Fünf Meilen, und immer noch nicht tot. Eagle wusste, dass er grinste. Das gab ihm ein zwar törichtes, aber gutes Gefühl. Sie hatten es geschafft. Sie hatten den Faden durch das Öhr gefädelt und ihn in den Pass fallen lassen. Jetzt blieb ihm nur noch, sicher herunterzukommen. Wenn er ein Bein brach - was leicht geschehen konnte -, dann war die Mission ebenso sicher zum Teufel, als hätte er sich an einer Klippe aufgespießt. Mr. Merlin brauchte einen gesunden Apachen da unten, keinen Krüppel.

In zweitausend Fuß Höhe zog er die Reißleine. Das schwarze Nylon füllte sich und riss ihn mit einem gnadenlosen Schlag aus dem Fall. Nichts hatte sich je so gut angefühlt. In tausend Fuß Höhe machte er den Lastenfallschirm los, ließ ihn von sich wegfallen und öffnete ihn dann mit einer langen Reißleine. Der kleinere Schirm schwebte rechts unter ihm zu Boden.

Eagle schlug auf und rollte sich ab. Er konnte nicht das Geringste sehen. Er befand sich in einer brodelnden Wüstenei aus Wind und Dunkelheit. Der Wind blies mit der Gewalt eines Sturms und warf ihn fast um, als er aufstand. Sein Visier wurde von Millionen winziger Geschosse bombardiert. Er stemmte sich gegen den Wind und zog einen Handschuh aus. Sand floss um ihn herum wie Wasser. Er war mitten in einem Gobi-Sandsturm gelandet!

Er bekam den Fallschirm unter Kontrolle, indem er sich darin einwickelte wie eine Raupe in ihren Kokon. Das war eine brauchbare Lösung. Die Stoffhülle schützte ihn vor dem Sandsturm, und er hatte genug Sauerstoff bis zum Morgen, wenn er sparsam damit umging. Es gab ohnehin nichts zu tun, bis der Tag anbrach. Er hatte keine Ahnung, wann das sein würde, und fragte sich, wie wohl ein Tagesanbruch in einem mongolischen Bergpass voller Sand aussehen würde.

Eagle streifte den Höhenmesser vom Handgelenk und drehte ihn um. Jetzt hatte er eine Kombination von Uhr und Kompass, die unter dem schwarzen Fallschirmzelt beruhigend leuchtete. John Eagle stellte sein Gehirn auf sechs Uhr und schlief ein.

Er machte sich keine Sorgen um den Lastenfallschirm. Der war schwer und musste sich früher oder später irgendwo an den Felsen verfangen. Er würde ihn finden.

Ein Würgen weckte ihn vor der gesetzten Zeit. Er erstickte! Eine Mikrosekunde lang kam Panik in ihm auf, dann erkannte er, was geschehen war, und machte sich an die Arbeit. Jemand hatte einen Fehler gemacht, oder er hatte sich verrechnet. Sein Sauerstoff war zu Ende. Er griff nach dem Messer an seinem Werkzeuggürtel und schlitzte den Schirm über sich auf. Er schob seinen Helm nach draußen. Sand! Er war zugeweht. Seine Lungen begannen schon zu schmerzen. Er legte die Hände zu einem Pflug zusammen und begann zu graben. Sekunden später stand er auf, warf den Sand von sich und starrte durch das Kunststoffvisier auf eine Chiaroscuro-Welt. Die Dämmerung hatte ihn überrascht. Der Wind war schwächer geworden. Eagle schraubte den Helm ab und warf ihn zur Seite, um die saubere, eiskalte Luft in tiefen Zügen zu trinken. In diesem Moment wusste er, dass er nicht gern einen Tod durch Ersticken sterben würde. Höchst unerfreulich.

John Eagle versank wieder bis zum Hals in seinem Nylonkokon. Er konnte noch immer das ärgerliche Heulen des Windes hören, aber es kam jetzt aus einiger Entfernung. Der Sand um ihn herum lag vollkommen still. Langsam und vorsichtig, unbeweglich bis auf Kopf und Augen, begann Eagle, seine Umgebung zu mustern.

Er sah den Lastenfallschirm schlaff und zusammengefallen etwa hundert Meter weiter links liegen, wo er sich in einer grauen Felsgabel verfangen hatte. Eagle zog ein saures Gesicht. Er hatte Hunger und Durst, und in dem Paket gab es Tabletten, die seine

Bedürfnisse stillen konnten, aber er würde nie lernen, sie zu mögen. Er dachte an das Bärensteak, das er gegessen hatte, kurz bevor er die drei Sträflinge tötete, und sein Mund wurde wässrig. Der Gedanke an einen klaren, funkelnden Bergbach schob sich in sein Bewusstsein, aber er verdrängte ihn. In diesem Teil der Mongolei gab es sehr wenig Wasser, und er hatte keine Zeit, danach zu suchen. Die Tabletten mussten genügen.

Eagle verbrachte die nächsten fünf Minuten mit einer sorgfältigen Einschätzung des Windes und der Landschaft, des Himmels, der Wolken- und Felsformationen. Er lag auf einem engen, steinigen Plateau, das an drei Seiten von senkrecht aufsteigenden Felswänden begrenzt wurde. Rechts von ihm, östlich auf dem Kompass, fiel der Boden jäh ab. Ostwärts erhob sich eine weitere Felswand. Also befand sich der Pass östlich von seinem Standort. Er studierte die Felswälle, die ihn umgaben, und verzog das Gesicht. Es war wirklich ein Nadelöhr gewesen. Und er hatte Glück gehabt!

Nichts bewegte sich auf dem Plateau. Er hätte ebenso gut auf dem Mond gelandet sein können. Seine Umgebung sah ohnehin aus wie eine Mondlandschaft. Und doch wusste er aus seinen Instruktionen, dass Lamas und Banditen, *buriats*, in den Hügeln um den Pass lebten. Einer der Männer, die ihn in den Tunnels unter dem Vulkan eingewiesen hatten, war Mongole gewesen - Mr. Merlin übersah nichts - und hatte Eagle vor allem vor den schwarzen Mongolen gewarnt, die hoch in den Bergen lebten und auf ihren Raubzügen bis in die Pässe und die große Wüste kamen. Für die schwarzen Mongolen gab es kein Gesetz außer ihrem eigenen, sie waren außerordentlich brutal und grausam.

Nichts davon beeindruckte John Eagle übermäßig. Als Apache war er mit Grausamkeit vertraut. Er hatte sie selbst gelegentlich angewandt. Dies war einer der Wesenszüge, die sein weißes Ich zu vergessen suchte.

Er grub den Fallschirm aus dem Sand, zog den Druckanzug aus und warf ihn mit dem Helm auf den Fallschirm, machte ein Bündel daraus und trug es zu dem Lastenfallschirm, der sich in dem erneut aufkommenden Winde blähte. Er löste das Paket und wickelte den Lastenfallschirm um das Bündel. Dann vergrub er es zwischen zwei überhängenden Felsen. Der Boden bestand aus bröckligem Löß, vermischt mit Sand und Kies, und nach fünfzehn Zentimetern traf er auf Stein. Das bestätigte ihm seine Position. Während er die Erde über dem Bündel festtrat, sah er suchend zum Himmel. Er wartete auf die Sonne, denn ohne sie war der Miniatursextant, den er bei sich trug, nutzlos.

Ohne den unförmigen Druckanzug stand John Eagle schlank und breitschultrig da, in einem enganliegenden Overall aus stumpfweißem Kunststoff, der seinem Körper nachgebildet worden war. Nachts ließ sich die schwarze Innenseite nach außen kehren. Die Plastikhaut schien weder Nähte noch Taschen zu haben, aber es gab viele davon, sorgfältig verborgen. Einem zufälligen Betrachter schien der Anzug so glatt und frei von Ausbuchtungen zu sein wie eine Schlangenhaut. Aber er war kugelsicher und so geschickt gebaut, dass jede Oberfläche konvex gerundet war, um auftreffende Geschosse abzulenken.

Eagle kletterte einen Abhang aus losen Schieferplatten hoch und kam durch einen kurzen, zum Himmel offenen Tunnel zu einer Höhle. Er hielt an und witterte. Aber der Wind stand ihm im Rücken und war nutzlos. Er setzte sein Bündel ab und nahm eine eigenartig aussehende Pistole aus der Kunststofftasche an seinem Werkzeuggürtel. Auf den ersten Bück wirkte sie wie eine Luger, aber viel länger und mit einem Ringvisier an der Mündung. Es war eine Gaspistole, die mit CO_2 arbeitete und eine schlanke, metallgefiederte Nadel abfeuerte, die noch auf fünfzig Meter Entfernung tödlich war. Es gab keine Explosion, nur ein fast unhörbares Hauchen, ein leises *Pschhhhh*.

Er ließ das Bündel zurück und ging mit der Gaspistole in der Hand vorsichtig auf den Höhleneingang zu. Die letzten Meter kroch er auf dem Bauch. Ein sehr deutlicher Geruch machte sich bemerkbar, aber Eagle wusste, dass er tot und harmlos war. Am Höhleneingang hielt er an und nahm eine bleistiftdünne Stablampe mit einem starken Lichtstrahl zur Hand. Er ließ den grellweißen Schaft in die Höhle fallen und knurrte befriedigt über das, was er sah.

Die Höhle war geräumig, mit einer Decke, die sich hinter dem Eingang hoch emporwölbte. Ihre Rückseite lag außerhalb der Reichweite seiner Taschenlampe. Der Boden bestand aus feinem Sand, hier und da durch Absätze und kleine Felsen unterbrochen, die dem Ganzen ein wenig den Anschein von Mobiliar gaben. Eagle lächelte über den Gedanken. Die Höhle sah gemütlich aus.

Sie hatte mit Sicherheit schon andere Bewohner gehabt, sowohl menschliche als auch tierische. Ein paar blankgenagte Knochen lagen umher - die Überreste kleiner Tiere -, und neben einem größeren Felsbrocken sah er den dunklen Ring einer Feuerstelle. Eagle kroch ein Stückchen weiter hinein und witterte wieder. Der Geruch war ihm neu, aber er ahnte, was es sein musste: verbrannter Dung. *Argul.* Die Mongolen sammelten ihn Stückchen weise und benutzten ihn wie Holzkohle.

Eagle zog sein Bündel in die Höhle und ging zurück zu den Felsen, wo er genügend mongolischen Salbei fand, um einen kleinen Handbesen daraus zu machen. Mit ihm verwischte er sorgfältig alle Spuren seiner Ankunft. Hier waren schon einmal Menschen gewesen, vielleicht kamen sie zurück. Er wollte sie nicht vorzeitig warnen.

Er hatte Hunger und einen wütenden Durst. Mit einer Zange aus seinem Gürtel riss er die Drahtverschnürung von dem segeltuchumhüllten Paket. Darunter lag eine Plastikhaut. Er riss sie ebenfalls ab. Jedes Teil, oder besser jede zusammengehörige Gruppe von Objekten, war getrennt in Plastik verpackt. Eagle fand zwei lange Röhrchen mit der Aufschrift *Wasser* und *Nahrung* und schüttelte sich aus jedem Röhrchen eine große Tablette in die Handfläche. Er starrte sie einen Augenblick lang angewidert an, zuckte dann die Schultern und schluckte die Wasserpille. Die Nahrungstablette kaute er langsam, wie man ihm geraten hatte. Die Tabletten erfüllten ihren Zweck. Er hatte sie schon früher benutzt. Aber sie gefielen ihm immer noch nicht.

Während er methodisch das Paket durchsortierte, kam ihm der Gedanke, dass er hier das neue Zeitalter, die moderne Zeit, die Raumfahrtära in Miniatur, vor sich hatte. Mr. Merlins Experten hatten das Neueste an Ausrüstung, was die mechanisch-kybernetisch-elektronische Ära zu bieten hatte, zusammengetragen. Ein Do-it-yourself- und Soforthilfe-Baukasten für Agenten und Spione, der James Bonds Speicheldrüsen zum Triefen gebracht hätte. Da war ein kleines Motorrad, das aussah wie ein Kinderspielzeug, aber einen zwei Zentner schweren Mann mit nur einer Gallone Benzin hundert Meilen weit fahren konnte. Er besaß vier Gallonen. Zusammengesetzt war die *Wüstenmaus* derart niedrig, dass der Fahrer knapp einen Meter vom Boden entfernt blieb, wenn er sich über die Lenkstange beugte. Die Maschine war in neutraler Sandfarbe gestrichen, die kein Licht reflektierte. Die Reifen, deren synthetisches Material weit härter war als Gummi, enthielten ein farb- und geruchloses, tödliches Gas. Die Reservekanister sahen aus wie Fahrradpumpen und ließen sich durch eine Drehung mit der Hand in Molotow-Cocktails verwandeln.

John Eagle legte die Motorradteile beiseite. Er hatte noch Zeit genug, sie später zusammenzusetzen. Die Maschine war im Gebirge nicht viel wert, aber auf offener Strecke gab sie ihm einen großen Vorteil an Geschwindigkeit und Beweglichkeit. Er hatte die Wüstenmaus in Lager III ausprobiert, während Scharfschützen die Reifen beschossen. Niemand hatte je einen Treffer erzielt.

Eine ganz normal aussehende Feldflasche der US-Army enthielt in ihrem falschen Boden ein starkes Funkgerät. Die Batterien waren winzig, aus massivem Silber und einer neuen Legierung, die Mr. Merlins Wissenschaftler entwickelt hatten - sie nannten sie Bauxitian. Wenn die Zeit gekommen war, konnte er Kontinente, Ozeane und Gebirge damit überspannen und einen Funkspruch direkt zu Mr. Merlins vulkanischer Zitadelle senden. Der Funkspruch war das Signal, dass die Arbeit getan war und er herausgeholt werden wollte: der einzige Fluchtweg für ihn. Eagle tätschelte die Feldflasche sanft, als er sie zur Seite legte.

Er nahm einen kleinen, in Plastik verpackten Gegenstand auf und sah ihn vergnügt an. Von all dem Superspielzeug war ihm dies das liebste. Er glaubte immer noch nicht so recht daran. Es hieß *Chamäleon-Element*. Eagle warf die hauchdünne Gebrauchsanweisung fort, die um das Gerät gewickelt war. Er hatte das Element schon früher benutzt.

Knapp hinter seinem linken Knie befand sich in dem Plastikanzug eine kleine Tasche. Er öffnete sie und ließ das Element hineingleiten. Zwei Drähte verbanden es mit den Langzeit-Batterien, die den Anzug beheizten.

Eagle verschloss die kleine Tasche und sah zu, wie der Anzug die Farbe wechselte. Er begann, dunkler zu werden und die Farbe des Sandes anzunehmen, auf dem er saß. In weniger als einer Minute war er nicht mehr von dem Sand zu unterscheiden. Nur die Bewegungen des Mannes verrieten ihn - und der Kopf mit den kurzgeschnittenen Haaren. Ein geschlossener Schutzhelm, den er später tragen würde, ließ sich an das Chamäleon-Element anschließen und nahm dann ebenfalls die vorherrschende Farbe der Umgebung an.

Diese Erfindung war ein kleines Juwel. Eagle, der über seine kindliche Freude selbst lächeln musste, probierte den Anzug draußen aus. Er kroch aus der Höhle und durch die Felsen und sah zu, wie sich die Farbe der Plastikhaut veränderte. Der alte Ho-kwa-sikna hätte seine helle Freude an diesem Ding gehabt.

Während er auf einem graubraunen Felsen lag und zusah, wie der Anzug die Farbe wechselte, bohrte sich ein Sonnenstrahl durch die graue Wolkendecke über ihm. Der Wind hatte jetzt ganz aufgehört, selbst das Heulen war nicht mehr zu hören. Es war Zeit, mit der Arbeit anzufangen.

Eagle fand den Miniatursextanten und machte eine Sonnenpeilung. Er breitete ein ganz normal aussehendes Taschentuch auf dem Sandboden aus, ließ ultraviolettes Licht darauf fallen und errechnete seine genaue Position anhand der Karte, die auf dem Tuch sichtbar wurde.

Indem er vom Wendekreis des Krebses nach Norden und von der Datumsgrenze nach Osten ging, kam er zu dem Schluss, dass er sich auf etwa 95 Grad und 6 Minuten östlicher Länge befinden musste. Die geographische Breite war schwieriger - schließlich kam er auf ungefähr 45 Grad, 9 Minuten nördlich. Er machte einen Punkt mit dem Spezialstift und benutzte ein Plastiklineal. Bogdo lag etwa fünfundsiebzig Meilen nordöstlich von ihm, jenseits des Passes. Irgendwo in einem Umkreis von fünfzig Meilen um Bogdo stand eine uralte Steinfigur, die Statue einer riesigen Schildkröte, bei der er seinen mongolischen Kontaktmann treffen sollte. Er hatte keine Ahnung, wer das sein würde. Er brauchte nur das Zeichen zu machen; derjenige, der antwortete, war sein Mann.

Eagle drückte einen Knopf an der dünnen Stablampe. Das ultraviolette Licht wechselte zu gewöhnlichem Licht, die Karte verschwand.

Eagle wusste, dass der erste Kontakt nur ein Zwischenglied, ein »Bruch« zwischen ihm und dem Mann sein würde, den er eigentlich erreichen musste. Dieser Mann würde ihn zu der mysteriösen chinesischen Anlage bringen, mit der alles angefangen hatte. Mr. Merlins knappe Anordnungen gingen ihm durch den Kopf:

»Finden Sie es. Finden Sie heraus, was es ist, was da geschieht, wie es geschieht, und wer es macht. Dann urteilen Sie selbst. Zerstören Sie es, sollte es erforderlich sein.«

Zerstören Sie es, sollte es erforderlich sein!

Eagle sah zu den Sohlen seiner Stiefel nieder. Sie enthielten genug Plastiksprengstoff eines neuen Typs, um einen ganzen Häuserblock in die Luft zu jagen.

Wind war aufgekommen und blies ihm vom Pass her ins Gesicht. Glockentöne kamen deutlich quer über das Plateau zu ihm herüber, ein angenehmes Klingeln. Irgendeine Karawane, dachte er, die nach Norden oder Süden durch den Pass zog.

John Eagle ließ den Helm einschnappen und klappte das Visier herunter. Er überprüfte die Gaspistole und kroch aus der Höhle. Das war eine gute Gelegenheit, um seine Ausrüstung unter Gefechtsbedingungen zu testen. Er wollte sich an die Karawane heranpirschen und sehen, wie nahe er kommen konnte, ohne bemerkt zu werden. Nicht zu nah, natürlich, er wollte keinen Ärger. Der kam ohnehin früh genug. Er begann, auf allen Vieren über das Plateau zu laufen, ein seltsames Tier mit einem noch seltsameren Fell, das die Farbe wechselte, während es sich bewegte.

Er näherte sich gerade dem Überhang des Passes, als er die Gewehrschüsse und das wilde Kriegsgeschrei hörte.

Fünftes Kapitel

Die mongolische Sonne, ein lodernder Ball aus gelbweißen Flammen, hatte die Wolken weggebrannt und verwandelte den Pass in einen Feuerofen, als Eagle den Rand der Schlucht erreichte und hinuntersah. Die Felswand senkte sich hier in einer Reihe von Absätzen bis zum felsigen, engen Boden, der vor Millionen Jahren ein Flussbett gewesen war. Genau unter Eagle bog der Pass fast rechtwinklig ab, auf beiden Seiten von zwei großen Felsformationen eingeschlossen. Perfekt für einen Hinterhalt.

Viele Kamele der Karawane, zottige, zweihöckrige Tiere, lagen bereits auf dem Boden. Die verwundeten Tiere traten mit den Beinen und stießen klagende, seltsam menschliche Laute aus. Der Führer der Karawane hatte noch versucht, die Tiere zu einem Kreis zu schließen, ähnlich wie Siedler ihre Wagen gegen die Indianer zu Ringburgen zusammengestellt hatten, aber es war ihm nicht gelungen. Die Angreifer, wilde, kleine Männer auf stämmigen Ponys, stürmten aufs Geratewohl schießend und mit langen Schwertern um sich schlagend zwischen den Kamelen durch. Ein Pony lag am Boden und dahinter die ausgestreckte Gestalt eines Reisenden. Aber sonst gehörte das Feld ganz den Banditen.

John Eagle, der die Situation mit einem Blick erfasste, sah, dass die meisten Opfer Lamas waren, buddhistische Priester. Sie lagen wie blutige Puppen in gelben und scharlachroten Gewändern umher. Die noch Lebenden, machten keine Anstalten, sich zu verteidigen. Eagle sah zu, wie eine kleine Gruppe von Priestern, die sich kniend zusammendrängten und ihre Gebetsmühlen drehten, von einer Attacke der Reiter auseinandergerissen wurde. Lange Schwerter flammten in der Sonne. Ein Kopf, der noch eine rote, tellerförmige Kappe trug, prallte auf und rollte über die Steine wie ein Ball.

Der Apache hatte nicht die Absicht, sich einzumischen. Er fühlte keinen Zorn und kein Mitleid mit denen da unten. Und doch war die Gelegenheit zu günstig, um nicht seine Waffen und seine Ausrüstung zu probieren. Er war sicher, dass niemand zwei oder drei mongolische Banditen vermissen würde.

Eine Minute später begann er, anders über die Sache zu denken. Er war schlangengleich den Felshang hinunter bis zum letzten Absatz gekrochen und lag nun kaum hundert Meter von dem Gemetzel entfernt wie ein menschliches Chamäleon unsichtbar zwischen grauen Felsbrocken.

Der Kampf war fast zu Ende, aber hinter dem toten Pony feuerte immer noch jemand auf die Banditen. Seltsamerweise schossen die Banditen nicht zurück. Sie hatten sich zerstreut und hinter Felsen auf der gegenüberliegenden Seite Deckung gesucht. Viele waren von ihren Pferden gestiegen. Und immer noch feuerten sie nicht auf den Schützen hinter dem toten Pony.

In diesem Augenblick zeigte sich einer der Banditen und rief dem Mann etwas zu. Der Mann feuerte, und der Bandit fiel vornüber aufs Gesicht. Eine Salve von Flüchen kam von den restlichen Banditen, aber kein Schuss löste sich.

Auf seinem Beobachtungsposten nickte Eagle anerkennend. Gut gezielt. Obwohl der Schuss durch die Wände der Schlucht gedämpft und verzerrt wurde, klang das Gewehr wie eine alte Mauser. Er beobachtete die weitere Entwicklung mit Interesse und wunderte sich, warum die Banditen, die nun noch einen Mann verloren hatten, nicht einfach das Feuer eröffneten und den letzten Überlebenden der Karawane mitsamt seinem Pony durchlöcherten. Der Schütze feuerte jetzt nicht mehr oft. Nur ein gelegentlicher Schuss, dann ein langes Schweigen, während die Banditen im Schutze eines Felsens zusammenhockten und mit heftigen Gesten aufeinander einredeten. Eagle nahm an, dass seine Munition zu Ende ging.

Derselbe Gedanke war auch den Banditen gekommen. Sie begannen, sich vorsichtig und mit kurzen, schnellen Bewegungen sehen zu lassen, um das Feuer auf sich zu ziehen. Der Schütze feuerte zweimal und schwieg dann wieder.

Die Banditen nahmen den Mann jetzt in die Zange. Während ein Hagel von Pfeilen ihn zwang, hinter seinem Pony in Deckung zu bleiben, krochen einige Banditen auf dem Bauch durch die Felsen, bis sie sich auf beiden Seiten des toten Tieres befanden. Sie würden ihr Opfer überwältigen, wenn der Zeitpunkt gekommen war.

Eagle zog die Gaspistole aus dem Halfter und schätzte die Entfernung. Er spielte nur damit herum, wie er sich selber einredete. Er hatte nicht die leiseste Absicht, in die Sache verwickelt zu werden. Es stimmte, dass der einsame Schütze großen Mut bewiesen hatte und einen großartigen Kampf geliefert hatte, obwohl die Chancen gegen ihn standen, aber das war nicht Sache des Apachen. Seine Befehle waren klar und äußerst unmissverständlich. Und doch legte er die langläufige Pistole auf und visierte den nächsten Banditen an. Die Entfernung betrug etwa fünfundsiebzig Meter. Es gab kaum Wind. Eagle verstellte die Kimme ein wenig und wünschte, er hätte den Kolben mitgebracht, der sich in den Pistolengriff einklinken ließ und die Waffe zum Gewehr machte. Oder noch besser seinen Aluminiumbogen mit den Pfeilen aus rostfreiem Stahl. Beides lag oben in der Höhle. Er hatte nicht so schnell mit einem wirklich ernsten Test gerechnet.

Mit schrillen Schreien stürzten sich die Banditen auf den Mann hinter dem Pony. Das Gewehr knallte zweimal, und ein Bandit fiel um sich schlagend zu Boden, dann wurde der Schütze überwältigt. Eagle sah einen Moment lang, wie der für einen Mongolen hochgewachsene Mann mit dem Gewehrkolben um sich schlug, bevor er in einer Woge stämmiger Körper unterging. Eagle seufzte. Pech. Er wäre dem Mann gern zu Hilfe gekommen. Aber Befehl war Befehl, und es stand zu viel auf dem Spiel. Für ihn selbst und für Mr. Merlin. Er konnte es einfach nicht riskieren.

Sie schleiften den Überlebenden in die Mitte des Passes. Weitere Banditen sprangen aus der Deckung. Der Gefangene wurde an eine ebene Stelle gezerrt und zu Boden geworfen. Seine spitze Pelzkappe fiel ab. Dunkles, zu langen Zöpfen geflochtenes Haar leuchtete in der Sonne. Einer der Banditen beugte sich lachend nieder und riss die wattierte Jacke auf. Zwei kleine, hellbraune Brüste wölbten sich unterm Sonnenlicht.

John Eagle presste ein schmutziges Wort zwischen den Zähnen heraus. Eine Frau! Nicht einmal das - *ein Mädchen!*

Es hätte ihm wenig Freude gemacht, Mr. Merlin in diesem Moment zu erklären, warum sich damit alles geändert hatte. Er wusste nur, dass es so war. Jetzt war es doch seine Sache. Und er wollte verhindern, was da unten geschah.

Ein wenig Zeit blieb ihm noch. Die Banditen, die offensichtlich von Anfang an Bescheid gewusst hatten, waren nicht in Eile. Sie hatten ihren Spaß und machten sich fertig für eine Bandenvergewaltigung, die weiter und weiter gehen würde, bis sie nicht mehr konnten oder das Mädchen tot war.

Der Apache griff in eine Tasche seines Plastikanzuges und nahm einen langen, schlanken, geschwärzten Metallstab heraus. Der Stab war teleskopisch zusammengeschoben. Eagle zog ihn auseinander und ließ ihn entlang des Pistolenlaufs einschnappen.

Er hatte das Zielfernrohr eigentlich noch nicht benutzen wollen. Unter anderem, weil er sehen wollte, was die Pistole auf lange Entfernung allein leistete. Aber jetzt konnte er sich keine Fehler mehr erlauben. Er richtete die Pistole wieder auf dem Felsen aus und legte das Auge ans Zielfernrohr.

Es gab kein stärkeres Glas als dieses. Er hätte die Hand ausstrecken können, um die zarte Scham des Mädchens zu berühren, die jetzt bloßgelegt war. Bevor Eagle das Zielfernrohr weiterwandern ließ, um nach seinem ersten Opfer zu suchen, fiel sein Blick auf dunkles Flaumhaar und feuchtrosa Haut, zuckend und wehrlos der bevorstehenden Invasion preisgegeben.

Das Mädchen hatte jetzt aufgehört, sich zu wehren. Seine Augen waren resigniert geschlossen. Vier Banditen hielten es fest. Je einer kniete auf jedem Arm, und zwei andere spreizten ihr die Beine weit auseinander. Ein fünfter Bandit kam nach vorn: ein untersetzter, kleiner Mann mit narbigem, grausamem Gesicht, hängendem Schnurrbart und dünnem Kinnbart. Offensichtlich war er der Anführer und beanspruchte jetzt sein Recht.

Er machte sich nicht die Mühe, die gekreuzten Patronengurte von den Schultern oder das Messer und den Revolver aus seinem Gürtel zu nehmen. Er grinste mit seinen Zahnlücken und kniete sich zwischen die Beine des Mädchens, zerrte an seiner Hose und entblößte sich. Als einer der Banditen in diesem Moment etwas sagte, brüllte alles vor Lachen.

John Eagle hielt die Pistole mit beiden Händen ruhig. Er hatte den Hinterkopf des Mannes im Visier. Der stützte sich rechts und links von dem Mädchen auf und lehnte sich nach vorn. Seine Rückenmuskeln spannten sich, als er sich fertigmachte, in sie hineinzustoßen.

Plonk.

Der Pfeil drang ihm im Nacken kurz unter dem Haaransatz in den Kopf. Die Spitze riss das Gehirn auseinander. Der Mann fiel nach vorn auf das Mädchen. Ein Schweigen entstand, als die Banditen auf ihren Anführer hinunterstarrten - eine Leiche mit einer Metallbrosche hinten im Nacken. Die gestiefelten Füße des Toten zuckten reflexartig.

Eagle hatte seinen Plan schon gefasst. Wenn er hier gewinnen wollte, dann musste er außer Gewalt auch List und Terror anwenden. Er zielte und schoss in rascher, ununterbrochener Folge, ohne eine Nadel zu verschwenden.

Plonk - plonk - plonk - plonk - plonk - plonk...

Wie ein Schwarm zorniger Hornissen schlugen die Pfeile in die wild umherlaufenden, schreienden und verwirrten Banditen. Ein Auge hier, eine Kehle da, mehrere Herzschüsse, ein Stahlspieß zur einen Schläfe hinein und zur anderen wieder hinaus. Das Magazin lief leer, der Apache knallte ein neues hinein, ohne aus dem Takt zu kommen. Er ließ den tödlichen Hagel weiterprasseln.

Das Chaos war jetzt vollständig. Ein Bandit, der bessere Nerven hatte als der Rest, erkannte die Richtung, aus der die kleinen Geschosse kamen, und streckte schreiend den Arm aus. Im nächsten Augenblick ging er zu Boden. Zwischen seinen Augen blinkte Metall.

Das Mädchen war vergessen. Eagle, der ständig feuerte, zielte, wieder feuerte, sah es aufspringen, seine Kleider an sich reißen und in seine Richtung laufen. Gut. Sie hatte nicht die Nerven verloren.

Einer der Banditen, die jetzt in heilloser Flucht auf die Felsen und die Ponys auf der gegenüberliegenden Seite zuliefen, hob einen kurzen Bogen und schickte dem Mädchen einen Pfeil nach. Er traf es am Arm und baumelte dort. Eagle tötete den Mann.

Die Banditen sprangen schreiend und drängelnd auf ihre stämmigen Ponys. Eagle schob ein drittes Magazin in die Gaspistole und beobachtete sie aufmerksam. Die erste Runde hatte er leicht gewonnen, die *buriats* waren nur noch ein wirrer Haufen, aber es konnte immer noch anders kommen. Das Mädchen arbeitete sich laufend, fallend und wieder aufstehend die Felsen hoch auf Eagle zu.

Es gab Ärger. Einer der Banditen, ein breitschultriger Bursche, versuchte, seine verschreckten Kumpane zu sammeln. Eagle fluchte leise. Man hatte ihm den mongolischen Charakter ausführlich erklärt: primitiv, abergläubisch, freundlich, aber wahre Teufel im Kampf, wenn sie einmal wütend geworden waren. Wo ein Chinese die Flucht ergriff, leistete ein Mongole Widerstand.

Ker-wapp - ker-wapp - uingiiiiiuuu...

Der breitschultrige Bandit feuerte jetzt auf die Felsen. Er schoss von seinem Pony aus und versuchte gleichzeitig, seine Freunde durch Zurufe zu beruhigen. Eagle versuchte es mit der Gaspistole und verfehlte den Mann. Zu weit weg. Er hatte plötzlich ein ungutes Gefühl im Magen. Das Blatt konnte sich nur allzu leicht wenden. Und er musste ohnehin versuchen, sie in Panik davonzujagen. Er konnte sich nicht leisten, dass jemand seinen Spuren folgte.

Er würde sich zeigen müssen, ein bisschen Entsetzen verbreiten. Er hatte sich mit Plastikanzug und Helm im Spiegel gesehen und wusste, dass er für einen primitiven Eingeborenen aussehen musste wie ein Dämon aus der Hölle. Jedenfalls hoffte er das. Wenn es ihm nicht gelang, überzeugend auszusehen, dann konnte die Situation verdammt ungemütlich werden.

Das Mädchen war jetzt fast bei ihm. Es stolperte und fiel über einen flachen Felsen, nicht weit unter ihm. John Eagle entschied, dass es Zeit für seinen Auftritt war. Er kam aus seiner Deckung hervor und sprang gewandt zu dem Felsen hinunter, auf dem das Mädchen keuchend und erschöpft liegengeblieben war. Sein Visier war hochgeklappt, und er sprach, ohne zu ihr hinunterzusehen.

»Ich bin Ihr Freund, haben Sie keine Angst. Tun Sie genau, was ich Ihnen sage. Verstehen Sie?« Er sprach englisch, weil sein Mongolisch sehr dürftig war, und verließ sich mehr auf den Tonfall als auf die Worte. Gleichzeitig ließ er die rechte Hand sinken, so dass sie sie sehen konnte, und hielt den rechten Daumen hoch. »Sai - sai - sai - verstehen Sie? « fügte er hinzu.

Er hatte keine Zeit, über ihre Antwort erstaunt zu sein. Sie kam in fast perfektem Englisch. »Verstehe. Ich rühre mich nicht. Tun Sie etwas, um die Banditen noch mehr zu erschrecken. Schnell! Das sind keine Dummköpfe oder Feiglinge. Wenn Sie es schaffen, auszusehen wie ein Dämon...«

»Genau das hatte ich vor«, sagte Eagle. Er spreizte die Beine weit, reckte sich auf dem Felsen zu seiner vollen Größe von 1,95 Metern und hielt die Arme mit gespreizten Fingern ausgestreckt, als kralle er sich in den Himmel. Er schwenkte die Gaspistole in der rechten Hand und sah auf den kleinen Haufen Banditen hinab, die wortlos und mit offenen Mündern diese Erscheinung aus den Felsen, diese Verkörperung ihres schweigenden Todes anstarrten.

Eagle hatte eine machtvolle Stimme. Eine gute Stimme. Auf der Universität hatte er in studentischen Musikveranstaltungen gesungen und seine Stimme vervollkommnet. Jetzt verzerrte er das Gesicht zu einer schrecklichen Fratze. Er bleckte die Zähne, dass die Sonne auf ihnen funkelte. Er rollte die Augen und den Kopf und lachte tief aus dem Zwerchfell heraus. Der Widerhall in dem engen Pass war enorm. Das unirdische Gelächter rollte vor und zurück und hallte von einer Felswand zur anderen.

»Ho-ho-ho... Ha-ha-ha-ha-ha... Ho-ho-ho... Ha-ha-ha!«

Der kleine Haufe *buriats* duckte sich. Einige rutschten von ihren Ponys und warfen sich zu Boden. Manche begannen, hysterisch zu weinen.

Aber es war immer noch nicht vorbei. Der breitschultrige Bandit stieß einen herausfordernden Schrei aus und zielte sorgfältig auf das Gespenst in dem Felsen. Eagle sah ihm zu und wartete, denn wenn der Mann nicht zufällig einen Glückstreffer ins offene Visier landete, spielte er Eagle in die Hände. Das war alles, was die Banditen noch brauchten.

Zu seinen Füßen keuchte das Mädchen: »Gehen Sie doch in Deckung - schießen Sie!«

»Keine Bewegung«, sagte er. »Machen Sie sich nicht zur Zielscheibe.«

Er musste die Zeit genau abpassen. Der Mann mit dem Gewehr feuerte. Die Kugel klatschte gegen den Plastikanzug und trudelte davon. Im gleichen Moment griff Eagle mit der freien Hand zu, als fange er die Kugel. Er tat, als sähe er sie verächtlich an und warf sie dann zur Seite. Dann stemmte er die Hände in die Hüften und begann aufs Neue zu lachen: »Ho-ho-ho-ho-ho-ho...« Das Gelächter brach sich brüllend im engen Pass.

Sein Anzug war am Hals elastisch genug, um den Kopf hineinducken zu können. Das tat er jetzt, nahm den Helm ab und schwang ihn durch die Luft. Den bebenden *buriats* schien es, als nähme er seinen Kopf ab und winke ihnen damit. Der Mann, der geschossen hatte, ließ sein Gewehr fallen und floh mit den anderen den Pass hinunter. Nichts blieb außer dem Schweigen der Toten. Über ihren Köpfen erschienen wie durch Zauberei drei große schwarze Vögel und begannen, träge im Kreise zu fliegen: Geier, die wussten, wo ihre nächste Mahlzeit auf sie wartete.

Mary Choija hielt ihre zerrissene Hose zusammen und starrte den hochgewachsenen Mann über sich an. Sie war gebildet und aufgeklärt genug, um den Plastikanzug und den Rest der Ausrüstung in etwa verstehen zu können (obwohl die Kugelsicherheit des Anzugs sie ebenso überrascht hatte wie die Banditen), aber sie musste doch zugeben, dass er wirklich wie ein Dämon aussah. Oder wie ein Gott. Jedenfalls sah er gut genug aus, um sich mit jedem Gott messen zu können, von dem sie je gelesen oder geträumt hatte. Sie hielt ihn für einen Amerikaner, obwohl seine Haut so dunkel war, dass er als Mongole hätte gelten können, wenn seine hellblauen Augen nicht gewesen wären; und sie erriet auch, wer er war und was er suchte. Und doch brauchte sie noch Beweise.

Er streckte die Hand aus, um sie hochzuziehen. Seine weißen Zähne blitzten, und in seinen blauen Augen lag Verwunderung. Verwunderung und ein wenig Argwohn. Als er sprach, verschwanden ihre letzten Zweifel. Er hatte eine amerikanische Stimme mit einer dünnen Schicht Oxford-Patina, die Stimme eines gebildeten Mannes, ein weicher Bariton voll Selbstvertrauen und Gelassenheit.

Er versuchte ein Lächeln. »Wie wär's, meine liebe englischsprechende Freundin, wenn Sie mir jetzt erklären würden, wer Sie sind und was, zum Teufel, Sie hier suchen?«

Mary Choija lächelte. Ihre Zähne waren kleine Perlen in dem dunklen Oval ihres Gesichts. Ihre zerrissene Hose notdürftig zusammenhaltend, stützte sie sich auf ihn und fühlte den Schmerz des Pfeils in ihrem Arm. Jetzt war sie sicher. Aber noch war das Zeichen nicht gegeben und beantwortet. Ihre Anweisungen waren in diesem Punkt unmissverständlich.

Der Mann sah den Pfeil an, der aus ihrem Arm hing. »Kommen Sie, wir bringen das in Ordnung. Ich habe nicht weit von hier eine Höhle.« Er sah nach Süden in den Pass hinein. »Wir können es uns nicht leisten, hier zu bleiben. Vielleicht überwinden sie ihren Schreck und kommen zurück.«

Das Mädchen ließ ihn los und lächelte erneut. »Kein Grund zur Sorge. Die Banditen kommen nicht mehr zurück. Sie werden nicht aufhören zu laufen, bis sie zu Hause sind - im Tal des Roten Sandes.« Sie nickte in Richtung des toten Anführers. »Das ist Namsun, ihr Hauptmann. Ohne ihn werden sie eine Weile kopflos sein.«

John Eagle ließ den Helm wieder einschnappen, behielt aber das Visier offen. »Sie scheinen ja eine Menge zu wissen«, sagte er.

Sie nickte. »Genug. Ich glaube, ich werde Ihnen nützlich sein. Aber das kann warten - ich muss erst etwas anderes tun. Warten Sie bitte.«

Schweigend sah er zu, wie sie aus ihrer Jacke ein kleines Messer zog. Sie hatte es fertiggebracht, ihre Kleider so überzustreifen, dass er nur einmal flüchtig ein Stück glatten braunen Schenkels zu sehen bekam, als sie den felsigen Abhang hinunter zur Passsohle stieg. Jetzt, nachdem das Entsetzen vorbei war, bewegte sie sich zwischen den Toten so sicher und leicht wie eine heimische Gazelle. Er sah, wie sie mit dem Messer in der Hand auf den toten Bandenchef zuging. Eine Vorahnung stieg in ihm auf. Er hatte Apachen-Frauen gesehen...

Das Mädchen hielt neben dem toten Bandenhäuptling und spuckte auf die Leiche hinunter. Dann beugte es sich vor und machte sägende Bewegungen mit ihrem kleinen Messer. Schließlich richtete es sich wieder auf und drehte sich mit einem starren Lächeln zu ihm, damit er es sehen konnte. Sie spuckte darauf, warf das tote Fleisch von sich und wischte sich die Hände ab.

Der Apache verstand und billigte ihr Handeln, obwohl er wusste, dass der Weiße in ihm nicht einverstanden war. Er rief: »Beeilen Sie sich. Wir müssen machen, dass wir hier wegkommen!«

»Noch ein oder zwei Minuten. Es gibt noch zu tun.« Sie hob das Gewehr eines Toten auf und lud es von seinem Patronengurt.

Dann bewegte sie sich zwischen den Priestern umher und hielt ab und zu an, um einen von ihnen näher zu untersuchen. Sie fand drei, die noch am Leben waren, und gab ihnen den Gnadenschuss.

Eagle nickte beifällig. Sie war grausam, wie auch er manchmal grausam war. Und es gab Barmherzigkeit in ihr, wie auch in ihm.

Ihre Erklärung war einfach. »Sie waren schwer verletzt. Wir hätten sie hier nicht versorgen können.«

Er stimmte ihr zu. »Wer waren sie?«

»Priester aus den Bergen, auf einer Pilgerfahrt nach Karakorum. Sie gehen jedes Jahr, obwohl ich den Grund nicht kenne. Einer der Kameltreiber stammte aus Bogdo, einem Ort, der nahe bei meinem Zuhause liegt. Ich habe ihn gekannt, deshalb erlaubte man mir, mich der Karawane anzuschließen. Vielleicht wäre all dies nicht geschehen, wenn ich ihnen die Wahrheit erzählt hätte. Aber ich log - und jetzt sind sie alle tot.«

John starrte sie an. Seine blauen Augen waren eiskalt. »Aber mir werden Sie die Wahrheit erzählen?«

Ihre dunkelbraunen Augen hielten den seinen stand. Sie war sich seiner sehr sicher. Wie wäre er sonst in diese Wildnis gekommen? Doch es blieb noch das Zeichen zu geben.

»Vielleicht«, sagte sie. »Das hängt davon ab.«

»Wovon?«

»Davon.«

Mit ihrem Fuß glättete sie ein Stück Erde. Darauf zog sie mit dem Messer eine dreißig Zentimeter lange gerade Linie. Nichts sonst. Sie sah ihn an. »Ich glaube, ich weiß, wer Sie sind. Aber ich muss sichergehen.«

»Sie haben Recht«, sagte er. Er nahm ihr das Messer aus der Hand, zog eine Diagonale und dann eine Gerade, die beide Linien kreuzte und daraus eine 4 machte: das große Medizinzeichen der Be-donke-he-Apachen. Er gab ihr das Messer zurück und streckte ihr seine große Hand entgegen. Ihre lag klein und warm in der seinen, schlank und feminin und - hilflos? Er unterdrückte ein Lächeln, als er sich erinnerte, was er gerade gesehen hatte.

»Ich bin John Eagle. Wie heißen Sie?«

»Mary Choija. Ich bin die Schwester Turkan Choijas, des Mannes, den Sie suchen.«

Er ließ ihre Hand fallen und sah sie streng an. Sie merkte, dass er ihr nicht völlig traute.

»Was machen Sie hier?«, verlangte er zu wissen. »Dies ist nicht unser Treffpunkt. Sie sollten bei der Steinschildkröte auf mich warten.«

Sie wandte den Blick nicht ab. »Das weiß ich. Ich werde alles erklären. Aber später.« Sie zeigte auf den baumelnden Pfeil. »Es schmerzt mich sehr. Wollen Sie mir bitte helfen?«

Er nickte kurz. »Selbstverständlich, entschuldigen Sie. Gehen wir also. Können Sie es allein schaffen?«

»Ja, nur das Klettern geht nicht gut. Ich kann den Arm kaum benutzen.«

Als er ihr über die Felsen zurück zum Plateau half, kam all sein Argwohn zurück. Sicher, sie hatte das Zeichen gegeben, aber war das genug? Es gab ein zweites Zeichen, doch das kannte nur sein eigentlicher Kontaktmann. Turkan Choija, wie das Mädchen gesagt hatte, der Bruder. War das etwa eine Familienangelegenheit? Und wo steckte Turkan Choija? Warum war er nicht hier statt des Mädchens?

Als sie die Höhle erreichten, weiteten sich ihre Augen vor Staunen über die herumliegenden, größtenteils noch sauber in Plastik verpackten Ausrüstungsgegenstände. Er setzte Mary auf einen Felsen am Eingang, wo das Licht gut war, und durchsuchte den Haufen, bis er den Erste-Hilfe-Kasten fand. Er enthielt alles Notwendige, einschließlich Morphium-Ampullen und einer chirurgischen Nadel nebst Nähdarm.

Das Mädchen beobachtete schweigend, wie Eagle seine Vorbereitungen traf. Er lächelte ihr ohne Fröhlichkeit zu. »Es wird wehtun«, sagte er. »Der Pfeil hat Widerhaken. Ich muss ihn durch das Fleisch nach oben stoßen und den Kopf abschneiden, um den Schaft herausziehen zu können. Ich habe ein schmerzstillendes Mittel hier, wenn Sie wollen - in fünfzehn Minuten spüren Sie nichts mehr.«

Mit unbeweglichem Gesicht sagte sie: »Ich brauche nichts. Fangen Sie an. Je schneller es vorüber ist, desto schneller heilt die Wunde.«

Es war unmöglich, ihr die Jacke auszuziehen, ehe der Pfeil nicht entfernt war. Er umschloss ihren Arm fest mit einer Hand und ergriff den Pfeil mit der anderen und spürte ein wenig Mitleid mit ihr. Fast das gleiche war ihm selbst einmal passiert - nur dass er den Pfeil ins Bein bekommen hatte, während er versuchte, einem mexikanischen Apachen-Stamm Pferde zu stehlen -, und es hatte höllisch wehgetan. Er trug die Narbe noch immer an der Innenseite des Schenkels, so breit wie die Pfeilspitze, die sie verursacht hatte.

Mary hatte das Gewehr und einen Patronengürtel des toten Banditenchefs mitgebracht. Er nahm eine Patrone aus dem Gürtel und klemmte sie ihr zwischen die kleinen, weißen Zähne. »Beißen Sie drauf.«

Das Mädchen schloss die Kiefer um die Kugel, die Augen fest auf seine gerichtet.

»Fertig?«

Sie nickte und schloss die Augen.

Mit einer schnellen Bewegung seiner kraftvollen Arme zog und schob Eagle gleichzeitig. Die Pfeilspitze stieß mit einem blutigen Schmatzgeräusch durch den fleischigen Teil des Oberarms. Mary zitterte und hielt die Augen geschlossen. Ihre Zähne knirschten auf dem Metall. Eine Träne löste sich aus jedem Auge und glitt die Wangen herunter.

Sie wurde ihm wieder sympathischer. Selbst wenn sie sich als Feindin erweisen sollte, besaß sie doch wenigstens Würde und Mut, die beiden meistgeschätzten Eigenschaften eines Apachen-Kriegers. Aus ihr wäre eine gute Squaw geworden, dachte er.

Er arbeitete schnell, kniff die Pfeilspitze mit einer Zange ab und zog den Schaft aus der Wunde. Es floss viel Blut, aber ohne Puls. Er bestreute eine sterile Wundauflage mit antiseptischem Puder und verband den Arm fachmännisch. Aus einem weiteren Stück Bandage machte er eine Schlinge. Er gab Mary eine Tablette, die die Blutgerinnung beschleunigte. Als sie über Durst klagte, gab er ihr eine Wassertablette und lachte über den Ausdruck auf ihrem Gesicht.

Sie lachte zurück. »Dann ist es also wahr, was ich über die Amerikaner gelesen habe? Alles ist synthetisch?«

»Nicht alles«, sagte er.

Ihre Blicke kreuzten sich einen Augenblick. Sie sah zuerst von ihm fort, die weiche, bronzefarbene Haut rot überflutet. Er musste zugeben, dass sie eine Schönheit war mit ihrem ovalen Gesicht, den hohen Backenknochen und den wohlproportionierten Augen, denen die Mongolenfalte fehlte. Ihre Familie musste aus dem Norden stammen, wo der chinesisch-tibetanische Einfluss noch nicht so stark war. Richtig angezogen hätte sie ein Indianermädchen sein können, aber er nahm an, dass sie ihre schlanke Figur länger behalten würde als die meisten Indianerinnen.

Der Augenblick ging vorüber. Mary sah sich erneut in der Höhle um. Am längsten blieb ihr Blick auf dem demontierten Motorrad haften, dann schüttelte sie verwundert den Kopf. »Das werden Sie hier kaum brauchen können. In der Gegend von Ulan Bator schon eher. Fahrräder sind das neue Pferd des Mongolen geworden.«

John Eagle machte es sich auf einem Felsen bequem und begann, seine Gaspistole zu reinigen. »Erzählen Sie mir von Ihrem Bruder Turkan. Warum sind Sie hier und nicht er? Was ist schiefgelaufen?«

»Die Banditen haben Turkan gefangengenommen und wollen Lösegeld für ihn. Sie haben einen seiner Finger zu unserer Jurte bei Bogdo geschickt und verlangt, dass ich Gold bringe, um ihn zu befreien. Sie haben versprochen, jede Woche einen Finger zu schicken, bis ich das Gold abliefere. Deshalb war ich hier bei der Karawane und nicht bei der Steinschildkröte, um Sie zu erwarten.«

Er sah nicht von seiner Arbeit auf. »Ein Finger? Woher wussten Sie, dass er Ihrem Bruder gehörte?«

»Der Familienring steckte noch daran.« Ihre Stimme klang flach, ruhig, unbewegt.

Eagle nickte. »Und das Gold?«

»Es gibt kein Gold. Wir sind arme Leute. In den alten Tagen waren meine Vorväter eine Art regionaler Oberherren, heute leben wir weit verstreut und kommen nicht oft nach Bogdo. Wir haben genügend Jurten und Rinder, Schafe und Ponys, aber wir haben kein Gold. Das wenige Geld, das wir hatten, wurde für meine Erziehung ausgegeben - ich ging zehn Jahre lang zur Schule in Ulan Bator, bevor ich nach Peking kam.«

Eagle war mit dem Reinigen der Pistole fertig und steckte sie weg. Er zählte nach und stellte fest, dass er noch zwölf Magazine mit Pfeilen hatte. Er musste sparsam sein. Dem Mädchen warf er einen harten Blick zu.

»Kein Gold, und doch gingen Sie in die Berge zu dem Lager der Banditen. Warum? Was hatten Sie vor?«

»Ich hatte vor zu zahlen - auf meine Art. Die einzige Art, die mir zur Verfügung stand. Ich wollte mich an seiner Statt anbieten. Ich liebe Turkan - er ist mein älterer Bruder -, aber er ist auch zwanzig Jahre älter und kahl. Und ein Mann. Ich bin ein junges Mädchen. Eine Jungfrau. Ohne unbescheiden sein zu wollen - glauben Sie nicht, dass Kubla, der Banditenhäuptling, ein Dummkopf gewesen wäre, den Tausch nicht zu machen?«

»Allerdings«, grinste Eagle. »Erzählen Sie mir von diesem Kubla. Wir sprechen später über Ihren Bruder. Und wie steht es mit dem toten Mann da unten im Pass, Namsun? Wie viele Banditenhäuptlinge laufen denn eigentlich hier herum?«

»Namsun!« Sie spuckte aus. »Er war Kublas jüngerer Bruder. Sie hassten einander. Ich muss jetzt raten, aber ich glaube, Namsun hörte Gerüchte und legte der Karawane einen Hinterhalt, um das Gold noch vor Kubla zu bekommen.«

»Na schön. Und was wollen Sie jetzt tun? Namsun ist tot, seine Männer sind in alle Winde verstreut. Die Karawane ist zerstört. Das alles ist zwar nicht meine Sache, aber Sie haben Ihren Kontaktauftrag abgebrochen, mich nicht am vorgeschriebenen Ort getroffen, und doch sitzen Sie jetzt hier. Ich will und brauche aber nicht Sie, sondern Ihren Bruder Turkan. Er hat Informationen für mich. Falls er sie nicht an Sie weitergegeben hat, bevor die Banditen ihn gefangen nahmen.«

Er beobachtete sie genau. Ihre braunen Augen waren halb geschlossen, ihr glattes, reizendes Gesicht zeigte ruhige Selbstzufriedenheit.

»Er hat mir etwas gesagt, bevor er auf seine letzte Reise ging. Es war das erste Mal, dass er so etwas tat. Ich weiß nicht, ob er mir alles gesagt hat, aber er verriet mir Dinge, von denen er nie zuvor gesprochen hat.«

Eagle blieb geduldig. »Was, zum Beispiel?«

Das Mädchen schloss die Augen und wechselte die Stellung des verwundeten Armes.

»Ich bin mir nicht sicher, ob ich es Ihnen sagen soll oder nicht. Jedenfalls nicht, bevor wir uns über etwas geeinigt haben.«

Er hatte schon damit gerechnet.

»Sie wollen, dass ich Ihren Bruder befreie? Dass ich Turkan vor den Banditen rette?«

Sie nickte schnell. »Was bleibt Ihnen übrig? Er hat mir einiges gesagt, nicht alles. Er weiß das eigentliche Erkennungszeichen, nicht ich. Also werden Sie mir nie wirklich trauen. Und nur Turkan weiß, wo die Chinesen sind und was sie im Schilde führen. Nicht ich. Also müssen Sie meinen Bruder retten, um die Informationen zu bekommen, die er hat. Sonst können Sie nicht das tun, wozu Sie gekommen sind. Und was sollten Sie schon dabei verlieren? Sie schlagen zwei Fliegen mit einer Klappe, retten meinen Bruder und dienen sich damit selbst, John.«

Das Dumme an der Sache war, dass sie Recht hatte. Also gut.

»Wissen Sie, wo das Lager der Banditen ist? Kennen Sie Kublas Hauptquartier?«

»Nein. Ich weiß nur, dass es im Tal des roten Sandes liegt. Ich kann Ihnen die Karawanenstraße zeigen, die südwärts durch den Pass führt, das ist alles. Wir werden danach suchen müssen.«

Er meinte, auf eine Lüge gestoßen zu sein. »Wie wollten Sie Kubla dann finden und sich gegen Ihren Bruder eintauschen?«

Sie sah ihm gerade ins Gesicht. »Ich wollte mich von der Karawane trennen. Einer der Kameltreiber kannte einen kleineren Pass, der zum Tal des roten Sandes abzweigt. Oder jedenfalls behauptete er das. Ich hatte vor, in diesen Pass hineinzuwandern, bis Kublas Männer mich fanden. Ich glaube nicht, dass es lange gedauert hätte. Die Banditen sind sehr vorsichtig und bewachen ihr Lagergut.«

Er musste das akzeptieren. »Okay. Also, was hat Ihr Bruder Ihnen über die Chinesen erzählt? Und halten Sie sich an die Tatsachen. Erfinden Sie nichts, nur weil Sie vielleicht denken, dass ich es gern hören würde.«

Sie lächelte. »Dann kennen Sie den mongolischen Charakter also ein wenig. Nun gut, ich werde es Ihnen erzählen. Es ist nicht viel. Die Chinesen kamen in großer Zahl von Süden her durch den Pass, in kleinen Gruppen und nachts. Turkan sagte, die Regierung in Ulan Bator wüsste einiges von dem, was die Chinesen hier treiben, aber nicht alles.«

Eagle nickte. Das war immer so. Die chinesischen Kommunisten schützten irgendeine Tätigkeit vor, die von der mongolischen Regierung genehmigt war, um ihre wahre Absicht zu vertuschen.

»Sie sind in einem großen Tal«, fuhr das Mädchen fort, »das auf keiner Karte steht. Sie haben sich dort in einem alten Lama-Kloster eingerichtet. Ein riesiges, uraltes Gebäude, in dem einst Tausende von Lamas lebten. Das war vor langer Zeit, im alten chinesischen Reich, als die Lamas gefördert wurden. Turkan sagte mir, dass die Chinesen lastwagenweise Material herantransportiert hätten, um damit neue Gebäude zu bauen und alte zu renovieren. Es gibt einen Flugplatz, aber es kommen kaum Maschinen an. Und doch gibt es Flugzeuge dort. Die Chinesen bauen sie an Ort und Stelle. Und dann zerstören sie sie wieder. Ihre eigenen Maschinen! Turkan nannte die Flugzeuge *Drohnen*. Was ist das, John? Ich verstehe das Wort Drohnen nicht.«,

Eagle hörte jetzt voll Spannung zu. Das war zweifellos der Grund, warum Mr. Merlin ihn hergeschickt hatte.

»Flugzeuge, die ohne Piloten fliegen können«, sagte er. »Turkan sagte, dass die Chinesen sie zerstören. Hat er auch gesagt, wie?«

Sie schüttelte den Kopf. »Nein. Aber ich habe ihn genau beobachtet, als er davon sprach, und ich sah - ich kenne Turkan sehr gut -, dass er beeindruckt war und sich ein wenig fürchtete. Mir ging es ebenso. Ich fragte ihn noch einmal, um mehr zu erfahren, aber er schüttelte den Kopf und sagte nur, es sei eine furchterregende Szene: ein Flugzeug flog durch die Luft - und plötzlich war es verschwunden. Einfach so. Weg.«

Eagle lehnte sich vor. »Hat er etwas von Kanonen gesagt? Irgendeine Art Waffe?«

»Nein. Danach sprach er nicht mehr viel. Er war nur für ein paar Tage nach Hause gekommen, bevor er wieder in die Berge zurückging. Ich glaube, er wartete auf eine Nachricht. Sie muss gekommen sein, obwohl ich nicht weiß, wie; denn eines Tages machte er sich wortlos fertig, um fortzureiten. Bevor er ging, gab er mir die Anweisung, Sie zu erwarten und zu ihm zu führen.«

Eagle hatte etwas übersehen. »Wohin sollten Sie mich führen, um ihn zu treffen?«

Sie zögerte nicht. »Zur Gebetsmühle. Sie steht etwa auf halbem Weg durch den Pass nach Sinkiang. Alle Reisenden kennen sie. Sie drehen das Rad, das verschafft ihnen Gebete für den Rest der Reise.«

Er wechselte unvermittelt das Thema. »Die Lösegeldforderung - hat Turkan sie geschrieben oder die Banditen? Haben Sie den Brief noch?«

»Nein, ich habe ihn verbrannt. Und Turkan hat ihn nicht geschrieben. Er kann nicht schreiben.« Sie war plötzlich abwehrend und trotzig. »Das Geld reichte nur, um einen von uns zur Schule zu schicken: mich. Aber Turkan ist sehr intelligent. Sehr, sehr, intelligent.«

Der Apache glaubte es ihr, aber er reizte sie trotzdem, brachte sie aus dem Gleichgewicht, immer noch auf der Suche nach einer Lüge. Er war allein inmitten einer Wüste, die einem fremden Planeten glich, und er vertraute niemandem.

»So intelligent, dass er sich von den Banditen fangen ließ?«

Sie grub die kleinen, weißen Zähne in die rote Unterlippe. »Das verstehe ich auch nicht. Turkan ist sehr erfahren, er kämpfte gegen die Nordkoreaner. Er hat Tausende von Wölfen und viele Bergtiger getötet. Ich kann mir nicht vorstellen, wie es geschehen konnte. Aber ich habe eine Theorie.«

»Welche?«

»Wenn Turkan von den Chinesen wusste, dann wussten es die Banditen sicher auch. Denen entgeht nichts. Kubla beobachtete die Chinesen bestimmt auch und plante vielleicht einen Überfall. Sie haben sicher viele Dinge, die Kubla gern besäße. Er muss Turkan gesehen haben, als er die Chinesen beobachtete, und hat ihn in einem unbedachten Moment gefangengenommen.«

John Eagle stand auf und streckte sich. Mary beobachtete ihn noch immer. Er lächelte ihr zu und legte ihr die Hand auf die Stirn. Sie erwiderte sein Lächeln nicht, aber sie zuckte auch nicht vor der Berührung zurück. »Noch kein Fieber«, sagte er. »Aber ich gebe Ihnen trotzdem eine Tablette. Wenn wir Ihren Bruder mit seinen noch verbliebenen Fingern aus dem Banditennest holen wollen, dann müssen wir gesund sein. Also schlafen Sie ein wenig. Ich gebe Ihnen auch dafür eine Tablette.«

Ihre Lippen versuchten, ein Lächeln zurückzuhalten. »Ihr Amerikaner habt Tabletten für alles.«

»Nicht für alles, das habe ich Ihnen schon gesagt. Muss ich es Ihnen beweisen?«

Einen langen Moment starrte sie in seine Augen. Ihr Blick war ernst, und doch meinte er, irgendwo in den braunen Tiefen eine Spur von Fröhlichkeit zu entdecken.

»Wann Sie wollen«, sagte sie endlich. »Sie sind jetzt mein Gebieter, ich gehöre Ihnen. Sie können mit mir tun, was Ihnen gefällt.«

Er war ehrlich erstaunt. Seine große Hand lag leicht auf ihrem glatten, dunklen Kopf. »Was reden Sie da?«

Sie konnte ihr Kichern nicht länger unterdrücken. »Eine alte mongolische Sitte«, lachte sie. »Sehr alt und nicht mehr sehr respektiert, aber es ist eine echte Tradition. Wenn Sie das Leben eines Menschen retten, dann gehört Ihnen dieser Mensch für immer. Natürlich sind Sie verantwortlich für ihn. Sie müssen gut für ihn sorgen.«

Eagle fand nie die Zeit, darauf zu antworten. Sie hörten es beide gleichzeitig: das tiefe Brummen eines näherkommenden Flugzeugs.

Sie verließen die Höhle und schlängelten sich durch die Felsen. Eagle hatte das Zielfernrohr der Pistole bei sich. Es war eine kleine Maschine, die von Norden her in den Pass geflogen kam. Er richtete das Fernglas darauf, und sie sprang klar und zum Greifen nahe ins Bild. Es war ein altes, einsitziges Aufklärungsflugzeug, die russische Version der alten LC-4. Der Pilot, ein kleiner Mann mit mongolischen Gesichtszügen, trug eine Lederjacke und sprach in ein Mikrophon, als das Flugzeug über sie hinwegflog.

Mary Choija lag neben Eagle, den Mund an seinem Ohr, den schlanken Körper dicht an seinen gepresst. »Eins unserer Patrouillenflugzeuge«, sagte sie. »Sie kommen fast nie in diese Gegend. Zufall, nehme ich an. Es hat jedenfalls nichts mit uns zu tun.«

Die Maschine stieg, wendete, stieß herunter und kam wieder zurück. Sie begann, über den Resten der Karawane im Pass zu kreisen. Schwarze Geier erhoben sich flügelschlagend und stießen heisere Schreie aus, ärgerlich über den großen, neuen Raubvogel. Eagle hielt das Fernglas auf das Flugzeug gerichtet. Der Pilot sprach noch immer.

»Er meldet das Massaker«, sagte er. »Glauben Sie, dass sie Soldaten schicken werden?« Das hätte ihm noch gefehlt. Die Mongolen würden ihn vielleicht nicht sofort töten wie die Chinesen, aber bestimmt auf lange Zeit ins Gefängnis werfen. Mr. Merlin würde keinen Finger rühren, um ihn herauszubekommen.

Neben ihm sagte Mary Choija: »Sie *werden* Soldaten schicken, irgendwann. Es kann Wochen dauern. Die Zeit vergeht hier langsam, John, sie werden uns nicht stören. Wenn wir Turkan nicht gefunden und Ihren Auftrag erledigt haben, bevor die Soldaten kommen, dann werden sie unsere Knochen zusammen mit den anderen vergraben.«

Das Flugzeug kreiste ein letztes Mal und brummte in südlicher Richtung davon.

»Sucht jetzt sicher nach den Banditen«, sagte sie. »Nicht dass sie irgendetwas unternehmen werden; Banditen sind ein Teil des Alltags. Aber der Pilot hat die Leichen gesehen und weiß, dass die Banditen dafür verantwortlich sind. Wenn er sie finden kann, funkt er es zurück, und damit ist seine Pflicht getan. Die Nachricht wird irgendwo in Ulan Bator in einem Aktenschrank abgelegt, das ist alles.«

Eagle gab ihrem Ohr einen kleinen, freundlichen Kuss. »Sie sind eine Zynikerin«, sagte er.

»Nein, Mongolin.« Sie bot ihm nicht die Lippen und sah ihn nicht an.

Sie beobachteten beide das Flugzeug, das jetzt nur noch wie ein kleiner Vogel war, und sahen es beide: nichts. Das war alles.

Nichts. Eben war das Flugzeug noch dagewesen, im nächsten Moment nichts mehr. Es war verschwunden. Hatte sich einfach in Luft aufgelöst. Nur dass Eagle, der noch immer sein Fernglas darauf gerichtet hatte, einen Regen kleiner Teilchen auf die Gipfel herunterrieseln sah, darunter etwas wie ein großes Stück Ledermantel.

Eagle und das Mädchen sahen sich an. Der Apache nickte grimmig. Diesen Teil der Geschichte konnte er ihr glauben: Die Chinesen waren da. Er hatte weder Strahlen gesehen noch eine Explosion oder Kanonendonner gehört. Nichts, das ihm weitergeholfen hätte. Nichts, um ihm einen Anhaltspunkt zu geben. Und doch war das Flugzeug dagewesen - und jetzt verschwunden.

»Kommen Sie«, sagte er zu dem Mädchen. »Nehmen Sie Ihre Schlaftablette. Wir machen uns auf den Weg, sobald die Sonne untergeht.«

Es gab also Augen in den uralten Bergen. Augen, die man jedoch vermeiden konnte, wenn man erfahren und vorsichtig genug war.

Sechstes Kapitel

Sie waren meist nachts im Licht des riesigen, kalten Mondes unterwegs. Mary hatte darauf bestanden, noch einmal zu der niedergemetzelten Karawane zurückzugehen, bevor sie aufbrachen; sie hatte ihr eigenes, kleines Gepäck geholt und ein bisschen geplündert, unter anderem einen dicken Ziegenfellmantel und ein zweites Paar Filzstiefel. Eagle, dem es in seinem beheizten Chamäleon-Anzug immer warm war, verstand sie gut. Die Sonne war glühend heiß; aber der Mond brachte klirrende Kälte; der Wind, der ständig von Norden her durch den Pass heulte, brachte außer seinem arktischen Eis-Atem auch Sand mit. Manchmal mehr, manchmal weniger, aber immer Sand. Auch darunter litt Mary mehr als der Apache. Der Sand scheuerte ihre zarte Haut wund und drang ihr unter die Kleidung.

Ihre Wunde war ein wenig entzündet, sie hatte leichtes Fieber, aber sie beschwerte sich nicht. Was den Vormarsch am meisten behinderte, war das Motorrad mit der gesamten Ausrüstung. Der zerklüftete Boden des Passes war alles andere als eine ideale Straße, aber Eagle brauchte das Motorrad wegen des Giftgases in den Reifen und wegen der Treibstofftanks. Meist fuhr das Mädchen darauf und folgte dem großen Mann in einer halben Meile Entfernung vorsichtig zwischen den Felsen.

Eagle hatte seinen Bogen nicht auf die Wüstenmaus gepackt. Er trug ihn bei sich, dazu den Kunststoffköcher mit den Pfeilen aus rostfreiem Stahl über die Schulter geschlungen. Der Bogen war nicht nach indianischen oder asiatischen Vorbildern konstruiert, sondern eine Weiterentwicklung der englischen Langbögen des Mittelalters. Er bestand aus drei Teilen, die man zusammenschraubte. Das Material war eine Spezialleglierung, und sehr wenige Männer waren imstande, den Bogen zu spannen. Eagle war mit dem Bogen zufrieden, obwohl ein indianischer mit kürzeren Pfeilen es auch getan hätte. In Lager III hatte er mit dem Langbogen auf hundert Meter ständig ins Schwarze getroffen. Bis zu dieser Entfernung war er tödlich.

In der dritten Nacht begannen sie stetig zu steigen. Die Schluchtwände, die den Pass säumten, wurden steiler. Es gab jetzt nur noch Stein unter ihren Füßen, und der Wind hatte das meiste von seiner Sandlast verloren. Der kalte Mond schien größer und heller als vorher und zeichnete groteske Schattenbilder auf den Boden der Schlucht.

Nicht einmal die Wölfe heulten mehr, und der Wind erstarb zu einem Flüstern. Schnee glitzerte weiß auf einem weit entfernten Berggrat. Sie schienen die zwei einzigen Menschen auf der Erde zu sein, krochen wie geduldige Käfer durch eine Welt aus Stein.

Falsch. Eagle wusste das, obwohl er seinen Instinkt nicht analysieren konnte. Vor ihnen lauerte Gefahr.

Er kroch jetzt auf dem Bauch weiter, und der Chamäleon-Anzug veränderte seine Farbe, als er sich wie eine Eidechse über den Pfad bewegte. Er blieb dicht an der Felswand.

Er kroch hundert Meter weit, bis er zu einer abschüssigen Stelle kam. Hier verengte sich der Pfad wieder, wurde kaum mehr als ein Schlitz im Felsen. Eagle glitt mit äußerster Vorsicht hinein, den Kopf tiefer als die Füße. Er trug den Bogen mit beiden Händen und hob ihn jedes Mal, wenn er sich auf den Ellbogen vorwärtsschob, damit er nicht gegen die Felsen kratzte.

Der Pass verbreiterte sich plötzlich zu einer mehr oder weniger kreisförmigen Mulde. Eagle hielt an und holte das Fernglas aus der Tasche. Durch eine Drehung wurde es zum Nachtglas. Er untersuchte einen großen, klobigen Schatten, der sich in der Mitte des Kessels erhob. Das Nachtglas holte ihn nahe heran, klar bis in alle Einzelheiten dank des schräg einfallenden Mondlichts. Es war die Gebetsmühle, die Mary Choija erwähnt hatte.

Sie musste schon jahrhundertelang dort stehen: ein massiver, verrosteter Metallzylinder auf einer von der Zeit zernagten Holzachse. Jede Karawane, jeder Reisende, konnte die Mühle drehen und so den Segen von tausend Gebeten gegen Gefahren für sich gewinnen. Neben der Gebetsmühle stand ein *ibo*, ein aus kleinen Felsbrocken aufgeschichteter, hoher Gebetshügel. Für die Mongolen, die sich zum Schamanismus bekannten, und das waren nicht wenige, bedeutete ein Stein auf dem *ibo* ebenso viel wie eine Drehung der Gebetsmühle.

Der Apache steckte das Fernglas wieder in die Tasche und dachte nach. Die fliehenden Banditen waren mit Sicherheit bis hierhergekommen, er war der Spur des frischen Ponymists gefolgt. Jetzt nahm er einen Handschuh ab und tastete herum, bis seine Finger einen kleinen Ponyapfel fanden. Er zerkrümelte ihn und roch daran. Noch nicht trocken. Ungefähr einen Tag alt. Richtig.

Der Wind kam wieder auf und blies in wilden, böigen Wirbeln durch den Engpass, fing sich in der Gebetsmühle und brachte sie dazu, sich ein- oder zweimal ächzend zu drehen. Gebete auf dünnem Reispapier, um die Steine auf dem Hügel gewickelt, tanzten wie winzige Derwische im Mondlicht.

Aber der Wind tat noch etwas. Er trug John Eagle den sauren, intensiven Geruch eines Mongolen zu. Eines Mongolen, der sich irgendwo hinter ihm befand.

Siebtes Kapitel

John Eagle lag vollkommen still. Seine feingeformten Nasenflügel zitterten, als der Wind ihm seine Geschichte erzählte. Irgendwie war er an einem Posten vorbeigekommen - wer sonst sollte hier im Pass versteckt sein? ohne ihn zu sehen oder gesehen zu werden. Das letztere verstand er nicht. Aber es war kein Alarm gegeben worden. Schlief der Mann? War er betrunken? Oder einfach nur dumm? Eagle war wie ein Geist vorübergehuscht, außerdem im Chamäleon-Anzug, aber trotzdem...

Der Wind kam zurück und füllte seine Nase mit dem Geruch eines seit langem nicht gewaschenen Körpers. Die Mongolen sind keine Sauberkeitsfanatiker, und Eagle roch ein Gemisch aus Dung, Schweiß, Butterfett, schmutziger Kleidung und schlechtem Atem, *tarag* und *airag*, einem starken Bier aus Stutenmilch.

Eagle hatte es nie zuvor gerochen, aber man hatte ihm davon erzählt, und nun witterte er den alkoholischen Dunst. Das erklärte, warum er nicht entdeckt worden war: Der Posten war betrunken und schlief. Oder döste jedenfalls. Das Lächeln des

Apachen war kalt im Mondlicht. Einen Gefangenen konnte er gut gebrauchen. Dies war seine Chance.

Er rollte sich auf den Rücken, hielt den Bogen quer vor die Brust und begann, Zentimeter um Zentimeter durch die enge Schlucht zurückzukriechen. Der Mann musste irgendwo über ihm in der Felswand hocken. Sonst hätte er ihn nicht übersehen. Eagle fasste schnell einen Plan. Zuerst einmal musste er Mary Choija anhalten, die nicht weit hinter ihm sein konnte.

Er horchte trotz des heulenden Windes gespannt auf ein verräterisches Geräusch, lag fünf Minuten lang völlig still. Einmal hörte er ein schnaubendes, hustendes Schnarchen von oben aus der Felswand. Der Posten schlief also tatsächlich. Mit der Gaspistole schussbereit in der Tasche und einem Pfeil auf dem Bogen, richtete sich Eagle vorsichtig auf. Nichts rührte sich über ihm. Er hörte wieder das raspelnde Schnarchen. Geräuschlos verschwand er den Pass hinunter in die Richtung, aus der er gekommen war.

Eagle sah Mary hinter der nächsten Biegung. Sie ging zu Fuß und bemühte sich, das beladene Motorrad eine Steigung hochzuschieben. Er lächelte leicht: Squaw-Arbeit. Er war mit dem Mädchen zufrieden, mochte es von Stunde zu Stunde lieber. Mary tat ihren Teil der Arbeit, beschwerte sich nicht über ihre Wunde und bat ihn nie um einen Gefallen. Sie schliefen eng zusammengerollt, aber sonst geschah nichts. Eagle wusste, dass Mary sich ihm hingegeben hätte, wenn er gewollt hätte, aber er nahm sie nicht. Er war noch nicht soweit. Dafür war später noch Zeit - wenn sie dann noch lebten.

Aus der Mitte des Pfades ragte ein Haufen zerfurchter, mit Flechten überwachsener Felsen. Er legte sich darauf, sah zu, wie der Chamäleon-Anzug sich anpasste und lag ruhig, während sie näherkam.

Mary war noch einen Meter von ihm entfernt, als er sagte: »Saibina!«

Sie schob das Motorrad mit einer Hand und trug die alte Mauser in der anderen. Jetzt flog das Gewehr hoch, und die

Mündung zeigte auf ihn, ihr Finger lag auf dem Abzug. Sie war weder erheitert noch ängstlich.

»Das war dumm«, sagte sie ernst. »Ich hätte Sie fast erschossen.«

Er hob den Daumen in der mongolischen Geste der Zustimmung. »Ich weiß. Im Grunde meines Herzens bin ich ein Schelm. Sprechen Sie leise und nehmen Sie den Finger da weg - wenn die Kanone losgeht, sind wir geliefert.« Er erzählte ihr, was vor ihnen lag.

Kurz vor Tagesanbruch befand er sich wieder bei dem Engpass in der Schlucht. Das Mädchen war geblieben, wo er es angehalten hatte, unter einem überhängenden Felsen geschützt und vom Pass her nicht zu sehen. Eagle lag in einem Bett aus verstreuten Steinbrocken, still und geduldig, und horchte. Er hörte nichts als den Wind. Doch der Posten war irgendwo da oben. Eagle konnte ihn riechen.

Die Macht der Gewohnheit und alte Apachen-Tradition diktierten ihm seinen Angriffsplan. Als Junge hatte er oft mit dem Stamm Raubzüge nach Mexiko unternommen - was Washington und der Indianeragent nicht wussten, konnte ihnen nicht wehtun -, und der Angriff kam immer bei Tagesanbruch. Wenn die erste Helligkeit aufglomm und Schatten und Dunkelheit sich mit dem Licht mischten, so dass man eine sich bewegende Gestalt kaum ausmachen konnte. Jetzt, mit dem Chamäleon-Anzug, sollte er keine Schwierigkeiten haben. Viel wichtiger war, keine Geräusche zu machen.

Eagle lag auf dem Rücken und sah zum Himmel. In wenigen Minuten würde der Pass beginnen, sich mit aschgrauem Licht zu füllen. Langsam, mit vorsichtigen Bewegungen nahm er eine Injektionsnadel aus der Tasche und ließ sie statt der Pfeilspitze, die er abgenommen hatte, am Ende des Schaftes einschnappen. Die Nadel enthielt eine hochwirksame Mischung - Mr. Merlin hatte sie selbst zusammengestellt - aus Narkosetropfen, Beruhigungsmitteln und gerade genug Natriumpentathol, um einen ungehinderten Redestrom hervorzurufen. Und das wünschte Eagle sich von seinem Gefangenen: brauchbare Auskünfte. Sein Gesicht verzog sich zu einem wölfischen Grinsen. Wenn der alte Kolonialimperialist Kipling noch gelebt hätte, hätte er wahrscheinlich gesagt, dass es nicht fair sei, die Eingeborenen mit Wahrheitsserum vollzupumpen. Aber Kiplings Welt war tot, und fair war ein bedeutungsloses Wort geworden. Heute konnte sich niemand mehr leisten, fair zu sein. Man musste Sieger bleiben.

Eagle hoffte, dass der Posten allein war. Das würde bedeuten, dass früher oder später eine Wachablösung kommen musste. Aber er hatte noch später Zeit, sich darüber Sorgen zu machen.

Als der Tag anbrach, ließ der Wind nach. Eagle veränderte die Stellung seiner Arme und Beine leicht, um die gerade Umrisslinie seines Körpers zu brechen, und lag dann absolut still. Er wusste, dass er ebenso unsichtbar war wie ein echtes Chamäleon, das sich in den Felsen versteckte. Sobald das Visier heruntergeklappt war, wechselte es mit dem Rest des Anzugs die Farbe.

Ein Mann hustete, räusperte sich und spuckte geräuschvoll aus. Er stöhnte leise und fluchte auf Mongolisch. Dann stand er gähnend auf und kratzte sich.

Selbst Eagle fuhr zusammen. Der Mann war kaum sieben Meter von ihm entfernt!

Der Bandit drehte sich zur Seite und urinierte den Abhang hinunter. Eagle studierte ihn sorgfältig, während er einen Pfeil auf die Stahldrahtsehne legte und den Bogen spannte. Ein schwieriger Schuss. Er wollte den Mann nicht töten. Aber der Bogen besaß hohe Durchschlagskraft, und wenn er nicht alles richtig machte, würde die Nadel ebenso sicher eindringen und töten wie die Pfeilspitze, die er eben erst abgenommen hatte.

Ein wenig mehr noch. Jetzt! Er ließ den Pfeil los.

Das schlanke Geschoss aus rostfreiem Stahl blinkte im perlgrauen Licht. Es traf den Mongolen in den inneren fleischigen Teil der rechten Schulter, wie Eagle geplant hatte. Die Droge wirkte sofort. Der Mann fiel nach vorn, fing sich an einem Felsvorsprung und hing mit baumelnden Armen in der Luft.

Eagle machte einen kurzen Erkundungsgang, ohne dabei die Wachablösung zu vergessen, die jeden Moment auftauchen konnte. Der Absatz, auf dem der Mann sich versteckt hatte, war etwa drei Meter breit und sieben Meter lang. Einzelne Felsbrocken formten eine natürliche Brüstung. Auf dem Boden lagen ein paar abgenagte Knochen und ein kleiner Ziegenlederbeutel voll *tarag*, einer Art Joghurt. Ein größerer Ziegenlederbeutel war leer. Eagle nahm ihn auf, roch daran und lächelte. Kein Wunder, dass der Mann seine Wache verschlafen hatte. Er hatte sich eine Menge *airag* zu Gemüte geführt!

Eagle ließ den Beutel fallen und ging ans andere Ende des Vorsprungs, wo eine seltsame Felsformation seine Aufmerksamkeit erregt hatte: zwei große Felsbrocken lehnten aneinander und formten ein grobes Dreieck. In dem kleineren, inneren Dreieck sah er Tiefe und Dunkelheit, wo eigentlich Fels sein sollte. Eagle bückte sich und spähte zwischen die beiden Felsen. Ein Loch, groß genug, um einen Mann durchzulassen, führte steil ins Dunkel hinab.

Eagle sah zurück zu dem Mongolen: noch immer bewusstlos. Er blickte auf seine Uhr. Kaum fünf Minuten, seit er den Mann niedergeschossen hatte. Er würde frühestens in fünfundzwanzig Minuten wieder zu sich kommen. Eagle dachte einen Augenblick nach und entschied sich dann, dass das Risiko es wert war.

Er lag auf dem Bauch und starrte in die dunkle Passage hinab. Sehr bequem für die Banditen. So brauchten sie den Pass bei der Gebetsmühle nicht zu benutzen, konnten ungesehen und geräuschlos kommen und gehen. Eagle nickte, es gefiel ihm. Also hatte der Kameltreiber Mary Choija die Wahrheit erzählt. Der Seitenpass, der zu dem Lager der Banditen führte, musste irgendwo hinter der Gebetsmühle vom Hauptpass abzweigen. Dieser versteckte Tunnel hier führte zu ihm.

Dann hörte er die Ablösung kommen. Der Mann kroch scharrend durch das dunkle Loch unter ihm. Eagle bewegte sich geräuschlos, bis er von der Passage aus nicht mehr gesehen werden konnte, und wartete in den Felsen unmittelbar über und hinter dem Loch.

Er fasste links hinter sein Gesäß und holte einen zwanzig Zentimeter langen Hartgummiknüppel aus einer Tasche. Der Griff war mit halbrunden Knöpfen besetzt. Einer von ihnen ließ sich bewegen. Eagle drückte darauf, und ein dreißig Zentimeter langer Eispickel schnellte fast unhörbar aus dem Schaft.

Die Lebensuhr der Wachablösung war soeben ausgelaufen; Eagle wollte einen Gefangenen. Nur einen einzigen.

Er wartete, bis der Kopf des Mannes kurz unter ihm erschien und aus dem Loch hervor sah. Er trug eine spitze Kappe aus Wolfspelz und schob ein kleines Bündel vor sich her.

Eagle fasste zu. Eine große Hand schloss sich um Kinn und Mund des Mannes. Eagle bog den dünnen Nacken des Mannes zurück und schlug den Eispickel mit aller Kraft unter dem rechten Ohr ins Fleisch, wobei er die Nadel in einem Winkel nach oben rammte, damit sie das Gehirn durchdrang. Der Mongole starb ohne Laut.

Eagle zog den Eispickel heraus, wischte ihn am Mantel des Toten sauber und ließ ihn in den Griff zurückschnappen. Er brachte den Mann in eine kniende Stellung, so dass er über die Brüstung sah, stellte sein Gewehr neben ihn und bog den Kragen des del um das tote Gesicht hoch. Der Mann sah aus, als bewache er den Pass und starre den Pfad hinunter nach Norden.

Eagle hob den bewusstlosen Mongolen auf und warf ihn sich über die Schulter. Nachdem er sich ein letztes Mal umgesehen hatte, glitt er den felsigen Abhang hinunter. Der Gefangene musste bald aufwachen. Er wollte, dass Mary dabei war, wenn es geschah.

Das Mädchen saß in ihren Ziegenledermantel gehüllt unter dem Überhang. Es sah ausdruckslos zu, wie Eagle den Bewusstlosen zu Boden fallen ließ. Er grinste ihr zu. »Eine schlafende Schönheit! Er stinkt ein wenig, muss ich sagen.«

Mary Choija rollte sich aus dem Ziegenledermantel und kam, um sich den Mann näher anzusehen. Sie kniete sich neben ihn und durchsuchte seine Taschen. Sie hielt eine Miniaturgebetsmühle hoch, damit Eagle sie sehen konnte. »Er ist Buddhist.«

Der große Mann nickte. »Das heißt, dass er sich vor Teufeln fürchtet?«

»Ganz sicher.«

»Sehr gut.« Er erzählte ihr von dem Wahrheitsserum, das jetzt in den Adern des Mannes kreiste. »Die Droge wird ihn zum Sprechen bringen, aber ein bisschen Terror kann nicht schaden. Sie reden mit ihm. Ich werde bloß dastehen, ihn anglotzen und mich wie ein Monster benehmen.«

Eagle ließ das Visier herunterklappen und ging einige Meter zurück. Er stieg auf einen Felsen, um sich größer zu machen, und verschränkte die Arme. Durch das Visier starrte er dem erwachenden Mann ins Gesicht.

Der Mongole öffnete die Augen. Er stöhnte und sah sich verwirrt um. Dann entdeckte er John Eagle auf dem Felsen. »Yiiiiahhhhh!« Es war der Bergteufel. Derselbe Bergteufel, der seine Kameraden angegriffen hatte, als sie die Karawane überfielen. Seit ihrer Rückkehr hatten sie über nichts anderes gesprochen.

Der Mongole krümmte sich und wandte den Blick dem Mädchen neben sich zu. Es war nicht gut, Teufel anzusehen - sie konnten einem die Seele stehlen.

Das Mädchen lächelte und bot ihm Wasser an. Er griff nach der Feldflasche und trank gierig. Aus den Augenwinkeln beobachtete er angstvoll den Bergteufel.

Das Mädchen, das noch immer lächelte, sprach schnell in mongolischer Sprache. Es erklärte ihm, dass es dem Teufel nicht erlauben werde, ihn zu verletzen. Es könne dem Teufel befehlen, aber nur solange die Wahrheit gesprochen wurde. Der Teufel konnte eine Lüge sofort entdecken, und das brachte ihn in unvorstellbare Wut. Also durfte er auf keinen Fall lügen.

Der Mann sah den Teufel noch einmal verstohlen an. Der Teufel sprang auf dem Felsen hin und her - er war mindestens so hoch wie ein Berg - und schwenkte sein Gewehr, als sei es nichts weiter als ein Stock. Der Mongole rückte näher zu dem Mädchen, das ihn immer noch anlächelte. Sie war eine hübsche Frau, der Mann mochte sie. Er war sicher, dass sie ihn vor dem Teufel schützen würde. Er wollte mit ihr reden, wollte ihr keine Lügen erzählen. Hier war eine Frau, der man vertrauen konnte, obwohl sie schön war. Er hatte den Drang, ihr alles zu erzählen. Er begann, ihre Fragen im Kalmücken-Dialekt zu beantworten, den sie zu verstehen schien.

»Ich bin ein Krieger«, sagte er. »Ein Krieger und Bandit. Ich gebe es zu. Ich bin ein schlechter Mensch gewesen. Ich habe viele getötet, darunter sogar einige Verwandte. Meine Kameraden sagen-,- ich sei ein mutiger Mann, aber...« Er zeigte mit zitternden Fingern auf den Mann im Plastikanzug. »Aber selbst ein Held kann nicht mit Teufeln kämpfen.«

Eagle, der den Moment für günstig hielt, stieß einen heulenden Schrei aus. »Ahhhhhhhhrrrrrr!«

Der Mongole bebte. Mary Choija sagte: »Du sagst, dass du ein Bandit bist. Das glaube ich dir. Der Teufel glaubt es auch. Wo aber sind deine Kameraden? Und wo ist euer Lager?«

»Am Ende des kleinen Passes, der hinter der Gebetsmühle von hier abzweigt, liegt das Tal des roten Sandes. Dort ist das Lager. Dort sind auch meine Kameraden.«

»Wie viele?«

»Nicht ganz hundert, gütige Dame. Wir waren mehr, aber unsere Verluste sind hoch gewesen. Er - der Teufel - tötete vor drei Tagen viele von uns.« Der Mongole begann wieder zu zittern. »Man hat mir davon erzählt. Der Teufel hat eine Pistole, die keine Pistole ist. Sie feuert Todesnadeln. Und er nimmt seinen Kopf ab und spielt zum Spaß damit Ball.«

»Fürchte dich nicht vor dem Teufel«, sagte sie sanft. »Ich habe versprochen, dich zu beschützen. Nun höre gut zu. Ich suche nach einem Mann, der ein Gefangener der Banditen ist. Sein Name ist Turkan Choija. Ich weiß, dass er ein Gefangener ist, denn einer seiner Finger, mit einem Ring daran, wurde mir übersandt. Was weißt du über diesen Mann?«

»Es ist wahr, gütige Dame. Es gibt diesen Mahn. Ich kenne seinen Namen nicht, er mag deshalb heißen, wie Ihr sagt. Er war sehr krank, dieser Mann, und unser Anführer, der große Kubla, in dessen Adern das Blut der alten Khans fließt, machte ihn zu seinem Gefangenen. Er ist ein tapferer Mann, er kämpfte gut. Er tötete fünf meiner Kameraden, bevor wir ihn überwältigen konnten.«

Mary Choijas Stimme blieb leise und ruhig. »Du sagst, dass dieser Mann krank war. Was hatte er?«

Der Mann antwortete, und Mary sah Eagle an. »Mein Bruder hat Typhus. Er muss im Delirium gelegen haben. Deshalb konnten sie ihn gefangen nehmen.«

Dann stellte sie weitere Fragen.

»Der grobe Kubla wünscht Gold für diesen Mann, den Ihr Turkan Choija nennt«, antwortete der Mongole. »Aber es kümmert ihn nicht, ob das Lösegeld bezahlt wird oder nicht. Denn dieser Turkan Choija kennt das Tal der Chinesen, weiß, wie man hineinkommt, und dieses Wissen möchte Kubla weitaus lieber haben. Die Chinesen besitzen auch Gold und dazu viele andere Dinge. Großen Reichtum. Viel Lebensmittel und viele Gewehre und Munition. Teufelsmaschinen, die Licht machen. Teufelswagen, die fliegen und verschwinden wie die Sonne in der Nacht. Der große Kubla hat all diese Dinge gesehen und fürchtet sich. Wir alle fürchten uns. Aber der große Kubla will all diese Dinge, die die Chinesen haben, obwohl er sich fürchtet. Er glaubt, dass der Mann, Turkan Choija, die Teufel durch einen Zauber besiegen kann. Bevor wir Turkan Choija fingen, war das nicht möglich. Wir haben es versucht, Kubla, meine Kameraden und ich. Wir konnten es nicht. Wir verloren viele Männer. Einige wurden von Minen zerrissen. Das konnten wir verstehen, es erschreckte uns nicht. Aber wir verloren auch viele Männer durch den flammenden Tod.«

»Der flammende Tod? Was ist das?«

Der Bandit begann wieder zu zittern. Er ergriff den Fuß des Mädchens und setzte ihn sich in den Nacken, wobei er seine Stirn gegen den Felsboden schlug.

»Mehr teuflischer Zauber«, stöhnte er. »Unsichtbar. Man sieht nichts. Ich sah nichts, und doch war ich nicht mehr als einen Meter von einem Kameraden entfernt, der an dem Zauber starb. Ich hörte nichts, sah nichts. Und doch brannte er, flammend wie eine Fackel im Wind, und dann war er verschwunden. Nur schwarze Asche blieb zurück. Wir flohen. Ich betete und drehte meine Gebetsmühle zwei Tage lang.«

Das Mädchen gab Eagle die Information weiter.

»Dasselbe, was auch mit dem Flugzeug geschah«, sagte er. »Nur, dass es nicht brannte. Es löste sich einfach auf. Die Chinesen müssen mit einer Art Strahlung experimentieren. Scheint auch zu funktionieren. Wahrscheinlich eine Art Laser.«

Das Lächeln des Protoagenten wurde grimmig. Er schien herausgefunden zu haben, was die Chinesen machten. Zerstörung war notwendig. Was blieb war nur, den Auftrag zu Ende zu führen. Das würde nicht leicht sein.

Eagle sagte: »Dann weiß der große Kubla also, wo die Chinesen sind? Aber er kommt nicht an sie heran? Braucht er Turkan dafür?«

»Das muss es sein. Er sagt, der Ort ist mit einem Minengürtel umgeben. Minen können sie verstehen.«

»Dann kennt Ihr Bruder einen Weg durch die Minen. Fragen Sie ihn, ob das stimmt.«

Einen Augenblick später sagte das Mädchen: »Ja. Turkan scheint einen Weg gekannt zu haben. Er sagt, dass die Banditen Turkan lange beobachteten, bevor sie ihn fangen konnten. Als er noch gesund war, war er zu schlau für sie. Er sage, dass Turkan direkt in das Lama-Kloster ging.« Sie runzelte die Stirn. »Das verstehe ich nicht. Wie konnte er das tun? Es wäre furchtbar gefährlich - und mein Bruder ist zwar ein tapferer, aber kein törichter Mann.«

»Vielleicht kannte er jemanden im Kloster. Vielleicht einen der Chinesen. Das würde erklären, warum er so viel weiß und wie er durch die Minen findet.« Eagle versuchte nicht, seine Erregung zu verbergen. »Das muss es sein, Mary! Turkan hat einen Freund im Kloster selbst. Mitten in der Höhle des Löwen. Wenn wir herausfinden können, wer das ist... Machen Sie weiter, bevor das Serum aufhört zu wirken. Finden Sie heraus, was Sie können. Schnell! Wir dürfen keine Zeit verlieren.«

Mary hatte plötzlich einen Gedanken. Sie drehte sich um und sah Eagle an. »Was machen wir mit ihm - hinterher?«

»Lassen Sie das meine Sorge sein«, sagte er. »Damit haben Sie nichts zu tun.«

»Er ist nicht mehr mein Feind«, sagte sie ernst. »Nach mongolischer Sitte habe ich seine Ergebung akzeptiert. Er hat sich vor mir erniedrigt. Ich muss Gnade walten lassen.«

»Machen Sie weiter!«

Das Mädchen seufzte und wandte sich wieder dem Gefangenen zu. Wenige Minuten später nahm sie den Fuß vom Kopf des knienden Mannes und sah Eagle an. »Ich glaube, ich habe alles aus ihm herausgeholt. Was jetzt?«

»Sind Sie sicher?«

»Ja, ganz sicher. Und das Serum lässt nach. Er fängt an, mir auszuweichen.«

»Gut. Dann überlassen Sie ihn mir. Aber gehen Sie nicht zu weit fort.«

»Müssen Sie ihn denn töten?«

Er verlor beinahe die Geduld. Sie begann, so launisch und wechselhaft zu werden wie sein Chamäleon-Anzug.

Er imitierte ihren Tonfall. »Müssen Sie ihn denn töten? Was schlagen Sie vor, Mary? Dass wir ihn hinter uns herziehen wie einen Anker? Oder ihn freilassen? Er kennt die Berge - es wird ihm nicht schwerfallen, vor uns im Lager der Banditen zu sein und sie zu warnen. Nächstes Mal werden sie sich nicht mehr so vor mir fürchten - und wenn sie gewarnt sind, bekommen wir Ihren Bruder nie frei. Also?«

Sie sah ihn einen Augenblick lang an und nickte dann. »Sie haben natürlich vollkommen Recht. Es tut mir leid. Aber ich darf nichts damit zu tun haben.«

»Sie trifft keine Schuld«, sagte Eagle. »Gehen Sie.«

»Nein, ich bleibe.«

»Dann bringen Sie ihn vom Boden hoch, mit dem Rücken zu mir. Lenken Sie ihn einen Moment ab. Er wird überhaupt nichts davon merken.«

Der Mongole lag immer noch wimmernd zu ihren Füßen und presste sein Gesicht gegen die Steine. Sie klopfte ihm auf die Schulter. »Steh auf, Krieger. Du brauchst keine Angst mehr zu haben. Du kannst gehen. Sai bei nah.«

Der Gefangene rappelte sich hoch, einen verwunderten Ausdruck in seinem dunklen, ausgehöhlten Gesicht. »Leb wohl? Ihr gebt mir die Freiheit zurück, gütige Dame?«

Mary Choija trat ein paar Schritte zurück. Sie sah den Mann nicht an. »Ja, ich lasse dich frei.« Sie hörte das Schwirren der Bogensehne. Der Mongole brach gurgelnd zusammen.

Eagle beobachtete sie mit leichter Verwunderung. Sie war tatsächlich eine echte Mongolin. Eine buddhistische Mongolin, um genau zu sein. Sie drehte sich nicht um und sah das Blut nicht an, und damit war sie sicher, von dem Blut dieses Mannes nicht befleckt zu werden.

Der Mann lag mit angezogenen Knien auf der Seite. Eagle hatte ihm den Pfeil mit solcher Wucht durch das Herz geschossen, dass der Stahl vom fünfzehn Zentimeter aus der Brust ragte. Zumindest würde er den Pfeil nicht verlieren. Er drehte die Spitze ab, zog den Schaft heraus, wischte ihn sauber und ließ die Spitze wieder einschnappen. Dann berührte er Marys Arm. »Kommen Sie. Weiter vorn im Pass hält ein toter Mann Wache. Ich glaube, er lässt uns vorbei. Bevor es dunkel wird, möchte ich so nahe wie möglich an das Banditenlager heran, ohne gesehen zu werden.«

Achtes Kapitel

Während sie durch den engen, kurvenreichen zweiten Pass gingen, der hinter der Gebetsmühle vom Hauptpass abzweigte, sah Eagle ab und zu auf seinen Höhenmesser. Der Pfad führte sie ständig bergab, tiefer und tiefer. Sie waren immer noch fast zehntausend Fuß über dem Meeresspiegel, aber allein an diesem Nachmittag waren sie viertausend Fuß talabwärts gekommen. Eagle studierte seine Karte und kam zu der Überzeugung, dass sie in einen nördlichen Ausläufer der großen Turfan-Tiefebene hinunterstiegen.

Je tiefer sie kamen, desto dichter wurde die Vegetation. Es gab Gobi-Salbei, kurzes Büschelgras, einen saftigen rosa Kaktus, der Eagle an Neumexiko erinnerte, und leuchtend orangefarbene Tamariske. Der Apache konnte Wasser riechen, sah aber nichts.

Der Stein unter ihren Füßen wurde von abgenutzter, bräunlicher Grasnarbe abgelöst. Als Eagle dem Mädchen eine Pause gönnte - er hätte ewig weiterlaufen können -, stieß es den Fuß in den Boden und sagte: »Ich kenne diese Gegend nicht, aber sie sieht meiner Heimat sehr ähnlich. Es ist Wüste, aber eine Wüste, welche die Menschen leben lässt. Ich glaube nicht, dass wir noch weit von dem Lager der Banditen entfernt sind.«

Eagle hatte denselben Gedanken gehabt. Von jetzt an wurde es wieder gefährlich. Die Banditen hatten sicher weitere Posten am anderen Ende des Passes. Aber er wollte trotzdem so weit gehen, wie er konnte, bevor es dunkel wurde. Sie marschierten weiter. *Zag*-Bäume mit ihrer weißen Rinde tauchten auf, einige wuchsen sogar direkt aus der Felswand heraus, und er sah *turai*, die ihn an die immergrüne Eiche seiner Heimat erinnerte. Die drei Kreuze für die drei Sträflinge, die er getötet hatte, waren aus Eichenholz geschnitzt gewesen. Er fragte sich, was Mary Choija mit ihrer Mischreligion aus Buddhismus, Christentum und einem kräftigen Schuss Schamanismus wohl daraus gemacht hätte.

Kurz darauf hielt er an. Sie warteten und kauten ihre Nahrungs- und Wassertabletten, bis der Mond aufging. Während sie schweigend auf den Felsen saßen, kam etwas aus dem Schatten der Wand gekrochen und glitt auf Marys Fuß zu. Kurz davor hielt es inne, zusammengerollt und bewegungslos.

»Keine Bewegung«, sagte Eagle. Er saß neben ihr und beobachtete die Schlange. »Dies ist Ihr Land«, sagte er leise. »Ist sie gefährlich?«

Sie nickte. »Eine Höhlennatter. Nicht unbedingt tödlich, aber sie kann einen sehr krank machen.«

Er lachte leise. »Ein krankes Mädchen kann ich nicht brauchen. Vorsichtig jetzt, bewegen Sie sich nicht.«

»Das kann ich sowieso nicht. Ich bin steif vor Schreck.«

Vorsichtig streckte Eagle den Fuß aus und bewegte ihn leicht, damit die Schlange ihn sehen konnte. Sie fuhr auf den schweren Schuh los. Aber der Mann war schneller. Er fasste die Natter kurz hinter dem Kopf und stand auf. Die Schlange wand sich wie eine lebende Peitsche. Es sah aus, als hielte er ein fließendes Band aus Elektrizität in der Hand.

»Passen Sie auf«, sagte Eagle. »Hier kommt mein Zirkusakt.«

Mit der freien Hand fing er den peitschenden Schwanz. Als er ihn fest im Griff hatte, ließ er den Kopf los und wirbelte die Schlange im Kreis um sich herum. Er hatte Hunderte von Klapperschlangen auf diese Weise getötet und sie manchmal gegessen, wenn es sonst nichts gab.

Er schwang die Natter in hohem Bogen über seinen Kopf; mit Handgelenk und Unterarm *knallte er die Peitsche*. Es gab ein schnappendes Geräusch, als der Kopf der Natter abriss. Eagle warf den zuckenden Körper von sich. Er krümmte und wand sich immer noch, als Eagle sich wieder setzte. Mary sah ihn mit einem Blick an, in dem sich Bewunderung und Scheu mischten. Es war ihr nicht recht gewesen, dass er den Banditen getötet hatte, obwohl sie wusste, dass es notwendig gewesen war. Sie mochte den Ton nicht, den er manchmal ihr gegenüber anschlug. Sie mochte die Art nicht, wie er ihre Weiblichkeit ignorierte - denn sie war sich ihrer Schönheit voll bewusst; und sie wusste auch, dass er es nur zu sagen brauchte, und sie würde gehorchen. Den Gedanken mochte sie auch nicht, obwohl es die Wahrheit war. Aber im Moment war es ihr gleich. Ihre Brüste fühlten sich warm und schwer an, und in ihrem Schoß spürte sie ein erregendes Prickeln. Wie sehr er doch einem Gott glich! Sie machte sich nie etwas vor, und in diesem Augenblick wollte sie ihn sehr. Nicht aus Liebe, oder für die Zukunft, oder für Kinder - einzig und allein um seinen Körper, sein Fleisch auf sich und in sich zu fühlen. Sie wusste nicht, was die Schlange damit zu tun hatte, aber offensichtlich hatte der Vorfall irgendwie ihr Verlangen geweckt.

Der Moment ging vorbei. Der Mond spann flüssiges Silber in dem engen Pass. Eagle kam zu ihr herüber.

»Dies ist ein guter Platz«, sagte er. »Ich habe das Gefühl, dass wir nicht mehr weit vom Ende des Passes entfernt sind. Ich gehe ein wenig vor und sehe nach, was es da vorn gibt.«

Er behielt Recht. Ungefähr eine Meile weiter endete der Pass ganz plötzlich wie ein kleiner Fluss, der in ein großes Delta fließt; ein Delta aus rotem Sand. Eagle, der die letzte Viertelmeile auf dem Bauch gekrochen war, lag fast unter den groben roten Körnern begraben und sah durch sein Nachtglas.

Gerade unter ihm, wo der Pass endete, stand eine kleine, schwarze Jurte. Er konnte das Dungfeuer riechen. Der Wind in der flachen Mulde wechselte ständig die Richtung. Jetzt trug er Eagles Geruch zur Jurte.

Eagle beobachtete interessiert, wie ein riesiger Hund, der neben der Jurte gelegen hatte, plötzlich den Kopf hob, die Ohren stellte und witterte. Mary hatte ihn vor mongolischen Hunden gewarnt. Sie waren wild und immer hungrig. Man fütterte sie selten, um sie wild zu halten, und das einzige Fleisch, das sie bekamen, stammte von Leichen, die man ihnen vorwarf.

Mr. Merlin - oder einer seiner mongolischen Experten - hatte auch daran gedacht.

Eagle sah zu, wie der Hund seine Witterung aufnahm. Das Tier erhob sich, stand steif, und seine Nackenhaare sträubten sich. Dann begann es plötzlich zu winseln, drehte sich ein paarmal im Kreis, stieß ein klägliches Geheul aus, klemmte den Schwanz zwischen die Beine und rannte hinaus in die Nacht.

Eagle grinste vor Vergnügen. Das Zeug wirkte! Es war eine hochwirksame Essenz aus Tigerleber und -urin, der kein gewöhnlicher Hund standhalten konnte. Auf keinen Fall mongolische Hunde, die sich vor nichts in der Welt mehr fürchteten als vor Tigern.

Die Tigerpisse, wie Eagle sie nannte, brachte ihm noch einen unerwarteten Vorteil. Als der Hund sich aus dem Staub machte, fluchte irgendwo im Schatten ein Mann. Eagle hatte ihn vorher nicht bemerkt. Bewegungslos und unsichtbar lag der Apache im roten Sand, als der Posten ins Mondlicht trat. Er trug ein langes Gewehr. Einen Moment starrte er dem Hund nach, kratzte sich und murmelte etwas, dann rief er jemanden in der schwarzen Jurte.

Der Eingangsvorhang wurde zurückgeschlagen, und ein Mann und eine Frau kamen aus der Jurte. Der Wind schlug um; Eagle roch *airag* und ungewaschene Körper. Talg- oder Butterlampen flackerten in der Jurte und zeichneten die Silhouetten der beiden gegen das flache Zeltdach aus Filz und Segeltuch.

Der Posten sagte etwas. Ein paar kurze Worte wurden gewechselt. Eagle nahm an, dass sie das seltsame Betragen des Hundes diskutierten. Kurz darauf verschwanden der Mann und die Frau wieder in der Jurte. Der Posten sah sich einen Augenblick lang um, starrte Eagle direkt ins Gesicht, ohne seine Gegenwart zu ahnen, und ging dann zurück in den Schatten. Der Wind legte sich, und Eagle hörte einen langen Seufzer, als der Mann sich wieder in sein bequemes Nest kuschelte.

Der Apache trug einen der Motorradschläuche um den Bauch. Er enthielt das tödliche Gas. In Lager III hatte er einen Präriewolf in fünf Sekunden daran sterben sehen.

Er schlüpfte aus dem Schlauch und begann, den sandigen Abhang zur Jurte hinabzukriechen. Vor kurzem noch war er für den Mond dankbar gewesen; jetzt verfluchte er ihn. Er brauchte eine Viertelstunde, um sich Zentimeter für Zentimeter bis zur Jurte vorzuarbeiten. Er kroch um sie herum auf die Ostseite, damit sie der Wache in den Dünen die Sicht versperrte.

Er erreichte die Wand der Jurte und horchte. Der Mann und die Frau sprachen leise miteinander, die Frau lachte über irgendetwas. Eagle nahm den Gummiknüppel aus der Tasche und ließ den Eispickel herausschnappen. Er bohrte ein Loch in den Filz zwischen den Holzsparren, arbeitete sehr langsam und vorsichtig. Wenn sie ihn jetzt entdeckten, dann hätte er ebenso gut eine Kanone abschießen können. Er konnte sich kein Geräusch leisten.

Er spürte, wie der nadelscharfe Pickel durch die letzte Lage Filz drang. Schnell zog er ihn zurück und wartete atemlos. Der Mann sagte etwas zu der Frau, sie lachte wieder. Eagle atmete auf.

Warten. Er konnte nicht durch das Loch sehen, es war zu klein. Aber ein winziger Tropfen gelben Lichts floss zu ihm heraus, und das war genug. Der Filz musste eng um das Ventil liegen.

Eagle presste das Metallröhrchen ohne Schwierigkeiten in das winzige Loch im Filz. Er spürte, wie der Schlauch in sich zusammensank, als das Gas ausströmte. Der Wind fiel fast wie ein Sturm über ihn her und wirbelte einen Vorhang aus rotem Sand um die Jurte hoch. Eagle kroch auf dem Bauch davon. Er hatte jetzt die Gaspistole in der Hand.

Der Wachposten saß da und betrachtete die Jurte. Er wusste, was Mamen jetzt tat. Es war schön, ein Mädchen in der Jurte zu haben. Er kam als Nächster an die Reihe und...

Pschhhhhhhh - Plonk.

Eagle deckte den Toten mit rotem Sand zu und ging zum Pass zurück, um Mary zu holen. Auf dem Rückweg erklärte er ihr, was geschehen war, während er das Motorrad schob. Er hatte den Schlauch wieder eingelegt und mit einer Fahrradpumpe aufgepumpt.

Sie erreichten die Mündung des Passes. Sand wehte über die Stelle, wo er den Posten begraben hatte. Eagle rannte zur Jurte. Nichts war zu hören. Er riss den Eingang auf und ließ das ölige, gelbe Licht in die Nacht dringen. Dann lief er hinter die Jurte, schnitt mit einem Messer einen langen Schlitz in Filz und Segeltuch, um Durchzug zu schaffen. Er kehrte zu Mary zurück, die im Sand hockte und ihn beobachtete.

Sie sahen zu, wie der Mond am Himmel hochstieg. Der Wind erstarb fast völlig. Eagle zeigte auf einen Hügelkamm. »Gehen wir nachsehen, was dahinter liegt. Es wird ein paar Minuten dauern, bis das Gas aus dem Zelt heraus ist.«

Der Mond war voll und wandelte sich schnell von einem riesigen Silberdollar zu einem glänzenden Goldmedaillon. Er badete das Land in sein sanftes Magenta-Licht. Eagle und das Mädchen lagen auf dem Kamm im Sand und studierten die Landschaft.

Der Wind hatte sich gelegt, die Luft war frei von Sand. Eagle hatte das Gefühl, er brauche nur die Hand auszustrecken, um die große Ansammlung schwarzer Jurten zu berühren, die sich in dem flachen Sandteller unten aneinanderdrängten. Aber er wusste, dass er sich täuschte. Sie waren mindestens noch zwei Meilen entfernt. Selbst in dieser vergleichsweise geringen Höhe war die Luft dünn und klar und vergrößerte alle Gegenstände enorm.

Er suchte das Jurten-Dorf mit dem Nachtglas ab. Die meisten Hütten waren klein und sprießten wie dunkle Pilze um eine mittlere Jurte, die viel größer war. Er konnte auf diese Entfernung nicht sicher sein, aber er meinte, eine Standarte zu entdecken, die vor ihr im Sand steckte. Eine Standarte, an der etwas im Wind wehte. Pferdeschwänze? Er fragte das Mädchen, ob es das sein konnte.

Mary lag dicht neben ihm. Wie sauber ihr Körper roch nach all den anderen Mongolen.

»Sehr wahrscheinlich«, sagte sie. »Das muss Kublas Jurte sein. Er ist ohne Zweifel ein Lügner und nichts als ein verdorbener Bauer, aber doch klug genug zu behaupten, dass er ein Abkömmling der Khans sei. Natürlich gehört dazu auch eine Standarte mit Pferdeschwänzen.« Aus den Augenwinkeln sah er sie mit den Schultern zucken. »Was macht das schon? Kubla geht uns nichts an - wir müssen Turkan retten. Er ist da drin, irgendwo hinter der Palisade, im Sarggefängnis.« Sie zeigte auf eine kleine Umfriedung, die etwa hundert Meter von den Jurten entfernt lag.

Eagle richtete das Fernglas auf die Palisaden, und einen Moment später sah er am Tor eine Bewegung. Also waren sie bewacht. Damit hatte er gerechnet.

»Ja«, stimmte er zu. »Wir werden Turkan herausholen. Das sollte nicht schwer sein, wenn alles so glatt läuft wie bisher. Ich kann die Jurten umgehen und von hinten über die Palisaden kommen. Es wird nicht schwierig sein, falls niemand Alarm schlägt. Aber ein Geräusch, und wir sind geliefert.«

Sie bewegte sich ungeduldig neben ihm. »Vielleicht ist er schon tot. Er ist kein junger Mann mehr, und er hat Typhus. Und man hat ihn gefoltert, wie ich Ihnen erzählt habe. *Die Neun Prüfungen.* Wenige Männer überleben das.«

Eagle suchte mit seinem Nachtglas den Horizont ab und versuchte, die Entfernung zu schätzen. Er wusste, dass das nicht leicht war. Das Jurten-Dorf lag, soweit er sehen konnte, in der Mitte der Sandmulde. An zwei Seiten wurde das Tal von hohen Sandsteinwänden eingefasst - der ewige Wind, der seit Millionen von Jahren blies, hatte den Sand von den Klippen geschliffen und in die Mulde geweht -, und dahinter, am Horizont, erhob sich eine lange Reihe schwarzer, gezackter, rasiermesserscharfer Bergspitzen. Sie sahen aus dieser Entfernung und durch das Fernglas nicht besonders hoch aus. Nur niederträchtig.

Wollte man dem Mongolen trauen, den das Mädchen so sorgfältig ausgehorcht hatte, dann lag irgendwo hinter diesen Gipfeln der chinesische Stützpunkt, den er suchte. Im Tal der Drachenknochen.

An seiner Seite sagte das Mädchen: »Ich habe das Gefühl, dass Turkan sterben wird.«

Er versuchte nicht, ihr billigen Trost zu spenden. Bei allen Göttern des weißen Mannes und der Apachen, dachte er, lasst ihn nicht sterben, bevor ich ihn nicht gefunden habe und er mir erzählt hat, wie ich über diese Berge zu den Chinesen komme.

Aber Mary wurde den Gedanken nicht los und bohrte darin herum wie in einem schmerzenden Zahn.

»Er hat bereits vier der *Neun Prüfungen* durchgestanden«, sagte sie. »Mit großer Standhaftigkeit, wie der Mongole, den Sie getötet haben, mir sagte. Man hat ihn mit Schlangen gepeitscht, seine Beine sind auseinandergezogen worden, man hat ihm den Hals gestreckt. Sie haben ihm heißes Metall auf den Kopf gegossen. Aber er hat nicht gesprochen. Er hat ihnen nicht verraten, wie man durch die Minenfelder kommt.«

Genau *das* verwunderte Eagle. Er sagte: »Das verstehe ich nicht. Was bedeuten Ihrem Bruder die Chinesen, dass er Foltern erträgt, um ihre Geheimnisse zu wahren? Man sollte meinen, er würde froh sein, die Banditen durch die Minenfelder zu führen und sie die Chinesen auf ihre Weise aus der Welt schaffen zu lassen. Wen kümmert es, wie sie getötet werden? Und es würde uns allen eine Menge Schwierigkeiten ersparen.«

Sie antwortete einen Moment lang nicht. Dann: »Daran habe ich auch gedacht. Ich kann mir zwei Gründe denken, vielleicht sogar drei. Erstens weiß Turkan, dass es den Chinesen ein Leichtes sein würde, die Banditen zu töten - nicht umgekehrt. Und obwohl ich nicht glaube, dass er Banditen liebt, so weiß ich doch, dass er alle Chinesen hasst. Vielleicht versucht er, die Banditen vor ihrer eigenen Gier zu retten. Außerdem weiß Turkan, dass die Banditen alle Zeugen umbringen, wenn sie erst einmal haben, was sie wollen. Turkan sowohl als auch die Chinesen. Das ist ihre Art. Selbst wenn die Banditen gewinnen sollten, würden sie Turkan also umbringen.«

»Ein schneller Tod ist besser als Folterung«, sagte Eagle, der daran dachte, dass es für ihn einmal keinen leichten Tod geben würde. Keine gnädige Zyankalipille, nicht, wenn er sein Wort hielt. Nicht einmal einen Pfeil in den Kopf. Er hatte ein Papier unterzeichnet, und er musste kämpfend sterben.

Sie unterbrach seine Gedanken. »Ich glaube, es gibt noch einen dritten Grund. Es ist, wie Sie schon sagten, möglich, dass Turkan im Kloster selbst einen Kontaktmann hat. Dann könnte es sein, dass er diesen Mann schützen will.«

John Eagle rollte sich auf den Rücken und starrte hinauf zu dem goldenen Rund des Mondes, der jetzt auf seinen Hafen im Südwesten zu sank. In etwa einer Stunde ging er unter, dann musste er Turkan Choija holen.

Er glitt den Abhang aus rotem Sand hinunter und winkte dem Mädchen, ihm zu folgen. Der Wind hatte das tödliche Gas jetzt aus der Jurte gefegt. Sie bückten sich und gingen hinein. Eagle sah auf die Uhr. »Hier... sind wir *sicher*«, sagte er. »In einer Stunde, wenn der Mond untergegangen ist, fangen wir an.« Er griff dem toten Mann unter die Achseln und begann, ihn aus der Jurte zu ziehen. »Bringen Sie die Frau«, sagte er zu Mary. »Wir werden sie im Sand vergraben, wo man sie nicht so leicht finden kann. Wenn sie spurlos verschwinden, dann denken die Banditen vielleicht, dass der Teufel sie geholt hat. Das ist besser, als sie auf unsere Spur zu hetzen.«

Sie begruben die Leichen und gingen zur Jurte zurück. Von dem Hund war keine Spur zu sehen. »Der rennt noch immer«, sagte Eagle grinsend. »Ein Wölkchen Tigerduft, und er ist nicht mehr zu halten.«

Er hockte sich auf den Boden und begann, auf dem schmutzigen *schirdik*, der die bloße Erde im Inneren der Jurte bedeckte, ein Muster zu zeichnen. »Ich hoffe«, sagte er, »dass es Ihnen ernst war, als Sie behaupteten, eine gute Motorradfahrerin zu sein. Mein Plan geht davon aus.«

Kurze Zeit später bemerkte er, dass sie nicht wirklich zuhörte. Ihre Augen hingen mit einem seltsam abwesenden Blick an seinem Gesicht. Der Blick kam ihm bekannt vor. Als sie sprach, wusste er sofort, was es war - die weiche Stimme, die gelösten

Gesichtszüge, das alles waren deutliche Anzeichen einer sexuell erregten Frau. Eagle spürte, wie er darauf reagierte, aber er verstand es nicht. Warum gerade jetzt?

Mary hatte schon seit dem Vorfall mit der Schlange gewusst, dass sie diesen Mann wollte. Sie war schon damals bereit gewesen und war es jetzt mehr denn je. Sie spürte, dass die Zeit und der Ort genau richtig waren, dass sie ihre Jungfräulichkeit nur dafür bewahrt hatte. Für ihn.

Sie kam zu ihm. Als er sprechen wollte, legte sie ihm den Finger auf die Lippen. »Später«, flüsterte sie. »Später ist noch Zeit genug für Pläne. Hier sind wir im Moment sicher. Hinter uns und vor uns liegt der Tod. Nur diese kurze Zeit dazwischen gehört uns, John. Ich möchte sie nicht vergeuden.«

Eagle küsste sie. Ihr Mund lag weich, schmiegsam und feucht unter seinem. Ihre Zunge schnellte tief in seinen Mund. Er ist wirklich ein Narr, dachte sie, als sie sich an ihn presste, wenn er jetzt nicht versteht, wenn er nicht tut, was ich will.

Er atmete schwer. Sie ließ die Hände über seinen Körper gleiten und fand ihn trotz des eigenartigen Harnischs, den er trug, leidenschaftlich erregt. Mary löste ihren Mund nicht von seinem. Sie legte ihm die Arme um den Nacken und fiel langsam auf den *schirdik* zurück.

Als Eagle ihr die Kleider auszog, half sie ihm ungeduldig. Sie trat mit ihren schlanken Beinen aus und schleuderte Kleidungsstücke bis in die entferntesten Ecken der Jurte.

Die Innenflächen ihrer Schenkel glichen braunem Samt. Sie hing mit geschlossenen Augen an ihm und wimmerte leise, als er sie liebkoste. Als er ihr Innerstes berührte, zitterte sie und umschloss seine Hand plötzlich mit den Schenkeln. Sie ließ ihren Kopf weit zurücksinken und starrte zur Decke der Jurte.

Sie flüsterte etwas auf Mongolisch, das er nicht verstand. Als er schon dabei war, in sie einzudringen - er war jetzt fast außer sich -, schob sie ihn von sich und rollte zur Seite, zog die Knie hoch an.

»Auf Mongolisch«, flüsterte sie. »Auf Mongolisch, Liebster.«

Doch als er auf diese Weise zu ihr kommen wollte, überlegte sie es sich wieder anders. Lächelnd rollte sie sich auf den Rücken. »Nein, nein, auf die amerikanische Art. Auf deine Art, beim ersten Mal.«

Eagle versuchte, sanft zu sein, aber er wusste, dass er ihr wehtat. Sie zuckte nicht vor dem Schmerz zurück. Mit tränenüberströmtem Gesicht hing sie an ihm, ihre Beine und Arme umwanden, umschlangen und verschlangen ihn ganz. Er konnte sich plötzlich nicht mehr zurückhalten und begann, mit ungebändigter Wildheit in sie hineinzustoßen. Es kümmerte ihn nicht, dass er ihr wehtat. Er vergaß alles, außer der unbezwingbaren Lust der Eroberung. Später würde er sanft zu ihr sein - jetzt war er ein Tier.

Mary Choija begann zu schluchzen und zu schreien. Selbst in ihren wildesten Phantasien hatte sie nie zu träumen gewagt, dass es so sein würde. Niemand konnte einem das erzählen. Das konnte man nirgends lesen. Sie waren nicht länger ein Mann und eine Frau, ein Er und eine Sie - sie waren ein Ding, ein *Es*. Ein Schmerz und eine Wonne, die unerträglich waren, und die zu halten und nie zu verlieren sie ihr Leben hingegeben hätte. Dies durfte nicht enden. Es durfte nie zu Ende gehen. Dies war der Sinn ihres Daseins, jetzt wurde ihr alles klar.

Sie grub die scharfen, kleinen Zähne in seine Schulter. »Ich liebe dich!«, schrie sie. Sie schrie es auf Englisch, auf Mongolisch und auf Chinesisch. Nie zuvor hatte sie ein wahreres Wort gesagt, nie zuvor. Sie hatte niemals etwas so ernst gemeint, wie sie dies meinte: Ich liebe Dich!

Sie spaltete sich, wurde weit aufgerissen, um den willkommenen Eindringling aufzunehmen. Sie wurde von innen nach außen gedreht, und jeder Nerv lag bloß, jeder Nerv empfand die Lust, die das Gesicht dieses Mannes trug. Dieses Mann-Ding, dieses Schwert aus Fleisch im Gewand eines Gottes, der alles wusste, was es auf der Welt zu wissen gab.

Mary schrie. Sie wurde zu Tode verbrüht. Glück war nass. Glück war warm. Glück war jetzt und immer, und bei allen alten und neuen Göttern durfte es niemals enden.

Es endete, aber sie fand, dass es ihr nichts ausmachte. Nichts machte ihr etwas aus. Das Leben war eine weiche, warme Decke, die fest um Yang und Yin geschlungen war. Sie wollte sich nicht bewegen, wollte nicht aufwachen. Niemals wieder.

Nach einer langen Weile sagte Eagle: »Mary?«

Sie antwortete nicht. Er stützte sich auf einen Ellbogen, um sie anzusehen. Ihre Augen waren geschlossen. Tränen hatten Streifen durch den Schmutz auf ihrem Gesicht gezogen. Er spürte etwas wie Reue in sich aufkommen.

»Mary«, sagte er noch einmal.

Sie antwortete nicht. Aber sie lächelte und zog ihn enger an sich.

Neuntes Kapitel

Der Mond war untergegangen. Eagle umging die Jurten von Osten her und kroch mit Gaspistole und Gummiknüppel in der Hand wie eine Schlange bäuchlings durch den Sand.

Er mochte die atemlose Stille nicht, die sich wie eine Glocke über ihn gesenkt hatte. Kein Wind. Nichts rührte sich. Das war unnatürlich und machte ihn noch vorsichtiger. Und langsamer. Doch Zeit war jetzt kostbar. Mary fuhr weit im Süden am Rand der Sandmulde entlang und sollte ihn im Morgengrauen am Fuß der schwarzen Berge erwarten. Eagle schätzte, dass es von den Jurten bis zu den Bergen etwa zehn bis fünfzehn Meilen waren. Die Dämmerung begann in vier Stunden, Er hatte also keine Zeit zu verschwenden.

Obwohl er das Visier des Helms geöffnet hatte, fiel ihm das Atmen schwer. Er konnte es sich nicht erklären. Es war, als bewege er sich in einem Vakuum, aus dem fast alle Luft abgesaugt worden war. Als er die Palisadenwand erreichte, lag er einen Moment ruhig und wartete. Ein Gefühl im Inneren, eine Eingebung, sagte ihm, was folgen würde, aber er war noch nie in einem richtigen asiatischen Sandsturm gewesen.

Er hörte ihn vom Pass her über die Wüste kommen - es schrie ihm wie das Donnern eines Güterzugs in den Ohren, und die winzigen Lautsprecher in seinem Helm verstärkten das Geräusch so sehr, dass er fast taub wurde. Er schaltete die Verstärker aus. Mit erhobenem Kopf starrte er auf die offene Wüste hinaus. Er sah ihn kommen wie eine Brandungswoge: Sand. Eine wirbelnde, kochende Sandfront, ein quirlender Wall scheuernder Zerstörung.

Man hatte ihn davor gewarnt, dass Sandstürme in der Gobi ganz plötzlich kommen konnten. Jetzt sah er, dass der Sturm, der bei seiner Ankunft durch den Pass geblasen hatte, im Vergleich zu dem, was jetzt kam, nur eine leichte Brise gewesen war. Im Moment war er ihm nützlich. Aber später, falls er Turkan tragen musste, würde es hart werden.

Totenstille jetzt. Das Brüllen der Brandung verlief sich, um allmählich durch ein Brummen ersetzt zu werden, das anstieg wie das Summen eines gigantischen Bienenschwarms. Kalte Windstöße fuhren durch die Palisaden.

Dann gab es keine Gnade mehr. Der Sturm fiel mit voller Gewalt über die Jurten her. Ein undurchdringlicher Wall aus rotem Sand floss über und durch und um das Dorf. Eagle ließ das Visier einschnappen und drehte seine Sauerstoffreserve an. Jetzt hatte er einen enormen Vorteil. Er konnte sehen und atmen, obwohl der Sand sein Visier mit Millionen von Schrotkörnern bombardierte. Er stand auf und wurde sofort wieder umgeworfen. Er erhob sich erneut und hielt sich an der Lehmwand fest. Er konnte tatsächlich sehen - ganze fünfzig Zentimeter weit!

Ein Stück schwarzer Jurte flog an ihm vorbei, der schwere Filz schlug nach ihm. Eine Herde verschreckter Ziegen tauchte aus dem wirbelnden Sand auf, und er musste an der Wand hochklettern, um nicht zertrampelt zu werden. Es war kaum wahrscheinlich, dass er in diesem Durcheinander und Chaos gesehen wurde, aber es konnte leicht sein, dass er einem Posten auf den Kopf sprang.

Er hatte Glück. Er fiel auf die Knie nieder und kroch schnell in eine schützende, niedrige Lehmhütte, die etwa zehn Meter von der Palisade entfernt stand. Er befand sich jetzt in vollständiger Dunkelheit. Das Brüllen des Sturms war leiser hier drinnen, er drehte den Sauerstoff ab und öffnete das Visier. Fast hätte er sich übergeben.

Eagle hatte in seinem Leben ziemlich üble Gerüche kennengelernt, aber so etwas noch nie: eine Kombination aus Leichenhaus, Latrine und Pestloch. Ein Gestank nach verfaulenden Körpern, nach uraltem Urin und Stuhl, nach Fieber und alten Knochen und Tod. Er würgte.

Gegen die Übelkeit ankämpfend, ließ er den dünnen Strahl seiner Taschenlampe durch das Innere gleiten. Der Sturm draußen war ein Monstrum, das Sandpapier gegen die Wände rieb.

Er benutzte das Licht vorsichtig, gerade lange genug, um zu sehen, dass in der Mitte des Raumes sechs Särge in einer Reihe standen. Mary hatte ihm davon erzählt. Sarggefängnisse waren bereits eine alte mongolische Tradition geworden, aber diese grauenhafte Strafe war vor Jahrhunderten von den Chinesen eingeführt worden: Einfache Kästen aus Stein oder Holz, so gebaut, dass ein Mann darin weder stehen noch liegen konnte. Man kettete ihn an und gab ihm jeden Tag ein Stück Brot und etwas Wasser. Vielleicht. Tage-, wochen-, ja jahrelang lag er in seinem eigenen Kot, bis seine Glieder verfaulten und er wahnsinnig war.

Ein Gedanke schoss Eagle kalt durch den Kopf. Wenn Turkan nicht mitkommen kann, wenn es überhaupt nicht geht, dann kann ich ihn wenigstens töten.

Er sah in den Sarg, der ihm am nächsten stand. Leer. Der zweite enthielt ein vermodertes Skelett, noch immer angekettet. Im dritten Sarg saß ein Toter.

Eagle leuchtete der Leiche voll ins Gesicht. Sie bewegte sich leicht, und Eagle sagte: »Choija? Turkan Choija?« Er versuchte nicht, leise zu sein. Alle Dämonen der Hölle heulten draußen.

Der Mann öffnete die Augen und starrte in das Licht. Seine Augen waren erdbraun und starr, sein Gesicht war mit einem weichen, dunklen Bart bedeckt, durch den offene Geschwüre leuchteten. Auf seinem Kopf gab es große, kahle Stellen, manche voll schlimmer roter Blasen, und Eagle erinnerte sich an das glühende Metall. Einen Moment lang verlor er den Mut. Der Mann war dem Tod nahe. Choija war nackt bis auf die Hüften, er trug nur ein schmutziges Stück Stoff um die Lenden, und die scharlachroten Typhusflecken bedeckten den ganzen jammervoll zerrütteten Körper. Der Stumpf seines rechten Ringfingers war bandagiert.

In dem toten, braunen Blick lag keine Spur des Erkennens. Eagle wusste, dass Typhus manchmal das Gehirn in Mitleidenschaft zieht, und stöhnte innerlich. Nach all der Anstrengung, all den Meilen, all dem Morden, war das der Preis? Ein nahezu Toter mit einem idiotischen Ausdruck im Gesicht? War es die Mühe wert? Lohnte es sich noch zu versuchen, den Mann herauszuholen? Wenn er allein durch die schwarzen Berge musste, wenn er ohne Führer durch die Minenfelder kommen musste, dann konnte er zusätzlichen Ballast nicht brauchen. Selbst das Mädchen würde letztlich zur Last werden.

John Eagle starrte das lebende Skelett an und hob die Gaspistole. Der Mann versuchte, eine Hand zu heben, und die Ketten klirrten leise. »*Sai bina*«, sagte er mit überraschend starker Stimme. »Sie sind es - der Mann von Mr. Merlin?« Er sprach Englisch. Schlecht, gebrochen und mit starkem Akzent, aber doch Englisch. Eagle ließ die Pistole sinken.

»*Sai bina*«, sagte er. »Ja, ich komme von Mr. Merlin. Sind Sie Turkan Choija?«

Der Mann im Sarg nickte. »Ja, ich bin Choija. Aber das Zeichen? Zeichen muss sein.« Er schloss die Augen, und einen Moment lang wirkte er geistesabwesend. Er murmelte etwas auf Mongolisch, das Eagle nur mit Mühe verstand: »Meine Heimat liegt viele *li* von hier entfernt. Viele, viele *li* bis zum Platz der Toten. Dorthin würden sie mich bringen. Und meine Knochen würden dort liegen, unter dem reinen Wind.«

»Ich kenne das Zeichen«, sagte Eagle. »Aber es muss geschrieben werden. Dafür haben wir jetzt keine Zeit. Gehen wir.«

Der Mann öffnete nicht die Augen, er murmelte: »Das Zeichen. Der Diener Mr. Merlins sagte, es würde ein Zeichen geben.«

Eagle ignorierte ihn. Er nahm einen der ausgemergelten Arme hoch und sah sich die Handschellen an. Sie fielen fast ab. Mit einer Dose Fett, die er zu diesem Zweck mitgebracht hatte, schmierte er schnell die Hand- und Fußgelenke des Mannes ein. Drei der rostigen, alten Eisenringe glitten leicht herunter, der letzte, an einem Fußgelenk, sperrte sich. Eagle verbog das Gelenk brutal und riss das Eisen herunter. Der Mann rührte sich nicht. Eagle konnte ihn nicht atmen hören, aber die eingesunkene Brust bewegte sich noch. Eagle hob ihn hoch. Siebzig, vielleicht achtzig Pfund. Er ging zur Tür.

Als er die Tür erreichte, wurde sie aufgerissen, und der heulende Wind schleuderte eine Tonne Sand in den Raum. Zwei Mongolen stolperten herein, die Köpfe in schützende Tücher gehüllt. Sie fluchten und schimpften laut.

Eagle schoss jedem der Männer einen Pfeil durch den Kopf, ohne sich anzuhalten. Sie zuckten noch im Todeskampf, als er schon draußen war. Die Sache gefiel ihm nicht, denn er musste auf demselben Weg wieder zurückkommen, aber daran war jetzt nichts mehr zu ändern. Kubla und seine Männer wussten jetzt, dass der Bergteufel wieder unter ihnen gewesen war.

Der Sturm verschlang ihn draußen. Er rückte Choija in eine bequemere Lage auf seinen breiten Schultern und studierte den Kompass, wobei er schließlich die Lampe anknipsen musste. Er marschierte genau nach Osten, und der Sand wirbelte eine raue, heulende, undurchdringliche Tarnwand um ihn und seine leblose Last auf.

Ohne weitere Zwischenfälle kam er aus dem Dorf, obwohl ein durchgegangenes Kamel sie beinahe umgerannt hätte. Nach einer Meile spürte er, dass das Land leicht anzusteigen begann, und setzte den Mann ab. Er hatte Nahrungs- und Wassertabletten mitgebracht und schob jetzt je zwei davon die magere Kehle hinab. Er selbst nahm je eine und ruhte sich einen Moment lang aus, bevor er weiterging. Die wirkliche Arbeit lag noch vor ihm. Er musste vor dem Morgengrauen die schwarzen Berge erreichen.

Er suchte nach einem Lebenszeichen in dem Mann zu seinen Füßen. Ab und zu zuckte Choija kaum merklich, sonst nichts. Eagle hob verzweifelt die Schultern. Er konnte nichts für den Mann tun. Nichts. Eine Sauerei, wenn der arme Kerl nach allem, was er überlebt hatte, jetzt hier in der Wüste erfror.

Er hob den Mann wieder hoch, legte sich die knochige Gestalt über die Schultern und begann, nach Osten zu laufen. Langsam lernte er etwas über die Eigenarten und Launen asiatischer Sandstürme. Nach einem besonders schlimmen Schlag schien der Sturm manchmal zurückzuweichen wie ein wildes Tier, das eine Atempause macht, bevor es erneut angreift. Dann kam es vor, dass der Wind vollkommen erstarb. Die Luft war still und kalt, und ohne den heulenden Wind fiel der Sand schwer wie Regen.

Eagle lief weiter und weiter, immer nach Osten. Er lief weder langsam noch schnell, sondern mit dem leichten und unermüdlichen Schritt, den er als Junge gelernt hatte. Es war zweimal so schwer, auf Sand zu laufen als auf festem Grund, aber er ließ nicht nach. Ab und zu ruhte er sich aus und sah den Mann Choija an. Durch das Gestrüpp seines Bartes schien die Gesichtsfarbe ein wenig besser. Eagle klopfte dem Skelett sanft auf die Wange. Choija öffnete die Augen und lächelte. Fast alle seine Zähne fehlten.

»Sai bina«, sagte er und grinste idiotisch. »Sie gekommen von Mr. Merlin? Ich meine, ja, bitte? Sie haben das Zeichen, danke?« Wieder verlor er das Bewusstsein.

John Eagle seufzte und zuckte die Schultern. Er zwang eine Wasser- und Nahrungstablette in den Mund des Mannes und hielt ihm die Nase zu, bis er schluckte. Dann nahm er das schlaffe Bündel wieder hoch, korrigierte seine Richtung - und lief und lief.

Der Sturm kam mit voller Wut zurück, schlug dem laufenden Mann in den Rücken und schob ihn auf die schwarzen Berge zu.

Zehntes Kapitel

Der Hurrikan wehte zwei Tage lang, ließ manchmal etwas nach, kam aber stets mit neuer Wut zurück. Eagle fand eine relativ geschützte Stelle, wo sich zwei riesige schwarze Felsen aneinander lehnten; hier machte er seine Pläne und traf seine Vorbereitungen, während Mary Choija ihren sterbenden Bruder pflegte.

Sie wussten beide, dass der Mann im Sterben lag. Turkan Choija wusste es selbst. Es schien ihn nicht im Geringsten zu stören. Der einzig Nervöse war John Eagle. Er hatte den Mann verzweifelt nötig. Der Sandsturm hatte seinen Zeitplan durcheinandergebracht, er war viel zu spät, und jetzt zählte jede Minute.

Er gab dem Mann mit Gewalt Nahrungs- und Wassertabletten ein und brachte ihn einmal nur mit einer Digitalis-Injektion wieder ins Leben zurück. Er und das Mädchen hatten sich gegen Typhus geimpft.

Aber es war nicht der Typhus, der Turkan Choija tötete. Er war völlig am Ende, ein Haufen Knochen, und hatte keine Lust mehr zu leben. Eagle versuchte gnadenlos, in dem atmenden Kadaver noch einen Funken Lebenswillen zu entzünden.

Sobald Mary ihren Bruder wieder zu Bewusstsein gebracht hatte und er ein wenig klarer wirkte, glättete Eagle eine Stelle im Sand ihres primitiven Obdachs und gab dem Mann einen Stock. Einen Tamariskenzweig. Choija konnte ihn kaum halten.

»Das Zeichen«, forderte Eagle. »Ich will das *Zeichen* sehen.«

Turkan versuchte ein Lächeln. Aber Mary blieb ernst. Sie warf John einen missbilligenden Blick zu. »Warum? Du siehst doch, dass er kaum atmen kann! Wie kannst du noch Zweifel haben nach allem, was er durchgestanden hat?«

»Zweifel sind ein Teil meines Berufs«, sagte Eagle kurz. Er sah Turkan an und zeigte auf die Stelle im Sand. »Das Zeichen.«

Turkan verzog den zahnlosen Mund zu einem Lächeln. Qualvoll kratzte er mit dem Stock in den Sand: *Gno... Ton.*

Mit einem Gefühl der Erleichterung setzte Eagle die beiden fehlenden Silben ein: *Thi... Seau.*

Gnothi Seauton. Erkenne dich selbst. Mr. Merlins Lieblingszitat.

Eagle lächelte dem Mann zu und warf den Zweig fort. Er war fast sicher gewesen, jetzt wusste er es mit absoluter Bestimmtheit. Er wandte sich Mary zu, die als Übersetzerin fungierte. Turkans Englisch war langsam und stockend, und Eagle machte sich Sorgen um die Zeit. Der Mann konnte mitten im Satz sterben.

Mary hatte ihrem Bruder den Ziegenledermantel gegeben. Jetzt legte sie ihm einen frischen Verband um den Fingerstumpf. Eagle hockte neben ihnen und sah Mary durchdringend an. »Du musst ihn jetzt fragen. Jetzt gleich! Ich kann ihm noch keine Ruhe gönnen. Mach' es auf deine Weise, in deiner Sprache, aber mach' es so kurz wie möglich. Lass ihn von vorn anfangen. Urteile selbst, ob er abschweift oder halluziniert. Verstehst du?«

Er unterbrach Mary nicht. Er hörte nicht allzu ungeduldig zu, während sie mit dem Mann sprach, der schon fast eine Leiche war. Sie sprachen eine halbe Stunde lang, und Eagle schwieg. Schließlich schloss Turkan Choija mitten im Satz die Augen und brach ab. Eagle sprang auf und legte ihm das Ohr auf die ausgemergelte Brust: schwacher Herzschlag.

Mary stand auf und ging hinaus in den wehenden Sand. Eagle kam ihr nach. Sie fanden Schutz auf der Leeseite eines abseits liegenden Felsens. »Nun?«

»Du hattest Recht«, sagte sie. »Er hat einen Kontakt im Kloster. Sogar zwei. Der erste ist ein Mönch, ein fetter, kleiner Mann namens Kita, und dann gibt es noch einen weißen Mann. Einen Russen.«

Eagle ließ sich die Überraschung nicht anmerken. »Ein Russe? Was ist mit ihm?«

»Der Russe heißt Rudi Smetanoff, und er ist ein Gefangener der Chinesen. Sie zwingen ihn dazu, für sie zu arbeiten. Er ist ein Wissenschaftler, und die Chinesen haben ihn vor drei Jahren entführt, als er zu einer Vorlesung an die Universität von Ulan Bator kam.«

Eagles Gedanken liefen weit voraus. Die Sache gefiel ihm nicht. Er würde die Funkstille weit früher als erwartet brechen müssen - und es bestand die Möglichkeit, dass er noch eine zusätzliche Last auf dem Fluchtweg zurücktragen musste. Die Flucht war ohnehin schon riskant genug. Und doch sah er keine Alternative. Mr. Merlin hatte ihm Urteilsgewalt gegeben. Jetzt musste er sie benutzen.

Er zeigte dem Mädchen nicht seine Besorgnis. »Weiß dein Bruder, was für ein Wissenschaftler dieser Russe ist?«

Sie schüttelte den Kopf. »Nur dass er etwas mit dem Feuerstrahl zu tun hat, oder was es sonst ist, das die Flugzeuge zerstört und die Menschen tötet. Ich soll dich warnen, dass diese Strahlen auch über das Minenfeld reichen. Aber man kann unter ihnen entlangkriechen, wenn man weiß, wie.«

Sie fuhr fort, ihm zu erzählen, wie Turkan Choija mehr als ein Jahr lang die Hügel und Berge um den Pass durchstreift hatte. Er hatte beobachtet, wie die Chinesen allmählich kamen und mit Wissen und Genehmigung der mongolischen Regierung zu arbeiten begannen.

»Die Chinesen schickten zuerst Archäologen«, sagte sie, »um eine Basis zu haben. Außerdem Anthropologen, Paläontologen und so weiter, um nach alten Knochen zu graben. Auf Mongolisch heißt das Tal Lung-gu, der Ort der Drachenknochen. Ein guter Vorwand also. Damals fand Turkan einen Weg durch die schwarzen Berge und beobachtete die Chinesen monatelang. Sie taten alles sehr langsam, ohne Hast und ohne Verdacht zu erregen. Aber die Archäologen wurden wieder fortgeschickt. Drei Mongolen, die als Aufseher arbeiteten, starben an Lebensmittelvergiftung. Und dann kamen Soldaten und legten die Minenfelder, später begannen Arbeiter zu bauen. Dann kamen mehr Wissenschaftler, auch Chinesen, aber eine andere Sorte. Zuerst gab es in dem Lama-Kloster noch ein paar Mönche, aber die Chinesen machten sie entweder zu Sklaven oder vertrieben sie. Jetzt ist nur noch ein Mönch dort - ich habe dir von ihm erzählt: Kita.

Aus irgendeinem Grund ließen die Chinesen ihn bleiben. Kita war es auch, der einen Weg durch die Minen wusste, und er verriet ihn Turkan. Kita erzählte Turkan auch von dem Russen, Smetanoff, und richtete es ein, dass sie sich nachts heimlich treffen konnten. Und...«

Eagle unterbrach sie. »Halt. Wie konnte dein Bruder an den kleinen Mönch herankommen?«

»Es war sehr gefährlich«, gab sie zu. »Aber ich habe dir schon gesagt, dass Turkan intelligent ist. Er beobachtete ständig das Tal und sah, wie die Chinesen Kita manchmal schlecht behandelten. Sie taten ihm nichts zuleide, aber sie ließen ihn hart arbeiten und machten sich ständig über ihn lustig. Turkan sah all das, während er die Chinesen beobachtete. Er wusste auch, dass Kita ein Mongole war und kein Chinese. Deshalb war anzunehmen, dass Kita die Chinesen hasste. Also wartete Turkan, wartete lange Zeit. Eines Tages hatte er die Möglichkeit, ungesehen mit Kita zu sprechen. Es war Sommer, und Kita war durch das Minenfeld gekommen, um Beeren zu sammeln. Turkan sprach ihn an, und sie wurden Freunde.«

Mit einem kleinen Lächeln fügte sie hinzu: »Das war ein Glück für Kita, glaube ich. Wenn sie nicht Freunde geworden wären, wenn Turkan ihm nicht vertraut hätte, dann hätte er ihn getötet.«

Eagle sah die bewegungslose Gestalt unter dem Ziegenfell an. »Du weißt, dass Turkan sterben wird?«

Ihr Ausdruck veränderte sich nicht. »Ich weiß, und er weiß es auch. Er sprach davon. Er ist bereit, den Drachen zu besteigen, wenn die Zeit gekommen ist.«

»Halte ihn am Leben, solange du kannst«, sagte er. »Ruf' mich, wenn du Hilfe brauchst.«

Eagle ging zu dem Motorrad, das versteckt in den schwarzen Felsen lag, halb vom Sand bedeckt. Er suchte sehr sorgsam heraus, was er brauchen würde, und machte daraus ein kompaktes Bündel. Kompakt, aber ziemlich schwer. Hoffentlich konnte sie es tragen.

Er vergrub das Motorrad im Sand und bezeichnete die Stelle in einiger Entfernung mit drei Steinmarkierungen, um keinen Verdacht zu erregen. Dann ging er zum Lager zurück. Turkan Choija atmete nur schwach, seine Augen waren geschlossen, und sein ausgemergeltes Gesicht war schon zur Totenmaske geworden. Eagle hatte keine Freude an dem, was er jetzt tun musste. Aber es musste sein.

»Wenn der Sturm sich bis morgen nicht legt, müssen wir trotzdem los«, sagte er. »Wir haben schon zu viel Zeit verloren.«

Mary zuckte die Schultern. »Das wäre nutzlos, wir könnten kaum sehen. Turkan stirbt ohnehin bald. Aber wenn du ihn in den Sturm hinausträgst, dann stirbt er sofort.«

Eagle spie Sand aus. Er hatte das Visier hochgeklappt, um freier sprechen zu können, seine Augen und Kehle waren wund vom Sand. Er hatte einen unbezähmbaren Durst. Die Wassertabletten hielten einen am Leben, aber sie taten nichts, um einen Sanddurst zu löschen.

»Wir werden es riskieren müssen«, sagte er. »Jetzt hör' zu. Ich habe eine Landkarte und will eine Nachricht senden. Ich kann sie nur einmal senden, also muss alles stimmen. Du musst mir genau sagen, wo die Steinschildkröte steht.«

Er legte das Taschentuch flach auf den Sand und beschwerte es mit Steinen. Dann ließ er das ultraviolette Licht darauf fallen, und die Karte wurde sichtbar. Eagle zeigte mit seinem Finger auf einen winzigen Fleck. »Bogdo«, sagte er. »Das einzige Dorf im Umkreis von dreihundert Meilen. Mit ihm als Beziehungspunkt bekomme ich einen Azimut und finde genau heraus, wo wir jetzt sind. Wenn ich das weiß, finde ich die Koordinaten für die Steinschildkröte. Also, wo genau ist die Steinschildkröte?«

Seit Stunden hatte Mary nicht mehr so viel Interesse gezeigt. Sie legte den Finger auf die Karte, und er machte an der Stelle einen Punkt. Der Kretin, der den Kasten gepackt hatte, hatte an alles gedacht - an alles, außer an Schreibpapier oder einen Block. Eagle benutzte eine dreifache Lage Toilettenpapier.

»Die Schildkröte steht etwa neunzig *li* südwestlich von Bogdo. Das sind dreißig Meilen.«

Eagle nahm den Maßstab zu Hilfe und machte einen neuen Punkt. Sie hatte sich um fünf Meilen verschätzt.

»Steht die Schildkröte allein? Ganz allein in der Wüste?«

Sie nickte. »Ja. Um sie herum ist nichts als Gobi. Nicht Sand, versteh' mich richtig, sondern Gras, Fels, Kies, ein bisschen Grün. Sie steht seit mehr als tausend Jahren da. All die Hirten, die Nomaden, fürchten sich davor. Sie glauben, dass es dort spukt, und gehen nicht in die Nähe.«

»Gut.« Eagle faltete die Karte zusammen, nahm die seit langem leere Feldflasche vom Boden und ging hinaus. Er fand eine nahe Felswand und begann zu klettern. Während er stieg, fühlte er, wie der Wind an Druck verlor und schwächer wurde. Wenn das so weiter ging, war die Luft bei Tagesanbruch klar, und sie konnten sich auf den Weg durch die schwarzen Berge machen.

Eagle kletterte so hoch er konnte - es war kaum zu glauben, dass dieses winzige Funkgerät, selbst mit den Silber- und Bauxitian-Batterien, die riesige Entfernung bis zu Mr. Merlin in Hawaii überbrücken konnte. Und doch behaupteten die Experten, dass es möglich wäre. Er würde es bald wissen. Sorgfältig schraubte er die obere Hälfte der Feldflasche ab und entfernte die Zinkplatte, die den Sender-/Empfänger bedeckte. Im Sender selbst lagen ein winziger Stecker und ein Knäuel sehr feinen Drahtes Versteckt. Er befestigte ein Gewicht an dem Draht, schwang ihn über seinen Kopf und warf ihn dann in die Felsen hinauf. Er verfing sich an einem kleinen Vorsprung und hielt: seine Antenne. Eagle steckte den Stecker in das Gerät, stellte es auf eine flache Felsplatte und begann zu senden.

Er funkte einen dünnen Strahl aus Punkten und Strichen, der über Ozeane und Gebirge um die halbe Welt ging. Er morste Klartext, denn er hielt die Gefahr für gering, und es blieb ohnehin keine Zeit zum Verschlüsseln.

CQ - CQ - Eagle an MM - Eagle an MM - KK...

Er hatte keinen Kopfhörer, nur einen winzigen Plastikknippel, der genau in sein Ohr passte. Er wartete. Fünf Sekunden vergingen. Er wusste, dass diese Frequenz vierundzwanzig Stunden pro Tag überwacht wurde.

Das Antwortpiepsen klang verloren. Es drang aus dem riesigen Raum in sein Ohr, ein Zwitschern von einem anderen Planeten, eine winzige Stimme aus dem Nichts.

CQ - CQ - Verstanden - Verstanden - K-Eagle -K...

Eagle lächelte. Er glättete sein Papier und begann zu senden.

Elftes Kapitel

Als Junge bei den Apachen hatte John Eagle harte Prüfungen durchgestanden, und später, in Oxford, war er mehrfach zum Bergsteigen in die Alpen gefahren. Seine Kondition war hervorragend. Und doch gab es auf diesem letzten Stück durch die Eingeweide der schwarzen Berge und über den letzten Gipfel Momente, in denen er dachte, er würde es nicht schaffen.

Turkan Choija lebte immer noch. Sie machten es ihm so bequem wie möglich, Mary band ihn auf Eagles Rücken fest - er hatte aus Segeltuch eine Art Schlinge gemacht, wie die Kindertragesäcke der Indianer. Das Gewicht des Mannes störte Eagle nicht, aber er musste Hände und Arme frei behalten.

Bevor er den Medikamentenkasten wegpackte, gab er Turkan eine starke Dosis Adrenalin, obwohl er sich bisher auf Digitalis beschränkt hatte. Eagle wusste, dass das Adrenalin seine Wirkung nicht verfehlen würde, aber der Mann starb wahrscheinlich auch schneller daran. Er nahm das Risiko auf sich. Mary wusste, was er tat, verstand es und sagte nichts.

Als er sorgfältig alles in Plastik und den Rest des Segeltuchs gewickelt hatte, hob er das Bündel an. Er schätzte es auf etwa fünfundsechzig Pfund. Das Mädchen musste es einfach schaffen.

Sie brachen kurz nach Tagesanbruch auf. Der Sturm hatte sich gelegt, und um sie herum rieselte roter Sand zu Boden. Das Adrenalin machte Turkan lebendig, er gab ihnen die Richtung an.

Sie marschierten ständig nach Osten in die Basaltblöcke hinein und folgten Schluchten und trockenen Wasserläufen, bis sie zu einem dunklen Spalt kamen, der rechtwinklig nach Norden abzweigte. Die Sonne versuchte bereits, sich zu zeigen, aber sie wurde immer noch von Sand verdeckt, der wie roter Schnee vom Himmel fiel.

Zwei Stunden lang durchquerten sie den Felsspalt, immer nordwärts, über Geröllfelder aus riesigen Felsen, manche so groß wie Häuser. Eagle konnte Wasser weder sehen noch riechen. Die Luft wurde dünner, während sie unaufhaltsam höherstiegen.

Eagle hielt in den zwei Stunden nicht ein einziges Mal an. Gelegentlich sah er sich nach Mary Choija um, die ihm verbissen folgte und sich unter ihrer Last gebückt vorwärtsarbeitete. Gegen Ende des Marsches bemerkte er, dass sie schwer atmete und keuchte, aber sie beschwerte sich nicht.

Der Felsspalt endete unvermittelt an einer senkrechten, glatten Wand. Eagle ließ Turkan zu Boden gleiten und wartete auf Mary. Er musterte Turkan und dann die Felswand, die ihnen den

Weg versperrte. Sie türmte sich mindestens hundertzwanzig Meter hoch.

Eagle machte ein düsteres Gesicht, als er an das dachte, was jetzt kommen musste; er fragte: »Hier soll eine Passage sein?«

Turkan nickte und hob die rechte Hand; der frisch bandagierte Stumpf leuchtete im blassroten Sonnenlicht. Der Mann zeigte mit seinem knochigen Finger nach oben.

»Da ist ein Weg. Da, am Ende der Wand. Wo aussieht, als ob zu Ende. Endet nicht. Selbst sehen.«

Eagle ging los und hielt sich nach rechts, wie Turkan gesagt hatte. Er durchquerte eine flache Mulde voller Steinbrocken und erreichte die Felswand. Zuerst sah er gar nichts. Vielleicht war der arme Kerl wirklich übergeschnappt und träumte das alles nur?

Mary hatte ihre Last abgeworfen und sprach mit ihrem Bruder. Jetzt kam sie zu Eagle herüber. Bis sie bei ihm war, hatten seine scharfen Augen gefunden, was sie suchten. Er konnte es kaum glauben. Eine Bergziege mochte das schaffen - auch er vielleicht, allein und ungestört. Aber mit einem kranken Mann? Mit einem Mädchen und einer Traglast? Eagle fluchte und zwang sich zu einem Lächeln, als Mary zu ihm trat.

»Wieviel Steinbockblut hast du in den Adern, Mary?« Er zeigte auf die Stelle, wo die senkrechte Felswand auf die Schlucht traf, die sie durchwandert hatten. Bei oberflächlicher Betrachtung sah man nichts; aber wenn man genauer hinsah, zeigte sich, dass es eine winzige, senkrechte Spalte gab, wo Felswand und Schlucht aufeinandertrafen. Eine Art flacher Kamin im massiven Felsen. Eagle sah sich die Stelle an. Jetzt entdeckte er auch schwache Anzeichen von Griffen und Fußstützen. Ja, es war zu schaffen. Jedenfalls die ersten dreißig Meter. Danach bog die Spalte ab und verschwand.

Mary erriet seine Gedanken und deutete nach oben. »Turkan sagt, dass es da oben leichter wird. Es gibt einen Absatz und dann einen richtigen Kamin bis ganz oben. Zur Spitze.«

»Und was ist dort?«

Sie lächelte schwach. »Noch ein Absatz. Und ein Pfad, sehr schmal. Turkan sagt, dass er sich um den Berg herum zum Gipfel hinaufwindet und dann auf der anderen Seite ins Tal führt.«

Eagle nickte. Sein Plan war fertig. »Gut. Also los. Wie geht es ihm?«

»Er atmet und spricht. Wie lange noch, weiß ich nicht. Das Medikament, das du ihm gegeben hast, hat geholfen. Aber er stirbt auch schneller daran.«

Eagle wusste das, aber er sagte nichts. Er nahm den Helm ab, ging zu der Steilwand und begann, nach Griffmöglichkeiten zu suchen. Es gab sie, obwohl man sie eher fühlen als sehen konnte. Er blickte sich zu dem Mädchen um, als er los stieg. »Kannst du ihn ohne meine Hilfe bis hierher bringen? Ich muss euch beide hochziehen.«

»Ja. Er wiegt ja fast nichts.«

Eagle benötigte eine Stunde, um die ersten dreißig Meter zu klettern. Es gab Stellen, an denen man sich festhalten konnte - vorausgesetzt, man fand sie. Zentimeter um Zentimeter zog er sich hoch. Mehr als einmal hing er dabei nur an seinen Fingern. Acht Finger, die sich wie Stahlklammern in einen Spalt zwängten, der nicht einmal zentimetertief war. Seine Schuhe, für diese Arbeit nicht gemacht und mit ihren Sprengstoffsohlen viel zu schwer, kämpften um die winzigsten Vorsprünge. Dreimal wurde er von kleinen Überhängen fast besiegt. Dann schwang er sich endlich doch auf den ersten Absatz hinauf. Er war schmal, etwa zwei Meter breit, und hier begann eine weitere Rinne, die nach oben aus dem Gesichtsfeld verschwand. Sie schien regelmäßig zu sein und nicht wesentlich enger zu werden. Ein richtiger Kamin. Eagle lächelte. Das war mehr nach seinem Herzen.

Er presste sich rücklings gegen die eine Wand des Kamins und sprang hoch, um die Füße an die gegenüberliegende Seite zu stemmen. Genau seine Größe, er konnte sich ohne Schwierigkeiten hocharbeiten. Dann ging er zum Rand zurück und sah hinunter. Mary hatte ihren Bruder geholt und brachte das Bündel.

Eagle trug ein siebzig Meter langes, dünnes Drahtseil um den Körper gewickelt. Der Draht war mit widerstandsfähigem Kunststoff überzogen, um besseren Halt zu geben, und war trotzdem nicht dicker als eine gewöhnliche Paketschnur. Er wickelte sich aus dem Seil, befestigte ein Ende an den Felsen und warf das andere zu dem Mädchen herunter. Es legte es unter Turkans Achseln.

»Gib Acht, dass es eng sitzt«, rief Eagle herunter. »Er ist zu schwach, um sich selbst zu helfen. Sag' ihm, er soll die Arme so steif wie möglich nach unten halten.« Eagle hatte keine Lust, den Mann jetzt zu verlieren.

Aber Turkan gelangte ohne Schwierigkeiten nach oben. Dann das Bündel. Dann das Mädchen. Als Mary an die Reihe kam, war Eagle schon ein wenig müde und musste mit aller Kraft am Seil ziehen. Mary half so gut sie konnte mit den Füßen an der Felswand nach.

»Wir machen eine Viertelstunde Pause«, sagte Eagle, der bemerkte, wie blass sie aussah. Turkan war anscheinend wieder eingeschlafen. Mary Choija legte den Kopf auf die Arme und ruhte sich mit geschlossenen Augen aus.

Eagle hockte auf den Fersen, den Helm neben sich, und betrachtete die beiden einen Augenblick; sie hielten besser durch als erwartet. Dann schweiften seine Gedanken ab. Er begann, Pläne für die Zukunft zu machen, ohne wirklich sicher zu sein, dass es eine Zukunft geben würde. Die Antwort Mr. Merlins war nicht gerade ermutigend gewesen:

»Smetanoff rausholen, wenn echt. Im Zweifel töten. VTOL nur zwei Plätze plus Pilot. Agent in UB meldet, Mongolen kennen chinesische Situation. Senden Truppen. Unter allen Umständen meiden. Rendezvous wie geplant. Viel Glück. MM.«

Also musste er jetzt den Russen mitnehmen, falls der sich als echt erwies, was Eagle nicht bezweifelte. Das bedeutete keinen Platz für Mary Choija in dem Senkrechtstarter VTOL, selbst wenn sie mitwollte.

Aber das Unerfreulichste war, dass die mongolische Regierung schließlich doch etwas unternahm. Soldaten waren unterwegs. Eagle dachte nicht gern an die Möglichkeit, jahrelang in einem mongolischen Gefängnis sitzen zu müssen. Er lächelte grimmig. Wahrscheinlich machte er sich unnötige Sorgen - man würde ihn sowieso bei einem *Fluchtversuch* erschießen.

Er ging zu dem Kamin und starrte hinauf. Denselben Weg musste er zurückkommen. Turkan hatte erklärt, dass es auf der anderen Seite des Tals der Drachenknochen einen Pass gab, durch den die Chinesen ursprünglich gekommen waren. Den konnte Eagle vergessen, er war mit Bestimmtheit schwer bewacht. Und wenn die mongolische Armee auftauchte, würde sie sicher aus dieser Richtung angreifen. Eagle hatte kein Bedürfnis, in einen Krieg verwickelt zu werden.

Auf jeden Fall lag der Platz für das Rendezvous mit dem Senkrechtstarter hundert Meilen nordwestlich hinter ihm. Er hatte die Koordinaten der Steinschildkröte gefunkt und eine Zeit festgesetzt: in vier Tagen um Mitternacht. Das musste er schaffen.

Er ging zurück zu Mary und berührte ihre Schulter. »Okay. Gehen wir weiter.«

Die kleine Atempause hatte Wunder gewirkt. Sie sah erfrischt und kräftig aus. Er klopfte ihr auf die Wange. »Ich steige in den Kamin und werfe das Seil herunter. Wir machen es genauso wie eben.«

Turkan Choija atmete rasselnd; seine ausgezehrte Brust war ein vertrockneter Käfig, der versuchte, das jagende Herz zurückzuhalten. Eagle stand einen Augenblick über den Mann gebeugt und beobachtete den Pulsschlag unter den Rippen. Nicht mehr lange, dachte er.

Er trug jetzt seinen Werkzeuggürtel. Ohne Schwierigkeiten stieg er in den Kamin hinauf, stemmte sich mit Rücken und Füßen hinein und machte dann und wann eine Pause, um Krampen in das Gestein zu schlagen, als Kletterhilfen für das Mädchen.

Der Kamin führte höher und höher, er begann, enger zu werden und sich nach Süden zu neigen. Eagle hielt an. Er musste den kranken Mann bis hierher bringen, bevor er weitermachte. Turkan konnte sich nicht selbst helfen, und Eagle bezweifelte, dass er ihn durch die enge, gewundene Passage ziehen konnte. Es war ziemlich rau hier, und kleine Felsspitzen ragten wie Domen überall heraus-.

Er rief zu Mary hinunter und bat sie, die Schlinge unter Turkans Arme zu legen. Der Kranke ließ sich leicht hochziehen, kam aber verschrammt und blutend an. Mary folgte der Traglast. Er ließ sie bei ihrem Bruder zurück, damit sie seine Wunden verbinden konnte, und stieg weiter. Der Kamin verlief jetzt wieder gerade, wurde breiter, und plötzlich konnte er hoch über sich die dunstverhüllte Sonne sehen und hörte das Seufzen des Windes im oberen Ende des Kamins. Es wurde kälter; er drehte das Heizelement des Anzugs eine Stufe höher.

Turkan Choija hatte ihn gewarnt, aber er war trotzdem überrascht und bestürzt, als er schließlich aus dem Kamin kletterte. Er befand sich auf einer mehr oder weniger ebenen Plattform, die einen Umfang von knapp drei Metern hatte. Felswände an drei Seiten, Auf der vierten, im Süden, ging es senkrecht eine schier unglaubliche Steilwand hinunter. Eagle schätzte die Entfernung bis zum Boden der Schlucht auf etwa dreizehnhundert Meter.

Er pfiff durch die Zähne, als er den Pfad untersuchte, der von der Plattform aus an der senkrechten Wand entlangführte. Er lief etwa dreißig Meter weit geradeaus und war nirgendwo breiter als einen Meter. Meist weniger. Weiter konnte er nicht sehen, denn der Pfad bog ab. Das war ihm nur recht. Er hatte das ungute Gefühl, dass es dahinter noch schlimmer wurde.

Zu seiner Linken erhob sich der Gipfel, den sie schließlich erreichen mussten, um in das Tal dahinter zu gelangen. Eagle nahm sein Fernglas und untersuchte den Berg. Er fand den Pfad, wo er die Steilwand verließ, die jetzt noch vor ihm lag, dann in einen Sattel führte und sich schließlich um den gegenüberliegenden Gipfel zu winden begann.

Eagle stieg zurück in den Kamin und zog Turkan hoch. Dann kletterte er erneut auf die Plattform und brachte ihn den Rest des Weges nach oben. Das Lastenbündel kam als nächstes. Mary brauchte keine Hilfe. Eagle bemerkte den unwilligen Ausdruck auf ihrem Gesicht, als sie auf den Absatz kletterte, wo der Wind über sie herfiel, und den schmalen Pfad sah, der an der Steilwand entlangführte.

Fünf Minuten später waren sie unterwegs. Eagle ging vorn, Mary folgte ihm mit der Traglast auf den schmalen Schultern. Sie hatten sich nicht angeseilt. Wenn einer von ihnen fiel, sollte er den anderen nicht mit in den Tod reißen.

Der Wind war von Anfang an eine Gefahr. Er heulte, kreischte, zerrte und schob, schleuderte ihnen Schneeregen entgegen wie Konfetti. Eagles Visier war geheizt und vereiste nicht, aber es beschlug, und schließlich musste er es hochschieben. Der augenblickliche, eisige Biss des Windes weckte in ihm neue Hochachtung für das Mädchen.

Der Pfad bog nach links und wurde schmaler. Jetzt war er kaum fünfzig Zentimeter breit. Eagle hatte sich Turkans Arme um den Hals gebunden, damit sie nicht baumelten und sich verfingen, und diese Vorsichtsmaßnahme machte sich jetzt bezahlt. Er musste sich Schritt für Schritt seitwärts vortasten und schob Turkan dabei an der Felswand entlang. Der Mann hing leblos und ohne Bewegung auf seinem Rücken. Nur sein flacher Atem bewies, dass er noch lebte.

Der Pfad wurde schlechter. Nach einem ziemlich guten Stück erreichten sie einen Punkt, wo er abrupt nach rechts abbog und hinunter in den Sattel führte, der die beiden Gipfel verband. Eagle hob die Hand, sie hielten einen Augenblick an. Er starrte hinunter auf das abschüssige Wegstück, das vor ihnen lag, nirgends breiter als fünfzig Zentimeter. Der Hang fiel auf beiden Seiten steil ab, eine spiegelglatte Fläche aus Stein, Eis und Schnee, die in dreizehnhundert Metern dünner Luft endete.

Nichts, um sich festzuhalten, keine Vorsprünge oder Grate, nicht einmal genug für einen Stiefeltritt. Wer vom Pfad abkam, glitt hilflos ins Nichts.

Der Pfad selbst war stellenweise vereist. Kleine Fleckchen Schnee klebten hier und da auf dem Boden. In einem von ihnen sah Eagle einen halben Fußabdruck: einen Absatz.

Turkans Arme spannten sich um seinen Hals. Der Mann flüsterte etwas, aber seine Stimme ging fast unter im heulenden Wind.

»Losgehen. Ich oft hier. Geht gut. Ich okay jetzt. Halte Gleichgewicht. Helfe mit.«

Eagle griff nach hinten und drückte das magere Bein des Mannes. »In Ordnung, Turkan, wir gehen.«

Er begann, sich den Abhang hinunterzutasten und wünschte dabei, er hätte Eisstollen an den Schuhen gehabt. Seine Sohlen waren viel zu dick für diesen Job. Ein Gedanke ging ihm durch den Kopf, er musste lächeln: Er lief auf genug von Mr. Merlins Spezialsprengstoff, um diesen ganzen verdammten Gebirgszug in die Luft zu sprengen!

Sie erreichten die Sohle des Sattels und begannen den Aufstieg zum Gipfel. Kurz bevor der Pfad die Flanke des gegenüberliegenden Berges erreichte und sich spiralförmig hinaufzuwinden begann, verschwand er mit einem Mal fast völlig. Auf einer Strecke von etwa sieben Metern gab es nichts als einen schmalen Grat, kaum zwanzig Zentimeter breit.

Eagle setzte ohne Zögern den Fuß auf dieses Rasiermesser. Er hatte vier Schritte gemacht, als Turkan Choija einen Krampf bekam. Er schrie schwach und begann in seinem Tragesack um sich zu schlagen. Eagle verfluchte ihn laut, obwohl er wusste, dass der Typhus verantwortlich war, und kämpfte um sein Gleichgewicht. Er rutschte aus, ein Fuß glitt vom Grat ab, und er begann, nach rechts zu fallen.

Seine Reaktion kam gedankenschnell: Er spreizte die Beine und fiel rittlings auf den Grat, dankte dabei Gott und Mr. Merlins Planern für die Metalleinlage, die er trug, als er schwer auf den gezackten First aufschlug. Er lehnte sich nach vom, warf sich den Kranken hoch auf die Schultern und klammerte sich mit beiden Händen an den scharfen Felsen fest.

Als Turkan sich beruhigt hatte, kam Eagle mit äußerster Vorsicht wieder auf die Beine und ging die letzten Meter bis zu der Stelle, wo der Pfad wieder breiter wurde. Dreißig Meter weiter führte der Weg an der neuen Steilwand entlang nach oben wie eine willkürlich von Titanen gezogene Linie. Eagle nahm einen tiefen Atemzug und ging weiter. Irgendwie fühlte er, dass das Schlimmste vorbei war.

Es hatte ganz den Anschein, als hätte der Berg ein Einsehen. Sie stiegen höher und höher wie auf einer Wendeltreppe, aber das Steigen war leichter und sicherer, der Pfad meist einen Meter breit oder mehr. Endlich erreichten sie den Gipfel. Hier, auf einem kleinen, von bajonettförmigen Zacken umringten Plateau, war der Wind der Herrscher. Er heulte wie ein verrückter Dämon. Eagle ließ den Mann und das Mädchen rasten, während er sich vorsichtig an die gegenüberliegende Seite heranpirschte. Er konnte nicht beobachtet werden - der Berg, auf dem sie standen, war der höchste rundum und beherrschte das Tal der Drachenknochen -, aber die Chinesen waren keine Dummköpfe. Sie mochten sich in ihrem Tal mit seinem Minenfeld, dem Stacheldraht und den Strahlen sicher fühlen, aber er durfte sie nicht unterschätzen. Ein einziger unvorsichtiger Schritt, eine falsche Bewegung konnte alles zunichtemachen.

Also schlich Eagle vorsichtig an die Brüstung heran und sah durch das Fernglas in die Tiefe. Da unten, mehr als eine Meile unter ihm, lag das Tal der Drachenknochen als braun-grüner Einschnitt in den schwarzen Bergen. Sein Apachen-Auge sagte ihm, dass es zwei Meilen lang und eine halbe Meile breit sein musste. Von hier oben fiel der Berg senkrecht. Er konnte schwach die Linie des Pfades sehen, die sich dünn wie ein Rauchfaden an der Steilwand entlangwand, und er wusste, dass er sich nicht im Tageslicht an den Abstieg machen durfte. Die

Chinesen kannten den Pfad bestimmt und überwachten ihn. Er musste im Dunklen gehen, allein.

Eagle begann ein sorgfältiges Studium des Tals, wobei er seine eigenen Beobachtungen mit dem verglich, was Turkan ihm erzählt hatte. Da war der Stacheldrahtgürtel, der sich in der Mitte des Tals von einem Ende zum anderen zog. Zwischen dem Stacheldraht und dem Fuß des Berges, auf dem er lag, war das Tal vermint. Und dann waren da noch die Strahlen. Turkan wusste nicht viel über die Strahlen, außer, dass sie tödlich waren und immer funktionierten. Und dass man unter ihnen durchkriechen konnte.

Hinter dem Stacheldraht lag ein kurzes Rollfeld mit drei Flugzeugen. An einem Ende standen Nissenschuppen, um die herum jetzt Männer arbeiteten. Eagle stellte das Fernglas schärfer und besah sich einen der Schuppen. Er wurde von zwei Soldaten in verwaschenen Khakijacken mit roten Sternen auf der Mütze und langen Gewehren bewacht. Hinter den Wachen arbeitete eine Mannschaft an einem weiteren Flugzeug.

Eagle wollte sich gerade abwenden, als er sah, wie eine der Maschinen auf dem Rollfeld sich zu bewegen begann. Er blickte genauer hin und stellte fest, dass es eine alte russische Maschine war, eine ausgemusterte MIG, Geschenk aus den Tagen, als Russen und Chinesen noch Brüder gewesen waren. Im Cockpit saß kein Pilot.

Er beobachtete, wie das Flugzeug zum anderen Ende der Startbahn rollte. Männer kamen aus einem Schuppen gerannt und schoben es auf eine Rampe, die zu einer langen Stahlplattform führte, die etwa einen Meter höher lag als das Rollfeld. Eagle lächelte. Die Stahlplattform ähnelte dem Deck eines Flugzeugträgers, und genau das war es auch: ein Startkatapult. Die Rollbahn war nicht lang genug für Düsenjäger.

Mary klopfte ihm auf die Schulter. Sie lag neben ihm auf dem Bauch. »Ist alles so, wie Turkan gesagt hat?«

»Ja, genau so. Aber sieh dir das an. Ich glaube, wir bekommen eine Sondervorstellung. Sehr aufmerksam von den Chinesen.« Er gab ihr das Fernglas. »Sieh dir die Maschine an, die sie auf das Katapult bringen. Wir sind gerade rechtzeitig gekommen.«

Sie stellte die Schärfe ein und schnappte nach Luft. »Da sitzt ja gar kein Pilot drin!«

»Ich weiß, es ist eine Drohne. Ich glaube, sie werden es zerstören. Hoffentlich, denn das wollten wir schließlich sehen.«

Die MIG wurde von dem Katapult in die Luft geschleudert. Sekunden später drang das Donnern der Düsen zu ihnen. Eagle nahm das Fernglas. Die Maschine stieg senkrecht hoch, ging dann in Geradflug über und begann schließlich, in einer engen Spirale an Höhe zu gewinnen. Eagle und das Mädchen rollten sich auf den Rücken, um sie zu beobachten. Die Maschine stieg, bis sie nur noch ein schwarzer Fleck in der riesigen Weite des vom Winde blankgefegten Himmels war. Schließlich begann sie, über dem Tal zu kreisen.

Mary Choija berührte seinen Arm, deutete ins Tal hinunter. »John, sieh mal! Da und da - und dort!«

Sie zeigte auf drei große Betonkuppeln, eine an jedem Ende des Tals und eine im Zentrum unter dem alten Kloster, das an der gegenüberliegenden Felswand hing. Während sie hinsahen, öffnete sich in jeder Kuppel ein Spalt, und ein langes, schwarzes Rohr wurde langsam ausgefahren. Die Rohre bewegten sich nach oben, bis alle drei auf den dunklen Fleck zielten, der hoch über ihnen kreiste.

»Du beobachtest das Flugzeug«, sagte Eagle. »Ich übernehme die Strahlenkanonen.« Während er sich auf die Kuppel direkt unter dem Kloster konzentrierte, kam ihm der Gedanke, dass das riesige Bauwerk ihn unter sich begraben würde, wenn er es sprengte. Dann war aber zumindest eine der Strahlenkanonen für lange Zeit außer Gefecht gesetzt.

Sie warteten. »Es passiert nichts«, sagte das Mädchen. »Das Flugzeug kreist nur.«

»Behalte es im Auge!«, befahl Eagle. Er war jetzt sicher, dass die Chinesen mit riesigen Laserkanonen experimentierten. Nichts anderes ergab einen Sinn. Sein Blick klebte förmlich an dem langen, schwarzen, phallusartigen Rohr. Es bewegte sich nicht mehr.

Mary rüttelte ihn an der Schulter. »Es ist weg! Das Flugzeug... Es ist einfach *verschwunden*. Genau wie das andere über dem Pass.«

Eagle hatte nichts gesehen, absolut nichts. Dabei hatte er das Rohr nicht aus den Augen gelassen. Er war ärgerlich. »Hast du irgendetwas bemerkt?«

»Ein paar Wrackteile kommen jetzt herunter. Das ist alles.« Sie zeigte auf die schwarzen Rohre, die jetzt wieder in den Betondomen verschwanden. Das letzte Rohr fuhr zurück, die Öffnungen schlossen sich.

»Was ist das, John?«

»Laser. Maser. Vielleicht eine Kombination von beiden. Ich verstehe nicht genug davon. Jedenfalls ist es unsichtbar.«

Sie krochen zu Turkan zurück, der mit geschlossenen Augen dalag und kaum atmete. Eagle bereitete eine neue Spritze für ihn vor. »Ich muss ihn da hinüberschaffen«, sagte er und nickte in Richtung der Brüstung, die den Blick ins Tal freigab. »Er muss sehen können und sprechen.«

Mary nickte resignierend. »Es ist nicht schön, ihn immer wieder vom Tod zurückzuholen. Aber ich weiß, dass es sein muss.«

Eagle brachte Turkan an den Rand des Plateaus und schob Steine beiseite, so dass der Mann ins Tal hinuntersehen konnte. Trotz der starken Adrenalininjektion, die er ihm gegeben hatte, war der Mann im Koma, nur die Augen und das rasselnde Atmen zeigten, dass er lebte. John sah das Mädchen an.

»Er steht jetzt genau auf der Schwelle. Wir haben wahrscheinlich nur noch diese eine Chance, also hör' gut zu. Sage ihm, er soll wiederholen, was er uns über die Minen erzählt hat. Er soll mit dem Finger zeigen. Wenn er die Hand nicht heben kann, dann tu es für ihn. Ich möchte alles über die Minen und den Russen und das Kloster hören. Geh' alles durch! Dann noch einmal, wenn er noch lebt. Und noch einmal.«

Turkan rollte die Augen und sah Eagle an. Seine verdorrten Lippen zuckten bei dem Versuch zu lächeln. Er machte eine herkulische Anstrengung, hob die Hand und zeigte nach rechts.

Dabei begann er mongolisch zu sprechen, aber jedes Wort seiner auf- und abschwellenden Stimme war ein Kampf gegen den Tod.

Turkan sprach einige Minuten. Mary übersetzte, ohne die Augen von dem Gesicht ihres Bruders zu wenden. Die gequälte Stimme hörte mitten im Satz auf.

Mary Choija sagte: »Er ist tot.«

Eagle nickte. Jetzt hatte er alles, was er brauchte. Er schloss Turkan die starren braunen Augen.

Marys Augen schimmerten feucht, aber sie vergoss keine Träne. »Ich sollte ihn jetzt waschen.«

John schüttelte den Kopf. »Tut mir leid, Mary, aber dafür sind die Pillen verdammt nutzlos.«

Sie antwortete nicht und sah ihn nicht an. Sie hielt den zerschlagenen Kopf Turkans im Schoß und klagte leise.

Eagle ging zu seiner Ausrüstung zurück und begann, Vorbereitungen für die kommende Nacht zu treffen. Für ihn gab es nur hundertprozentigen Erfolg oder völligen Fehlschlag. *Fehlschlag* bedeutete den Tod, hieß mit Turkan Choija den großen Drachen reiten.

Ohne sich dessen ganz bewusst zu sein, begann er mit hoher, klagender Stimme ein Lied zu singen. Er hielt einen Moment inne, lächelte dann und sang weiter. Es war das Todeslied der Apachen-Krieger.

Der Wind raste um den Gipfel. Unter ihnen und um sie herum hingen Wolken, aber hoch oben schien schwach die Sonne. Ein Schatten zog vor ihm über den Boden, und Eagle sah auf. Woher wussten die Vögel Bescheid? So schnell?

Es waren drei. Schwarze Geier, die tausend Fuß über dem Gipfel langsam ihre Kreise zogen.

Zwölftes Kapitel

Kurz nachdem es dunkel geworden war, machte Eagle sich an den Abstieg. Das Mädchen saß noch immer über den Körper Turkans gebeugt.

Unten im Tal zeichneten elektrische Birnen mattgelbe Lichtpunkte auf die Silhouette des Lama-Klosters. Als er sich der Talsohle näherte, konnte Eagle das gleichmäßige Summen eines Dynamos hören. Die Schuppen und Kuppeln lagen im Dunklen, aber er wusste, dass es Wachposten gab.

Der Pfad war auf dieser Seite breiter und ebener. Eagle ging schnell, denn er wollte unten sein, bevor der Mond aufging. Nach

Turkans Tod hatte er den Rest des Nachmittags damit verbracht, Kloster und Tal zu studieren. Er hatte mit Kreide eine grobe Karte auf den Felsen gezeichnet und sie sich eingeprägt.

Eagle wäre um ein Haar in die Falle getappt. Hätten die chinesischen Maschinengewehrschützen ihrem Befehl gehorcht und Schweigen bewahrt, dann wäre er statt ihrer gestorben. So aber hörte er sie schon von weitem lachen und Witze machen. Er war unhörbar wie ein Geist den Weg heruntergekommen. Jetzt lag er nicht weit von ihnen hinter einer scharfen Biegung und hörte ihnen zu. Der Mond ging in wenigen Minuten auf. Es gab nichts für ihn zu tun, als sich diskret zurückzuziehen und zu warten.

Er starrte über das Tal auf die Lichter des Klosters und erinnerte sich, wie er es am Nachmittag zuvor gesehen hatte: ein sehr altes Gebäude, dessen Ziegel aus rotem Ton und Dung hergestellt waren, hing es an der gegenüberliegenden Felswand wie ein gigantisches Wespennest.

Das Kloster war sein Verbündeter, gerade weil es so unbezwinglich war. Die meisten chinesischen Soldaten, alle Offiziere und Wissenschaftler lebten dort. Das riesige, baufällige Gebäude hing hundertfünfzig Meter hoch auf einem schmalen Felsvorsprung wie ein Horst, der jeden Adler neidisch gemacht hätte.

Man erreichte es durch eine altmodische Vorrichtung: einen großen, geflochtenen Korb, der mit einer Winde auf dem Dach auf und ab bewegt wurde. Es gab keinen anderen Weg hinein oder heraus. Er wusste, dass die Chinesen sich deshalb sehr sicher fühlten. Das Letzte, was sie erwarteten, war ein Nachtangriff durch einen einzelnen amerikanischen Agenten.

Der Mond stieg langsam hoch, in Schwarz und Silber graviert erwachte die Welt zum Leben; Eagle spannte den Bogen. Er holte fünf Pfeile aus dem Köcher und begann, den Pfad hinunterzukriechen. Er hatte das Werkzeug aus dem Gürtel genommen und trug nur die Gaspistole bei sich. Sie war für den Nahkampf gedacht. Jede verfügbare Tasche in seinem Anzug - und es gab viele - war mit Dingen vollgestopft, die er brauchte, um den Auftrag auszuführen.

Er erhob sich und legte einen Pfeil auf. Wahrscheinlich hatte er drei Chinesen vor sich. Sie mussten lautlos sterben.

Es waren tatsächlich drei Chinesen. Einer hockte neben dem Maschinengewehr und untersuchte die Munitionszuführung. Die anderen zwei zündeten sich gerade eine Zigarette an.

Auf hundert Meter Entfernung konnte Eagle fünf Pfeile gleichzeitig in der Luft haben. Als der dritte Pfeil loszischte, waren die ersten zwei Chinesen schon tot. Als letzter starb der Mann am Maschinengewehr, beide Hände um den Stahl geklammert, der ihn durchbohrte. Er fiel vornüber auf das Gewehr.

Eagle schnitt ihnen blitzschnell die Kehlen durch und ging weiter den Pfad hinunter. Nichts als ein gurgelndes Seufzen und das Zischen der Pfeile war zu hören gewesen.

Von schwarzen Felsen wie von einer Gefängnismauer eingefasst, endete der Pfad am entferntesten Ende des Tals. An dieser Wand entlang hatten die Chinesen einen minenfreien Pfad gelassen. Oder doch fast minenfrei. Wie die meisten chinesischen Ideen hatte auch diese einen Haken.

Eagle ließ das Visier fallen, schlang sich den Bogen über die Schulter und kroch auf Händen und Füßen weiter. Er bewegte sich am Fuß des Berges entlang, durch hartes Gras und gelegentliche Tamariskenbüsche, bis er den Punkt erreichte, an dem er links abbiegen musste, um das Tal zu überqueren. Bis jetzt hatte keine wirkliche Gefahr bestanden, denn er war einem schwach sichtbaren Pfad gefolgt, den die Soldaten ausgetreten hatten. Aber durch das Tal zu kommen, war eine andere Sache. Er hatte Turkans Beschreibung im Kopf, aber die Chinesen konnten noch andere Dinge verändert haben, seit Turkan zum letzten Mal hier gewesen war; von dem Maschinengewehrnest hatte er nichts gewusst.

Eagle musste sich nach links halten. Auf dem Bauch liegend, berührte er den Fels zu seiner Rechten mit der ausgestreckten Hand und griff so weit er konnte nach links. Der Zwischenraum zwischen seinen ausgestreckten Händen war die Sicherheitszone. Und dann musste er abzählen, mit absoluter Präzision. Ein Fehler, einmal falsch gezählt, und alles wäre vorbei. Vorbei mit Eagle. Sein Ziel verfehlt. Kleine Fetzen Fleisch und Gedärm über das ganze Tal verstreut. Bei dem Gedanken lief es ihm kalt über den Rücken. Es lag etwas so Obszönes darin, in winzige, blutige Fragmente zerrissen zu werden.

Als Turkan zum erstenmal hierhergekommen war, war der minenfreie Pfad noch mit kleinen roten Fähnchen markiert gewesen. Man hatte sie später wieder abgenommen.

Eagle zog seine Handschuhe aus. Eigentlich hätte er aufrecht in das Minenfeld hineingehen und seine Schritte zählen sollen. Zwölf Schritte hinein, sechs Schritte nach links. Zwölf Schritte hinein, sechs Schritte nach rechts. Und so weiter und so weiter, bis er durch war.

Aber das konnte er nicht riskieren. Er musste kriechen und den Boden vor sich abtasten. Es ist schwer, die normale Schrittlänge eines Mannes abzuschätzen, während man auf dem Bauch kriecht.

Er begann, sich in das Minenfeld zu schlängeln. Mit größter Vorsicht durchforschte er das Gelände vor sich. Während er die Hände fächerförmig hin und her bewegte, streiften seine Fingerspitzen leicht über das Gras. Es ging langsam und war anstrengend. Aber es rettete ihm das Leben.

Er war nicht weiter als sechs Schritt in das Minenfeld hineingekommen, als seine Finger auf einen kalten Metalldorn stießen, der aus der Grasnarbe herausragte. Die dünne Nadel bog sich leicht unter seiner Berührung. Er riss die Hand weg und wartete atemlos, das Gesicht vor Spannung verzerrt.

Die Schweine hatten das System geändert, seit Turkan zuletzt hier durchgekommen war!

John Eagle lag auf dem Bauch und spürte, wie ihm der kalte Schweiß über die Kopfhaut lief. Was jetzt?

Er schob sich vorsichtig um die Mine herum. Der Mond schien jetzt hell, aber er lag flach am Boden, so dass sein Chamäleon-Anzug mit der Grasnarbe verschmolz. Das einzige, was ihn verraten konnte, waren seine Bewegungen. Deshalb tat er alles sehr langsam.

Er kroch noch einmal sechs Schritt geradeaus. Seine Finger berührten einen weiteren Auslöser. Er hielt an, um sich über das Schema klar zu werden. Bis jetzt hatte er eine Mine mehr gefunden, als in Turkans Plan vorgesehen. Wenn das durch das ganze Feld so weiterging, war es am Ende vielleicht doch nicht so schlimm.

Eagle bog vorsichtig nach links und kroch sechs Schritt weit, ohne eine neue Mine zu finden. Jetzt zwölf Schritt nach rechts. Er kroch los, kam sechs Schritt weit und fand eine weitere Mine. Das war es! Er begann, das Schema zu begreifen: Sie hatten in jedem Zwölf-Schritt-Sektor eine zusätzliche Mine gelegt.

Eagle hoffte, dass der Chinese, der für das Minenlegen verantwortlich gewesen war, nicht allzu viel Phantasie besaß.

Er schlängelte sich um die Mine, kroch sechs Schritte weiter und drehte sich dann erneut nach rechts, zurück zur Felswand. Er begann, den Vorgang zu wiederholen. Das System stimmte.

Anderthalb Stunden später kroch er zwischen den Klippen und einer der Kuppeln hindurch. Jetzt musste er eine Entscheidung treffen. Eine Entscheidung, die er sich aufgespart hatte, bis er an Ort und Stelle war. Der Schatten der Sternwartenähnlichen Struktur fiel über ihn. Alles war still und dunkel, kein Anzeichen einer Wache. Eagle untersuchte den Boden zwischen sich und dem Fundament der Kuppel sorgfältig. Er bezweifelte, dass sie so nahe an den Kanonen Minen gelegt hatten. Eine Explosion würde den empfindlichen und ohne Zweifel unglaublich teuren Laser beschädigen. Eagle entschloss sich, es zu wagen.

Er brauchte eine halbe Stunde, um die Basis des kleinen Gebäudes zu erreichen, aber am Ende sparte er auf diese Weise Zeit. Er hatte den Plan, zwei der Laserkanonen zu zerstören, und die Gewalt der Explosion würde die Kuppel am anderen Ende des Tals in Mitleidenschaft ziehen.

Seine Finger glitten über den rauen, unverputzten Beton der Kuppel. Gut. Plastiksprengstoff hielt besser an rauen Oberflächen.

Er zog an der Sohle seines linken Schuhs, sie löste sich ab. Darunter fischte er einen klebrigen Klumpen Sprengstoff heraus, der sich anfühlte wie Plastilin, rollte und zog ihn vorsichtig zu einer Wurst auseinander, die einen Meter lang und einen Zentimeter dick war. Er legte sie an das Betonfundament und drückte sie mit den Fingern fest. Aus einer Tasche seines Anzugs nahm er einen winzigen Zünder, der eine dünne Drahtschlinge als Antenne trug. Mary würde die Ladungen später per Funk zünden.

In fünf Minuten war er mit der Arbeit fertig und kroch zurück zu seinem Messer, das er im Boden hatte stecken lassen. *Weiter.*

Er näherte sich jetzt dem Fuß der gegenüberliegenden Felswand. Bald hatte er Minen und Stacheldraht hinter sich. Der Draht war kein großes Hindernis. Wo er mit tiefsitzenden Stahlbolzen an der Felswand befestigt war, drehte Eagle sich auf den Rücken, nahm eine kleine Zange mit Kunststoffgriff aus der Tasche und war zehn Minuten später auf der anderen Seite.

Bis jetzt hatte er ständig flach auf dem Boden gelegen, zum Schutz vor den Strahlen, über die er wenig wusste. Doch jetzt war er in einem Arbeitsgebiet. Er bezweifelte, dass die Strahlen bis hierher reichten, aber der Beweis fehlte noch. Eagle hob die Hand, tastete über die rauen Felsvorsprünge, fand einen kleinen Busch, der aus einer Spalte wuchs und zog sich daran hoch. Nichts. Kein Feuerblitz. Kein Tod.

Er schlich hundert Meter weit an der Felswand entlang. Dreißig Meter über ihm begann das Kloster. Er konnte den ersten Überhang sehen. Der Bau wurde von uralten Stützbalken gehalten, die massiv wie Baumstämme in die Felswand gesetzt waren. Eagle hockte sich zu Boden, verschmolz mit dem Fels und ging in Gedanken noch einmal seine Pläne durch. Das Ganze war ein blitzschnelles Katz-und-Maus-Spiel, und der Trick dabei war, die Chinesen zu treffen, bevor sie überhaupt wussten, dass sie getroffen worden waren.

Das Summen des Dynamos war jetzt viel lauter und kam im ersten Stock des Klosters aus einem Fenster, das safrangelbes Licht nach draußen warf. Eagle duckte sich und lief an der Felswand entlang. Für den Dynamo war kein Platz in seinen Plänen.

Er kam unter dem gelben Rechteck vorbei, hinter dem der Dynamo arbeitete, und ließ sich wieder auf den Bauch fallen. Jetzt wurde die Sache schwieriger. Er kroch eng an der Felswand entlang, die allmählich zu einer Einbuchtung führte, die sich hoch oben im Kloster wiederholte.

Eagle hielt vor der letzten Biegung des Felsens und spähte vorsichtig um die Ecke. Es war genau, wie Turkan es beschrieben hatte, eine Unterbrechung in der geschlossenen Felswand, ein kleiner Durchlass. Und hier, in diesem natürlichen Schacht, hing der Weidenkorb. Der primitive Aufzug. Der einzige Ein- und Ausgang des Klosters.

Eagle fühlte die Windungen des dünnen Seils an seinem Körper und grinste kalt. Der einzige Weg - falls man nicht seinen eigenen Aufzug mitbrachte!

Er sah hinauf. Da war es, genau wie Turkan es beschrieben hatte: das gelbe Rechteck links vom Seil des Aufzugs war das Fenster des Russen. Etwa drei Meter links vom Seil, drei Meter von dem Weg entfernt, den der Korb nahm, wenn er nach oben schwebte.

Eagle studierte das Fenster. Groß genug, keine Gitter. Die waren hier nicht nötig. Vom Fensterbrett ging es sechzig Meter senkrecht hinunter auf felsigen Boden.

Ein Mann hustete in der Nähe des Korbes, und Eagle duckte sich in den Schatten der Felswand. Er wusste, dass sie da waren: Zwei Posten bewachten den Korb. Nicht weit davon stand ein hölzernes Schilderhäuschen.

Etwa fünfzig Meter von dem Wachtposten entfernt, sah Eagle zu, wie der Mann mit achtlos über die Schulter geworfenem Gewehr auf und ab marschierte. Er schien nicht allzu wachsam zu sein. Noch ein paar Sekunden, und es war ohnehin nicht mehr wichtig.

Eagle hatte ein Problem: Turkan hatte von zwei Posten gesprochen, immer von zweien. Aber nur einer war zu sehen. Der andere musste im Schilderhäuschen schlafen. Es brannte kein Licht, das gefiel Eagle nicht. Zuviel offenes Gelände lag zwischen ihm und dem Posten.

Aber daran war jetzt nichts mehr zu ändern. Er musste es wagen. Eagle zog die Gaspistole aus dem Halfter, legte den langen Lauf der Waffe auf seinen Unterarm, zielte, holte tief Atem, stieß ihn halb wieder aus und zog durch.

Phlank!

Der Posten gab keinen Laut von sich. Er brach langsam in die Knie, und es quoll ihm karmesinrot aus dem Mund, während seine Hände verzweifelt nach dem grausamen Ding kratzten, das tief in seinem Herzen stak. Das Gewehr fiel mit einem Klappern zu Boden, das Eagle wie Alarmglocken in den Ohren klang. Mit schussbereiter Gaspistole rannte er auf das Schilderhäuschen zu.

Die zweite Wache schlief auf einer rohen Holzbank. Eagle setzte ihr einen Pfeil zwischen die Augen und rannte zum Korb.

So weit, so gut. Kein Alarm. Alles sehr leise und professionell. Auf dem Dach waren natürlich mehr Wachen, aber er hatte nicht die Absicht, bis zum Dach zu fahren.

Er sprang in den Korb und zog an der Leine, die neben dem dicken Seil entlanglief. Nichts. Er zog noch einmal daran. Der Korb bewegte sich, schleifte über den Boden, erhob sich in die Luft und begann, nach oben zu schweben.

Eagle sah hinauf. Er konnte nur das Seil erkennen, das im Dunklen verschwand. Der Korb stieg weiter. Für die Wachen auf dem Dach, die keinen Verdacht hegen konnten, war es nichts weiter als Routinearbeit. Sie schufteten an der großen Winde. Es würde noch ein paar Minuten dauern, bis sie merkten, dass irgendetwas nicht stimmte.

Als der Korb sich dem Fenster näherte, hinter dem der Russe gefangen gehalten wurde, begann Eagle, den Weidenkorb hin- und herzuschwingen. Vorsichtig zuerst, dann immer stärker. Auf dem Dach würden sie das Schaukeln natürlich bemerken, aber er glaubte nicht, dass sie neugierig genug wurden, um an den Rand zu kommen und nachzusehen.

Als der Korb ans Ende seines Pendelschwungs kam, war er immer noch zwei Meter von dem Fenster entfernt. Eagle warf sich in die Leere hinaus und betete in Englisch und Indianisch, dass das uralte Gemäuer des Fensterbretts halten möge.

Dreizehntes Kapitel

Das Gemäuer, Werk eines lange verstorbenen mongolischen Handwerkers, hielt stand. Eagle hing einen Augenblick über dem Abgrund und schwang sich dann mit der Geschmeidigkeit einer großen Katze über das Fensterbrett ins Zimmer.

Rudi Smetanoff und ein fetter kleiner Mönch spielten in einer Ecke des Raumes Schach. Eine trübe Birne baumelte von der

Decke. Über ihnen auf einem Brett flackerte eine Butterlampe. Der Russe war gerade dabei, eine Wodkaflasche an den Mund zu setzen, als der Apache ins Zimmer glitt. Er erstarrte mitten in der Bewegung und glotzte ihn mit kleinen, blutunterlaufenen Augen an. Der Mönch begann mit vor Staunen aufgerissenen Augen wie wild seine Gebetsmühle zu drehen.

Eagle schätzte, dass ihm zwei oder drei Minuten blieben, nicht mehr. Er hatte sich seine Worte schon im Voraus zurechtgelegt.

Die Gaspistole war auf den Kopf des Russen gerichtet. »Ich bin ein amerikanischer Agent und werde diese Anlage in die Luft sprengen. Ich habe Anweisung, Sie mitzunehmen, falls Sie wollen. Ich kann Sie nicht zwingen. Aber wenn Sie nicht mit mir kommen, töte ich Sie. Ruhe! Sprechen Sie jetzt nicht. Hören Sie zu! Wir haben nur zwei Minuten, um hier herauszukommen. Wenn Sie Rudi Smetanoff sind, dann haben Sie dreißig Sekunden, um Ihre Entscheidung zu treffen. Sprechen Sie englisch, nicht russisch. Okay, Smetanoff? Sprechen Sie jetzt. Schnell!«

Der Russe sprang abrupt auf und starrte Eagle, dieses Plastikmonster aus dem Weltraum, mit zusammengekniffenen Augen an. Er war ein großer, kahlköpfiger Mann mit einem prachtvollen, graumelierten, dunklen Vollbart. Die Gebetsmühle klickte nervös.

Der Russe sagte: »Heiliger Strohsack! Der Teufel soll mich holen, wenn ich Ihnen nicht glaube. Ein gottverdammter Yankee-Doodle-Dandy. Turkan hat's geschafft!«

Eagle sah auf die Uhr und machte eine ungeduldige Bewegung mit der Pistole. »Sie haben noch fünf Sekunden.«

Smetanoff hob die Hand. »Ich komme. Gerne.« Er nickte in Richtung des Mönches. »Kita auch? Er hat mir geholfen. Ich schulde ihm einiges. Die Chinesen werden...«

Die Frage erübrigte sich. Es würde bald nicht mehr allzu viele Chinesen geben, um Kita zu verhören. Eagles Gedanken jagten sich. Es gefiel ihm nicht. Aber der kleine Mönch hatte Turkan und Smetanoff zusammengeführt, er verdiente eine Chance. Das war alles, war er ihm geben konnte: eine Chance.

Eagle wickelte sich das Stahlseil vom Körper und nickte. »Er kann mitkommen, auf eigene Verantwortung. Wenn er es nicht schafft, helfe *ich* ihm nicht.«

Wieder sah er auf die Uhr. Seit seiner Ankunft war genau eine Minute vergangen. Er wickelte das Seil um eine solide aussehende Schlafkoje, die in die Wand eingelassen war, dann warf er das andere Ende aus dem Fenster und drehte sich um.

»Los jetzt! Sie zuerst, Smetanoff. Dann Kita, in fünf Meter Abstand. Ich gebe die Befehle. Eine falsche Bewegung, und ich schieße. Okay, Smetanoff. Raus!«

Der Russe ging zum Fenster. Auf dem Weg holte er noch zwei ungeöffnete Wodkaflaschen vom Tisch und stopfte sie in die Taschen seines schmutzigen Samtjacketts. Eagle sagte nichts. Die Sekunden vergingen.

Als Smetanoff durch das Fenster verschwunden war, nahm Eagle die Sohle seines rechten Schuhs ab. Der fette Mönch beobachtete ihn mit aufgerissenen Augen und drehte seine Gebetsmühle. Eagle formte den Sprengstoff zu einem Ball und riss ihn in zwei Hälften. Eine Hälfte steckte er in die Tasche. Dann nickte er dem Mönch zu und winkte mit der Pistole. »Los!«

Kita watschelte zum Fenster. Eagle widerstand dem Impuls, ihn auf der Stelle zu töten; das hätte ihnen Schwierigkeiten erspart, denn der Mann war zu schwer und schlabbrig. Er konnte es nie schaffen. Aber er verdiente eine Chance. Eagle schob die Pistole ins Halfter.

Der Mönch glitt mit überraschender Beweglichkeit aus dem Fenster, seine Glatze verschwand. Eagle sah auf die Uhr: zwei Minuten. Jetzt beugten sich die Wachen auf dem Dach verwundert über den leeren Korb.

Er sah sich im Zimmer um. Die Schlafkoje! Er fiel auf die Knie und begann, den Sprengstoff gegen ihre Unterseite zu drücken. Dann rammte er den kleinen Zünder in das Zeug und rannte zum Fenster. Schon wieder dreißig Sekunden vorbei.

Er sah hinaus: Tief unten bewegte sich ein Schatten beim Schilderhäuschen. Sah aus wie der Russe. *Gut.*

Das dünne Seil pendelte unter dem Gewicht des Mönchs. Eagle schwang sich über das Fensterbrett, packte das gespannte Seil und ließ sich vornüber aus dem Fenster fallen. In der Luft schlug er einen Salto und stieß mit den Füßen gegen die Außenwand des Gebäudes. Dann ließ er sich fallen, fasste nach drei Metern wieder das Seil und bremste mit den Füßen, ließ wieder los und fiel, bremste und fiel, bremste und fiel. Es war nicht die Zeit, sich über ein bisschen Lärm Gedanken zu machen.

Fünfundzwanzig Meter über dem Boden traf er auf den Mönch. Kita baumelte schaukelnd am Seil, das Gesicht verzerrt wie ein Affe an der Schnur. Ein kaputter Affe.

Diesmal erinnerte Eagle sich mit Dankbarkeit an Lager III. Und an die dreißig Meter langen Seile, an denen er Tag für Tag geklettert war.

Als er kurz über dem kämpfenden Kita war, klemmte er ihm seine Knie unter die Achselhöhlen, um es sich leichter zu machen, und schlang dann einen sehnigen Arm um den Hals des Mannes. Der kleine Mönch mochte ersticken; aber er konnte nicht fallen. Eagle nahm ihn mit nach unten. Er rutschte und hielt sich mit der linken Hand, die Beine um das Seil geschlungen.

Das Seil war anderthalb Meter zu kurz, deshalb ließ Eagle den Mönch fallen, der zappelnd liegenblieb. Ein Suchscheinwerfer auf dem Dach sandte einen grellweißen Strahl herunter und begann, das Gebiet um das Schilderhäuschen zu durchkämmen. Sie fingen an, neugierig zu werden.

Eagle drehte sich nicht nach dem Mönch um. Der Mann musste allein sehen, wie er es schaffte. Eagle lief in den Schatten, wo Smetanoff wartete, und gab ihm einen Stoß. »Geradeaus, an der Felswand entlang. Bleiben Sie dicht dran. Laufen Sie! Am Ende des Stacheldrahts warten Sie auf mich. Verstanden? Warten!«

Smetanoff lachte. Der Mann schien die Situation zu genießen. Er drehte sich um und lief davon.

Eagle warf sich zu Boden und begann, den restlichen Sprengstoff in einen langen, horizontalen Spalt der Felswand zu pressen. Der Felsen würde genau an dieser Stelle nachgeben und mit ihm die Stützbalken des Klosters. Er sah schnell nach links. Die mittlere Laserkanone lag fünfzig Meter weiter draußen, hinter einem Gürtel aus Stacheldraht. Mit ein bisschen Glück würde das Kloster sie unter sich begraben, wenn es herunterstürzte.

Kita kam scharrend und keuchend in die Schatten gelaufen. Er hielt sein langes, gelbes Gewand mit einer Hand und wirbelte seine Gebetsmühle mit der anderen. Die Mühle machte ein gedämpftes, klickendes Geräusch. Eagle griff danach und warf sie fort. Er legte einen Finger auf die Lippen.

Noch ein Suchscheinwerfer wurde eingeschaltet, am entferntesten Ende des Klosters. Die beiden Lichtschwerter duellierten sich einen Moment und verschmolzen dann zu einem einzigen, großen Fleck. Eagle begann zu wünschen, er hätte den Dynamo vernichtet.

Ein dritter Scheinwerfer kam hinzu, diesmal direkt über ihm. Nachtfalter flatterten in der strahlenden Lichtsäule.

Eagle atmete ein wenig leichter. Wegen der Felswand standen die Scheinwerfer alle in einer Reihe. Die Chinesen hatten nicht daran gedacht, oder es nicht für der Mühe wert gehalten, auch auf der gegenüberliegenden Seite des Tals Scheinwerfer zu montieren. Fürs erste waren sie in Sicherheit. Aber der Rückweg durch das Minenfeld lag noch vor ihnen.

Als hätten die Scheinwerfer seine Gedanken gelesen, schwangen sie plötzlich alle zusammen nach links und gossen ihr blendendes Licht in das Ende des Tals, wo Eagle durch die Minen und den Stacheldraht gekommen war. Im Schutz der Felsen beobachtete er sie nervös. Wenn sie den Russen entdeckten...

Er hätte sich keine Sorgen zu machen brauchen. Smetanoff hatte einen toten Winkel gefunden und versteckte sich. Und der schmale Einschnitt im Draht fiel nicht auf. Eagle sah sich um nach Kita, der flach am Boden lag, und lächelte. Eins musste er dem fetten, kleinen Kerl lassen: Er gab sich Mühe. Vielleicht schaffte er es sogar noch. Eagle hatte nicht die leiseste Ahnung, was er mit dem Mönch machen sollte, falls er durchkam.

Die Scheinwerfer entfernten sich vom Ende des Tals und begannen, den Berg auf der anderen Seite abzutasten. Sie bewegten sich langsam und hielten dann und wann an, als suchten sie etwas Bestimmtes.

John Eagle, der wieder auf den Beinen war und weiterlief, fluchte über seine eigene Dummheit! Sicher, er hatte ihnen die Kehlen durchschnitten, aber er hatte nicht daran gedacht, auch ihre Leichen verschwinden zu lassen! Und das Telefon! Sie mussten ein Feldtelefon bei sich gehabt haben. Er hatte nicht danach gesucht, hatte nicht einmal daran gedacht!

Er hielt an und sah zu, wie die Scheinwerfer sich auf den Pfad jenseits des Tals einstellten. Selbst aus dieser Entfernung war die Szene gestochen scharf ausgeleuchtet: Die Scheinwerfer verhielten bei den drei toten Chinesen, die um das leichte Maschinengewehr verstreut lagen.

Eagle verfluchte sich selbst. Schon mit bloßem Auge ließ die Szene an Klarheit nichts zu wünschen übrig - und die Chinesen benutzten Ferngläser.

Eagle rannte. Irgendwo hinter ihm, hoch oben, räusperte sich ein schweres Maschinengewehr mit unheilvollem Geratter.

Eagle lief weiter. Im Moment konnte ihnen noch nicht viel passieren, aber sie mussten noch durch das Tal auf die andere Seite. Durch die Minen. Und dabei würden die Chinesen sie fassen.

Er erreichte das Ende der Felswand. Smetanoffs Stimme kam aus den Schatten, nicht weit vom Loch im Stacheldraht.

»Wir sitzen fest«, sagte der Russe. »Die haben uns die Tür vor der Nase zugeknallt!«.

Eagle warf sich neben Smetanoff zu Boden. Er überlegte hin und her und wägte die Chancen ab. Es gab noch einen Ausweg.

»Was für Waffen haben die Chinesen, Smetanoff? Wie groß ist ihre Feuerkraft?«

Der Russe lachte rau. Eagle roch den Wodka. »Einen verdammt großen Haufen«, sagte Smetanoff. »Leichte und schwere Maschinengewehre, Flammenwerfer, ein paar alte Haubitzen. Oh, Baby! Das wird eine schöne Schneeballschlacht.«

Der Mann wurde Eagle immer sympathischer. Er war irgendwie verrückt - ein brillanter Verrückter, kein Zweifel aber bisher hatte er weder Furcht noch Unruhe gezeigt. Eagle hörte das Gurgeln einer Flasche. Smetanoff schien das Ganze für einen Witz zu halten.

»Wenn es nur Schnee wäre«, sagte Eagle grimmig. »Aber ich fürchte, es wird verdammt heiß. Sie werden nicht lange brauchen, um darauf zu kommen...«

Er brach ab. Sie waren bereits darauf gekommen. Die Scheinwerfer bohrten sich wieder ins Tal und badeten das Minenfeld in taghelles Licht. Der gleißende See leckte nach ihnen und rollte wie eine elektrische Flut bis auf zwei Meter an die Stelle heran, an der sie sich gegen die Felsen drängten. Eagle dankte allen Göttern der Apachen, dass niemand auf die Idee gekommen war, die Scheinwerfer um das gesamte Tal zu ziehen. Diese Unachtsamkeit schenkte ihnen eine magere Deckung und rettete ihnen das Leben.

Ein Maschinengewehr ratterte los. Leuchtspurmunition strömte in das Minenfeld.

Die erste Mine ging mit einem hässlichen Knall in die Luft.

»Sie sind darauf gekommen«, sagte Eagle. »Wenn wir im Minenfeld sind, dann sind wir jetzt tot. Wenn wir schon durch sind, dann haben sie nichts zu verlieren. Wenn wir aber noch hier sind, und damit rechnen sie, dann haben sie uns den Rückweg abgeschnitten. Die Patrouillen sind jetzt unterwegs.«

Der Wodka gurgelte. Der Russe murmelte sinnlos: »Warsu da, Charley?«

Eagle holte die Pfeile aus der Gaspistole. Eins war noch zu tun, und er musste es schnell tun. Er nahm die Leuchtkugel aus der Tasche und setzte sie auf die Mündung der Pistole. Mary Choija wartete auf das Signal. Er hatte es eigentlich noch nicht geben wollen, nicht, bis sie durch das Tal waren, aber jetzt...

Smetanoff sagte: »Wo ist Kita? Netter Kerl. Ich schulde ihm vieles.«

Etwas bewegte sich in der Nähe: ein Schatten, der scharrend vorwärtskroch und auf Mongolisch keuchte.

»Kita! Er ist verletzt. Ich hole ihn.« Smetanoff verschwand. Als Eagle die Pistole hob, dachte er daran, dass er die beiden eigentlich warnen sollte, aber es machte im Grunde keinen Unterschied. Für das, was jetzt kam, gab es keine wirkliche Deckung. In Lager III hatte er mit dem neuen Sprengstoff gearbeitet und gesehen, wie ein halbes Pfund davon einen Granitberg in Fetzen riss. Ein Pfund war jetzt hier im Tal verteilt. Am meisten Sorgen bereitete ihm die Kuppel, die keine hundert Meter von ihnen entfernt stand. Wenn sie in die Luft ging, konnte das sehr unangenehm werden.

Die Minen explodierten jetzt in immer schnellerer Folge. Die Chinesen schossen aus allen Rohren in das Minenfeld. Wenn es sie da draußen überrascht hätte, wären sie jetzt nur noch eine Million kleiner blutiger Fetzchen gewesen.

Granaten begannen ins Tal zu pfeifen.

Der Russe kam zurück. »Tot«, sagte er und nahm einen tiefen Schluck Wodka. »Den haben sie erwischt. Verrückter kleiner Penner. Lief zurück, um seine Gebetsmühle zu holen.«

Eagle drückte auf den Abzug. »Gehen Sie in Deckung, wenn Sie Deckung finden können«, sagte er zu Smetanoff. »Wenn diese Leuchtkugel hochgeht, fliegt hier alles in die Luft.«

»Ach du grüne Neune«, sagte Smetanoff. »Im Fahrstuhl zur Hölle.«

Die Leuchtkugel explodierte und hing als grüne Laterne am Himmel. Eagle presste sich gegen die Felsen und wartete. In Gedanken sah er, was Mary jetzt tat: Sie drückte den kleinen Hebel am Hauptzünder herunter. Er sandte die tödlichen Funksignale, die die Zünder im Sprengstoff aktivierten. Die winzigen Antennen empfingen die Signale und...

Das neue und schrecklichere Licht erreichte sie noch vor dem Schall und der Druckwelle. Es explodierte im Tal wie eine blutige Sonne. Ein tollwütiger Wind überfiel sie und brachte den Schall mit sich. Er verschlang sie, wirbelte und schleuderte sie durch die Luft wie hilflose Puppen. Als das blendende Licht und die glühende Hitze vorbei waren, hielt das Donnern der Explosion an wie eine Lawine, die auf sie zugerollt kam.

Eagle, der vier Meter weit durch die Luft geschleudert worden war, wusste, dass sie überleben würden. In dem schwachen Licht sah er das alte Kloster die Felswand hinab ins Tal stürzen, eine rote Ziegelflut brodelnder Zerstörung.

Irgendwo in der Nähe hörte er die erstickte Stimme des Russen rufen: »Retten Sie sich in die Berge, meine Herrschaften. Der Damm ist gebrochen!«

Vierzehntes Kapitel

LASER.
Light Amplification by Stimulated Emission of Radiation.
Lichtverstärkung durch stimulierte Strahlungsemission.

»Paradoxerweise ist es ganz einfach«, sagte der Professor für Spektroskopie einer Universität der amerikanischen Ostküste. Der Professor war ein junger Mann, jünger als Mr. Merlin erwartet hatte, und als er jetzt seine Pfeife stopfte, lag eine Spur Verwunderung in seinem Ton. Er verstand nicht ganz, warum er mitten in der Nacht aus dem Bett geholt und bis nach Hawaii geflogen worden war. Sie saßen in Mr. Merlins Büro über dem Krater. Mr. Merlin im Rollstuhl, der andere im bequemen Ledersessel am großen Fenster. Die Dämmerung brach an. Funken wirbelten wie Glühwürmchen aus dem Makaluha.

»H. G. Wells benutzte diese Idee«, fuhr der berühmte Mann fort, »in seinem »Krieg der Weitem. Reine Fiktion natürlich, aber seit er das schrieb, ist viel geschehen.« Er lachte. »Und doch haben wir bis heute nichts, was man wirklich einen Todesstrahl nennen könnte. Ich fürchte, das müssen wir den Zukunftsromanen überlassen.«

Mr. Merlin zündete sich eine dünne Zigarre an. »Nehmen wir einmal an - rein hypothetisch natürlich -, es gäbe einen bestimmten Lasertyp. Einen, der noch nicht entwickelt worden ist.«

Der Professor lächelte. »Das dürfte nicht schwer sein. Theoretisch kann man fast alles entwickeln.«

»Selbstverständlich.« Mr. Merlins Lächeln war ein wenig grimmig. Mao und seine Wissenschaftler schienen mit Hilfe von ein oder zwei gestohlenen Physikern den Sprung von der Theorie in die Praxis geschafft haben.

»Eine Frage zu Anfang. Haben wir in der westlichen Welt irgendetwas, irgendeine Art Strahlung, die ein Flugzeug oder eine Rakete auf fünf Meilen Entfernung zerstören könnte?«

»Nein.« Der Professor war sich seiner Sache sicher. »Theoretisch ist es machbar, nur hat es bis jetzt noch niemand fertiggebracht. Die Schwierigkeiten sind enorm. Im Laser können wir kohärentes Licht erzeugen, im Gegensatz zu inkohärentem Licht. Wir können dieses Licht kanalisieren und bündeln, wie Sie wissen. Auf extrem kleinen Flächen, für sehr kurze Zeit, können wir ein Licht erzeugen, das Milliarden mal heller ist als die Oberfläche der Sonne. Dieses Licht schmilzt und desintegriert alles, selbst Titanlegierungen. Wir können dieses Licht viel schneller als eine Rakete bewegen, die zehntausend Meilen pro Stunde fliegt. Dies alles können wir in der Theorie. In Wirklichkeit haben wir nur den Pulslaser. Er braucht lange, um *aufgepumpt* zu werden, und dann entlädt sich all diese furchterregende Energie in einem Blitz, der nur eine Mikrosekunde dauert. Wir...«

Mr. Merlin unterbrach ihn. »Mein hypothetischer Laser stößt einen ununterbrochenen Strahl gebündelten Lichts aus. Nehmen wir an, eine ziemlich primitive Instrumentation dient dazu. Primitiv, aber wirkungsvoll. Ein Kalziumfluorid-Kristall, das mit Samarium imprägniert worden ist. Und nehmen wir an, dass die Enden des Kristalls bis auf 1/100.000stel Zentimeter spitz zu geschliffen worden sind. Was dann?«

Der Professor zog an seiner Pfeife und runzelte die Stirn. »Mit solch einem Apparat und den notwendigen Fachkenntnissen wäre es möglich, einen Zerstörungsstrahl fünf Meilen hoch oder höher zu schicken. Aber Sie haben immer noch das Problem, ihn zu stabilisieren. Bis jetzt haben Sie nur einen viel kraftvolleren Blitz.«

John Eagles Bericht zog vor Mr. Merlins geistigem Auge vorbei. »Lassen Sie mich weiter theoretisieren. Nehmen wir an, der Fluss der Elektronen und Photonen könnte aufrechterhalten werden, wenigstens, um einen länger dauernden Blitz zu produzieren. Und wenn wir mehrere dieser Laser - sagen wir, drei - hintereinanderschalten würden? Was hätten wir dann?«

Der Professor beugte sich vor, um die Asche aus seiner Pfeife zu klopfen. Er warf Mr. Merlin einen verwunderten Blick zu, in dem sich Zweifel mit dämmerndem Verständnis mischten. »Wenn Sie das schaffen würden«, stimmte er zu, »dann hätten Sie einen ununterbrochenen Laser ohne Energieverlust, dem nichts auf der Welt widerstehen könnte. Auf relativ kurzen Strecken natürlich.«

Mr. Merlin lächelte sanft. »Wie kurz? Hundert Meilen? Zweihundert?«

»Ein solcher Laser wäre meiner Meinung nach bis zu hundertfünfzig Meilen effektiv. Aber es wäre unfassbar teuer, drei solche hintereinandergeschaltete Laser zu bauen. Und dann brauchen Sie auch noch das richtige Personal. Es gibt auf der Welt nur wenige Männer, die in der Lage wären, solch einen Komplex von Lasern aufzustellen und zur Funktion zu bringen.«

Mr. Merlin lächelte erneut. »Nur so aus dem Stegreif«, sagte er. »Nennen Sie mir einen dieser Männer. Der erste Name, der Ihnen einfällt.«

Der Professor lächelte gequält. »Dr. Rudi Smetanoff wäre in der Lage dazu. Wenn es menschenmöglich ist. Aber er arbeitet für die andere Seite.«

Nein, nicht mehr, sagte Mr. Merlin zu sich selbst. Laut sagte er: »Noch immer rein hypothetisch - welchen Effekt würde dieser Laserstrahl auf ein metallisches Objekt haben? Vorausgesetzt natürlich, man könnte ihn bündeln und steuern. Was würde Ihrer Meinung nach mit einem Flugzeug oder einer Rakete geschehen, wenn der Laserstrahl sie träfe? Würden die Strahlen eine Art Explosion hervorrufen oder würden sie explosives Material wie Bomben oder ähnliches detonieren lassen?«

Der Professor antwortete ohne Zögern. »Nein. Für eine solche Explosion bliebe gar keine Zeit. Das Ganze wäre wieder eine Sache von Mikrosekunden. Die Strahlen würden einfach jede molekulare Struktur auflösen, die sie berühren. Es könnte ein paar Fragmente geben, nicht mehr. Das hängt von den verschiedenen Molekularstrukturen ab, die dabei eine Rolle spielen.«

»Ich danke Ihnen«, sagte Mr. Merlin. »Auch dafür, dass Sie gekommen sind. Ich weiß, es kam Ihnen höchst ungelegen, es war allerdings auch überaus wichtig. Meine Sekretärin wird Ihnen den Scheck geben.«

Als der Professor gegangen war, rollte Mr. Merlin zum Schreibtisch und rief die Kommunikationszentrale. Er hörte einen Augenblick lang zu. »Noch nichts Neues? In Ordnung. Rufen Sie mich an, sobald Sie etwas hören.«

Plötzlich war er unruhig. Er schaltete den Rollstuhlmotor an und fuhr im Kreis durch sein Zimmer. Wieder vergegenwärtigte er sich John Eagles Stimme, die er auf Samsons Tonbändern gehört hatte: eine gute Stimme, ein dunkler Tenor, fest und selbstsicher, ohne kurz angebunden zu sein. Sie hallte jetzt durch Mr. Merlins Kopf.

»...ich tötete die ersten beiden Männer ohne große Schwierigkeiten. Sie waren unerfahren in den Wäldern, es war einfach. Der letzte Mann, der dritte, war schwieriger. Er kannte den Wald gut, vielleicht war er Holzfäller gewesen. Er war nie unachtsam.

Schließlich musste ich ihn zu mir locken. Ich hatte einen Bären getötet, das Fell behielt ich. Ich fand sein Lager und versuchte nicht, mich ihm zu nähern. Stattdessen baute ich einen Rahmen für das Bärenfell und legte mich darunter. Alles sah ganz natürlich aus. Ich lag vielleicht acht Stunden, ohne mich zu bewegen und atmete kaum. Das Fell lockte kleine Tiere und Vögel an, aber ich war vorsichtig, damit ich sie nicht verscheuchte. Sie machten die Illusion von dem toten Bären realistischer. Der Killer fiel darauf herein. Er hegte keinen Verdacht, als er auf den toten Bären zukam, deshalb konnte ich ihn leicht töten. Dann begrub ich ihn. Ich...«

Mr. Merlin stellte das Tonband in seinem Kopf ab. Er lächelte unmerklich. Lakonisch. Knapp. Vollständig beherrscht. Ein solcher Mann würde ihn bestimmt nicht im Stich lassen. Und doch - warum hatte er noch nichts gehört?

Das Telefon klingelte, es war die Kommunikationszentrale.

»Sehr schön«, sagte Mr. Merlin. »Lesen Sie vor.«

Er hörte lange zu, nickte lächelnd ab und zu. Wenn niemand ihn beobachtete, ließ er oft seinen Emotionen freien Lauf.

Als die Stimme zu Ende war, sagte er: »Schön. Sehr schön. Verbinden Sie mich bitte mit der Transportabteilung.«

Die Transportabteilung meldete sich. »Beginnen Sie sofort mit Operation Greif«, sagte Mr. Merlin. »Alles bereit?«

»Jawohl, Sir, alles ist einsatzbereit.«

»Natürlich«, sagte Mr. Merlin. »Also los.«

Nachdem er aufgehängt hatte, saß er im Dunkeln. Es dauerte jetzt nicht mehr lange, bis sie Eagle aus der Mongolei herausholen würden. Kein Grund, warum nicht alles glattgehen sollte. Fast eine Million Dollar waren ausgegeben worden, um das zu garantieren.

Die beiden riesigen B-61 - nicht einmal die Air Force besaß diese brandneuen Maschinen bisher - verließen mit kurzem Zeitabstand die Stützpunkte in Alaska und Nepal. In jede Richtung eine. Die erste B-61, von Alaska nach Nepal, warf das kleine VTOL unter ihrer Tragfläche dann über dem Zielgebiet ab.

Die zweite B-61, von Nepal nach Alaska, überflog das Gebiet genau fünfzehn Minuten später. Sie nahm den Senkrechtstarter wieder auf, klinkte ihn unter der Tragfläche ein und flog weiter nach Alaska. So einfach war das.

Einfach, wenn man die Flugzeuge besaß. Und die Besatzungen, die sie fliegen konnten. Die Männer, die das Wissen und die Technik dazu hatten und eine Zeitplanung, die auf Sekundenbruchteile genau stimmte.

Mr. Merlins Gesicht war ernst. Er hatte die Schlacht nicht gewonnen, weder er noch die Chinesen. Aber er hatte Zeit gewonnen. Wertvolle Zeit.

Fünfzehntes Kapitel

Sie waren, wie Smetanoff so treffend bemerkte, aus der Bratpfanne ins Feuer gesprungen.

Als sie den Gipfel erreichten, fand Eagle Mary Choija marschfertig vor. Sie hatte Turkans Leiche entkleidet. Jetzt, da keine Gefahr mehr bestand, verbrannte sie seine Kleider und murmelte leise Gebete. Dann überließen sie Turkan den riesigen Geiern und den anderen Tieren, die in den Felsen lebten.

Rudi Smetanoff war keine Belastung. Auf dem Weg bergauf, mit der Pistole im Rücken, war er mit Eagle zu einer Übereinkunft gelangt. Der Apache vertraute dem Mann nicht, aber er ließ es sich nicht anmerken. Er nahm an, dass es besser war, wenn er dem Russen die Möglichkeit gab, sein Gesicht zu wahren. Und er sollte Recht behalten.

Er mischte sich auch nicht in die Trinkgewohnheiten des Mannes. Smetanoff schien eine Menge zu vertragen, obwohl es ihn geschwätzig und frech machte; aber der Wodka ging ohnehin bald zu Ende. Seit das Kloster in Trümmern lag, bezweifelte

Eagle, dass es zwischen Bogdo und Moskau noch weitere Flaschen für ihn gab.

Der Apache funkte eine Stunde lang, während Smetanoff döste und Mary die Ausrüstung verpackte, die sie für den Rückweg brauchten. Langsam machten sie sich auf den gefahrvollen Weg. Sie schoben den Start bis zum Nachmittag auf, weil Eagle den roten Sand erst in der Dämmerung erreichen wollte.

Auf dem Weg nach unten trug ihm der Wind mehrfach das Rattern leichter Waffen zu. Es verwunderte ihn und machte ihm Sorgen. Er hatte nicht vergessen, dass die mongolische Armee im Anmarsch war, obwohl er erwartet hatte, dass sie den längeren Weg einschlagen würden, um von Süden her in das Tal der Drachenknochen zu kommen. Und dann die ungeheure Explosion. Im Umkreis von fünfzig Meilen musste jeder sie gehört haben.

Sie erreichten kurz vor Anbruch der Dunkelheit die Vorberge, und Eagle machte halt, um auszukundschaften, was vor ihnen lag. Er fand einen Spalt und benutzte das Fernglas. Was er sah, entmutigte ihn nicht gerade, aber er hüpfte auch nicht vor Freude.

Die Banditen wehrten sich verbissen. Mongolische Soldaten, mindestens eine Kompanie, waren durch den engen Pass gekommen und hatten sie überrascht. Die Banditen wussten, dass es keinen Zweck hatte, sich zu ergeben, weil sie trotzdem erschossen werden würden - nachdem sie ihre Gräber selbst gegraben hatten. Also kämpften sie.

Eagle beobachtete und plante. Er nahm an, dass die Banditen sich während der Nacht in die schwarzen Berge zurückziehen würden, und das Problem war, sie zu meiden. Die mongolische Armee gegenüber, welche die Banditenstellungen im Moment mehr oder weniger planlos beschoss, war seine eigentliche Sorge. Eagle vermutete, dass sie der kleinere Arm einer großen Angriffszange war. Die Hauptstreitmacht würde von Süden her angreifen. Der Gedanke an das, was sie dort finden würden, brachte ihn zum Lachen. Er fragte sich, wie sie sich die ganze Sache erklären würden.

Eagle behielt recht mit den Banditen. Sobald es dunkel geworden war, kamen sie im Gänsemarsch durch die Felsen, Frauen und Kinder zuerst. Keiner hatte eine besonders rosige Zukunft vor sich, aber es war immer noch besser, als erschossen oder geköpft zu werden.

Die drei lagen gut versteckt hoch oben in den Felsen. Sie blieben in Deckung, bis die letzten Banditen vorbei waren, und kletterten erst dann wieder herunter.

Die mongolische Armee kämpfte offensichtlich nicht in der Nacht. Lagerfeuer tüpfelten den Sand etwa eine Meile von den Hügeln entfernt. Gesang und Gelächter, vermischt mit den durchdringenden Klängen der einheimischen Violine, klangen herüber.

»Es sind gute Soldaten«, sagte Mary. »Sehr tapfer. Aber ihre Disziplin ist schlecht. Wenn die Nacht kommt, hören alle auf zu kämpfen und denken nur noch ans Essen.«

Eagle grub die *Wüstenmaus* für das Mädchen aus und überprüfte sie. Sie war in Ordnung und hatte genügend Benzin. Er nahm die übrigen Treibstofftanks, um sie als Molotow-Cocktails zu benutzen. Ganz zuletzt verschwand er auf dem Bauch in der Wüste, um eine Stunde später mit einem zottigen Pony für den Russen zurückzukommen. Als er das Tier festband, sagte der Russe, der ihn beobachtete: »Sie sind ein verdammter Pferdedieb, was?«

»Einer der besten. Ich habe eine Menge Erfahrung.«

Smetanoff schwieg verblüfft. Eagle lächelte in sich hinein. Ein Apache konnte ein Pferd aus einer Scheune stehlen, ohne das leiseste Geräusch zu machen.

Als es Zeit war, nahm er das Mädchen auf die Seite. »Ich trenne mich nicht gern von euch«, sagte er. »Aber es ist am sichersten so. Ich fange hier ein Gefecht an und locke sie nach Norden, während du sie im Süden umgehst. Ich gebe dir so viel Zeit ich kann - wenigstens bis Tagesanbruch. Verschwende sie nicht. Hier, nimm das. Halte den Russen immer vor dir. Wenn er störrisch wird oder fliehen will, töte ihn. Aber ich glaube nicht, dass es dazu kommen wird.«

Er gab ihr die Reservemagazine und zeigte ihr, wie man die Gaspistole lud. »Du wirst keine Schwierigkeiten haben, durch den Pass zurückzukommen. Ich bezweifle, dass sie eine Nachhut hinterlassen haben. Aber lass' dich nicht aufhalten, egal was kommt. Wenn du Schwierigkeiten hast, erzähl' ihnen irgendetwas, eine wilde Geschichte, die dich entlastet. Vielleicht kannst du dir mit dem Russen etwas ausdenken. Er möchte ebenso wenig geschnappt werden wie du. Das wäre alles. Du gehst jetzt besser los, Mary.«

Es war ziemlich dunkel. Der Mond war noch nicht aufgegangen, und Eagle konnte ihr Gesicht nicht sehen, als sie nahe an ihn herantrat.

»Und was wird mit dir, John? Wie willst du rechtzeitig zu der Steinschildkröte kommen? Sie liegt mehr als hundert Meilen entfernt.«

»Ich werde dort sein, mach' dir keine Sorgen um mich. Geh' jetzt.«

Sie zögerte. »Aber wie kannst du das schaffen? Das verstehe ich nicht. Ich - ich möchte nicht gehen, John. Bitte, lass' mich bleiben. Wir können alle drei zusammen durchkommen. Ich...«

Er zog sie in seine Arme und küsste sie rau. Sie hing an ihm, presste sich gegen ihn und weinte. »Ich will bei dir bleiben. Ich gehöre dir, hast du das vergessen? Wir finden schon einen Ausweg. Was kümmert uns der Russe! Ich werde ihn töten und...«

Eagle, der sie noch immer küsste, fühlte Verlangen in sich aufsteigen wie einen Sturm, der sich langsam zusammenballte. Er sagte: »Du wirst ihn nicht töten! Du wirst gehorchen. Und nun mach' dich auf den Weg. Wenn du das erste Feuer siehst, schlägst du einen Bogen. Leb wohl. Wir treffen uns bei der Steinschildkröte.«

Er wandte sich ab und ließ sie stehen. Seine Lenden schmerzten vor Begierde.

Er überprüfte seine Ausrüstung ein letztes Mal und begann, auf die flackernden Feuer des Armeelagers zuzukriechen. Er roch kochende Verpflegung. Zweifellos wurde auch der *airag* freigebig herumgereicht.

Fünfzig Meter vor der Koppel, aus der er das Pony gestohlen hatte, hielt er an und wartete. Die Tiere bewegten sich unruhig, er hatte wohl immer noch einen Hauch Tigerduft an seinem Plastikanzug. Jetzt war der Moment günstig, ihn loszuwerden. Es musste ohnehin sein. Vor ihm lag ein Hundert-Meilen-Lauf zu der Steinschildkröte, und dazu musste er Mr. Merlins einfallsreiches Zubehör aufgeben. Zurück zum Wesentlichen, dachte er, als er aus dem Plastikanzug schlüpfte. Er vergrub ihn mitsamt Schuhen und Helm im groben, roten Sand und behielt nur den Werkzeuggürtel und die Feldflasche. Vielleicht musste er das Funkgerät noch einmal benutzen.

Was er jetzt brauchte, war Lärm. Mr. Merlins Waffen waren für seine Zwecke diesmal zu leise. Er schlängelte sich lautlos wie ein Geist näher an das Lager heran und wartete auf seine Chance. Sie ließ nicht lange auf sich warten. Ein mongolischer Soldat kam herüber, um Wasser zu lassen, und Eagle schlug ihn mit dem Gummiknüppel bewusstlos. Er wollte jetzt nicht mehr töten. Es wäre sinnlos gewesen.

Der Soldat hatte eine russische Maschinenpistole getragen. Eagle warf sie sich über die Schulter und zog sich zurück, nachdem er auch noch den wattierten Mantel des Mannes mitgenommen hatte.

Er ging etwa zweihundert Meter zurück in die Wüste, grub ein tiefes Loch in den Sand und duckte sich hinein. Ein halbes Dutzend Pfeile umwickelte er mit Stoff, den er aus dem Mantel des Soldaten schnitt. Dann grub er ein kleineres Loch in den Sand und sammelte weitere Fetzchen zu einem Zunderhaufen. Das Metallstreichholz war halb Magnesium, halb Stahl. Eagle schabte Magnesiumteilchen auf den Stoff, drehte das Streichholz dann um und schlug mit einer Pfeilspitze auf den Stahl. Das Magnesium brannte hell und heiß in dem Sandloch.

Er tauchte eine stoffumwickelte Pfeilspitze in das Feuer, und sie begann zu lodern. Er legte den Pfeil auf, spannte die Sehne und ließ das Geschoss in hohem, flammendem Bogen in das Mongolenlager fliegen. Ein Zelt ging in Flammen auf. Männer schrien Alarm. Jemand bellte Befehle. Die Ponys schoben sich in panischer Angst durcheinander.

Blitzschnell sandte Eagle alle sechs Feuerpfeile in das Lager. Jeder setzte ein weiteres Zelt in Flammen. Er warf Sand auf das Magnesiumfeuer und lief los. Dann schoss er eine Salve aus der Maschinenpistole in die Luft und rannte nach Norden, auf einen niedrigen Ring von Flügeln zu, der die Mulde einfasste. In zwei Stunden ging der Mond auf. Bis dahin mussten Mary und der Russe durch den Pass gekommen sein.

Das Lager war jetzt ein Inferno, ein flammendes Chaos. Die Ponys gingen durch, sobald sie losgebunden wurden. Offiziere fluchten und versuchten, aus dem Chaos Ordnung zu machen. Nach einiger Zeit gelang es ihnen, die Verfolgung zu organisieren.

Eagle zog sich zurück wie der Geist, der er war. Ab und zu feuerte er aus der Maschinenpistole, um sie in seine Richtung zu lenken. Aber sie fanden ihn nie. Frustriert und wütend folgten sie ihm in die Hügel. Er vergrub sich im Sand wie die *gilas* seiner Heimat, und die Soldaten donnerten auf ihren zottigen Ponys an ihm vorbei. Ein Pony trat fast auf ihn.

Er schlüpfte durch ihre Linien zurück und lief zum Pass. Der Pfad war unbewacht, wie er gehofft hatte. Eagle trottete weiter und brachte in Minutenschnelle eine Entfernung hinter sich, für die er mit Mary Stunden gebraucht hatte. Jetzt war kein Hinterhalt mehr zu fürchten.

Am Ausgang des Passes, wo er sich in die riesige Weite der Gobi öffnete, suchte Eagle nach einem Zeichen. Da war es, mitten auf dem Weg, der nach Nordwesten führte. Mary hatte ein Murmeltier geschossen und mit dem Stahlpfeil im Fleisch liegengelassen. Sie folgte der alten Karawanenstraße.

Eagle verließ den Pfad und lief fast genau nach Westen. Die Chancen, auf der riesigen Fläche der Gobi jemandem zu begegnen, waren gering, aber er durfte es nicht darauf ankommen lassen. Er fiel in den gleichmäßigen Trott, den er als Junge gelernt hatte - als Siebzehnjähriger, der innerhalb von zwanzig Stunden fünfzig Meilen weit laufen konnte, und dann nach einer Stunde Pause zwei Tage lang auf dem Rehfest mit den Mädchen tanzte. Sein Rekord waren fünfundsechzig Meilen in etwas mehr als einem Tag.

Er hatte kein Wasser und nichts zu essen, nicht einmal die Pillen. Die hatte er dem Mädchen und dem Russen gegeben. Nahrung war unwichtig. Aber Wasser war wichtig. Er würde Wasser finden. Er musste.

Er lief. Als der Tag zu Ende ging, kam er in eine von der Erosion aus dem Gestein geschliffene Mondlandschaft und lief schneller, um noch vor Einbruch der Dunkelheit wieder die Ebene zu erreichen. Der Himmel im Westen war eine Barrikade aus Purpur und Gold. Er suchte sich seinen Weg durch Schluchten und ein Labyrinth aus Hügeln und Felssäulen - roter und grauer Stein, übergossen mit den Farben der sterbenden Sonne.

Am anderen Ende des Steinlabyrinths hielt er an. Vor ihm lag ein neues, riesiges Stück Gobi, so einsam wie der Nachtwind, der jetzt aufgekommen war.

Eagle benutzte das Messer, um einen Graben aus der harten Erde zu scharren. Er schlief genau eine halbe Stunde. Die Sonne war verschwunden, als er erwachte. Er fand die geeignete Stelle und begann, mit dem Messer zu graben. Als er ein armtiefes Loch gegraben hatte, wurde der Kieselsand feucht. In einem Meter Tiefe schöpfte er sich Wasser in den Mund. Er trank, bis er genug hatte, peilte mit dem Kompass die Richtung und lief weiter.

Er lief. Durch die Nacht über die dunkle Ebene. Ab und zu sah er auf den Kompass, der im Dunklen leuchtete, aber meist orientierte er sich nach den Sternen. Der Wind blies ihm von Norden her kalt ins Gesicht, aber Eagle war es warm.

Er lief sechs Stunden lang und schlief dann wieder eine halbe Stunde. Als er aufwachte, lag Tau auf den spärlichen, grasbewachsenen Stellen. Er leckte ihn ab. Dann lief er weiter.

Die Sonne stieg als feuriger, roter Ball über den Horizont. Eagle lief. Er sah Gazellen, neugierige Tiere, die ihn verwundert anstarrten, um dann pfeilschnell wegzuspringen. Er kam an einer Herde wilder Esel vorbei. Wilde Kamele und Ponys beachteten ihn nicht. Einmal sah er weit weg am Horizont die Umrisslinie einer Karawane. Silhouettenhafte Gestalten, die sich bewegten wie Figuren in einer Schießbude. Er änderte seinen Kurs ein wenig, um in einem Tal Deckung zu finden.

Als der Tag vorrückte und er in seinem gleichmäßigen Trott weiterlief, begann er, sich mit Tagträumen die Zeit zu vertreiben. Es war ein alter Trick, und er ließ sich ohne Mühe lernen, wenn das stundenlange Laufen erst mechanisch geworden war. Er war ein Roboter mit langen Beinen, die vor- und zurückschwangen, und mit großen Lungen, die stetig pumpten. Er halluzinierte, ein Mann mit einem Traum und getrennt von dem Automaten, der lief und lief und lief.

Erneut brach die Nacht herein. Eagle rastete bei der niedrigen Hügelkette, die im Westen und Norden aufstieg. Er fand wieder Wasser und trank. Dann schlief er genau eine halbe Stunde. Jetzt war es nicht mehr weit.

Er rannte aus den Hügeln ins Freie und sah sie im hellen Mondlicht dahocken. Vielleicht eine Meile entfernt. Nichts bewegte sich um die große Steinfigur der Schildkröte. Er wurde langsamer. Seine angeborene Vorsicht ließ ihn den Bogen von der Schulter nehmen und einen Pfeil auflegen.

Der Wind heulte einsam durch die Nacht. Der Schatten der Steinschildkröte lag roh und klobig da. Eagle ging langsam, witterte und horchte, wie nur ein Indianer horchen kann, mit absoluter und totaler Konzentration. Sobald der Wind richtig wehte, konnte er sie reichen - den Russen und das Mädchen. Kein Ponygeruch, keine Bewegung. Kein Licht. Wo also? Wo waren sie?

Seine Nase trog ihn nicht. Sie mussten in der Nähe sein. Er kroch um die Steinschildkröte herum.

Da sah er es. Ein schmaler Lichtspalt, eine gelbe Linie auf dem uralten Stein. Unter dem Kopf der Schildkröte, zwischen den riesigen Füßen. Eagle begann zu verstehen. Er klopfte laut mit dem Bogen gegen den Stein.

Schweigen. Der Wind seufzte. Ein Stück Stein knarrte langsam zurück. Mary Choija, ein dunkler Schatten gegen das schwache Flackern einer Butterlampe, spähte zu ihm herab. Sie streckte die Hand aus.

»Mein Geheimnis«, sagte sie so leise, dass er es kaum verstehen konnte. »Ich entdeckte es vor vielen Jahren durch Zufall. Vor tausend Jahren muss es eine Grabkammer gewesen sein.«

Eagle zog sich in die niedrige, gewölbte Kammer hoch. Der Russe schlief in einer Ecke auf einem Fellhaufen, in einer anderen Ecke lagen weitere Felle. Eagle bewegte sich wie in Trance auf sie zu. Die Erschöpfung begann, ihn einzuholen und zu überwältigen.

»Ich muss schlafen«, sagte er. Die Worte kamen schwer, undeutlich, mechanisch und klangen nicht wie seine. Er sah auf die Uhr, wobei er sie am Handgelenk umdrehte. »Hör' zu, Mary - ich habe noch etwas mehr als drei Stunden bis zum Rendezvous.«

Er schwankte neben dem Fellhaufen. »Wenn ich schlafe - sie werden eine Leuchtkugel abschießen -, wenn ich zu fest schlafe, und das kann sein, dann musst du mich wecken. Tu mir weh, was du willst, aber bring' mich hoch. Versprichst du das?«

»Ich verspreche es.«

Er fiel auf dem Fellhaufen in die Knie und sah den schlafenden Russen an. »Schwierigkeiten gehabt?«

Ihre Hand glitt über sein Gesicht. »Nein. Einmal war ich unvorsichtig, da hätte er die Pistole nehmen können, aber er tat es nicht. Sein Pony brach sich an einem Murmeltierbau das Bein, ich musste es töten. Wir teilten uns das Motorrad. Ich - und dann - wird alles in Ordnung gehen...«

Das uralte Grab war eine Echokammer. Eagle hörte Mary sprechen, aber die Worte kamen summend und vernebelt, ohne Sinn. Es gab noch viel zu tun, Dinge zu besprechen und Pläne zu machen, aber er konnte nicht mehr. Sie sprach weiter und weiter, ihre Stimme verlief sich und füllte den steinernen Raum mit einem Netzwerk aus seidigem Spinnwebklang. Er fühlte die Felle unter sich, vergrub das Gesicht darin und schlief.

Im Traum, diesem langsamen, buntfarbigen Traum, kam sie zu ihm. Sie flüsterte in der Nacht, flüsterte von Dingen, die er nicht ganz verstand. Aber es waren gute Dinge. Wunderschöne Dinge. Da war ein Rhythmus, ein Trommelschlag von Fleisch auf Fleisch, der lautlos war und doch durch den kleinen Raum vibrierte, in dem er schlief und träumte.

Für einen Augenblick war der Traum Wirklichkeit. Seide der Schenkel und Samt der Brüste, süßes Seufzen einer Frau. Er wurde aufgeschnitten, durchbohrt, zerrissen durch eine brühendheiße Flüssigkeit in seinem Unterleib, der Planet drehte sich im Universum, und er schlief.

Mary schüttelte ihn. Er kämpfte sich hoch. Fünfzehn Minuten bis zum Rendezvous. Er stolperte zu dem schlafenden Russen und schlug ihm in das bärtige Gesicht. »Smetanoff! Smetanoff! Aufstehen!«

Brummend kam der Russe auf die Füße.

»In zwei Minuten sind Sie draußen«, sagte Eagle rau. Er schwamm immer noch, kämpfte in einer See aus Schlaf gegen das Ertrinken.

Er ging mit dem Mädchen nach draußen. Der Mond war untergegangen, Sterne glitzerten in kalten Mustern aus Ewigkeit. Eagle nahm ihre Hand in die seine. Er gab ihr letzte Anweisungen. Vernichte alle Ausrüstungsgegenstände. Sieh' dich vor. Und zuletzt sagte er, was er sagen musste: »Es tut mir leid. Ich muss den Russen mitnehmen. Verstehst du? Vielleicht später - irgendwie, ich...«

Sie legte ihm die Hand auf den Mund. »Schon gut. Ich wäre nicht mitgekommen. Dies ist mein Land. Mein Leben ist hier.«

Er legte den Arm um sie. So standen sie, ohne zu sprechen, bis die Leuchtkugel eine Viertelmeile weiter explodierte und sie die Motoren des Senkrechtstarters hören konnten. Der Russe stand ein wenig abseits und murrte leise, weil es nichts mehr zu trinken gab. Das VTOL, schwarz gespritzt, ohne Hoheitszeichen, kam vom Himmel herunter in einen Kreis aus Licht. Eagle dachte an die schwarzen Geier.

Das Flugzeug landete, und die Tür öffnete sich. Eine Leiter wurde an der Seite eingehakt, der Pilot winkte ihnen zu. Eagle sah den Russen an. »Gehen Sie. Sagen Sie ihm, ich komme in dreißig Sekunden.«

Smetanoff sah in sein Gesicht, dann in ihres, und seine Zähne blinkten durch den Bart. »Okay. Ich verstehe.« Er lief zur Maschine.

Eagle küsste Mary. Sie hielt ihn kurz fest und trat dann zurück. Unvergossene Tränen glänzten in ihren Augen. »Sai bi nah, John.«

Sie wussten es beide: Er würde nie mehr wiederkommen.

Das Mädchen sah zu, wie das Flugzeug senkrecht nach oben in die Nacht verschwand. Sie hob eine Hand und winkte, obwohl niemand da war, der es sah.

Da ging sie zur Steinschildkröte zurück.

ENDE

DIE GEHIRNDIEBE *(The Brain Scavengers)*

Erstes Kapitel

Es war ein grimmiger und kalter Januarmorgen in Moskau. Während der Nacht hatte frischer Schnee die Stadt mit Zucker überpudert, dem Sankt-Basilius-Dom frische, glitzernde Hauben aufgesetzt, und Straßen und Kioske weiß überzogen. Der Schnee machte das Schlittschuhlaufen auf der Moskwa zunichte und verhüllte die hohe, gotische Turmspitze des Außen- und Handelsministeriums.

Dr. Suthina Wotanja stand nackt am Fenster ihrer kleinen Wohnung an der Universität und betrachtete die winterliche Postkartenszenerie unter sich mit gemischten Gefühlen. Moskau war bisher immer ein erregendes Erlebnis für sie gewesen. Die große Stadt konnte, wie Puschkin gesagt hatte, das Herz eines Russen in Aufruhr versetzen.

Suthina Wotanja drehte sich mit einem hörbaren Seufzer vom Fenster weg. In ihrem Herzen war von Aufruhr nichts zu spüren. Sie fühlte sich so bleiern wie die düsteren, dunklen Wolken, die über der Stadt hingen. Als sie in das winzige Badezimmer ging, um zu duschen, kam ihr ein beunruhigender Gedanke; nur wenn sie sich völlig gehen ließ, konnte solch ein Gedanke bis in ihr Bewusstsein dringen - der Gedanke, dass sie vielleicht nicht russisch genug war!

Sie schob ihr langes, dunkles Haar unter die Badekappe und lächelte ein wenig grimmig, als sie sich vorstellte, was Kasimir für ein Gesicht machen würde, wenn er ahnte, was sie gerade dachte. Der Schock würde ihn seine gesamte korrekte militärische Haltung kosten. Es war kaum wahrscheinlich, aber vielleicht würde er sogar anfangen, sie zu verdächtigen. Als möglichen Überläufer. Denn Suthina war eigentlich gar keine Russin. Sie kam aus dem westlichen Kaukasus, ihr Vater war ein wilder Tscherkesse aus den Bergen, ihre Mutter ein wunderschönes albanisches Mädchen aus Montenegro gewesen. Dann, als das Kind neun Jahre alt war: Tod. Den Vater traf es als Partisan im Kampf gegen die Deutschen. Die Mutter, weil sie der Gestapo nicht sagen wollte, wo der Vater sich versteckt hielt.

Eine alte Tante nahm das Kind zurück in den Kaukasus. Später kam sie in Tiflis in die Schule. Sie war von Anfang an erstaunlich begabt. Mit vierzehn ein Wunderkind, mit sechzehn Universitätsabsolvent, mit dreiundzwanzig Doktor der Medizin mit den Fachgebieten Chirurgie und Psychiatrie. Mit vierundzwanzig führte sie ihre erste - und letzte - Lobotomie aus. Suthina erkannte, dass das Messer ihr nicht lag. Sie wandte sich mehr und mehr den Geisteskrankheiten zu. Jetzt, mit dreiunddreißig, war sie eine vibrierende, blühende Schönheit auf der Höhe ihrer physischen und geistigen Fähigkeiten. Sie war die führende Psychiaterin in ganz Russland.

Und es war ihr nicht genug.

Kasimir, so dachte sie jetzt, während sie ihre festen Brüste einseifte, durfte nie wissen, dass es ihr nicht genügte. Kasimir glaubte daran, dass sie heiraten würden. Sie hatte es selber geglaubt, bis gestern Nacht. Jetzt wusste sie, dass sie Kasimir nicht heiraten würde. Sie wollte mehr als das.

Als sie sich jetzt abseifte, berührte sie ihren Körper, wo Kasimir ihn gestern Nacht berührt hatte, und sie spürte, wie Erregung in ihr aufstieg. Gestern Nacht hatte sie sehr wenig gespürt. Sie duschte hastig fertig, stieg aus der Wanne - Masturbation hatte sie schon mit sechzehn aufgegeben - und begann, sich energisch abzutrocknen. Während sie sich einen Kaffee machte und sich langsam anzog, fragte sie sich verwundert, was gestern Nacht schiefgegangen war.

Sie war zum erstenmal mit einem Mann zusammen gewesen. Wer hätte ihr das geglaubt? Sie konnte es selbst kaum verstehen.

Sie war dreiunddreißig, und gestern Nacht war sie zum erstenmal mit einem Mann zusammen gewesen. Sie war enttäuscht worden. Nicht von Kasimir, der technisch gesehen sicher fähig genug war. Nein, sie war von sich selbst enttäuscht. Nichts war geschehen. Sie hatte nichts gefühlt. Sie war erschreckt, sehr erschreckt.

Ohne ersichtlichen Grund begann ihre Tasse plötzlich nervös zu klirren. Sie zitterte. Ihre Augen fühlten sich heiß und geschwollen an, und sie wusste, dass sie den Tränen nahe war. Wie konnte sie nur so dumm sein! Am Höhepunkt ihrer Karriere - die außergewöhnliche Ehre und Verantwortung als Leiterin der OPERATION BERGUNG -, und hier saß sie und weinte, weil sie nicht liebte! Sie wurde geliebt. Kasimir liebte sie wirklich. Sie war sich ganz sicher. Und doch war das nicht genug: Sie liebte nicht.

Sie setzte ihre Kaffeetasse ab und ging ins Badezimmer zurück, um ihr Make-up aufzufrischen. Sie erinnerte sich, dass ihr Vater einmal gesagt hatte: »Eine Frau ohne Liebe im Herzen ist wie eine Bergquelle ohne Wasser.«

Aber warum jetzt? Sie malte sich mit einem amerikanischen Lippenstift aus dem GUM leicht die Lippen an und dachte wütend: Warum muss ich mich gerade jetzt daran erinnern, dass ich zuerst eine Frau und erst in zweiter Linie Wissenschaftlerin bin? Gerade, wenn alles so gut geht. Wenn BERGUNG anfängt, wirkliche Ergebnisse zu zeigen; wenn alles so glatt läuft, und wir die Gehirne haben und die Menschen. Die Resultate waren aufsehenerregend. Der Kreml ist zufrieden. Kasimir ist zufrieden. Alle sind zufrieden. Außer mir. Außer Dr. Suthina Wotanja, die für all diese Erfolge verantwortlich ist. In ihrem entlegenen, sibirischen Versteck, umgeben von Gehirnen, lebenden, toten und noch nicht ganz toten, leistete sie die wichtigste Arbeit, die in Russland zu tun war. Sie sollte glücklich und lebendig, wach und voller Tatendrang sein, und voller Stolz über das, was sie erreicht hatte. Aber es gelang ihr nicht. Sie fühlte sich elend.

Sie würde vorsichtig sein müssen, dachte sie, während sie die Treppen hinunterging. Sie durfte niemanden, schon gar nicht

Kasimir, wissen lassen, was sie wirklich fühlte. Sie nahm die Metro bis zum Kreml. Als sie in die bittere, nasskalte Luft hinaufstieg, ertappte sie sich bei dem absurden Gedanken, ob Kasimir wohl gestern Nacht von ihr enttäuscht gewesen war. Er hatte nicht so ausgesehen, aber sie schließlich auch nicht. Kasimir wollte sie heiraten, weil er sie liebte, oder wenigstens glaubte sie zu lieben. Eigentlich war er mehr in ihren Körper und in ihre Stellung, ihren Erfolg verliebt. Er konnte nicht sie selbst lieben - weil er sie gar nicht kannte.

Wieder ermahnte sie sich zur Vorsicht. Sie musste sehr auf der Hut sein. Kasimir war in vieler Hinsicht ein lieber Mensch, aber er war jetzt verliebt und nicht mehr ein wirklicher Freund. Er würde sie heiraten, ja. Aber wenn er eine Ahnung davon hätte, wie sie wirklich war, würde er sie ebenso sicher bei der Geheimpolizei denunzieren.

»Liebling«, sagte Kasimir Rabin, »ich bin froh, dass du auch ein bisschen zu spät kommst. Ich hatte heute Morgen Schwierigkeiten mit dem Aufstehen. Und ich habe meinen Tee noch nicht getrunken, was mich gewöhnlich außerordentlich missgelaunt macht. Aber heute nicht. Ich brauche dir sicher nicht zu sagen, warum.«

Er war hinter ihr die verschneite Straße entlang gekommen.

Hochgewachsen, breitschultrig und jeder Zoll ein guter Soldat. Makellos in der elegant geschnittenen Uniform eines Generalobersten der Artillerie, obwohl er zurzeit dem Planungsstab zugeteilt war.

Er nahm ihren Arm und half ihr die vereisten Stufen des dreigeschossigen weißen Hauses hinauf, das die kopfsteingepflasterte Sackgasse abschloss. Neben der Tür hing ein verblichenes Schild: *Verwaltungsabteilung Nordmeer-Route*. Noch Stalin hatte die Dienststelle eingerichtet, und das Schild war nie gewechselt worden, obwohl die Pflichten und Aufgaben der dort Beschäftigten eine ganze Reihe politischer und militärischer Veränderungen durchlaufen hatten.

Kasimir Rabin lächelte, und sie konnte die Erinnerung in seinen grauen Augen sehen. Suthina war eine echte Eva. Sie lächelte Kasimir zu und ließ ihn trotzdem nicht in ihre Augen sehen. Sie hatte mit ihm geschlafen, aber sie würde ihn nicht heiraten. Was jetzt vor ihr lag, war das Problem der Loslösung; es musste mit einem Minimum an Gefahr und bösen Gefühlen abgewickelt werden. Wie schrecklich, dachte sie, wie unsinnig, dass so persönliche Dinge in den politischen und bürokratischen Alltag hineingezogen werden mussten.

Sie gingen hinunter in Kasimirs winziges Büro im Tiefkeller. Er ließ ihr Kaffee bringen und machte sich selbst starken schwarzen Tee in einem Samowar. Dann setzte er sie in einen Ledersessel und zog sich hinter seinen Schreibtisch zurück. Er schaltete kommentarlos ein Tonbandgerät ein und lächelte ihr zu. »Und wie geht es Oberst Sarkoff? Fühlt er sich wohl in Sibirien?«

Suthina schnitt ein Gesicht und zwirbelte einen unsichtbaren Schnurrbart. »Grimmig«, sagte sie. »Sehr grimmig.« Sarkoff unterstand der militärische Teil ihrer *Akademgorodki*. Sie nannten es eine akademische Stadt, obwohl sie mit den anderen Städten, die in Sibirien gebaut wurden, nicht das Geringste gemein hatte.

»Wir kommen sehr gut miteinander aus«, erzählte sie Kasimir. »Er versteht nicht ganz, was vor sich geht, und vielleicht ist das auch gut so. Er tut seine Pflicht. Wir tun die unsere. Bisher haben wir keinerlei Schwierigkeiten gehabt. Alles läuft glatt. Wir haben es selbstverständlich nicht anders erwartet. Warum auch?«

Kasimir erwiderte ihr halbes Lächeln nicht. Sein Gesicht war ernst, als er ein Stück Papier aus dem Drahtkorb auf seinem
Schreibtisch nahm und überflog. Er räusperte sich bedeutungsvoll.

»Wie du schon gesagt hast, Suthina, alles läuft glatt, und es gibt sicherlich keinen Grund zur Besorgnis. Und doch müssen wir immer auf der Hut sein.« Er klopfte mit seinem sorgfältig manikürten Finger auf das Papier. »Ich habe hier einen Bericht unserer Gegenspionage.« Kasimir hielt einen Moment inne. Er sah müde und angewidert aus. »Ich entnehme diesem Amtschinesisch hier, dass unsere *Sosedi* möchten, dass wir eine Weile Schluss machen. Mindestens ein Jahr lang keine Entführungen mehr. Sie scheinen zu denken, dass wir zu viel des Guten getan haben oder noch tun werden, wenn sie uns nicht bremsen. Soweit ich dieses Geschwätz hier entziffern kann, wirst du eine Weile mit dem zufrieden sein müssen, was du hast. Vielleicht lange. Es hat bisher noch keine Reaktion gegeben, aber man scheint eine zu erwarten.«

»Vielleicht sind sie übervorsichtig?«

»Übervorsichtig oder nicht«, sagte Kasimir, »wir müssen uns damit abfinden. Du musst mit dem zufrieden sein, was du hast. Jedenfalls für jetzt. Das sollte dir nicht allzu schwer fallen, oder? Wenn man die letzten drei mitrechnet, solltest du jetzt gut bestückt sein.«

Die letzten drei:

Homer Benning, theoretische Genetik, entführt aus einem Pflegeheim bei Laguna in Kalifornien.

Robert Lewis, Kybernetiker, entführt aus einem Privatsanatorium in New York.

Henry Lee Pridwell, Psychoneuropharmakologe, entführt aus einem Krankenhaus bei Indianapolis, Indiana.

Einen Moment lang hing Suthina ihren Gedanken nach. Sie freute sich schon darauf, mit Pridwell zu arbeiten. Falls sie ihn aus dem Wahnsinn zurückbringen konnte, wäre das bei ihm ganz besonders lohnenswert. Die Situation war nicht ohne Ironie. Henry Lee Pridwell, der Amerikaner, arbeitete - hatte gearbeitet, bevor sein Geist sich verdunkelte - auf demselben Spezialgebiet wie sie. Psychoneuropharmakologie. Sie hatte mit ihren neuen Methoden Wunder vollbracht, hatte das Unmögliche möglich gemacht. Heilmethoden, die nur sie und ihre kleine Belegschaft in Sibirien - und die Nachwelt - jemals kennen würden.

Die Nachwelt, so sagte sie sich jetzt, war nicht genug.

Kasimir brachte sie in die Gegenwart seines grauen kleinen Büros zurück. Er starrte auf ein Bündel maschinengeschriebener Blätter.

»Eine Frage vom Vorsitzenden persönlich, Suthina! Du siehst, wie wichtig du bist. Er hat sehr großes Interesse an Phase zwei. Möchte einen detaillierten Bericht.«

Suthina hatte damit gerechnet und die Antworten schon auf der Zunge.

»Im Augenblick haben wir sechs lebende Gehirne. Sie leben in einer Lösung aus Salzwasser und Plasma - es ist komplizierter als das, aber für den Genossen Parteichef sollte es genügen -, und ich kann keine verlässlichen Voraussagen über ihre Lebenserwartung machen. Morgen schon können sie alle tot sein. Im vergangenen Monat verloren wir in einer einzigen Woche drei Gehirne. Aber von den sechs Gehirnen, die noch am Leben sind, leben drei jetzt schon über sechs Monate. Drei alte Gehirne, eins mittleren Alters, zwei ziemlich junge. Alles wissenschaftliche Gehirne in unterschiedlichen Entwicklungsstadien.«

Kasimir hob den Bleistift, mit dem er ihren Bericht mitgeschrieben hatte. »Alles natürliche Todesfälle, nicht wahr?«

»Ja.« Sie erzählte es ihm. Er schrieb mit. Alles natürliche Todesfälle. Alles Russen. Russen, die bei der Erfüllung ihrer Pflicht gestorben waren, und deren Gehirne Russland vielleicht weiter dienen würden.

Kasimir legte den Stift zur Seite. Er lächelte sie kurz an. »Du verstehst natürlich? Es ist sein Hobby. Er liest die Berichte zur Entspannung.«

Sie nickte. In Kreml-Kreisen wusste jeder, dass der Vorsitzende gern Science-fiction las.

»Er wird enttäuscht sein«, lachte sie jetzt, »wenn er erwartet, dass wir mit den Gehirnen Verbindung aufnehmen. Wir drehen keinen Film und schreiben auch keinen Roman. Alles, was wir bisher unter unvorstellbaren Schwierigkeiten geschafft haben, ist, die Gehirnzellen am Leben zu erhalten. Das ist schon für sich eine außerordentliche Leistung, Kasimir. Sag ihm das von mir.«

Er nickte und lehnte sich dann über den Schreibtisch. »Aber du hast einen Anfang gemacht. Wer weiß? Vielleicht in der Zukunft, in fünfzig oder hundert Jahren. Wer weiß?«

Wie alle Wissenschaftler war Suthina ein Realist. Sie nickte ohne große Überzeugung. »Vielleicht. Aber was im Moment am wichtigsten und erfolgversprechendsten ist, ist OPERATION BERGUNG. Wir machen gute Fortschritte - bringen angeschlagene Wissenschaftler zurück und setzen sie wieder instand. Wir erziehen sie um und benutzen sie für unsere eigenen Zwecke.«

Sie sprachen noch eine halbe Stunde lang. Dann machte Suthina sich fertig zu gehen. »Ich muss in zwei Tagen zurück in Irkutsk sein und habe noch einiges zu erledigen, bevor ich abreise. Das will ich heute Nachmittag machen und dann am Abend fliegen. Also sage ich dir schon jetzt auf Wiedersehen, Kasimir.«

Der Regierungsbeamte verschwand und der Geliebte kam zum Vorschein. Er trat um den Schreibtisch und presste sie an sich. Er küsste sie und fasste durch den dünnen Stoff ihrer Bluse nach ihren Brüsten. Sie fühlte sich weder abgestoßen, noch erwiderte sie seine Gefühle. Es war, wie sie sich realistisch vor Augen hielt, nicht mehr als das, was sie für ihre Dummheit verdiente. Noch während er sie küsste und befingerte, versprach sie sich, die langen arktischen Nächte, die vor ihr lagen, gut zu nutzen - sie musste sich Klarheit verschaffen. Sie musste erkennen, wer sie war und was sie sein wollte.

Kasimir sagte ihr Lebewohl. An der Tür sah sie zurück. Er richtete sich vor dem kleinen Wandspiegel die Krawatte.

Erst als sie wieder draußen in der eisigen Luft auf den Eingang zur U-Bahn zuging, erlaubte sich Suthina ihren ersten vollen, tiefen Atemzug.

Kasimir Rabin saß hinter seinem Schreibtisch und zwang sich, nicht mehr an Suthina zu denken. Es gab, wie sie gesagt hatte, viel zu tun.

Er zündete sich eine Zigarette an und dachte über OPERATION BERGUNG nach. Sie waren, so kam es ihm vor, ein wenig wie Lumpensammler! Gehirndiebe. Machten sozusagen neue Gehirne aus alten, unbrauchbaren.

Bis jetzt war alles so leicht gegangen. Es war ein Symptom dessen, was die Amerikaner ihre Überflussgesellschaft nannten. Wenn alte Gehirne sich abnutzten, wenn etwas mit ihnen nicht mehr stimmte, dann taten sie drüben nicht viel, um sie wiederherzustellen. Es gab ständig genügend neue junge Gehirne.

Kasimir seufzte. Sie hatten so viele, die Amerikaner und Engländer! Obwohl jetzt, wenn man den Berichten glauben konnte, die Yankees schon anfingen, von den Engländern zu stehlen.

Es fiel nicht ins Gewicht. Der Westen besaß immer noch einen Überfluss an Gehirnen. So groß, dass sie selbst Spitzenkräfte, die ein wenig verrückt wurden oder einen Nervenzusammenbruch hatten, irgendwo hinsteckten, wo es hübsch und ruhig war, und sie vergaßen.

Nachlässige Sicherungsmaßnahmen. Vergessene Männer. Es war so leicht, sie zu entführen. Sie lösten sich einfach in Luft auf und tauchten dann in Sibirien wieder auf. Noch immer geisteskrank natürlich, aber das war Suthinas Aufgabe. Sie sollte sie aus dem Wahnsinn zurückbringen, aus der dunklen Hölle der Geisteskrankheit. Sie sollte sie retten und wieder arbeiten lassen - für Russland.

Und doch nagte ein winziger Wurm des Unbehagens an ihm. Er nahm eine Liste aus dem Schubfach und las sie durch. Dreizehn Gehirne in drei Jahren. Dreizehn der brillantesten Wissenschaftler des Westens aus den verschiedensten Fachgebieten waren in den letzten drei Jahren entführt worden, und bisher war es zu keiner Reaktion gekommen. Bei den Engländern mochte das noch verständlich sein. Nur zwei Männer waren Engländer gewesen.

Aber die Amerikaner? Warum hatten sie noch nicht reagiert? Sie mussten wissen, dass irgendetwas Seltsames vor sich ging. Oder doch jedenfalls den Verdacht haben. Man durfte sie nicht unterschätzen.

Generaloberst Kasimir Rabin hatte das plötzliche Gefühl, dass irgendwie, irgendwo, der bisher so ungestörte Verlauf der OPERATION BERGUNG knirschend zum Halten kam.

Zweites Kapitel

Oberstleutnant Robert N. Webb, USAF, hätte unmöglich voraussehen können, was ihn an diesem Tag erwartete. Es begann wie jeder andere Tag, ein Routine-Tag, der ihn dem Ende seiner Dienstzeit in Alaska vierundzwanzig Stunden näher brachte. In der Nacht zuvor hatte es ein spektakuläres Nordlicht mit der zugehörigen magnetischen Störung gegeben. Das war so alltäglich, dass Bob Webb keinen bewussten Gedanken daran verschwendete. Damit hatte er nichts zu tun. Die Maschinen, die Kompasse, würden neutralisiert werden müssen.

Weder Webb noch Sergeant Dermott dachten daran, dass die *Scorpion*, eine alte F-89, dabei übersehen worden war. Die Maschine war seit langem veraltet und auf geheimnisvolle Weise aus dem T/O verschwunden. In Wirklichkeit war sie für den Privatgebrauch verschiedener höherer Offiziere »organisiert« worden. Sie war genau richtig, um damit benachbarte Flugplätze zu besuchen oder ab und zu nach Nome oder Anchorage zu fliegen. Sie stand in ihrem eigenen Schuppen, immer tadellos blank, mit rotsilbernen Streifen und längst durch die Entfernung ihrer Bordwaffen kastriert.

Unter anderem wurde die alte F-89 zur Heilung einer Krankheit benutzt, die sich *akute Podex-Paralyse* nannte. Oder anders ausgedrückt: »Wenn ich meinen fetten Arsch nicht endlich aus diesem Bürostuhl bekomme, dann platzt mir der Kragen!«

Bob Webb war fast fünfzig. Es schien ihm manchmal, als säße er nun schon seit Ewigkeiten hinter einem Schreibtisch. Für einen alten Kampfflieger - und er war einer der besten gewesen -

war es nicht leicht, seine Zeit am Schreibtisch abzudienen. Und sooft er die Möglichkeit dazu hatte, klemmte er sich in die alte *Scorpion* und durchlebte noch einmal für kurze Zeit die glorreiche Vergangenheit.

An diesem Tag war sein Ausgangsfach leer. Ein oder zwei Blättchen lagen im Eingangsfach, aber es gelang ihm, sie zu ignorieren. Er rief Sergeant Dermott an und ließ die alte *Scorpion* startbereit machen. Ein paar Minuten später jagte er fröhlich mit neunhundert Stundenkilometern über die Beringstraße. Er kontaktierte Little Diomede wegen des Wetterberichts. Ein Schlechtwettergebiet war im Anzug. Kein Grund zur Sorge. Er würde wieder im Stützpunkt sein, bevor es losging.

Einige Minuten später rief er seinen Heimatstützpunkt, Devil Mountain, und bekam denselben Bericht. Aufkommender schwerer Nebel. Stürmische Winde aus Nord innerhalb von Stunden zu erwarten.

Er hatte zwei zusätzliche Tragflächentanks voll Brennstoff. So weit, so gut. Er stieg über das Wetter, auf die Beringstraße zu, und ließ die *Scorpion* nach Südwesten auf die St. Lawrence-Insel zurasen. Er wollte nur kurz am Gambell Cape vorbei und dann wieder zurück zum Stützpunkt. Er behielt den Kreiselkompass und die zitternde Nadel des DF-Geräts wachsam im Auge. Er empfing den Devil-Mountain-Leitstrahl jetzt nicht mehr, und das war seltsam, aber es machte ihm kaum Sorgen. Das Wetter spielte einem hier oben am Rande der Arktis alle möglichen Streiche.

Die Nordwestspitze Gambells kam unter seiner linken Tragfläche in Sicht. Ich roste schon ein, dachte er. Saumäßige Navigation. Das hatte man davon, wenn man dauernd hinterm Schreibtisch sitzt. Vor ein paar Jahren hätte ich es noch haargenau getroffen.

Er kreiste, tauchte mit heulender Düse auf das winzige Flugfeld des Kaps hinunter und flog wieder die Beringstraße zurück. Seine Laune hatte sich verschlechtert. Er fühlte sich so trübe wie die endlosen Eisschollen unter seiner Maschine.

Mach dir nichts vor, Alter, du verkalkst. Die Jugend ist dahin, die Reflexe sind nicht mehr, was sie waren. Übrig bleibt nur ein breitärschiger Schreibtischhengst. Noch ein paar Jahre hinter dem Mahagoni, und dann in den Mülleimer. Pension.

Der Oberstleutnant lächelte. Vielleicht war das gar nicht schlecht. Passiert schließlich jedem von uns. Warum dagegen ankämpfen? Er hatte Louise und Bob junior. Er hatte die Farm in Maryland, die jetzt schon fast bezahlt war. Er hatte ein paar reinrassige Pferde und sparte, um sich mehr Vieh kaufen zu können und... Bei neunhundert Stundenkilometern kann ein Pilot unglaublich schnell in Schwierigkeiten kommen. Bob Webb beobachtete mit bleiernem Herzen, wie die Kompassnadeln sich drehten, zitterten und übergeschnappt kreiselten, und er wusste, dass irgendwas verdammt faul war. Vielleicht schlimm. Das Schlimmste.

Die Beringstraße, das weiß jeder Schuljunge, ist eine enge Wasserstraße, die die Vereinigten Staaten von der Sowjetunion trennt. Beide Seiten überwachen sie argwöhnisch. Die winzigen Maschinen fliegen über Tausende von Quadratkilometern eisiger Einöde und gehen einander meist aus dem Wege. Gelegentlich kommt es zu einem Zusammenstoß. Manchmal erscheint ein Bericht darüber in der Öffentlichkeit, meist jedoch nicht. Auch die Zusammenstöße sind schon Routine geworden, nur noch ein Teil des unendlich komplexen Verteidigungssystems, das jede Seite aufgebaut hat: die Patrouillen, die DEW-Linien und ihre sowjetischen Gegenstücke, die unterirdischen Raketenbasen, Raketenwarnanlagen und die Anti-Raketen-Raketen.

Argwohn ist das Schlüsselwort.

Der Oberstleutnant verlor nicht den Kopf. Er überprüfte seinen Brennstoffvorrat. Für die nächsten Minuten in Ordnung. Die Kompasse waren jetzt ruhiger, obwohl sie immer noch leicht zitterten. Er versuchte, den Devil-Mountain-Stützpunkt zu erreichen, hörte aber nur das Rauschen der Statik. Er suchte nach dem Leitstrahl. Ebenfalls vergeblich. Schließlich hörte er das schwache Piepsen von Little Diomede, und als er sah, was sein

RDF anzeigte, sank ihm das Herz. Der Kompass log wie eine Hure! Er hatte jetzt aufgehört zu zittern, stand ruhig - und log. Nach dem Kompass hätte er jetzt Richtung Stützpunkt fliegen sollen, aber der Leitstrahl fehlte. Er konnte Devil Mountain nicht hören. Jetzt war sogar Little Diomede verstummt. Man konnte dem Wetter und der Statik einiges zuschieben, aber nicht alles. Er flog den falschen Kurs. Mit neunhundert Stundenkilometern!

Denk schnell, Oberstleutnant Webb!

Er stellte ein paar blitzschnelle Berechnungen an. Bestimmt hatte er bereits die Datumsgrenze überflogen, die die Beringstraße durchschnitt. Zu Hause auf dem Stützpunkt war es Mittwoch, aber er flog jetzt im Donnerstag, irgendwo über der sibirischen Halbinsel, die zwischen Chukchi und Beringmeer vorsprang.

Er flog durch dunkelblauen Raum. Keine Spur Sonne am Horizont. Unter ihm, weit unten, eine See aus gekräuselten Wolken. Webb verfluchte seine Kompasse und Sergeant Dermott und das Nordlicht - er wusste jetzt, dass die *Scorpion* nicht neutralisiert worden war - mit einem Wortreichtum, der nur einem alten Soldaten zur Verfügung steht.

Er dachte nicht daran, sich über die Tatsache Sorge zu machen, dass dies ein unautorisierter Flug in einer Maschine war, die in den Akten der Air Force gar nicht existierte. Im Moment hatte er ganz andere Sorgen.

Genau sechs. Sie kamen von links unten und flogen in einer V-förmigen Staffel. Webb erkannte die Silhouetten sofort: neue arktische MIGs. Der Iwan hatte ihn auf dem Radarschirm entdeckt und reagierte blitzschnell.

Webb hatte keine Sekunde zu verlieren. Moderne Düsenjäger schließen entsetzlich schnell auf. Webb schob den Knüppel nach vorn und heulte auf die Wolkendecke zu. Das Wichtigste zuerst. Wenn er diesen MIGs nicht entkam, brauchte er sich über den Rückweg in den Mittwoch keine Sorgen mehr zu machen. Dafür würden ihre Maschinengewehre und Kanonen schon sorgen. Er erwartete keine Gnade und wusste, dass er auch keine bekommen würde. Völlig gleichgültig, was man zu Hause glaubte, verirrte Maschinen wurden abgeschossen und vergessen.

Als er in die Wolkendecke tauchte, sah er, wie eine der MIGs eine Rakete abfeuerte. Er bemerkte es nur für den Bruchteil einer Sekunde aus den Augenwinkeln, aber er wusste, was es bedeutete, und der Schweiß fror ihm unter der Maske. Der altvertraute Terror kroch ihm in die Eingeweide. Man gewöhnte sich nie daran. Diese gottverdammte Rakete besaß einen Infrarot-Sucher und hatte es auf seinen Rückstrahl abgesehen. Sie wollte ihm im wahrsten Sinne des Wortes in den Arsch kriechen und ihn in Fetzen reißen. Er wartete, die Finger um den Knüppel gekrallt. Es gab nichts, was er tun konnte. Wenn der Bastard ihn fand, war alles aus...

Nichts. Bob Webb brachte ein Grinsen zustande. Vorbeigeschossen. Der russische Pilot hatte die Rakete zu früh abgefeuert, als er ihn auf die Wolken zu jagen sah. Jetzt hatten sie ihn verloren.

Er überprüfte den Brennstoff. Das sah nicht gut aus. Vielleicht konnte er es gerade noch zurück schaffen - wenn er nur gewusst hätte, wo *Zurück* lag.

Webb begann einen Kurs zu fliegen, der seiner Kompassanzeige genau entgegengesetzt lag. Das war alles, was er tun konnte. Seine einzige Chance. Wenn er genau gegen die verlogenen Instrumente flog, hatte er vielleicht Glück.

Der Maschine ging der Treibstoff aus. Sie verlor Schub und begann, wie ein Stein in das Wolkenmeer zu sinken. Webb reagierte automatisch - so etwas passierte ihm nicht zum erstenmal, obwohl es leicht das letzte Mal sein konnte -, er warf die Tragflächentanks ab und fuhr die Klappen aus, ohne zu denken. Er war immer noch in den Wolken. Er wusste nicht, was unter ihm lag, obwohl ein paar blitzschnelle Gedanken durch seinen Kopf jagten, während er abwärts segelte.

Wenn er sich über der Tundra des Küstengebiets befand, konnte er die *Scorpion* vielleicht heil hinunterbringen. Er würde aber sicher früher oder später von einer russischen Patrouille gefunden werden. Sie würden wissen, dass er unten war, und nach ihm suchen. Andererseits konnte er ihnen vielleicht wochenlang aus dem Weg gehen, wenn er weiter im Binnenland, auf dem Eis und Schnee landete. Falls er überlebte.

Vielleicht kam der Rettungsdienst bis zu ihm durch und holte ihn heraus, wenn er lebend herunterkam und einen Funkspruch losschicken konnte. Eine Menge *Wenns*. Im Moment war das größte *Wenn*: zu überleben.

Überleben!

Das waidwunde Flugzeug segelte aus den Wolken heraus. Es glitt bereits über Eis, kaum fünfzehn Meter unter ihm. Hier gab es keine Tundra. Er war weit im Binnenland. Die Maschine sank, ein Gefühl, als säße er in einem fallenden Aufzug. Webb bediente sämtliche Schalter. Sie begann jetzt zu stottern. Ein schlaffes, lebloses Ding auf dem Weg zum Selbstmord. Er redete ihr gut zu, schmeichelte ihr, versuchte, das letzte Gramm Auftrieb aus ihren kurzen Stummelflügeln herauszuholen und sie in einer Bauchlandung hinunterzubringen, die ihn mit Glück, mit sehr viel Glück, nicht in Stücke reißen würde.

Die *Scorpion* sank auf ein riesiges Meer aus Eis zu, das kreuz und quer von wandernden Druckfalten durchzogen war. Eiswogen, seit Ewigkeiten gefroren, gewölbt und hochaufgerichtet und niemals zum Brechen gekommen. Der Pilot betete hörbar durch verzerrte Lippen. Er holte das Letzte aus der Maschine heraus, hob sie, rutschte über eine letzte eisige Woge hinweg und in die weite Mulde dahinter.

Das tapfere alte Flugzeug schaffte es. Es verlor eine Tragfläche an einer Eisklippe und krachte dann bäuchlings auf relativ ebenes Eis. Die Maschine drehte sich wie ein Kreisel, ihr Metall kreischte und qualmte, als sie sich eine Furche durch die Eishügel glühte. Ihr Boden riss heraus. Sie krachte seitwärts in die Eisbarriere auf der anderen Seite, brach die zweite Tragfläche und kam endlich zitternd zum Stehen. Der Oberstleutnant atmete wieder und löste die Sitzgurte. Außer einer fingerlangen

Platzwunde auf der Stirn war ihm nichts passiert. Er wusste, dass er höllisches Glück gehabt hatte.

Von wegen, dachte er, Glück! Fünf- oder sechshundert Kilometer tief in Sibirien, so verloren, wie man nur sein kann, aber Glück. Er saß ziemlich tief in der Patsche. Aber was machte das schon? Er würde schon wieder herauskommen. Bisher war es ihm noch immer gelungen.

Dann zwang er sich zu einer realistischen Lagebeurteilung. Er war irgendwo im russischen Sibirien, und das machte die Sache bei Gott nicht einfacher. Er hatte seine Überlebensausrüstung und wusste, was man damit machte - hatte sämtliche Kurse absolviert -, aber er wusste, dass er ein toter Mann war, wenn nicht entweder seine eigenen Leute, die Russen oder die Eskimos ihn binnen drei oder vier Tagen fanden.

Webb versuchte das Funkgerät der Maschine. Er konnte empfangen, aber nicht senden. Das war nicht notwendigerweise verhängnisvoll. Er hatte noch das Notgerät mit Handkurbel.

Er öffnete eine Brennstoffkonserve und machte sich heißen Tee und heiße Suppe. Er rauchte eine Zigarette und versuchte, alles langsam und bedächtig zu tun. Vielleicht musste er lange Zeit hier aushalten.

Er holte den Handkurbelsender heraus und befestigte einen Draht an der Antenne der Maschine. Das Gerät war für Einmann-Betrieb gebaut, man kurbelte mit einer Hand und sendete mit der anderen. Er steckte den Stecker ein und begann zu kurbeln. Es erinnerte ihn an den alten Ford Modell T, den er als Junge besessen hatte. Er hatte ihn eines Tages mit falsch eingestellter Zündung angekurbelt, und die verdammte Karre hatte ihm um ein Haar den Arm gebrochen.

Webb wiederholte die Prozedur ein halbes dutzendmal, bevor er eine Pause machte. Er konnte senden, aber nicht empfangen. Der Stützpunkt würde ohnehin nicht antworten, bevor sie ihn angepeilt hatten. Das war das Wichtigste - die Peilung! Die Peilung konnte ihn retten, wenn er überhaupt zu retten war.

Webb benutzte den verschlüsselten Notlandungskode. Wenn der Stützpunkt antwortete, würden sie denselben Kode benutzen. Der Iwan musste ihn auch hören, würde sich aber keinen Reim darauf machen können. Das Dumme war nur, dass der Russe anhand des Funkspruchs ebenso leicht eine Peilung machen konnte wie sein Stützpunkt. Und wenn sie ihn angepeilt hatten, dann wussten sie ungefähr, wo er war. Dann war es nur noch eine Frage, wer ihn zuerst fand - der Rettungsdienst oder die Russen.

Sein Stützpunkt würde wahrscheinlich ein paar F-5 für eine schnelle Suchaktion riskieren. Sie waren schneller als die MIGs und konnten ein Gefecht vermeiden. Zeit war das Wesentlichste. Er würde auf das Donnern der F-5 warten müssen, sich ausrechnen, wann sie ihn vermisst hatten, wann sie zurückkommen würden, und dann seine Leuchtkugeln genau im richtigen Moment abschießen. Falls die F-5 sie sahen, war er schon halb zu Hause. Die F-5 konnten seine Position ganz genau orten und zurückfunken. Dann würde das Warten von neuem beginnen.

Das Warten entweder auf die Skikopter oder auf die kleine Ski-Cessna. Je nach Entfernung würde der eine oder die andere kommen, um ihn herauszuholen. Vielleicht. Wenn er Glück hatte. Die Russen, die sich bestimmt keine Bewegung entgehen ließen, würden versuchen, zuerst da zu sein.

Bob Webb holte die Signalpistole heraus und überprüfte die Leuchtkugeln. Er zündete sich noch eine Zigarette an und drehte am Empfänger, um vielleicht doch ein Signal seines Stützpunkts zu finden. Er fühlte sich plötzlich überwältigend einsam.

Webb knurrte sauer. Das verdammte Ding funktionierte, aber er konnte den Stützpunkt nicht hören.

Halt mal! Er drehte den Knopf zurück und versuchte, das schwer fassbare kleine Piepsen zu fangen, versuchte, das squiek-squiek-squieketi-squiek einer Morsetaste zu isolieren und hereinzuholen. Das war nicht der Stützpunkt, ganz sicher. Da sendete kein Professioneller - der Sender stammelte unsicher, brachte Buchstaben und ganze Sätze durcheinander.

Webb nahm Bleistift und Block und begann, den schwachen, unsteten Strom von Morsebuchstaben niederzuschreiben, der zu ihm in die Kanzel drang. Während er schrieb, wandelte sich sein Gesichtsausdruck von gelinder Verwunderung zu blankem Erstaunen. Das Ganze ergab überhaupt keinen Sinn. Wer sendete dieses Gestammel und warum? War er auf irgendeinen Irren gestoßen? Einen sibirischen Irren? Der Oberstleutnant schnitt eine Grimasse und schrieb weiter. Es schien nie aufzuhören. Er hatte den Trick bald heraus. Der Sender, wer immer das sein mochte, gab ständig dieselbe Nachricht durch. Auf Englisch, Deutsch und Französisch: SOS... SOS... SOS...

Ach du meine Güte, dachte Webb, während er weiterschrieb. SOS! Das war ein alter, längst überholter Notruf. Er war früher Funker gewesen und musste es wissen. Die Großväter hatten SOS so um 1912 benutzt.

SOS - Save Our Souls.

Er überhörte ein paar Worte, weil der Sender so unbeholfen war, und wartete geduldig, bis die Nachricht wieder auf Englisch durchkam:

SOS - SOS - Ich bin nicht tot. Ich bin nicht begraben. Ich bin nicht wahnsinnig. Ich lebe. SOS - SOS - Ich bin zur vollen Zusammenarbeit bereit. - Bedingungslos. SOS - SOS - Ich bin nicht tot. Ich bin nicht begraben. Ich lebe. Rasputin der Zweite - Rasputin der Zweite - Rasputin der Zweite.

Das war das Ende der Nachricht. Einen Moment lang Stille, dann begann der geheimnisvolle Sender dieselbe Nachricht auf Französisch zu senden. Webb ließ den Bleistift sinken. Er las die Nachricht wieder und wieder.

Rasputin der Zweite? Er hatte natürlich von dem verrückten russischen Mönch gehört, aber der war doch längst gestorben. Oder getötet worden. So ähnlich jedenfalls.

Plötzlich musste Oberstleutnant Webb lachen. Er konnte einfach nicht anders. Hier saß er, so tief in der Klemme, wie man nur sein konnte, die Chancen tausend zu eins gegen ihn, und er bekam Botschaften von einem Toten!

Aber warte mal. Das war Rasputin der Erste gewesen. Dieser hier sagte, er sei Rasputin der Zweite. Außerdem behauptete er, am Leben und nicht verrückt zu sein.

Bob Webb brüllte vor Lachen. Er wusste, es war teils Angst, teils Hysterie, und teils diese verrückte Nachricht. Er konnte sich einfach nicht beherrschen. Er lachte und lachte und lachte.

Und inmitten der Lachstürme fand er noch die Zeit, sich zu fragen, ob die Russen Sibirien jetzt als gigantisches Irrenhaus benutzten.

Drittes Kapitel

SOS - SOS - Ich bin nicht tot. Ich bin nicht begraben. Ich bin nicht wahnsinnig. Ich lebe. SOS - SOS - Ich bin zur vollen Zusammenarbeit bereit - Bedingungslos. SOS - SOS - Ich bin nicht tot. Ich bin nicht begraben. Ich bin nicht wahnsinnig. Ich lebe. Rasputin der Zweite - Rasputin der Zweite - Rasputin der Zweite.

Mr. Merlin seufzte. Er legte das dünne Stück Papier zurück auf die spiegelnde Platte seines antiken venezianischen Schreibtischs. In den letzten drei Wochen hatte er diese Nachricht mindestens tausendmal gelesen. Aber sie ergab immer noch nicht viel Sinn. Ein wenig vielleicht, wenn man von einigen Prämissen ausging, die ihrerseits wiederum zu weit hergeholt schienen, um sich zu ihnen zu bekennen. Jedenfalls im gegenwärtigen Stadium. Und nicht ohne wirklich stichhaltige Bestätigungen der Experten.

Das war im Augenblick eins von Mr. Merlins Problemen, eines der kleineren Ärgernisse, die der alte Mann nicht gern hinnahm. Ted Warburton, sein bester Kreml-Spezialist, hatte sich gerade diese Zeit ausgesucht, um in Mikronesien segeln zu gehen. Hol' ihn der Teufel!

Mr. Merlins Ausdruck entspannte sich ein wenig. Er drückte auf den Knopf an der Armlehne seines Rollstuhls, und der kraftvolle kleine Motor rollte ihn an die Glaswand, die den Makaluha-Krater überblickte. Milchig-graue Rauchstreifen hingen wie Wimpel über dem Vulkan und bewegten sich in der feuchten Hawaii-Brise. Der April war ein frischer Monat auf den Inseln, eine Zeit neuen Grüns und neuer Blüte, alles frisch gewaschen und in glühender Neo-Farbigkeit. Hinter ihm, jenseits der engen Wasserstraße, war die Insel Maui ein einziges, riesiges Treibhaus. Aber der Mann, der sich Mr. Merlin nannte, hatte im Moment kein Auge für die Schönheit seiner Umgebung. Er saß vornübergebeugt in seinem Rollstuhl, und seine mächtigen Schultern und Arme standen im krassen Gegensatz zu seinen dünnen, nutzlosen Beinen.

S.O.S - Ich bin nicht tot - Ich bin nicht begraben.

Es war nachmittag. Vom Fuß des Makaluha-Kraters aus erstreckte sich die See unendlich und still, fast ohne Bewegung wie ein zufrieden schlummerndes Tier, eine riesige Platte aus gehämmertem Grün und Gold. Eine Gruppe von Fischerbooten, weiß wie Möwen, lag etwa eine Meile weiter nach Osten. Mr. Merlin starrte an ihnen vorbei in die Unendlichkeit, sah sie und sah sie doch nicht, während er versuchte, die nervenzermürbenden Stückchen dieses unglaublich komplizierten Puzzlespiels zusammenzusetzen, das man in seine Hände gelegt hatte.

S.O.S - S.O.S - Ich bin zur vollen Zusammenarbeit bereit - Bedingungslos.

Bedingungslos? Mr. Merlin lächelte grimmig. Das war ein weites Feld.

Ich lebe. Rasputin der Zweite - Rasputin der Zweite.

Mr. Merlin drückte erneut auf den Knopf, und der Stuhl rollte an den riesigen Schreibtisch zurück. Er hob einen schwarzen Hörer ab. »Polly?«

»Ja, Mr. Merlin?« Wie immer lag etwas Ruhiges, Besänftigendes in ihrer festen, dunklen Altstimme. Polly Perkins war eine *kamaaina*, ein Achtel Hawaii-Mädchen, der Rest Französisch und angelsächsisch, und sie war schon seit mehr als zwanzig Jahren bei ihm. Mr. Merlin vertraute ihr mit seinem Leben.

»Hat man Ted Warburton schon gefunden?«

»Ich glaube nicht. Noch nichts im Telex, Mr. Merlin. Aber es kann nicht mehr lange dauern. Zehn unserer Maschinen suchen in dem Gebiet, in dem die *Snarko* zuletzt gesehen wurde. Sie werden ihn bald finden.«

Mr. Merlin sah das Telefon finster an. »Ich hoffe, Sie haben Recht, meine Liebe. Sagen Sie mir Bescheid, sobald Sie etwas wissen. *Snarko*, in der Tat!«

Ein schrecklicher Name für ein großartiges Boot. *Snarko*! Wenn Warburton schon von Jack London stehlen musste, warum machte er dann nicht gleich alles...?

Das schwarze Telefon summte. Mr. Merlin schnappte danach. »Ja? Haben Sie Warburton gefunden?«

Pollys kühle Stimme sagte: »Noch nicht. Aber ich habe John Eagle in der Leitung, Mr. Merlin. Okay, Mr. Eagle. Sie können sprechen.«

Mr. Merlin hatte Eagle seit der erfolgreichen Beendigung der mongolischen Mission weder gesehen noch gesprochen. Aber für Mr. Merlin bedeutete aus den Augen keineswegs aus dem Sinn. Er wusste jetzt, dass sein Unternehmen *Protoagent* realisierbar war und dass es ihm mit der Zeit möglich sein würde, jenen harten Kern von Elite-Draufgängern und Überlebensspezialisten zu formen, den er sich vorgestellt hatte. Es gab nur die eine große Schwierigkeit: mehr Männer wie John Eagle zu finden.

Eagle sprach jetzt, und seine Stimme besaß denselben dunklen, ausgewogenen Bariton, den Mr. Merlin noch von seinen ersten Interviews kannte. Sie hatten sich nicht persönlich gesehen. Und würden das auch wahrscheinlich niemals tun. Mr. Merlin zog es vor, seine Befragungen über einen Fernsehschirm zu veranstalten, wo er sehen konnte, ohne gesehen zu werden.

Als er John Eagles Stimme jetzt wieder hörte, sah er das gutaussehende Gesicht vor sich, die blauen Augen, die kalt und hart werden konnten, manchmal fast unverschämt, und die latente, in den schlanken 1,95 Metern Muskeln und Knochen aufgestaute Kraft. Auch in den höflichen, sanften Worten, die jetzt aus dem Hörer kamen, lag Kraft; eine Zuversicht und Sicherheit, die sich seit dem mongolischen Auftrag noch vertieft hatte. Mr. Merlin nickte vor sich hin, bevor er sprach. Das war klar. Der Junge war in der Hölle gewesen und wieder herausgekommen. Jetzt schreckte er vor nichts mehr zurück. Oder doch vor fast gar nichts.

Mr. Merlin sagte: »Wie geht es Ihnen, John? Klappt alles auf der neuen Ranch?«

»Ja, Sir. Sehr gut. Ich habe das Haus fast fertig. Ich baue es selbst, wissen Sie. Ziemliche Arbeit für einen Amateur.«

»Nein«, sagte Mr. Merlin. »Ich wusste nicht, dass Sie es selber bauen. Obwohl ich natürlich wusste, dass auf Ihrem neuen Besitz ein Haus gebaut wird.«

»Es macht mir ab und zu Spaß, mit den Händen zu arbeiten«, sagte Eagle. »Und ich war oben in den Bergen auf der Jagd. Falls Sie also versucht haben sollten, mit mir Kontakt aufzunehmen...«

»Bis heute nicht«, sagte Mr. Merlin. »Erst jetzt. Dies ist noch kein Alarm, John. Noch nicht. Nennen Sie es eine Warnung. Ich möchte, dass Sie sich jederzeit bereithalten, nach Lager drei zu gehen. Also bitte keine Jagdausflüge mehr, eh? Bleiben Sie in der Nähe, mein Junge. Wenn und falls Sie in Lager drei gehen, wird Samson Sie benachrichtigen. Er ist Ihr Hauptkontakt, wie Sie wissen.«

»Jawohl, Sir.«

»Auf Wiederhören, John.«

Mr. Merlin ließ seinen Rollstuhl zum Schreibtisch zurückgleiten. Seit dem Jahre 1918, als eine deutsche Kugel in den Argonnen sein Rückgrat getroffen hatte, war er nicht mehr aufgestanden.

Er zündete sich eine lange Zigarre an und ging den Papierstapel auf seinem Schreibtisch durch. *SOS - Ich bin nicht tot. Ich bin nicht begraben. Ich lebe. Rasputin der Zweite.* Mr. Merlin runzelte die hohe Stirn. Das Rätsel war auf Umwegen bis zu ihm gekommen und schließlich von höchster Stelle aus nach Hawaii dirigiert worden. Der Präsident und Mr. Merlin waren alte Freunde. Der Präsident hatte die Angewohnheit, die wirklich harten Nüsse auf die Inseln abzuschieben.

Mr. Merlin starrte das Papier in seiner Hand an. Dieser Pilot, Oberstleutnant Robert Webb, war drei Tage lang in Sibirien vermisst gewesen, bevor man ihn herausholen konnte. Fast tot vor Kälte und Unterernährung und Erschöpfung. Sobald er wieder einigermaßen vernehmungsfähig war, hatte man ihn verhört: Er hatte von den seltsamen Botschaften erzählt, die durch die Arktis wimmerten. Immer und immer wieder. Auf Deutsch, Französisch und Englisch. Ein englischer Text lag jetzt vor Mr. Merlin. *SOS - SOS - Ich bin nicht tot. Ich bin nicht...*

Wer, zum Teufel, war Rasputin der Zweite? Ein Pseudonym, ein Tarnname war es, ganz offensichtlich. Das ergab Sinn. Schließlich sendete der Mann aus dem russischen Sibirien. Er wollte sicher nicht dabei erwischt werden, wollte verhindern, dass das russische DF ihn fand und das Signal zurückverfolgte. Der unbekannte Sender kannte sich ebenfalls gut in Elektronik aus. Theoretisch sowohl als praktisch. Er sendete nur während oder nach einem besonders kräftigen Nordlicht; benutzte den Wall aus magnetischer Strömung um den Pol als Reflektor, von dem er seine Signale abprallen ließ und sie so schwer verfolgbar machte.

Mr. Merlin seufzte. Ein langes Stück Zigarrenasche fiel zu Boden. Er war kein besonders ordentlicher Mensch, war es nie gewesen. Hatte es nie sein brauchen. Es war eine der Nebensächlichkeiten, nur eine der vielen, welche diejenigen begleiten, die schon reich geboren worden sind. Mr. Merlin - es war nicht sein richtiger Name - war, solange er sich erinnern konnte, einer der reichsten Männer der Welt gewesen (vielleicht der reichste).

Reichtum und alles, was damit zusammenhing, war ihm selbstverständlich. Soweit das einem Sterblichen überhaupt möglich ist, hatte er immer genau das getan, was er wollte. Polly Perkins, die den alten Mann liebte und respektierte und die ihr Leben für ihn gelassen hätte, gab zu, dass es manchmal schwierig war, mit ihm zu leben und noch schwieriger, für ihn zu arbeiten.

Als er die Botschaft jetzt abermals las, räumte er ein, dass die erste große Schwierigkeit überwunden war: Sie hatten eine ungefähre Idee, woher die seltsame Nachricht kam. Nachdem die Air Force Oberstleutnant Webbs Geschichte gehört und schließlich aufgehört hatte, sie als die Wahnidee eines Erschöpften abzutun, hatte sie ihren eigenen Geheimdienst ins Spiel gebracht. Die Arbeit begann, Little Diomede war alarmiert worden und hatte schließlich Bruchstücke derselben Nachricht auf fangen können.

Die Funksprüche kamen unregelmäßig. Manchmal gab es tagelang keine, und dann wieder waren die seltsamen, holprigen Signale stundenlang zu hören. Immer und immer wieder weinte diese Stimme in der eisigen Wildnis.

Washington wurde informiert. Computer summten und rotierten und warfen nichts Wichtiges aus. Die Air Force richtete auf der Tundra und auf Eisschollen Behelfsstationen ein, um die Signale aus neuen Winkeln aufzufangen und eine Triangulation vornehmen zu können.

Es war ihnen gelungen, den möglichen Ausgangspunkt der Ausstrahlungen auf ein paar tausend Quadratkilometer sibirischen Eises einzuengen, als Mr. Merlin auf dem Plan erschien.

Ein Sonderkurier aus Washington hatte zwei dicke Manilaumschläge überbracht. Dabei lag eine hastig geschriebene Note auf dem Papier des Weißen Hauses:

Lieber Merlin: Ich nehme an, es könnte hier eine Verbindung geben. Nicht wahrscheinlich, aber sicher möglich. Vielleicht eine Arbeit für Ihren Protoagenten? Wir kommen nicht dahinter. Die Sache ist jetzt Ihr Baby. Halten Sie mich auf dem Laufenden. Der Präsident.

Mr. Merlin glitt zu der Glaswand zurück, die auf den Vulkan hinausblickte. Er drückte einen Knopf, der den Raum langsam um seine Achse rotieren ließ, saß da und sah zu, wie die grüne Landschaft Hawaiis vorbeiglitt. Die Mündung der Meerenge kam in Sicht, dann die Insel Maui. Der Raum drehte sich langsam um sich selbst. Er sah, wie das Grün der Insel ins Blickfeld kam und wieder verschwand. Sehr wenige Menschen auf der Welt wussten, was unter dieser kleinen Insel und unter der gegenüberliegenden lag: ein riesiger Komplex von Räumen, Labors, Apartments und Tunnels, die ursprünglichen vulkanischen Spalten, die sich unterirdisch meilenweit ausdehnten. Die alten Röhren, die abgestorbenen Eingeweide des Vulkans, waren einem modernen Zweck zugeführt worden.

Mr. Merlin wollte gerade nach dem schwarzen Telefon greifen, als es klingelte. Er riss den Hörer hoch. »Ja, Polly? Haben Sie ihn gefunden?«

»Ja, Mr. Merlin. Eine Maschine sichtete die *Snarko* und hat eine Botschaft abgeworfen. Mr. Warburton signalisierte zurück, dass er unverzüglich Taka anlaufen wird.«

Zwei Stunden später - die hereinbrechende Dämmerung war kaum mehr als ein leicht purpurner Nebel - hatte er eine Verbindung mit Ted Warburton auf der winzigen Insel Taka in der nordöstlichen Ecke Mikronesiens.

Warburtons Stimme dröhnte aus dem Lautsprecher, der auf dem venezianischen Schreibtisch aufgestellt worden war. »Hallo, Mr. Merlin, hier Warburton. Was ist so verdammt eilig?«

Mr. Merlin sah den Kremlfachmann vor seinem geistigen Auge. Er war sicher noch immer auf seiner Jacht. Ted war jetzt fast achtzig, hatte einen Spitzbauch und einen glänzenden, gebräunten Kopf. Er trug bestimmt schmutzige weiße Shorts und Tennisschuhe, brauchte eine Rasur und rauchte eine Dawes-Pfeife. Ted Warburton war ein Original. Er war jedenfalls der beste Kreml-Spezialist der Welt. Mr. Merlin zahlte ihm fünfzigtausend Dollar im Jahr, nur damit er ihm ein paar Fragen beantwortete, falls sie sich ergaben. Warburton war mütterlicherseits Russe und in Moskau und St. Petersburg - als es noch so hieß - zur Schule gegangen; er hatte als junger Mann Trotzki und Kerenski und viele andere gekannt.

Mr. Merlin blies Zigarrenrauch in den Lautsprecher auf dem Schreibtisch. »Tut mir leid, Ihr Idyll zerstören zu müssen«, sagte er nicht ohne eine Spur Sarkasmus. »Aber ich brauche dringend Informationen, und Sie stehen auf meiner Honorarliste.«

»Wer streitet das ab?«, sagte Warburton unbeeindruckt. »Was wollen Sie wissen, Mr. Merlin?«

»Hören Sie sich zuerst einmal das an.« Mr. Merlin las die Botschaft, die Oberstleutnant Webb als erster aus der Arktis geholt hatte. Ted Warburton hörte ohne Frage oder Unterbrechung zu, aber als er zu sprechen begann, wusste Mr. Merlin, dass er auf Gold gestoßen war. Das riesige Honorar begann sich zu lohnen. Warburton hatte sich noch nie geirrt.

»Entweder ist das ein Scherz«, sagte Warburton, »oder eine totale Phantasie, eine Stimme aus dem Grab, oder es ist völlig rational. Seltsam, fast unglaublich, aber rational.«

»Wir wollen den Jux und die Phantasie fürs erste beiseitelassen«, sagte Mr. Merlin trocken. »Da bleibt das Rationale. Erklären Sie es mir freundlicherweise.«

»Gut. Rational betrachtet müsste Rasputin der Zweite Boris Prokowitz sein. Ich kannte ihn vor einigen Jahren persönlich. Er war ein großartiger Wissenschaftler, aber ein bisschen labil. Was man heute einen Playboy nennen würde. Er spielte eine wichtige Rolle bei der Entwicklung des Sputniks, wenn ich mich recht erinnere, interessierte sich aber auch für Okkultismus. Hielt Séancen ab und benutzte Medien, um mit dem alten Conan Doyle zu sprechen, so in der Art. Und ein großer Frauenheld war er auch. Ein ganz großer. Es gab eine Reihe von Skandalen, in die er verwickelt war. Auf jeden Fall nannte man Boris Prokowitz Rasputin den Zweiten. Im engeren Freundeskreis, wissen Sie? So eine Art Scherz unter Eingeweihten. Nicht viele Menschen wussten davon oder nannten ihn so. Ich glaube, er war ein bisschen stolz darauf.«

»Wie alt wäre er heute?«

»Genau da setzt es aus, Mr. Merlin. Boris Prokowitz starb im Jahre 1957. Mit Staatsbegräbnis und allem Drum und Dran. Ich hatte Russland damals schon verlassen, aber ich hörte davon, und ich hörte auch die Gerüchte.«

Mr. Merlins Gesichtsausdruck veränderte sich nicht. Er saß in seinem Rollstuhl, rauchte seine lange Zigarre und hielt das Mikrophon in der Hand.

»Gerüchte? Erzählen Sie mir davon.«

»Das Ganze wurde ziemlich schnell wieder vertuscht«, sagte Warburton. »Wahrscheinlich sowieso nichts Wahres dran. Jemand in der Propagandaabteilung hatte einen Kurzschluss. Wie auch immer, es hieß, Prokowitz hatte den Verstand verloren, sei übergeschnappt, kurz bevor er starb.«

»So, so.« Mr. Merlin schwieg einen Augenblick. »Wie alt wäre er jetzt?«

»Etwa sechzig, nehme ich an. Ungefähr zwanzig Jahre jünger als ich.«

»Aha.« Mr. Merlin rollte sich ein wenig näher an seinen Schreibtisch. Er streckte den Arm aus und berührte einen der Umschläge, die der Präsident ihm zugeschickt hatte. Er war alles durchgegangen, aber bis zu diesem Augenblick war er nicht in der Lage gewesen, eine mögliche Verbindung zu sehen, die der Präsident in seinem Schreiben angedeutet hatte. Jetzt begann er zu begreifen, dass es da tatsächlich eine Verbindung geben konnte. Wenn ja, dann war das der Gipfel der Ungeheuerlichkeit. Aber würde er es beweisen können?

Warburtons Stimme dröhnte aus dem Lautsprecher: »Sind Sie noch da, Mr. Merlin?«

»Ja, Ted. Nur noch ein oder zwei Dinge - angenommen, dieser Boris Prokowitz wäre nicht gestorben? Angenommen, er wurde wahnsinnig, die Beerdigung war vorgetäuscht, und man schickte ihn nach Sibirien? Aus irgendeinem verrückten Grund - ich möchte jetzt nicht näher darauf eingehen... Aber wäre das möglich?«

»Bei diesen Leuten ist alles möglich«, sagte Warburton. »Obwohl mir eine Menge Gegenargumente einfallen. Aber lassen wir die Einwände einmal beiseite. Die Möglichkeit, dass Boris noch immer lebt und irgendwie für diese Signale aus Sibirien verantwortlich ist, besteht. Das ergibt sogar einen Sinn. Wer würde nicht aus Sibirien rauswollen? Und es gefällt mir besser als die Alternative, nämlich dass Boris doch tot ist und versucht, aus dem Jenseits mit uns Kontakt aufzunehmen. Ich würde das zwar gern glauben, bin aber leider noch nicht senil genug.«

Mr. Merlin, der wohl wusste, wie weit Warburton davon entfernt war, senil zu sein, lächelte. »Haben Sie je von Burke und Hare gehört, Ted?«

Das glucksende Lachen kam über Tausende von Kilometern. »Sie meinen die beiden Leichenfledderer aus Edinburgh? Natürlich. Denken Sie, was ich denke, dass Sie denken, Mr. Merlin?«

»Kann sein«, sagte Mr. Merlin. »Es mag unmöglich aussehen, deshalb bin ich sicher, dass es zu schaffen ist. Können Sie helfen?«

»Vielleicht. Ich weiß zufällig, wo Boris Prokowitz beerdigt wurde. Falls er beerdigt wurde. Es gibt einen kleinen privaten Friedhof für Prominente, die nicht ganz prominent waren, wenn Sie wissen, was ich meine. Er liegt hinter dem alten Alexandrowsky-Palast in Moskau. Wo jetzt die Sowjetische Akademie der Wissenschaften steht. Doch das sage ich Ihnen, Mr. Merlin, wenn Sie sich mit dem Gedanken tragen, dieses Grab zu öffnen und ein bisschen zu *burken*, dann haben Sie aber Nerven.«

Mr. Merlin lächelte in den Lautsprecher, ganz der wohlwollende alte Herr.

»In diesem Punkt«, sagte er sanft, »möchte ich Ihnen zustimmen. Auf Wiederhören, Ted. Vielen Dank. Und gute Erholung noch.«

Er schaltete das Mikrophon aus und rollte an seinen Schreibtisch, wo er eine Schublade aufschloss und ein dünnes Paket von Aktenkarten in einem kleinen Stahlkasten durchging. Schließlich wählte er drei Karten aus, legte sie auf die Tischplatte und stellte den grünen Kasten wieder weg. Er hob den Hörer des schwarzen Telefons. »Würden Sie bitte hereinkommen, Polly?«

Es war jetzt fast dunkel im Zimmer. Polly Perkins schaltete das Licht nicht an. Sie wusste, dass Mr. Merlin gern in der Dämmerung saß und den Funken zusah, die aus dem Makaluha-Krater stoben. Sie ging zum Schreibtisch und schaltete eine kleine Leselampe an, die einen winzigen Lichtkegel auf ihren Block warf. Sie wartete. Mr. Merlin saß vor der Glaswand, rauchte eine Zigarre und starrte hinaus in die einbrechende Nacht. Ein Funkenregen sprühte aus dem alten Vulkan hoch und verlöschte in der sanften, dunklen Luft. Der glühende Lichtpunkt der Zigarre bewegte sich von einem Mundwinkel zum anderen. »Wo genau liegt Eagles Farm, Polly?«

Sie legte den Bleistift zur Seite. Es würde also noch eine Weile dauern, bevor er zum Geschäftlichen kam. Sie kannte seine Angewohnheit. Er sprach über Allgemeinheiten, plauderte scheinbar, während er seine Gedanken ordnete. Sie wusste, dass er einer der zwölf besten Schachspieler der Welt war; er dachte immer fünf oder sechs Züge im Voraus, ganz gleich, welches Spiel er spielte.

Sie sagte: »John Eagle hat sich 1.200 Morgen Buschland in den Harquahala-Bergen gekauft. Seine Mutter lebt in dem Apachen-Reservat im gleichen Staat. Er hat sie seit seiner Rückkehr aus der Mongolei dreimal besucht.«

»Wir müssen ihn beobachten«, sagte Mr. Merlin nachdenklich. »Zu seiner und zu unserer Sicherheit. Bisher hat niemand eine Ahnung von der Existenz des Protoagenten, und ich möchte, dass das so bleibt. Schade. Ich weiß, dass John es hasst, beobachtet zu werden. Und White Deer ist nur seine Adoptivmutter, Polly, nicht seine leibliche Mutter. Die starb bei der Geburt. Er wurde von den Apachen aufgezogen.«

Sie hatte das natürlich gewusst. Hatte sich lediglich nicht genau ausgedrückt.

Stille. Dann: »Dieses Mädchen, das ihn besucht... Ruth Lame Wolf. Was ist mit ihr?«

Pollys Gesicht lag im Dunkeln. Er konnte ihr stilles Lächeln nicht sehen.

»Scheint ein sehr nettes Mädchen zu sein«, sagte sie. »Kein Vollblut, ein Halbblut. Ihr Vater war ein irischer Eisenbahnarbeiter. Er ist tot. Lame Wolf ist ihr Sioux-Name: Ogalalla Sioux. Sie studierte an der Universität von Neumexiko und hat seit drei Jahren eine Geschenkboutique in Albuquerque. Sie ist sechsundzwanzig und den Berichten nach sehr hübsch. Ihr wirklicher Name, oder wenigstens ihr normaler englischer Name, ist Foley. Ruth Foley. Der Name ihres Vaters.«

»Natürlich. Albuquerque liegt nicht sehr weit von Eagles Ranch, oder?«

Polly lächelte in der Dunkelheit. »Das kommt darauf an, wie man es sieht, Mr. Merlin. Es sind etwa sechshundertfünfzig Kilometer. Sie fährt sie zweimal monatlich, um ihn zu sehen.«

»Hm - ich verstehe, was Sie meinen. Nicht weit für verliebte Herzen.« Er nahm die Zigarre aus dem Mund und drückte sie im Aschenbecher aus, um sie sofort durch eine neue zu ersetzen.

Mr. Merlin war sich klar, dass die Situation sorgfältig überwacht werden musste. Einen verliebten Protoagenten konnte er nicht brauchen. Aber auf der anderen Seite machte er sich wahrscheinlich unnötige Sorgen. Eagle war ein gutaussehender, gesunder Mann. Er tat nichts anderes, als auf völlig normale Weise seinen Sexualtrieb zu befriedigen.

Mr. Merlin räusperte sich. Das friedliche Dämmerungs-Intermezzo war vorüber. Die Arbeit begann.

Er begann zu diktieren.

»Richten Sie zwei neue Operationen ein, Polly. Nennen Sie die eine, äh, *Mad Scientist*. Fürs erste nur Nachforschung und Datenerfassung. Ich möchte sämtliches Material, ich wiederhole, sämtliches, über das Verschwinden von Wissenschaftlern während der letzten beiden Jahre. Besondere Aufmerksamkeit gebührt solchen Männern, die geisteskrank gewesen und aus Krankenhäusern und Nervenkliniken verschwunden sind. Carson soll die Sache übernehmen. Vergewissern Sie sich, dass er noch heute

Abend mit der Arbeit beginnt. Er ist mir für Operation *Mad Scientist* voll verantwortlich. Haben Sie das?«

Polly war eine hervorragende Stenotypistin. Sie sah zu ihm herüber, wo nur die Zigarrenglut und der Schatten seines großen Körpers sich abzeichneten. »Ja, alles, Mr. Merlin.«

»Gut. Weiter. Was macht Joe Zimmermann im Moment?«

»Hat Urlaub, Mr. Merlin. Er kam vor drei Tagen aus Berlin zurück und ist jetzt hier auf der Insel.«

»Berlin? Ach ja, erinnere mich. Die Katz-Affäre. Das hat er sehr gut gemacht. Aber ist Zimmermann nicht auch einer unserer Moskauer Männer?«

»Ja. Er hat sehr gute Kontakte dort.«

»Gut. Zimmermann übernimmt Operation >Leeres Grab<. Dringend. Volle Priorität. Ich möchte in den nächsten zwei, spätestens drei Tagen Ergebnisse sehen. Er soll das Grab eines gewissen Boris Prokowitz in Moskau öffnen. Der Mann soll auf einem Friedhof hinter dem alten Alexandrowsky-Palast begraben worden sein. Machen Sie das in den Anweisungen völlig klar, Polly: das Grab soll in aller Stille und ohne jedes Aufsehen geöffnet werden. Nichts soll aus dem Grab entfernt werden. Ich möchte lediglich wissen, was im Sarg ist. Zimmermann soll die Sache schnell und in aller Stille abwickeln. Er soll Leute benutzen, die mit Sicherheit eine gute Legende erzählen können, wenn sie in Schwierigkeiten kommen - Männer, die er irgendwie in seiner Gewalt hat. Aber Zimmermann wird all das selber wissen.«

Mr. Merlin zündete sich eine neue Zigarre an und rollte von der Glaswand weg. Er glitt zu einem Lichtschalter und füllte das große Arbeitszimmer mit mildem Licht. Er drückte auf einen Knopf, schwere Vorhänge glitten vor das Glas und schlossen die Nacht aus.

»Schicken Sie das gleich raus, Polly. Drei Kopien. Eine für meine Akten, eine für Ihre, eine für die betreffenden Empfänger. Die übliche Vernichtung, wenn alles auswendig gelernt ist.«

Sie hatte sich schon zum Gehen gewandt, die nackten Füße waren geräuschlos auf dem Austern-farbenen Teppich, als er sagte: »Oh, noch eins, Polly. Besorgen Sie mir alles, was Sie über eine Frau namens Dr. Suthina Wotanja finden können. Wahrscheinlich gibt es nicht viel, sie ist noch jung; aber etwas sollte schon in den Akten sein. Sie ist Psychiaterin, beschäftigt sich mit Geisteskrankheiten. Rufen Sie die Bücherei an und besorgen Sie mir, was Sie können.«

Als Polly gegangen war, schaltete er das Licht aus und saß wieder im Dunkeln. Seine Augen brannten, er hatte leichte Kopfschmerzen. Die Anstrengung natürlich. Er brauchte eine neue Brille. Er lächelte. Er hatte viele Milliarden Dollar, und doch konnte er nicht einmal seine Brillen auf dem Laufenden halten. Ein Zahn musste ebenfalls repariert werden.

Für die Arbeit, die er sich ausgesucht hatte, musste er viel lesen. Millionen Worte pro Monat. Sie alle taten dasselbe - die Moskau-Beobachter in Washington, die Washington-Beobachter in Moskau, die Chinesen-Beobachter in Hongkong und Washington. Er hier in seinem Arbeitszimmer.

Manchmal bekam man seine Informationen aus den unwahrscheinlichsten Quellen. Wer hätte geglaubt, dass die Familiennachrichten einer Prager Tageszeitung einen Hinweis darüber bringen würden, was sich in Sibirien tat? Vielleicht war es gar kein Hinweis. Vielleicht war es nichts als Wunschdenken, eine Vermutung. Und doch war es da, begraben unter einem Haufen von Zeitungsausschnitten, die seine Leute in Washington ihm zugeschickt hatten, ohne Kommentar, weil sie es nicht für wichtig hielten. Der Ausschnitt trug ein Prager Datum:

Dr. Suthina Wotanja, die nach langer Arbeit in Sibirien wieder nach Moskau zurückkehrte, hat sich dem Vernehmen nach mit Generaloberst Kasimir Rabin verlobt. Der Generaloberst ist gegenwärtig beim Planungsstab in Moskau stationiert. Dr. Wotanja, die fast über Nacht berühmt wurde, ist Russlands führende Psychoneuropharmakologin. Den Berichten nach soll sie einige bemerkenswerte Heilmethoden für schwere Geisteskrank-

heiten entwickelt haben. Die Heirat muss jedoch noch warten, bis Dr. Wotanjas äußerst wichtiger Auftrag beendet ist. Wenn diese Zeilen in Druck gehen, ist sie bereits wieder in Sibirien, um weiterzuarbeiten.

Das war alles. Mr. Merlin las den Ausschnitt noch einmal durch. Vielleicht ohne Bedeutung. Oder?

Einer der vermissten Wissenschaftler auf der Liste des Präsidenten war Henry Lee Pridwell. Er verschwand aus einer Klinik in Indianapolis, Indiana. Spurlos. Sein Körper wurde nie gefunden. Einfach in Luft aufgelöst.

Henry Lee Pridwell war Psychoneuro-Pharmakologe gewesen. Einer der besten. Er hatte große Fortschritte bei der Heilung von Geisteskrankheiten mit Medikamenten statt mit Schocks und Skalpell gemacht. Dann kam sein eigener Zusammenbruch. Und jetzt vom Winde verweht. Von einem sowjetischen Wind?

Nichts war sicher. Aber wenn er es mit dem anderen, ebenfalls dürftigen Material zusammenbrachte, kam Mr. Merlin langsam das Gefühl, als sei er auf ein Indiz gestoßen, das eigentlich gar nicht hätte existieren dürfen. Er hätte in diesem Augenblick leicht eine Prolepse aufstellen können, in der die hervorstechendsten Fakten eine Erklärung gefunden hätten. Aber eine Extrapolation aufgrund falscher Voraussetzungen war nutzlos. Schlimmer noch. Sie war gefährlich, denn sie führte in die Irre und somit fort von dem einzigen Körnchen Wahrheit, das man haben mochte.

Na, na, na, dachte Mr. Merlin. *So schlimm ist es auch wieder nicht. Was ich tue, ist ganz legitim. Ganz einfach. Physiker tun das ständig mit abstrakten Begriffen, warum also nicht mit greifbaren Tatsachen, wie Wahnsinnigen und Särgen und Leichen, mit sibirischer Eiseskälte und mit merkwürdigen Funksprüchen, die aus dem Nichts kommen. Mit abgestürzten Piloten. Mit russischen Irrenärzten und Generalobersten.*

Es ist schließlich nichts als induktives Denken. Eine uralte Technik. Genau das Gegenteil von dem, was Sherlock Holmes tun würde, aber in unserer Zeit sehr viel wirksamer.

Mr. Merlin saß in der Dunkelheit und summte vor sich hin. Ja, er würde eine Theorie aufstellen und sehen, ob er die Tatsachen hineinpressen konnte. Er wollte mal ein Verbrechen annehmen. Wenn er recht hatte, und er hatte selten unrecht, dann würde er Gegenmaßnahmen auswählen und John Eagle, den Protoagenten, schicken, um sie zu vollstrecken.

Viertes Kapitel

John Eagles neuerworbenes Land erstreckte sich zwischen den Harquahala- und den Eagle-Tail-Bergen in einem unregelmäßigen Rechteck nach Süden. Falls es einen unbewussten Grund dafür gegeben hatte, gerade dieses Stück Land zu kaufen, so kannte er ihn nicht. Es war wildes Land, das niemand sonst wollte, und er hatte es billig genug erstanden.

Zufrieden mit dem Ausgang der mongolischen Expedition, hatte Mr. Merlin ihm ein Jahresgehalt auszahlen lassen: einhunderttausend Dollar. Es war mehr Geld, als Eagle je gesehen oder sich erträumt hatte, und er bemerkte leicht amüsiert, wie sein schottisches Blut die Oberhand gewann. Indianer gaben ihr Geld zwar auch nicht gerade leichtfertig aus, es sei denn, sie waren betrunken, aber in den Wochen, nachdem er das Geld auf die Bank gebracht hatte, blieb ihm nicht mehr der geringste Zweifel, dass er ein echter Sohn Dennis McTarys aus dem Klan der Innes war.

Seine Adoptivmutter, White Deer, hatte sich in ihrer ruhigen Art dazu geäußert, als er sie in dem nicht allzu weit entfernten Apachen-Reservat hinter den Gila-Bend-Bergen besuchte. White Deer, die jetzt grau wurde, aber immer noch so rank und würdevoll wie eine weiße Birke aussah, hatte ihren Sohn - sie nannte ihn immer so - mit glänzenden, dunklen Augen angesehen. Als sie lächelte, blitzten ihre immer noch makellosen Zähne.

»Es ist deine Medizin, ein reicher Mann zu werden, John. Ich möchte dir nur eines sagen: nutze das Geld weise. Du wirst am besten wissen, wie.«

Er hatte ihr ein wenig, wenn auch nicht alles, von seinen Plänen erzählt. Dass er seinen gegenwärtigen Reichtum und den, der noch kommen sollte, falls er überlebte, dazu benutzen wollte, um das Los der Indianer Nordamerikas, seines Adoptiv-Volkes, zu verbessern. Ein Los, das momentan traurig genug aussah.

Nachdem er aus der Mongolei zurückgekommen war, nach einer kurzen Zeit der Erholung und Berichterstattung, war Eagle auf Reisen gegangen. Er hielt sich kurz in New York, London und Paris auf und verbrachte zwei Wochen an der Riviera. Er kaufte sich Garderobe, blieb meist für sich allein, starrte große und kleine Kunstwerke an und ging mit einem australischen Mädchen ins Bett, von dem er nur noch wusste, dass sie Peggy hieß. Hatte er jemals ihren Nachnamen gekannt?

Am Ende des Monats war er wieder auf dem Weg ins Indianerland. In *sein* Land.

Der Grund für seinen Ausflug war nicht bloße Reiselust gewesen. Dahinter stand ein ganz bestimmter Zweck. Während der Ausbildungszeit für das mongolische Unternehmen und dann bei seiner Ausführung war er weit mehr Apache als weißer Mann gewesen. Das war für den Erfolg und für das Überleben absolut notwendig. Ein weißer Mann, ganz gleich, wie hervorragend ausgebildet und ausgerüstet, hätte den Auftrag nie zu Ende führen können. Nun musste er sein soziales Gleichgewicht wiederfinden, nachdem der Auftrag beendet war. Eine gewisse Zeit lang war er ausschließlich Indianer gewesen, fast ein Tier. Er hatte wie ein Indianer gegessen, geredet und gedacht. Hatte wie ein Indianer getötet. Hatte überlebt wie ein Indianer.

Das war jetzt vorbei. Jetzt musste er sich wieder in die moderne Gesellschaft einfügen, musste sich wieder in seine weiße Persönlichkeit finden, musste den weißen Mann über den wilden die Oberhand gewinnen lassen. Das war nicht leicht. Vor allen

Dingen, weil Eagle eigentlich gar nicht umschalten wollte. Er zog den Indianer vor, wie Jekyll Hyde vorgezogen haben musste. Aber aus demselben Grund durfte es nicht sein: Er *musste* überleben.

Seit er aus der Mongolei zurückgekommen war, und später auf seiner Reise, hatte Eagle lange über das Problem nachgedacht. Als hochintelligenter und gebildeter Mann - er hatte sich als Rhodes Scholar ausgezeichnet - war er sich der außerordentlichen Belastung bewusst, die diese an Schizophrenie grenzende Doppelseitigkeit seines Wesens für sein Nervensystem bedeutete. Sein Vertrag mit Mr. Merlin lief über fünf Jahre. In dieser Nacht, nachdem er mit Mr. Merlin gesprochen hatte, dachte Eagle, dass er es vielleicht gerade schaffen konnte. Mit Glück. Und mit seiner gegenwärtigen Entschlossenheit. Am Ende des Weges warteten eine Million Dollar auf ihn. Plus mehr Land und großen Ehrungen. Das alles stand in seinem Vertrag. Er musste nur am Leben bleiben. Das allerdings mochte nicht so einfach sein.

Als Mr. Merlin eingehängt hatte, setzte Eagle das Telefon in einer Ecke des leeren Wohnzimmers ab. Er hatte einen neuen Hartholzfußboden gelegt, mit Nut und Feder, und der Geruch des frischen Holzes umgab ihn. Er ging hinaus in die kalte, glitzernde Aprilnacht, sah zu den funkelnden Sternen auf, erkannte automatisch die Sternbilder und gab ihnen ihre Apachen-Namen.

Er schlief nicht gern in dem leeren, toten Haus, obwohl es sein eigenes war, deshalb hatte er einen Schlafsack in einem kleinen Gehölz aus kanadischer Pappel und Joshua, die das Bett eines Baches säumten, der nur manchmal, wenn es in den Harquahalas im Norden regnete, Wasser führte. Er wusste, dass sein Land später einmal bewässert werden konnte. Entweder von den Bergen her oder vom Colorado im Westen. Es würde Zeit und viel Geld kosten, aber es war möglich. Im Moment machte er sich noch keine Gedanken darüber. Er war zufrieden mit dem gegenwärtigen Zustand.

Mr. Merlin hatte gesagt: »Ich möchte, dass Sie jederzeit bereit sind, in Lager drei zu gehen.«

Eagle schnitt im Dunkeln ein Gesicht. Er hatte gehofft, Lager drei nie wiederzusehen. Es war eine Hölle, von Dämonen bewohnt, die sich Trainer und Ausbilder nannten. Er seufzte. Also würde er es doch wiedersehen. Mr. Merlin plante eine Operation sehr sorgfältig im Voraus. Keine Einzelheit wurde übersehen.

Eagle horchte, als ein Kaninchen sich im Gebüsch bewegte. Der Geruch kam stark mit der leichten Brise. Ein weiteres Rascheln im Unterholz und ein neuer Geruch - Känguru-Ratte. Keine Feinde. Keine Gefahr.

Wenn Eagle in einer Stadt war, besonders in New York oder Los Angeles, musste er immer eine bewusste Anstrengung machen, um seinen überempfindlichen Geruchssinn abzustellen. Sonst wurde sein Leben zum Alptraum, seine Nase und Kehle roh und schmerzend, krank von Dutzenden übler Gerüche. Es kostete ihn immer mindestens eine Woche, sich zu akklimatisieren.

Er versuchte jetzt, in einen Indianerschlaf zu fallen. Nicht zu denken. Unbewusst zu sein. Ganz einfach zu existieren, wie ein Tier oder ein Indianer. Nach fünf Minuten wusste er, dass es nutzlos war. Mr. Merlins Anruf hatte ihn erregt und mit Spannung erfüllt.

Er setzte sich auf. An Schlaf war nicht zu denken. Zuviel weißer Mann im Kopf. Eine Pille nehmen? Das würde ein richtiger weißer Mann tun. Eagle hatte in seinem ganzen Leben noch keine Schlaftablette genommen.

Eine dünne, goldene Mondsichel hing über den Eagle-Tail-Bergen im Süden. In ihrem schwachen Licht konnte er Sooty sich im Korral neben dem Haus bewegen sehen. Ein flüchtiger, schwarzer Schimmer, das war Sooty. Kohlschwarz, ohne jeden weißen Fleck. Ein niederträchtiger Bastard von einem jungen Hengst, den Eagle auf einer Auktion gekauft hatte. Das Pferd hatte niemals zuvor Leder gerochen und Eagle dreimal abgeworfen, bevor er es zähmen konnte. Jetzt war es für alle Zeit ein

Ein-Mann-Pferd. Eagle besaß noch ein Pferd, einen erstklassigen Tennessee Walker, für Ruth Lame Wolf, wenn sie morgen kam.

Also fing er doch an, an das Mädchen zu denken! Er wollte nicht an sie denken. Jedenfalls seine indianische Hälfte wollte nicht. Die indianische Hälfte hatte sie bereits besessen, hatte ihren Körper genossen und war damit zufrieden. Ein Krieger dachte nicht an Squaws, wenn sie nicht in der Nähe waren. Frauen waren zur Arbeit und als Annehmlichkeit da. Man gab ihnen seinen Samen und dann vergaß man sie bis zum nächsten Mal. Oder bis sie einem einen Sohn zur Welt brachten.

Wieder versuchte er, seine Gedanken abzuschalten, und wieder ohne Erfolg. Er gab auf. Jetzt konnte er nicht einschlafen. Er rollte aus dem Schlafsack und stellte fest, dass die Gedanken an Ruth Lame Wolf ihn tatsächlich physisch erregt hatten. Er ging auf den Korral zu, dachte an das Mädchen und daran, wie direkt und sinnlich sie war. Ruth war fast so doppelseitig wie er, obwohl in ihrem Falle das Indianerblut echt und ihr irisches Erbgut mehrfach damit gekreuzt worden war. Wenn sie jetzt hier gewesen wäre, hätte sie nach ihm gegriffen.

Das Pferd streckte seine samtige Nase über das Gatter. Eagle streichelte es, sprach leise in der Sprache der Apachen mit ihm, beruhigte und lobte es. Es tat ihm jetzt ein wenig leid, dass er Sooty an Leder gewöhnt hatte - meist ritt er ohne Sattel, mit nichts als einer Decke-, aber am Ende schien es so am besten. Noch eine Methode, um den Indianer in seinem Inneren niederzuhalten.

Seine Lenden prickelten und zuckten noch immer. Der Bärenknochen, wie die Apachen-Mädchen es nannten, war immer noch steif. Er dachte an Ruth Lame Wolf und wünschte, sie wäre bei ihm. Sie hatte einen weichen, braunen, indianischen Körper und ein irisches Gesicht. Ihre Brüste passten gerade in seine Handflächen, und sie hatte ein aktives Becken.

Verdammt! Eagle klopfte dem Pferd leicht auf die Nase. Sooty legte die Ohren zurück und sah seinen Meister erstaunt an.

»Entschuldige«, sagte Eagle und zwang sich, nicht mehr an Ruth zu denken. Er wurde durch ein allmähliches Nachlassen seiner Erregung belohnt.

Eagle war von Reservat zu Reservat gereist, hatte an den Ratsversammlungen der Stämme teilgenommen, mit verschiedenen Vorsitzenden der örtlichen Büros für Indianerfragen gesprochen, beobachtet, zugehört und wenig gesagt. Ab und zu hatte er kleine

Geschichten erfunden, um seine Gegenwart zu erklären. Seine Pläne befanden sich noch im Anfangsstadium; das einzige, worüber er sich schon klar war, war sein Ziel. Die amerikanischen Indianer waren das wirklich vergessene Volk. Dieser Zustand musste aufhören. Es gab white power, black power - jetzt war Indian Power an der Reihe.

Er würde Jahre brauchen, viel Geld und endlose Geduld, aber Eagle wusste, wohin er wollte. Die Indianer konnten nie etwas erreichen, wenn sie nicht die kalten Fakten politischer Macht beherrschen lernten. Wenn sie nicht lernten, wie man sie sich erkämpfte und wie man sie benutzte. Sie brauchten eine Lobby und eine angemessene Vertretung im Kongress. So einfach es sich an- < hörte, so schwierig war es.

Eagle war erstaunt über seine eigene Naivität. Er entdeckte, dass er im Grunde nur sehr wenig darüber wusste, wie die Indianer, abgesehen von den Apachen, in der modernen Welt lebten. Die meisten von ihnen hatten nur eins gemeinsam: sie waren bettelarm. Er sah Elendsquartiere in Reservaten, die selbst in Harlem nicht möglich gewesen wären. Er stieß auf Vorurteil und Gier und Parteilichkeit, und nicht immer nur auf Seiten der Weißen.

Er traf Indianer, die niemals einen Heller ausgegeben hatten, um ihren Brüdern zu helfen. Er fand Streiterei, Rivalität und Stammesfehden, indianische Hippies und Säufer, indianische Asoziale. Kurz, Eagle entdeckte, dass diese winzige Minderheit amerikanischer Ureinwohner beinahe jeden Fehler und jede

Tugend aufwies wie die riesige Mehrheit, die ihr Leben kontrollierte.

Am Ende seiner Reise glaube er, die Antwort gefunden zu haben: Publizität und politische Macht, endlose Geduld und Zuversicht. Arbeit. Geld und Selbstlosigkeit.

Seine Pläne, seine Vorhaben und Hoffnungen, hatten sie eigentlich zusammengebracht, ihn und Ruth Lame Wolf. Sie besuchte gerade einen Vetter in South Dakota, im Pine-Ridge-Reservat. Eagle hatte der Versammlung des Stammesrats beigewohnt, Besichtigungen gemacht, den Schauplatz des Wounded-Knee-Massakers besucht: Unter dem verstümmelten Obelisk meinte er fast, den Gestank des verfaulten Fleisches aus dem Massengrab der ermordeten Indianer riechen zu können. Und am selben Abend wurde er zu einem Tanz eingeladen, den die Ogalalla-Sioux-Abteilung des örtlichen Lion Club veranstaltete.

Dean Martin und Herb Alpert aus der Musikbox verdrängten die Erinnerung an die Schlachtrufe und Todesschreie. Ruth fühlte sich von dem großen schlanken Mann, der so sehr Indianer war, ohne einen Tropfen indianisches Blut in den Adern zu haben, sowohl angezogen als auch verwirrt. Auf seine schweigsame Art erzählte Eagle ihr sehr wenig über sich selbst und erfuhr viel über sie. Das Wichtigste, was er erfuhr, und was ihn am meisten interessierte, war, dass sie fast seine Nachbarin war. Sie hatte ein Geschäft in Albuquerque.

Ruth Lame Wolf besaß einen neuen Thunderbird. Sie fuhren zusammen zurück nach Neumexiko. Auf dem Weg dorthin - im Rückblick konnte er sehen, wie unvermeidlich das Ganze gewesen war - übernachteten sie in einem Motel, und das Mädchen überraschte Eagle mit ihrer Leidenschaft. Sie war keine Jungfrau mehr, das hatte er auch nicht erwartet, aber wie sie selber zugab, hatte es vor Eagle nur einen Mann gegeben: eine kurzlebige Affäre an der Universität von Neu-Mexiko.

Eagle kannte natürlich seine außergewöhnliche Manneskraft und besaß keine falsche Bescheidenheit. Aber nachdem sie sich diese ganze erste Nacht geliebt hatten und dann noch den nächsten Morgen lang, begann er sich zu fragen, ob er vielleicht neben allem anderen nun auch noch Sioux-Nymphomaninnen kennenlernte.

Dem war nicht so. Ruth fand Sex nur großartig, erreichte ihren Höhepunkt und fuhr fort, ihn zu erreichen. Ad infinitum, so schien es jedenfalls einem erschöpften Eagle. Kurz vor Mittag bat er schließlich um Pardon, ohne sich dessen zu schämen. Er wusste, dass er sich ritterlich geschlagen hatte.

Ruth klopfte ihm lachend auf die Schulter und verwandelte sich sofort von der Geliebten in Schwester und Mütterchen. Sie kamen wunderbar miteinander aus - ausgenommen eines: das Mädchen wollte ihn heiraten!

Seit ihrem ersten Zusammensein hatte er sich zwei- oder dreimal im Monat mit Ruth getroffen. Er fragte sich, was Mr. Merlin wohl darüber dachte. Sicher wusste der alte Mann, was vor sich ging. Ob er sich Gedanken machte? Sorgen um seinen Vertrag?

Das, dachte Eagle, *war das letzte, worum Mr. Merlin sich Sorgen zu machen brauchte.* Die Vertragsbedingungen waren hart, aber Eagle hatte sie nach gebührender Bedenkzeit freiwillig unterzeichnet. Sie besagten klar und deutlich, dass Eagle für die Verletzung seiner Pflicht oder für den Fall des Geheimnisverrats lebenslänglich ins Gefängnis geworfen oder gar erschossen werden konnte. Andererseits eine Million Dollar in bar bei Ablauf des Vertrages. Plus Land. Plus Ehrungen für ihn selbst und seine Nachkommen.

Mr. Merlin brauchte sich keine Sorgen zu machen. Er, Eagle, hatte viel vor und noch einen langen Weg vor sich. Er dachte nicht daran, sich seine Chancen zu verderben. Keine Frau konnte ihn von dem Pfad abbringen, den er für sich abgesteckt hatte.

Er ging gerade auf das Haus zu, als das Telefon zu läuten begann. Es schrillte und vibrierte auf dem nackten Hartholz, und der Klang drang ihm wie ein Messer ins Herz. Er hatte den Anruf erwartet, und jetzt war es soweit.

Er erkannte die Stimme wieder. Unnachgiebig, hart, eine befehlsgewohnte Stimme. Die Stimme des Mannes, den er nur als Samson kannte.

»Eagle?« Kurz, knapp, geschäftlich.

»Ja.«

»Samson hier«, sagte die Stimme. »Sie befinden sich jetzt auf Alarmstufe zwei. Begeben Sie sich sofort zur Orientierung und Ausbildung in Lager drei. Sie werden den gleichen Weg nehmen wie beim letzten Mal. Sie erinnern sich?«

»Ich erinnere mich.«

Man musste einen großen Umweg machen und nach St. Louis fliegen, wo man einen Wagen mietete. Dann fuhr man zum Death Valley. Dort blieb man in einer kleinen Kneipe, bei Darwin. Während der Nacht verschwand der Mietwagen, und man selbst verschwand ebenfalls. Sie kamen einen holen, harte Männer, wortkarge Männer, die Nummern trugen statt Namen; sie brachten einen tief in die Glut des Tals und hinein in den Berg. Eagle schnitt ein Gesicht, als er sich jetzt erinnerte. Man fühlte sich ein bisschen kindisch, wenn man den Rattenfängern, Mr. Merlins Mietlingen, in das gähnende Loch im Stein folgte. Dann drehten sich riesige Stahlstifte, und die Tür schwang zu wie ein gigantischer Safe.

Innen war alles klimatisiert und so angenehm - wenn man das Wort benutzen konnte - wie unter dem Vulkan in Hawaii. Man hatte nichts anderes zu tun, als das Überleben zu trainieren. Für den Auftrag, der vor einem lag. Achtzehn Stunden am Tag. Gnadenlos.

»Gut«, sagte Samson. »Wir erwarten Sie in zwei Tagen. Reisen Sie unverzüglich ab. Sehen Sie niemanden und sprechen Sie mit niemandem, bevor Sie gehen. Ist das klar?«

Das Ruth-Lame-Wolf-Problem hatte sich soeben von selbst gelöst. Mr. Merlin machte seinem Namen alle Ehre. Er war wirklich ein Zauberer.

»In Ordnung«, sagte Eagle. Er hatte das absurde Gefühl, dass Samson ihm in diesem Augenblick mit dem Fernglas den Hals hinunterstarrte.

»Dann tun Sie's«, sagte Samson. Es knackte, und die Leitung war tot.

Fünftes Kapitel

Oberst Wladimir Sarkoff war Suthina Wotanja schon immer wie ein Anachronismus vorgekommen. Sie gab zu, dass er noch nicht wie siebzig aussah, mit seinem vollen, eisengrauen Haar, seinem roten Gesicht, dem buschigen Budjonny-Schnurrbart und der enggeschnittenen Uniform. Aber schließlich war Sarkoff ein alter Kavallerie-Offizier.

Ein Kavallerie-Offizier. Ganz gleich wo, dachte sie jetzt, während sie ihn in dem gemütlichen, gutgeheizten Büro zehn Meter unter der Eisoberfläche über den Schreibtisch hinweg anstarrte, egal wo, sie glichen sich alle. In jeder Armee, zu allen Zeiten. Kavallerie-Offiziere waren eiserne Zuchtmeister mit erbsengroßen Gehirnen.

Oberst Sarkoff starrte sie an und zwirbelte seinen Schnurrbart. Er klopfte mit seinem gedrungenen Finger auf ein Stück Papier.

»Haben Sie keine Antwort für mich, Genossin? Gar keine? Nichts? Keinen Verdacht?« Seine kleinen Augen, so kalt wie das Polareis über ihnen, bohrten sich in sie hinein. Sarkoff war stets überaus korrekt im Umgang, und doch brachte er es fertig, ihr keinen Zweifel darüber zu lassen, was er von Frauen hielt, die Hosen und Pullover trugen, Titel besaßen und sich in Dinge mischten, die sie nichts angingen. Sie wusste, wie sehr es den alten Soldaten ärgern musste, sie als Gleichgestellte zu behandeln. Aber er musste. Die Anweisung kam direkt vom Kreml.

»Ich bin mir nicht sicher, dass ich Sie wirklich verstehe«, sagte sie jetzt. »Sie glauben, dass jemand von hier aus Funksignale sendet?«

»Das habe ich nicht direkt gesagt!« Der Schnurrbart sträubte sich. »Ich habe lediglich gefragt, ob so etwas Ihrer Meinung nach möglich wäre. Ich habe hier eine Mitteilung vom KGB, worin steht, dass merkwürdige, ziemlich schwache Funksignale ungefähr aus diesem Gebiet gesendet werden.«

»Ungefähr aus diesem Gebiet?« Sie sah ihn verwundert an. »Was soll das heißen, Oberst? Was für Funksprüche? Warum sollten meine Leute Funksignale aussenden? Selbst wenn sie könnten, selbst wenn sie die Ausrüstung dazu hätten, was nicht der Fall ist. Man würde doch einen Sender brauchen?«

Der Oberst betrachtete sie kalt. »Es ist mir nicht verborgen geblieben, dass einige der genialen Gehirne, die Sie hier haben, in der Lage sein könnten, ohne zu große Schwierigkeiten einen Sender zu bauen. Es war natürlich nur ein Gedanke.«

Sie schlug die langen, schlanken Beine übereinander. »Damit ich Sie recht verstehe, Oberst: Man hat Funksprüche direkt bis hierher zurückverfolgt?«

Sarkoff betrachtete ihre Beine. Dann hob er die Augen.

»Nein«, sagte er sanft. »Nicht direkt bis hierher. Das habe ich nicht behauptet. Ich sagte, bis in dieses ungefähre Gebiet. Tatsache ist, dass sie wegen atmosphärischer Störungen nicht in der Lage waren, die Herkunft der Signale exakt zu bestimmen.« Er klopfte wieder auf das Papier. »Aber der KGB glaubt, dass sie von hier kommen.«

»Was für Funksignale, Oberst? Nachrichten? Sie scheinen meine Leute, und indirekt auch mich, irgendwie zu beschuldigen. Ich habe ein Recht zu wissen, weshalb: Was sind das für Funksprüche?«

»Ich bin nicht berechtigt, Ihnen das zu sagen«, sagte der Oberst. »Die Sache ist geheim. Streng geheim. Das betrifft auch dieses Gespräch zwischen uns, Genossin. Sie werden selbstverständlich niemandem davon erzählen. Ich weiß im Augenblick noch nicht, wie ich die Sache handhaben werde. Ich würde es gern selber und ohne Einmischung von außen erledigen. Wenn Sie mit mir Zusammenarbeiten, voll Zusammenarbeiten, kann das immer noch möglich sein.«

Sie nickte. »Gut. Ich will es versuchen. Sie möchten, dass ich versuche, den Sender zu finden. Denjenigen von meinen Leuten, der von hier aus Funksprüche abschickt.«

»Für's erste, ja. Das ist alles. Ich werde natürlich eigene Schritte unternehmen. Ich werde versuchen, Ihre Arbeit nicht zu stören, Doktor, außer wenn es nötig wird. Wenn wir hier unter uns einen Verräter haben, dann müssen wir ihn oder sie finden.«

Er deutete auf ein Militärtelefon. »Es wird immer jemand in diesem Büro sein. Ich glaube, das ist alles für heute, Genossin. Danke, dass Sie gekommen sind.«

Der Mund unter dem Schnurrbart lächelte, aber nicht die kleinen Augen. Suthina erlebte einen Augenblick absurden, reinen Terrors. Es war schlimmer als der Furchtanfall, den sie auf ihrer letzten Reise nach Moskau mit Kasimir und ihren verräterischen Gedanken gehabt hatte. Sie ertappte sich bei dem Gedanken, ob der Oberst wohl von den Büchern wusste, die sie in ihrer Wohnung hatte. Die Bücher, die sie nachts alleine las. Dann wurde es ihr klar. Natürlich wusste er von den Büchern! Bis zu diesem Moment hatte sie kaum daran gedacht, hatte es nicht für besonders wichtig gehalten, aber während ihrer Abwesenheit war ihre Wohnung durchsucht worden. Eins der Bücher auf dem Bord über ihrem Bett, nur eins, war verrückt worden.

Sie nahm eine schwere Parka von dem Haken neben der Bürotür und fuhr mit den kleinen Füßen in fellgefütterte Mukhiks. Es war kalt in dem Straßenlabyrinth unter der Eisdecke. Jedes einzelne Gebäude, dieses Büro, ihre eigene Wohnung, die Labors und Unterkünfte, alles war auf Stelzen gebaut und stand zwei Meter von der nächsten Eiswand entfernt, damit die Hitze Wände und Decken nicht schmolz.

Sie wandte sich nach links und ging die Gorkistraße hinunter. Ihre Mukluks quietschten auf dem Eis. Starke, schirmlose Birnen hingen von den Stahlträgern hoch über ihrem Kopf. Sie kam an einem Seitentunnel vorbei (es gab Dutzende) und hörte das Schwirren eines schweren Ventilators, der kalte Luft ansaugte, um die Straßen und Korridore zu belüften. Jedes einzelne Gebäude hatte seinen eigenen Warmluft-Abzugsschacht. Alle Abzugsschächte und Notausstiege waren weißgestrichen und in den Eis- und Schneebergen hoch oben geschickt verborgen. Diese ganze »Stadt der Verbannten«, wie Suthina und die anderen Wissenschaftler die Anlage unter dem Eis nannten, war ein Meisterstück der Tarnung. Unmöglich, dachte sie, dass irgendjemand, der das Geheimnis nicht kannte, sie linden konnte. Oder nur herausfand, dass es sie gab. Unmöglich!

Suthina Wotanja ging die Stufen hinauf, die zu einem langen, gutbeleuchteten, aus Fertigteilen montierten Gebäude führten. Auf einem einfachen Schild stand in schwarzen Buchstaben: Gehirn-Labor. Über dem Dach aus Stahl hing eine zehn Meter dicke Eis- und Schneedecke. Man hatte Proben entnommen und Tests gemacht; das Schnee-Eis, das auf dem Dach ruhte, war schon zu Zeiten Iwan des Schrecklichen alt gewesen.

In ihrem Büro war es angenehm warm: zwanzig Grad Celsius. Draußen auf dem Eis war es jetzt vierzig Grad unter Null. Bald kam der kurze, arktische Sommer; an heißen Tagen würde die Temperatur auf fünfundzwanzig Grad unter Null steigen. Oder sogar auf glatte zwanzig Grad minus, wenn die Sonne einmal wirklich erbarmungslos brannte.

Suthina entspannte sich in einem Sessel und dachte an eine heiße Dusche. Vielleicht würde das ihre Nerven beruhigen. Kaffee wäre vielleicht gut, oder sogar ein bisschen Wodka. Sie ging gerade auf den Getränkeschrank zu, als sie im Inneren des langen Gebäudes ein Geräusch hörte. Irgendjemand bewegte sich im Labor.

Sie stand still, die Hand an der Wodkaflasche. Der Uhr nach war es jetzt Nacht und die Arbeitszeit längst vorbei. Ihre beiden Assistenten, Schansky und Yuri, hatten frei. Es war natürlich möglich, dass sie Überstunden machten. Sie selber arbeitete manchmal achtzehn Stunden am Tag.

Suthina ging durch den kurzen Korridor und stieß die Tür zum Gehirnlabor auf. Das Geräusch hatte sich nicht wiederholt.

»Guten Abend«, sagte der Mann. »Suthina, ich glaube, eins Ihrer Gehirne ist tot. Die Farbe gefällt mir nicht. Sehen Sie selbst.«

Sie fühlte sich seltsam erleichtert. Es war nur Boris Prokowitz. Sie ging zu dem hochgewachsenen, dünnen Mann hinüber. Er stand über eine der umgestülpten Glasglocken gebeugt, die an den Wänden des Raumes auf gereiht waren. Jede auf ihrem eigenen Tisch, jede mit ihren eigenen Gummi- und Plastikschläuchen und Glasventilen, jede mit ihrem eigenen Motor und ihrer eigenen Pumpe.

Boris Prokowitz trat zur Seite, damit sie besser sehen konnte.

Er wurde langsam kahl, war etwa sechzig Jahre alt und so dünn, dass er schon fast verhungert aussah. Sie hatte Prokowitz geerbt, und mit dem Mann eine Menge Probleme. Eines davon überlagerte alle anderen; Sie war nicht sicher, ob Prokowitz wahnsinnig war und so tat, als sei er geistig gesund, oder ob er völlig normal war und so tat, als sei er verrückt...

Prokowitz zeigte auf das Gehirn in dem Glas unter der schützenden Glocke. »Sehen Sie? Eine Farbe wie tote Leber. Ich bin sicher, dass dieses hinüber ist.«

Suthina sah kurz auf das Schild an der Glasglocke. Sie kannte alle ihre Gehirne auswendig, aber die Wissenschaftlerin in ihr überprüfte alles zweifach. Es war das junge weibliche Gehirn. Von Natascha, dem Mädchen, das an Lungenentzündung gestorben war. Eine höfliche Umschreibung für Tod durch Erfrieren. Es war Dezember gewesen, draußen herrschte eine mörderische Kälte, und trotzdem war das Mädchen aus einem Ausgang ins Freie geschlüpft und spazieren gegangen.

Niemand hatte es verstehen können. Das Mädchen war eine erstklassige arktische Biologin gewesen und sicherlich nicht dumm. Und doch wäre nur ein Narr oder ein Idiot bei einer

Temperatur von fünfzig Grad unter Null in einen arktischen Sturm hinausgewandert.

Suthina erinnerte sich an ihre Instruktionen in Moskau, bevor sie die Stadt der Verbannten übernahm. Der Ausbilder hatte gesagt: »Ab fünfunddreißig Grad minus und einer Windstärke über dreißig Knoten friert Fleisch innerhalb von dreißig Sekunden steinhart.«

»Das arme Ding«, sagte Boris Prokowitz. »Das arme Ding.« Er starrte wieder das Gehirn an. »Jetzt ist sie wirklich tot. Und alle ihre Geheimnisse mit ihr.«

Er drehte sich auf dem Absatz um und verließ wortlos das Labor. Suthina starrte ihm nach. Sie wurde sich mehr und mehr des Rätsels bewusst, das ihn umgab. Die Berichte über ihn füllten Bände, und doch war sie nie in der Lage gewesen, eine definitive Diagnose zu stellen. Gesund oder geisteskrank? Geheilt oder immer noch krank? Sie wusste es einfach nicht.

Sie ging zu dem Gehirn zurück und blickte darauf hinunter. Da plötzlich sah sie es. Einer der Plasmaschläuche war dicht an der Glasglocke gerissen gewesen. Sie hatte es eilig gehabt und den Bruch nur notdürftig mit Klebeband und einem Gummiring repariert, bis sie den Schlauch ersetzen konnte.

Boris Prokowitz - nur er konnte es gewesen sein - hatte das Klebeband und den Gummi nicht bemerkt, als er den Plasmaschlauch abzog und das Gehirn aus Mangel an Nahrung zugrunde gehen ließ. Er hatte den gerissenen Schlauch wieder zurückgeschoben, aber ohne die Flickstelle. Das Klebeband und der Gummiring lagen auf dem Boden, unter dem kleinen Tisch.

Suthina hob sie auf und drehte sie in den Fingern. Warum hatte er das getan? Ein weiteres Symptom seiner Psychose? Oder aus einem ganz rationalen, vorausberechneten Grund?

Warum wollte Prokowitz ein Gehirn ermorden, das nach menschlichem Dafürhalten längst tot war?

Seine letzten Worte klangen in ihr nach. »Jetzt ist sie wirklich tot. Und alle ihre Geheimnisse mit ihr!«

Suthina Wotanja schaltete die Pumpe des toten Gehirns aus und ging zurück ins Büro. Eine Wanduhr tickte laut. Sie goss sich einen großen Wodka ein und trank ihn in einem Zug. Keineswegs überrascht stellte sie fest, dass sie am ganzen Körper bebte.

Sechstes Kapitel

Mr. Merlin hatte in seiner Planung die Möglichkeit miteingeschlossen, dass unter dem Polareis russische Atom-U-Boote patrouillierten; das U-Boot, das John Eagle und seine Begleiter zum Nordpol brachte, war sowohl für die Verteidigung als auch für den Angriff ausgerüstet.

Die Gefahr entstand nicht. Alles Menschenmögliche war getan worden, um ein solches Risiko auszuschalten. Jetzt, in der ersten Juniwoche, schwebte das lange, schwarze U-Boot in etwa dreißig Faden Tiefe nördlich Fletchers Rise und südwestlich des Lomonosowgrabens. Sie hatten Hawaii zwei Wochen zuvor verlassen, nachdem Eagle ein letztes Mal von Mr. Merlin persönlich eingewiesen worden war.

Das war Mr. Merlins Methode: Milliarden standen ihm zur Verfügung, und er gab sie ohne Zögern aus. Jeder Plan war geistige Millimeterarbeit. Mr. Merlin hatte Dinge erfunden, oder ihre Erfindung möglich gemacht, von denen man sich in den Labors von Washington und Moskau noch nichts träumen ließ. (Eins davon war der hautenge Kunststoffanzug, den Eagle jetzt unter Hose und Pullover trug. Er war ein Wunderwerk der Technik. Unter anderem besaß er ein Chamäleon-Element, mit dem er sich dem jeweiligen Hintergrund anpassen konnte. Er hatte Dutzende von verborgenen Taschen, ließ sich als Taucheranzug verwenden, ließ sich heizen oder kühlen. Und seit John Eagle zuletzt so einen Anzug getragen hatte - bei der mongolischen Mission -, war etwas Neues dazugekommen: eine synthetische Innenbeschichtung, welche die Chemikalien der Körperausdünstung absorbieren und neutralisieren konnte.)

Das Unterseeboot war seit Hawaii nicht mehr aufgetaucht, denn es war atomgetrieben. Eagle hatte eine private Kabine, die er mit einem riesigen Schlittenhund namens Thur teilte. Eagle war der erste Mensch, den Thur als Herrn anerkannte.

Neben Eagles Kabine lag eine kleinere. Sie wurde von zwei Eskimos bewohnt, die ihn auf seiner Expedition in die sibirische Arktis begleiten sollten. Die beiden waren schon an Bord gewesen, als das U-Boot Eagle aufnahm. Er konnte sich vorstellen, wieviel Zeit, Mühe und Geld es gekostet haben musste, sie anzuwerben. Es waren Jakuten, mittelgroße Männer mit hellgelber Haut und vorstehenden Backenknochen, und ihre Augen waren glühende, dunkle Schlitze. Mongolisch-indianisches Blut, nahm Eagle an. Mr. Merlin hatte eine kurze Erklärung über die Jakuten abgegeben: »Sie tun es für Geld und aus Hass auf die Russen. Meinen Informationen nach haben die Sowjets die Jakuten in den letzten Jahren ebenso behandelt wie die Weißen die Indianer behandeln.«

John Eagle konnte Mr. Merlin nicht sehen - das Interview fand wie gewöhnlich vor einer Fernsehkamera statt -, aber er hörte das kurze Lachen des alten Mannes. Wer konnte besser ermessen, was die Jakuten fühlten, als John Eagle, der als Weißer von Apachen aufgezogen worden war?

Die Jakuten waren Onkel und Neffe. Der jüngere Mann, Kulak, sprach ein holpriges Schulenglisch. Er war auf eine kühle, zurückhaltende Art freundlich. Sein Onkel, Uguk, ein schweigsamer und fast zahnloser Mann, hielt sich zurück und sprach fast nie.

Eins amüsierte und überraschte Eagle. Die Eskimos brauchten nicht lange, um herauszufinden, dass dieser weiße Mann irgendwie anders war. Uguk verlieh diesem Gefühl im Dialekt der Jakuten

Ausdruck, und Kulak übersetzte für Eagle.

»Onkel sagt, Sie sind - sind *kaksamina* - einer, der weiß ist, und doch nicht weiß.«

John Eagle freute sich. Es waren wachsame und intelligente Männer, einfühlsam und intuitiv wie die meisten Primitiven. Er hatte jetzt den Kontakt zu ihnen, und mehr wollte er nicht. Sie waren ihm nicht gleichgestellt, und er wollte es nicht zu Vertraulichkeiten kommen lassen, denn auf seinen Schultern lag die Last der Verantwortung, wenn sie erst auf dem Polareis standen.

Es klopfte an der Kabinentür.

Es war Kulak, der Neffe. Er lächelte Eagle ernst zu. »Kapitän möchte Sie sofort sehen, Sir. Sagt, es ist sehr wichtig.«

In der Ecke, wo Eagle eine zusammengefaltete Decke auf den Boden gelegt hatte, knurrte der große Polarhund tief in der Kehle. Kulak beachtete ihn nicht.

Eagle sagte: »Ruhig, Thur!« Der Albino hörte auf zu knurren, aber seine hellen Augen folgten jeder Bewegung des Eskimos. Eagle, der wusste, dass sowohl Kulak als auch Uguk ihn um den Hund beneideten, schlüpfte in eine Bordjacke und folgte dem Jungen aus der Kabine.

Der Kapitän stand über einen Leuchtschirm gebeugt und studierte das Bild der Eisdecke etwa dreißig Faden über ihnen. Ihm gegenüber beobachtete der Erste Offizier einen Kreiselkompass und die grünen Lichtimpulse eines Trägheitsnavigationssystems. Eagle kannte die Problematik ein wenig. Je näher das U-Boot dem Pol kam, desto ungenauer wurde der Kreiselkompass, und das Trägheitsnavigationssystem übernahm seine Aufgabe. Es registrierte Bewegungen, die ostwärts gerichtete Erdrotation, und es registrierte ebenfalls Geschwindigkeit. Mit dem Pol als absolutem Bezugspunkt wusste der Kapitän immer, wo er war.

Jetzt sah der Kapitän von seinem Eisdetektor auf. »Ich suche eine offene Spalte, eine *polinja*, einen kleinen See. Aber ich fürchte, wir haben kein Glück. Juni ist ohnehin noch ein wenig zu früh. Ich glaube, wir werden uns mit einem Oberlicht begnügen müssen, wo das Eis dünn ist, und versuchen, durchzubrechen.«

Eagle nickte und ging zum Kartentisch. Der Turm des U-Boots war verstärkt und mit einer Eisramme ausgerüstet, die Mr. Merlin selbst entworfen hatte. Eagle starrte auf die Karte hinunter. »Wo sind wir genau? Wann können wir anfangen, Kapitän?«

Der Kapitän beugte sich vor und machte mit Bleistift einen Punkt auf die Karte. »Wir sind hier, etwa vierhundert Meilen südwestlich vom Pol. Das heißt natürlich, südwestlich auf die Sibirische Halbinsel zu. Nicht Alaska. Wir befinden uns fünfzig Meilen nördlich der Insel *Ostrowa* Medwesch. Ich habe Befehl, Sie im Umkreis von fünfundzwanzig Meilen von der Insel auf dem Eis abzusetzen.«

Während Eagle und der Kapitän sprachen, hatte der Erste Offizier die Wache am Eisdetektor übernommen. Jetzt rief er: »Käpt'n, ich glaube, da ist offenes Wasser! Nicht viel, aber...«

Der Kapitän verließ Eagle und ging zum Eisdetektor hinüber! Der Erste Offizier sagte: »Jetzt ist es vorbei, Sir. Aber ich habe es gesehen. Es sah gerade groß genug aus, um uns durchzulassen.«

Der Kapitän sprach schnell in ein Rohr. Eagle fühlte, wie das U-Boot sich auf die Seite legte und schlingerte, als es drehte. Er sah zu, wie die beiden Männer aufmerksam den Eisdetektor beobachteten. Er wusste, dass der Kapitän lieber eine *polinja* gefunden hätte, als durch das Eis zu brechen, selbst mit dem verstärkten Turm und der Eisramme. Der Turm war dicht mit empfindlichen Instrumenten bestückt.

Das U-Boot begann langsamer zu werden. Die schwachen Vibrationen der kraftvollen Motoren hörten auf. Eagle, der den Eisdetektor beobachtete, sah die dünne schwarze Linie, die anzeigte, dass es genau über ihnen offenes Wasser gab.

Der Kapitän trat neben ihn. »Man braucht Glück«, sagte er, »um in dieser Jahreszeit offenes Wasser zu finden. Sie müssen sich beeilen, Sir. Wir können dem Eis nicht trauen. Sobald wir aufgetaucht sind, setze ich Sie auf dem Eis ab und verschwinde wieder. Sind Sie marschbereit?«

Eagle und die Eskimos waren seit Wochen bereit. Er nickte. »Ja. Alles vorbereitet.«

Der Turm brach durch das Wasser. Die automatische Fernsehkamera an der Außenhaut zeigte graue Eisbrocken, die fast das Heck berührten. Gleichzeitig begann der Lärm, ein schleifendes, klirrendes Getöse, das U-Boot zu erfüllen. Es war, als befänden sie sich in einem arbeitenden Stahlwerk.

»Das Eis bewegt sich«, sagte der Kapitän. »Das habe ich befürchtet. Beeilen Sie sich bitte, dieses Eis ist nicht geheuer.«

Eagle informierte Uguk und Kulak und ging zu seiner Kabine.

Sie hatten den Drill während der Reise einige Male geübt, und er nahm nicht an, dass es Probleme geben würde.

John Eagle zog sich bis auf den Plastikanzug aus, überprüfte jede Tasche, jede Batterie, jeden Schalter und jede Verbindung. Das Chamäleon-Element war an seinem Platz und funktionierte, obwohl er nicht erwartete, dass es ihm viel nützen würde. Sein Anzug war ohnehin weiß und machte ihn so unsichtbar wie einen Eisbären.

Eagle zog sich leichte Socken und schwere Socken an. Dann Innenstiefel und Außenstiefel aus Seehundfell. Eine Garnitur Thermalunterwäsche über den Plastikanzug. Dann Seehundfellhosen und -hemd. Darüber eine schwere Parka mit Kapuze, beide mit der Fellseite nach innen. Eine Gesichtsmaske, die ein wenig wie eine Balaklawa aussah, und eine Schneebrille.

Als er fertig war, marschierte er schnell durch seine kleine Kabine. Es war nicht so schlimm, wie er befürchtet hatte. Er fühlte sich unförmig und unbeholfen, konnte sich aber überraschend gut bewegen.

Er bewaffnete sich nicht. Das konnte warten, bis sie auf dem Eis waren. Seine Waffen, der Helm für den Plastikanzug, Dutzende von Dingen, die er brauchen würde, waren alle auf den Schneemobilen in Folie und Segeltuch verpackt.

Thur stand auf, gähnte furchterregend und entblößte eine rosa Höhle und lange, weiße Zähne. Dann kam er, um sich an dem Mann zu reiben. Eagle klopfte ihm den Kopf, rieb ihm die Ohren und grub die Finger durch das dichte, weiße, äußere Fell bis in den weichen, wolligen Flaumpelz, den die Natur diesem Tier geschenkt hatte. Thur brummte vor Vergnügen und drückte sich gegen Eagle.

»Jetzt aber los«, sagte Eagle, »fang' an, dir deinen Fisch zu verdienen! Halt' dich ran, mein Junge. Ohne Arbeit kein Fisch!«

Thur war eine Art Versicherung. Mr. Merlins Schneemobile waren zwar in Lager drei getestet, aber noch nie in der Arktis erprobt worden.

Die beiden Eskimos warteten am Fuß der Leiter, die in den Turm führte. Die beiden waren angezogen wie Eagle, schleppten aber weittragende Gewehre, die mit einem sehr dünnen Öl überzogen waren, das hoffentlich nicht gefrieren würde.

Die Turmluke stand offen, der Lärm des heranpressenden Eises war jetzt ohrenbetäubend. Der Kapitän kam mit Dufflecoat, Pelzmütze und Gesichtsmaske die Leiter herunter. Die Maske verbarg nicht sein besorgtes Gesicht.

»Schnell!«, befahl er. »Ich will mein Schiff nicht verlieren, verstanden? Der Druck macht sich schon bemerkbar. Steigen Sie auf das Eis - wir starten die Schneemobile und setzen sie über Bord. Beeilen Sie sich!«

Eagle kletterte als erster hoch. Er kam in eine dunkle, zwielichtige Welt. Eine rauchig-rote Sonne hing weit unten am südwestlichen Horizont. In alle Richtungen, bis an die Grenzen der Unendlichkeit, erstreckten sich die grausamen Druckfalten und *sastrugi*, gefrorener Schnee, den der Wind zu grotesken Figuren geschliffen hatte.

Im Augenblick wehte kein Wind, und Eagle war dankbar dafür. Er wusste, dass es nicht so bleiben würde, dass der Wind in diesem Teil der Welt innerhalb von Minuten von null auf hundertfünfzig Stundenkilometer anschwellen konnte. Im Augenblick machte sein Fehlen die Sache etwas leichter.

Rund um das U-Boot ächzte das Eis bedrohlich. An Bug und Heck blieben weniger als fünfzig Zentimeter offenes Wasser. Eagle glitt an einem Seil hinunter, wobei er die Füße gegen den schwarzen Stahl stemmte, und kam auf die Eisdecke. Schon jetzt konnte er die Kälte fühlen, ein fast greifbares Ding, das ihn warnte, nicht stillzustehen und keine Fehler zu machen.

Die Eskimos folgten ihm auf das Eis. Eine Luke auf Deck stand offen, die beiden Motorschlitten wurden an Taljen heraus- und hinübergeschwungen und dann zu Boden gelassen. Die Motoren liefen schon; Eagle war der Meinung gewesen, es sei besser, sie in der Wärme des Laderaums anzulassen. Er wusste, dass die Eskimos nichts von den Motorschlitten hielten. Eagle war selbst nicht sicher, aber was von Mr. Merlin kam, funktionierte gewöhnlich.

Das Eis ächzte furchterregend, machte splitternde und schleifende Geräusche, als es sich unter ihren Füßen bewegte und gierig nach dem Unterseeboot griff. Vom Turm aus salutierte der Kapitän. Die Luke schlug zu. Das U-Boot versank im Wasser.

Eagle begann, sich mit Thurs Geschirr zu beschäftigen. Zusammen mit den beiden Schneemobilen war ein Ein-Mann-Schlitten an Land gesetzt worden. Darauf befanden sich, gut verpackt und verschnürt, die wertvollsten und wichtigsten Teile seiner Ausrüstung.

Es gurgelte und zischte noch ein letztes Mal, als der Turm des U-Boots verschwand. Im selben Augenblick hörte das Eis auf zu ächzen, als hätte es erkannt, dass man ihm seine Beute gestohlen hatte. Die plötzliche arktische Stille dröhnte Eagle in den Ohren.

»Heute gehen wir nur ein paar Kilometer weit«, sagte Eagle zu den Eskimos. »Wir probieren unsere Ausrüstung und gewöhnen uns ein. Dann schlagen wir unser Lager auf, essen, und ich erkläre euch den Plan.«

Er breitete eine Karte auf dem Eis aus - es gab immer noch keinen Wind - und zog mit seinem behandschuhten Finger eine Linie, während Uguk und sein Neffe aufmerksam zusahen. Eagle verstand plötzlich, wie sehr er von den Eskimos abhing. Dies war ihre Welt, nicht die seine.

Eagle klopfte auf die Karte, um ihre augenblickliche Position zu bezeichnen, wie der Kapitän sie ihm gegeben hatte. Während er erklärte, übersetzte Kulak für Uguk. Im Lauf der Unterweisung behielt Eagle den älteren Mann sorgfältig im Auge und versuchte abzuschätzen, wieweit er alles verstand. Uguk, der älter war und in der Arktis erfahrener, würde sie durchbringen. Wenn sie überhaupt durchkamen.

Eagle zeichnete einen Halbkreis auf die Karte. Er verlief nach Westen, wandte sich nach Süden und kam dann ostwärts an einen Punkt, an dem in russischer Schrift »Tabor« stand. Es war ein dünnbesiedeltes Seehundsfänger-Dorf, das Eagle nur als Azimuth benutzte, um sich zu orientieren. Er hatte nicht vor, in die Nähe von Tabor zu kommen, das konnte gefährlich werden. Die Anlage, die er suchte - wenn es sie überhaupt gab - musste sich irgendwo auf der Eisdecke zwischen Tabor und dem Punkt befinden, an dem er wieder ostwärts gehen wollte. Es hatte viel Zeit und Geld und die Berechnungen vieler Experten gekostet, um das zu erarbeiten.

Als Eagle sicher war, dass Uguk ihr Ziel kannte, sagte er zu Kulak: »Also los. Jeder von euch fährt ein Schneemobil. Ich komme mit dem Schlitten und Thur hinterher. Uguk wird uns führen. Langsam. Halbe Geschwindigkeit für die Motorschlitten.«

Uguk sah ihn an und zeigte nach Osten. Eagle nickte. Uguk legte den Gang ein. Die breiten Raupen griffen und fanden auf dem Eis Halt. Die vorderen Skier, jeder mit eigenem Stoßdämpfer und Einzelaufhängung, wippten auf und ab, als die Maschine begann, das unwegsame Eis zu überqueren.

Das Motorengeräusch der Schlitten klang in der Einsamkeit wie das leise Summen eines Generators. Eagle baute aus Eisstücken einen primitiven Hügel und schlug einen Stahlstab hinein. Ein orange-gelber Wimpel hing müde an seiner Spitze. Der Wind schwieg noch immer. Ein Glück, das nicht mehr lange dauern konnte.

Er nahm ein kleines, schwarzes, längliches Kästchen aus einer Plastiktüte: einen Leitsignal-Sender, der eine Reichweite von einhundertfünfzig Kilometern besaß. Seine dicken Finger mühten sich mit dem Einstellknopf, als er den Sender so stellte, dass er in einer Woche mit der Arbeit beginnen würde. Das sollte reichen. Wenn er in einer Woche seine Aufgabe nicht erledigt hatte und auf dem Weg nach Hause war, dann brauchte er sowieso keinen Leitstrahl mehr. Der Kapitän, der in seinem schwarzen Metallhai unter dem Eis lauerte, würde das *biep-biep-biep* auch empfangen und wissen, dass es Zeit war, zum Rendezvous zu kommen.

Eagle vergrub den Sender in den Eisbrocken und schob losen Schnee darüber. Er hatte Thurs Zügel fallen gelassen, um zu arbeiten. Jetzt nahm der Schlittenhund sie auf und brachte sie ihm. Er drehte sich, um witternd in die Richtung zu starren, in der Uguk und Kulak nur noch schnell kleiner werdende, weiße Flecken im grauen Eis waren.

Die schwere Gesichtsmaske dämpfte Eagles Lachen, als er den Schlitten losmachte. »Okay, mein Junge, an die Arbeit. Du hast eine Menge angegeben - jetzt kannst du es beweisen. *Muuuusch Muuuusch!*«

Thur zeigte alle seine Zähne in einem breiten Grinsen und warf sich schwer in das Geschirr. Der Schlitten bewegte sich vorwärts, die Kufen quietschten übers Eis. Eagle, der zwischen den Führungsstangen lief, warf einen letzten Blick zurück auf das gelborange Wimpelchen. Es hob sich, flatterte, fiel, hob sich erneut und stand steif und starr nach Süden. Der Wind war wieder da.

Die Stille war vorüber, als das Heulen des Windes stärker wurde. Es füllte die Leere mit einem wachsenden Schrillen. Der Wind hob losen Schnee und Eis und warf sie Eagle gegen den breiten Rücken. Er schob den Mann und den Hund, zerrte sie und stieß sie unfreundlich hin und her.

Thur lief jetzt in weiten Sprüngen. Mit dem Wind im Rücken kamen sie leicht vorwärts. Das Eis war stellenweise hügelig und uneben, aber es gab lange, offene Strecken, wo der Schlitten ungehindert dahinglitt. Eagle, ein Mann, der mit kurzen Ruhepausen hundertfünfzig Kilometer laufen konnte, hielt mit dem großen Polarhund Schritt. Er berührte die Führungsstangen kaum und lief schnell und ohne zu ermüden.

Siebtes Kapitel

Der Sturm wurde stärker und stärker und fiel ihnen direkt vom Pol her in den Rücken. Eagle, der einen Richtungssinn wie ein Kompass besaß, hätte schon nach ein paar Kilometern Halt gemacht, aber Uguk bestand darauf weiterzumarschieren. Es ging immer noch relativ leicht vorwärts. Sie fanden zahlreiche ebene Rinnen zwischen den Druckfalten, und solange der Wind ihnen im Rücken blieb, wusste Uguk genau, wo er war. Nicht so Eagle. Aber er vergeudete keine Zeit. Er studierte die Eislandschaft mit dem Auge eines Apachen und begann nach den ersten paar Stunden zu verstehen, wie Uguk es machte. Genau wie die Indianer in seiner Heimat. Selbst in dieser endlosen Wildnis aus eisigem Nichts gab es Marksteine, Wahrzeichen und Geländeunterschiede. Wenn man wusste, wonach man suchte.

Sie fuhren weiter, bis die blutige Sonne unter dem Horizont versank. Um diese Jahreszeit verschwand sie etwa vier Stunden lang, um dann im Südosten wieder aufzugehen und weitere zwanzig Stunden an der Unterkante des Himmels entlangzutrödeln.

Der Sonnenuntergang machte in der arktischen Düsternis keinen wahrnehmbaren Unterschied. Sie sahen gerade genug, ohne die Coleman-Laternen zu benutzen. Das System hatten sie in Lager drei eingeübt. Uguk und Kulak machten sich mit Eissägen an die Arbeit und schnitten Blöcke aus einer haushohen Druckfalte, während Eagle das große Blanchardzelt aufstellte. Die Eskimos arbeiteten langsam, um nicht zu schwitzen, und stemmten sich gegen den ständig wachsenden Sturm. Innerhalb einer Stunde hatten sie um das Zelt eine Palisade gebaut, die sich nach Süden öffnete. Sie war ein vorzüglicher Windschutz und konnte viel schneller gebaut werden als ein Iglu.

Das Blanchardzelt war lichtdicht, und nachdem der Windschutz stand und sie sich für die Nacht zurückgezogen hatten, wurde die Coleman-Laterne entzündet. Der Spezialbrennstoff war dickflüssig und widerwillig, aber Eagle schaffte es schließlich. Die Laterne blubberte, erwachte zischend zum Leben und tauchte das Zelt in weißes Licht. Kulak und Uguk plauderten leise miteinander und waren schon dabei, Tee zu machen und aus Dosen zu essen, die sie in einem Eimer Eiswasser auftauten, sobald sie den kleinen Ofen entzündet hatten.

Sie aßen schweigend, bis auf das Schmatzen und Rülpsen der Eskimos. Darin ähnelten sie den Orientalen, dachte Eagle. Er hörte auf, darüber nachzudenken, und wandte sich seinen Waffen zu. Er war kein Anthropologe. Er war ein gutbezahlter, ein außerordentlich gutbezahlter Abenteurer und, er zuckte vor dem Gedanken nicht zurück, er tötete, wenn es sich nicht vermeiden ließ. Er sah sich nur sehr selten in diesem Licht, aber genauso war es, und er gab zu, dass er nicht immer nur die Schuldigen tötete. Manchmal musste er Unschuldige töten. Es hing alles von den Umständen und dem Glück des Augenblicks ab.

Es wurde warm im Zelt. Die drei Männer legten die Außenbekleidung ab. Thur schlief zufrieden in einer Ecke und öffnete nur dann und wann ein Auge, um sich zu vergewissern, dass Eagle noch da war.

Eagle zog sich schließlich bis auf seinen Plastikanzug ganz aus. Kulak und Uguk betrachteten den Anzug wie immer mit einer Spur von Ehrfurcht. Sie hatten diese Ehrfurcht vor dem weißen, schimmernden Zauberanzug, die vielleicht noch mit Abneigung und Furcht vermischt war, nie wirklich überwunden. Das Chamäleon-Element, was es darstellte und was es vermochte, lag weit jenseits ihres Begriffsvermögens. Und doch waren sie für Jakuten recht aufgeklärt.

Eagle nahm die Gaspistole aus ihrem Kunststoffkasten und der Schutzhülle. Die Eskimos hörten auf zu sprechen und sahen ihm aufmerksam zu. Sie waren von seinen Waffen ebenso beeindruckt wie von seinem Plastikanzug.

Die Gaspistole sah aus wie eine übergroße Luger. Sie besaß einen verlängerten Lauf, und an der Mündung befand sich ein Ringvisier. Die Pistole arbeitete mit CO_2 und feuerte einen schlanken, metallgefiederten, nadelähnlichen Pfeil, der bis fünfzig Meter tödlich war. Wenn man abdrückte, war außer einem kaum wahrnehmbaren *pschhhhh* nichts zu hören. Eagle war mörderisch exakt damit. Auf fünfzig Meter trafen von zehn abgefeuerten Pfeilen alle zehn ins Schwarze. Auf etwa hundert Meter traf er je nach Windrichtung und Gelände gewöhnlich mit sieben von zehn Pfeilen.

Der Wind war böig und fuhr mit eisigen Fingern in das Zelt. Eagle säuberte schnell die Gaspistole und ließ ein Magazin einschnappen. Er schob sie in das Plastikhalfter, das er an seinem Werkzeuggürtel trug. Die Gaspistole war ein lautloser, finsterer und effektiver Mörder, auf kurze Entfernungen. Für größere Entfernungen besaß er den Bogen.

Die Augen der Eskimos weiteten sich, als er den Bogen aus seiner Hülle nahm und die beiden Hälften zusammenschraubte. In einem Plastikköcher hatte er Dutzende von Pfeilen. Sie waren aus rostfreiem Stahl und den Cloth-yard-Pfeilen des Mittelalters nachempfunden - so wie auch der Bogen ein Nachbau des berühmten englischen long bow war; er hatte sowohl Kampf- als auch Jagdspitzen dafür. Abnehmbare Spitzen. Man konnte die Spitze durch eine Drehung des Schaftes lösen und sie im Opfer zurücklassen.

Eagle legte einen Pfeil auf die Sehne. Er spannte den Bogen langsam, die Muskeln wölbten sich in seinem rechten Arm und der Schulter, bis die Pfeilspitze genau auf der großen Schwiele seines linken Daumens lag. Er hatte schon mit drei Jahren seinen ersten Apachenbogen bekommen und nicht gewusst, was ein Bogenschützen-Handschuh war, bis er an der Ostküste ins College eintrat.

Langsam entspannte er die Sehne wieder. Er konnte die Eskimos ausatmen hören, als die Sehne nachließ. Beide hatten ein- oder zweimal versucht, den Bogen zu spannen, aber vergeblich.

Die Eskimos sagten ihm nicht gute Nacht. Das taten sie nie. Sie schliefen in ihren Schlafsäcken unvermittelt ein, wie müde Kinder. Eagle fragte sich, ob sie träumten wie zivilisiertere Menschen.

Er trank noch einen Tee und arbeitete weiter. Bevor er sich zur Ruhe legte, musste alles überprüft werden. Er nahm an, dass sie nahezu fünfzig Meilen zurückgelegt hatten. Bald würden sie sich südwärts wenden und dann zurück nach Osten. Er rechnete nicht mit der Möglichkeit einer Konfrontation. Das wurde etwa hundertfünfzig Kilometer weiter zu einer Gefahr, nachdem sie sich wieder nach Osten gewandt hatten. Er musste besonders darauf achten, nicht aus der Luft gesehen zu werden. Es war gut möglich, dass die Russen Aufklärungsflüge unternahmen, falls sie Verdacht geschöpft hatten; Mr. Merlin und Eagle mussten mit dieser Möglichkeit rechnen.

Kulak und Uguk schnarchten laut. Eagle warf ihnen einen Blick zu und drehte die Coleman-Laterne ein wenig herunter. Er arbeitete weiter, inspizierte, ölte und prüfte. Für den Nahkampf hatte er den Dolch mit dem messingbeschlagenen Griff und den kurzen Eisenholzknüppel mit dem fünfzehn Zentimeter langen Eispickel. Ein ausklappbarer Mörder von äußerster Präzision. Mr. Merlin hatte ihn, völlig ohne Schamgefühl, der Waffe eines alten Bekannten nachempfunden, eines New Yorker Gangsters, der auf dem elektrischen Stuhl gestorben war. Der Vorteil des Eispickels lag darin, dass er lautlos war, wenig Blut vergoss und nur eine winzige Einstichwunde hinterließ.

Eagle, der vorhatte, von jetzt an voll bewaffnet zu gehen, zog den Werkzeug- und Waffengürtel unter der Parka, aber über seiner übrigen Kleidung an.

Er besaß ein Dutzend zitronenförmiger Granaten, jede mit sorgfältig abgeklemmter Sprungfeder. Jede Granate trug einen kleinen Ring, und an seinem Gürtel gab es für jede einen besonderen Haken. Eagle, der tief in Gedanken versunken war, handhabte die farbigen Granaten scheinbar achtlos - die schwarzen waren Splittergranaten, die Todesengel; blau waren die Rauchbomben; rot das Tränengas; gelb das Giftgas. Eine Granate, Atomatron genannt, trug rot-weiß-blaue Streifen. Das war der wirkliche Zerstörer, der Erzmörder. Die Granate war brandneu, geradewegs aus Mr. Merlins Labor, und sie enthielt ein winziges Teilchen, ein Mikrogramm spaltbares Material. Kurz gesagt, es war eine taktische Nuklearwaffe. Eine winzige Atombombe. Einer der Wissenschaftler des alten Mannes nannte sie scherzhaft *die kleine Zehnmalzehn* - zehn Quadratkilometer totaler Zerstörung.

Eagle gab einem Impuls nach und zog sich schnell an. Er fühlte sich überhaupt nicht schläfrig. Als er fertig war, trat er vorsichtig aus dem Zelt und leuchtete mit der Taschenlampe das Thermometer an der Eispalisade an. Vierzig Grad minus.

Im Norden, über dem Pol, strahlte ein sehenswertes Nordlicht. Eagle hockte sich hinter das Zelt und sah zu, wie die langen Lichtstreifen auf dem riesigen Bildschirm des Kosmos flackerten und spielten. Er war kein Mann, der gerne übertrieb, doch er war sensibel, und fast widerwillig gestand er sich die Figur, die Metapher, ein, die ihm in den Sinn kam: eine riesige Gestalt, verschwommen in den Umrisslinien, saß vor einer Orgel und spielte eine Symphonie in Farben. Eagle hörte, ja tatsächlich, er hörte das Nordlicht.

Einige Sekunden genoss er die Illusion, dann schüttelte er sie ab. Er horchte aufmerksam nach links, als er sich jetzt dem Pol zuwandte. Er irrte sich nicht. Es war so schwach, dass man es kaum hören konnte, aber es gab keinen Zweifel: Kanonendonner drang mit dem bitteren Wind zu ihm.

Achtes Kapitel

Dr. Suthina Wotanja kam erst sehr spät ins Bett. Das Gespräch mit Oberst Sarkoff hatte sie beunruhigt, und sie hatte mehr Wodka getrunken als ihr guttat. Letzteres war eigentlich kein Problem - sie war keine Alkoholikerin -, aber es vertrieb den Schlaf. Also arbeitete sie.

Sie untersuchte die anderen Gehirne. Ohne Natascha waren es jetzt nur noch fünf (war es unmenschlich, ihre Gehirne mit dem Vornamen anzureden?), und nachdem sie sich überzeugt hatte, dass die übrigen fünf in Ordnung waren, ging sie ihre Patienten besuchen, die nicht weit von ihrer Wohnung in einem separaten Komplex untergebracht waren.

Jeder Patient, jeder kranke Geist, hatte sein eigenes, privates Apartment. Spärlich möblierte, aber helle und geheizte Fertigbauten mit Nissen-Dächern. Benning, Lewis und Pridwell, die drei zuletzt Entführten, befanden sich immer noch unter dem Einfluss von Betäubungsmitteln. Während der Monate, die es gekostet hatte, sie aus den Vereinigten Staaten herauszuschmuggeln und nach Sibirien zu bringen, hatte man ihnen starke Drogen eingegeben. Tage, ja Wochen würden vergehen müssen, bis Suthina die schwierige Aufgabe beginnen konnte, ihren wandernden Geist wieder ins Gleichgewicht zu bringen, die Wirklichkeit auf Gehirne einwirken zu lassen, die sich unter unerträglichem Druck von der Realität gelöst hatten, um Zuflucht und Geborgenheit in der Illusion zu suchen.

Dieser erste Sieg würde schwer zu erringen sein. Der zweite, der größere Sieg - sie dazu zu bringen zu leben, sich in die Arbeit für Russland zu finden das war die wirkliche Feuerprobe. Es war unglaublich schwierig und komplex. Je nach der ursprünglichen Stärke und Richtung ihrer politischen Neigung ging das bei manchen sehr gut, dann wurden sie zu freudigen Mitarbeitern. Andere, denen diese neue Wirklichkeit nicht zusagte, hatten Rückfälle und verschlossen sich völlig. Es hatte viele Misserfolge gegeben.

Eine Reihe von Selbstmorden, die in Moskau auf heftige Kritik gestoßen waren, aber im Großen und Ganzen war das Experiment ein Erfolg. Hervorragende Köpfe, ja Genies, konnten für den zukünftigen Ruhm der Sowjetunion gerettet werden.

Sie blieb nur kurz bei Benning und Lewis. Die beiden waren kaum bei Bewusstsein und starrten trübsinnig und verständnislos ins Leere. Sie sprach mit jedem ein paar fröhliche Worte, gab den Wärtern Anweisungen und ging wieder. Sie hatte sich den Besuch bei Henry Pridwell bis zuletzt aufgehoben. An Pridwell hatte sie größeres Interesse als an den anderen. Er war ein amerikanischer Arzt und Psychiater, der sich auf ihr Fachgebiet, die Psychoneuro-Pharmakologie, spezialisiert hatte. Pridwell hatte zwei hervorragende Bücher über das Thema geschrieben, Bücher, die Suthina sehr intensiv studiert hatte. Sie waren sich über vieles einig, obwohl sie ihm in einigen wichtigen Punkten nicht zustimmte.

Pridwells Apartment befand sich ganz am Ende des Komplexes. Als sie Bennings Hütte verließ und über den festgetretenen Schnee ging, hörte sie den Eisbrecher seine Kanonen abfeuern. Es war ein vertrautes Geräusch, an das sie sich schon so sehr gewöhnt hatte, dass sie es kaum bewusst wahrnahm.

Der Eisbrecher, *Lenin*, bewachte Tag und Nacht die in Schnee und Eis vergrabene Anlage. Bevor sie hierher kam, hatte man Suthina in Moskau in allen Einzelheiten instruiert, aber es hatte sie damals nicht sehr interessiert. Die *Akademgorodki* lag eigentlich gar nicht auf dem Festland der sibirischen Halbinsel, sondern auf einer kleinen Insel, einer Otrowa, etwa eine halbe Meile vor der Küste. Es machte keinen Unterschied, weil die dicke Eisdecke alles bedeckte, aber die Sicherungsbeamten in Moskau hatten die Idee gehabt, den Eisbrecher zu benutzen, der um die Insel herum einen Graben freihielt.

Suthina fragte sich einen Moment lang, warum sie die Kanonen gerade jetzt hörte. Nerven? Ein neues Bewusstsein?

Schließlich feuerte der Eisbrecher seine Bordwaffen nur ab, damit sie nicht einfroren. So, wie ein Mensch sich ab und zu räuspert. Der Eisbrecher feuerte einmal pro Stunde ganz regelmäßig seine Maschinengewehre und Kanonen und tat das nun schon seit Tagen, Wochen, Monaten.

Suthina zuckte unter der Parka die Schultern und versuchte, die ganze Sache zu vergessen. Vielleicht würde sie dieses eine Mal, wenn sie von Pridwell zurückkam, ein paar Schlaftabletten nehmen. Der Wodka war keine gute Idee gewesen.

Sie kam an einer hohen Stahltür in der Eiswand des Tunnels vorbei, die mit einem schweren Querriegel gesichert war, wie man es manchmal bei kommerziellen Kühlräumen sieht. Sie wusste, dass das stillgelegte Tunnellabyrinth hinter der Tür als Lagerraum für kälteunempfindliche Materialien benutzt wurde. Zum Beispiel für Leichen.

Moskau war in diesen Dingen unerbittlich. Alles musste seine Ordnung haben. Bei jedem Todesfall in der *Akademgorodki*, ob natürlich oder nicht, musste es eine Leichenschau geben. Nur ein Generalinspektor oder sein Adjutant konnte diese Leichenschau abhalten. Die hohen Beamten besuchten die Stadt nicht sehr oft - höchstens zweimal im Jahr -, und so bewahrte man alle Leichen für sie auf. Für den endgültigen, offiziellen Stempel des Todes.

Kurz hinter der Stahltür kam eine Biegung. Der Eiskorridor verengte sich dort und endete dann vor der Hütte, in der Pridwell lebte. Suthina bog um die Kurve und war drei oder vier Schritte weitergekommen, als sie das unmissverständliche Knirschen von Stahl auf Stahl hörte. Die Tunnels trugen den Schall weit. Es lag etwas Verstohlenes, Heimliches in dem Geräusch, das sie mehr fühlte als hörte, als hätte jemand versucht, die große Tür geräuschlos zu schließen und sei abgerutscht. Sie drehte um und ging schnell zurück zur Biegung, auf Zehenspitzen, um das Quietschen ihrer Stiefel auf dem Schnee zu vermeiden. Sie hätte nicht sagen können, warum sie das tat. Schon wieder die Nerven? Aus demselben Grund, aus dem sie auch plötzlich die Kanonen hörte?

Vorsichtig und mit pochendem Herzen spähte sie gerade noch rechtzeitig um die Ecke, um eine große Gestalt verschwinden zu sehen. Der Mann war in Eile. Sie konnte das Nussknackergesicht nicht sehen, aber die Magerkeit und der geduckte Gang ließen keinen Zweifel: Boris Prokowitz!

Während sie zu Pridwells Hütte zurückging, versuchte Suthina, Ordnung in ihre Gedanken zu bringen. Was hatte Prokowitz hinter der Stahltür im unbenutzten Teil der Anlage zu suchen? Dort war Sperrgebiet, das wussten alle. Die Tür war aus Sicherheitsgründen nicht abschließbar - sie führte zu einem der vielen Notausstiege, und wenn jemand in dem verlassenen Abschnitt versehentlich eingeschlossen wurde, erfror er in kurzer Zeit -, aber Oberst Sarkoffs Anweisung war nicht misszuverstehen. Mit scharlachroten Buchstaben stand an die Tür geschrieben: ZUTRITT VERBOTEN.

Suthina zögerte vor den Stufen, die zu Pridwells Hütte führten. Sie konnte den Tatsachen nicht länger aus dem Wege gehen. Ob normal oder übergeschnappt, Boris Prokowitz war der Verräter, von dem Oberst Sarkoff gesprochen hatte. Sie hatte nicht die Spur eines Beweises, aber sie wusste es.

Suthina legte die Hand auf die Türklinke, drückte sie aber nicht hinunter. Das Atmen fiel ihr ein wenig schwer. Ob Boris Prokowitz tatsächlich wahnsinnig war oder nicht, war im Augenblick nicht so wichtig. Sie glaubte, sie wusste, dass er ein Verräter war und irgendwie von hier Funksignale sendete.

Warum also zögerte sie? Warum stand sie hier und vergeudete wertvolle Minuten, obwohl sie in diesem Moment eigentlich in Oberst Sarkoffs Büro stehen sollte, um ihm alles zu erzählen?

Sie tat es nicht. *Später*, dachte sie. *Später. Es ist noch Zeit genug.* Später?

Ein Krankenwärter war bei dem Amerikaner Pridwell. Suthina schickte ihn fort. Henry Pridwell saß im Pyjama und Morgenmantel auf der Kante seiner schmalen Liege und starrte Suthina an. Sie bemerkte sofort, dass die Medikamente kaum noch wirkten. Pridwell war ein kleiner, schlanker Mann Ende Fünfzig, mit grauem, dünn werdendem Haar und einer Knollennase. Er war unrasiert. Für einen so kleinen Mann besaß er ein bemerkenswert streitbares Kinn.

»Guten Abend«, sagte Suthina. »Wie fühlen Sie sich, Dr. Pridwell?« Ihr Englisch war recht ordentlich, aber er würde den Akzent natürlich sofort bemerken, dachte Suthina jetzt, während sie Pridwell zulächelte und versuchte, den Kontakt zu ihm herzustellen. Er war kein leichter Fall.

Sie hatte sich einen Rock angezogen, bevor sie die Krankenbesuche machte. Nun saß sie in einem Sessel der Liege gegenüber, und ihre Nylons knisterten leise, als sie die Beine übereinander- schlug. Sie zog den Rock hinunter und lächelte Pridwell erneut zu. »Wissen Sie, wo Sie sind, Dr. Pridwell?«

Ihre Blicke trafen sich. Pridwell fuhr sich mit der Hand durch sein unordentliches Haar. »Sie sind Russin?«

Suthina nickte lächelnd. »Natürlich, ich bin Dr. Suthina Wotanja. Sie haben vielleicht von mir gehört. Ich habe jedenfalls viel von Ihnen gehört, Dr. Pridwell, habe Ihre beiden Bücher mehrmals gelesen. Ich bewundere Sie sehr. Sie müssen wissen, dass ich ebenfalls Psychopharmakologin bin. Ich glaube, dass Sie und ich - falls wir Zusammenkommen...«, ihr Lachen schien ihr einigermaßen zu gelingen, »große Leistungen vollbringen könnten.«

Sie wusste, dass sie zu sehr drängte. Sie konnte es nicht verhindern. Gedanken an Boris Prokowitz, an Natascha, das ermordete Gehirn, drehten und überschlugen sich in ihrem Kopf. Sie brauchte jedes Gramm Selbstkontrolle, das sie besaß, um dieses Gespräch mit Pridwell zu führen.

Warum war sie nicht in Oberst Sarkoffs Büro?

Pridwells typisch amerikanische Reaktion überraschte sie nicht. Sie war mit vielen Amerikanern befreundet gewesen.

»Der Teufel soll mich holen«, sagte Pridwell, »aber langsam fange ich an, die Sache zu glauben. Entweder spinne ich noch immer, oder ihr Schweine habt es wirklich fertiggebracht. Ihr habt mich gekidnappt. Ich bin irgendwo in Russland.«

Suthina, die sich noch immer um Konzentration bemühte, zeigte ihre wohlgeformten Zähne in einem warmen Lächeln. »Ja,

Dr. Pridwell. Sie sind in Sibirien, um genau zu sein. An einem Ort, den wir *Akademgorodki* nennen. Eigentlich ist es eine unterirdische Stadt. Oder vielleicht sollte ich besser sagen: eine Stadt unter dem Eis. Wir befinden uns zehn Meter unter der arktischen Eisdecke.«

Pridwell lächelte nicht wirklich. Seine dünnen Lippen spalteten sich kalt, um gleichmäßige, falsche Zähne zu enthüllen. »Ich sage ja: der Teufel soll mich holen«, wiederholte er. »Aber ich glaube Ihnen. Ich habe einen klaren Kopf, und ich glaube Ihnen. Ich träume nicht, dies ist kein Film oder Fernsehstück...«

»Ganz sicher nicht«, stimmte Suthina zu. »Sie haben einen sehr klaren Kopf, Dr. Pridwell. Ich bin froh, das zu sehen. Es macht die Sache für uns beide leichter. Sie sind krank gewesen, aber bald werden Sie wieder gesund sein. Sie müssen verstehen, wirklich verstehen, dass wir hier Ihre Freunde sind und...«

»Ach, hören Sie auf mit dem Freundschaftsquatsch«, sagte Pridwell. »Sie haben es eben selbst gesagt, Lady. Ich habe einen klaren Kopf, deshalb weiß ich, was hier vorgeht. Ich finde mich damit ab. Das Letzte, woran ich mich noch erinnere, ist die Klinik in Indianapolis. Jetzt bin ich in Sibirien, sagen Sie. Okay. Ich glaube Ihnen sogar, dass Sie wirklich Dr. Wotanja sind - ich habe über Sie in der Zeitung gelesen. Wissen Sie was, Dr. Wotanja?«

Sie kannte die Reaktion, sie war durchaus nicht ungewöhnlich. Offensichtlich würde Pridwell viel Zeit und Geduld kosten.

Sie lächelte ihn an. Sie wusste die Antwort schon, als sie fragte: »Was denn, Dr. Pridwell?«

Er enttäuschte sie nicht.

»Sie können sich zur Hölle scheren«, sagte er. »Sie und der Kreml und das Politbüro und sämtliche Kommissare! Ich weiß nicht, was Sie von mir wollen, oder warum Sie glauben, dass ich wichtig genug bin, um entführt zu werden, aber Sie haben Ihre Zeit verschwendet. Ich mache nicht mit. Nie und nimmer. Verstehen Sie das, Dr. Wotanja?«

Suthina stand auf und strich sich ihren Rock glatt. Sie lächelte ihn an. »Ich verstehe vollkommen, Dr. Pridwell. Ihre Reaktion ist ganz natürlich, und ich habe nichts anderes erwartet. Für heute auf Wiedersehen. Wir sprechen uns wieder.«

An der Tür sah sie zurück. Pridwell hatte sich auf der Liege umgedreht und starrte die Wand an.

Daheim in ihrer Wohnung war es behaglich warm. Suthina duschte sich und schlüpfte in den Pyjama, löste dann ihre Haare und begann sie zu bürsten. Sie fuhr sich mit der Bürste in langen, sinnlichen Bewegungen durch die dunklen Strähnen, was ihre Nerven erregte und ihre Brustwarzen hart werden ließ. Was für ein grotesker Unsinn, dachte sie, und wurde fast darüber ärgerlich, dass ihr Körper trotz des Aufruhrs in ihrem Kopf darauf bestand, ein Körper zu sein.

Suthina spielte mit dem Gedanken an mehr Wodka. Einen Moment lang dachte sie sogar daran, sich wirklich völlig zu betrinken und alles zum Teufel gehen zu lassen. Zwecklos. Ihr würde nur fürchterlich schlecht werden, und nachdem der Kater vorbei war, waren das Problem und der Oberst immer noch da.

Sie dachte an Schlaftabletten. Wenn sie zum Beispiel *versehentlich* zu viele einnahm? Das würde alles lösen. Oder nichts. Manchmal holten sie einen zurück. In ihrem Falle wäre der Selbstmordversuch ein Eingeständnis ihrer Schuld.

Schuld? Sie hörte auf, sich die Haare zu bürsten und starrte sich im Spiegel an. Was für eine Schuld?

Sie konnte das Gesicht im Glas, die tiefen und sorgenvollen Augen nicht belügen. Sie war schuldig, schon seit langer Zeit. Aber jetzt kam es zum Höhepunkt. Prokowitz mit seiner verräterischen Handlung hatte als Katalysator gedient, und nun musste sie es sich schließlich doch eingestehen: sie wusste Bescheid, und sie hatte nichts unternommen.

Sie hätte schon lange etwas sagen müssen. In ihren Akten hatte sie Informationen über den Mann, die Oberst Sarkoff nicht besaß. Doch sie tat nichts. Sie saß da, bürstete ihr Haar und hatte fast eine autoerotische Reaktion, während die Gefahr sich bedrohlich um sie verdichtete. Und noch immer schob sie den Augenblick der Wahrheit von sich. Den Augenblick, in dem sie zugeben musste, was sie war, was sie nun schon seit langem war, und was sie wollte.

Sie erinnerte sich, gedacht zu haben, dass sie einen Bundesgenossen finden konnte, wenn es ihr gelang, den Mann zu finden, der die Funksignale sendete. Einen Bundesgenossen wofür? Flucht? Überlauf? Verrat?

Ja!

Jetzt waren die Worte heraus. Suthina starrte ihr Gesicht im Spiegel an. Sie war bleich, ihr voller Mund zuckte. Sie hatte es gesagt. Gedacht hatte sie es seit langem - es hatte keinen Zweck mehr zu leugnen, aber jetzt hatte sie es gesagt. Zu ihrem Spiegel und zu sich selbst.

Suthina fühlte sich, als sei eine große Last von ihr genommen worden. Jetzt wusste sie: Sie würde und musste frei sein. Aber es durfte kein Verrat sein. Sie war keine Verräterin. Einen Augenblick lang dachte sie an Pridwell und verstand ihn gut. Audi sie würde ihr Vaterland nicht an den Feind verraten. Sie stand über dem schmutzigen Geschäft des Verrats und des Überlaufens. Sie war nicht im Begriff überzulaufen; sie rannte. Rannte um ihr Leben und' um die Liebe und um eine Möglichkeit, Freiheit und Glück zu atmen. Dinge, die sie vor langer Zeit im Kaukasus gekannt und über die sie seitdem nicht oft nachgedacht hatte.

Ihr Vater hätte sie verstanden. Und ihre Mutter.

Es klopfte leise an die Tür. So harmlos das Geräusch auch war, ihr schien es, als griffe eine Krallenhand nach ihrem Herzen. Einen Augenblick lang war sie unfähig zu atmen oder zu schlucken. So schnell? Hatten sie sie so schnell gefunden?

Was für ein Unsinn! Sie legte die Bürste auf den Tisch, schlüpfte in einen Morgenmantel und ging zur Tür.

»Ja?«

»Suthina! Bitte lassen Sie mich ein, Suthina! Sie sind hinter mir her. Ich muss mit Ihnen sprechen. Ich brauche Hilfe!«

Es war Boris Prokowitz. Er stand da, unter all der dicken Kleidung zitternd, eine dürre Vogelscheuche mit den roten Druckstellen des Kneifers auf der vorspringenden Nase, und starrte sie aus kleinen, dunklen Augen an. Er schien noch ausgemergelter als gewöhnlich, und der kleine Spitzbart sah aus, als hätte man einen Büschel Haare an einen Totenschädel geklebt.

Plötzlich hatte sie Angst. Große Angst. Sie begann, die Tür wieder zu schließen.

»Bitte«, flehte Prokowitz. »Hören Sie mir nur einen Moment zu, Suthina. Es besteht keine Gefahr für Sie, wenn Sie mich einlassen. Noch nicht. Niemand weiß, wo ich bin. Und ich habe einen Plan. Noch ist Zeit, wenn wir schnell handeln. Bitte hören Sie mir zu, Suthina. Lassen Sie mich ein. In Ihrem eigenen Interesse. Wenn ich hier gesehen werde...«

Seine letzten Worte ließen die Furcht wieder in ihr hochsteigen. Er hatte Recht. Wenn man Prokowitz verdächtigte, was jetzt sicher der Fall war, dann würde jeder, der mit ihm zusammen gesehen wurde oder ihm in irgendeiner Weise half, ebenfalls für schuldig gehalten werden. Dies ist ein Alptraum, aus dem ich lange nicht aufwachen werde, dachte Suthina.

»Suthina! Bitte...« Er lag fast auf den Knien und bettelte.

Sie ließ ihn ein. Bevor sie die Tür hinter sich schloss, sah sie in den eisigen Korridor. Er lag hellerleuchtet und verlassen da. Nichts bewegte sich.

Sie verschloss die Tür und drehte sich zu Boris Prokowitz um. Er hatte sich an der kleinen Bar zu einem Glas Wodka verholfen. Seine Hand zitterte stark, als er es jetzt hob und trank.

Er setzte das Glas ab und sah sie an. »Wir haben nur sehr wenig Zeit«, sagte er. »Sie müssen mir zuhören und Ihre Entscheidung treffen. Ich habe von hier aus Funksignale gesendet, Suthina. Schon seit Monaten. Sehen Sie hier...«

Prokowitz zog seine Hose hoch. Mehrere Windungen Draht waren um sein dünnes Schienbein gewickelt. »Ich trage den Sender zerlegt mit mir herum, in meinen Taschen und an verschiedenen Stellen meines Körpers versteckt. Ich habe eine

Stromquelle gefunden, von wo ich senden kann. Aber das ist jetzt nicht wichtig. Es ist fast vorüber. Oberst Sarkoff durchsucht alles und jeden. Ich habe beobachtet und zugehört. Sie sind jetzt im militärischen Teil und reißen alles auseinander. Dann nehmen sie sich den technischen Bereich vor, dann uns. Alles wird durchsucht. Labors, Wohnungen, alles! Und jeder. Jeder wird nackt ausgezogen und sämtliche Körperöffnungen abgetastet. Ich sage Ihnen, Sarkoff ist ein Teufel.«

Suthina sah Prokowitz an. Er füllte sich erneut sein Glas. Er zitterte nicht mehr.

»Warum kommen Sie zu mir?« flüsterte Suthina. »Warum von allen Leuten zu mir?«

Prokowitz hob sein Glas. »Eine Annahme. Ein Glücksspiel. Ich habe jetzt keine Zeit für lange Erklärungen. Aber irgendetwas in Ihrem Aussehen, in Ihrer Art zu sprechen, wenn Sie ein wenig unachtsam sind, wenn Sie glücklich sind - oder vielleicht vorgeben, es zu sein - hat mir den Gedanken eingegeben, dass ich bei Ihnen sicher wäre. Es wird auch über Sie geredet. Manche Leute trauen Ihnen nicht - also traue ich Ihnen.« Er lächelte. »Nun, Suthina? Wollen Sie mir helfen? Habe ich Sie richtig beurteilt? Wenn nicht, dann übergeben Sie mich besser schnell Oberst Sarkoff. Jede Minute, die Sie noch zögern, macht die Sache schlimmer für Sie.« Er zuckte die abgemagerten Schultern. »Gleich jetzt, in dieser Minute, können Sie es noch ohne Risiko tun.«

Sie wusste, dass er Recht hatte. Selbst jetzt würde sie nicht unverdächtigt! bleiben, aber die Zeit würde es fortwaschen. Etwas in ihr drängte danach, den Hörer abzuheben und Sarkoffs Büro anzurufen.

Boris Prokowitz beobachtete sie mit ruhiger Würde, die sie ihm nicht zugetraut hätte. Er hielt sein zweites Glas Wodka noch unberührt in der Hand.

Suthina ging zu ihm an die kleine Bar. Sie goss sich einen Drink ein und hielt das Glas hoch. Ich bin wahnsinnig, sagte sie sich, ich bin völlig wahnsinnig, man wird mich hinrichten. Aber ich muss es tun. Die Chance kommt nicht wieder.

Sie stieß mit ihm an. »Ich helfe Ihnen, wenn ich kann, Boris. Aber was soll ich tun?«

Sie tranken. »Ich muss mich verstecken«, erklärte er. »Ich kann es nicht auf eine Durchsuchung ankommen lassen. In meiner Unterkunft auch nicht. Sie und ich, wir wissen beide, dass man in dieser Stadt nichts verstecken kann. Jedes Stückchen Abfall muss belegt werden. Ich könnte meine Ausrüstung jemand anderem anhängen, aber so etwas will ich nicht. Also gibt es nur eins - ich verschwinde. Ich muss für tot gehalten werden. Aber da ich nicht tot sein werde, brauche ich Ihre Hilfe, um am Leben zu bleiben. Um zu überleben, bis sie kommen. Ich bin ein alter Mann, Suthina, mir geht es nicht gut, und ich bin sehr müde. Ich werde zweifellos bald sterben. Aber ich möchte in Freiheit sterben.«

Suthina setzte ihr Glas ab. Sie sah ihn nicht an. War er vielleicht doch verrückt? Bis sie kommen?

Sie fühlte Mitleid in sich aufsteigen, für ihn und für sich selbst. Sie stellte die Frage und fürchtete sich vor der Antwort.

Prokowitz sah sie lange an, bevor er antwortete. Als er es schließlich tat, enthielt sein Lächeln eine winzige Spur Wärme. »Ich verstehe sehr gut, was Sie über meinen Geisteszustand denken, Suthina. Sie sind sich nicht wirklich sicher. Manchmal bin ich es ja selbst nicht. Aber ich denke, es kommt jemand, um uns zu helfen.«

Neuntes Kapitel

Die Motorschlitten zeigten hundertfünfzig zurückgelegte Kilometer an, als Eagle den Befehl gab, nach Osten abzudrehen. Alles war gutgegangen. So glatt, dass es ihm Sorgen machte. Der

Wind hörte nie auf zu wehen, aber es war immer noch kein richtiger Sturm daraus geworden. Manchmal hörten sie die Kanonen, manchmal nicht. Einmal, als der Wind ein paar Stunden gleichblieb, hatte er die Schüsse gestoppt und herausgefunden, dass sie in regelmäßigen Abständen kamen. Einmal pro Stunde wehte der Klang schwach über den weißen Horizont zu ihnen.

Eagle trug schon seit einiger Zeit Eisstollen an seinen Stiefeln.

Schneeschuhe waren nicht nötig, und das Terrain war zu uneben für Skier. Sehr bald würde es auch für die Motorschlitten unpassierbar werden.

In den vier Tagen, die sie nun unterwegs waren, hatte John Eagle viel gelernt. Er hatte seine erste arktische Fata Morgana erlebt, eine Rentierherde, die es nicht gab. Er sah zu, wie Uguk versteckte Spalten und gefährlichen Schnee mied, als besäße er eine Art sechsten Sinn. Eagle sah alles und vergaß nichts.

Kurz nachdem sie sich nach Osten gewandt hatten, mussten sie die Motorschlitten aufgeben. Sie kamen in eine zerrissene Gletscherlandschaft. Die Sonne war schon untergegangen, als sie begannen, sich zu Fuß durch das unwegsame Gelände zu schlagen. Abgesehen von der Tatsache, dass die Klippen und Brocken, die Rinnen und Säulen aus uraltem Eis waren statt aus Stein, hätte das Ganze in Eagles heimatlichem Südwesten sein können. Die blutige Sonne fiel hinter den Horizont, und sie stapften weiter durch die weiße Wildnis, in das Blauschwarz des ewigen Zwielichts, eine dünne Marschsäule aus menschlichem und tierischem Leben, verloren in der großen Kälte.

Uguk ging voran. Die beiden Eskimos hatten jetzt ebenfalls Eisstollen angelegt und trugen Stöcke. Ihre Rucksäcke waren schwer, die Gewehre hingen ihnen über die Schultern. Eagle und Thur, der noch immer den Schlitten zog, bildeten die Nachhut. Der Schlitten war klein und passte sich dem Gelände besser an als die Motorschlitten; Eagle hatte vor, ihn solange wie möglich zu benutzen.

Er trug die Gaspistole außen auf seiner Parka - sie fror nicht ein -, hatte den Bogen um die Schulter gelegt und einen Köcher voller Pfeile aus rostfreiem Stahl auf dem Rücken. Sie marschierten jetzt viel dichter zusammen. Uguk, der vorn ging, war kaum fünfzig Meter voraus.

Die Konfrontation kam plötzlich und ohne Vorwarnung, und ihr Ergebnis war verheerend. Die Eskimos und Eagle wurden davon ebenso überrascht wie die Russen. Der Wind, der mit sechzig Stundenkilometern über das Eis fauchte, kam von Norden und warnte nicht einmal Thur.

Sie arbeiteten sich gerade mit Eisstollen und Stöcken einen steilen und schmalen Hohlweg hinunter. Als sie unten ankamen und sich umdrehten, sahen sie eine russische Patrouille, die etwa fünfzig Meter entfernt in denselben Hohlweg bog.

Uguk bemerkte die Russen zuerst. Er stieß einen Schrei aus, den der Wind zerfetzte, und begann, nach dem Gewehr zu greifen, das er über der Schulter trug. Kulak war vor Überraschung starr. Nur Eagle handelte instinktiv und ohne sich Zeit zum Denken zu nehmen. Eagle und einer der russischen Soldaten.

Eagle ließ Thurs Zügel los und warf sich nach rechts. Er fiel auf die Knie, fand hinter einem Eiszacken, der in den Hohlweg ragte, notdürftig Deckung und begann, auf die völlig überraschten Russen zu feuern. Er hielt eine Spur höher, wegen des Windes, und fühlte, wie die Gaspistole in seiner behandschuhten Hand ruckte: *Pschhhh - pschhhh - pschhhh...*

Zwei der Russen gingen zu Boden und krallten im Todeskampf nach den Stahlpfeilen in ihren Leibern. Ein dritter Mann drehte sich zum Laufen und fiel über die Körper seiner Gefährten. Nur der vierte Russe, der als letzter marschiert war, verlor nicht die Nerven und reagierte .wie Eagle. Aus irgendeinem Grund trug er seine Maschinenpistole in der Hand, statt über der Schulter; jetzt zog er durch und schickte den drei Männern und dem Hund eine lange, mörderische Salve entgegen.

Uguk und Kulak gingen wirbelnd und um sich schlagend zu Boden. Uguk lautlos, der Junge mit einem schrillen Schmerzensschrei. Thur gab ein wildes Knurren von sich und machte einen Satz, den beladenen Schlitten wie ein Spielzeug mitreißend. Eagle rollte im Schnee weg und fühlte, wie Eissplitter seine Gesichtsmaske trafen, als die Geschosse sich in die Wand neben ihm gruben. Er blieb unten und hielt die Pistole zum Zielen mit beiden Händen. Der Russe, der gefallen war, war wieder hochgekommen. Eagle traf ihn mit einem Pfeil in den Rücken. Der Mann schrie und fiel gegen den Russen mit der Maschinenpistole. Der Schütze versuchte, sich freizumachen und den liegenden Eagle ins Visier zu bekommen.

Eagle drückte noch zweimal ab, verfehlte aber sein Ziel. Er schoss jetzt in rascher Folge, und der Wind schlug die Metallpfeile aus der Richtung. Der Russe kämpfte sich von seinem sterbenden Kameraden frei und schwenkte die Maschinenpistole in Eagles Richtung.

Thur hatte in seinem rasenden Lauf durch den Hohlweg einen Zugriemen zerrissen. Der zweite hielt und machte einen Treibanker aus dem Schlitten, aber der große Polarhund war nicht aufzuhalten; seine entblößten Zähne gleißten vor Wut. Er warf seine hundertzwanzig Pfund geifernder Mordgier dem Russen an die Kehle. Der Mann riss die Maschinenpistole hoch, um den Hund abzuwehren. Die Waffe stotterte einmal und bekam Ladehemmung. Thurs Angriff warf den Russen zu Boden.

Eagle versuchte, noch einmal zu schießen, bevor Thur sprang. Nichts. Das Magazin war leer. Er ließ die Gaspistole fallen, rollte sich ab und kam mit einem Pfeil auf der Sehne seines Bogens wieder hoch. Er hatte keine Zeit zu schießen. Thur scharrte winselnd auf dem Eis und wiederholte seinen Angriff nicht. Der Russe sah Eagle den Bogen spannen, drehte sich um und lief davon. Sekunden später war er zwischen den Eisklippen verschwunden.

Unbeholfen auf den Eisstollen, stolpernd und beinahe fallend, rannte Eagle ihm nach. Der Soldat durfte nicht entkommen. Wie immer in einer Krise arbeitete Eagles Gehirn wie ein Computer. Je nach dem Wind bestand die Möglichkeit, dass die Schüsse unbemerkt geblieben waren. Aber wenn der Mann entkam…

Die schmale Rinne öffnete sich auf eine weite weiße Ebene von der Größe eines Fußballfeldes. Jenseits dieser arktischen Pfanne erhob sich ein weiterer Haufen Eisklippen und -brocken. Der Russe, eine schwarze Zielscheibe vor dem weißen Eis, rannte verzweifelt auf die Deckung zu. Er trug Stollen wie Eagle, wankte und taumelte unbeholfen wie ein Pinguin über das Feld.

John Eagle hielt und stemmte die Füße ein. Er fühlte den Biss des Windes an seiner linken Wange, schätzte die Stärke, stellte sich darauf ein, spannte den Bogen und ließ den Pfeil schnellen.

Er traf den laufenden Mann in den Schenkel kurz über dem Knie. Der Russe schrie auf und fiel der Länge nach in den Schnee. Eagle lief ihm nach.

Er näherte sich dem Liegenden vorsichtig, mit schussbereitem Pfeil. Eine lange, verschmierte Blutspur zog sich über das Eis. Als er ihn erreichte, warf der Mann sich auf den Rücken, starrte durch die Augenschlitze seiner Maske zu Eagle auf und begann, in seiner dicken, dunklen Parka herumzufummeln. Eagle langte schnell hin und schlug ihm brutal auf das Handgelenk.

»Njet«, sagte Eagle. Er sprach auf Russisch weiter. »Mach mir keine Schwierigkeiten. Tu, was ich sage, dann werde ich dich nicht töten.«

Das war eine Lüge. Und doch war es keine Lüge: Er würde den Mann nicht töten. Seine Stimme klang hart und unerbittlich. Er sagte: »Dreh dich um. Auf das Gesicht. Arme ausgestreckt. Keine Tricks! Kapiert?«

Der Russe nickte. Er drehte sich um und breitete die Arme aus. Eagle setzte sich rittlings auf ihn, beugte sich nach vorn und streifte den Bogen so über den Kopf des Mannes, dass der Stahldraht an seinem Adamsapfel lag. »Eine Bewegung, und ich schneide dir die Kehle durch!« Der Mann nickte nicht einmal.

Eagle durchsuchte ihn schnell und gründlich. Er fand nur eine Waffe, eine Tokarev im Schulterhalfter. Er warf sie in eine Spalte. Dann nahm er den Bogen vom Hals des Mannes und trat zwei Meter zurück. Er legte einen Pfeil auf die Sehne und befahl seinem Gefangenen, sich wieder umzudrehen.

Der Russe gehorchte langsam und unter Schmerzen. Der Pfeil stak immer noch in seinem Bein, und Eagle machte keine Anstalten, ihn zu entfernen. Es war wirklich nicht mehr wichtig. Davon ahnte der Russe allerdings noch nichts.

Über eins war sich Eagle im Klaren. Er hatte sich auf diesen ungeschützten Ebenen zu lange dem Wind ausgesetzt. Sein Blut wurde zähflüssig, seine Bewegungen langsam und anstrengend. Der Plastikanzug heizte nicht wie er sollte. Er musste die Sache so schnell wie möglich hinter sich bringen.

»Ich stelle die Fragen«, sagte Eagle. »Du antwortest. Wahrheitsgemäß und sofort. Kapiert?«

Hinter der Maske glitzerte es herausfordernd. »Njet!« Trotzig. »Ich sage nichts.«

Eagle hob den Bogen. »Du wirst sprechen!« Es kostete ihn fast seine gesamte Kraft, den mächtigen Bogen zu spannen. Der Wind tötete ihn langsam, aber sicher. Wenn er in den nächsten zehn Minuten nicht irgendwo Schutz fand, erfror er.

Der Russe bemerkte sein Zögern und fasste Mut. Er wiederholte: »Njet!«

Ein Fehler. Ein begreiflicher Fehler, weil er John Eagle nicht kannte.

Eagle schoss dem Mann einen Pfeil durch das andere Bein, das linke, kurz über dem Knie. Der Mann schrie und krümmte sich auf dem Eis. Langsam sagte Eagle auf Russisch: »Du wirst sprechen, Hurensohn, sonst siehst du bald aus wie ein Nadelkissen.« Er legte noch einen Pfeil auf und spannte erneut den Bogen.

»Da?«

Der Mann hatte angefangen zu weinen. »Da - da, ich spreche, ich spreche!«

Die Worte ergossen sich wie ein Sturzbach. Eagle hörte zu, unterbrach, überprüfte und hörte wieder zu. Er spürte die Kälte nicht mehr. Eine lähmende Müdigkeit kam über ihn. Er wusste, wie nahe er dem Tode war, und doch hörte er zu und bohrte weiter, nur von dem Willen getrieben, nicht zu erfrieren, weiterzuleben. Er fühlte den Plastikanzug unter seiner Außenbekleidung. Kalt - zu kalt!

Der Wind wurde jetzt stärker, sein Heulen schriller, es begann Schnee zu fallen. Uguk hatte gesagt, dass es bald schlechtes Wetter geben würde.

Schließlich konnte Eagle nicht mehr. Er ging wieder zu dem Russen. »Genug. Dreh dich um.«

Augen flehten durch die Gesichtsmaske. »Sie werden mir helfen, da! Sie werden mich nicht töten?«

»Nein«, versprach Eagle. »Ich werde dich nicht töten.« Es war eine Scheinwahrheit. Als der Mann sich unter Schmerzen noch einmal umgedreht hatte, gab Eagle ihm einen Karateschlag in den Nacken. Er würde nicht mehr aufwachen.

So schnell er konnte, riss Eagle dem Mann die Kleider vom Leib. Er wusste, dass er nahe daran war, ihm in die Bewusstlosigkeit zu folgen, und dies war der gnädigste Tod, den er ihm gewähren konnte. Er warf die Kleider in die schmale Spalte neben sich und stolperte zurück zu dem schützenden Hohlweg, in dem der Kampf stattgefunden hatte. Er schlurfte vorwärts, stolperte und fiel mehrmals fast zu Boden. Seine Beine wogen jedes eine Tonne, und seine Brust war mit Baumwolle ausgestopft. Sein Kopf war vernebelt, und einmal verlor er fast das Bewusstsein. Das wäre der sichere Tod gewesen.

Er glitt in den Hohlweg. Der Wind hörte schlagartig auf. Es war, als wären tausend eisige Pfunde von seinem Körper gehoben worden. Eagle blieb nahe am Boden und kroch auf dem Bauch bis an die Stelle, wo Uguk und Kulak als verkrümmte Pelzhaufen im Schnee lagen. Es dauerte nur Sekunden, um festzustellen, dass sie beide tot waren. Von Thur keine Spur.

Der Schnee fiel jetzt dichter. Der Wind trieb ihn durch den Engpass wie kalte, feuchte Federn im Windkanal und überzog alles mit einem nasskalten Film. Eagle kroch zum Schlitten. Der zerrissene Zugriemen hatte sich an einer Kufe verfangen. Er untersuchte den anderen Riemen: durchgenagt. Eagle erhob sich auf Hände und Knie und sah sich um. Von Thur war nichts zu sehen. Wieder sank er zu Boden, weg von dem Wind, der durch den oberen Teil des Hohlwegs fegte, und dachte kurz nach. Eigentlich gab es nicht viel nachzudenken. Er brauchte bessere Deckung, Wärme und eine Möglichkeit, sich zu erholen. Sonst war er ein toter Mann.

Er richtete den Schlitten auf und holte sich einen Eispickel. Damit schlug er eine flache Höhle in eine Wand des Hohlwegs, langsam, um nicht zu schwitzen. Das Atmen schmerzte. Als er die ein Meter hohe und zwei Meter tiefe Nische fertig hatte, warf er den Pickel weg und suchte auf dem Schlitten, bis er eine Hälfte des Blanchardzelts fand. Das halbe Zelt hängte er über das Loch im Eis, schlug Krampen ein, um es abzusichern und beschwerte die losen Enden mit Eisbrocken, die er aus der Wand schlug. Er kroch in die dunkle Höhle, rollte sich zusammen wie ein Embryo und atmete auf. Er war völlig vor dem Wind geschützt und relativ warm. Nun würde er nicht erfrieren.

Zu schlafen wagte er nicht. Er zwang sich hinaus in den Wind und den treibenden Schnee und holte sich Lebensmittel, eine kleine Pfanne und den Primuskocher vom Schlitten. Wieder in seinem Loch, entzündete er den Kocher und hockte sich darüber, während er eine Pfanne voll Schnee und Eis schmolz. Er machte sich Tee und trank ihn glühend heiß und schwarz. Dann aß er gefrorene Brocken Rindfleisch, in heißem Tee aufgeweicht. Eine halbe Stunde später, nach dem Essen und dem Tee, war sein Körper wieder warm geworden, und mit dem kleinen Ofen fühlte er sich so behaglich, wie das unter den Umständen nur möglich war. Seine Kraft kehrte zurück. Er nagte an einem steinharten Biskuit und horchte auf den Wind, der durch den Hohlweg pfiff und tonnenweise Schnee vor sich hertrieb. Es gab im Moment nichts mehr zu tun. Der Schneesturm hatte ihn festgenagelt. Aber er lebte, während alle anderen tot waren. Soweit er Pläne hatte, mussten sie geändert werden. Er war allein. Allein gegen Sibirien.

Eagle hatte den Schlitten dicht neben seine kleine Höhle gezogen. Als er jetzt hinausschlüpfte, um seinen Schlafsack zu holen, hörte er das klägliche Winseln. Thur! Der Hund lebte noch.

Eagle kroch auf Händen und Knien weiter und drehte dem Wind den Rücken, wann immer er konnte. Der Wind heulte durch den Hohlweg wie ein Dämon, der sich endlich aus Sklaverei und Folter befreit hat. Die Sicht betrug weniger als einen Meter. Eagle war sofort von einer dicken Decke feuchten, klebrigen Schnees bedeckt.

Das Winseln hörte nicht auf. Es war jetzt näher. Eagle legte die Hände an den Mund und rief in den Sturm: »Thur? Hier, mein Junge! Hier - hier - Thur - Thur...«

Das Winseln hörte auf. Der Hund bellte einmal kurz, dann kam wieder das Winseln. Das Tier hatte starke Schmerzen, daran bestand kein Zweifel. Eagle senkte den Kopf und kroch weiter. Er konnte das Tier keuchen und schnüffeln hören. Dann kam wieder das kurze Bellen.

»Thur? Wo, zum Teufel, bist du?«

Thur hatte eine natürliche kleine Höhle gefunden, die der Wind aus dem Fuß der Eiswand geschliffen hatte. Nachdem er sich von dem Schlitten losgenagt hatte, hatte er sich darin zusammengerollt, seine Wunden geleckt und sich vom Schnee zudecken lassen. Jetzt grub Eagle durch die Schneekruste und berührte den Kopf des Hundes. Thur grollte ein Willkommen und winselte dann wieder.

Eagle suchte unter der Parka nach seinem Werkzeuggürtel und holte die Taschenlampe heraus. Er rieb dem Hund ermutigend den massigen Kopf. »Der Doktor ist da, Junge. Lass sehen, was passiert ist.«

Es war schlimm. Thurs rechtes Vorderbein war zwischen Fessel und Ellenbogen fast abgerissen. Die Kälte, der Schnee und das Eis hatten die Blutung gestoppt, aber die Pfote hing an einer einzigen dünnen Verbindung aus Sehne und Muskel. Der zertrümmerte Knochen glänzte bläulich im Lichtkegel. Eagle sah sofort, dass er die Pfote abnehmen musste, wenn er den Hund retten wollte.

Seine Hand glitt zu der Gaspistole, die er wiedergefunden, geladen und in das Halfter zurückgesteckt hatte. Ein Pfeil in den Kopf wäre ein schmerzloser Tod gewesen.

Thur wimmerte nicht mehr. Seine Augen ließen nicht von Eagles Gesicht.

Eagle dachte daran, wie Thur sich samt Schlitten auf den Russen geworfen hatte. Einen Moment lang war Eagle da auf dem Boden ausgestreckt gewesen, und während er versuchte zu zielen, hatte der Russe ihn im Visier gehabt. Es war, als spule sich eine Bandaufnahme in seinem Kopf ab, als er noch einmal erlebte, wie der Mann seine Maschinenpistole herumriss, um dem angreifenden Hund zu begegnen.

Eagle stieß die Gaspistole ins Halfter zurück. »Okay, mein Junge. Du hast dir eine Chance verdient. Mal sehen, was ich für dich tun kann.«

Er ließ Thur zurück und kroch zum Schlitten, um nach dem Erste-Hilfe-Kasten zu suchen. Er war klein, kompakt und erstaunlich vollständig. Eagle fand, was er suchte, und ging zu dem Hund zurück. Wenigstens der gottverdammte Äther war nicht gefroren, dachte er grimmig. Er konnte ihn in der Dose glucksen hören.

Zehntes Kapitel

Eagle lag flach ausgestreckt am Rande der Schnee-Ebene und studierte die leicht gewellte, weiße Landschaft, die sich von den zerklüfteten Eisgebirgen in seinem Rücken bis zur Ostsibirischen See erstreckte. Der Küstenverlauf war nicht auszumachen - das Eis überdeckte Hunderte von Kilometern weit Land und Wasser -, aber er nahm an, dass es von seinem Standpunkt bis zum Salzwasser etwa zehn Kilometer waren.

Eagle stellte sein Fernglas ein wenig schärfer. Die arktische Luft war so kristallklar, dass es jedes Detail scharf nachzeichnete.

Das Donnern der Kanonen des Eisbrechers drang jetzt erneut zu ihm. Klar und deutlich. Er schwang das Fernglas herum, um den Eisbrecher zu studieren. Schlau, diese Russen. Und dumm. Sie hatten das kraftvolle, kleine Schiff als Eisberg getarnt. Es war hervorragend gemacht, und nur der schmale Streifen schwarzen Wassers, den es bei seinen unaufhörlichen Umrundungen der Insel hinterließ, verriet es. Aus der Luft hätte es jeden Piloten getäuscht.

Eagle lachte grimmig unter seiner Maske. Schlau. Und dann machten sie alles zunichte, indem sie einmal pro Stunde aus allen Rohren feuerten! Er nahm an, dass sie wahrscheinlich nur mit Gefahr aus der Luft rechneten. Es wäre ihnen nie in den Sinn gekommen, dass eine Abteilung, viel weniger noch, ein einzelner Mann, versuchen würde, über das trügerische Eis zu ihnen durchzustoßen.

Aber der russische Befehlshaber, wer er auch war, war kein Dummkopf. Er hatte zum erstenmal seit Monaten eine Patrouille ausgesandt. Bevor er ihn der Eiseskälte überlassen hatte, hatte Eagle von dem russischen Soldaten viel erfahren. Erst später, als seine eigene Krise vorüber war und er Thurs Bein amputiert und genäht hatte, den defekten Thermostat in seinem Plastikanzug gefunden und ausgewechselt hatte, war er in der Lage gewesen, die Informationen zu ordnen.

Der sterbende Russe - hatte er geahnt, was kommen würde? - hatte vor Schmerz und panischem Schrecken wie wild geredet. Er war nur ein einfacher Soldat, er führte nur Befehle aus, aber auch er wusste, dass in *Akademgorod* etwas nicht in Ordnung war.

Durchsuchungen fanden statt. Die gesamte Anlage wurde auseinandergenommen. Sie starrten den Leuten sogar ins Hinterteil, ganz gleich, ob Männer oder Frauen.

Eagles Lippen zuckten unter der Maske, und er rollte sich auf den Rücken, um in den blauschwarzen Himmel zu starren. Die rote Sonne hing wie gewöhnlich tief am südwestlichen Horizont.

Bald würde sie für ein paar Stunden verschwinden. Dann wollte er los.

Der Schneesturm hatte ihn einen Tag gekostet. Er wusste, dass er trotzdem Glück gehabt hatte. Nachdem der Wind mit über hundert Stundenkilometern übers Eis gerast war, hatte er sich ebenso schnell wieder gelegt, wie er gekommen war. Als Eagle ins Freie trat, hatte sich seine stumpfweiße Welt völlig verändert. Selbst für ein geländekundiges Auge wie das seine sah nichts mehr aus wie vorher. Von den toten Russen und Eskimos keine Spur, nicht einmal ein verräterisches Hügelchen. Es war, als hätten sie nie existiert. Eagle dachte nicht mehr an sie, außer dass er immer wieder sämtliche Informationen durchging, die der Soldat ihm gegeben hatte.

Er bewegte das Schneeglas weiter, stellte es schärfer und fand, was er suchte. Selbst mit dem Glas war es schwer auszumachen: ein Notausstieg, ein kurzer, weißer Kamin, der aus dem Eis ragte und mit einem kleinen roten Stern markiert war. Der Stern war das einzige, was ihn sichtbar machte, und Eagle wusste, dass es verdammt hart sein würde, ihn in der arktischen Dämmerung zu finden. Finden musste er ihn. Es war sein einziger Zugang zu der Anlage unter dem Eis.

Nachdem er die *Ostrowa* etwa eine Stunde lang beobachtet hatte, stellte Eagle einige Überlegungen an und traf Entscheidungen. Jetzt hing sein Leben davon ab, wie Recht er hatte.

Der Notausstieg, den er sich ausgewählt hatte, kaum sichtbar durch das Fernglas, lag sehr nahe an dem dunklen Wasserstreifen auf der entfernten Seite der Insel. Er nahm an, dass es der am weitesten vom Zentrum des Komplexes gelegene Ausstieg war. Es schien logisch zu sein, falls das Bild, das er sich von der Anlage machte, stimmte - aber natürlich konnte er völlig falsch liegen. Und daran zugrunde gehen.

Eagle drehte sich um und begann, auf dem Bauch zurück zu dem Engpass zu kriechen, in dem er Thur gelassen hatte. Der Durchlass war tief und schmal, von überhängendem Eis geschützt und bot viele natürliche Höhlen. Während er mühelos vorwärtskroch - das Eis war hier glatt und hatte eine blauweiße Farbe -, fragte Eagle sich erneut, warum er den Hund nicht getötet oder einfach zurückgelassen hatte. Stattdessen hatte er die Pfote amputiert, nachdem er das riesige Biest narkotisiert hatte, was allein schon eine Schwerarbeit gewesen war, hatte die Haut und Muskelreste beschnitten und alles vernäht. Thur hatte es ihm gedankt, indem ihm schlecht wurde und er Eagle von oben bis unten vollspuckte, als er aus dem Ätherrausch erwachte.

Jetzt, als Eagle die schützenden Eiskämme erreichte und wieder aufrecht ging, war er froh, das Tier gerettet zu haben. Wenn er Thur schließlich doch aufgeben musste, was wahrscheinlich war, dann hatte der Hund wenigstens eine Chance. Er mochte sich von der Jagd ernähren können, wenn das Bein einmal geheilt war.

Thur bellte, als Eagle die Höhle betrat. Er saß in einer Ecke beim Schlitten, das rechte Vorderbein dick verbunden. Eagle kraulte ihm die pelzigen Ohren. Thur bohrte seine Schnauze in Eagles Parka und bellte dann noch einmal. Eagle verstand. Er holte den Sack mit Seehundfleisch und Fisch und fütterte den Hund. Dann streckte er sich in seinem Schlafsack aus, drehte den Thermostat des Plastikanzugs herunter und sah zu, wie Thur seine Mahlzeit verschlang. Schläfrig hörte er auf den Wind, der vor der Höhle wieder aufgefrischt war, und spielte seinen Plan im Geiste noch ein letztes Mal durch.

Er rechnete nicht damit, dass es schwierig sein würde, in die Stadt unter dem Eis zu kommen. Sein Plastikanzug ließ sich auch als Taucheranzug verwenden, und er hatte eine kleine Sauerstoffflasche bei sich, die sich mit dem Helm verbinden ließ. Bei diesem Unternehmen hatte er den Helm noch nicht benutzt, aber er hatte ihn überprüft. Alles war in Ordnung.

Nichts war einfacher, als in das dunkle Wasser zu gleiten - es war sehr viel wärmer als die Luft - und durch den schwarzen Graben zu schwimmen, bis er zu dem Notausstieg kam, den er sich ausgesucht hatte. Er würde aus der Flasche atmen und Flossen tragen, und das Ganze sollte ohne Schwierigkeiten zu schaffen sein. Aber es musste während der kurzen arktischen Nacht erledigt werden, und zwar so schnell wie möglich. Er musste also seine schützende Kleidung zurücklassen und sich allein auf seinen Plastikanzug verlassen. Er musste alle Waffen mit sich führen und jedes Stück Ausrüstung, das er vielleicht brauchte. Dann musste er den Ausstieg finden und hinunterklettern. Hinein in - was?

Das war sein Risiko: Er wusste es nicht. Aber er wollte trotzdem bei diesem Notausstieg bleiben.

Wenn er einmal drinnen war, musste er einen russischen Wissenschaftler namens Boris Prokowitz finden. Einen Mann, der mit einem selbstgebauten Sender Funksprüche sendete und mit *Rasputin der Zweite* Unterzeichnete.

Seine Instruktionen in Hawaii waren gründlich und erschöpfend gewesen. Mr. Merlin - ein alter Mann, der mit dem Phantastischen handelte wie ein Kaufmann mit trockenen Bohnen -, Mr. Merlin hatte zugegeben, dass er nicht einmal raten konnte, was auf Eagle wartete, wenn und falls er sich Zugang zu der geheimen Stadt unter dem Eis verschaffen konnte.

»Sie werden einfach improvisieren müssen«, sagte Mr. Merlin. »Versuchen Sie, von einer Minute auf die andere am Leben zu bleiben. Wir wollen diesen Mann, diesen Rasputin, davon in Kenntnis setzen, dass Sie unterwegs sind. Vielleicht bekommt er unsere Nachricht, vielleicht nicht. Selbst wenn, ist er vielleicht nicht in der Lage, Ihnen zu helfen. Er ist ein alter Mann und sehr wahrscheinlich krank. Alles hängt von Ihnen ab. Von Ihnen allein! Wenn irgend möglich, dann bringen Sie diesen Rasputin, diesen Boris Prokowitz, heraus. Ebenfalls alle anderen Wissenschaftler, die kommen möchten - Amerikaner, Briten, selbst Russen, wenn möglich. Ich weiß nicht und kann Ihnen auch nicht sagen, wie Sie das schaffen sollen. Das ist Ihre Aufgabe. Ich kann nicht einmal mit Bestimmtheit sagen, dass Sie Prokowitz oder irgendeinen anderen Wissenschaftler dort vorfinden werden. Dieses gesamte Unternehmen basiert auf einer Serie von

Extrapolationen, Induktionen und Vermutungen. Kurz gesagt, es ist ein Glücksspiel. Ob Sie Prokowitz oder jemand sonst nun finden oder nicht, Sie werden natürlich vor allem Ihr eigenes Leben retten. Um dies zu gewährleisten und sicherzustellen, dass man Ihnen nicht folgt, kann es nötig werden, die gesamte Anlage zu zerstören. Sie haben eine Atomatron-Granate bei sich. Ob Sie die benutzen oder nicht, liegt ganz allein bei Ihnen.«

Ja, dachte Eagle. *Ganz allein bei mir.* Nun ja, er würde sehen. Er hatte nichts dagegen, in Erfüllung seiner Pflicht zu töten. Es war einfach eine Tatsache wie Gut und Böse. Hauptsache war, jedenfalls im Denken eines Apachen, dass man selbst so lange wie möglich am Leben blieb. Und jetzt, so kurz vor dem entscheidenden Einsatz, dachte er wie ein Apache. Es war seine beste Überlebensgarantie.

Eagle stellte den automatischen Wecker in seinem Gehirn und schlief ein. Kurz bevor die Dunkelheit ihn überkam, fragte er sich, nicht zum erstenmal, warum dieser Prokowitz eigentlich so wichtig war. Ein alter Mann, der vielleicht noch lebte, vielleicht aber auch nicht. Der vielleicht bei Sinnen war, vielleicht aber auch nicht.

Mr. Merlin erzählte einem eben nicht immer alles, was er wusste.

Elftes Kapitel

Suthina Wotanja arbeitete im Gehirnlabor, als sie kamen. Sie hatte sie erwartet und kämpfte, seit sie Boris Prokowitz in seinem Apartment verlassen hatte, verzweifelt darum, die Nerven zu behalten. Sie war furchtbar nervös. Die Beruhigungstabletten halfen überhaupt nicht. Sie hatte dunkle Ringe unter den Augen, und ihre Kehle fühlte sich trocken und rau an. Ab und zu brach ihr am ganzen Körper feiner Schweiß aus, ihre Hände und Knie zitterten. Sie fand es lächerlich, dass sie ihren Körper nicht besser unter Kontrolle hatte, aber daran war nichts zu ändern.

Major Georgi Penoff, Sarkoffs Adjutant, fand Suthina im Gehirnlabor. Wie immer war er wie aus dem Ei gepellt. Jeder Knopf blitzte, sein Gesicht glänzte frisch geschrubbt. Er hatte zwei Soldaten bei sich, jeder mit einer schweren Pistole bewaffnet. Suthinas Herz krampfte sich zusammen, als sie sah, wie er den Soldaten befahl, draußen zu bleiben. Was war schiefgelaufen? Wieso? Sie war kaum fähig zu atmen - um ihre Lungen lag eine eiserne Klammer - und wusste, dass ihr die Schuld offen im Gesicht stand. Ihre Nerven begannen ein unaufhörliches, gleichmäßiges, schreckliches Kreischen.

Aber der Major war recht freundlich. Er lächelte ihr zu, ließ die Augen über ihren Körper wandern wie immer - er war ein junger Mann, der die Hoffnung nie aufgab - und sagte: »Entschuldigen Sie die Störung, Genossin, aber der Oberst möchte Sie sehen. Oder besser, er möchte, dass Sie etwas für ihn tun. Im Augenblick ist er in Prokowitz' Wohnung und wartet. Wir haben Prokowitz vor einer Weile tot aufgefunden.«

Sie versuchte, genau den richtigen Grad von Überraschung und Entsetzen zu heucheln und mühte sich verzweifelt, nicht zu dick aufzutragen. Sie hatte Major Penoff nie für besonders intelligent gehalten, aber man konnte nie wissen.

Sie sah ihn ausdruckslos an. »Tot? Boris ist tot?«

Penoff nickte fröhlich. »Ja. Hat sich umgebracht, mit Gift oder so. Auf jeden Fall hat er einen Brief hinterlassen, in dem er zugibt, unser Verräter zu sein. Aber der Oberst wird Ihnen das alles erzählen. Können Sie jetzt mitkommen, Suthina? Ich glaube, er möchte, dass Sie sich Prokowitz ansehen.«

Oberst Sarkoff war allein in Prokowitz' Wohnung, als Suthina eintrat. Der vollbekleidete Körper lag unter einem Laken auf dem Bett. Auf einem Nachttisch standen eine Flasche Wodka, ein Tablettenröhrchen, ein Aschenbecher, eine Pfeife und eine Dose Tabak und verschiedene elektronische Geräteteile.

Sarkoff ruckte mit dem Kopf, und Penoff verließ den Raum. Auf dem Weg nach draußen zwinkerte er Suthina noch einmal zu. Das Zwinkern gab ihr neuen Mut. Der Major wäre sicherlich nicht so freundlich gewesen, wenn sie gewusst hätten - selbst wenn sie nur den Verdacht gehabt hätten...

Der Oberst starrte sie an. »Nehmen Sie bitte Platz. Wir müssen noch ein paar Minuten warten. Ich habe mir die Freiheit genommen, Ihre ärztliche Bereitschaftstasche holen zu lassen. Sie steht doch in Ihrer Wohnung, nicht wahr?«

Atemlos sank sie in einen Sessel, ohne das Apartment wirklich zu sehen. Sie sahen alle gleich aus. Nur mit dem Unterschied, dass dies die Wohnung eines Mannes war.

»Sie scheinen erschüttert zu sein«, sagte der Oberst ausdruckslos. »Weil Prokowitz tot ist, oder weil er ein Verräter war?«

Sie bewegte sich auf einem dermaßen hauchdünnen Lügengeflecht, dass der Mut sie beinahe verlassen hätte. Aber sie musste durchhalten. Sie musste! Es war zu spät, jetzt umzukehren. Sie hatte die Leinen losgeworfen und musste den Weg zu Ende gehen. Deshalb zwang sie sich, ihm in die Augen zu sehen.

»Ich bin ein wenig schockiert«, sagte sie, »das ist wohl nur natürlich. Wir haben zusammengearbeitet, ich habe ihn erst gestern gesehen, und da war er noch bei guter Gesundheit. Ich - ich wusste nicht, dass er ein Verräter war.«

Sarkoff nahm etwas aus seiner Tasche. Er gab ihr den Brief und ging dann zu seinem Stuhl zurück. »Ein volles Geständnis«, sagte er. Ein sarkastischer Unterton kam in seine Stimme. »Prokowitz wollte verhindern, dass wir jemand anderen beschuldigen. Jemanden, der nicht tot war. Sie sehen, er nahm die gesamte Verantwortung auf sich. Er hatte keine Komplizen. Wir haben seinen Sender gefunden. Sehr schlau: das Gerät war über seine gesamte Wohnung verstreut oder an seinem Körper versteckt. Er konnte sich nicht länger verstecken - er und seine Wohnung wären heute durchsucht worden -, also wählte er diesen Ausweg. Alles glasklar, wie?«

In ihrem Kopf drehte sich alles. Sie wusste nicht, was sie sagen oder nicht sagen sollte, aber sie wusste, dass sie irgendetwas sagen musste. Wieviel wusste der Oberst? Spielte er mit ihr? Dieser Schnurrbart ließ ihn ein bisschen wie eine Katze aussehen. Eine sehr alte und grausame Katze.

Um Zeit zu gewinnen, sagte sie: »Sie erwähnten meine Bereitschaftstasche, Oberst. Warum?«

»Ich bin ein einfacher Soldat«, sagte Sarkoff. »Das brauche ich nicht besonders zu betonen. Aber Sie sind doch Ärztin, oder?«

»Ja.«

»Und Sie leiten Ihre Abteilung, nicht wahr? Sie haben den höchsten Dienstgrad?«

Sie nickte. »Ja.« Worauf wollte er hinaus?

Oberst Sarkoff nickte in Richtung des Körpers auf dem Bett. »Dann müssen Sie seinen Tod bescheinigen. Offiziell. Sie verstehen, alles muss seine Ordnung haben. Sie werden ihn für tot erklären und den Totenschein unterschreiben. Ich ebenfalls. Dann werden wir ihn zu den anderen legen und auf den Generalinspektor warten. Alles ganz sauber und wie es Vorschrift ist. Moskau ist in diesen Dingen sehr strikt.«

Jetzt konnte sie die Falle sehen. Oder war es gar keine? Sie war sich nicht sicher. Vielleicht wusste er nichts, vielleicht wusste er alles. Ihre Nerven verstärkten ihr stummes Kreischen.

Suthina und Prokowitz hatten erwartet, dass man Dr. Wolodow rufen würde. So hatten sie es geplant. Dr. Wolodow war ein ältlicher Mann, weit über seine Blütezeit hinaus, der als Truppenarzt fungierte. Seine Wohnung lag nur zwei Hütten weiter auf dem Korridor. Sie hatten damit gerechnet, dass man ihn zuerst rufen und dass er anschließend Boris für tot erklären würde.

Sie war sich bewusst, dass Sarkoff sie genau beobachtete. Sie öffnete fast den Mund, um zu fragen, ob man Dr. Wolodow konsultiert hatte, und überlegte es sich dann. Jedes Anzeichen von Widerstreben auf ihrer Seite konnte das Ende bedeuten.

Plötzlich wurde sie ärgerlich mit sich selbst. Sie war ein Narr. Ein Feigling, sicherlich, aber auch ein Narr! Ein Kind, das sich vor dem eigenen Schatten fürchtete. Der Teufel sollte sie alle holen! Sie konnten doch nicht alles wissen und überall sein! Sie musste sich zusammenreißen, sonst warf sie die Flinte ins Korn, nachdem das Spiel schon gewonnen war.

Sarkoff beobachtete sie noch immer. Sie sah ihm gerade in die Augen, begann zu glauben, dass er nur blufte, oder nicht einmal das. Vielleicht war er ganz einfach dumm.

Es klopfte. Ihr Herz machte einen Satz. Jetzt würde sie es bald wissen!

Ein Soldat brachte ihre Bereitschaftstasche. Sarkoff gab sie ihr. »Machen Sie schnell«, sagte er. »Ich habe noch viel zu tun. Erklären Sie ihn für tot und unterzeichnen Sie. Dann können wir beide wieder an unsere Arbeit gehen.«

Suthina nahm das Stethoskop aus der Tasche und trat zum Bett. Die Stunde der Wahrheit war gekommen. Wenn der Oberst ihr eine Falle gestellt hatte, dann war es eine sehr kluge und sichere Falle. So verängstigt sie auch war, sie wusste die Finesse zu schätzen - sie hatte nicht einmal gewagt zu fragen, ob Prokowitz bereits untersucht worden war. Alles stand und fiel mit dem, was sie jetzt sagte. Und mit dem, was Sarkoff wusste. Er musste Tartarenblut in den Adern haben. Der Mann war ein Teufel.

Prokowitz sah tot aus. Sie hatte gute Arbeit geleistet. Das konnte sie von sich erwarten, dafür war sie Spezialist. Zuerst hatte sie Prokowitz in Tiefschlaf versetzt, wie sie das mit all ihren Patienten tat und auch mit Pridwell heute tun würde. Wenn sie bis dahin nicht in einer Zelle saß.

Als Prokowitz eine Stunde geschlafen hatte, injizierte sie ihm ein starkes Medikament, das ihn in einen der Todesstarre ähnlichen Zustand versetzte. Sein Kreislauf wurde langsamer, bis nur noch ein Hauch von Leben in ihm war. Er war sehr bleich, seine Nase ragte spitz hervor, seine Muskeln hatten sich durch die Droge künstlich verkrampft.

Oberst Sarkoff sah ihr über die Schulter. Er roch nach Mann und Tabak. Sie bewegte das Stethoskop hin und her, hörte das schwache Flattern des betäubten Herzens. Das war ihr Verderben, *falls der Körper bereits untersucht und der Schwindel ans Licht gekommen war.*

Es war immer noch nicht zu spät. Sie konnte Prokowitz für lebendig erklären, vorgeben, den Schwindel zu durchschauen und ihn aufzudecken. Sie konnte sich retten.

Sarkoff bewegte sich hinter ihr. Aus den Augenwinkeln sah sie, wie er das kleine Röhrchen hochhob und daran roch. Blausäure. Der Tod trat sofort ein. Sie hatte seinen Inhalt in die Toilette geschüttet und fortgespült.

Sarkoff stellte das Röhrchen mit einem kleinen Knall wieder auf den Nachttisch. Ungeduldig. »Es kann doch kaum so lange dauern, den Tod eines Menschen festzustellen«, raspelte er.

Suthina richtete sich auf. »Man muss vorsichtig sein«, sagte sie. »Sehr vorsichtig. Dabei sind schon oft Fehler gemacht worden. Es ist nicht so leicht, den Tod eines Menschen festzustellen, wie Sie glauben, Oberst.«

Jetzt, als der Augenblick der Wahrheit gekommen war, fühlte sie fast so etwas wie eine perverse Fröhlichkeit in sich aufsteigen. Ihre nächsten Worte würden wahrscheinlich darüber entscheiden, ob sie lebte oder starb. Sie musste jetzt weitermachen. Wenn der Schwindel aufflog und man Prokowitz zurückholte, dann würde er sie verraten. Er hatte ihr damit gedroht, kurz bevor er eingeschlafen war.

Sie nahm das Stethoskop ab und rollte es zu einem kompakten Bündel zusammen, um es in die Tasche zurückzuschieben.

»Er ist tot«, sagte sie. »Ich erkläre ihn offiziell für tot, Oberst Sarkoff.« Sie sah ihn nicht an. Das Herz schlug ihr in der Kehle wie ein Hammer. Sie war sicher, dass er es hören konnte.

Der Oberst streckte ihr ein Blatt Papier und einen Stift entgegen. »Gut, fein. Ich musste sichergehen. Der alte Wolodow hat ihn zuerst untersucht und sagt er sei tot. Aber der alte Narr - ich würde seinem Wort nie unbesehen glauben! Hier müssen Sie unterschreiben, Dr. Wotanja. Hier unten. Danke. Jetzt können wir alle wieder an die Arbeit gehen. Soweit es Prokowitz betrifft, ist die Sache abgeschlossen, aber die Affäre ist noch nicht vorbei. Nicht im Geringsten. Ich bin überzeugt, dass er Komplizen hatte.«

Suthinas Knie zitterten. Einen Augenblick lang fürchtete sie zu fallen. Sie ging zum Sessel, setzte sich und versuchte, ihr Gesicht unter Kontrolle zu halten. Also war es doch noch nicht vorbei! Natürlich nicht. Es würde nie wirklich vorüber sein. Nicht *diese* Sache.

Er beobachtete sie wieder, die alten Augen waren scharf. »Fühlen Sie sich nicht wohl, Genossin?«

Er hatte es bemerkt. Sie schenkte ihm ein blasses Lächeln, das keine Verstellung brauchte.

»Es geht mir gleich besser. Ein bisschen verzögerter Schock, passiert den meisten von uns nach so etwas. Er war schließlich ein Kollege von mir, und ich habe erst gestern noch mit ihm gesprochen.« Sie sah den Oberst ernst an und log das Blaue vom Himmel herunter. »Ich bin erschüttert, Genosse Oberst. Wie Sie vorhin richtig sagten, weiß ich nicht, was mich mehr schockiert - sein Tod oder sein Verrat. Ich - ich kann es immer noch kaum glauben, dass er - dass er Russland verraten hat.«

Der Oberst stand an der Tür. »Sie können es ruhig glauben«, sagte er brüsk. »Sie wissen nicht alles, was ich weiß, Genossin. Ich...«

Er hielt inne, starrte sie stirnrunzelnd an und verzog unter seinem schweren Schnurrbart die Lippen. Offensichtlich traf er eine Entscheidung über sie. »Ihre Zeugnisse sind erstklassig, Genossin. Moskau vertraut Ihnen sehr, wenn man nach den Akten urteilt.

Also will ich Ihnen auch ein wenig trauen. Wir - Sie müssen immer noch wachsam sein. Halten Sie Augen und Ohren offen. Ich glaube, dass Prokowitz Komplizen hatte. Ich kenne sie noch nicht, aber ich werde sie finden. Ich will Ihnen etwas über Ihren verstorbenen Kollegen erzählen, Doktor: er war nicht nur ein Verräter. Er war auch ein Mörder!«

Jetzt brauchte sie das Entsetzen nicht mehr zu heucheln. »Ein Mörder?«

Er schien über ihre Reaktion erfreut zu sein. »Sie erinnern sich an das Mädchen, das draußen erfror? Wir dachten zuerst, dass sie aus Versehen hinausgelaufen sei. Ihr Name war Natascha.«

Suthina konnte nur nicken. Natascha war vor sechs Monaten gestorben. Aber ihr Gehirn - ihr Gehirn war erst seit ein paar Stunden tot! Boris Prokowitz hatte das Gehirn getötet, das wusste sie. Aber das Mädchen selbst?

Sarkoff starrte sie kalt an. »Sie und ich, Doktor, sind die einzigen, die dies wissen. Ist das klar?«

Warum erzählte er es ihr?

Sie nickte wieder. »Selbstverständlich.«

»Natascha Kopekowa war eine Agentin, eine KGB-Agentin, die hergeschickt worden war, um die Wissenschaftler zu durchleuchten. Sie hatte Prokowitz schon seit einiger Zeit in Verdacht, konnte ihm aber nie etwas nachweisen. Oder vielleicht war sie auch keine wirklich gute Agentin. Ich glaube nicht, dass sie von seinen Funksignalen wusste. Jedenfalls nicht bis ganz zuletzt. Kurz bevor sie getötet wurde.«

Suthina schüttelte den Kopf. »Das verstehe ich nicht.« Es war teilweise die Wahrheit. Das Mädchen war eine Agentin gewesen, hatte die ganze Zeit unter ihnen gelebt, sich unter ihnen bewegt und sie bespitzelt. Sie erinnerte sich an einen Satz, den Prokowitz gesprochen hatte: »Andere beobachten Sie und misstrauen Ihnen.«

Oberst Sarkoff hätte fast gelächelt. Aber es wurde nichts daraus. »Natascha erstattete mir kurz vor ihrem Tod noch Bericht. Sie war sicher, dass sie Prokowitz bald überführen konnte. Er war, äh, also - er stellte ihr nach und...«

Er sah sie nicht an. War es möglich, dass dieser schreckliche Klotz scheu und schüchtern wurde, wenn es um Sex ging?

Der Oberst fuhr fort: »Wie ich schon sagte, er stellte ihr nach. Das arme Mädchen musste gute Miene zum bösen Spiel machen.

Er bat sie, ihn nach Dienstschluss an einsamen Orten zu treffen und, na ja, Sie wissen schon. Sie ekelte sich natürlich vor ihm, aber sie musste ihre Rolle spielen.«

Suthina ging ein Licht auf. Oberst Sarkoff hatte ihr ebenfalls nachgestellt, Natascha und er hatten miteinander geschlafen. Eine Menge vertraulicher Informationen kann im Bett ausgetauscht werden, ohne dass die Beteiligten es wirklich merken.

»Ich bin überzeugt, dass Prokowitz begann, Natascha Kopekowa zu misstrauen«, sagte der Oberst. »Er fand heraus, dass sie KGB-Agentin war, lockte sie zu einer entlegenen Stelle unter dem Vorwand, äh, mit ihr zu schlafen. Dann muss er sie bewusstlos geschlagen und nach draußen gezerrt haben, damit sie erfror. Er wäre fast damit durchgekommen. Wenn sie seinen Namen nicht in meiner Gegenwart erwähnt hätte, hätte ich keinen Verdacht geschöpft.«

Suthina wusste, dass sie nach draußen musste. Ihr Kopf schwoll, platzte fast, und ihre Nerven schrien schon wieder. Wenn sie blieb, würde sie irgendeinen schrecklichen Fehler begehen. Es war jetzt offensichtlich - obwohl es ihr fast wie ein Wunder schien -, dass er sie tatsächlich nicht mehr verdächtigte als alle Wissenschaftler und Intellektuellen.

Sie stand auf und nahm ihre Bereitschaftstasche. »Ich muss wirklich zurück, Oberst. Wenn also sonst nichts mehr ist...« Sie drückte sich an ihm vorbei zur Tür.

»Draußen im Flur steht ein Feldwebel«, sagte er. »Würden Sie bitte so freundlich sein, ihm zu sagen, dass er zwei Mann und eine Bahre besorgen soll?«

»Ich sag's ihm, Genosse.« Jetzt war sie fast draußen. Sie rechnete sich im Kopf bereits die Zeit aus: Man würde Prokowitz zum Lagerraum der Toten bringen. Er war jetzt fünf Stunden »tot«. Das Medikament würde noch etwa sechs Stunden wirken, dann musste sie eine neue Injektion machen und ihn füttern, ihn wärmen, wenn er am Leben bleiben sollte.

»Doktor!«

Sie drehte sich um. Ging es denn nie zu Ende? »Ja, Oberst?«

»War Boris Prokowitz normal oder wahnsinnig? Ihre eigene Meinung. Keine andere. Ihre eigene.«

Sie wusste jetzt die Wahrheit, hatte sie schon seit dem Zwischenfall mit dem Gehirn gewusst. Sie kannte den Zweck der Frage nicht, wenn es einen gab, aber sie log noch einmal. »Normal«, sagte sie. »So normal wie wir alle, Oberst.«

Zwölftes Kapitel

Suthina wartete so lange wie möglich, bevor sie an diesem Abend Pridwells Hütte aufsuchte. Für den Fall, dass sie gefragt wurde, hatte sie sich eine Geschichte zurechtgelegt. Der Amerikaner versprach, ein harter Fall zu werden, und brauchte besondere Aufmerksamkeit. Während sie still durch die schwachbeleuchteten, eiskalten Korridore ging, in denen nur das *Schhhhh - schhhhh - schhhhh* der riesigen Pumpen zu hören war, war sie dankbar dafür, dass Pridwells Hütte so abgelegen war. Das gab ihr die Möglichkeit, ohne Schwierigkeiten in den verlassenen Komplex hinter der Stahltür zu schlüpfen.

Ihre Bereitschaftstasche, schwer beladen mit all den Dingen, die sie brauchte, um Prokowitz am Leben zu erhalten, schlug ihr gegen den Schenkel, während sie ging. Sie hatte wirklich so lange wie möglich gewartet. Prokowitz musste sterben, wenn sie innerhalb der nächsten Stunde nicht zu ihm gelangte.

Sie blieb nur kurz bei Pridwell, musste aber so tun als ob. Der Krankenwärter durfte nichts merken. Seit der Oberst ihr von Natascha Kopekowa erzählt hatte, war sie doppelt wachsam - und doppelt so verängstigt, wenn das noch möglich gewesen wäre. Sie konnte niemandem trauen. Niemandem außer dem amerikanischen Agenten, der kommen würde, um ihnen zu helfen. Das hatte Boris geschworen.

Sie konnte Pridwell aus gutem Grund nicht in Tiefschlaf versetzen: sie hatte sich mit dem Vorrat an Medikamenten, die sie besaß, verschätzt und das meiste davon benutzt, um Boris einzuschläfern; jetzt konnte sie nichts mehr bekommen, bis die Ausgabestelle wieder öffnete. Dort war man sehr vorsichtig. Für jeden Kubikzentimeter verlangten sie eine Unterschrift, und der Vorrat wurde zu Beginn und am Ende der Ausgabezeit nachgeprüft.

Suthina blieb zwanzig Minuten bei Pridwell. Es gab nichts zwischen ihnen zu sagen. Er sprach ein paar Worte, verfiel dann in Schweigen und starrte sie mit trotziger Verachtung an. Sie ging, sobald sie konnte. Pridwell war ein Fehlschlag. Der Mann war seit seiner Ankunft bei vollem Bewusstsein. Nicht, dass das jetzt noch einen Unterschied machte.

Bevor sie in den Hauptkorridor einbog, sah Suthina auf ihre Uhr. Es war kurz nach 0 Uhr sibirischer Zeit, sie kam gerade noch rechtzeitig. Die Wirkung der Medikamente auf Prokowitz musste bald aufhören. Lunge und Herz würden schneller arbeiten, sein Kreislauf wieder aktiver werden. Das würde ihn paradoxerweise umbringen. Er musste erfrieren.

Ihr Herz pochte, als sie sich der hohen Stahltür mit dem roten Verbotsschild näherte. Als sie die Tür öffnete und hineinging, überquerte sie ihren ganz persönlichen Rubikon, machte den ersten physischen und offenen Schritt, für den es keine Rückkehr mehr gab.

Sie drückte den Riegel herunter, die Tür schwang geräuschlos auf: inzwischen gut geölt. Innen war eine Sicherheitsverriegelung angebracht, und eine trübe Birne hing von der eisigen Decke. Boris hatte ihr all das erklärt. Er hatte ihr gründlich beschrieben, was sie erwartete. Boris hatte diesen verlassenen Teil der Eisstadt seit Monaten durchstreift wie ein modernes Schlossgespenst.

Suthina zögerte nicht. Der enge Korridor führte geradeaus, auf jeder Seite öffneten sich die leeren Höhlen ehemaliger Räume. Vorn, vielleicht hundert Meter weiter, verbreitete die nächste Birne ihr trübes, gelbes Licht. Dort machte der Korridor eine

Rechtsbiegung. Aber sie musste sich nach links halten. Nur ein paar Schritte vor der Biegung würde sie den Raum finden, in dem die Toten lagen. Boris war mit diesem Raum sehr vertraut; er hatte einen elektrischen Anschluss, und von dort hatte er seine Funksignale ausgesandt, indem er eine Drahtverbindung zu einem stählernen Notausstieg herstellte und ihn als Antenne benutzte. Einige der kleineren und wichtigen Teile hatte er bei den Toten versteckt. Einige hatten Kleider an, hatte er erklärt, andere waren nackt. Es hing davon ab, wie und wo sie gestorben waren.

Suthina hielt vor dem Eingang und tastete auf der Innenseite nach dem Lichtschalter. Es war möglich, dass Boris bereits tot war. Sie hatte nicht gesehen, wie man ihn auf der Bahre forttrug. Er war zwar so warm angezogen, wie es ging, aber angenommen, man hatte ihn aus irgendeinem Grund entkleidet?

Sie schaltete das Licht an und der große Raum wurde strahlend hell. Sie verstand das Gefühl der Erleichterung nicht, als sie sah, dass die meisten Toten mit Decken verhüllt waren. Schließlich war sie doch Arzt. Trotzdem war sie dankbar dafür.

Es waren neun, und sie lagen alle nebeneinander, sauber aufgereiht mit den Köpfen zur Wand und den Füßen in den Raum. In einigen Fällen hatte man die Decken über die Gesichter gezogen, anderswo nicht. Sie sah Boris Prokowitz sofort. Er war zuletzt gebracht worden und lag deshalb der Tür am nächsten. Man hatte eine Decke über ihn geworfen, die sein Gesicht nicht verdeckte. Sie hatten ihm nicht einmal seinen Kneifer abgenommen!

Suthina zog eine Spritze auf und warf die Decke zur Seite. Sie zerrte Boris' Arm aus der schweren Parka und spritzte ihm das Medikament durch den Rest seiner Kleider in den Arm. Keine Zeit, ihn auch nur teilweise auszuziehen. Sie setzte ihr Stethoskop erst an, als er die Droge im Körper hatte. Gerade noch rechtzeitig. Der Herzschlag war nur noch ein kaum hörbares Flüstern.

Sie war gerade dabei, die Glukoseflasche aus der Tasche zu holen, um ihn intravenös zu ernähren, als es geschah. Sie konnte es nicht glauben. Es war unfassbar. Sie dachte nichts. Tat nichts.

Sie konnte nicht schreien. Sie konnte nicht weglaufen.

Die Leiche am Ende der Reihe warf die Decken von sich und sprang auf. Die Bewegung war blitzschnell, flüssig und sicher, und das Ding kam auf sie zu. Sprang auf sie zu. Irgendetwas blitzte in seiner behandschuhten Hand.

Suthina verlor sich in einem Abgrund des Entsetzens. Ihre Nerven, ohnehin schon bis zum Zerreißen gespannt, versagten völlig. Sie kniete wie angewurzelt da, die Glukoseflasche in der Hand, unfähig, einen Gedanken zu fassen und beinahe so tot wie die Leichen um sie herum. Ein einziger Gedanke bahnte sich seinen Weg in ihr versteinertes Gehirn - es war eine Falle! Irgendeine phantastische Falle Sarkoffs. Nur er hätte sich diesen Alptraum ausdenken können.

Ein Arm, ein muskulöser, mit irgendeinem glatten Material überzogener Arm, legte sich um ihre Kehle. Knapp hinter ihrem Ohr spürte sie einen kalten Punkt. Eine Stimme raunte aus dem schalenförmigen Helm, den das Ding trug. Es sprach russisch mit amerikanischem Akzent.

»Ich bin ein amerikanischer Agent. Keine Bewegung. Keinen Laut. Sonst töte ich Sie. Nicken Sie einmal, wenn Sie mich verstehen.«

Sie konnte nicht nicken. Sie war vor Fassungslosigkeit, Entsetzen und beginnendem Verständnis der Ungeheuerlichkeit zu Eis erstarrt.

Das Wesen schien ihr Entsetzen zu verstehen. Der Arm um ihre Kehle lockerte sich ein wenig. Der kalte Punkt - es fühlte sich an wie eine große Nadel - blieb unverändert. Mit einer Hand begann das Ding, sie unter ihrer Parka zu durchsuchen. Die Hand traf auf eine ihrer festen Brüste und hielt abrupt inne, als sei das Wesen überrascht. Sie spürte sein Erstaunen und verstand. Sie trug eine Hose, und die Parka verbarg ihre Figur. Es hatte nicht gewusst, dass sie eine Frau war.

Die Durchsuchung ging weiter. Gründlich. Die Hand lief an ihrem Körper auf und ab und um ihn herum. Sie fand es weder angenehm noch unangenehm. Sie war noch immer völlig betäubt. Und doch war sie in der Lage zu denken, dass dies zweifellos ihr Tag für Durchsuchungen war. Zuerst war ihre Wohnung auseinandergenommen worden, dann hatte eine der anderen Ärztinnen sie selbst durchsucht. All das, kurz nachdem sie den Oberst verlassen hatte.

Sie wurde losgelassen, bewegte sich aber immer noch nicht.

»Drehen Sie sich um. Aber langsam.«

Sie drehte sich langsam um, suchte nach ihrer alten Geistesgegenwart und fand sie. Das Ganze begann, auf eine verrückte Art Sinn zu ergeben. Boris hatte gesagt, dass jemand kommen würde.

»Wer sind Sie? Wie heißen Sie?«

Der Mann - sie wusste jetzt, dass in dem Weltraumanzug und dem Helm ein Mann steckte - stand zwei Meter von ihr entfernt und hielt eine eigenartige Pistole auf sie gerichtet. Suthina wusste, dass er sie rasch und ohne viel Federlesens töten würde, wenn er es für nötig hielt.

Sie antwortete englisch, weil sie annahm, dass es nützlich sein konnte, wenn er Amerikaner war. Sie wusste, dass sie dem Tod immer noch sehr nahe war.

»Ich bin Dr. Suthina Wotanja. Wenn Sie amerikanischer Agent sind, dann habe ich Sie erwartet. Wir haben Sie erwartet, Boris Prokowitz und ich.« Wenn dies Sarkoffs Falle war, dann war sie jetzt unrettbar verloren.

Der behelmte Kopf nickte kaum wahrnehmbar. Also bedeuteten ihm die Namen etwas? Die seltsame Pistole blieb auf ihren Bauch gerichtet.

»Was machen Sie hier?«

Suthina sagte: »Kann ich mit dem Finger deuten, ohne erschossen zu werden?«

»Ja.«

Sie zeigte auf Boris Prokowitz zu ihren Füßen. Die Glukoseflasche, Nadel und Schlauch einsatzbereit, lag neben ihm. »Das ist Boris. Man hält ihn für tot. Er ist es aber nicht, noch nicht. Doch wenn Sie mich nicht arbeiten lassen, und zwar schnell, dann ist er es bald.«

Die Pistole bewegte sich. »Hierher.« Sie gehorchte.

Er kniete neben Prokowitz, die Pistole immer noch auf sie gerichtet. Aus einer unsichtbaren Tasche des eigenartigen weißen Anzugs - war das Kunststoff? - nahm er ein Foto. Er sah erst das Foto an, dann das Gesicht des »Toten« und dann sie. Er stand auf.

»Machen Sie weiter. Sie tragen die Verantwortung. Besteht die Möglichkeit, dass jemand kommt?«

Sie war schon bei Prokowitz, rammte die große Nadel in den streichholzdünnen Arm und hielt die Flasche hoch. »Nein. Außer sie bringen noch eine Leiche. Wir müssten hier eine Weile sicher sein.«

Er behielt die große Pistole im Anschlag. »Sprechen Sie. Erklären Sie mir alles. Machen Sie's kurz, aber ohne etwas Wichtiges auszulassen.«

Sie erzählte ihm alles, was sie wusste, soweit sie es wusste und verstand. Als sie aufhörte war die Flasche leer.

John Eagle hörte gleichmütig zu. Ihre Geschichte musste wenigstens einen Teil Wahrheit enthalten. Oder? In seinem Geschäft verließ man sich besser auf gar nichts. Nachprüfen. Er ließ Suthina zur Seite treten und setzte das Stethoskop auf Prokowitz' Brust. Der Mann sah so tot aus... Nein. Die Schläuche trugen ihm ein schwaches, sehr schwaches Pochen zu. Er glaubte ihr diesen Teil der Geschichte. Aber warum tat sie es?

Eagle hatte seine Anweisungen, was Suthina Wotanja betraf. Mr. Merlin hatte gesagt: »Wenn Sie die Zeit dazu haben, und wenn Sie sie zur Flucht bewegen können, oder wenn Prokowitz das kann, dann holen Sie sie heraus. Wenn nicht, töten Sie sie. Ebenso wie die anderen.«

Eagle warf das Stethoskop zur Seite. »Sie haben noch mehr Männer hier. Amerikanische Wissenschaftler? Von Ihren Leuten entführt und hergebracht?«

Er sah sie zögern. Sie hatte nicht vorgehabt, eine Verräterin zu werden.

Die Pistole bewegte sich leicht in seiner großen Hand. »Ich möchte Sie nicht gleich töten«, sagte er, »aber wenn Sie versuchen, mir Schwierigkeiten zu machen, dann tue ich es trotzdem. Für meine Pläne brauche ich Sie nicht.« Nicht ganz wahr. Er konnte sehen, dass sie sehr wertvoll sein würde. Aber das wusste sie nicht.

Sie versuchte, so wenig wie möglich in Einzelheiten zu gehen, als sie ihm von den anderen erzählte. Von den Experimenten. Sie glaubte ihm. Er würde sie töten, wenn sie sich weigerte. Aber es gab eine Grenze.

Sie sah, dass er nicht zuhörte. Er starrte auf Prokowitz hinunter. »Er hat sich verändert. Sie sehen ihn sich besser einmal an.«

Suthina riss das Stethoskop an sich und legte es Prokowitz an die Brust. Er hatte sich wirklich verändert. Sie erinnerte sich an seine Worte: »Es geht mir nicht gut, ich bin sehr müde. Aber ich möchte in Freiheit sterben.«

Das Herz krampfte sich zuckend zusammen. Der Tod konnte jede Sekunde eintreten. Sie griff nach ihrer Tasche: Adrenalin. Direkt ins Herz. Schnell!

Ihre Hände waren unbeholfen in den dicken Handschuhen. Eagle ließ die Gaspistole ins Halfter zurückgleiten und kniete neben ihr, um ihr zu helfen, die dicken Kleider beiseite zu reißen.

»Decken Sie ihn zu, sobald ich die Nadel herausziehe«, sagte Suthina. »Schnell. Sehr schnell. Er erfriert uns sonst in Sekunden. Was ihn umbringt, ist in Wirklichkeit die Kälte. Wenn wir ihn nur irgendwo hinbringen könnten, wo es warm ist...«

Eagle hatte das Herz freigemacht. Sie rammte die lange Nadel ohne Zögern hinein, drückte den Kolben hinunter, zog die Nadel heraus.

»Zudecken. Schnell!«

Sie hatte das Stethoskop schon wieder an seinem Herzen und wartete darauf, dass das Adrenalin zu wirken begann. Das Herz reagierte, aber langsam. Zu langsam.

Suthina schüttelte den Kopf. Der Agent beobachtete sie genau, las in ihrem Gesicht. »Kommt er durch?«

Der Amerikaner war ihr sehr nah. Er hatte das Visier des Helms einen spaltbreit geöffnet, und zum erstenmal sah sie sein Gesicht aus der Nähe. Blaue Augen, sehr hart und wachsam. Nase und Kinn kraftvoll, entschlossener Mund. Eine sehr dunkle Hautfarbe.

Erneut schüttelte sie den Kopf. »Sieht nicht so aus. Er ist alt und krank. Ich wusste nicht, dass sein Herz so schwach war. Wenn wir ihn nur warmhalten könnten. Wirklich warm und...«

Was hatte er vor? Die alte Angst stieg wieder in ihr auf. Warum wollte er sie jetzt töten?

Die Gaspistole zeigte auf sie. »Suchen Sie eine Leiche, so groß wie ich, und ziehen Sie sie aus. Unterwäsche und alles. Jedes Stück. Schnell!«

Suthina starrte ihn verständnislos an. »Was haben Sie vor... Ich... ich...«

Er schraubte den Helm ab, öffnete Reißverschlüsse und riss Druckknöpfe auf. »Dieser Anzug ist geheizt. Batterien. Vielleicht rettet ihn das. Schnell, verdammt noch mal! Holen Sie mir die Kleider!«

Suthina rannte an den Toten entlang. Fast am Ende lag einer, der so groß wie der Amerikaner aussah. Es war ein Soldat ohne Rangabzeichen, der immer noch seine schwere, gesteppte Uniform, die Parka und die Pelzmütze mit dem roten Stern trug.

Sie sah sich um. Der Agent war schon aus dem Plastikanzug geschlüpft. Einen Moment lang stand er nackt in der mörderischen Kälte. Der Plastikanzug lag glitzernd da wie eine Schlangenhaut. Eagle riss ein Loch in eine der Decken und warf sie sich wie einen Poncho über den Kopf. Jetzt blieben ihm nur noch

Sekunden, bis die Kälte anfangen würde, ihn zu töten. Er ging zu Prokowitz zurück.

Der Mann war nur noch ein Haufen aus wachsbleichem Fleisch und Knochen. Er konnte höchstens hundert Pfund wiegen. Eagle stellte den Thermostat auf maximale Leistung, griff sich eins der dünnen Beine und begann, Prokowitz in den Anzug zu stopfen. Der Anzug war das einzige, was ihn noch retten konnte. Bei maximaler Heizleistung fiel die Temperatur nie unter 15 Grad. Seit er den fehlerhaften Thermostat ausgewechselt hatte, hatte der Anzug störungsfrei gearbeitet.

Prokowitz steckte im Anzug; Eagle schraubte noch den Helm auf und schloss das Visier. Wenn er Prokowitz jetzt verlor, dann war es nicht seine Schuld.

Die Frau kam mit einem Arm voll schwerer Kleider zurückgelaufen. Eagle beobachtete sie argwöhnisch. Wenn sie etwas im Schilde führte, dann war jetzt die beste Zeit. Sie war Ärztin - das glaubte er ihr - und wusste, welche Wirkung die Kälte auf ihn hatte. Sein Kopf war noch immer klar, aber sein Blut begann zäh zu fließen, sein Herz wurde langsamer, und sein Reaktionsvermögen war zum Teufel. Die Gaspistole fiel ihm aus der Hand, er bückte sich, um sie aufzuheben. Sie sah ihm zu. Er schien dafür eine volle Minute zu brauchen.

Sie warf ihm die schwere Unterwäsche zu. »Beeilen Sie sich - schnell! Sie fangen an zu erfrieren!« Als ob man ihm das noch sagen musste.

Er warf die Decke von sich und begann, sich anzuziehen. Sie starrte seine Genitalien an, als er die Unterhose anzog, und er fand das selbst in dieser Situation eigenartig. Sie war doch Ärztin. Was war so ungewöhnlich am Penis eines Mannes?

Die Unterwäsche hatte er jetzt an. Und zwei Paar dicke Socken. Noch ein Satz leichtere Unterwäsche, dünn, mit Luftlöchern. Dann die schwere Uniform. Eagle besah sich den Ärmel, als er das Hemd anzog. Er war ein einfacher Soldat der Sowjetarmee. Vielleicht war das ganz nützlich.

Er zog schwere Filzstiefel an, dann die Parka, die Pelzmütze und die Gesichtsmaske. Immer noch fühlte er sich benommen, halb zwischen Leben und Tod, aber er war auf dem Weg zurück.

Die Frau arbeitete schon wieder an Prokowitz. Er zeigte ihr, wie man den Plastikanzug öffnete, um das Stethoskop anzusetzen. Sie sah auf, und plötzlich lächelte sie. Zum erstenmal merkte Eagle, wie schön sie war.

»Es geht ihm besser«, sagte Suthina. »Sein Herz ist viel kräftiger. Ich glaube, er ist für's erste in Ordnung.«

Eagle hatte die Gaspistole in der Hand. Er deutete damit. »Da hinüber. Weg von der Tür!«

Das Lächeln veränderte sich. Traurig jetzt, widerstrebend, verwundert und furchtsam. Sie bewegte sich.

»Sie trauen mir immer noch nicht?«

Eagle durchsuchte den Plastikanzug und sammelte die Ausrüstungsgegenstände ein, die er brauchen würde. Er warf ihr einen Blick zu. »Ich traue niemandem außer mir selbst.« Er nickte in

Richtung der Toten. »Und denen vielleicht.«

Sie verkroch sich in ihre Parka, zog sie um sich zusammen, und ihre Augen blitzten ihn über die Gesichtsmaske hinweg an. Die Parka war zu groß. Er spürte, dass sich unter dem Mantel ein wohlgeformter Körper verbarg. Und dann kam ihm die Idee. Es gab eine Methode, eine Apachen-Methode, um herauszufinden, wie weit er ihr trauen konnte. Es klappte nicht immer, nicht mit weißen Frauen, aber normalerweise doch.

Sie machte einen Schritt auf ihn zu. Seine Muskeln spannten sich und warnten sie wortlos, stehenzubleiben. Sie hielt inne. »Sie müssen mir vertrauen! Ich stecke ebenso tief in der Sache wie - wie er.« Sie zeigte auf die bewegungslose Gestalt von Prokowitz. »Und wie Sie. Ist das nicht klar? Verstehen Sie nicht? Als ich Boris half, habe ich mich festgelegt. Er sagte, dass Sie kommen würden. Jetzt, da Sie hier sind, müssen Sie mir helfen, wie ich Boris geholfen habe. Ich kann nicht mehr bleiben. Man würde mich festnehmen und hinrichten. Man verdächtigt mich bereits.

Bitte - verstehen Sie doch! Vertrauen Sie mir. Nehmen Sie mich mit. Sofort. Sie sind wegen Boris gekommen, nicht wahr? Hier ist er. Und ich muss ebenfalls weg. Also gehen wir, um Gottes willen. Warten Ihre Leute draußen? Mit den Fahrzeugen? Vielleicht ein Flugzeug? Ich weiß nicht, wie man so etwas macht und...«

Sie sah, wie er lächelte. Es war das erste Mal. Seine Zähne waren ebenmäßig und sehr weiß. Er schien über etwas, das sie gesagt hatte, ungeheuer amüsiert zu sein.

»Ich habe niemanden«, sagte er. »Ich bin ganz allein.« Er wies mit einer kurzen Geste auf sich, auf den seltsamen Gürtel, den er über der Parka trug, die Pistole jetzt wieder im Halfter. Was da von seinem Gürtel hing, waren Granaten. Sie glaubte ihm nicht. Es war unvorstellbar, unmöglich. Nicht einmal ein Amerikaner konnte so wahnsinnig sein.

»Alles, was ich habe«, sagte er, »ist mein Training und meine kleinen Freunde hier. Das sollte genügen.«

Ihr Herz sank. Er sprach die Wahrheit. Es gab keinen Zweifel an dem kalten Selbstvertrauen in der tiefen Stimme, der Festigkeit, dem vollständigen Fehlen jeder Prahlerei oder Furcht. Dieser Mann meinte jedes Wort ernst.

»Sie sind wahnsinnig«, sagte sie leise. »Sie müssen wahnsinnig sein. Vollständig und absolut wahnsinnig.«

Seine blauen Augen waren so kalt wie der Raum selbst. »Ein wenig vielleicht. Hören Sie auf, darüber nachzudenken. Es gibt noch andere außer Ihnen und ihm...«, er nickte in Richtung auf Prokowitz, »ich habe etwas zu erledigen. Wie viele unserer Leute, die Sie hergebracht haben, sind transportfähig?«

Er musste verrückt sein. Sie hatte an Rettung geglaubt, und man hatte ihr einen Verrückten geschickt. Aber die Frage war leicht zu beantworten.

»Nur einer«, sagte sie schnell. »Sein Name ist Pridwell. Er ist in guter Verfassung. Alle anderen sind geisteskrank und mehr oder weniger stark betäubt. Sie stehen in Behandlung. Wenn man sie jetzt herausreißen und in diesem Land nach draußen bringen würde, dann wäre das sehr gefährlich. Für die Patienten.«

Sie konnte nicht sagen, ob er ihr glaubte. Er nickte nur. In diesem Augenblick hörten sie den Eisbrecher wieder seine Kanonen abfeuern. Die Schüsse drangen gedämpft durchs Eis. Eagle wartete, bis der Donner verklang.

Dann: »Wo ist dieser Pridwell? Und die anderen? Geben Sie mir einen ungefähren Lageplan. Aber schnell. Sie erfrieren früher als ich.«

Er hatte Recht. Sie konnte die Kälte nicht viel länger aushalten. Nur die Abwesenheit des Windes machte sie überhaupt erträglich. Sie sprach bereitwillig, versuchte, ihn dazu zu bringen, ihr zu vertrauen, und redete sich ein, dass nichts von dem, was sie ihm jetzt erzählte, Mütterchen Russland wirklich schaden konnte. Dies war ihr höchstpersönliches Dilemma.

Sie kam zum Ende. »Wir gehen besser zu Pridwell. Er wird schlafen, ist aber nur leicht betäubt. Ich kann ihn aufwecken. Niemand wird uns dort stören. Aber da ist ein Wärter...«

»Der ist meine Sache. Los.« Er ging die Reihe der Toten entlang bis zu der Stelle, an der er sich versteckt hatte. Er bückte sich, hob etwas auf und kam zurück. Ihr Mund öffnete sich ungläubig. Pfeil und Bogen?

Eagle warf sich den Bogen über die Schulter, den Köcher auf den Rücken, wo er ihn mit der rechten Hand leicht erreichen konnte. Er musste ihren Gesichtsausdruck unter der Maske geahnt haben, denn seine Zähne glänzten in der Mundöffnung seiner eigenen Maske.

»Machen Sie sich keine unnötigen Gedanken«, sagte er. »Akzeptieren Sie einfach alles, tun Sie, was ich Ihnen sage, und stellen Sie keine Fragen. Jedenfalls nicht viele. Wenn wir hier hinauskommen und ein bisschen mehr Zeit haben, dann erkläre ich Ihnen alles. Aber jetzt zu dem Wärter. Wann endet seine Schicht? Ist er bewaffnet? Wissen Sie, ob er während der Arbeitszeit schläft?«

Sie antwortete so gut sie konnte. Als sie die Stahltür erreicht hatten, war Eagle sicher, dass er den Wärter ohne große Schwierigkeiten und ohne entdeckt zu werden aus dem Weg schaffen konnte. Er musste es tun, oder die ganze Sache war gleich zu Anfang verloren. Die Situation war ohnehin schon unberechenbar genug. Im Moment improvisierte er, schrieb sein Drehbuch sozusagen im Laufen. Eine andere Möglichkeit gab es nicht.

Sie standen vor der Stahltür. Suthina erklärte ihm flüsternd, was dahinterlag. Jetzt brauchten sie Glück. Sonst konnte es passieren, dass er die Tür öffnete und sich mitten in einer Suchmannschaft wiederfand.

Der Korridor war leer. Sie traten hinaus, die Stahltür schwang hinter ihnen zu. Suthina zeigte nach links. »Gerade um die Ecke - Pridwells Hütte.«

Er gab ihr einen leichten Stoß, den Mund an ihrem Ohr. »Ich warte an der Ecke. Sehen Sie nach, was der Wärter macht. Wenn er schläft, wecken Sie ihn nicht. Geben Sie mir ein Zeichen. Wenn er wach ist, müssen Sie ihn hinauslocken oder in die offene Tür. Damit er gegen das Licht steht und ich eine bessere Zielscheibe habe.«

»Eine Zielscheibe? Sie wollen ihn töten?«

Sie hatte es natürlich gewusst. Sie hatte es gewusst und den Gedanken von sich geschoben. Jetzt musste sie der Tatsache ins Auge sehen.

Seine Hand umschloss ihren Arm. Seine Stimme war rau und leise. Der Tonfall sagte mehr als seine Worte.

»Natürlich muss ich ihn töten! Wir können uns keine losen Enden leisten, und ein Gefangener wäre unmöglich. Also - schaffen Sie es?«

»Ja. Ich mach's.«

»Wenn er nach draußen kommt oder in die Tür, dann halten Sie sich seitlich von ihm, damit ich schießen kann. Stehen Sie nicht im Schussfeld. Los jetzt.«

Suthina ging. Sie versuchte, nicht zu denken. Sie konzentrierte sich darauf, genau zu tun, was ihr aufgetragen war, wie Eagle ihr geraten hatte. Es war der einzige Weg.

In der Hütte schimmerte schwaches Licht. Sie spähte durch das einzige Fenster. Jetzt fror sie so sehr, dass sie kaum denken konnte.

Der Wärter war in seinem Stuhl zusammengesunken, den Kopf zurückgeworfen, schlief er mit offenem Mund. Sie drehte sich um, wollte dem Amerikaner ein Zeichen geben, als der Mann plötzlich erwachte. Er sah auf, sah sie am Fenster und stolperte mit mürrischem Gesicht auf die Füße. Er machte sich schon auf eine Verwarnung gefasst.

Suthina ging nicht hinein. Sie klopfte. Als der Mann mit verwundertem Gesicht öffnete, musste sie sich zwingen, ihn anzusehen. Es war Dubinow. Sein breites, unrasiertes Bauerngesicht war vom Schlaf gezeichnet, aber er versuchte, wach und aufmerksam auszusehen.

»Ja, Genossin? Ist etwas nicht in Ordnung? Brrrrr - wollen Sie nicht besser hereinkommen?«

Suthina trat einen Schritt zurück und legte einen Finger an die Lippen. »Ich mache mir Sorgen. Es hat nichts mit Ihnen zu tun. Aber wir sprechen besser hier draußen darüber - ich möchte den Patienten nicht wecken.«

»Aber er schläft, Genossin. Ich habe ihm die Tabletten gegeben wie immer. Es besteht keine...«

Dubinow stand jetzt in der offenen Tür, mit dem schwachen Licht hinter sich. Suthina trat zur Seite.

Der Pfeil zischte kaum eine Handbreit an ihr vorbei. Er schlug dem Mann in die Brust, ragte feuchtglänzend und rot dreißig Zentimeter aus seinem Rücken heraus. Dubinows Augen drehten sich nach hinten. Er war schon tot, als er nach dem Pfeil griff, der sein Herz durchbohrte. Er begann langsam zu fallen, seine Hände kratzten am Türrahmen entlang. Suthina schlug die Hand vor den Mund und starrte. Er fiel auf sie zu. Er würde sie blutig machen! Sie stieß sich die Finger in den Mund, um ihren Schrei zu unterdrücken.

John Eagle sprang an ihr vorbei und fing den Mann auf. Er hielt den schweren Körper leicht mit einem Arm und drückte sie mit dem anderen durch die Tür. Er sprach kein Wort, zog den Körper ins Zimmer und verriegelte die Tür. Suthina saß wie betäubt mit leerem Blick auf der Couch und sah dem Amerikaner mit fasziniertem Entsetzen bei der Arbeit zu. Er konnte das sehr gut. Er musste eine Menge Erfahrung in solchen Dingen haben.

Eagle ließ die Leiche einen Moment liegen. Der Pfeil steckte noch immer. Es gab jetzt sehr viel Blut.

Die Hütte war aufgeteilt. Eagle untersuchte kurz den hinteren Teil. Als er zurückkam, sah er sie an und legte einen Finger an die Lippen. »Schläft wie ein Baby. Ich möchte ihn noch nicht aufwecken.«

Der Amerikaner zog sich Handschuhe, Parka und Hemdjacke aus. Er lächelte, als er die Gesichtsmaske abnahm: Einer der bestaussehendsten Männer, die sie je gesehen hatte.

»Hier ist's warm«, sagte er und rieb sich die großen Hände. »Ich dachte schon, ich würde nie mehr warm werden.«

Die Frau starrte ihn an. Sie versuchte ein Lächeln, vage und hölzern, sagte aber nichts. Er wusste, dass sie einen Schock hatte. Vielleicht war das gut für sein Vorhaben. Oder vielleicht nicht. Das würde sich zeigen.

Er drehte die Pfeilspitze ab und zog den Schaft aus der Leiche. Er wischte Spitze und Schaft an der Hose des Toten ab, was einen karmesinroten Schmierfleck hinterließ, und steckte den Pfeil in den Köcher zurück. Er schleppte die Leiche in das kleine Badezimmer, legte sie in die Wanne und zog den Duschvorhang zu. Dann holte er ein Handtuch, machte es nass und ging daran, das Blut aufzuwischen. Suthina saß immer noch auf dem Rand des Sofas, die Knie fest zusammengepresst, die Hände feucht in den dicken Handschuhen.

»Ziehen Sie sich die schweren Kleider aus«, befahl er. Er sah sie nicht an. »Wenn Sie in Ihrer Tasche da etwas für die Nerven haben, dann nehmen Sie es.«

Sie antwortete ihm nicht, sah ihn nur an. Eagle seufzte und ging zu ihr. Er zog sie hoch, und sie fügte sich wie eine Marionette. Er nahm ihr die Parka ab, dann die Pelzmütze und die Gesichtsmaske. Sie war sehr schön, wie er schon gedacht hatte. Teilnahmslos und leicht schwankend stand sie da, während er ihr die schweren Kleider auszog. Ihre Augen waren halb geschlossen.

Er drückte sie sanft auf die Couch zurück und kniete sich hin, um ihr die Stiefel abzunehmen. Er zog die oberen Socken ab, bis er zu den Nylons kam, und begann dann, ihr sanft die Füße zu massieren. Sie waren kalt und steif. Er sah auf und stellte fest, dass sie ihm blicklos über die Schulter starrte, zum Badezimmer hin.

Eagle begann mit leiser Stimme, auf Englisch und russisch zu sprechen, wie zu einem Kind. Er hielt es für das Beste, es jetzt hinter sich zu bringen. Dann wusste er, woran er war und wie weit er ihr trauen konnte. Aber er musste vorsichtig und äußerst sanft sein. Sie hatte bereits einen Schock, und er wollte sie nicht hysterisch machen. Er glaubte, dass der Apachentrick klappen würde, sie sah reif dafür aus, aber man konnte nie ganz sicher sein.

Er rieb ihr weiter die Füße, dann die Knöchel, dann die Unterschenkel durch die Hose. Die Zirkulation wurde besser, ihr Fleisch wärmer unter seinen Händen.

»Wieviel Zeit haben wir, Suthina?«

Sie antwortete nicht, sah nur verwundert auf ihn herunter. Sie hatte einen breiten und sinnlichen Mund, der jetzt halb offenstand. Ihre Augen waren dunkel, aber er entdeckte einen Funken Grün oder Grau in ihnen. Sie starrte ihn weiter an und leckte sich mit einer kleinen rosa Zunge die Lippen.

Eagle lächelte sie an. »Sie müssen sich zusammenreißen«, sagte er. »Ich habe Sie etwas gefragt - wieviel Zeit haben wir?«

»Zeit?«

Er war geduldig. »Bevor die Ablösung kommt. Ich könnte den Mann natürlich ebenfalls töten, aber das hätte nicht viel Zweck. Der da...« - er nickte in Richtung Badezimmer- »...wird ohnehin bald vermisst werden. Es gibt einen Appell, nehme ich an. So oder so, es hat keinen Zweck, Leichen aufzutürmen. Wir müssen hier heraus, schnell, sobald ich meinen Auftrag erledigt habe. Also - wann kommt die Ablösung?«

Sie begann jetzt zu zittern, ein krampfartiges Zucken, das ihren schönen Körper schüttelte. Aber sie antwortete.

»Um acht Uhr. Ortszeit.«

Eagle sah auf seine Uhr. »Ich habe auch Ortszeit. Jetzt ist es kurz nach eins. Also haben wir knapp sieben Stunden, um Pläne zu machen, Suthina. Um Pläne zu machen und sie auszuführen! Wie fühlen Sie sich jetzt?«

Ihre Reaktion auf den zärtlichen Ton in seiner Stimme überraschte ihn nicht. Sie begann zu weinen.

Eagle streichelte ihr kurz über den Körper - die schlanken Flanken hoch, kurz auf der schmalen Hüfte verhaltend, ein leichter Druck der festen Brüste - als er aufstand, um sie in seine Arme zu nehmen. Jede Bewegung war sorgfältig vorausgeplant. Sie befand sich in einem hochempfänglichen Zustand. Tod und Blut sind dem Leben und der Liebe sehr nahe, die Gegengewichte, die die Welt in Bewegung halten. Ein weniger geübter Psychologe als Eagle mochte es übersehen und nicht genutzt haben. Er aber hatte in den Tipis seines Adoptiv-Volkes gelernt.

Seine Stimme war tief und sanft als er sagte: »*Wih tahk kräh sih wih!*« (Du bist sehr schön.)

Sie weinte stärker und schluchzte zitternd in seinen Armen. Er senkte seine Stimme zu einem Flüstern. »Hab keine Angst, Suthina. Ich kümmere mich um dich. Es wird alles gut werden. *Krah sih wih - sih wih.*«

Sie versteifte sich, widerstrebte und versuchte, von ihm wegzukommen. Er hielt sie ohne Anstrengung fest und flüsterte ihr auf Russisch zu, bis sie wieder gegen ihn sank. Er begann durch den dünnen Pullover ihre Brüste zu liebkosen. Suthina vergrub das Gesicht an seiner Schulter und weinte in herzzerreißenden Stößen. Sie schien seine Berührung nicht zu bemerken. Als er ohne viel Federlesens seine Hände unter ihren Pullover schob und ihren Büstenhalter öffnete, bog sie sich nicht weg und protestierte nicht. Sie schluchzte weiter, das Haar jetzt aufgelöst, das Gesicht verschwollen und tränenüberströmt.

Eagle rollte den Pullover hoch. Ohne den BH waren ihre Brüste schwere weiße Früchte in seinen Händen. Ihre Brustwarzen waren rotbraun und richteten sich unter seinen Händen bereits auf. Eagle küsste jede Brust langsam und zärtlich, er spürte die sanfte Wärme ihres Fleisches auf seinem Gesicht. Ihr Schluchzen klang leicht verändert.

Eagle war physisch erregt, aber nicht psychisch. Er plante jede Bewegung, wusste genau, was er tat. Eine Zeitlang musste sie ihm gehorchen. Ein Weg, eine Frau vollständig und absolut zu beherrschen ist, sie sich sexuell zu unterwerfen, eine Sklavin aus ihr zu machen. Die Deutschen nannten das sexuelle Hörigkeit, die Apachen nannten es Bettmedizin.

Eagle zog ihr Pullover und Bluse aus. Sie weinte nicht mehr. Mit geschlossenen und von Tränen geschwollenen Augen ließ sie zu, dass er ihr sanft die Kleider abnahm. Er streifte die Träger ihres Büstenhalters herunter und hob ihr erst den einen und dann den anderen Arm, um ihn abzunehmen. Sie war wie eine Puppe, eine Marionette aus warmem Fleisch, die in ihm bereits ihren Meister erkannt hatte.

Eagle gewann. Ihr Kopf und ihr Körper verrieten sie. Und doch war es eine kristallene Stimmung, eine hochempfindliche Ausgeglichenheit, die schon durch eine falsche Bewegung unwiederbringlich ruiniert werden konnte. Falls das geschah, würde sie einen schweren hysterischen Anfall bekommen, und es war gut möglich, dass er sie töten musste. Das wollte er nicht.

Suthina war jetzt bis zu den Hüften nackt. Sie trug nur die Hose, die Nylons und den kurzen Strumpfhalter. Eagle strich an ihrem Rückgrat hinauf und herunter, massierte sanft die Wirbelknochen unter der seidigen Haut.

Sie stemmte die Hände gegen seine breite Brust und stieß ihn einen Augenblick lang von sich, den nackten Oberkörper zurückgebogen. Ihr Mund stand offen. Sie starrte ihn an, ohne ihn zu sehen. Ihre Lippen bewegten sich. -

»Was tun wir hier? Sind wir übergeschnappt? Träumen wir das alles? Ich will nicht - ich kann nicht...«

Er hatte den kritischen Punkt erreicht. Der Ausgang war völlig offen. Eagle zog sie wieder an sich und küsste ihren offenen Mund. »Wir träumen, Suthina, träumen. Wir träumen zusammen.«

Sie zitterte in seinen Armen. Er fühlte neue Tränen auf ihrem Gesicht. Dann traf ihre Zunge die seine, und sie begann, seine Liebkosungen zu erwidern.

Suthina blieb passiv. Aber sie erwiderte mit einer seltsamen Bereitwilligkeit jede seiner Bewegungen. Sie wurde zu einer wunderschönen Traumwandlerin, bereit, alles zu tun, was man ihr sagte oder zeigte. Aber zuerst musste er sie beherrschen. Ihren Körper beherrschen, denn sie war jetzt nur noch Körper.

Sie ließ sich von ihm auf die Couch legen und hob gehorsam die Beine, als er ihr Hose und Unterwäsche auszog. Sie sah ihn nicht an. Ihr Atem kam stoßweise, als kämpfe sie um jeden Atemzug, und er konnte ihr Herz unter der linken, blaugeäderten Brust schlagen sehen. Sie streichelte ihm das Gesicht, die Augen noch immer geschlossen, aber als er sich schnell auszog, öffnete sie die Augen und starrte ihn an. Eagle, der seit seiner Kindheit wegen der ungewöhnlichen Größe seines Geschlechtsorgans geneckt worden war, meinte, in ihrem Blick Furcht und eine unbezwingbare Neugier zu entdecken. Er begann zu verstehen, dass sie nicht, wie er angenommen hatte, eine erfahrene Frau war. Und doch musste sie schon dreißig sein.

Er führte ihre Hand zu sich. Zuerst weigerte sie sich, dann, als er nicht nachgab, ergriff sie ihn schaudernd und stöhnte leise.

Sie lächelte, aber es war, als habe sie Schmerzen. Durch den feuchtnassen Scharlachmund kamen undeutliche Worte.

»Beeil dich!«

Aber Eagle hatte keine Eile. Das war nicht sein Plan. Sie verlangte jetzt zwar nach ihm, später aber würde sie befriedigt sein. Ihr Wille würde zurückkehren. Sie würde beginnen, sich zu behaupten. Das konnte er nicht erlauben. Er musste sie sich gefügig machen, sie solange wie möglich in sexueller Hörigkeit halten. Solange er brauchte, um seine Aufgabe zu erfüllen.

Lange Zeit reizte er sie bewusst und gnadenlos. Sie stöhnte und klammerte sich an ihn. Er vermied die Vereinigung. Ihr Begehren wurde so wild und laut, dass er Angst hatte, sie würde Pridwell aufwecken, und er erstickte ihr Betteln mit Küssen. Sie biss ihm in die Zunge.

Er musste sich unbedingt zurückhalten. Er kannte seine sexuellen Fähigkeiten und wusste, dass er der Aufgabe ebenbürtig war, aber es würde nicht leicht sein. Wenn die Apachen eine unwillige, widerspenstige Squaw gefügig machen wollten, holten sie sich zuerst den Segen des Medizinmannes. Sein Rezept war immer dasselbe - Bettmedizin. Ihr Mann, wenn sie einen hatte, bekam als erster die Möglichkeit, ihr den Kopf zurechtzusetzen. Wenn das keinen Erfolg brachte, wurde diese Pflicht den lüsterneren Kriegern des Stammes übertragen. Das war die Art Stammesaufgabe, an der sie ihre Freude hatten. Die Squaw wurde in ein Zelt gebracht und durfte es unter Androhung der Todesstrafe nicht verlassen. Dann begannen die Krieger, sie zu besuchen. Manchmal dauerte es einen Tag, manchmal zwei oder gar drei. Das Ergebnis war immer das gleiche. Die Squaw machte nie mehr Schwierigkeiten. Sie kam aus dem Tipi so gefügig und gehorsam wie ein zahmes Reh.

Eagle hatte keine Helfer bei seiner nicht unerfreulichen Aufgabe. Er musste sich zurückhalten und mit seinen Kräften haushalten. Als er endlich nach einem ausgedehnten Vorspiel, das Suthina Wotanja in eine zitternde, schluchzende, stöhnende und sich windende Puppe verwandelte, hart in sie hineinstieß, sah er auf die Armbanduhr. Es war zwei Uhr.

Suthina krümmte sich sofort im Orgasmus und stieß einen schrillen Schrei aus, wurde schlaff und versuchte, unter ihm herauszukriechen. Eagle hielt sie mit seinem Gewicht und seiner Muskelkraft fest, ohne ihr weh zu tun, und stieß weiter in sie hinein. Jetzt wusste er, dass er Recht gehabt hatte - diese Frau war noch nie voll erregt und dann befriedigt worden.

Suthina krümmte sich wieder. Sie presste die Zähne aufeinander, um die Schreie zurückzuhalten, hing an ihm, rang mit ihm, das Gesicht verzerrt, die Maske war gefallen, verletzlich, wie nur eine Frau in tiefer Leidenschaft verletzlich sein kann. Nur ein guter Liebhaber sieht das wahre Gesicht seiner Geliebten.

Dann begann sie wieder zu weinen und bat ihn, aufzuhören.

Eagle kümmerte sich nicht darum. Er drückte sie fest auf die Couch und machte weiter. Sie waren jetzt beide schlüpfrig und glänzend vor Schweiß. Eagle, der mehrfach auf der Schwelle zitterte und fast die Kontrolle verlor, zwang sich dazu, an etwas anderes zu denken. Eine alte Methode, die manchmal Erfolg hatte.

Die Frau hatte längst aufgehört zu reagieren. Sie lag leblos da, ein Arm hing neben der Couch auf den Boden, der andere bedeckte ihr Gesicht. Ihr Atem war jetzt regelmäßiger, tief und rau, ab und zu ächzte sie, wenn Eagle besonders tief in sie eindrang. Sie war jetzt nur noch warmes Fleisch, ein lebender Automat, und Eagle wusste, dass er für's erste gewonnen hatte. Er ließ den Samen herausschießen und sank zusammen, ein müder Läufer nach dem Marathon.

Sie lagen wie tot beieinander. Eagle erhob sich und sah auf die Uhr. Er hatte eineinviertel Stunden gebraucht.

Schnell zog er sich an. Suthina lag da, wie er sie verlassen hatte, nackt, bewegungslos und kaum atmend. Der Schreck durchzuckte Eagle sekundenlang, bis er das schwache Auf und Ab der Brüste bemerkte. Man hatte bei solchen Gelegenheiten Männer, und er nahm an, auch Frauen, sterben sehen.

Als er fertig angezogen war, ging Eagle zur Couch. Er wusste, dass dies, das Nachspiel, so wichtig war wie das Hauptereignis selbst. Zärtlichkeit jetzt. Zärtlichkeit und Mitgefühl und eine feste Hand.

Er küsste sie leicht auf den Mund. »Suthina? Wach auf, Suthina! Wir müssen mit Pridwell anfangen.«

Sie bewegte sich, öffnete aber nicht die Augen. Er schlug ihr leicht auf die Wange. »Suthina! Steh auf. Nun komm. Es geht weiter!«

Suthina öffnete die Augen. Sie sah ihn betäubt an und ließ den Blick dann durch den Raum wandern, sah auf ihren nackten Körper hinunter. Langsam setzte sie sich auf und begann, nach ihren Kleidern zu greifen.

Er berührte ihr Gesicht mit der Hand. »Wie geht es dir? Glaubst du, du kannst es schaffen - tun, was ich dir sage? Es ist gefährlich.«

Sie hatte einen Strumpf aufgehoben. Jetzt ließ sie ihn wieder fallen und ergriff seine Hände. Sie zog sie zu ihrem Gesicht und küsste sie.

»Ich liebe dich - liebe dich!«

Eagle lächelte mit all der Zärtlichkeit, die ihm zu Gebote stand. Sie meinte es ernst - für eine Weile. Es musste reichen.

»Zieh dich an«, sagte er. »Oder möchtest du, dass Pridwell dich so sieht?«

Sie hing noch einen Moment an seinen Händen und sah zu ihm auf. Irgendetwas in dem Ausdruck ihrer Augen - etwas, das er nicht genau bestimmen konnte - kam ihm bekannt vor. Dann fiel es ihm ein.

Thur hatte ihn so angesehen.

Dreizehntes Kapitel

Henry Lee Pridwell wollte es zuerst nicht glauben. Eagle bereitete die Szene sorgfältig vor, dann schlug er den Mann mit einem nasskalten Handtuch aus dem Schlaf. Pridwell, der Eagle an einen abgemagerten Hahn erinnerte, kam fluchend aus der Bewusstlosigkeit und schwang seine dünnen Beine aus dem Bett. Er fuhr sich durch das gelichtete Haar und sah Eagle finster an.

»Wer, zum Teufel, sind Sie?« Seine Augen registrierten die russische Uniform, er lachte höhnisch. »Sonderbehandlung, was? Um Mitternacht an die Tür hämmern und so. Was haben Sie mit mir vor? Erschießen?«

Mit Suthina war es anders gewesen. Es hatte Verständigungs-Schwierigkeiten gegeben. Eagle jedoch konnte mit Pridwell Klartext reden. Und er tat es auch.

»Ich bin ein amerikanischer Agent«, sagte er, »und gekommen, um Sie hier rauszuholen. Für Erklärungen ist jetzt keine Zeit. Sie werden meinen Befehlen gehorchen, ohne Widerrede. Verstehen Sie mich, Pridwell?«

Der Wissenschaftler sah ihn zornig an. »Ich höre, aber ich glaube Ihnen nicht. Sie sind ein Schwindler! Sie tragen eine russische Uniform. Das ist abgekartetes Spiel, obwohl ich nicht weiß, wozu.«

Eagle ließ ihn die Gaspistole sehen. »Rede ich wie ein Russe?«

»Nein. Das hat nichts zu sagen. Eine Menge guter Kommunisten wachsen in den Staaten auf. Sie sind mit ihr gekommen, nicht wahr?« Er nickte in Suthinas Richtung. Sie saß voll angezogen auf der Couch und legte sich Make-up auf. Eagle hatte die Tür mit Absicht aufgelassen.

»Sie kommt mit uns«, sagte er. »Sie läuft zu uns über. Und jetzt stehen Sie auf und ziehen sich an.«

Pridwell starrte von Eagle zu Suthina und dann zurück zu Eagle. »Überlaufen? Haha! Sie denken wohl, Sie reden mit einem Schwachsinnigen. Diese Frau, Dr. Wotanja, ist eine der besten

Wissenschaftlerinnen Russlands. Sie leitet diese ganze verdammte Sache hier! Und Sie erwarten von mir, dass ich glaube - nein. Oh, nein! Das kaufe ich Ihnen nicht ab. Aber es war ein netter Versuch. Jetzt machen Sie bloß, dass Sie rauskommen, und lassen Sie mich weiterschlafen. Ich...«

John Eagle riss den kleinen Mann vom Bett. Er mochte den Kerl, mochte den Kampfgeist und das Feuer - es konnte ihnen nützlich werden -, aber jetzt war dafür keine Zeit.

»Sie haben die Wahl, Pridwell. Entweder kommen Sie mit, oder ich töte Sie jetzt und hier. Das sind meine Anweisungen: Sie, Ihr Wissen, Ihren Kopf, dem Feind vorzuenthalten. Nun?«

Pridwell reckte das Kinn vor. »Von allen gottverdammten Lügenmärchen - nehmen Sie die Hände weg, Sie Affenmensch!«

Eagle warf ihn durch die Tür. Pridwell landete auf Händen und Knien und streckte alle viere von sich. »Schauen Sie ins Bad«, sagte Eagle. »Sehen Sie gut hin. Sehen Sie sich richtig satt. Und dann kommen Sie zurück und erzählen mir, ob Sie immer noch glauben, dass ich Witze mache.«

Pridwell kam auf die Füße. Er sah Suthina böse an, warf Eagle einen zweifelnden Blick zu und ging ins Badezimmer. Sie hörten seinen Ausruf: »Mein Gott!«

Pridwell kam aus dem Badezimmer und starrte Eagle an. »Er - er ist tot! Die Badewanne ist voller Blut.«

Eagle schob ihn in einen Sessel. Suthina saß ruhig und wortlos da, ihre Augen folgten Eagle, wenn er sich durch den Raum bewegte.

Eagle richtete die Gaspistole auf Pridwell. »Nun, kleiner Mann? Machen Sie mit und helfen Sie uns, oder erschieße ich Sie gleich?« Als der Mann immer noch zögerte, machte Eagle ein schreckliches Gesicht und brüllte: »Ich meine es ernst, verdammt noch mal! Wir hauen in etwa vier Stunden ab. Da draußen bläst ein Schneesturm, und den müssen wir ausnutzen. Es gibt einen Eisbrecher, den wir entern und überrumpeln müssen. Der Eisbrecher bringt uns hier heraus. Vielleicht. Und - hören Sie gut zu, Pridwell - ein paar Stunden, nachdem wir weg sind, wird diese Anlage hier in Fetzen fliegen!«

Eagle trug wieder seinen Werkzeuggürtel. Er hakte die Atomatron-Granate ab. Sie war nicht entsichert. Er warf sie dem kleinen Mann zu. »Das ist eine Atomwaffe, Pridwell. Sie hinterlässt auf zehn Quadratkilometern nichts als Rauch und Staub. Nicht, dass Ihnen das noch etwas ausmachen wird - Sie erschieße ich zuerst, um sicherzugehen.«

Eagle beobachtete das Gesicht der Frau, während er sprach. Sie hatte bisher nichts von seinem endgültigen Plan gewusst. Er hatte ihn bis vor etwa einer Stunde selbst nicht gekannt. Jetzt musste es sein. Sie mussten schnell weg. Es blieb keine Zeit, den riesigen Komplex zu durchstreifen und die Arbeit Stück für Stück zu tun. Er hatte Prokowitz und Suthina Wotanja. Er hatte auch Pridwell, nach dem Ausdruck zu urteilen, der sich auf seinem Gesicht abzuzeichnen begann. Er hatte genug getan. Jede Faser seines Seins befahl ihm, Schluss zu machen und die Stadt mit dem zu verlassen, was er schon hatte.

Suthinas Gesichtsausdrude änderte sich nicht. Eagle dachte, sie sei ein wenig bleicher geworden, aber das konnte am Licht liegen. Jetzt wusste sie Bescheid.

Pridwell hatte die Granate mit unerwarteter Geschicklichkeit aufgefangen. Jetzt balancierte er sie in den Händen und sah Eagle an. »Bei Gott«, sagte er schließlich. »Ich fange an, Ihnen zu glauben. Okay. Es ist verrückt, Sie sind verrückt, dieses ganze Unternehmen ist unmöglich, aber ich glaube Ihnen.« Plötzlich lachte der kleine Mann. »Ich hätte auch nicht geglaubt, dass die Russen mich kidnappen würden, aber es ist passiert. Also gut, ich mache mit. Was soll ich tun?«

Eagle sah auf seine Uhr. Es war fast drei. Er nahm Pridwell die Granate wieder ab und hockte sich auf den Teppich zwischen die beiden. »Jetzt hört mir gut zu«, sagte er. »Wenn ihr meinen Befehlen gehorcht und mir vertraut, dann hole ich euch hier raus.«

Pridwell nickte. Aber er sah Suthina Wotanja an und runzelte die Stirn. »Ich traue Ihnen, wer immer Sie sind. Aber ihr traue ich nicht. Sie spielt irgendein Spiel mit Ihnen, mein Lieber!«

Die Frau achtete nicht auf Pridwell. Sie sah Eagle mit weichen, leuchtenden Augen an.

»Lassen Sie das meine Sorge sein«, schnappte Eagle. Er hatte Suthina immer noch, ganz sicher. Und doch regte sich ein ungutes Gefühl in ihm. Pridwell, der hitzköpfige kleine Bastard, konnte mit seinen Tiraden alles kaputtmachen.

»Halten Sie den Mund und hören Sie zu«, sagte er. »Das ist mein Plan: Wir haben noch knapp fünf Stunden, bevor die Ablösung für den Wärter kommt. Mit mehr können wir nicht rechnen - fünf Stunden. Und auch die nur, wenn alles klappt, niemand Verdacht schöpft und nichts schiefgeht.«

Er klopfte auf die Atomatron-Granate an seinem Gürtel. »Suthina, du wirst unseren kleinen Freund hier ins Herz der Anlage tragen, in deiner Bereitschaftstasche. Ich möchte die Granate so weit im Zentrum wie möglich. Wie nahe kannst du herankommen?«

Suthina wusste, dass sie es tun würde. Es schien unmöglich - nur ein paar Stunden früher wäre es undenkbar gewesen -, aber jetzt wusste sie, dass sie es tun würde.

»Ich kann bis zum Kremlplatz kommen«, erklärte sie. »Wir dürfen unseren eigenen Sektor nur mit Sonderpässen verlassen. Ich - ich könnte einen bekommen, aber das würde Zeit kosten, und ich müsste einen guten Grund angeben.«

Eagle dachte einen Moment nach, dann schüttelte er den Kopf. »Nein. Zu lang, zu riskant. Wie nahe kannst du kommen, ohne in das militärische oder das technische Gebiet einzudringen?«

»Zum Gehirnlabor. Näher komme ich nicht. Aber das ist nicht weit vom Zentrum.«

»Okay«, sagte er. »Bring die Bereitschaftstasche ins Gehirnlabor. Die Granate wird eingestellt und entsichert sein. Du wirst nur sehr wenig Zeit haben, denn wir müssen mit Sekundenbruchteilen rechnen. Ich habe den Eisbrecher gestoppt - er braucht etwas weniger als zwei Stunden, um die Insel einmal zu umrunden und fährt nahe an dem Notausstieg vorbei, durch den ich kam. Wenn wir ihn verfehlen, sind wir tot. Da draußen bläst ein höllischer Schneesturm, und sie werden bald nach uns suchen und Alarm geben. Aber wenn wir den Eisbrecher übernehmen können, haben wir vielleicht eine Chance. Sie können wegen des Sturms keine Flugzeuge einsetzen.«

Es klang wunderbar einfach, dachte er. Es war auch einfach. Aber es würde nicht leicht sein. Bei weitem nicht so leicht, wie er es hatte klingen lassen. So viele Faktoren konnten...

Das Telefon läutete.

Vierzehntes Kapitel

Das Telefon läutete beharrlich weiter. Pridwell murmelte einen leisen Fluch. Eagle sah Suthina an. »Was ist das? Routine? Eine Überprüfung?«

»Ich weiß nicht. Soll ich abnehmen?« Das Telefon stand auf einem Regal neben der Eingangstür. Es schrillte wieder, unnachgiebig, fordernd. Eagle wusste, dass etwas schiefgegangen war.

»Melde dich«, sagte er. »Sei sehr vorsichtig. Sag ihnen, dass etwas mit Pridwell los war, etwas, das deine Abwesenheit aus der Wohnung und deine Gegenwart hier erklärt. Finde heraus, was das Ganze soll.«

Suthina nahm den Hörer ab. »Da?«

Eagle griff sich Pridwell und schob ihn auf einen Schrank zu. »Ziehen Sie sich an«, flüsterte er. »Die Kleider des Wärters. Alle. Schnell.« Er beobachtete Suthina. Ein verstörter Ausdruck lag auf ihrem Gesicht.

Oberst Sarkoff sagte: »Ah, Doktor, haben wir Sie endlich doch gefunden! Sie haben eine eigenartige Arbeitszeit, wie? Ich versuche schon seit geraumer Zeit, Sie zu finden.«

»Einer meiner Patienten, Pridwell, brauchte Hilfe. Er hatte einen Krampfanfall, und der Wärter rief mich an. Es ist jetzt in Ordnung. Was wünschen Sie, Oberst?« Ihre Wohnung wurde beobachtet!

»Nur ein paar Fragen, Doktor. Über eins der Gehirne, die in Ihren Experimenten benutzt werden. Eins starb vor kurzem, glaube ich?« Sarkoffs Ton war glatt, fast freundlich. Die Sache gefiel ihr nicht. Was wollte er?

»Das ist wahr«, sagte sie. »Ein Gehirn starb.«

Sarkoff sagte: »Ich habe hier einen Bericht, Doktor, in dem steht, dass das Gehirn vorsätzlich zerstört wurde. Durch Boris Prokowitz. In dem Bericht steht ebenfalls, Doktor, dass Sie das wussten. Ich kenne mich in diesen Dingen nicht aus, aber hier steht, dass das Gehirn irgendwie von seiner Nahrungszufuhr abgeschnitten wurde. Wenn das wahr ist, Genossin, dann finde ich es äußerst eigenartig, dass Sie solch einen Vorfall nicht unverzüglich meldeten. Aber ich bin sicher, dass Sie eine Erklärung dafür haben, nicht wahr?«

Jemand hatte zugesehen. Noch ein Spion im Labor. Unwichtig jetzt, wer es war. Der Oberst wartete. Sie konnte fast sehen, wie er lächelte und sich den Schnurrbart zwirbelte.

Sie verlor nicht die Nerven und beobachtete das Gesicht des Amerikaners, während sie sprach. Er stand neben ihrer Schulter und hörte jedes Wort.

»Ich habe nur eine einzige Erklärung dafür, Oberst. Das Ganze ist Lüge und absoluter Unsinn. Ein Gehirn starb tatsächlich, ja, aber es war ein Unfall. Ich bin hier in ein paar Minuten fertig. Soll ich mich in Ihrem Büro melden?«

»Geben Sie mir den Wärter, Doktor, wenn es Ihnen nichts ausmacht. Es ist Dubinow, nicht wahr?« Er hatte das gründlich nachgeprüft.

Eagle hörte Sarkoffs Worte und schüttelte den Kopf. Er zog sich jetzt ebenfalls schnell an. Pridwell steckte bereits in den schweren Kleidungsstücken des Wärters.

»Ich - ich habe ihn früher gehen lassen«, sagte Suthina. »Ich hatte vor, hierzubleiben, bis die Ablösung kam. Aber wenn Sie es wünschen, komme ich sofort zu Ihrem Büro und...«

»Das ist nicht nötig«, sagte Sarkoff. »So wichtig ist es auch wieder nicht, Doktor. Aber bitte kommen Sie so bald wie möglich vorbei.«

Dann machte Sarkoff seinen Fehler. Er deckte den Hörer nicht richtig ab. Sie hörte seine Stimme dünn und verzerrt zu jemand anderem sagen: »Holen Sie mir Major Penoff. Sofort!«

»Selbstverständlich, Oberst«, sagte sie. »So bald wie möglich.«

Sie hängte auf und sah Eagle an. »Sie haben mich in Verdacht. Er schickt jemand. Soldaten.«

Eagle nickte nur. »Zieh dich an«, schnappte er. »Schnell.« Er drehte sich zu Pridwell um. Der kleine Mann sah unter den vielen Kleidern unförmig aus. Eagle überprüfte ihn schnell. Stiefel, Handschuhe, Gesichtsmaske, Parka. Er brachte den Mann zur Tür und zischte ihm seine Anweisungen ins Ohr, während er ihn hinausschob. Pridwell verschwand in den eisigen Korridor. Eagle wandte sich zu Suthina, die ihre Gesichtsmaske anlegte.

»Wie lange werden sie brauchen?«

»Mindestens fünfzehn Minuten. Vielleicht etwas länger, der Major muss noch eine Abteilung zusammenstellen und...«

»In Ordnung.« Er hob die Hand. »Kennst du einen Weg zurück zum Labor, auf dem du sie vermeiden kannst?«

Es gab noch einen anderen Tunnel, er führte außen herum. Eagle saß jetzt auf der Couch, ihre Bereitschaftstasche zwischen den Beinen, und verstellte etwas an der Atomatron-Granate. Als er fertig war, legte er sie vorsichtig in die Tasche. »Nicht fallenlassen«, sagte er. Er gab sie ihr lächelnd.

»Geh so schnell du kannst. Zuerst zur Kreuzung, nimm den langen Weg. Stell die Tasche ins Labor und komm zurück. Nicht hierher - zum Leichenraum, wo wir Prokowitz gelassen haben. Ich habe Pridwell hingeschickt.«

Sie wartete auf den Stufen, während er das Licht in der Hütte ausschaltete; dann liefen sie zu der hohen Stahltür, die in die verlassenen Tunnel führte. Eagle hielt dort an, nahm Suthina in seine Arme und gab ihr einen kurzen, wilden Kuß. »Lauf«, sagte er, »lauf bis du an ihnen vorbei bist. Dann benimm dich so natürlich du kannst. Du brauchst dir noch nicht allzu viele Sorgen zu machen. Dein Oberst wird die Sache für sich behalten, bis er sicher ist, dass er dich hat. Versteck die Granate im Labor und komm hierher zurück. Ich gebe dir eine Stunde. Danach kann ich nicht mehr warten.«,

Er zeigte auf ihre Bereitschaftstasche. »Das Ding ist auf acht Uhr eingestellt. Nicht mehr viel Zeit. Lauf.« Er gab ihr einen leichten Stoß. Sie lief den Korridor hinunter und sah nicht zurück.

Eagle sah sie um die Biegung verschwinden und vergaß sie dann für den Moment. Er glaubte, dass sie es schaffen würde. Er hatte getan, was er konnte. Wenn sie es nicht schaffte, hatte er einen Ausweichplan. Die Explosion würde nicht so weit reichen, nicht ganz so befriedigend sein, aber doch gut genug.

Jetzt war er allein in dem stillen, glitzernden Tunnel. Er hackte ein großes Eisstück aus der Wand und benutzte es, um die Stahltür aufzuhalten. Er kniete sich dahinter und wartete. Hoffentlich kamen sie in Reih' und Glied anmarschiert. Das machte die Sache leichter.

Er überprüfte die Gaspistole. Das Magazin war voll. Er wollte sie erst vorbeilassen, in der Hoffnung, dass sie die offene Tür nicht bemerkten, und sie dann von hinten nehmen. Er musste zwischen ihnen und dem offenen Korridor sein und ihnen in der Sackgasse den Weg abschneiden. Niemand durfte entkommen. Wenn seine Pläne gelingen sollten, brauchte er Chaos und Verwirrung.

Während er wartete, hörte er den Eisbrecher feuern, und sah auf seine Uhr. Wenn das kleine Schiff das nächste Mal herumkam, musste er an Bord gehen. Es war sein persönlicher Notausstieg. Der einzige, den er hatte.

Es waren sechs Soldaten und ein Offizier. Sie kamen um die Ecke und marschierten in Zweierreihen auf den wartenden Eagle zu. Der Offizier ging vorn, er trug die Rangabzeichen eines Majors. Sie waren alle dick eingepackt und bewegten sich unbeholfen; die Soldaten trugen Maschinenpistolen über der Schulter.

Als die letzten beiden vorbeigetrottet waren, bewegte sich Eagle. Die Tür schwang geräuschlos auf. Er trat in den Korridor, kniete sich hin, brachte die Pistole auf seinem Unterarm in Anschlag und nahm sich die Soldaten der Reihe nach vor.

Pschhhhh - pschhhhh - pschhhhh - pschhhhh - pschhhhh – pschhhhh...

Er traf sie von hinten, von links nach rechts, in tödlicher Folge und ohne Fehlschuss. Die Pistole zischte und sprang in seiner Hand, die Russen husteten und schrien, stolperten und fielen und bildeten einen Knoten aus Blut und um sich schlagenden Gliedern.

Eagle sprang vorwärts. Der Offizier war zuletzt getroffen worden. Er lag auf dem Rücken, kratzte nach dem Pfeil, der ihn durchbohrt hatte, und starrte Eagle mit brechenden Augen an, während Blut aus seinem Mund quoll. Er versuchte, eine Pistole hochzubringen, die er irgendwie unter der Parka hervorgeholt hatte. Eagle trat ihm die Waffe aus der Hand.

Ein bisschen Zeit gewonnen. Nicht viel. Oberst Sarkoff würde eine Weile warten, ungeduldig, und dann einen zweiten Trupp schicken. Der würde schwerbewaffnet und gefechtsbereit sein, und Eagle hatte keine Lust, darauf zu warten.

Er machte sich an die Arbeit und schleppte die sechs Toten durch die Stahltür in den verlassenen Korridor. Gib ihnen ein kleines Rätsel auf. Soll die neue Kolonne sich fragen, was mit der alten geschah. Jede Minute, die er gewann, war unbezahlbar.

Mit dem Messer hackte er Eis und Schnee von den Wänden und warf es über das Blut. Er zielte sorgfältig mit dem Bogen - er brauchte die restliche Munition der Gaspistole - und schoss die Lampen aus, die ihm am nächsten waren. Der Korridor lag jetzt im Dämmerlicht, bis auf den schwachen Schein weit vorn an der Ecke.

Eagle sah auf die Uhr, als er wieder durch die Stahltür lief. Fünfunddreißig Minuten waren vergangen. Wenn die Frau tat, was er ihr gesagt hatte, wenn sie nicht von Panik gepackt worden war, oder es sich anders überlegt hatte, oder einen hysterischen Anfall bekommen hatte, dann musste sie die Granate jetzt untergebracht haben und sich auf dem Rückweg befinden. Und dann gab es natürlich noch die Möglichkeit, dass man sie festgenommen hatte, bevor sie eins von beiden tun konnte.

Eagle arbeitete bei dem Licht über der Tür und hackte ein Loch ins Eis. Er zog einen Stiefel aus - sein Fuß begann unverzüglich zu erfrieren - und holte einen Streifen Plastiksprengstoff aus der falschen Sohle seines inneren Schuhs. Er zog den Stiefel wieder an, stampfte, um das Blut wieder in Gang zu bringen, zwickte ein Stückchen des Sprengstoffes ab und rammte es in das Loch. Er wollte nur eine leichte Explosion, genug, um den Tunnel zu blockieren.

Er nahm eine normale Granate von seinem Gürtel und mühte sich mit behandschuhten Händen, einen Zeitzünder aus einer Tasche seines Gürtels einzusetzen.

Er drückte Schnee um die Granate in dem Loch fest und rannte auf das winzige Licht am entfernten Ende des Korridors zu.

Pridwell war im Leichenraum und hockte neben der deckenbeladenen Gestalt von Boris Prokowitz. Er starrte Eagle mit apathischen Augen an und bewegte sich nicht. Der kleine Mann erfror.

Eagle zog ihn hoch und warf ihn quer durch den Raum. Pridwell stolperte über eine Leiche und fiel. Er machte keine Anstalten, aufzustehen. Eagle hob ihn wieder hoch, zwang ihn zum Gehen und schrie ihn an.

»Laufen, Sie verdammter Idiot! Bewegung! Nicht stehenbleiben. Ich brauche Sie noch. Laufen Sie! Kriechen Sie! Aber bewegen Sie sich!«

Die Worte knirschten Pridwell wie Eiszapfen von den Zähnen. »K-kann nicht. Z-zu k-kalt. I-ich s-sterbe!«

»Das machen Sie nicht mit mir, Sie Hurensohn!« Eagle nahm die Pistole aus dem Halfter und richtete sie auf Pridwell. »Laufen Sie! Oder ich töte Sie gleich jetzt. Verlassen Sie sich drauf!«

Pridwell begann, im Zimmer auf und ab zu stolpern. Er glitt aus, fiel, stand wieder auf und fiel wieder um. Er begann, seine Hände und Arme zusammenzuschlagen, ging ein Dutzend Schritte ohne zu fallen. Eagle steckte die Pistole weg und trat zu Prokowitz.

Der Plastikanzug heizte perfekt. Eagle schraubte einen Moment lang den Helm ab und legte ihm die glänzende Klinge seines Messers so nahe wie es ging an die Lippen, ohne sie zu berühren. Nur eine winzige Spur von Feuchtigkeit, sofort zu Eis erstarrt, ein Hauch von Frost. Eagle atmete erleichtert auf und schraubte den Helm wieder an. Er sah auf seine Uhr. Sie hatten noch fünfzehn Minuten. Pridwell wurde wieder lebendig. Er stolperte stetig auf und ab, und seine Flüche füllten die Luft. Eagle fasste ihn am Arm, steuerte ihn auf Prokowitz zu und deutete auf den schlafenden Mann.

»Nicht tot«, erklärte er. »Schläft nur. Ich muss ihn hier herausholen. Er ist wichtiger als wir alle. Glauben Sie, dass Sie ihn tragen können?«

Pridwell starrte auf den scheintoten Mann im Plastikanzug hinunter. Er stieß unter der Maske das Kinn vor und sagte: »Heiliger Strohsack! Was noch? Nein, ich glaube nicht, dass ich ihn tragen kann. Ich bin nicht sehr groß, und meine Kondition ist saumäßig.«

»Versuchen Sie's. Heben Sie ihn hoch.«

Pridwell mühte sich. Er bekam Prokowitz' schlaffe Gestalt auf seine Arme, glitt dann aus und fiel. »Ich schaffe es nicht.«

Die Kälte begann Eagle zu irritieren. Suthina hatte noch neun Minuten. Er sagte: »Okay. Ziehen Sie ihn an den Füßen wie einen Schlitten. Er ist nicht sehr schwer. Na los, fassen Sie ihn an den Füßen!«

Pridwell gehorchte. Er konnte den alten Mann auf diese Weise leicht bewegen. Eagle ging zur Tür und zeigte den Korridor hinunter. Am äußersten Ende, fast einen Kilometer entfernt, schimmerte ein einsames Licht.

»Das ist ein Notausstieg«, sagte Eagle. »Wir gehen da raus, wenn alles klappt. Schleifen Sie ihn dahin, und warten Sie auf mich. Moment noch! Da oben heult ein Schneesturm, der Sie innerhalb von Minuten umbringen kann. Wenn sie Explosionen hören, machen Sie sich keine Sorgen. Ich blockiere nur ein paar Tunnels. Okay, los. Drücken Sie uns die Daumen. Ich komme zu Ihnen, sobald ich kann.«

Pridwell zögerte einen Moment. Dann streckte er Eagle eine behandschuhte Hand entgegen. »Ich weiß nicht, was hier eigentlich vor sich geht«, sagte er. »Vielleicht träume ich, oder ich bin immer noch übergeschnappt, aber wenn nicht - dann möchte ich Ihnen sagen, dass Sie ein großartiger Kerl sind, Mister!«

Sie schüttelten sich die Hände. Eagle klopfte dem kleinen Mann auf die Schulter. »Gehen Sie jetzt.«

Sie hatte noch fünf Minuten. Er brauchte drei davon, um ein weiteres Loch ins Eis zu graben und mehr Plastiksprengstoff und eine Standardgranate unterzubringen. Er klopfte das Eis wieder fest. Dies war eine gute Stelle für die Sprengung, direkt an der Kreuzung der beiden Korridore. Sie würden ihnen nicht folgen können, bis die Tunnels geräumt waren - eine stundenlange Arbeit -, und solange der Schneesturm heulte, konnten sie nicht auf die Eisdecke, um nach ihnen zu suchen. Langsam begann Eagle selbst daran zu glauben, dass sie es schaffen konnten - aber warum kam Suthina nicht?

Noch zwei Minuten. Die erste Ladung musste in weniger als...

Die Stahltür am Ende des Korridors flog auf. Einen Augenblick lang sah er ihre Silhouette gegen das Licht. Wieso Licht? Er hatte die Lampen ausgeschossen!

Sie rannte auf ihn zu, in der Hand die Bereitschaftstasche. Starke Taschenlampen folgten ihr in den Korridor, fanden sie und fingen sie in ihrem weißen Netz. Gottverdammt noch mal! Alles war schiefgegangen. Der Oberst hatte nicht gewartet.

Maschinengewehre jetzt. Jammerndes Stakkato von der Stahltür. Blaue und gelbe Feuerzungen, Kugeln summten und zerspleißten die Luft über ihm. Eagle lag flach auf dem Gesicht, hilflos. Die Entfernung war zu groß für die Gaspistole. Er konnte nicht stehen oder knien, um den Bogen zu benutzen. Sie kam immer noch näher, lief verzweifelt, und die Bereitschaftstasche schlug ihr gegen die Beine. Warum die Tasche? Hatte sie die Granate doch nicht untergebracht?

Wieder Maschinengewehrfeuer. Klatschend und heulend füllte sich die enge Eisröhre mit Tod. Suthina fiel. Versuchte aufzustehen. Fiel wieder. Eagle kroch auf sie zu. Es war falsch, das wusste er. Er durfte nicht warten. Er hatte Prokowitz.

Er kroch weiter auf sie zu. Sie hatte sich Mühe gegeben, hatte es für ihn geschafft. Zum Teufel mit den Befehlen!

Die Maschinengewehre ratterten. Über ihm flüsterte das Blei vom Tod. Er erreichte sie, fühlte ihr Blut auf der Parka zu Eis werden.

Die erste Ladung im Hauptkorridor ging mit einem *Wummm!* in die Luft. Die Lichter erloschen. Männer schrien. Eine heiße Druckwelle raste durch den Tunnel. Eagle nahm Suthina Wotanja auf und lief los. Sie hielt noch immer ihre Tasche fest.

Er warf sie sich über die Schulter und rannte. Sie gab keinen Ton von sich. Er lief auf den gelben Lichtstern zu, der weit vom blinkte. Er hatte die Hälfte des Weges hinter sich, als die zweite Ladung explodierte. Die Druckwelle folgte Eagle durch den Tunnel und warf ihn um. Riesige Decken- und Wandstücke fielen mit Getöse in sich zusammen. Das Licht ging aus. Eagle nahm eine Taschenlampe von seinem Gürtel, fasste Suthina fester und lief weiter.

Pridwell stand neben dem Stahlzylinder des Notausstiegs, stampfte mit den Füßen und ruderte mit den Armen. Prokowitz lag neben ihm auf dem Eis. Eagle leuchtete Pridwell an, als er angelaufen kam. »Sie sind doch so was wie ein Arzt? Sehen Sie sich Suthina an. Schnell.«

Pridwell maulte: »Ich bin kein Mediziner! Außerdem habe ich keine Instrumente bei mir. Nichts. Ich...«

Seine Stimme erstarb, als er Suthinas Wunden sah. Eagle wusste sofort, es war hoffnungslos. Das Maschinengewehr hatte sie voll in den Rücken getroffen.

Sie hielt noch immer die Bereitschaftstasche fest. Er machte sich daran, sie ihr vorsichtig aus den Fingern zu winden. Wenn sie es nicht geschafft hatte, musste er es tun. Noch war Zeit genug. Die kleine Granate würde immer noch alles im Umkreis von...

Suthina öffnete die Augen. Sie versuchte, ihn anzulächeln. Ihr Mund füllte sich mit gefrierendem Blut, und sie machte ein seltsames, blubberndes Geräusch. Eagle räumte ihr so gut es ging den Mund aus. Er bückte sich, um zu horchen. Ihre Stimme war leise, wie ein sterbendes Echo, aber die Worte kamen klar. Sie sprach russisch. Eagle hatte das eigenartige Gefühl, dass sie eigentlich gar nicht mit ihm, mit sich selbst oder sonst einem der Anwesenden sprach. Und doch redete sie mit jemandem und sagte etwas, das unbedingt gesagt werden musste, bevor sie starb.

»Am Ende habe ich doch nicht den - den Mut. Es würde sich nicht ändern. Immer würden sie mich quälen. Nie hätte ich Ruhe. Ich bin nicht - ich will kein - kein Leben im Gefängnis. Eine Gefangenschaft gegen die andere tauschen. Ich will frei sein - *frei*...«

Eagle durchsuchte vorsichtig die Bereitschaftstasche. Die Granate war nicht mehr da.

Ihre Augen öffneten sich weit. Sie versuchte, sich an Eagle zu klammern. Eagle flüsterte Pridwell, der die Taschenlampe hielt, zu: »Leuchten Sie mir ins Gesicht.«

Suthina Wotanja brachte eine Hand hoch, um Eagle zu berühren. »Ich bin keine Verräterin - nicht den Mut dazu. Aber ich habe die kleine Bombe versteckt - damit sie alle zerstört, die das wirkliche Russland zerstören. Ich - ich habe sie in - eins - der - Gehirne - getan.«

Die Augen der Frau begannen glasig zu werden. Und doch versuchte sie, zu lächeln; neues Blut quoll in die Krusten auf ihrem Gesicht und dem Hals. Sie bewegte sich in Eagles Armen, und einen Augenblick klärten sich ihre Augen, und ihre Stimme war fast normal.

»Prokowitz ist wahnsinnig«, sagte sie. »Ich weiß es jetzt. Er tötete ein Gehirn, weil er glaubte, es würde sein Geheimnis ausplaudern.« Sie deutete mit dem Kopf auf ihre Tasche. »Ich habe Dinge mitgebracht, um ihn am Leben zu erhalten. Aber er ist wahnsinnig, hoffnungslos wahnsinnig - ich - ich...«

Eine lange Pause. Sie schloss die Augen und entspannte sich in Eagles Armen. »Wir - wir - alle wahnsinnig. Ich kein - kein - kein Verräter. Kein Mut, ich...«

Pridwell sagte: »Das war alles. Sie ist tot.«

Eagle legte sie auf den Boden. Im Lichtkegel der Taschenlampe sah er auf die Uhr.

»In zwanzig Minuten kommt der Eisbrecher an diesem Notausstieg vorbei«, sagte er. »Wir haben nur diesen einen Versuch. Sind Sie bereit, alles auf eine Karte zu setzen, Pridwell?«

Pridwell rückte die Gesichtsmaske der Toten zurecht. Er zog die Kapuze der Parka zu, um ihr Gesicht zu bedecken. Dann stolperte er hoch.

»Gehen wir«, sagte er. »Was soll ich tun?«

Eagle sagte es ihm.

Fünfzehntes Kapitel

Der Protoagent lag am Rand der Eisscholle und fühlte, wie sie sich bewegte und hob, als der Eisbrecher *Lenin* näherkam. Bevor er in die Tunnels hinabgetaucht war, hatte er die *Lenin* durch sein Fernglas genau studiert. Ein kleines Schiff, aber kräftig und mit einem verstärkten Bug. Er schätzte die Mannschaft auf knapp ein Dutzend Mann. Und bei dem Sturm, der jetzt blies, waren sie wahrscheinlich alle außer der Wache behaglich unter Deck. Eagle vertraute darauf und auf die allgemeine Gleichgültigkeit, die er an der Mannschaft bemerkt hatte. Er hatte mehrfach gesehen, wie die *Lenin* anhielt, während die Mannschaft an Seilen und Ketten herunterglitt, um auf dem Eis herumzuspazieren. Sie hatten einen unerfreulichen Job, und ihr Verhalten bewies es. Sie beeindruckten ihn nicht sonderlich.

Er war vom Notausstieg aus nach Osten über das Eis gekrochen, hoffte, die *Lenin* genau gegenüber dem Notausstieg anhalten zu können. Er verließ sich darauf, dass Pridwell seinen Teil dazutat; Gott sollte ihnen allen helfen, wenn der kleine Mann es nicht schaffte. Eagle konnte nicht alles allein tun.

Die *Lenin* bewegte sich sehr langsam in dem schwarzen Wasserstreifen, den sie um die Insel offenhielt.

Der Bug ragte jetzt über ihm auf, ein bisschen zu nahe. Eagle kroch schnell zurück, als die stählerne Wölbung über ihn kam und eine splitternde Druckfalte aus zerborstenem und durchbrochenem Eis aufwarf. Der Bug war vorbei. Das Eis schloss sich wieder um das Schiff und rieb sich am Stahl der Bordwände.

Eagle stand auf. Der Wind schlug ihn fast um. Wo er jetzt stand, würde bald die Hölle losbrechen, dachte er grimmig, selbst wenn Suthina die Bombe doch nicht gelegt hatte. Eagle hatte ein Pfund Plastiksprengstoff im Tunnel zurückgelassen.

Er lehnte sich gegen die vorbeigleitende Wand des kleinen Kutters. Der rostige, kalte Stahl kratzte unter seinen dicken Doppelhandschuhen. Seine Hände waren nicht in bester Verfassung. Er bewegte die Finger hin und her und versuchte, soviel Gefühl wie möglich zurückzubekommen. Wenn er diese Chance verpasste...

Eine Kette schlug ihm gegen die Brust. Er schnappte wild danach, unbeholfen in den Handschuhen, und begann zu klettern.

Er taumelte, rutschte ab und verlor fast die Kette. Die Handschuhe glitten ab. Eagle konzentrierte sich mit jedem Gramm seines Wesens darauf, die Hände um die Kette zu schließen. Er stieß sich ab, fand mit den schweren Stiefeln an der Bordwand der *Lenin* Halt. Dann kletterte er hinauf.

Er kroch über die vereiste Reling und fiel auf Deck. Der Sturm spielte mit ihm, ein Dämon in der Dunkelheit. Über ihm erhob sich das Gerüst der Tarnung, der nachgemachte Eisberg, von dem er hoffte, dass er ihnen Schutz vor Luftangriffen bieten würde.

Gerade vor ihm schimmerte ein schwaches Licht von der Brücke. Sonst lag alles im Dunkeln. Keine Geräusche außer dem Wind und dem berstenden Eis. Eagle stand auf, hielt sich an der Reling fest und arbeitete sich auf das Licht zu. Wenn nur nicht zu viele von ihnen auf der Brücke waren.

Sie waren zu zweit: ein Mann am Ruder, und in einer Ecke der dämmrigen, verglasten Brücke beugte sich ein Offizier über eine Karte. Er rauchte eine Pfeife und sah furchtbar gelangweilt aus.

Eagle nahm die Gaspistole aus dem Halfter. Er hakte eine Granate, eine gewöhnliche Splittergranate, von seinem Gürtel. Dies war ein kolossaler Bluff. Er stemmte sich fest, hielt sich an der Sicherheitskette, die man an der Leiter befestigt hatte, und spähte noch einmal auf die Brücke. Er suchte sich den Mann aus, der sterben musste.

Eagle schob die Tür auf. Der Wind heulte und schob ihn fauchend hinein. Eagle schloss die Tür. Der Mann am Ruder sah ihn kurz an. Der Offizier, der die Karte las, nahm die Pfeife aus dem Mund und starrte. Sie rechneten nicht im Traum mit dem

Ernstfall, und ihre Reaktionen waren langsam. Es klappte. Chaos und Verwirrung in der Stadt unter dem Eis, deshalb hatten sie die *Lenin* noch nicht gewarnt.

Eagle erschoss den Mann am Ruder. *Pschhhh...*

Der Offizier starrte ihn gelähmt vor Schreck an. Eagle hielt die Granate hoch und fuhr auf Russisch fort, wobei er jedes Wort mit Drohung vollpackte.

»Dies ist eine Atombombe! Sie kann uns alle im Bruchteil einer Sekunde in Fetzen reißen. Ich habe den Mann getötet, um Ihnen zu zeigen, dass es mir ernst ist. Wenn Sie gehorchen, werde ich Sie verschonen. Niemand wird verletzt, wenn Sie gehorchen. Ich spreche und verstehe russisch, wie Sie sehen. Rufen Sie den Maschinenraum. Alle Maschinen stop. Jetzt!«

Der Offizier gehorchte. Er griff nach dem Signalgeber und drückte ihn auf »Halt«. Seine Augen schossen zwischen Eagle und dem Toten am Steuer hin und her. Eine Blutlache begann sich zu sammeln, und das Licht glitzerte auf dem Stahl in der Brust des Mannes.

Die *Lenin* wurde langsamer und hielt. Das Steuer bewegte sich nicht mehr, als das Eis sich um das Ruder schloss. Eagle deutete mit der Pistole auf die schwere Kleidung des Offiziers, die an einem Haken hing. »Ziehen Sie sich an und kommen Sie mit. Schnell!«

Die *Lenin* lag jetzt vollkommen still und vom Eis umschlossen. Der Sturm riss an ihnen, als Eagle den Offizier vor sich über das Deck schob.

Er konnte den Notausstieg nicht sehen, aber seiner Berechnung nach mussten sie nahe daran sein. Vielleicht fünfzig Meter nördlich. Pridwell hockte den Anweisungen entsprechend im Schutz des Ausstiegs und spähte nach draußen, um Eagles Signal nicht zu übersehen.

Eagle drückte den russischen Offizier gegen die Reling. »Bleiben Sie so. Nicht umdrehen.«

Er nahm das Magazin aus der Pistole und setzte eine Leuchtkugel aus seinem Gürtel auf.

Er wartete darauf, dass der Wind nachließ. Vergeblich. Da schätzte er und feuerte die Leuchtkugel in die ungefähre Richtung des Notausstiegs.

Ein roter Fleck leuchtete kurz im arktischen Weiß auf und verschwand. Eagle setzte das Magazin wieder in die Pistole und wartete. Er betete ein wenig.

Eine Minute verging. Eis stöhnte und raspelte gegen das kleine Schiff. Eine Ladung Schnee und Eis schlug ihnen ins Gesicht. Eagle spähte in den Sturm und fluchte. Nun mach schon, Kleiner, mach schon!

Pridwell stolperte auf die *Lenin* zu und zog Prokowitz hinter sich her. Pridwell fiel. Kam wieder hoch. Ging weiter. Eagle, der nie schnell zu begeistern war, hätte am liebsten gejubelt. Der kleine Bastard hatte es geschafft!

Eagle stieß dem Russen die Pistole in den Rücken. »Klettern Sie die Kette runter und helfen Sie ihm. Legen Sie die Kette um den anderen Mann, um den Kranken. Versuchen Sie nicht, wegzulaufen, sonst erschieße ich Sie. Sie würden sowieso erfrieren. Haben Sie mich verstanden?« Er stand dicht neben dem Mann und schrie ihm ins Ohr. Das Gesicht des Russen war von der Maske verdeckt. Er nickte.

Der Offizier glitt an der Kette hinunter. Eagle richtete die Pistole auf ihn und wartete - wenn der Mann weglaufen wollte, würde er es wahrscheinlich schaffen; aber er versuchte es nicht. Eagle begann, Pridwell Anweisungen zuzurufen, gab es aber auf. Der Wind zerriss die Worte zu Fetzen.

Pridwell verstand ohnehin. Er half dem Russen, die Kette um Prokowitz zu legen, machte Eagle ein Zeichen, und der wiederum bedeutete dem Russen, an der Kette hochzuklettern. Der Mann gehorchte; Eagle befahl ihm, zu ziehen.

Der Mann war stark - und verängstigt. Prokowitz' schlaffer Körper kam an der Bordwand hoch, der Plastikanzug bauschte sich wie ein Leichentuch. Mit Handzeichen befahl Eagle dem Russen, Prokowitz loszumachen und die Kette für Pridwell hinunterzuwerfen.

Pridwell fiel über die Reling wie eine Puppe, die ihre Füllung verloren hat. Seine vor Müdigkeit und nervöser Erschöpfung trüben Augen starrten Eagle durch die Löcher der Maske an. Eagle konnte ihm keine Gnade gönnen. Noch nicht.

Er trieb sie alle in die Wärme der Brücke zurück. Der Russe trug Prokowitz. Kaum drinnen, riss Pridwell sich Kapuze und Gesichtsmaske herunter. Er keuchte, die Augen quollen ihm aus dem Kopf. »Ich bin fertig«, sagte er. »Sie müssen mich ausruhen lassen, Mann!«

»Nein«, sagte Eagle. »Halten Sie noch zehn Minuten durch. Sie müssen. Bleiben Sie bloß hier und behalten Sie diesen Mann im Auge. Wenn er eine verdächtige Bewegung macht, erschießen Sie ihn.«

Eine Maschinenpistole hing an der Wand. Eagle gab sie Pridwell. »Sie wissen, wie man damit umgeht?«

Der kleine Wissenschaftler grinste schief. »Himmel, nein. Ich bin ein Mann des Friedens. Oder war es wenigstens...«

»Ganz einfach.« Eagle prüfte das Magazin und entsicherte die Waffe. Er gab sie Pridwell und zeigte auf den Russen, der genau verstand, was vor sich ging.

»Alles, was Sie zu tun haben«, sagte Eagle, »ist, auf ihn zu zielen und den Abzug durchzuziehen. Sie schießt das ganze Magazin leer, und das wird reichen. Also - bringen Sie Prokowitz in die Ecke, decken Sie ihn zu, und dann vergessen wir ihn für eine Weile.«

Während Pridwell das tat, sprach Eagle erneut mit dem Russen. Er zeigte ihm wieder die Granate, die gewöhnliche Splittergranate, was der Mann aber nicht wusste.

Eagle sprach schnell und bündig.

Er sagte dem Russen, dass in der Stadt unter dem Eis eine weitere Atombombe versteckt lag, die um acht Uhr sibirischer Zeit in die Luft gehen würde. Der Mann sah schnell auf den Chronometer an der Wand. Kurz nach sechs. Er nickte.

Sie würden alle mit in die Luft fliegen, fuhr Eagle fort, wenn sie nicht machten, dass sie hier wegkamen. Der Russe nickte heftig.

Pridwell stand neben Eagle und sagte: »Ich weiß nicht, was Sie sagen, aber Sie scheinen einen Gläubigen aus ihm gemacht zu haben.«

»Ja. Was mir jetzt Sorgen bereitet, ist der Rest der Mannschaft. Dieser Mann hier ist keine Gefahr mehr. Aber halten Sie ihn im Auge. Töten Sie ihn, wenn er Schwierigkeiten macht.«

Pridwell richtete die Maschinenpistole auf den Mann. »Geht in Ordnung, mein Freund.«

Eagle bellte einen Befehl. Der Offizier übernahm das Steuer und läutete »Volle Kraft voraus«. Eagle legte einen Finger auf die Karte, und der Mann nickte. Der Bug der Lenin begann sich zu drehen, als sie schneller wurde. Durch das Juni-Eis konnte sie sechs bis acht Knoten schaffen. Sie folgten der zerklüfteten Küste zurück zu dem Punkt, an dem er Wimpel und Leitsignalsender gelassen hatte. Mit etwas Glück konnte er das Gerät früher einschalten, als er gehofft hatte. Mit noch mehr Glück befand sich das U-Boot gerade in der Nähe.

Jetzt musste er sich auf Pridwell verlassen. Er sprach ihm noch einmal Mut zu, klopfte dem kleinen Mann auf die Schulter und verließ die Brücke. Sein Glück war bisher außerordentlich gewesen. Wenn es ihn nur nicht im Stich ließ.

Der Offizier hatte gesagt, dass die Mannschaft aus zwölf Männern bestand, er eingeschlossen. Einer lag tot im Steuerhaus. Blieben noch zehn. Vier Ingenieure und sechs Matrosen.

Mit der Gaspistole in der einen und dem Messer in der anderen Hand lief Eagle schnell die Treppen hinunter und nach vorn. Gelbes Licht kam aus dem Mannschaftsquartier. Eine Luke, der einzige Ein- und Ausgang, war an der Wand festgehakt.

Eagle spähte durch einen engen Niedergang in die Kajüte. An einem Tisch spielten einige Männer Karten. Andere schliefen. Einer las in seiner Koje. Eagle zählte. Sechs. Richtig.

Er warf die schwere Luke zu und schob den massiven Riegel vor. Geschafft! Drinnen hörte er einen Aufschrei, dann wurde gegen die Luke gehämmert.

Eagle rannte bereits zu einem anderen Niedergang. Er hatte ihn auf dem Weg nach vorn bemerkt. Eine eiserne Leiter führte nach unten. Das Maschinengeräusch drang heraus, mit dem Geruch heißen Öls. Eagle schlug die Luke zu und schob den Riegel vor. Er hatte sie. Hatte sie alle. Wenigstens im Moment, und das sollte genügen. Es gab wahrscheinlich noch einen anderen Ausgang aus dem Maschinenraum, aber er rechnete damit, dass der russische Offizier seine Leute unter Kontrolle hatte.

Auf der Brücke gab Eagle knappe Befehle. Er zeigte auf das Sprachrohr und hielt die Granate hoch. »Ihre Männer werden jetzt überrascht und verängstigt sein. Sagen Sie ihnen, sie sollen ruhig bleiben und Ihren Anweisungen gehorchen! Wenn sie das nicht tun, wenn sie versuchen, Widerstand zu leisten...«, Eagle hielt die Granate hoch und richtete die Gaspistole auf den Bauch des Offiziers. »Sie wissen schon!«

Der Mann rasselte einen russischen Redeschwall in das Rohr. Eagle hörte zu und prüfte jedes Wort. Ein wildes Fragengewirr kam zurück. Der Russe antwortete und bemühte sich sehr, seinen Anweisungen zu gehorchen. Er begann zu schwitzen. Eagle nickte, er machte seine Sache gut. Die Furcht des Offiziers, sein Entsetzen vor Eagle und vor dem Tod, ließen ihn den Rest der Mannschaft beherrschen. Er war der Vorgesetzte und tat, was Eagle wollte.

Die *Lenin* pflügte weiter durch das weiche Frühsommereis. Sie machten über acht Knoten. Eagle hatte die Wache und die Maschinenpistole übernommen. Pridwell lag neben Prokowitz, sah genauso tot aus wie er.

Der Sturm begann nachzulassen, die Sicht besserte sich; aber Eagle machte sich über Verfolger aus der Luft keine Sorgen. Sie blieben dicht an der Küste und bewegten sich zwischen Eisbergen, die gerade ihre Sommerreise begannen. Mit ihrer Tarnung konnten sie unmöglich gesehen werden.

Eagle bemerkte mit grimmigem Lächeln, dass der russische Offizier die Uhr nicht aus den Augen ließ. Eagle tat das gleiche. Er wusste nicht, was um acht Uhr sibirischer Zeit passieren würde. Er hatte keine Zeit gehabt, Suthina Wotanjas eigenartiges Verhalten zu analysieren. Sie war zurückgekommen, schon fast tot, hatte aber die Granate nicht bei sich gehabt. Hatte sie sie wirklich in einem der Gehirne versteckt - oder hatte sie aus irgendeinem Grund gelogen? War sie in den letzten Stunden überhaupt im Vollbesitz ihrer geistigen Kräfte gewesen? Die Spannung hatte sie vielleicht überfordert.

Eine Minute vor acht. Eagle wartete und beobachtete den Mann am Steuer. Eine Menge hing von der nächsten Minute ab. Wenn das Atomatron planmäßig explodierte, hatte Eagle sein Spiel gewonnen. Der Offizier, der schon jetzt eingeschüchtert war, würde dann seine eigenen Leute töten, wenn sie Schwierigkeiten machten.

Hatte sie wirklich gelogen? Hatte man sie durchsucht und die Bombe gefunden? War Oberst Sarkoff trotz aller Verwirrung und Aufregung in der Lage gewesen, einen Suchtrupp so rechtzeitig zu organisieren, dass er die Granate fand?

Zehn Sekunden. Dann würde er es wissen.

Die *Lenin* merkte es zuerst. Sie hob sich zitternd im Wasser, schlingerte, und ihre Platten beschwerten sich heftig.

Eagle trat zur Seite, die Maschinenpistole noch immer auf den Russen gerichtet, und sah zum Heck. Der Russe starrte ebenfalls nach achtern.

Die Wolke war niedrig und breit, von Rot, Gelb und Purpur durchschossen. Sie begann zu steigen und wuchs in der arktischen Dunkelheit wie ein überweltliches Nordlicht. Die Druckwelle wurde stärker und stärker, heulte und stieß den kleinen Eisbrecher, bis er gepeinigt ächzte und stark krängte.

Allmählich ließ die Wut der Explosion nach. Am endlosen Horizont kroch die Wolke unaufhaltsam höher, dünnstämmig jetzt, und ihre rauchige Farbe wuchs sich am Himmel zu einem Pilz aus.

Der Russe starrte Eagle an. Eagle hielt die Standardgranate hoch. Der Russe nickte. »*Da!*«

Der U-Boot-Kapitän, der unter dem Eis lauerte, hatte die Explosion registriert. Er war ein Mann, der auch in Abwesenheit spezieller Informationen in der Lage war, zwei und zwei zusammenzuzählen. Die *Lenin* wartete erst etwa vier Stunden am Treffpunkt, als das U-Boot durch das dünne Eis einer *polinja* stieß. Pridwell schlief immer noch. Prokowitz war immer noch am Leben. Das U-Boot ging längsseits, eine mit Maschinenpistolen und Handfeuerwaffen ausgerüstete Abordnung wurde an Bord geschickt. John Eagle atmete tief und langsam aus.

Die Kanonen der *Lenin* wurden vernagelt und sämtliche Munitionskisten über Bord geworfen. Die Mannschaft wurde heraufgeholt, durchsucht und wieder eingesperrt. Der Funkraum wurde zerstört.

Die Erschöpfung begann Eagle endlich zu übermannen. Er hatte zu lange von seinen Reserven und seinen Nerven gezehrt. Nicht mehr lange, dann würde er 36 Stunden an einem Stück schlafen.

Er lag im Krankenzimmer und warf einen letzten Blick auf Prokowitz, als der Kapitän über die Sprechanlage nach ihm rief. Die Turmluke stand immer noch offen.

Eagle kletterte die Leiter hoch. Der Kapitän zeigte auf etwas Undeutliches am Horizont. Zweihundert Meter weiter lag die *Lenin*, vom Eis eingeschlossen, und sah verloren und verlassen aus. Der Kapitän gab Eagle sein Fernglas. »Sehen Sie selbst! Es ist nicht möglich, und doch... Sie haben gesagt, Sie hätten den Hund zurückgelassen, nicht wahr?«

Es war unmöglich. Eagle nahm das Fernglas. Er hatte Thur mit einem Nahrungsvorrat in der Eishöhle zurückgelassen. Mehr hatte er für das Tier nicht tun können. An ein Zurückkommen, um ihn zu holen, war nie zu denken gewesen.

Thur war immer noch drei Kilometer weit weg. Er lief, sprang und rutschte, hechelte, stolperte auf drei Beinen vorwärts, hipp-

hipp-hipp-hopp, hipp-hipp-hipp-hopp, und seine Zunge hing ihm wie eine leuchtendrote kleine Fahne aus dem Maul.

Eagle behielt ihn im Fernglas. Thur verschnaufte auf dem Kamm einer Eisfalte, leckte sich einen Augenblick den Stumpf, glitt dann die Falte hinunter und kam auf das U-Boot und den Wimpel zu, der immer noch orangerot in der arktischen Dämmerung leuchtete.

Hipp-hipp-hipp-hopp. Fallen. Rutschen. Aufstehen. *Hipp-hipp-hipp-hopp-hopp...*

Thur war ihm gefolgt, durch einen arktischen Schneesturm. Selbst der Apache in Eagle konnte nicht verstehen, wie das möglich gewesen war. Aber das unverwüstliche Biest hatte es fertiggebracht.

Als gutes Omen konnte es nichts Besseres geben.

Sechzehntes Kapitel

Mr. Merlin las das chiffrierte Telex noch einmal. Er fuhr seinen Rollstuhl zu dem Schachbrett, das in einer Ecke des großen, auf den Makaluha-Krater hinausgehenden Raumes aufgebaut war.

Er war zufrieden. Zufrieden mit seinem Protoagenten. Aber er hatte nichts anderes erwartet.

Es war ein wenig unerfreulich, dass Boris Prokowitz wahnsinnig war, oder doch von Dr. Wotanja dafür gehalten wurde. Eagle hatte noch nicht viel darüber gesagt. Beim Schlussbericht würde er die Einzelheiten schon erfahren.

Mr. Merlin rollte zu dem großen venezianischen Schreibtisch und schlug eine Akte auf. Nachdem Ted Warburton einmal angefangen hatte, an der Prokowitz-Affäre zu arbeiten und in seinen Akten grub, hatte er ein paar erstaunliche Dinge ans Tageslicht befördert.

Mr. Merlin starrte mit schmalen Augen auf die Papiere in seiner Hand herunter. Wieviel davon war Gerücht, Hörensagen, völlig erlogen, Propaganda? Schwer zu sagen.

Der Schlüssel lag in Prokowitz' Arbeit. Der Mann war ein Genie, oder war es doch zumindest gewesen. Mr. Merlin wählte ein Blatt aus und las es noch einmal. Es war kaum zu glauben. Und doch geschah das Unvorstellbare Tag für Tag.

1956 war es Boris Prokowitz für sehr kurze Zeit gelungen, Magnetismus einzufangen, magnetische Kraft direkt aus der Luft zu nehmen und eine Maschine damit anzutreiben. Selbst sein Intellekt geriet ein wenig ins Wanken, als er an die Auswirkungen dieser Tatsache dachte. Fliegende Untertassen, UFOs. Maschinen. Wie immer man es nennen mochte, es war Prokowitz wenigstens einmal gelungen, eine Metallhülse, eine Art Maschine, ohne die Hilfe konventionellen Treibstoffs durch die Luft zu bewegen. Indem er die rohe magnetische Kraft des Kosmos bändigte.

Mr. Merlin schüttelte den großen Kopf. Wenn er es wirklich getan hatte, dann nicht lange. Boris Prokowitz hatte den Verstand verloren. Und das Geheimnis war mit ihm verlorengegangen.

Es war leicht verständlich, warum Boris Prokowitz nichts niedergeschrieben hatte. Im Russland dieser Zeit war das die beste Lebensversicherung, die er haben konnte.

Mr. Merlin hob den Hörer eines Telefons ab und rief die Klinik an. Ia, Mr. Merlin, ja, Sir, alles war für den neuen Patienten bereit.

Der alte Mann rollte an das Schachbrett zurück. Vielleicht. Vielleicht auch nicht. Wenn Boris Prokowitz wahnsinnig war, und das seit mehr als fünfzehn Jahren, konnten dann seine Experten den Mann zurückholen? Schon allein aus diesem Grund bedauerte er, Dr. Suthina Wotanja verloren zu haben. Sie hätte es vielleicht geschafft. Zu spät. Darüber hatte Eagle ebenfalls nur sehr dürftige Angaben gemacht.

Mr. Merlin streckte die Hand nach dem Schachspiel aus, hob einen weißen Springer und zog damit. Er lächelte zufrieden.

»Schachmatt«, sagte Mr. Merlin.

Und dann, weil er ein fairer Mann war und ein vorsichtiger, fügte er hinzu: »Nun ja - oder jedenfalls doch: *Schach!*«

ENDE

DER LACHENDE TOD
(The Laughing Death)

Erstes Kapitel

Zwischen der Insel Hongkong und dem Stadtteil Kowloon, auf dem Festland, fahren die *Star*-Fährboote, flinke Dieselschiffe, die sowohl Einwohner als auch Touristen befördern. Kowloon liegt unterhalb der hohen Bergkette, die schon Rot China bedeutet. Während der Stunden, in denen die Arbeiter und Angestellten, die auf der Insel arbeiten, aber in den dichtbebauten Wohngebieten von Kowloon leben, zu und von ihrer Arbeit fahren, ist der Verkehr am stärksten. In den Abendstunden herrscht im Hafen der britischen Kronkolonie weniger Betrieb, es fahren nicht so viele Fähren. Obwohl es jetzt einen Tunnel zwischen Kowloon und der Insel gibt, ziehen viele Eingeborene und Besucher die Romantik der alten Fähren vor.

An diesem späten Augustabend lag die Temperatur um die dreißig Grad. Gegen neunzehn Uhr war die Luft klar, die Atmosphäre außergewöhnlich sauber. Denn was Umweltverschmutzung betrifft, ist Hongkong normalerweise eine der tödlichsten Städte der Welt. Aber auch in anderer Beziehung ist es tödlich.

Der junge schlanke Mann, der auf einer der Holzbänke auf dem Vorderdeck des Schiffes saß, dachte über andere tödliche Städte nach. Eddie Lee war achtundzwanzig Jahre alt und wusste eigentlich nicht sehr viel über Hongkong. Er war bisher nur zweimal hier gewesen. Und während beider Besuche war jemand gestorben - stets durch Eddie Lees Beretta. Denn Eddie war ein Killer besonderer Art. Heute allerdings weilte er nicht in der

Stadt, um zu töten. Wenigstens war er zu der Zeit, als er auf dem Fährschiff saß, dieser Meinung.

Eddie Lee kam aus New York. Das war seine Heimatstadt, er war Bürger der Vereinigten Staaten. Während des Tages lebte er wie ein Durchschnittsamerikaner. Nachts, im Chinaviertel der Riesenstadt, wurde er ganz zum Chinesen.

Er war Nummer drei der *Hung Pang*, der Gesellschaft Rote Gruppe, die ihre Fühler in jeden Zweig des Geschäftslebens der großen chinesischen Bevölkerungsgruppe New Yorks ausstreckte, deren politische und wirtschaftliche und gesellschaftliche Tätigkeiten überwachte und kontrollierte. Denn auch New York ist eine tödliche Stadt, und Eddie Lee war an mehr als einem Dutzend Hinrichtungen in dieser Stadt beteiligt gewesen.

Hongkong gefiel Eddie Lee sehr gut, er fühlte sich hier zu Hause. Seine Landsleute lebten über die ganze Stadt verteilt, nicht in überfüllten Gettos wie ihre ausgewanderten Freunde und Verwandten. Hier kochten sie nicht nur Chop Suey für ihre Wirte, wuschen nicht nur deren schmutzige Wäsche. Hier stellten sie das wirtschaftliche Gewebe dar. Auch in Singapur war das der Fall, nur war Eddie Lee noch nie dort gewesen. Aber er plante, dem Inselstaat auf dem Rückweg einen Besuch abzustatten. Das würde am nächsten Tag sein - wenn sein Geschäft hier abgeschlossen war. Und eigentlich sollte er jetzt mehr an dieses Geschäft denken als an Singapur. Ganz sicher war sich Eddie Lee nicht. Der Alte Mann, Wei, hatte ihn nach Hongkong geschickt: »Ein wichtiges Treffen.« Das war alles, was Nummer eins gesagt hatte. »Du sollst uns vertreten. Falls Beschlüsse gefasst werden, sollst du für uns sprechen. Du darfst zustimmen - aber wenn dir etwas nicht ganz sauber erscheint, dann musst du dagegen votieren. Das Siegel der *Hung Pang* liegt in deiner Hand.« Und mit diesen Worten hatte der Alte Mann ihm den Siegelring der Gesellschaft gegeben, einen Ring, den Eddie Lee jetzt an einer dünnen Kette um den Hals trug.

Er fühlte die Härte und Kühle des Rings auf seiner Haut, während er aufstand und sich zum Ausgang begab. Es war jetzt neunzehn Uhr zehn, die Fähre näherte sich dem Land. Ihm verblieben fünfzig Minuten. Diese Zeit wollte er dazu benutzen, die Lage auszukundschaften.

Mit den anderen Fahrgästen ging er an dem großen Übersee-Kai vorbei in Richtung Salisbury Road. Im ersten Block befand sich das Star House, ein turmhohes Einkaufszentrum, dessen obere Stockwerke ein Hotel und Büros einnahmen. Dann kam der Christliche Verein Junger Männer, ein bekannter Treffpunkt in Kowloon. Eddie musste an die jämmerlichen Herbergen des CVJM in den Staaten denken, wo man mehr schmutzige Wäsche als saubere Hemden sah. Und Schwule...

Am Ende des nächsten Blocks bog er nach links ab und schritt die Hangkow Road entlang, an Hunderten von kleinen Kamerageschäften und Uhrenläden vorbei. Hier kauften die Touristen - billig, wie sie glaubten - japanischen Schund ein und wurden zu Opfern der vielen Taschendiebe.

Etwa in der Mitte der langen Straße hielt Eddie an und betrachtete die Waren in einem Schaukasten. Nicht, dass er an fotografischem Zubehör interessiert war - aber durch das spiegelnde Glas des Schaukastens konnte er einen kleinen Laden auf der anderen Straßenseite beobachten.

Es war jetzt zwanzig Minuten nach sieben. In vierzig Minuten würde er das Gebäude auf der anderen Seite betreten. Was er sehen wollte, hatte er schon gesehen. Drei gefährlich wirkende Rabauken standen vor der Tür. Ein vierter schaute, als gehe ihn das Ganze nichts an, aus einem Fenster im zweiten Stock. Unter der Lederjacke des einen Burschen konnte Eddie die Beule sehen, die von einem im Schulterhalfter getragenen Revolver gemacht wurde. Etwas weiter entfernt stand ein fünfter Schläger, der durch gelegentliche Zeichen mit seinen Genossen Verbindung hielt.

Amateure. In New York hätte man dem Burschen nur einen einzigen derart groben Fehler erlaubt - dann würde er dafür büßen. In New York arbeitete man *sauber.* Aber Hongkong war nicht New York, und Eddie Lee war sich dessen wohl bewusst.

Es hatte einen Vorteil: sollten die hiesigen Jungs ihrem Großen Bruder aus New York Schwierigkeiten machen, dann würden viele Mütter hier um ihre Söhne trauern.

Sieben Uhr zwanzig. Gerade genug Zeit für etwas zum Essen und ein Glas Reiswein.

Um drei Minuten vor acht ging Eddie Lee an den Schlägern vorbei in den Uhrenladen. Ein ältlicher Mann, wohl der Eigentümer, bot einem blassen Touristen ein Fernglas an. Der Händler blickte auf, als Eddie eintrat, nickte und gab dem Burschen mit der Lederjacke ein Zeichen. Er kam auf Eddie zu.

»*Nee hai mai yea chung hai mai yea?*«

»Tut mir leid - ich bin aus New York. Können Sie Englisch sprechen?«

Der Schläger lächelte. »Klar doch. Ich fragte, ob Sie hier sind, um zu kaufen oder zu verkaufen?«

»Keines von beiden. Ich bin hier, um eine Angelegenheit zu regeln, die für beide Seiten von Nutzen wäre.«

»Sie ehren uns, Mr...«

»Lee. Ich hoffe, alle Vorbereitungen sind getroffen worden.«

»Sie können sich darauf verlassen, Mr. Lee.«

Damit war die Identität des Besuchers klargestellt; der in der Lederjacke zog einen purpurfarbenen Vorhang zur Seite und führte den New Yorker Besucher eine schmale Treppe hinauf. Eine ebenso schmale Tür öffnete sich.

Der Mann, der ihm öffnete, trug die zeremonielle Robe eines Weihrauchmeisters. Eddie Lee schätzte ihn auf etwa vierzig Jahre. Seine Stimme war rau.

»Mr. Lee aus New York?«

»Ich hoffe, ich komme nicht zu spät?« Diesen Satz hatte sich Eddie vorher merken müssen, ein weiteres geheimes Zeichen.

Und noch eins. »Haben Sie mir einen Weihrauchbrenner mitgebracht?«

Weihrauchbrenner war das, was die amerikanischen Schläger eine Waffe nannten.

»So etwas habe ich bei mir - aber ich beabsichtige vorläufig nicht, es zu übergeben.«

»Wir akzeptieren das - bitte treten Sie in unsere bescheidenen, aber gastfreundlichen Räumlichkeiten.«

Der überraschend große Raum wurde nur schwach von Gaslampen beleuchtet. Vor einer der Längswände stand ein primitiv gezimmerter Altar, auf dem drei rote Kerzen brannten. Darum herum standen eine Anzahl von zeremoniellen Gegenständen. Der größte davon war eine riesige Reisschale, in deren Inhalt ein Spiegel, ein Messer, ein Lineal, eine Schere, ein Fächer, ein Schreibpinsel, ein roter Stab und fünf Räucherstäbchen steckten. Eine Anzahl Fahnen und Schriftrollen lagen ebenfalls auf dem Altar, jede gehörte einer der Gesellschaften, die an dem Treffen teilnahmen.

Eddie zählte etwa zwanzig Abgeordnete, wusste aber nicht, woher sie kamen. Es wurde nur geflüstert. Eddie Lee schloss sich dem Beispiel der andern an, kniete nieder und nahm eine halb hockende, halb sitzende Haltung ein. Vor sich sah er mehrere rote Seidenkissen, auf denen aus Elfenbein geschnitzte Lotusblumen standen. An der Kleidung der Männer erkannte Eddie, dass sie aus verschiedenen Teilen der Welt kamen - von den Philippinen, aus Südamerika, einige auch aus den Staaten, sogar aus Indonesien und England. Nur vier der Männer trugen traditionelle chinesische Kleidung. Sie stammten wahrscheinlich aus der Stadt selbst.

Um acht Uhr zehn ertönte ein Gong außerhalb des Raums. Der Weihrauchmeister begab sich zum Altar und verbeugte sich tief. Mit der linken Hand riss er sich das seidene Gewand von der Schulter.

»Um in voller Ehrlichkeit miteinander zu sprechen, stehen wir nackt voreinander«, sagte er auf Englisch, welches die einzige Sprache war, die alle Anwesenden beherrschten.

Der Meister zog aus der Reisschale das lange Messer. Eddie Lee nahm seine Beretta aus dem Schulterhalfter und hielt sie vor sich in der Hand. Auch die andern entnahmen ihrer Kleidung verschiedene Arten von Handwaffen.

»Auf dass vollendete Harmonie unter uns herrsche...«, fuhr der Meister fort, zog einen Korb unter dem Altar hervor, legte das Messer hinein und reichte ihn weiter. Während das Gefäß durch die Reihen der Abgeordneten wanderte, füllte es sich mit Revolvern, Dolchen, Messern. Als der Korb wieder unter dem Altar stand, sprach der Meister: »Wir kommen von vielen Orten der Mutter Erde, wir haben verschiedene Traditionen, die uns bestimmen. Ich, der ich vom Ch'ing Pang komme, bitte euch, schweigend auf die heiligen Gegenstände vor uns zu schauen - und so unsere Vorfahren zu ehren. Unsere gemeinsamen Vorfahren, Gentlemen!«

Er hob die fünf Räucherstäbe, als Symbol für diese Vorfahren. Alle verbeugten sich in Verehrung, auch Eddie Lee, dem all das nicht mehr viel bedeutete.

Der Meister zündete die Stäbe an den roten Kerzen an und steckte sie in den Reis.

»Wir ehren sie, wir gehorchen ihnen - ihnen und dem, der uns alle schuf...«, sagte der Meister mit singender Stimme.

Diese alten Männer, dachte Eddie Lee zynisch. Aber alte Männer mit Willensstärke und Macht.

»Jetzt sind wir in vollkommener Harmonie. Wir werden uns als Brüder ansprechen; und die unter uns, die anders denken - wollen sie jetzt unseren Kreis verlassen?«

Niemand bewegte sich. *Natürlich nicht*, dachte Eddie Lee. Wann würde der alte Clown da vorn wohl zur Sache kommen? Schließlich waren diese Männer nicht um die halbe Erde gereist, um sich seine Salbaderei anzuhören...

Wieder ertönte der Gong - dreimal -, und mit Eddie Lees Langeweile war es vorbei. Die Frau, die in den Raum trat, war bildschön.

Sie schritt langsam, graziös, und füllte den Raum sofort mit ihrer Gegenwart. Eddie Lee erkannte die Kleidung, die sie trug - die Roben einer Kaiserin. An ihr sahen die schweren Seidenhüllen aus, als trüge sie sie mit Recht. Sie wirkte wahrhaft königlich. Welche Ausstrahlung sie besaß! Wie Eddie Lee es später einmal ausdrückte: Sie nahm ihre Umwelt gefangen. Doch ihr Gesicht war von Grausamkeit gezeichnet.

»Ihr seid Schweine!«

Das waren ihre ersten Worte. Mit Verachtung schaute sie auf die versammelten Männer herab.

»Schweine! Oder Schlangen und Wanzen! Ja, das seid ihr. Ihr versteckt euch unter dem Boden, in den Ritzen der Wände. Ihr haltet Zeremonien ab und glaubt, ihr seid Drachen unter euren Mitmenschen! Aber ich, Tzu Hsi, sage euch: *ihr seid nur Hunde!*«

Sie nahm das Lineal aus der Reisschale, hielt es hoch.

»Wie oft habt ihr dieses - dieses *Ding* angebetet? Als Symbol vergangener Zeiten, lange vergangener Herrlichkeit? Glaubt ihr aber wirklich daran? Wisst ihr, dass es ein Symbol für die kaiserliche Dynastie ist, die eines Tages wieder ihren rechtmäßigen Platz einnehmen wird? Noch einmal sollt ihr euch davor verneigen, und dann werde ich euch sagen, wer die Macht hat, dieses zu vollbringen!«

Die Worte kamen wie eine Explosion von ihren Lippen. Alle, auch Eddie Lee, beugten wie hypnotisiert die Köpfe und warteten so, bis die Frau wieder sprach.

»Ihr jämmerlichen Kreaturen, ihr sollt trotz eurer Unzulänglichkeit die Werkzeuge sein, die das große Geschehen verwirklichen. Nicht länger sollt ihr kleinlich miteinander streiten. Alle Differenzen sollt ihr vergessen haben, wenn ihr heute von diesem Platz fortgeht. In eine gewaltige Einheit sollt ihr euch schweißen! Unter unserer Fahne sollen die in alle Welt verstreuten Chinesen den Platz einnehmen, der ihnen von der Vorsehung bestimmt wurde!«

Sie hielt inne und blickte von Mann zu Mann, als suche sie Zustimmung.

»Ohne Zweifel fragt ihr euch alle: Wer ist es denn, der sich stark genug fühlt, das große Geschehen zu verwirklichen? Wer soll der Führer sein? Keine Angst - ich bin es nicht, ihr Schwächlinge, auch wenn ich stärker bin als ihr. Aber wir haben einen Führer, dem alle wahren Chinesen folgen werden - der mit Sicherheit das Ziel erreichen wird. Der weise, mutige, standhafte Tan Leng Lay.«

Eine Pause.

Innerhalb weniger Sekunden wusste Eddie Lee, dass keiner der Männer, auch er selbst nicht, jemals den Namen Tan Leng Lay gehört hatte.

Auch die Frau am Altar bemerkte es.

»Ihr kennt ihn nicht. Noch nicht. Aber eure Organisationen werden alles Nötige über ihn erfahren. Habt ihr jetzt noch Fragen? Wenn ja, dann erhebt euch, nennt mir euren Namen und eure Heimatstadt. Du da - wer bist du? Woher kommst du?«

»Leslie Ong aus San Francisco«, sagte einer der jungen Männer in typisch amerikanischer Kleidung und erhob sich. »Was verlangen Sie von uns hier bei diesem Treffen? Unsere Organisationen haben uns gewisse Handlungsfreiheit gegeben...«

»Wenn unser Treffen beendet ist, wird ein Vertrag unterzeichnet. Alle Organisationen, die ihr hier repräsentiert, werden sich darin verpflichten, Vater Tan Leng Lay als ihren Führer anzuerkennen, seinen Befehlen zu gehorchen. Das ist keine Bitte - es ist sein erster Befehl an euch! Und welche Macht er hat, das wird er euch zu einem späteren Zeitpunkt zeigen. Weiter!«

»Madam...«, begann ein Mann, von dem Eddie Lee annahm, dass er aus Südamerika kam; er stand auf, lächelte und behielt die Hände in den Hosentaschen. Sie unterbrach ihn.

»Name und Stadt?«

Er hatte es ganz augenscheinlich darauf abgesehen, zu beweisen, dass ihn ihre herrische Art nicht beeindruckte. Darum hatte er sie wohl auch mit *Madam* angeredet.

»Fu Chong Kai aus Lima. Den Namen meiner Organisation wollen Sie wohl nicht wissen, Madam?«

Sie schwieg. Er sprach weiter.

»Der Versuch, sämtliche Organisationen zusammenzufassen, ist schon oft unternommen worden. Ohne Erfolg. Auch einem chinesischen Mannequin aus Shanghai, Hongkong oder Kanton, einer Puppe in bunten Kleidern, wird das nicht gelingen. Auch nicht einem tollpatschigen alten Mann...«

»Denken die anderen wie der Herr aus Lima?«, fragte die Frau.

Leslie Ong sprach zögernd: »Ich würde es vielleicht nicht so beleidigend wie mein Freund aus Südamerika ausdrücken, aber auch ich habe Zweifel.«

»Zweifel? Du teilst also die Meinung von Fu Chong Kai?«

»Ich würde Sie zwar nicht als Puppe in bunten Kleidern bezeichnen, aber...«

»Aber?«

»Ich könnte meine Organisation nicht zu blindem Gehorsam Vater Tan gegenüber verpflichten, ohne davon überzeugt zu sein, dass er wirklich die Macht besitzt, die Sie erwähnten.«

»Wenn«, rief der Abgeordnete aus Lima, »diese Macht überhaupt existiert!«

Die Frau lächelte böse. »Wenn die Herren aus San Francisco und Lima die Freundlichkeit haben würden, zum Altar zu schreiten - dann kann ich wohl einen Beweis der Größe, der Stärke, ja, der *Macht* unseres Führers erbringen.«

Beide Männer gingen nach vorn und stellten sich vor den Altar. Aus einer der geschnitzten Lotosblumen auf den roten Kissen kam ein zischendes Geräusch.

Die zwei Männer fielen vornüber, ihre leblosen Körper lagen halb auf dem Altar. Leslie Ong, der Mann aus San Francisco, starb mit dem Gesicht nach oben. Tzu Hsi drehte den anderen Leichnam etwas zur Seite, so dass die Anwesenden auch sein Gesicht sehen konnten. Nur das Weiße in seinen Augen war sichtbar.

Ich träume, dachte Eddie Lee. Aber es war kein Traum. Auf beiden toten Gesichtern waren die Mundwinkel belustigt hochgezogen; beide Leichen lachten...

»Das, ihr Schweine, ist die Macht Vater Tans!«, rief die Frau.

»Was ihr gesehen habt, ist nur ein winziges Beispiel dieser Macht!

Zwei Männer sind gestorben - aber der Tag wird kommen, an dem ein ganzes Volk lachend untergehen wird! Durch eine ganz besondere Art von Tod. Vater Tan nennt ihn den *Todesbringer der himmlischen Glückseligkeit*. Bald werdet ihr diesen Tod erneut erleben.«

Zweites Kapitel

Tief im Dschungel Mittelsumatras schlief ein Tiger. Indonesische Tiger gleichen ihren Artgenossen aus anderen Teilen Asiens: Sie töten nur, um zu fressen, nicht um des Tötens willen. Auch dieser alte Krieger, der auf einem aus dem Dschungel gehackten Pfad lag, hatte getötet. Vor einer Stunde. Mit vollem Magen fühlte er sich wohl und ließ seinen gestreiften Körper von den wenigen Sonnenstrahlen, die durch die Merbuabäume und die Semakbüsche drangen, bescheinen und wärmen. An Kämpfen oder Töten dachte er jetzt nicht, das war in der Vergangenheit und in der Zukunft. An das Tier, das er getötet hatte, konnte er sich schon nicht mehr erinnern.

Für ihn war der von Menschen durch den Dschungel gehackte Pfad nur eine bequeme Ruhestelle. Er war langsam herangekommen, immer auf der Ausschau nach Feinden, obgleich ein Tiger wenige Feinde hat, vor denen er sich fürchtet. Aber dann war etwas Seltsames geschehen: Der Pfad ging plötzlich zu Ende, und der alte Krieger hatte sich nach einer Stelle in der grünen Mauer umgesehen, wo er vielleicht weiterführen mochte. Aber der Dschungel war wie eine feste Wand, durch die sich auch ein ausgewachsener Tiger nicht zwängen konnte. Aber dann war plötzlich, ohne sein Zutun, eine Öffnung in dieser Wand entstanden. Das satte Grün zu seiner Rechten hatte sich geöffnet, und auf der anderen Seite der Öffnung sah er die Fortsetzung des schmalen Pfades. Ein Dutzend Schritte vor ihm drang die heiße Sonne durch das Netz der Bäume - und an mehr war er nicht interessiert. Er legte sich genüsslich nieder und schloss die Augen. Vor einer Stunde war es Zeit zu essen gewesen, jetzt war es an der Zeit, zu schlafen. Wie konnte der Tiger wissen, dass sein Schlaf nur kurz sein würde - und auch sein letzter?

Weniger als einen Kilometer entfernt marschierte eine Gruppe Männer langsam durch den Dschungel. Die Kolonne wurde von einem schlanken, fast verhungert aussehenden, gelben Mann angeführt. Er war nicht bei guter Laune.

»Dämliche Wilde!«, kreischte er. »Dämliche, dreckige Wilde!«

Weil die braunhäutigen Männer, die ihm folgten, seine Sprache nicht verstanden, wurden sie durch seine Schimpfworte nicht gekränkt. Sie wussten natürlich, dass er über etwas nicht sehr erfreut war und von ihnen wahrscheinlich keine gute Meinung hatte; aber sie wussten auch, dass alle Fremden verrückt waren, und so machte ihnen sein Kreischen und Schimpfen nichts aus. Allerdings - den Grund seines Ärgers konnten sie sich denken. Sie waren während der letzten Stunde besonders langsam marschiert, was wiederum ihre Art war, ihm zu zeigen, dass sie nicht sehr viel von ihm hielten.

Der Ärger des Chinesen steigerte sich zur Weißglut. Denn all sein Schreien brachte die Eingeborenen nicht dazu, sich schneller zu bewegen, und das halbe Lächeln auf ihren Gesichtern trieb ihn fast zum Wahnsinn.

Die Kolonne bestand aus dreizehn Mann, drei davon waren Chinesen, der Rest Sumatraner. Sie waren in fünf Paare eingeteilt, und je ein Paar trug an einer Bambusstange etwas, das sie, wäre es aus Ton gewesen, *keranjang* genannt hätten. Weil es aber nicht aus Ton war, hatten sie keinen Namen dafür und wussten nicht, was es war; so nannten sie die fußballgroßen Aluminiumzylinder *setang*: ihr Wort für etwas Unbekanntes, von dem man annimmt, dass es üble Eigenschaften hat. Und wie richtig die Beschreibung war...

Aber alles, was *setang* war, verdiente Achtung, selbst wenn die Sumatraner für ihre chinesischen Arbeitgeber keinerlei Achtung empfanden.

»Anhalten!«, kreischte der Anführer.

Die Kolonne kam zum Stehen, und die ersten zwei Eingeborenen ließen ihre Last vorsichtig auf den Dschungelboden gleiten. Der Chinese gestikulierte, beide Träger wichen zurück, als seien sie heilfroh, ihre Last loszuwerden.

Der Chinese kümmerte sich nicht um sie, er kümmerte sich auch nicht um den Aluminiumzylinder. Vielmehr ging er fast auf Zehenspitzen vorwärts, auf einen dünnen Draht zu, der den Pfad in Knöchelhöhe überspannte. Seine Augen folgten dem Draht zu einer Grasnarbe, die fast unmerklich grüner war als der übrige Dschungelboden. Seine Finger suchten und fanden einen Metallring, halb im Boden begraben. An diesem Ring hob er fast einen Quadratmeter Gras in die Höhe. Darunter waren keine Wurzeln, sondern ein *setang*, ein Aluminiumzylinder, wie ihn die Männer trugen. An einem zentimeterbreiten Verschluss dieses Zylinders war der Draht befestigt. Vorsichtig inspizierte er den Zylinder, sah, dass alles in Ordnung war und winkte den Trägern zu. Während diese ihre Last wieder auf die Schultern hoben und weitergingen, mit den Beinen hoch über den Draht steigend, legte der Chinese das Stück Gras wieder an seine alte Stelle und reihte sich in die Kolonne ein.

Einen Kilometer entfernt schlief der Tiger und träumte. Er träumte, bis sich die Entfernung zwischen ihm und den Menschen auf einen halben Kilometer verringert hatte. Dann weckte ihn sein Instinkt, er hob den Kopf und sog den fremden Geruch ein, den der leichte Wind zu ihm herüberwehte.

Beim nächsten Draht mussten sie nicht mehr vorsichtig sein. Der Chinese fluchte, als er das tote Wildschwein beiseite rollte. Er nahm den Aluminiumzylinder, den die ersten zwei Träger ihm brachten, von der Bambusstange. Aus der fast nachlässigen Art, mit der die Sumatraner den ausgegrabenen Behälter handhabten, war klar zu ersehen, dass sie diesen Zylinder nicht als *setang* betrachteten. Ein leerer *setang* enthielt keine Gefahr mehr. Der Anführer ersetzte den ausgegrabenen Zylinder durch den vollen, und die Kolonne machte sich wieder auf den Weg. Als letzter befestigte der Chinese den Draht mittels eines kleinen Karabinerhakens.

Als die Entfernung zwischen Tiger und Menschen nur noch zweihundert Meter betrug, hielt die Kolonne wieder an. Das Ende des Pfades war erreicht - oder so schien es. Aber jene Träger, welche die Reise schon mehrere Male unternommen hatten - die Chinesen zahlten gut -, wussten, was jetzt geschehen würde. Sie hatten selbst mitgeholfen, den Pfad aus dem Dschungel zu hacken und wussten, warum er hier nur scheinbar endete. Sie wussten nicht den Grund, weshalb die gelben Bosse sich das Leben schwermachten - aber das war schließlich deren Sache.

Der führende Chinese ging auf einen Kalangbusch zu, tastete am Stamm herum und zog an einem unter der Borke angebrachten Ring. Wie auf einer Theaterbühne klappte die gesamte Dschungelwand rechts des Pfades hoch: künstliche Bäume und Pflanzen, den echten täuschend ähnlich. Dahinter sah man wieder die Fortsetzung des Pfades, eingesäumt von echtem, saftiggrünem Dschungel.

Der Tiger hatte sich erhoben. Der Mensch war sein Feind - ein Feind, der tötete, ohne essen zu wollen. Ein Feind, der tötete, ohne seinem Opfer nahe zu sein. Das hatte der alte Krieger durch bittere Erfahrung gelernt.

Gegen diesen Feind gab es nur eine Verteidigung: *Flucht*. Der Tiger drehte sich um, wollte auf dem Pfad die Entfernung zwischen sich und dem Feind vergrößern. Aber der Pfad war nicht mehr da. Er hätte es nicht ausdrücken können, der alte Tiger, aber als er sich niederlegte, hatte ihm sein Instinkt geheißen, sich zu vergewissern, dass er seinen Ruheplatz wieder verlassen konnte - in beiden Richtungen. Jetzt war hinter ihm eine dichte, undurchdringliche Dschungelwand, die noch dazu seltsam roch, und vor ihm der Feind Mensch. Dennoch versuchte er, mit seinem starken Kopf, mit seinen stählernen Nackenmuskeln, sich einen Fluchtweg durch die Wand zu bahnen. Vergeblich.

Er begann leise zu knurren, suchte die Flucht nach vorn. Sein Knurren wurde zum Brüllen, sein Unmut zur weißglühenden Wut, als er den Feind sah, der ihm den Weg versperrte.

Zu seinem großen Erstaunen brüllten auch die Menschen, als er zum Sprung ansetzte.

Der anführende Chinese sah den Tiger zuerst, versuchte, die zwei vorderen Träger als schützende Wand zu benutzen. Aber dann hatten auch die Sumatraner das angreifende Tier gesehen, hatten sich umgedreht und ihre Last abgeworfen. Der Chinese sah, wie der Aluminiumzylinder auf den Boden fiel und der Verschluss brach. Er schrie auf - aber es war nur ein sehr kurzer Schrei, ein Schrei, der abbrach, als das Leben seinen schlanken Körper verließ. Von den anderen hatte nur einer der Eingeborenen Zeit, sich Nase und Mund mit den Händen zuzuhalten. Er lebte dafür den Bruchteil einer Sekunde länger als seine Reisekameraden.

Der Tiger sprang, kurz bevor der Zylinder zu Boden fiel. Seine Pfoten hatten die Erde noch nicht wieder erreicht, als auch er starb. Es war nicht die Todesart, die der König des Dschungels gewählt hätte - ein grotesk grinsender König, der im Leben nie gelacht hatte.

Auch die Menschen hätten wahrscheinlich eine andere Todesart gewählt, und auch sie wären über ihr Aussehen entsetzt gewesen, hätten sie sich selbst als Leichen sehen können.

Auf allen ihren Gesichtern stand das, was man das *Lachen der himmlischen Glückseligkeit* nannte.

In diesem Bereich des Dschungels, in dem noch vor Augenblicken das Schreien von Mensch und Tier zu hören gewesen war, war jetzt alles ruhig. Nicht friedlich - nur *ruhig*.

Drittes Kapitel

Die Tiger-Balm-Gärten sind eine Monstrosität und eine der größten Touristenattraktionen Singapurs. Errichtet wurden sie von dem Chinesen Haw Par, der ein Millionenvermögen durch Verkauf und Herstellung einer Salbe, genannt Tiger Balm, verdient hatte. Sein Produkt wird in ganz Asien seit Jahrzehnten vertrieben, und angeblich heilt Tiger Balm alles, von Fußpilz über Rheumatismus bis zu Haarschuppen. Mögen auch die grotesken, buntbemalten Betonfiguren, jede mehrere Meter hoch, die zu Dutzenden die Gärten bevölkern und in Höhlen und Grotten gegen Drachen und andere Ungetüme kämpfen, für Europäer nur touristisches Interesse haben - die Einwohner aller Rassen lieben diese permanente Ausstellung des Unmöglichen. Die Gärten sind am Wochenende ein Lieblingsziel der Bürger Singapurs, und die Geschäfte der Eis- und Limonade-Verkäufer florieren.

Auch Mary Sih pilgerte oft dorthin, wie auch an diesem sonnigen Sonntag. Dabei sollte man von Mary Sih annehmen, dass sie bei ihrem hohen Intelligenzquotienten andere Anziehungspunkte gefunden hätte. Aber Mary war nicht nur hochintelligent und Leiterin eines wissenschaftlichen Labors, obwohl sie nur dreiundzwanzig Jahre zählte - sie war auch mit Leib und Seele Chinesin. Und so verwunderte es nicht, dass sie auch diesen freien Sonntag wie schon viele vorher in den grausig-schönen Tiger-Balm-Gärten verbrachte. Wie um sich selbst zu beweisen, dass an Wochenenden die Zeit nur ihr gehörte, trug sie keine Uhr.

Mary war hübsch - nicht schön, nur *hübsch*. Für wahre Schönheit hätte sie etwas größer, ihr Gesicht etwas weniger flach sein müssen. Aber ihren Kollegen an der Universität von Singapur erschien sie als eine durchaus sympathische, überdurchschnittlich intelligente Kollegin, der man in sehr jungen Jahren schon eine äußerst verantwortungsvolle Tätigkeit anvertraut hatte. Sie wussten, dass Mary Sih es noch weit bringen würde.

Was sie nicht wussten, war die Tatsache, dass Mary auch eine sehr aktive Agentin der Volksrepublik China war. Jedenfalls glaubte Mary das. Aber sie war sich an diesem sonnigen Nachmittag dessen nicht ganz sicher. Denn als sie vor der blau-gelben Statue des Weisen Konfuzius stand, war sie sich bewusst, dass sie beobachtet wurde. Sie blickte an dem bemalten Betonhügel vorbei und sah noch immer den jungen Mann in einem teuren, für die Jahreszeit zu warmen grünen Wollanzug. Er stand vor einem Kiosk und schien sich völlig darauf zu konzentrieren, Orangeade durch einen Strohhalm zu trinken. Aber es konnte kaum ein Zufall sein, dass er ihr seit etwa drei Uhr nachmittags folgte, stets in ihrer Nähe war. Durch Zufall hatte sie ihn bemerkt. Ein Familienvater hatte seine zahlreiche Brut mitsamt Ehefrau vor dem *Lachenden Buddha* fotografiert. Mary war im Schussfeld gewesen und taktvoll zur Seite getreten. Der Familienvater hatte sie dankbar angelächelt und die Kamera gezückt. Während er die Entfernung einstellte, sah Mary, dass ein junger Passant den Kopf wegdrehte und das Gesicht mit einer Hand bedeckte. Eine Viertelstunde später, in einem anderen Teil des Gartens, stand er wieder nur wenige Meter von ihr entfernt, als sie einen blauen Drachen betrachtete, der schon seit vielen Jahren von dämonisch grinsenden Zementhelden erlegt wurde. Auch die Kaiserin Hwi Jeh bewunderte sie in seiner unerbetenen Gesellschaft. Und jetzt, vor Konfuzius, war er schon wieder da. Es konnte kein Zufall sein.

Hatten sie etwas über ihre Tätigkeit erfahren? Die Wahrscheinlichkeit erschien ihr gering. Ihre beiden Kontakte waren nicht in Singapur, sondern in Penang. Und sie hatte sich seit drei Monaten mit keinem der beiden in Verbindung gesetzt. Trotzdem... Aber wenn sie wussten, wer sie war, für wen sie arbeitete, hätten sie dann nicht früher reagieren? Vielleicht waren sie nicht sicher. Vielleicht warteten sie darauf, dass sie einen Fehler machte. Aber sie war ja nicht dumm; sie hätte es bestimmt bemerkt, dass sie verfolgt, beobachtet wurde.

Sie ging weiter, die bunten Stufen neben Konfuzius hinauf. Sie schritt etwas schneller, drängte sich durch eine große Gruppe amerikanischer Touristen, bog um eine Ecke. Dann drehte sie sich um, spähte um einen lächerlichen Steinhelden herum. Der junge Mann stand jetzt genau vor Konfuzius und blickte in ihre Richtung. Er grinste.

Jetzt wusste er, dass sie ihren Verfolger bemerkt hatte. Sie erwog die Möglichkeiten, die ihr offenstanden: Sie konnte direkt zum Ausgang gehen. Sollte er ihr weiter folgen, konnte sie einen Polizisten um Hilfe bitten. Sollte der junge Mann zu »ihnen« gehören - er würde es nicht wagen, sie in aller Öffentlichkeit anzugreifen. Aber vielleicht gehörte er gar nicht zu ihnen, vielleicht war er ein Agent der Regierung? Oder einfach ein Straßenräuber, der ihre große Handtasche bemerkt hatte und auf eine günstige Gelegenheit wartete? Dazu war er eigentlich zu gut gekleidet. Sie entschloss sich für die Flucht nach vorn.

Mary ging weiter, hielt vor einer Snack Bar an, bestellte ein Milchgetränk. Sie setzte sich auf eine Steinbank. Von dort, während sie ihre Schokoladenmilch trank, sah sie dem jungen Mann direkt ins Gesicht. Als hätte er ihren Blick als Einladung verstanden, kam er heran und setzte sich neben sie.

»Herrliches Wetter für einen Spaziergang, Mary«, sagte er.

Sie wäre fast aufgesprungen und davongerannt.

»Sie kennen meinen Namen?« Sie versuchte, ihre Erregung nicht zu zeigen.

»Ich kenne Ihren Namen, weiß, wo Sie wohnen und auch, welche Arbeit Sie tun«, sagte er und lächelte noch immer.

Welche Arbeit... Welche ihrer Arbeiten meinte er?

»Warum folgen Sie mir?«

»Weil ich mich mit Ihnen unterhalten möchte, Mary. Haben Sie etwas dagegen?«

»Das nicht, aber Sie hätten es anders machen können. Wenn Sie wissen, wo ich wohne und arbeite - ich habe ein Telefon zu Hause und an meinem Arbeitsplatz.«

»In der Uni möchte ich Sie nicht anrufen; aber ich wollte Sie in Ihrer Wohnung besuchen. Als ich dort ankam, fuhren Sie gerade fort. Also...«

»Handelt es sich um etwas Geschäftliches?«

»So könnte man es nennen, Mary.«

»Es ist Sonntag, mein freier Tag. Morgen würde ich...«

»Tut mir leid, Mary, ich kann nicht bis morgen warten. Ich benötige Ihre - sagen wir, Ihre Dienste noch heute.«

Wütend stand sie auf. »Glauben Sie vielleicht, ich sei eine - eine billige Hure, die man einfach auf der Straße ansprechen kann, Mr... wie immer Sie heißen mögen?«

»Mein Name ist unwichtig, Mary.« Er zog sie mit sanfter Gewalt wieder auf die Bank zurück. »Und seien Sie versichert, ich habe Sie ganz gewiss nicht für ein leichtes Mädchen gehalten. Habe ich Sie überzeugt von der Ehrsamkeit meines Anliegens?«

»Ganz und gar nicht. Sie belästigen mich, und wenn Sie das nicht sofort lassen, muss ich...«

Der junge Mann hatte seine Jacke aufgeknöpft. Mary sah darunter ein Schulterholster mit einer Respekt einflößenden Pistole.

»Das Ding hat einen Schalldämpfer, Mary. Ich möchte Sie bitten, mit mir zu kommen. Ganz ruhig und unauffällig. Sonst müsste ich die Waffe benutzen - und Blut macht so hässliche Flecken.« Er knöpfte die Jacke wieder zu. »Auch ich werde jetzt eine Erfrischung zu mir nehmen, drüben in der Snack Bar. Inzwischen können Sie sich die Sache überlegen. Sollten Sie aber beschließen, zu fliehen, Mary... Ich bin nicht der einzige, der Sie beobachtet. Sie würden es nicht lebend zum Ausgang schaffen.«

Damit stand er auf und ging zum Kiosk. Er hatte noch nicht die Flasche mit Cola in der Hand, als Mary ihre Entscheidung schon getroffen hatte: Sie floh.

»Mary!«

Mary Sih zitterte, als ihr Name durch die Dunkelheit gellte. Sie war geflohen - aber nicht in Richtung Ausgang. Während ihres Spaziergangs hatte sie bemerkt, dass an einer Grotte, die von Vandalen beschädigt worden war, Reparaturen vorgenommen wurden. Während des Wochenendes war die Betonstruktur mit großen Leinwandplanen abgedeckt worden - auch der Eingang. Sie wusste, dass die Höhle viele Meter in den Boden hineinging, dass sie Nebenhöhlen hatte. In dieser *Höhle der Sieben Drachen* hatte sie sich versteckt, und der junge Mann hatte nicht erwartet, dass sie sich so schnell aus dem Staub machen würde. Seine angeblichen Helfer anscheinend auch nicht. So war sie zwar versteckt - aber sie saß auch in einer Falle, denn einen zweiten Ausgang besaß die Höhle nicht. Sie hatte mehrere Stunden gewartet und gehofft, ihr Verfolger würde aufgeben. Aber er hatte sie darüber nicht im Zweifel gelassen. Wieder und wieder tönte sein Ruf durch den inzwischen in völliger Dunkelheit liegenden Vergnügungspark.

»Maaaarryyy!«

Wie spät war es? Niemals wieder würde sie ihre Uhr zu Hause lassen. Aber sie wusste, es war Abend. Vielleicht schon Nacht. Worauf wartete sie? Auf den Tod? Auf etwas Schlimmeres als den Tod? War sie nicht schon wie im Grab? War sie nicht schon...

»Maaaarryyy! Kommen Sie heraus, Mary! Früher oder später werden Sie es doch tun, also warum nicht gleich? Wollen Sie leben oder sterben, Mary?«

Sie wollte leben - leben für das große Ideal, für die Ideen Mao Tse-tungs. Der junge Mann hatte sie gebluffT, er besaß gar keine Helfer. Sie hätte durch den Ausgang rennen können. Er wollte sie nicht töten. Hätte er das im Sinn gehabt - auf der Bank, als er ihr seine Waffe zeigte, wäre es die beste Möglichkeit gewesen. Er hätte in der Menge verschwinden können. Also wollte er etwas anderes von ihr. Sex? Kaum. Er sah so gut aus, dass er da wohl andere Annäherungsarten gewählt hätte.

Warum sollte sie nicht Zurückschlagen? Warum sollte sie wie ein Tier in der Falle auf ihn warten?

Sie sah sich in der Höhle um. Hinter ihr stand ein blauhäutiger Dämon, der erfolgreich einen Angriff sechs kleinerer übler Geister abwehrte - mit einem Schwert. Auch das Schwert war von den rohen Fäusten der Vandalen gelockert worden, es hing in groteskem Winkel zu Boden. Vandalen hin, Vandalen her - sie brauchte die Waffe jetzt nötiger als der Blauhäutige. Ohne Schwierigkeiten brach sie das Schwert aus der wehrlosen Zementfaust. Es bestand nur aus einem Stück dicken Eisenblechs, war aber besser als gar nichts. Wieder die Flucht nach vorn...

Sie zog die Leinwand zurück und trat aus der Höhle heraus.

»Hier bin ich. Was wollen Sie?«

Als Silhouette sah sie ihn vor dem bleichen Mond. Er beantwortete ihre Frage nicht.

»Mary, ich bin überrascht. Sie haben sich bewaffnet! Sie wollen mich mit einem Schwert erschlagen? Ein nettes Mädchen wie Sie? Sie sollten mehr Vertrauen zu mir haben, Mary, ich sage immer die Wahrheit. Ich benötige Ihre Dienste, das ist die reine Wahrheit. Und ich habe auch nicht gelogen, als ich sagte, ich sei nicht allein...«

Hinter sich hörte sie ein Geräusch. Eine harte Hand legte sich ihr fest über Mund und Nase. Sie roch etwas, das sie sofort als Chloroform erkannte. Und dann roch sie nichts mehr, hörte nichts mehr, fühlte nichts mehr...

Der Mann im grünen Anzug blickte auf die am Boden liegende Gestalt hinab. Er nickte seinem Begleiter zu, einem etwas älteren Chinesen, der die Gamaschen und die zerfledderte Jacke eines Fischers trug.

»Bring' sie auf dein Boot, aber vorsichtig. Sie hat ein sehr wertvolles Gehirn, hat man mir gesagt. Ist es nicht amüsant, dass sie glaubte, ich wollte ihren Körper?«

Der ältere Mann blickte ihn fragend an. »Wie meinen Sie das, junger Herr?«

Der Mann lachte. »Eine kleine Abwechslung für dich. Normalerweise schmuggelst du Mädchen aus China, aus Malaysien, aus Indien nach Singapur, damit ihre Körper in den Bordellen dieser schönen Stadt verkauft werden. Und jetzt schmuggelst du ein Mädchen aus Singapur hinaus, damit man ihr Gehirn benutzen kann.«

»Geschäft ist Geschäft, junger Mann«, sagte der Fischer.

»Dann sorge dafür, dass dieses reibungslos verläuft.«

Viertes Kapitel

Die schwierigsten Rätsel löste Mr. Merlin am liebsten selbst, obwohl ihm die allerbesten Denkmaschinen, menschliche und mechanische, zur Verfügung standen. Nur auf sich selbst, auf sein eigenes Urteil, verließ er sich, wenn es hart auf hart kam.

Mr. Merlin war ein Milliardär, der Sohn eines Millionärs, und der Enkel eines immerhin sehr reichen Mannes. Sein Großvater hatte zu einer Zeit, als man im amerikanischen Geschäftsleben noch brutaler Zugriff als heute, ein Vermögen aus Eisenbahnen und Dampfschiffen gemacht. Er hatte es Mr. Merlins Vater hinterlassen, der das Vermögen mit etwas mehr Rücksicht auf seine Mitmenschen vervielfacht hatte. Mr. Merlin selbst hatte seinen Vater schon als junger Mann beerbt, aber das war zu einer Zeit gewesen, als er in einem amerikanischen Schützengraben in Frankreich lag. Nachdem der Splitter einer deutschen Granate seine Beine zerfleischt hatte, kam er an Bord eines Lazarettschiffes zurück in die Staaten und betrachtete die Siegesparade am Broadway vom Rollstuhl aus. Er blieb den Rest seines Lebens an ihn gefesselt. Aber er gab nicht auf; die Errungenschaften seines Vaters und seines Großvaters waren eine Herausforderung für ihn. Aus den Millionen machte er Milliarden und stellte dann sein Leben der amerikanischen Nation zur Verfügung. Für ihn gab es seither nur einen Vorgesetzten: den Präsidenten der Vereinigten Staaten.

Mr. Merlin war ein Mann, der stets allein handelte. Allein hatte er auch sein jetziges Hauptquartier geplant, und nach diesen Plänen war es am Rande des erloschenen Kraters Makaluha erbaut worden: an die vierzig Räume, bestehend aus Apartments, Laboratorien, Tunnels, Büros. Ein Teil des Gebäudes war unterirdisch angelegt.

Mehrmals war das Projekt Protoagent schon erfolgreich gelaufen - es hatte beinahe den Anschein, als würde John Eagle abermals eingesetzt werden.

Aber zuerst musste ein Rätsel gelöst werden, vorher konnte er nicht handeln. Es fehlte ein winziges Stück Information, eine wichtige Frage blieb unbeantwortet. Und wenn die Frage beantwortet war, was dann?

Er drückte auf einen Knopf unter der Armlehne seines Stuhls. Mit leisem Summen fuhr ihn der motorisierte Rollstuhl hinter seinem geschnitzten Schreibtisch hervor. Quer durch den großen Raum glitt das Fahrzeug ans Fenster, von dem aus man den erloschenen Vulkan überblickte. Die Aussicht war immer herrlich, ob bei Tage, wenn die Hänge des Vulkans, mit tropischem Grün bedeckt, das Auge entzückten, oder nachts, wie jetzt. Es war, so behaupteten die Hawaiianer, die schönste Aussicht der Welt: der tote Vulkan und das vor Leben übersprudelnde Maui, die Hawaii vorgelagerte Insel.

Mr. Merlin konnte immer am besten denken, wenn er diese ihn immer wieder faszinierende Aussicht genoss. Jetzt dachte er über den Bericht nach, den Eddie Lee geschickt hatte. Der Bericht, der ihm, auf Videoband aufgenommen, aus New York durch Sonderflugzeug direkt nach Hawaii gesandt worden war. Natürlich wusste Mr. Merlin, dass Eddie Lee Doppelagent war, dass er nicht nur für ihn, sondern auch für die Geheimgesellschaften der Chinesen arbeitete. Er wusste aber auch: sollte es zu einem Gewissenskonflikt kommen, würde Eddie Lee sich zuerst als Amerikaner und erst dann als Chinese betrachten. Und für das Treffen in Hongkong hatte es ganz gewiss keinen besseren Mann gegeben als Eddie Lee.

Die Triaden, die geheimen Verbindungen, wurden in letzter Zeit nicht mehr besonders ernst genommen. Mr. Merlin hielt das für einen großen Fehler. Überall da, wo Chinesen lebten, hatten sie einen großen Einfluss - und Chinesen lebten in allen Ländern der Welt. Ihre Vereinigungen waren schon vor zweitausend Jahren gegründet worden - damals mit durchaus ehrenwerten Zielen. Sie sollten ihren Mitgliedern bei Naturkatastrophen Beistand leisten und sie gegen Angriffe der vielen Privatarmeen schützen. Sie sorgten dafür, dass korrupte Beamte die Bevölkerung nicht mehr als tragbar ausnutzten - kurz, sie waren eine Art Versicherung. Erst später wurden sie auch auf der politischen Bühne aktiv. Die Triaden waren die ersten, die sich gegen den Thron auflehnten. Eine Gesellschaft namens »Rote Brauen« jagte einen tyrannischen Kaiser aus dem Lande und war für die Rückkehr der Han-Dynastie verantwortlich.

Auch in der Neuzeit war ihre Rolle noch nicht ausgespielt. Sun Yat-sen, der Vater der republikanischen Bewegung Chinas, wurde von den Triaden unterstützt. Auch in Rot China war man sich ihrer wohl bewusst: Man versuchte, sie nach Möglichkeit auszurotten. Aber man nahm sie ernst.

Zerstreut in der westlichen und östlichen Welt, hatten die Triaden es nie für nötig gehalten, sich zu einem Ganzen, zu einer Weltorganisation, zusammenzuschließen. Die Regierung von Taiwan hatte es einmal versucht - ohne Erfolg. Denn ein Prinzip der Triaden war es ja, gegen jede zentrale Vorherrschaft zu arbeiten - und das galt auch für sie selbst.

Damit war Mr. Merlin vollkommen einverstanden. Solange sie nur auf kleiner Fläche, innerhalb der chinesischen Bevölkerung, tätig waren, stellten sie keine Gefahr für die Sicherheit der Vereinigten Staaten dar. Und nur mit ihr beschäftigte sich Mr. Merlin, nur darum hatte er seine eigene Organisation gegründet.

Aber was konnte geschehen, wenn es einem Mann, einem einzigen Mann, gelang, die nicht unbeträchtliche Macht der kleinen Triaden unter eine Führerschaft zu bringen, unter einen Mann, dem sie alle blinden Gehorsam leisteten?

Dann bestand sehr wohl eine Gefahr - eine Gefahr, der John Eagle zuvorkommen musste.

Es war Tatsache, dass die Abgeordneten der Roten Gruppe, die sich in Hongkong getroffen hatten, einen diesbezüglichen Vertrag unterzeichnet hatten. Aber waren sie dabei nur durch das von Tzu Hsi so erfolgreich vorgeführte Mordwerkzeug, dieses neue, völlig unbekannte Gas, beeinflusst worden? Oder übte die Frau selbst, die den Namen einer Kaiserin des blutigen Boxeraufstands trug, diesen unwiderstehlichen Einfluss aus?

»Sie sah uns an wie eine Göttin. Wir fühlten, dass wir gern unser miserables Leben für sie geopfert hätten.«

So hatte Eddie Lee berichtet, und Eddie Lee war ein Mann, der nüchtern dachte, kein Romantiker.

Eddie Lee versuchte nach dem Treffen mehr über die Frau herauszufinden - aber es war, als hätte sie der Erdboden verschluckt. Auch der in Hongkong wohnende Agent Mr. Merlins hatte nicht mehr Erfolg gehabt. Mr. Merlin musste zugeben: eine schöne Frau, in Partnerschaft mit einem verheerenden, unheimlichen, unbekannten Gas, das war in jeder Hinsicht eine gefährliche Kombination. Angenommen, es gab riesige Mengen dieses tödlichen Gases, und zwar in den Händen einer vielköpfigen Organisation...

Riesige Mengen wurden benötigt, um verbrecherische Pläne einer Geheimorganisation zu verwirklichen. Das Gas, dessen Wirkung Eddie Lee beobachtet hatte, war ein superschneller Killer - aber es verflüchtigte sich auch schnell. Und das bedeutete, dass es irgendwo in der Welt eine Anlage, eine Fabrik, Laboratorien, gab, wo das Gas, das Menschen lachend vom Leben zum Tode beförderte, hergestellt wurde. Die Frage war: *wo?*

Wieder drückte Mr. Merlin auf einen Knopf, und sein Stuhl rollte schweigend zum Schreibtisch zurück. Er hob einen der sechs Telefonhörer ab.

»Polly, gibt es Neues über die entführten Chemiker?«

»Ja - jetzt sind es vier. Ein Mädchen ist gestern in Singapur geschnappt worden.«

»Bring mir alle Einzelheiten, Polly.«

»Es ist nach Mitternacht, Mr. Merlin .s .«

»Und warum bist du noch wach?«

»Weil ich dachte, Sie möchten vielleicht noch einen Brandy...«

Ein Lächeln huschte über Mr. Merlins Gesicht. »Gut gedacht, Polly. Einen Doppelten, bitte.«

Während er auf seinen Drink wartete, wurde sich Mr. Merlin wieder einmal bewusst, welchen Schatz er an Polly Perkins hatte. Ein nichtssagender Name. Aber sie war zu einem Achtel Polynesierin, aus alter hawaiischer Familie, Königsblut. Der Rest angelsächsische und französische Ahnen. Seit zwanzig Jahren war sie nun bei ihm. Vor langer Zeit, als ihn ein grausames Schicksal schon jung zum Witwer gemacht hatte, war sie seine Geliebte gewesen. Aus der Liebe war im Lauf der Jahre eine Freundschaft besonderer Art erwachsen. Sie sah, dass neben der Aufgabe, die er sich selbst gestellt hatte, für eine Frau kein Platz war, und blieb trotzdem bei ihm. Sie war der einzige Mensch, dem er vollkommen und rückhaltlos vertraute.

Er lächelte sie an, als sie ihm seinen Brandy brachte; sie lächelte zurück, stellte das große Brandyglas vor ihm auf den Schreibtisch und berührte wie zufällig seine Hand auf der Lehne des Rollstuhls. Dann setzte sie sich ihm gegenüber und erwartete seine weiteren Anweisungen. Wenn Mr. Merlin um Mitternacht noch Berichte verlangte, dann würde es weitere Anweisungen geben.

Mr. Merlin trank langsam das flüssige Feuer, setzte das Glas ab und fragte: »Was gibt's Neues von John Eagle?«

»Er arbeitet auf seiner Ranch. In zwei bis drei Monaten sollte er sein Haus fertig haben.«

»Gut. Aber es ist möglich, dass sich der Termin etwas verzögert. Ich werde mehr wissen, wenn ich diese Papiere studiert habe.«

Er öffnete die Mappe, die Polly ihm vorgelegt hatte. Polly verließ schweigend das Arbeitszimmer ihres Chefs. Sie hatte das, was wichtig war, bereits vorsortiert, er würde keine unnötige Zeit verschwenden müssen:

NAME: Mary Sih Lee Chu. ALTER: 23.

BERUF: Laborantin, Univ. von Singapur, aber mit weitaus größerer Verantwortung. Leitete praktisch das chemische Forschungslabor.

NEBENBERUF: Agentin für Peking. Sammelt technische Informationen, Daten, usw. Kontaktmann: Gerry Ho, Restaurantbesitzer in Penang. (Regierung von Singapur weiß von dieser Nebenbeschäftigung nichts.)

EINZELHEITEN ÜBER IHR VERSCHWINDEN: Wird seit Montag, 21. August, vermisst. Kam nicht zur Arbeit. Nachforschungen ergaben, dass sie die vorangehende Nacht nicht in ihrem Bett geschlafen hatte. Es schien ferner, als habe sie nicht die Absicht gehabt, zu verreisen, da Kleidung, Koffer usw. noch in der Wohnung.

WEITERE INFORMATIONEN: Unser Mann sprach mit einem Schmuggler, der gestand, ein Mädchen, auf das die Beschreibung passte, zu einer der Singapur vorgelagerten Inseln gebracht zu haben. Er war der Meinung, dass sie von dort mit einem anderen Boot weiterbefördert werden sollte, wusste aber nicht, ob das tatsächlich stattfand. Angeblich war die ganze Entführung von einem jungen Soldaten der Elfenbeinspeer-Gesellschaft organisiert worden. Die einzige positive Identifikation des Soldaten bestand aus einer Tätowierung. Der Schmuggler, ein Fischer, musste die Insel verlassen, bevor das zweite Boot ankam.

FERNER: Unser Agent bedauert, dass er über die Elfenbeinspeer-Gesellschaft nichts weiter in Erfahrung bringen konnte. Er bezeichnete die Leute als eine supergeheime Geheimorganisation.

Mr. Merlin runzelte die Stirn. Verdammter Mist. Wohin hatte man Mary Sih entführt? Er blätterte in der Mappe. Die gleiche Frage konnte er natürlich auch in bezug auf die drei Chinesen aus Malaysien stellen, zwei Industriechemiker der Universität von Kuala Lumpur und ein Professor der Technischen Hochschule von Penang. Alle vier waren ohne ersichtlichen Grund im Lauf von zehn Tagen verschwunden. Aber abgesehen vom Fall Mary Sih, war nur bei einem der drei anderen eine Geheimgesellschaft im Spiel gewesen.

Vielleicht maß er dieser Tatsache zu viel Bedeutung zu? Irgendwo wurde ein Gas hergestellt. Experten der Chemie wurden entführt. Wurden irgendwo hingebracht. Geheimgesellschaften spielten eine Rolle dabei. Konnte ein Computer da eine Verbindung feststellen? Wahrscheinlich nicht. Aber Mr. Merlin war kein Computer - er verließ sich auf Intuition. Manche Leute hielten diese Methode für unzuverlässig, aber Mr. Merlin hatte beträchtliche Erfolge damit zu verzeichnen.

Er angelte sich ein Blatt, das Polly schon im Lauf des Nachmittags in die Mappe gelegt hatte, und las es zum dritten Mal:

TAN LENG LAY.

Wahrscheinlich der erbarmungsloseste Bandenchef in Malaysia seit dem Zweiten Weltkrieg. Spezialisierte sich auf Erpressung, Piraterie, Mord. Ein Lustmörder. Es wurde angenommen, dass er auch rauschgiftsüchtig war. Spitzname bei Freund und Feind: Der Irre. Es gelang ihm, sich zum Oberbefehlshaber aller Triaden des Nordens zu machen. Er und seine Schergen wurden bei einem Feuergefecht mit der Polizei 1948 erschossen...

Kurz und sachlich. Mr. Merlin überlegte. Dann entnahm er der Mappe ein Funkbild, ein Porträt eines Mannes, Endvierziger oder vielleicht etwas älter, langes, schmales Gesicht, hohe Augenbrauen. Es war ein Zufallsfoto - der Mann hatte den Fotografen erst im letzten Augenblick gesehen. Auf seinem Gesicht lag ein Ausdruck von Triumph, von Eitelkeit, dass man ihn für wichtig genug nahm, um ihn zu fotografieren. Ein grausames, unsympathisches Gesicht. Ein Lustmörder? Rauschgiftsüchtig? Das Foto ließ auf beides schließen.

War es Tan Leng Lay zwanzig Jahre später? War das der Vater Tan, der die Vereinigung der Triaden betrieb?

Mr. Merlin hob das schwarze Telefon ab.

»Polly, bitte sag' Samson Bescheid. Alarmstufe eins für John Eagle. Seine Ausrüstung soll überprüft werden, alles muss für sofortigen Einsatz fertiggemacht werden. Für sämtliche Möglichkeiten - verstehst du? Für jeden nur denkbaren Ort. Ich weiß noch nicht, wo John Eagle eingesetzt wird.«

Er legte den Hörer auf. Langsam rieb er die raue Haut seiner Wangen.

»Wo, Vater Tan? Wo versteckst du dich? Wenn du seit zwanzig Jahren tot bist, dann hast du nichts von mir zu fürchten. Aber wenn du noch lebst...«

Mit einer Hand zerknitterte er das Foto, warf es in den Papierkorb.

Fünftes Kapitel

Mustafa wird die Antwort kennen. Er muss sie kennen!

Wieder und wieder sprach er unhörbar diese Worte vor sich hin, während er den Sampan am Fischmarkt festmachte. Er war fett, etwa fünfzig Jahre alt, und sah in seinen Stadtkleidern unbehaglich drein. Das war auch kein Wunder, er trug sie nicht oft. Und schon gar nicht Lederschuhe, in denen seine Füße sich wie zwei Feuerbälle anfühlten. Seit ihm sein Sohn Mustafa den Anzug und die Schuhe geschenkt hatte, hatte er außerdem einige Kilo zugenommen. Denn man isst viel und gern in einem *kampong*, einem Dorf in Sumatra, und er Dorfältester, *penghulu*. Er war ein Mann, den man mit Respekt behandelte, auch wenn der

Kampong nur sechzig Einwohner besaß. Aber jetzt besaß sein Kampong keine sechzig Einwohner mehr...

Und weil er nicht wusste, warum das so war, hatte er sich in die engen Stadtkleider gezwängt, um Mustafa, der in einem Kampong wohnte, in dem es angeblich hunderttausend Menschen gab, um die Antwort zu bitten.

Der Penghulu war schon mehrere Male in dem großen Dorf gewesen, das Jambi hieß, und jedes Mal hatte er sich darüber erregt, dass die Leute dort so unvorsichtig waren. Sie erbauten ihre Häuser nicht auf Pfählen, als gäbe es überhaupt keine Schlangen und Tiger in Sumatra!

Bei seinen vorherigen Besuchen, die einige Jahre zurücklagen, hatte er sich darüber gewundert, wie die Leute von Jambi kurzerhand gute, bewohnbare Häuser abrissen und an ihrer Stelle seltsame Bauwerke errichteten, gewissermaßen fünf, sechs, sogar zehn Häuser übereinander. Hochhäuser nannte Mustafa diese seltsamen Dinge. Aber wer wollte in einem solchen Hochhaus leben, fragte sich der Mann aus dem Kampong, viele Kilometer flussabwärts. Man würde doch niemals alle Nachbarn kennenlernen? Und Mustafa, der schon seit mehreren Jahren in Jambi lebte, hatte gesagt: Das stimmt, man lernt sie nicht alle kennen. Und weiter hatte Mustafa erklärt, dass Jambi eigentlich gar keine so große Stadt war; in Djakarta gab es drei Millionen Menschen. Aber da irrte sich Mustafa wohl, und außerdem lag Djakarta auf Java, und die Javaner waren ja als Lügner bekannt, also hatten sie wohl auch Mustafa angelogen. So wie ihn die Javaner in seinem Kampong angelogen hatten; die Aufseher der Chinesen, die...

Auf das alles würde ihm Mustafa die Antwort geben. Mustafa, den die Regierung von Indonesien an die Universität geschickt hatte und der sich jetzt Doktor Mustafa nennen durfte. Sein Mustafa war klug genug, um seinen Vater, den Penghulu eines Kampongs, beraten zu können. Denn etwas musste jetzt geschehen, oder er blieb nicht mehr lange Penghulu. Denn die Leute im Kampong schoben ihm die Verantwortung zu für das, was geschehen war.

»Du bist schuld, mein Vater, nur du allein!«

Das waren die Worte seiner Tochter. Er hatte versucht, sie zu beruhigen, die Schuld zu leugnen, denn er wusste ja selbst nicht, ob es wirklich seine Schuld war, dass jetzt nur noch fünfzig Menschen in seinem Kampong am Fluss lebten, nicht sechzig. Nur fünf Männer waren ihm geblieben. Zehn waren - wo?

»Du bist es gewesen, mein Vater, der den Javanern unsere Männer gegeben hat, damit sie deren böse Arbeit tun. Du hast von ihnen einen Beutel mit Geld angenommen! Einen großen Beutel mit Geld!«

»Es war ein Geschenk, Tochter. So ist das schon immer bei uns gewesen. Der Penghulu erhält immer ein Geschenk, und die Männer bekommen ihren Lohn. So sind alle glücklich.«

»Alle sind nicht glücklich, Vater! Mein Mann ist nicht glücklich, sondern tot! Und die anderen, die mit ihm gingen, auch sie sind tot. Und ihre Frauen, ihre Kinder, sie sind nicht glücklich, denn sie sind wie tot.«

»Wir wissen doch nicht, ob die Männer tot sind, meine Tochter.«

»Warum sind sie dann nicht zurückgekehrt? Mein Mann und die anderen Männer? Sie sprachen von *setang*, als sie die Wege durch den Dschungel hackten und das seltsame Haus bauten, in dem die Fremden wohnen. Damals schon sprachen sie von *setang*, von dem Übel, das tötet, ohne zu berühren. Und du, mein Vater, hast sie dort hingeschickt! Du allein bist schuld!«

»Nein, tausendmal nein, meine Tochter! Wenn sie tot sind, dann war es ein Unfall. Es gibt Tiger im Dschungel...«

»Tötet ein Tiger zehn Männer, mein Vater?«

»Aber der *mondor* sagt, es müssen böse Geister gewesen sein!«

Das hatte der *mondor*, der Aufseher gesagt, als er vor einigen Tagen ins Dorf gekommen war.

»Der *mondor* ist ein Javaner. Aber wir sind Witwen.«

»Mustafa wird wissen, was wir tun können, Tochter. Heute Abend, wenn alle im Kampong schlafen, lege Nahrung und Wasser in meinen Sampan. Niemand soll hören, dass ich fortreise, es ist besser so. Und dann werde ich nach Jambi fahren und Mustafa fragen.«

Er fürchtete keine bösen Geister, dieser weise Penghulu. Aber hatte große Furcht vor den fremden Teufeln, die in seinem Kampong lebten. Gegen sie waren die Schlangen im Busch wie freundliche junge Katzen.

Nicht alle Chinesen im Kampong schliefen. Einer von ihnen beobachtete ihn, während er seinen Sampan vom Ufer abstieß und gegen die Strömung paddelte.

Weniger als zehn Minuten später setzte sich der Chinese über Funk mit einem Freund in Jambi in Verbindung und berichtete von der Abfahrt des Penghulu in Richtung Jambi.

»Keine Sorge, wir werden uns um ihn kümmern«, sagte die Stimme aus Jambi.

Um zwei Uhr nachmittags hatte der Penghulu seinen Sampan am Fischmarkt festgemacht. Er ging auf dem schmalen Anlegesteg in Richtung der hohen Häuser ohne Pfähle. Folgte ihm jemand? Am Ende des Steges hielt er an und blickte sich um. Niemand folgte ihm. Nur ein Junge in zerfledderten Lumpen, einen Strohhut auf dem Kopf, blickte in die gleiche Richtung wie der Penghulu.

Ungefähr wusste er, wo das Hochhaus stand, in dem Mustafa arbeitete. Es war das höchste Gebäude der Stadt und gehörte der staatlichen Ölgesellschaft Pertamina. Er konnte es in der Ferne sehen. In diesem Hochhaus hatte Mustafa ein Zimmer, das er Büro, und ein Mädchen, das er Sekretärin nannte. Das Zimmer war sehr klein, und die Brüste des Mädchens auch. Dr. Mustafa war Ingenieur.

Als der Penghulu vor dem Hochhaus angekommen war, erschien es ihm irgendwie anders, aber es war ohne Zweifel das höchste Haus der Stadt. Er ging in die Eingangshalle und war stolz darauf, dass er sich noch erinnern konnte, was er jetzt tun musste. Er ging auf eine der Türen zu, die sich wie von guten Geistern betätigt, selbst öffneten und schlossen. Mehrere Menschen standen schon in dem kleinen Zimmer, das sich auf und ab bewegte. Ein freundliches Mädchen fragte ihn: »Welches Stockwerk, bitte?«

»Ich will zu meinem Sohn Mustafa. Er hat sein Büro im obersten Stockwerk, im zehnten.«

Vor dem Fahrstuhl war der Junge mit dem Strohhut atemlos angekommen und fluchte leise, als er den Mann, dem er vom Hafen gefolgt war, verschwinden sah.

»Dann ist er nicht im obersten Stockwerk«, sagte das freundliche Mädchen. »Wir haben vierzehn Stockwerke.«

»Vierzehn?«, fragte der Penghulu. »Hat man denn noch vier Stockwerke aufgesetzt?«

»Man hat das ganze Gebäude erst vor einem Jahr gebaut«, sagte das Mädchen. »Bei welcher Firma ist Ihr Sohn beschäftigt?«

»Er ist Ingenieur bei Pertamina«, sagte der Penghulu stolz.

»Das Pertamina-Hochhaus steht in der nächsten Straße - fahren Sie wieder mit mir hinunter, ich werde es Ihnen zeigen.«

Aber dazu kam es nicht. Im vierten Stockwerk warteten zwei Arbeiter mit einem Schreibtisch und bestanden darauf, das Möbelstück in dem Fahrstuhl zum elften Stock zu befördern. Es gab ein wortreiches Argument zwischen der Fahrstuhlführerin und den Männern; der Penghulu fühlte sich eingeengt und verließ den Fahrstuhl. Er ging zu Fuß zur Eingangshalle hinunter und auf die Straße.

Der Junge kam mit dem zweiten Fahrstuhl einige Minuten später an. Er hatte bereits einige Stockwerke abgesucht. Der Streit zwischen den Männern und dem Mädchen dauerte noch an.

»Wo ist der Mann im gelben Anzug?«, fragte der Junge.

»Er sucht das Pertamina-Hochhaus«, sagte ein anderer Mann im Fahrstuhl. Der Junge rannte zur Treppe.

»Ah«, sagte der Penghulu, als er schließlich vor dem richtigen Gebäude stand, das er auch sofort erkannte. Wie schnell man in Jambi neue Häuser baute!

Der Mann, der im Pertamina-Hochhaus den Fahrstuhl bediente, brachte ihn sofort zum zehnten Stockwerk, das vollkommen von der Ölgesellschaft belegt war.

»Ich möchte meinen Sohn Mustafa sprechen«, sagte er zu einem Mädchen, das genauso freundlich wie die Fahrstuhlführerin war und auch zu kleine Brüste hatte.

»Wir haben vier Mustafas hier - welchen wollen Sie sprechen?«

»Dr. Emma Mustafa«, sagte er. »Er ist Ingenieur.«

»Verzeihen Sie - ich habe Sie nicht gleich verstanden. Ihr Sohn ist unser Leitender Ingenieur - Dr. M. A. Mustafa -, aber er ist leider nicht im Hause. Er musste nach Djakarta fliegen. Darf ich ihm etwas ausrichten?«

»Ich werde warten. Wenn er geflogen ist, wird er bald wieder hier sein.«

»Er kommt erst nächsten Montag zurück.«

»Nächsten Montag? So lange kann ich vom Kampong nicht fortbleiben.«

»Ich kann notieren, was Sie ihm sagen wollen. Seine Sekretärin ist leider mit ihm geflogen.«

Das Mädchen stellte ein kleines Tonbandgerät auf die Theke des Empfangsbüros.

»Mehr Geister...«, murmelte der Penghulu; die Empfangsdame lächelte und sagte: »Aber gute Geister, ehrenwerter Alter...«

Er vertraute ihr, ließ sich unterweisen, wie man seine eigene Stimme auf einem schmalen Band festhalten konnte, und stellte dann Mustafa seine Fragen.

Zehn Minuten, nachdem der Vater ihres jungen Chefs gegangen war, schrieb sie das Tonband ab. Sie erschienen ihr völlig sinnlos, diese wirren Worte eines alten Mannes aus einem Kampong am Fluss. Aber sie wusste, dass Mr. Mustafa diese Meldung so bald wie möglich haben wollte. Er würde wissen wollen, was es denn mit den Metallknöpfen voll übler Geister und mit den Pfaden im Dschungel auf sich hatte. Pfade, die nirgendwohin führten...

Einige Tage später wusste der Sohn des Penghulu, dass es tatsächlich Pfade gab, die nicht ans Ziel führten, die Sackgassen waren. Sein Vater war einen solchen Pfad gegangen. Er war ohne jede Spur verschwunden.

So schien es. Einige Wochen später entdeckten die Bewohner eines anderen Kampongs, östlich von Jambi, den grotesk aufgeblasenen Leichnam eines Mannes, der einen gelben Stadtanzug trug. Er lag im Schilf des Flusses, und um seinen Hals war eine Drahtschlinge fest zugezogen.

Sechstes Kapitel

Der Himmel über Arizona war klar, seine Sterne funkelten. John Eagle lag auf dem Rücken in einer kleinen Mulde, die er sich im warmen Sand mit den Händen gegraben hatte. Er starrte in den sternbesäten Himmel und war mit sich und der Welt zufrieden.

Denn der Boden, auf dem er lag, war sein Eigentum; das halbfertige Ranchhaus, das auf diesem Boden stand, gehörte ebenfalls ihm, John Eagle, dem Protoagenten.

Vor fast zwei Wochen war er aus Lager drei zurückgekehrt. Und jetzt wartete er darauf, wieder eingesetzt zu werden.

John Eagle hatte allen Grund, mit sich und der Welt zufrieden zu sein. Der Mann, der das Beste zweier Rassen in sich vereinte, hatte es weit gebracht. Weiter als seine Familie vom Stamm der Apachen - weiter auch als die meisten seiner weißen Vorfahren. Er dachte an seinen Anstellungsvertrag, wohl eins der seltsamsten und großzügigsten Dokumente dieser Art, das je von einem Juristen ausgefertigt wurde. Durch dieses Dokument hatte er fünf Jahre seines Lebens verkauft. Das hatten die französischen Fremdenlegionäre zwar auch getan, für fünf Sous pro Tag, aber bei John Eagles Vertrag sprang erheblich mehr heraus - wenn er überlebte. Und die Chancen waren, das musste er selbst zugeben, nicht übermäßig groß.

...Dieser Vertrag ist unkündbar für die Zeit von fünf Jahren vom Datum der Unterschrift...

Mit Leib und Seele hatte er sich Mr. Merlin verkauft. Die Worte waren ihm ins Gehirn geätzt, wie auch der übrige Wortlaut des Vertrags. Zuerst war es ihm recht lustig erschienen, dieses Dokument, mit dem er gekauft wurde wie ein Gladiator im alten Rom. Als die zweijährige Ausbildungszeit vorüber war, an deren Ende der Vertrag unterzeichnet wurde, war ihm das Lachen vergangen. Kein Gladiator im alten Rom hatte jemals den Gefahren gegenüberzustehen, die Mr. Merlin für seinen ersten Protoagenten bereithielt.

Der Arbeitnehmer, John Eagle, wird in diesem Anstellungsvertrag als Protoagent bezeichnet. Der Arbeitgeber soll unter seinem einzig bekannten Namen »Mr. Merlin« angegeben werden...

Arbeitnehmer. Darunter stellte man sich einen Lehrling vor, der im Supermarkt Käse schneidet. Doch es blieb bei dem, was im Vertrag stand: John Eagle, über den Mr. Merlin aber auch alles wusste, wurde Protoagent, und Mr. Merlin, über den Eagle gar nichts wusste, blieb »Mr. Merlin«.

Der Arbeitnehmer verpflichtet sich, zu keiner Zeit und unter keinen Umständen den Versuch zu unternehmen, die wahre Identität seines Arbeitgebers zu entdecken...

Der weiße Mann in ihm hätte gern mehr über Mr. Merlin gewusst. Dem Apachen in John Eagle war es völlig gleich, wer ihm den Befehl zum Töten gab. Er würde nicht vertragsbrüchig werden. Er hatte Mr. Merlin nur auf dem Bildschirm des internen Fernsehnetzes gesehen - eines Netzes, dessen Sendungen von keinem Außenstehenden empfangen werden konnten. Und er hatte seine Stimme gehört, eine starke, tiefe, Vertrauen einflößende Stimme. Eine alte, weise Stimme. Wie alt, das wusste John Eagle nicht. Sowohl die Stimme als auch das Gesicht strahlten Macht aus, und dass diese Macht existierte, hatte der Protoagent schon mehrere Male erlebt.

Der Arbeitnehmer, dem dafür Beweise erbracht wurden, unterstellt sich allen Befehlen Mr. Merlins als einem Sonderbeauftragten der Vereinigten Staaten von Amerika...

Er hatte es sehr genau genommen mit diesen Beweisen. Erst als ihm der Präsident persönlich vier Minuten seiner Zeit geopfert hatte, um diese Klausel des Anstellungsvertrags zu bestätigen, war John Eagle zufrieden. Aber der oberste Beamte der Vereinigten Staaten hatte auch gesagt: »Sie müssen eins verstehen, Mr. Eagle: Sollte man mir im Kongress oder an anderer Stelle jemals Fragen über Sie stellen, dann weiß ich nichts über Sie, kenne Sie nicht, habe nie von Ihnen gehört. Ist das klar?«

Es war klar. Genauso klar und wahr wie eine weitere Klausel:

Der Arbeitnehmer unterschreibt diesen Vertrag in der vollen Kenntnis, dass seine Arbeit mit ständiger Lebensgefahr verbunden ist...

Das konnte man wohl sagen.

...Und dass weder Mr. Merlin noch die Regierung der Vereinigten Staaten für eventuellen Schaden an der Gesundheit oder für den Verlust seines Lebens zur Verantwortung gezogen werden können. Der Protoagent, dem die politischen und anderen Verpflichtungen der Vereinigten Staaten vor Unterschrift bekanntgemacht wurden, erklärt sich bereit, auf sämtliche eventuellen Schadensersatzansprüche gegen die Vereinigten Staaten oder gegen Mr. Merlin, die sich aus seiner Arbeit ergeben könnten, zu verzichten. Sollte er in Gefangenschaft geraten, genießt er weder diplomatische Immunität noch ein Recht auf Amnestie, noch wird er als amerikanischer Bürger von irgendeiner Auslandsstelle der Vereinigten Staaten anerkannt. Er ist vielmehr während der Laufzeit des Anstellungsvertrages eine staatenlose Person.

Mr. Merlins Rechtsanwälte hatten an alles gedacht. Aber sie hatten auch die positiven Klauseln nicht vergessen:

1. Am Ende der Laufzeit des Vertrags erhält der Protoagent in bar den Betrag von einer Million Dollar.

2. Am Ende der Laufzeit des Vertrages wird dem Protoagenten vom Präsidenten der Vereinigten Staaten die höchste Auszeichnung seines Landes verliehen.

3. Am Ende der Laufzeit des Vertrages wird der Protoagent 3000 Hektar Land als Geschenk erhalten.

4. Der Protoagent wird während der Laufzeit des Vertrages ein Jahresgehalt von hunderttausend Dollar erhalten. Dieser Betrag wird steuerfrei ausgezahlt, und auch sein gesamtes Einkommen nach Ende der Laufzeit des Vertrages ist steuerfrei.

5. Sämtliche männliche Nachkommen des Protoagenten werden, ob er noch am Leben ist oder nicht, auf Staatskosten an einer von ihnen zu wählenden Militärakademie für die höhere Offizierslaufbahn ausgebildet. Weiblichen Nachkommen wird eine Universitätsausbildung gewährt. Bei männlichen wie weiblichen Nachkommen des Protoagenten wird der Staat sämtliche Schulkosten übernehmen.

Es war alles da - Geld, Ehre, Land und die Versorgung möglichen Nachwuchses. Eine Million Dollar. Eine fast unvorstellbar große Summe.

John Eagle wusste, wie er das Geld anlegen würde. Nicht in luxuriösem Leben für sich selbst, er hatte ein höheres Ziel vor Augen. Er würde seinem Stamm zu neuem Leben verhelfen: den Indianern in ihren Reservationen, der Frau, die er als Mutter betrachtete und die sich weigerte - obgleich er ihr das angeboten hatte ihren Stamm zu verlassen. »Du bist ein Mann des neuen Zeitalters, John; ich gehöre dem Geist der alten Tage an«, hatte sie gesagt. »Verlange nicht jetzt, da ich alt bin, dass ich meinen Stamm verlassen soll, mein Volk in der Reservation. Es ist zu spät.«

Aber es war nicht zu spät, für die Menschen, mit denen er aufgewachsen war, eine neue, frohere Zukunft zu schaffen. Und für eine so große Aufgabe war eine Million Dollar nicht zu viel. Vielleicht würde man von ihm einst mit so viel Ehrfurcht sprechen wir von seinem Großvater, dem Häuptling Hi-kwa-sikna, dem Apachen-Führer, dem Symbol für alles, was groß und weise im Volk der Indianer gewesen war. John Eagle würde seinen Reichtum eines Tages weise investieren, in der neuen Größe seines Volkes.

Aber erst musste er fünf Jahre, die nicht mehr ihm gehörten, überleben. Und das würde nicht leicht sein.

Deshalb machte John Eagle vorläufig keine Pläne. Aber es fiel ihm ein, dass er bei seinem letzten Besuch in der Reservation auch Ruth Lame Wolfe kennengelernt hatte. Er schloss die Augen, öffnete sie wieder. Er wollte jetzt nicht an Ruth denken, lieber an das große Geld. Und an die Klausel des Anstellungsvertrages, in der so viel über Steuerfreiheit stand.

Steuerfahnder: »Diese hunderttausend Dollar, Mr. Eagle - ein Betrag, der Ihnen von der Regierung ausgezahlt wurde -, die haben Sie nicht in Ihrer Steuererklärung angegeben. Sie haben gar keine Steuererklärung abgegeben? Was bedeutet das, wenn ich fragen darf, Mr. Eagle?«

Steuerzahler Eagle: »Ja, wissen Sie - das Geld habe ich letztes Jahr als Beamter der Regierung verdient. Dafür habe ich Menschen erschossen, erstochen, erwürgt, in die Luft gesprengt... Aber Steuern brauche ich nicht zu zahlen. Und wenn Sie mir nicht glauben wollen, bitte fragen Sie Ihren obersten Chef, den Präsidenten.«

Schön wäre das, wenn man so mit einem Steuerfahnder reden könnte. Aber dieses Gespräch lag noch in ferner Zukunft - genauer gesagt, vier Jahre entfernt. Vier Jahre, während der er versuchen musste, sein wertvolles Leben zu erhalten. Und dann konnte man auch an die Nachkommen denken. Und an die Frau, die diese Nachkommen zur Welt bringen sollte.

Ruth Lame Wolfe wäre recht gewillt, seine Kinder zu gebären. Er würde also doch an Ruth denken. Ja - sie war nur zu bereit dazu, das hatte sie ihm ziemlich klar zu verstehen gegeben.

Natürlich hätte er anrufen können und sie wissen lassen, dass er wieder im Lande war. Aber der Mann, der fünf Jahre damit verbrachte, zu zerstören, wollte eine Pause einlegen, in der er mit seinen Zerstörer-Händen auch etwas schuf - wie das halbfertige Ranchhaus hinter ihm. Es stand auf hundert Hektar, die er von seinem ersten Jahresgehalt gekauft hatte. Ruth Foley - das war ihr bürgerlicher Name, den sie von ihrem Vater, einem irischen

Eisenbahningenieur, geerbt hatte - wohnte nur 600 Kilometer von ihm entfernt in Albuquerque, wo sie eine Boutique betrieb. Ein Anruf, und diese dunkle Schönheit hätte sich in ihren Sportwagen gesetzt und wäre zu ihm gekommen. Schön wäre es gewesen und so einfach. Sie beide liebten Sex, hemmungslose Leidenschaft. Sie nannten es Liebe, aber es bedeutete ihr mehr als ihm. Denn sie liebte ihn wirklich, hätte ihn auch geliebt, wenn er nie mit ihr geschlafen hätte. Aber er hatte das Gefühl, dass er ihren üppigen Körper nur benutzte, wie er seine Waffen benutzte. Und er hatte das Gefühl, so etwas ging gegen die Würde eines Apachen. Was Apachen in ihrer langen Geschichte anderen Menschen auch angetan hatten - sie benutzten sie niemals als Dinge. Und er hatte den Körper Ruths als ein Ding, als einen Gegenstand zur Befriedigung rein körperlicher Bedürfnisse benutzt. Darum hatte er sie dieses Mal nicht angerufen...

Die Sterne strahlten, und John Eagle grinste. Er war ein Killer - aber einer mit Respekt für die Würde seiner Mitmenschen.

Eigentlich brauchte er eine Frau, den Körper einer Frau. Er würde sich eine Frau holen, die zu gleichen Bedingungen wie er lieben konnte. Er konnte die Rothaarige in Boston anrufen oder die Negerin in Washington. Alle beide hätten das nächste Flugzeug genommen, um nach Arizona zu fliegen.

Da fiel ihm ein, dass er auf Alarmstufe eins war.

Siebtes Kapitel

An zwei entgegengesetzten Teilen der Erde nahmen zwei Männer Meldungen ihrer Untergebenen entgegen.

Einer der Männer saß im Rollstuhl in einem großen Raum mit Aussicht auf den toten Vulkan vor der Insel Maui.

Mr. Merlin lächelte, als er den Bericht las, der soeben aus Polly Perkins' Schreibmaschine kam. Er stammte von einem Angestellten in Djakarta, der auch für die CIA arbeitete: Peter Teil war von einem seiner Informanten angesprochen worden, von einem gewissen Mr. M. A. Mustafa, und dieser Dr. Mustafa erzählte eine seltsame Geschichte.

Seltsam? Verdammt! Mustafa gab ihm die Antwort auf die große Frage: wo?

»Polly«, sagte Mr. Merlin ins schwarze Telefon, »Samson muss sofort unterrichtet werden. Alarmstufe drei für John Eagle!«

Der zweite Mann erhielt seine Meldung in Form eines Briefes. Er saß in einem eleganten Restaurant in Penang. Nachdem er dem Überbringer ein, wie er meinte, reichliches Trinkgeld überreicht hatte, öffnete er den Brief und suchte zuerst einmal die Unterschrift. Der Brief bestand aus nur einer Seite billigen Papiers und war offensichtlich in großer Eile geschrieben worden. Unterzeichnet war er mit *Mary Sih*.

Als Gerry Ho mit dem Lesen fertig war, blickten seine Augen ungläubig. Seine Auftraggeber hatten erwähnt, dass er über sämtliche Bewegungen innerhalb der Geheimgesellschaften berichten sollte, die auf eine Zentralisierung dieser Gruppen schließen lassen könnten. Auch von einem hochpotenten Gas war die Rede gewesen.

Und jetzt sprach Mary Sih in ihrem Brief sowohl von dem Gas als auch von dem geplanten Zusammenschluss der Triaden - und gab sogar in etwa an, wo man die Drahtzieher finden konnte.

Im Geiste zählte Gerry Ho schon das Geld, das er von seinen Auftraggebern für eine so wichtige Information kassieren konnte.

Er schob ein Bücherregal auf Rollen beiseite, öffnete eine Tür in der holzverschalten Wand und setzte sich vor seinen Senderempfänger.

Achtes Kapitel

Er weiß Bescheid! Große Gott, er weiß Bescheid!
Das war der erste Gedanke, der Mary in den Sinn kam, und das Anrufen eines Gottes, an den sie eigentlich nicht glauben sollte, spielte dabei nur eine untergeordnete Rolle. Eigentlich dachte sie weder an einen Gott noch an das Ideal, für das sie arbeiten sollte; auch der Vorsitzende Mao wurde keines Gedankens gewürdigt.

Sie fühlte ganz einfach Angst - Schrecken vor dem, was jetzt kommen konnte.

Es war nach dem Abendessen. Sie hatte eine gute Mahlzeit zu sich genommen. Wenn man auch den Arbeitern in diesem menschlichen Bienenstock ihre Freiheit verweigerte, man fütterte sie gut. Arbeiter, die nicht gut essen, lassen in ihrer Leistung nach. Das Risiko konnten die Schergen Vater Tans nicht eingehen. Und so gaben sie den Menschen, die in der seltsamen Aluminiumstruktur, die von außen wie ein niedriger Hügel in der Tropenlandschaft stand, gut zu essen.

Mary saß in ihrer fensterlosen Zelle, in der es nur ein schmales, aber bequemes Bett gab (Sklaven müssen gut schlafen) und einen Tisch mit einem Stuhl. Ihre Kleidung, bestehend aus mehreren Labormänteln und etwas Unterwäsche, hing an der Wand. Sie war außer Tzu Hsi die einzige Frau des gesamten Projekts. Sie wusste, dass die Männer sie mit lüsternen Augen verschlangen, aber ihr selbst war der Appetit auf alles, was mit Männern und ihren Gelüsten zusammenhing, vorläufig gründlich vergangen. Tzu Hsi, die sie selbst mehr als Hündin einschätzte, kam als Gesellschaft für die wenigen Freizeitstunden nicht in Frage, und so hatte Mary während der zwei Wochen ihres unfreiwilligen Aufenthalts ein recht einsames Leben geführt, das fast nur aus Arbeit und Schlaf bestand.

Das Klopfen hatte sie überrascht. Bevor sie sich noch erholen konnte, öffnete sich die Tür. Schlösser waren in der Aluminiumburg fast unbekannt.

Einer der javanischen Aufseher trat ein. Er lächelte unangenehm.

»Vater Tans Befehl: Sie sollen sofort vor ihm erscheinen!«

Vater Tan! Er wusste also Bescheid. Warum hätte er sie sonst zu sich befohlen? Sie hatte ihn bisher nur einmal gesehen, am Tag ihrer Ankunft. Er hatte ihr erklärt, welch ein Privileg es sei, dass sie jetzt zum Ruhm des großen chinesischen Volkes arbeiten durfte. Er hatte sich für die unübliche Art ihrer Anwerbung entschuldigt, aber Not kenne kein Gebot.

Danach hatte er kurz einige Fragen beantwortet, die sie ihm gestellt hatte. Fragen, die sich nur mit der Arbeit beschäftigten, die man hier von ihr erwartete.

Warum also wollte er sie jetzt sehen?

Weil er wusste, wer sie war, was sie tat, wenn sie nicht im Labor der Universität von Singapur mit Reagenzgläsern umging.

»Ich sagte, sofort«, wiederholte der Javaner.

Ihr Körper fühlte sich an wie Blei, aber sie erhob sich und folgte dem Mann durch mehrere Gänge, deren Wände aus mattem Metall bestanden, wie auch das gesamte Gebäude, das in vorgefertigten Teilen auf gemieteten Fischerbooten den Batang Hari herab transportiert und von Eingeborenen im Herzen des sumatrischen Dschungels erbaut worden war. Nachdem die Kuppel zusammengesetzt war, wurde die ausgehobene Erde wieder darüber gehäuft, und der Dschungel tat das Seine, um diese Fabrik des Unheils vor unbefugten Augen zu verbergen.

Einige Male war sie außerhalb des Gebäudes gewesen, stets unter schwerer Bewachung. Es war kein Vergnügungsspaziergang, denn sie durfte die schwere, warme Luft des Dschungels nur atmen, wenn ihre Arbeit es erforderte. Im Übrigen atmete sie die klimatisierte Luft der Aluminiumfestung.

Ihr Begleiter hielt vor der schweren Tür inne, die zu Tans Zimmerflucht führte.

»Sie gehen allein zu Vater Tan«, sagte der Mann, öffnete die Tür und trat zur Seite.

Ganz kurz erwog Mary die Flucht; aber sie wusste, das war unmöglich. Es gab nur einen einzigen Ausgang aus diesem menschlichen Bienenkorb, und der war gleichzeitig der Eingang. Auch verstecken konnte man sich in dem Bauwerk kaum.

Sie stand zögernd vor der offenen Tür.

»Nun, worauf warten Sie?«, fragte eine boshafte Stimme, die sie nun schon gut kannte: Tzu Hsi.

Hinter der Tür herrschte Dunkelheit, wenigstens erschien ihren an das gleißende Licht der übrigen Räume gewohnten Augen das so.

Sie trat in diese Dunkelheit, die sie umgab wie ein feuchter Samtmantel. Als sich die Tür leise hinter ihr schloss, merkte sie, dass der Raum nicht völlig unbeleuchtet war. Auf einem niedrigen Lacktisch stand eine sanftes grünes Licht ausstrahlende Kugel. Tzu Hsi sprach nicht. Langsam gewöhnten sich Marys Augen an das Zwielicht.

Sie stand neben dem Tisch vor zwei schwarzen, geschnitzten Stühlen aus Ebenholz, die mit schwerer gelber Seide bezogen waren. Das ganze kugelförmige Gemach war sehr luxuriös möbliert und ein starker Kontrast zu der spartanischen Einrichtung aller übrigen Räume. Die Wände waren mit Gobelins behängen, die Mary selbst in dem Halblicht als aus der Chou-Dynastie stammend erkannte. Ming-Vasen standen auf anderen Möbelstücken, ein dicker Seidenteppich bedeckte den Boden - der einzige Teppich im ganzen Gebäude. In einer Ecke stand ein Möbelstück, dessen Zweck Mary nicht erkennen konnte. Es war ein Kabinett, nicht ganz mannshoch, das vorn eine Anzahl von Hebeln mit Elfenbeingriffen trug. Auf dem Tisch neben der grünglühenden Kugel stand eine Schale, in der eine Opiumpfeife lag, ein altes Stück aus Elfenbein und Jade.

»Nähern Sie sich dem Stuhl von Vater Tan«, sagte die Bestie. Mary hatte Vater Tan nicht eintreten hören. Plötzlich stand er neben dem Lacktisch und sagte, weil sie noch immer die Opiumpfeife ansah: »Es ist eine Mahnung, Mary Sih. Ein Denkmal, das ich meiner eigenen Schwäche gesetzt habe. Es gab eine Zeit, da war ich der Sklave dieses Gifts. Jetzt habe ich durch eigene Stärke meine Schwäche überwunden. Und jetzt sind Menschen meine Sklaven. Auch Sie, Mary Sih.«

Er ließ sich auf einem der schwarzen Stühle nieder, und Tzu Shi setzte sich in den Stuhl daneben, der etwas niedriger war.

Mary Sih musste es unwillkürlich zugeben: Der Mann, den sie als Vater Tan kannte, strahlte eine Autorität aus, die Loyalität fast erzwang. Er war überdurchschnittlich groß für einen Chinesen, sehr schlank, mit schneeweißem, ziemlich langem Haar und buschigen, hochangesetzten Augenbrauen gleicher Farbe. Sein Gesicht war das eines Asketen, eines Mannes, der mit dem Universum im Frieden lebt. Wässrige, graue Augen... Das Wilde und das Zahme waren in ihm vereint, das Männliche und das Weibliche, Yang und Yin.

Seine Augen blickten in die ihren, und sie musste den Blick senken. Sie konzentrierte sich auf die grünleuchtende Kugel vor ihm.

»Eindrucksvoll, nicht wahr, Mary Sih? Aber nur ein Spielzeug. Ich glaube, es ist an der Zeit, dass wir einige wichtige Probleme erörtern. Sie sind während der zwei Wochen Ihres Hierseins beobachtet worden...«

Er weiß also doch Bescheid. Marys Herz schlug schneller, fast stockte ihr Atem.

»In Ihrem Laboratorium haben Sie gut gearbeitet, Mary Sih. Ich finde da nichts zu tadeln. Aber was Ihre Arbeit außerhalb des Projekts betrifft...«

Jetzt kommt es.

»Sie haben mich da schon etwas enttäuscht.«

»Sir - ich möchte...«

»Man unterbricht Vater Tan nicht, wenn er zu einem spricht!«

Die Bestie.

Vater Tan lächelte die Frau an, die zu seiner Linken saß, und fuhr dann fort: »Das Einsammeln der Kräuter geht viel zu langsam voran. Ohne die Rohmaterialien, die uns der Dschungel zur Verfügung stellt, kommen wir der Realisierung unseres Ziels zu langsam näher. Gewisse Planzeiten dürfen nicht überschritten werden. Sie, Mary Sih, haben bereits zwei dieser Planzeiten in nur zwei Wochen überschritten! Die schwarze Wurzel, die für die Herstellung unserer Waffe von so überragender Bedeutung ist, wurde nur in ganz ungenügenden Quantitäten angeliefert. Haben Sie dafür eine Erklärung, Mary Sih?«

»Sie dürfen jetzt sprechen«, sagte Tzu Hsi.

Noch immer klopfte Marys Herz schnell, aber jetzt aus einem anderen Grund. Die Krise, die sie befürchtet hatte, war ausgeblieben. Er wusste nichts, gar nichts.

Sie fand ihre Selbstbeherrschung wieder, und als Tzu Hsi dieses Mal etwas schärfer wiederholte: »Sie dürfen jetzt sprechen, Mary Sih!«, war sie bereit, sich zu rechtfertigen.

»Es sind die Eingeborenen, Sir. Sie arbeiten viel zu langsam. Erstens sind sie von Natur aus faul, zweitens fürchten sie, dass Übles sie befallen könnte. Seit dem letzten Unfall kurz vor meiner Ankunft sind sie voller Angst. Sie haben Angst vor allem, was mit dem Gas zusammenhängt.«

»Aber wissen sie denn nicht, dass die Wurzel allein völlig harmlos ist?«, fragte Tan.

»Nein, Vater Tan. Untereinander flüstern sie, dass es der Geist in der Wurzel ist, der dem Endprodukt seine tödliche Wirkung gibt - und darum arbeiten sie nur unwillig und langsam.«

Der alte Mann nickte.

»Ihre Erklärung ist logisch, Mary Sih. Sie selbst trifft keine Schuld. Es gibt ein altes Sprichwort: Feuer muss mit Feuer bekämpft werden. Vielleicht haben wir hier einen Fall, wo Furcht mit Furcht bekämpft werden muss. Vielleicht wird der gleiche Terror, der für die Verlangsamung der Arbeit verantwortlich ist, auch wieder dafür sorgen, dass sie etwas schneller vorangeht. Möglicherweise sogar viel schneller, Mary Sih. Und dafür müssen wir sorgen, denn ich habe noch nicht genügende Mengen des

Himmlischen Zerstörers auf Lager, um der Welt meine Macht zu beweisen. Habe ich Ihnen davon schon erzählt, Mary Sih?«

Sie schüttelte schweigend den Kopf. Es war ihr natürlich bekannt, dass Tans Endziel der Zusammenschluss sämtlicher Triaden, sämtlicher Geheimgesellschaften, war. Diese Information hatte sie von einigen Mitarbeitern in der Aluminiumfestung erhalten, die sich freiwillig für das Projekt zur Verfügung gestellt hatten. Die meisten Kollegen waren angeworben worden, um andere zu ersetzen, die Opfer von seltsamen Unfällen geworden waren. Sie konnte dich denken, dass bei einem öffentlichen Zur-Schau-Stellen von Tans Macht das tödliche Gas, an dessen Herstellung sie selbst beteiligt war, keine geringe Rolle spielen würde. Einzelheiten waren ihr unbekannt, und es war auch sicherer, keine Einzelheiten zu wissen.

Bald aber wusste sie die und war darüber nicht froh. Tan klärte sie über sein Geheimnis auf.

»Nur wenige meiner Mitarbeiter haben eine Ahnung, wie ich der Welt zu beweisen gedenke, dass ich die Macht besitze, diese Welt mir, mir ganz allein, zu unterwerfen. Und weil Sie, Mary Sih, eine recht wichtige Rolle in der Herstellung meines Machtmittels spielen, so werden Sie einer der wenigen Menschen sein, die an dieser Kenntnis teilnehmen dürfen. Sie haben lange in Singapur gelebt, Mary Sih. Kennen Sie die kleine Insel vor der Küste, Palau Ayer Chawan?«

Mary kannte die Insel sogar sehr gut. Sie war nur klein an Fläche und dem Industriegebiet Jurong vorgelagert. Eine riesige Ölraffinerie war kürzlich dort errichtet worden, die Produktion hatte vor etwa einem Jahr begonnen. Mary Sih selbst war Mitglied einer Gruppe von Wissenschaftlern gewesen, die eine Anzahl Tests ausgeführt hatten, um die Umweltfreundlichkeit der modernen Anlage zu bestätigen.

»Sie kennen diese Insel besser als jeder hier, Mary Sih, und darum werden Sie die Gruppe anführen, welche die darauf stehenden Anlagen zerstören wird!«

Mary starrte ihn an. »Zerstören?«

Beruhigend hob Tan die Hand. »Nicht die Insel selbst, auch nicht die wertvolle Anlage - nur die Menschen, Mary Sih, nur die Menschen. Unsere Gaskapseln werden wir in tiefster Dunkelheit verteilen, und dann, am Morgen, nach etwas Hokuspokus, werden winzige elektronische Zeituhren die Ventile der Kapseln öffnen und... Muss ich mehr erklären? Vorher werden wir eine kleine - nun, sagen wir - Generalprobe abhalten, und einige der so langsamen Eingeborenen als Warnung für die anderen sterben lassen.«

Mary Sih, die von ihren Befehlsgebern in Peking an einige harte Aufträge gewohnt war, liefen bei dieser Kaltblütigkeit Schauer über den Rücken. Dieser Mann mit dem weißen Haar wollte unschuldige Eingeborene umbringen lassen - als Probe!

»Nicht zu viele unserer chinesischen Brüder werden Opfer des Gases werden, und sie werden für einen guten Zweck sterben. Während des Tages ist die Insel hauptsächlich von Weißen bevölkert, wenn ich richtig informiert wurde, stimmt das?«

Mary Sih nickte stumm. Die Raffinerie war von Amerikanern erbaut worden, sie leiteten die Arbeit, aber eine erhebliche Anzahl Eingeborener war dort beschäftigt, Chinesen, Malaien, Inder, Indonesier - Singapur ist ein Schmelztiegel der Rassen.

Wieder sprach Tan. »Morgen früh werden wir die eingeborenen Arbeiter versammeln; Tzu Hsi wird eine kurze Rede halten und ihnen sagen, dass die Geister böse sind über die langsame Arbeit. Während des Tages werden fünf Männer den Tod der Himmlischen Seligkeit sterben. Die Überlebenden werden danach so gut arbeiten, dass wir den Verlust kaum spüren werden, und in einigen Tagen werden sie ihr Soll sogar erhöhen. Sind auch Sie meiner Meinung, Mary Sih?«

Bin ich der Meinung, dass fünf unschuldige Menschen umgebracht werden sollen? Dass eine ganze Insel von einer Sekunde auf die andere leblos werden soll?

»Ich bin keine Psychologin, Vater Tan. Wenn Sie in Ihrer Weisheit glauben, dass durch derartige - Beispiele das Ziel erreicht wird...«

»Es wird erreicht werden, Mary Sih! Und nun wünsche ich Ihnen eine gute Nacht. Sie werden Ihren Schlaf benötigen, denn die Tage vor uns werden anstrengend sein.«

Mary wusste, dass sie entlassen war. Gab es ein Zeremoniell am Ende eines Gesprächs mit Vater Tan? Entfernte man sich rückwärtsschreitend aus seiner Gegenwart?

»Das Interview mit Vater Tan ist beendet«, sagte Tzu Hsi ruhig. »Entfernen Sie Ihre unwürdige Person aus diesem Raum!«

Körperlich und geistig erschöpft legte sich Mary Sih in ihrem kleinen Zimmer - der einzigen Welt, die sie in dem metallenen Bienenstock ihr eigen nennen konnte - auf das Bett und dachte nach. Eins war sicher und gab ihr in der ausweglos scheinenden Lage einen winzigen Funken Hoffnung: Weder Vater Tan noch Tzu Hsi waren sich bewusst, dass in ihrer Hochburg der Zerstörung eine Agentin Pekings weilte. Aber es war durchaus möglich, dass man in Peking schon wusste, wo sie war. Was sie getan hatte, war vielleicht eine voreilige Handlung, verbunden mit vielen Risiken. So war es ihr wenigstens damals erschienen. Heute sah sie ihren Versuch, Peking zu informieren, als etwas weniger Dramatisches an. Fünf Leben sollten morgen ausgelöscht werden, und zweihundertfünfzig einige Wochen später. Kam es da auf ihr eigenes Leben wirklich an?

Die Partei war sich schon seit geraumer Zeit bewusst, dass die Triaden eine gewisse Konkurrenz darstellten, auch wenn sie, weil die Triaden nur in kleinem Kreise wirkten, nicht übermäßig ernst zu nehmen war. Jetzt wusste Mary Sih, dass die Lage sich sehr bald entscheidend ändern konnte. Und ändern würde, wenn Tan sein Endziel erreichte, die Geheimgesellschaften zusammenzuschließen, mit sich selbst als oberstem Befehlshaber. Irgendwie musste sie Peking warnen.

Flucht kam nicht in Frage. Selbst wenn es ihr gelingen sollte, aus dem kugelförmigen Irrgarten zu entkommen - und diese Chance war gering -, musste sie immer noch einen Weg zurück in die Zivilisation finden. Und sie wusste nicht einmal, wo sie war. Im Dschungel - doch der Dschungel ist groß und bedeckt einen riesigen Teil Asiens. Man würde sie verfolgen, jagen. Als Gejagte die Straße von Malakka zu überqueren, um nach Penang oder Singapur zu gelangen - das war praktisch eine Unmöglichkeit. Sie brauchte einen Boten, der die Aluminiumfestung frei verlassen konnte, und sie hatte diesen Boten eine Woche nach ihrer Ankunft gefunden.

Einer der javanischen Aufseher hatte einen kleinen Fehler gemacht. Seine Arbeitsgruppe war dadurch mit dem Tagessoll in Verzug geraten. Am folgenden Tag, als die Fehldisposition entdeckt wurde, hatte einer der Chinesen, ein Ingenieur, den Mann vor versammelter Mannschaft mit übelsten Schimpfworten beleidigt und ihn den Sohn einer Hündin genannt die schwerste Kränkung, die man einem Javaner zufügen kann. Der Mann hatte seine Wut über diese Behandlung in sich begraben - aber seine Augen starrten den Ingenieur hasserfüllt an, sooft sie sich begegneten; Mary kannte die Javaner, mit denen sie auch in Singapur viel zusammengekommen war, gut genug um zu wissen, dass der Mann diese Beleidigung nie vergessen und eines Tages dafür Rache nehmen würde. Sie glaubte, in ihm ein williges Werkzeug gefunden zu haben, und ihre Einschätzung war richtig. Drei Tage nach der Begebenheit sprach sie ihn an.

Der Javaner wiederum wusste, dass Mary Sih nicht freiwillig in das Projekt eingetreten war. Er vertraute ihr, und als sie ihm versprach, dass Gerry Ho ihn gut belohnen würde, war er ihr Mann. Mary hatte keine Ahnung, ob Gerry Ho wirklich etwas zahlen würde. Es war durchaus möglich, dass der Javaner statt Geldes einen Kris in den Rücken erhalten würde. Aber, dachte Mary, wenn es um die Ziele der Partei geht, dann zählt ein einzelnes Leben wenig. Wo gehobelt wird, da fallen Späne. In dieser Beziehung unterschied sie sich von Tan nur in einem: Sie plante nicht willkürlich den Tod eines Menschen, sie erwog nur die Möglichkeit. Denn das war schließlich Gerry Hos Sache. Zuerst kam stets die Partei.

Und noch von einem anderen Blickpunkt konnte man das mögliche Opfer, das der Javaner bringen würde, betrachten. Wenn durch seinen Tod die Leben von zweihundertfünfzig Menschen auf Palau Ayer Chawan gerettet werden konnten, dann war der Preis niedrig.

Aber war das denn überhaupt noch möglich? Konnten ihre Vorgesetzten in Penang, in Peking, noch früh genug diesen Irren, der sich Vater Tan nannte, davon abhalten, seinen wahnwitzigen Plan auszuführen? Diesen Plan und die vielen anderen, die noch in seinem Gehirn schlummerten? Mary wusste, dass es im Dschungel von Indonesien, von Malaysier viele Guerillagruppen gab, die mit Peking sympathisierten. War es möglich, aus diesen Gruppen eine Macht zu schweißen, die erfolgreich gegen Vater Tan und seine Marionetten marschieren konnte?

Sie starrte an die Decke und betete. Die dreiundzwanzigjährige kommunistische Agentin betete. Zu welchem Gott? Das Gesicht der überheblichen Frau neben Vater Tan erschien vor ihren inneren Augen. Tzu Hsi, die Bestie. Mary Sih betete um eines: Wenn der Tag kam, an dem der böse Traum hier ein für alle Mal vom Erdboden verschwinden würde, dann möge ihr die Aufgabe überlassen bleiben, Tzu Hsi vom Leben zum Tode zu befördern.

Und derweil sie an den dünnen, schlanken Hals von Tzu Hsi dachte und an ihre eigenen Hände, die diesen Hals würgten, langsam die Luft aus Tzu Hsis Lungen schnürten, wobei ihr die Augen aus den Höhlen quollen - während sie daran dachte, wie langsam die Pupillen dieser Augen ihre Farbe ändern würden, schlief Mary Sih ein.

Während Mary Sih schlief, war Tzu Hsi noch hellwach. Sie war noch einige Zeit in dem Thronsaal geblieben, nachdem Mary Sih entlassen worden war. Audi nachdem Vater Tan sich in sein Schlafgemach zurückgezogen hatte, war Tzu Hsi geblieben. Höflich wie immer, hatte er sie gebeten, später zu ihm zu kommen. Und sie hatte ebenso höflich erwiderte, dass sie noch nicht müde sei und noch etwas nachdenken wolle. Oh, ja, später würde sie zu ihm gehen, aber erst wenn sie ganz sicher sein konnte, dass der Alte fast am Einschlafen war. Und dann würde sie die Zähne zusammenbeißen und ein Lächeln auf ihr Gesicht zwingen, während der greise Knochensack sich auf ihr abmühte, wie er es einmal, manchmal zweimal pro Woche zu tun pflegte. Seine schwachen Versuche zu lieben bedeuteten, dass sie dabei die schwerste Arbeit zu leisten hatte, bis er schließlich einen schwächlichen Orgasmus produzierte. Für sie selbst kam dabei nichts heraus. Aber sie stöhnte und wimmerte und wand sich unter ihm und hob seinen skelettartigen Körper mit dem ihren, als sei er der Traum aller lechzenden Frauen, ein Supermann der Liebe.

Sie spielte diese Rolle gut. Schließlich hatte sie sie jahrelang gespielt, noch bevor sie Vater Tan kannte, von den schmutzigen Straßen Shanghais bis zu dem Nobelbordell in Hongkong, wo die Damen echte Juwelen trugen und ihre käuflichen Körper mit französischem Parfüm für geldstarke Käufer gefällig machten. Die Schau wurde immer gleich abgezogen: Akt eins: »Oh, Sir - das ist ja eine mächtige Latte, die Sie da haben! Ich hoffe nur, Sie werden mir damit nicht wehtun...« Immer die gleichen Worte, auch wenn die mächtige Latte so klein war, dass man sie zwischen dicken Speckfalten kaum sehen konnte. Akt zwei: Der meist erfolgreiche Versuch, in dem Tölpel, der sie bestiegen hatte, den Eindruck zu wecken, er sei der größte Liebhaber, den die Welt je gesehen hatte. Und dann später kam Akt drei: »Oh, Sir - wo haben Sie das gelernt? Sie wissen wirklich, wie man eine Frau befriedigt. Ich habe ja einige Männer im Leben gehabt - aber nie einen wie Sie!« Ende der Vorstellung.

Zu Beginn ihrer Karriere hatte sie laut gelacht, wenn so ein Freier stolz die Tür hinter sich geschlossen hatte. Später war ihr das Lachen vergangen, und sie war stets dem Brechreiz näher gewesen. Damals hatte Vater Tan sie in dem Hongkonger Bordell gefunden. Das war nun schon zwei Jahre her.

Er und ein jüngerer Mann, beide in schwarzen, seidenen Anzügen mit hohen Kragen, kamen in den Kontaktraum, während sie gerade mit einem Stammkunden beschäftigt war. Kaum hatte der Mann sie schwitzend aber zufrieden verlassen, stürzte eine Kollegin ins Zimmer.

»Komm schnell runter in den Salon! Die beiden musst du sehen! Der eine ganz alt, der andere tranig und schlafmützig, könnte ein Priester sein. Die sehen so aus, als seien sie zu einer Beerdigung gekommen - ihrer eigenen!«

Das war ein Witz des Hauses. Es kam nicht selten vor, dass ein ältlicher Klient auf seiner gekauften Liebesdienerin einen tödlichen Herzanfall erlitt. Da war es immer gut, dass eine Mama-san dem Hause Vorstand, die wusste, wie man die sterblichen Überreste diskret beseitigen konnte.

Sie war von ihrer letzten Aufgabe etwas ermüdet und sagte dem anderen Mädchen, im Augenblick sei sie nicht an Altenhilfe interessiert. Aber Mama-san hatte befohlen, alle im Augenblick nicht beschäftigten Damen des Hauses hätten im Salon zu erscheinen; die Herren wünschten eine Auswahl zu treffen.

Die Herren wählten, und bevor sie wusste, wie ihr geschah, hielt Mama-san ein dickes Bündel Geldscheine in der Hand und sie selbst saß im Rücksitz einer schwarzen Limousine und wurde in den südlichen Teil der Insel gefahren. Zuerst hatte sie protestiert, aber Mama-san hatte ihr versichert, dass alles in bester Ordnung war, dass die Herren es gut mit ihr meinten und dass sie bald eine reiche Frau sein würde.

Als Tzu Hsi das Wort Reichtum hörte, schwieg sie. Die Chance durfte sie nicht verspielen. Außerdem hatten die Augen des alten Mannes freundlich geblinzelt, gar nicht mit dem Blick der Wollust, den sie von ihren anderen Kunden gewöhnt war. Er sah milde und freundlich aus. Wogegen der andere Mann sie mit einem Blick ansah, der sie an ein scharfes Messer erinnerte. Es war schon besser, mitzuspielen.

Von außen sah das Haus, in das man sie führte, nicht sehr elegant aus. Innen war es mit unerhörtem Luxus eingerichtet.

Nicht die falsche Eleganz des Bordells, sondern echte Seidenstickereien an den Wänden, Elfenbein auf den Tischen, alte, edle Möbel, seidene Teppiche.

»Nimm Platz«, sagte der alte Mann.

Er betrachtete ihr Gesicht von allen Seiten.

»Die Augenbrauen sind etwas zu dick.« Er drehte sich dem anderen Mann zu. »Sorgen Sie dafür, dass sie auf eine dünne Linie reduziert werden.«

Wieder sah er sie mit großer Konzentration an. »Die Stirn, das Gesicht - beide sind fast königlich. Du bist ein sehr schönes Mädchen, meine Liebe. Und jetzt zieh dich bitte aus.«

Das Kleid war ein billiges Fähnchen aus Kunstseide, das den Kunden alles zeigte, was sie sehen wollten. Sie trug weder einen BH noch einen Schlüpfer darunter. Mit zwei Bewegungen ihrer Schultern lag das Kleid auf dem Boden. Wollten diese Voyeure vielleicht prüfen, ob sie Warzen hatte?

»Bitte etwas gerader stehen«, sagte der jüngere Mann.

»Gerader geht's nicht«, sagte sie trotzig.

Der Mann kicherte und sagte zu dem Alten: »In ihrer Branche ist man eben mehr ans Hinlegen als ans Stehen gewöhnt.«

Die Wirkung dieser Worte auf den Alten war überraschend. Er schlug dem Jüngeren den Handrücken mit derartiger Kraft ins Gesicht, dass dieser zurücktorkelte und beinahe gefallen wäre.

Schneidend sagte der Alte: »Sie werden niemals - hören Sie? - niemals wieder in diesem Ton zu der Dame sprechen? Sie werden Sie mit jedem erdenklichen Respekt behandeln!« Er wartete keine Antwort ab, sondern wandte sich wieder ihr zu. »Du hast schöne Füße, meine Liebe, klein und schmal. Auch auf deine Brüste kannst du stolz sein. Und vielleicht lernst du es noch, eine etwas aufrechtere Haltung einzunehmen.« Ohne den anderen Mann anzusehen, sagte er nur ein Wort: »Kleider!«

Man brachte schwere, goldbestickte Kleider, Röcke mit vielen Unterröcken, Jacken mit hauchfeinem Silberdraht bestickt. Alle waren einer Mode entsprechend gefertigt, die vor vielen Jahrhunderten herrschte. Sie musste sich anziehen, sich wieder ausziehen, ein anderes Ensemble probieren. Immer wieder stand sie nackt vor den beiden Männern, als sei sie eine lebende Modepuppe, die keine Eigengefühle hat. Schließlich seufzte der alte Mann, und weil er dabei auch lächelte, wusste sie, dass sie die Prüfung bestanden hatte.

»Du bist genau das, was wir brauchen, Tzu Hsi.«

»Sir, ich heiße nicht Tzu Hsi. Mein Name ist...«

»Ich kenne den Namen sehr wohl, den du bislang benutzt hast. Wir werden ihn beide vergessen. Von diesem Augenblick an heißt du Tzu Hsi - ein berühmter Name, den du in Ehren tragen wirst. Mit meiner Hilfe natürlich.« Er blickte auf seine Uhr. »Es ist spät. Ich nehme an, du hast einen harten Tag gehabt, und auch ich war nicht träge. Ich schlage vor, dass wir uns zurückziehen. Ich werde dir dein Zimmer zeigen.«

Ihr überraschter Blick erheiterte ihn.

»Das, meine Liebe, kommt vielleicht später - wenn du erlaubst, dass es geschieht. Zwar bin auch ich an deinem schönen Körper interessiert, aber nicht so wie die Männer bisher. Du bist eine Königin oder wirst es bald sein. Morgen werden wir über die Zukunft sprechen. Jetzt sollst du dich ausruhen.«

Er sah sie noch einmal an, als sie vor ihm das Zimmer verließ. »Versuche bitte, dich etwas gerader zu halten. Königlicher.«

Dass er in dieser Beziehung wirklich nicht zufrieden mit ihr gewesen war, wurde ihr am nächsten Tag klar, als man ihr ein Stützkorsett brachte, das sie sechs Monate lang unter Schmerzen tragen musste, damit ihre Wirbelsäule so gerade wurde, wie der Alte das wollte. Die anderen Schmerzen, die sie während dieser Zeit zu ertragen hatte, waren mehr geistiger Natur. Ein Lehrer brachte ihr die Sprache der oberen Schichten bei und gab ihr auch Unterricht in Englisch. Sprache und Aussprache fielen ihr leicht. Sie lernte, wie man geht, steht, isst und trinkt. Sie lernte, wie man mit Untergebenen umgeht, wie man zu Leuten von geringerer Klasse spricht. Ihre arg vernachlässigte Erziehung wurde ergänzt, besonders was die Geschichte des chinesischen

Volkes betraf. Eineinhalb Jahre lang arbeitete sie schwer und fiel abends todmüde ins Bett - allein. Erst später, als Vater Tan sie in seiner Bibliothek fragte, ob sie sich auch wirklich wohl fühle, ob sie glücklich sei, und als sie ihn als Zeichen ihrer Dankbarkeit auf die Stirn küsste, änderte sich dieser Teil ihres Lebens. Sie hatte den Kuss als den einer dankbaren Tochter gemeint. Er zog es vor, etwas anderes daraus zu lesen, und kam in dieser Nacht in ihr Zimmer. Sie hatte viel dazugelernt - aber die Rolle, die sie so oft im Hurenhaus gespielt hatte, hatte sie noch nicht vergessen. Sie spielte sie in dieser Nacht so, dass Mama-san stolz auf sie gewesen wäre: sie spielte die Rolle einer königlichen Hure.

Je öfter sie diese Rolle spielte, umso mehr verlor sie ihre anfängliche Achtung vor Vater Tan. Aber dass er Macht besaß, musste auch sie zugeben.

Vor zwanzig Jahren hatte man Tan Leng Lay irgendwo ausgesetzt - halb tot und halb wahnsinnig, weil er nicht an das herankam, was er am meisten brauchte: Opium.

Langsam, stetig hatte er sich seine Selbstbeherrschung erkämpft, hatte sich selbst des Opiums entwöhnt. Durch mehr oder weniger ehrliche Methoden war er zu einem reichen, mächtigen Mann emporgestiegen. Jetzt war er ein Herrscher über viele Millionen Dollar, Pfunde und Piaster. Tzu Hsi wusste sehr wohl, dass sie nur ein Werkzeug seiner Hände war. Ein Werkzeug, das er benutzen wollte, um den Traum von einer Rückkehr zu kaiserlicher Herrlichkeit zu verwirklichen.

Ein verrückter Plan?

Zuerst hatte sie das gedacht. Aber jetzt, in diesem Höllenloch im Dschungel, musste sie zugeben: Die Möglichkeit, dass er sein Ziel erreichte, war näher gerückt.

Die Arbeit machte gute Fortschritte. Der Verlust von drei technischen Fachkräften war ein schwerer Schlag gewesen, aber schnell ersetzt worden. Es sah fast so aus, als würde ihm seine erste Aufgabe gelingen: die Zerstörung der kleinen Insel vor Singapur. Und wenn das erst einmal vollbracht war, würden ihm die Triaden blind folgen. Sie mussten sich ihm und seinem Banner unterwerfen. Und was würde danach kommen? Eine Wiederkehr des Großen Chinesischen Kaiserreichs?

Tzu Hsi erhob sich vom Thron und betrachtete den etwas höheren Stuhl Vater Tans wie schon so oft. Dann setzte sie sich graziös darauf. War sie wirklich nur sein Werkzeug? Das glaubte Vater Tan. Das glaubten all die Männer, die sie benutzt hatten, in den Slums und in den Edelpuffs. Aber das Treffen in Hongkong hatte ihr zu denken gegeben. Es war ein Prüfstein ihrer Fähigkeit gewesen, hatte sie auf den Geschmack für Macht gebracht. Eines Tages würde sie wirkliche Macht ausüben, und dann war die Rolle Vater Tans ausgespielt. Gewiss, er würde sein Ziel erreichen, wenigstens teilweise. An eine Rückkehr kaiserlicher Macht glaubte Tzu Hsi nicht, wohl aber an einen Zusammenschluss der Triaden und der Tongs. Dann würde sie schon wissen, wie man einen dummen alten Mann beseitigen konnte. Und dann würden Männer ihr zu Füßen kauern und sie anbeten.

Männer... Tzu Hsi hatte eigentlich eine Antipathie gegen Männer. Sie hatte sich Hunderten hingegeben - hatte vor Hunderten, Tausenden, die Rolle einer befriedigten, sexuell erschöpften Frau gespielt, weil nach den Minuten ungestümer Liebe vielleicht noch ein Trinkgeld zu erwarten war. Wirkliche Liebe hatte sie nur in den Armen von Frauen empfunden. Zuerst mit anderen Dirnen, später mit zwei Dienerinnen in Vater Tans Haus. Aber hier, in diesem stinkenden Loch im Dschungel, gab es keine, in deren Armen, zwischen deren Beinen sie Befriedigung finden konnte. Und Befriedigung brauchte sie von Tag zu Tag mehr.

Es gab niemanden? Doch, es gab Mary Sih - die kleine, schlanke Mary Sih.

Sie würde vorsichtig sein müssen. Vater Tan würde es gar nicht gefallen, sollte er hören, dass die Frau, in die er sich ergoss, eine andere Frau liebte. Das Mädchen hasste sie. Aber das war unwichtig. Liebe oder Hass - sie würde das Mädchen beherrschen, wenn nicht durch Liebe, dann durch Angst.

Mary Sih würde ihr Lager mit ihr teilen, Mary Sih mit den gerundeten, griffigen Schenkeln...

Neuntes Kapitel

In blauer Windjacke und weißer Leinenhose saß John Eagle an Deck der *Snarko* und beobachtete, wie der Kapitän des indonesischen Küstenwachschiffes an Bord der Jacht kam. Es war schon fast dunkel, angenehm warm, so um die 30 Grad herum, und über dem Meer wehte eine leichte Brise.

Eagle hoffte, die Formalitäten würden schnell über die Bühne gehen, und seine Hoffnung wurde erfüllt. Sie nahmen genau zwei Minuten in Anspruch, denn der Indonesier kannte den Eigentümer der Jacht persönlich. Aber er kannte auch den Kapitän, und um das zu bekräftigen, blieb er eine halbe Stunde an Bord.

»Nun, Sie haben augenscheinlich nichts, was uns interessieren könnte. Grüßen Sie Mr. Warburton von mir«, sagte er schließlich, als er Anstalten machte, auf sein eigenes Schiff zurückzukehren.

»Ich werde Ihre Grüße übermitteln. Übrigens möchte Mr. Warburton es nicht bekannt werden lassen, dass seine Jacht in diesen Gewässern ist. Er fährt gern mal irgendwo hin, ohne dass gleich die ganze Welt weiß, wo er ist. Sie verstehen...«

»Ich werde dafür sorgen, dass Ihr Besuch, was uns betrifft, nicht erwähnt wird. Nochmals meine besten Grüße.«

Er kletterte die Strickleiter hinunter in sein kleines Schiff. Natürlich konnte er nicht wissen, dass Mr. Warburton gar nicht an Bord war.

Eagle lächelte. Er hatte den achtzigjährigen Freund Mr. Merlins noch nie gesehen. Er wusste nur, dass er wie ein Bulle gebrüllt hatte, als sein Freund ihn bat, ihm die große Jacht für zwei Wochen zu leihen.

Schließlich hatte er nachgegeben. »Aber wenn ich nur einen Kratzer auf dem Kahn finde, dann hängen deine Eier vom Rahnock!« hatte er angeblich geschworen.

Das Schiff sollte Eagle zwei Wochen zur Verfügung stehen. Aber ein anderes Schiff würde innerhalb der nächsten beiden Wochen unauffällig an diesem Punkt der Küste vorbeisegeln, um Eagle abzuholen. Der genaue Zeitpunkt war noch nicht bekannt.

Das hörte sich so einfach an: Ankunft heute - Abfahrt in etwa einer Woche, Zeitpunkt steht nicht fest. Eagle wusste aus seiner Einsatzbesprechung in Lager drei, was ihn auf dieser Insel erwartete - wie groß der Faktor Unbekannt war, der den Zeitablauf dieses Einsatzes beeinflussen konnte.

Aber John Eagle dachte nie negativ. Sonst hätten seine vorhergegangenen Einsätze wahrscheinlich tödlich für ihn geendet. Und diese neue Mission würde ihn noch mehr fordern als die anderen. Es würde der härteste, mitleidloseste Test seiner geistigen und körperlichen Fähigkeiten werden. Genau das hatte er gebraucht. Er wusste es schon, als er Samsons Stimme am Telefon hörte.

Er hatte Pläne geschmiedet, wollte die Einsamkeit der Landschaft Arizonas gegen die Neonlichter und leichten Mädchen der Großstadt vertauschen, als der Anruf kam. Da erwachte der Jagdinstinkt in ihm, er vergaß die Großstadt, wusste, dass er Mr. Merlins gemieteter Mörder war - für einen guten Zweck, wie er sich stets grimmig versicherte, wenn wieder das Auslöschen eines Menschenlebens zu rechtfertigen war.

»Mr. Craig?«

Eagle drehte sich dem Kapitän zu, der die wirkliche Identität seines Passagiers nicht kannte.

»Wie die Mädchen in den Düsenmaschinen sagen: Ich hoffe, Sie hatten eine angenehme Reise und werden uns wieder beehren... Sieht die Küste nicht schön aus im Abendlicht? Ich würde sagen, in etwa zwanzig Minuten werden wir uns voneinander verabschieden, Mr. Craig.«

»Dann will ich in meine Kabine gehen und meinen Reiseanzug anlegen.«

Das Wasser war lauwarm. Zwischen Haut und Wasser trug Eagle den hauchdünnen, enganliegenden Anzug aus mattem Kunststoffmaterial, einen Anzug mit vielen eingebauten Vorteilen. Er war eine Erfindung Mr. Merlins und wurde von seinen Technikern ohne Rücksicht auf die Kosten entwickelt und perfektioniert.

Der Anzug war kugelsicher, und zwar gegen alle Klein- und Mittelkalibergeschosse. Er wurde chemisch klimatisiert - eine neuentwickelte Substanz neutralisierte den Schweiß, der sich in einem so enganliegenden Kleidungsstück bilden musste. Diese Substanz hielt die Temperatur innerhalb des Anzugs auf Höhe der Außentemperatur; wenn die Außentemperatur besonders hoch war, sogar niedriger; war es draußen kalt, entwickelte sie die richtige Körperwärme.

Dann gab es das Chamäleon-Element - eine Einrichtung, durch die der Anzug stets die Farbe seiner Umgebung annahm, wenn man auf einen kleinen Schalter hinterm rechten Knie drückte. Das Chamäleon-Element gab dem Träger des Anzugs einen riesengroßen Vorteil über seine Gegner: Er konnte sich nach Wunsch fast unsichtbar machen.

Eagle schwamm mit langsamen, ruhigen Stößen, die kaum die Oberfläche des Wassers kräuselten. Schließlich hatte er einmal bei einer Olympiade eine Silbermedaille gewonnen, und Mr. Merlin hatte dafür gesorgt, dass seine Schwimmzeiten sich während der Vorbereitungszeit im Lager drei noch verbessert hatten - in reißenden Flüssen mit scharfkantigen Felsen.

Das Wasser war ruhig, und auf genaue Ankunftszeit kam es Eagle nicht an. Laut Seekarte hatte er etwa dreizehn Kilometer vom Schiff zur Küste zu schwimmen, was er in drei Stunden zu schaffen gedachte. Er hatte jedoch dreieinhalb Stunden eingeplant. Vor ihm lagen drei Stunden, in denen er nichts zu tun hatte als zu denken, zu schwimmen und ab und zu seine Position festzustellen. Dazu trug er an seinem Arm ein Mehrzweckinstrument, Uhr und Kompass in einem. Schließlich musste er noch ab und zu nach Fischerbooten und Küstenwachschiffen Ausschau halten, von denen einige herumschwirrten. Während der ersten Stunde musste er zweimal unter die flachen Wellen tauchen und so weiterschwimmen. Kein Problem - in seiner Pressluftflasche war ausreichend Luft für eine volle Stunde. Wenn allerdings etwas Unerwartetes geschah, dann musste er das Problem auf andere Weise lösen.

Schon konnte er das Land riechen; bald sah er die Kokospalmen am Strand, und dann fühlte sein Fuß sandigen Grund. Genau drei Stunden. Die Halbinsel, die er angesteuert hatte, schien unbewohnt zu sein. Aber Eagle wusste, dass er Leben auf ihr finden würde - einen Mann, der sich durch ein Kennwort identifizieren musste. Noch etwa zwanzig Minuten musste er warten. Zwar hatte er ein Funkbild des Mannes gesehen, aber in der Dunkelheit konnte es schwerfallen...

Lichter und Stimmen von rechts! Langsam, geräuschlos näherte sich Eagle der Gruppe, die am Strand an einem Boot hantierte. Wahrscheinlich harmlose Fischer und ihre Familien. Er kannte die Sprache nicht - es war wohl der örtliche Dialekt. Aber, ob harmlos oder nicht, auch diese Leute durften ihn nicht sehen. Seine Anweisungen lauteten, im Fall von unvorhergesehenen Zwischenfällen am Treffpunkt fünf Minuten in nördlicher Richtung zu schwimmen. Der Mann, mit dem er an dieser paradiesischen Küste ein Rendezvous hatte, würde die gleiche Entfernung an Land zurücklegen. Eagle ließ sich rücklings ins Wasser gleiten, nahm das Mundstück der Pressluftflasche zwischen die Zähne und schwamm unter Wasser gen Norden. Langsam tauchte er auf, tastete mit den Zehen den Boden ab, schob sich Schritt für Schritt ans Land. Genau vor ihm stand eine Gruppe dunkler Büsche, mit Lianen durchwachsen. Vor diesen Büschen, zwischen ihnen und dem Wasser, legte er sich auf den Bauch und wartete. Mehr konnte er vorläufig nicht tun. Erst nach etwa zehn Minuten hörte er ein Geräusch, das sich von den grellen Schreien der Dschungelvögel unterschied. Zwei Menschen flüsterten. *Zwei* Menschen? Einer zu viel.

Bald sah er sie auch. Ein Mann und ein Mädchen bewegten sich quer über den breiten Strand in Richtung der Büsche, unter denen er lag. Zehn Meter von ihm entfernt hielten sie an. Auch sie legten sich nieder, aber auf der anderen Seite der Büsche. Liebhaber, welche die Ruhe der Nacht und die Romantik des Palmenstrandes suchten? Wenn es sich wirklich um Außenseiter handelte, musste Eagle wieder fünf Minuten nach Norden schwimmen. Er beschloss, zu warten. Waren die beiden Liebhaber, dann würde sich das sehr bald herausstellen.

Aber nach fünf Minuten rührte sich bei den beiden noch immer nichts, und Eagle beschloss anzunehmen, dass es sich doch um den Mann handelte, den er hier treffen sollte. Sein Gesicht war noch immer unerkennbar. Warum, zum Teufel, musste der Kerl seine Freundin mitbringen?

Vorsichtig ließ er eine Hand über den Sand gleiten und berührte ein Stück Treibholz. Er zog es an sich heran. Aus dem leichten Tornister auf seinem Rücken, der in den Tarnanzug eingebaut war, nahm er seine CO_2-Pistole. Auch das war eine von Mr. Merlins Experten entwickelte Wunderwaffe, die fast wie eine deutsche Luger aussah. Nur machte sie beim Feuern nicht den Lärm einer Luger; nur ein sanftes Zischen wurde hörbar, wenn ein tödlicher Stahlpfeil von etwa vier Zentimetern Länge den Lauf verließ - ein Stahlpfeil, der noch auf eine Entfernung von fünfzig Metern tötete, wenn er sein Ziel fand. Und Eagle traf bei fünfzig Metern mit zehn Schüssen zehnmal ins Schwarze. Bei einer Entfernung von hundert Metern immerhin siebenmal. Aber die zwei Menschen am Strand waren nur zehn Meter von ihm entfernt.

Eagle sah wieder auf die Uhr. Fünfzehn Minuten nach der festgesetzten Zeit, er musste etwas unternehmen. Während er mit der rechten Hand den Mann mit seiner CO_2-Pistole anvisierte, warf er mit der linken das Stück Treibholz über den Busch, so dass es neben dem Paar zu Boden fiel. Die beiden blieben liegen, sprachen leise miteinander. Dann rief der Mann: »Haben Sie etwas verloren?« - auf Englisch. Eagle stand halb auf, richtete die Pistole voll auf den Mann und sagte: »Die gleiche Frage wollte ich soeben Ihnen stellen«.

Der Mann stand auf. »Ich glaube, ich habe es gefunden«, sagte er, kam um den Busch herum und streckte eine Hand aus. Eagle wich einen Schritt zurück, nahm die Hand nicht.

Die Kennworte waren richtig gegeben und verstanden worden, aber Vorsicht blieb geboten. Das Mädchen war in keiner Besprechung erwähnt worden.

»Können wir uns hier unterhalten?«, fragte er.

»Nein. Bitte folgen Sie uns.«

Inzwischen hatte sich auch die Frau vom Sand erhoben; der Mann und sie schritten auf die Dunkelheit des Dschungels zu. Im Gänsemarsch, der Mann voran, durchquerten sie etwa einen Kilometer Landes. Eagle bemerkte, dass das Mädchen sich mit fast tierhafter Grazie bewegte - unwillkürlich musste er an Ruth denken. Aber alles zu seiner Zeit.

Schon bald merkte Eagle, dass sie sich Wasser näherten. Er wusste, es konnte sich nur um den Batang Hari handeln, den breiten Wasserweg, der Sumatra in zwei Hälften teilt.

Seine Begleiter hielten am Flussufer an. Eagle und der Indonesier kauerten sich auf den Boden. Das Mädchen zog aus dem ins Wasser wachsenden Gesträuch ein Boot, einen Sampan aus Bambus, mit einem etwa meterhohen Aufbau, der aus Leinwand und Bambusstäben roh konstruiert war. Der Mann gestikulierte: Eagle sollte bleiben, wo er war, während er dem Mädchen half, das Boot ins Wasser zu schieben. Geschieht zog sich das Mädchen an Bord, Eagle folgte ihm, sowie der Mann das Zeichen dazu gab, und legte sich flach auf den nassen Bambusboden unter der Leinwand. Sie sagte etwas in ihrer Sprache, und der Mann übersetzte: »Es tut ihr leid, dass dieses Boot einige Löcher hat, aber es war das einzige Boot, das wir bekommen konnten.

Ich persönlich glaube, dass es trotzdem seinen Zweck erfüllen wird.«

Er sprang an Bord, ergriff ein Paddel, gab ein Kommando, und beide begannen, das Boot vorwärts zu bewegen.

Eagle steckte den Kopf aus dem Leinwandaufbau. »Sie sind also Dr. Mustafa«, sagte er.

Der Mann erwiderte lächelnd: »Und wenn Sie nicht Mr. Eagle sind, dann bin ich, wie Sie im Westen sagen, im Eimer!«

»Ich bin Eagle. Nur noch eine Frage: Wer ist das Mädchen?«

Ohne mit Paddeln innezuhalten, sagte Mustafa: »Es ist mir völlig klar, dass ihre Anwesenheit Sie überraschen muss, Mr. Eagle.«

»Ich bin nicht zu Überraschungsspielchen nach Sumatra gekommen. Als ich am Strand auf Sie wartete, hätte es fast zwei Leichen gegeben - Ihre und die Ihrer Gefährtin. Wo können wir sie am schnellsten wieder loswerden? Für Freundinnen ist nämlich bei dieser Expedition kein Platz.«

Diesmal hörte der Indonesier auf zu paddeln.

»Sie irren sich, aber es ist ganz natürlich, dass ein Mann aus dem Westen so denkt. Mr. Eagle, die junge Dame ist weder meine Freundin noch meine Frau. Sie ist meine Schwester April. Und ich darf Ihnen versichern, auch wir blicken auf Inzest mit Abscheu herab.«

Eagle lachte leise. »Schon gut, schon gut, es tut mir leid, wenn ich Sie unbeabsichtigt gekränkt habe. April ist ein seltsamer, aber hübscher Name. Trotzdem hat sie hier nichts zu suchen.«

»Sie irren, Mr. Eagle. Sie müssen wissen, ich habe seit vielen Jahren nicht mehr in meinem Kampong gelebt. Die schmalen Dschungelpfade, die zu unserem gemeinsamen Feind führen, sind mir unbekannt. Aber April kennt sie; nur sie kann uns führen.«

Die Frau ruderte am Bug. Als sie ihren Namen hörte, drehte sie sich lächelnd um, zeigte mit einer Hand auf sich oder vielmehr auf ihren beachtlichen und durch das dünne, einteilige Gewand sehr sichtbaren Busen und bestätigte: »April!«

»April«, wiederholte Eagle und machte eine Verbeugung von der Hüfte aus.

»April«, sagte das Mädchen noch einmal, zog den Stoff ihres Kleides etwas zur Seite, so dass er noch mehr von ihr sehen konnte. Eine recht heiße kleine Nummer, diese April...

»Ein liebes Kind, Ihre Schwester«, lobte Eagle.

»Sie halten sie noch für ein Kind? Wieder irren Sie, Mr. Eagle. Sie ist - war - verheiratet. Ihr Mann gehörte zu den Leuten aus unserem Kampong, die nicht zurückkamen, nachdem sie von den Chinesen als Arbeiter angeheuert worden waren. Als sie hörte, was ich vorhatte, bestand sie darauf, den Mann kennenzulernen, der unseren Vater und ihren Mann rächen würde. Zwar versuchte ich, ihr das auszureden, aber, wie Sie sehen, erfolglos.«

»Nur wenige Männer können einer Frau etwas ausreden, das sie sich in den Kopf gesetzt hat«, sagte Eagle. »Steht denn schon fest, dass die Männer tot sind?«

»Die Frauen nehmen es fest an«, sagte Mustafa. »Und sie haben für so etwas einen sechsten Sinn. Wenn ich etwas Vorschlägen darf: Sie werden in diesem Boot ungefähr zwanzig Stunden verbringen und sind eine große Entfernung geschwommen. Es wäre gut, wenn Sie sich ausruhen würden. April und ich werden dafür sorgen, dass niemand uns überrascht. Schauen Sie...« Er griff in sein Hemd und zog eine sauber geputzte .45er Colt Commander hervor.

»Selbst wenn ich das Ziel verfehlen sollte, der Lärm wird Sie aufwecken«, sagte er lachend. Eagle hörte hinter sich ein Geräusch und drehte sich um. April war unter den zeltähnlichen Aufbau des Sampans geglitten. Als sie wieder erschien, hielt sie in der rechten Hand ein Messer mit einer dreißig Zentimeter langen, breiten Klinge.

»Der *golok* ihres Mannes«, sagte Mustafa. »Die Männer unseres Stammes bekommen diese Waffe am Tag ihrer Mannbarkeitsfeier. Er trug das Messer stets bei sich, aber als unsere Männer die Arbeit bei den Chinesen annahmen, erlaubten die Aufseher nicht, dass sie ihre Waffen mitnahmen.«

Eagle sah Aprils weiße Zähne blitzen, als sie die Klinge mit dem Zeigefinger sanft streichelte. Langsam ließ sie sie dann mit einer zweideutigen, pikanten Bewegung in die hölzerne Scheide gleiten - und sah gleichzeitig vielsagend zu ihm auf.

Eagle konnte nur eins aus ihrer Geste lesen, und er bildete es sich ganz gewiss nicht ein. Wirklich eine heiße, kleine Nummer, diese April.

Als sie sprach, musste Mustafa dolmetschen.

»Sie schlägt vor, dass Sie es sich auf einigen Matten bequem machen - hinter dem Zelt. Sie würde Ihnen auch gern etwas zu essen machen und Ihnen in jeder Beziehung gefällig sein.«

Eagle lebte während seiner Einsätze nur von den konzentrierten Nahrungspillen, die man ihm in genügender Menge mitgab und die ihm sowohl Nahrung als auch Wasser ersetzten.

»Bitte sagen Sie ihr, dass ich nicht hungrig bin und nichts benötige.«

»Gar nichts, Mr. Eagle? Wir sind zwar Moslems, aber wir haben die Gesetze unseres Stammes beibehalten. Eines unserer wichtigsten ist die Gastfreundschaft Fremden gegenüber. Sie mögen einige seiner Auslegungen für barbarisch halten, aber ich bin sicher, April wäre sehr gekränkt, wenn Sie von ihrem Angebot nicht Gebrauch machen würden.«

Eagle schaltete schnell. »Es liegt mir fern, eine so charmante Frau meines Gastlandes beleidigen zu wollen.«

Er war im Bilde.

»Golok?«, fragte April mit heiserer Stimme.

Noch nie hatte er diesen Teil seiner Anatomie mit einem Messer verglichen - aber bitte.

Ihre Augen hatten zuerst in die seinen gestarrt. Jetzt bildeten sie in eine andere Richtung - genau auf den Teil seines dünnen Tarnanzugs, unter dem sich seine Männlichkeit am stärksten abzeichnete.

Zwanzig Stunden, hatte der Mann gesagt. Schlaf, hatte er gesagt. Eagle würde schlafen, aber nicht gleich. Golok... Sie deutete den Blick, den er ihr zuwarf, richtig, öffnete die Zeltklappen und begann, mehrere Matten über den feuchten Boden zu breiten. Er folgte ihr in das improvisierte Schlafzimmer und ließ die Klappen hinter sich zufallen. April saß mit verschränkten Beinen auf den Matten und zog mit einer blitzschnellen Bewegung ihr einziges Kleidungsstück über den Kopf. Eagle öffnete den Klettverschluss seines Anzugs und fühlte Sekunden später ihre Hände, ihre Lippen da, wo die Berührung ihm am wohlsten tat. Diese dörfliche Gastfreundschaft, das musste er zugeben, hatte doch einiges für sich.

Während sie sich über ihn beugte, ließ Eagle sich flach auf den Rücken sinken. Ihr langes schwarzes Haar streichelte den unteren Teil seines Körpers, und die Berührung von Haar, Händen und Mund sandte ihm exquisite Schauer über den Rücken. Sie hatte eine jugendlich feste Figur, wie seine forschenden Hände sehr bald fühlten, und konnte nicht mehr als achtzehn oder neunzehn Jahre alt sein. Aber ihre geschulten Zärtlichkeiten zeigten ihm, dass die jungen Frauen des Orients in der Kunst der Liebe erfahrener waren als viele weiße Frauen nach Jahren erlebnisreicher Praxis. Die wahre Prüfung sollte später kommen, aber Eagle hatte das Gefühl, dass sie ihn auch dann nicht enttäuschen würde. Er erinnerte sich an ein anderes Mädchen, das Mary Choija hieß und in den Bergen der Mongolei zu Hause gewesen war. Er hatte Mary nur kurz gekannt. Und er dachte an Ruth, die er sehr gut kannte, in seiner Heimat in Arizona. Alle drei besaßen die animalische Unverdorbenheit, die in dem Apachen in ihm so herrlichen Widerklang fand. Das langsame, gekonnte Streicheln, die Rhythmik der weichen Fingerspitzen, die feuchte Berührung ihrer noch weicheren Zunge und ihrer etwas spröden Lippen - all das brachte ihn sehr schnell zum Höhepunkt. Er dachte nicht mehr an das feuchte Sieb, auf dem er lag, auch nicht an die bequemeren Betten, in denen er andere Frauen geliebt hatte - die Explosion kam, und es war, als regnete es Sterne in das Zelt...

Eine Hand noch immer an seinem *golok*, legte sich April auf den Rücken. Dem Blick, den sie ihm zuwarf, entnahm er, dass sie noch viel, viel mehr von ihm erwartete. Sie lächelte und küsste ihn voll auf die Lippen. Ihre Zunge erforschte das Innere seines Mundes. Weit öffnete sie die weichen Schenkel, und er konnte die Feuchtigkeit zwischen ihren Beinen fühlen. Seine Hände ergriffen ihre Schultern, glitten zu ihren schlanken, schweißfeuchten Hüften - und dann stieß er hart und schnell, fast mitleidslos, in sie hinein. Sie wollte es so, das konnte er ihrem Gesicht ablesen. Sie hob ihn, der gewiss nicht leicht war, vom Boden des Sampans hoch, sog ihn fast in sich herein. Mit jedem seiner Stöße wurde sie gieriger. Ihre Beine umschlangen ihn, drückten ihn fest an sich, in sich hinein. Ihr Atem kam zuerst langsam, dann immer schneller, steigerte sich zu einem Schrei.

»NnnnnnnnaaaaaaaaAAAAAHHHHH!«

Sie hatten beide ihren Höhepunkt in derselben Sekunde, nach einem langsamen, tiefen Stoß Eagles. Er wusste, dass er ihr das gegeben hatte, was sie ersehnte; schließlich war ihr Mann schon mehrere Wochen tot. Er hatte gewonnen, aber er hörte noch nicht auf. Ihr zweiter Orgasmus wäre von einem noch lauteren Schrei begleitet gewesen, hätte Eagle ihr nicht im letzten Moment die Hand auf den Mund gelegt. Sie explodierte noch einmal - genau zum selben Zeitpunkt, als auch Eagles Deich wieder brach.

Ihre Augen waren geschlossen, als Eagle sich neben sie legte.

Für ein Nachspiel blieb keine Zeit. Mustafa öffnete die Zeltklappen mit einigem Geräusch. Er lachte leise. »Gastfreundschaft ist schön, Mr. Eagle, aber sie hat ihre Grenzen. Wir müssen diesen Sampan den Fluss hinaufrudern. Ihre Hilfe wäre sicherlich nützlich, aber das Risiko dürfen wir nicht eingehen. Ich hoffe, Sie betrachten es nicht als unhöflich, wenn ich Ihnen meine Schwester für einige Zeit entführen muss. Ich schlage vor, dass Sie sich jetzt gründlich ausschlafen.«

Eagle hatte keinen Gegenvorschlag.

Zehntes Kapitel

Zwanzig Stunden an Bord eines Sampans, in der feuchten, heißen Tropenatmosphäre, eingepfercht in ein winziges Zelt, sind eine lange Zeit für einen Mann, dessen Vorbilder die Weite der Prärie ihr Eigen nannten.

Eagle sah nichts, hörte nur das regelmäßige Eintauchen der Paddel, ab und zu ein kurzes Kommando Mustafas, eine Frage des Mädchens. Er hatte keinen Durst, und obgleich Frischwasser an Bord war, begnügte er sich mit seinen Nahrungspillen.

Während der Nacht hatte er fest geschlafen und war nur gegen Morgen einmal aufgewacht, als er neben sich eine Bewegung spürte. Aber es war nur April, die für sich und ihren Bruder das Frühstück zubereitete. Eagle lächelte ihr zu, und der Blick, den sie ihm zuwarf, freute ihn. So sah eine Frau den Mann an, den sie als ihren Meister anerkannte. Er schloss die Augen und schlief weitere zwei Stunden.

Nachdem er endgültig erwacht war, beschäftigte er sich damit, seine Ausrüstung zu überprüfen. Er nahm die CO_2-Pistole auseinander, um ganz sicher zu sein, dass kein Wasser eingedrungen war. Danach kamen die Mini-Granaten, die er in zwei Taschen seines Anzugs bei sich trug: vierzehn glasklare Kunststoffröhrchen, jedes mit einem Pfropfen versehen, der gleichzeitig die elektronische Zeitzündung enthielt. Drei Farben gab es: Grün, Purpur und Orange. Die ersten beiden, von denen er je fünf besaß, waren von verhältnismäßig geringer Sprengkraft und vor allem zur Anwendung gegen Menschen gedacht. Die vier orangegefarbenen Röhrchen dagegen hatten jede genügend Brisanz, um einen ganzen Häuserblock dem Erdboden gleichzumachen. Es gab noch stärkere, aber Mr. Merlin hatte im Lauf der Einsatzbesprechung im Lager drei gegen deren Anwendung votiert.

»Wir wissen noch nicht genug über dieses Gas, John. Wir *glauben* zwar, dass es nur eine kurze Lebensdauer hat; aber wir sind nicht ganz sicher. Es ist also durchaus möglich, dass die

Hersteller auch eine Abart haben, deren Wirkung länger anhält. Es wäre also besser, nicht die stärksten unserer Explosivstoffe zu benutzen.«

Eagle prüfte jede Mini-Granate einzeln und steckte sie dann in die verschiedenen Taschen seines Anzugs zurück.

Danach entnahm er seinem Rucksack ein schmales, längliches Bündel: seine Lieblingswaffe. Der Bogen aus einer Speziallegierung war eine Verfeinerung der alten Indianerwaffe und bestand aus zwei zusammenschraubbaren Teilen. Die Sehne war aus einem Kunststoff-Metall-Gewebe gefertigt und hatte die Durchschlagskraft einer Elefantenbüchse. Die Pfeile, von denen er jeweils fünfzig bei sich trug, waren aus Kunststoff, federleicht, mit abschraubbarer Spitze. Das hatte den Vorteil, dass man den Pfeil mit einer einzigen Drehbewegung aus dem noch zuckenden Leichnam entfernen konnte. Nur die Pfeilspitze blieb im Fleisch stecken. Und wenn John Eagle mit dieser Waffe schoß, war jeder Schuss ein Treffer.

Sein Philippinendolch war im Nahkampf nicht zu verachten. Er bestand aus einem nur zehn Zentimeter langen Heft, aus dem auf leichten Druck eine ebenso lange Klinge schnellte, die nicht viel dicker als eine Nadel war. Eagle hatte mit diesem Messer gekämpft und getötet und sich immer wieder gewundert, dass ein so kleiner Einstich so katastrophale Folgen haben konnte.

Schließlich nahm er noch ein etwas größeres Grabenmesser aus seinem Behälter, eine Kombination von langem, breitem Halsabschneider und Totschläger.

Nachdem er sein Arsenal wieder verstaut hatte, steckte er den Kopf durch die Zeltklappe und fragte Mustafa, wo sie waren.

»Wir haben vor einer Stunde Jambi passiert«, antwortete der Indonesier mit grimmigem Gesichtsausdruck. Jambi war die Stadt, in der sein Vater zum letzten Mal lebend gesehen worden war.

Als es nach einem Tag der Untätigkeit und Langeweile wieder dunkel wurde, hatte Eagle abermals April zur Gesellschafterin. Sie war diesmal viel unterwürfiger und, so musste Eagle mit

Bedauern feststellen, darum viel weniger interessant für ihn. Trotzdem konnte sich die junge Indonesierin nicht beschweren.

Mustafa sagte ihm geraume Zeit, bevor der Sampan ans Ufer stieß, Bescheid. Es war beschlossen worden, dem Batang Hari nicht bis zum Ziel zu folgen - die Gefahr, von ungewünschten Augen gesehen zu werden, war zu groß.

Ein feiner Sprühregen fiel. September war der Monat vor Beginn der eigentlichen Regenzeit, und man konnte sich auf das Wetter nie verlassen. Nicht gerade ideal für einen langen Fußmarsch, denn die Sicht war behindert.

Eagle half Mustafa, den Sampan etwa zehn Meter vom Wasser entfernt unter großen Schlingpflanzen zu verbergen. Indessen erkundete April den Pfad, der sie zum Ende der Reise bringen würde. Sie sprach lange mit Mustafa.

»April sagt, es ist ein alter Pfad, er wird nicht mehr oft benutzt. Während der Unruhen vor einigen Jahren haben Guerillas ihn durch den Dschungel gehackt, aber jetzt ist er schon wieder fast überwuchert.«

»Schöne Aussichten. Und die Guerillas?«

»Soweit uns bekannt ist, gibt es in diesem Gebiet keine mehr. Aber nach etwa zwei oder drei Tagen sollten wir vorsichtig sein, nicht nur der Guerillas wegen. Wir werden durch das Land der Kubus marschieren...«

»Kubus?«

»Ein in der Entwicklung zurückgebliebener Stamm meines Volkes - Steinzeitmenschen und Nomaden. Die Regierung hat versucht, sie zu zivilisieren, aber ohne viel Energie. Man hat zu sehr an die holländischen Missionare gedacht, die das bereits vor einigen Jahrzehnten versuchten. Keiner

von ihnen kam aus dem Dschungel zurück.«

Eagle hatte von diesen Stämmen gehört und großen Respekt vor ihrer lautlosen Waffe - dem Blasrohr mit tödlich giftigen Pfeilen.

Der Sprühregen entwickelte sich zu einem ausgewachsenen tropischen Wolkenbruch. Eagle zog die Kapuze seines Tarnanzugs über und war dadurch geschützt. Die beiden Indonesier jedoch wurden nass bis auf die braune Haut. Sie marschierten im Gänsemarsch weiter. April führte sie, dann folgte ihr Bruder, dann Eagle. Das Vorwärtskommen auf dem weichen, matschigen Dschungelboden war anstrengend; sie sprachen nicht viel.

Ich komme, Vater Tan, dachte Eagle, ich komme, damit du nicht diese Welt, die ich liebe, ob im Regen oder Sonnenschein, aus irrsinniger Machtgier zerstörst. John Eagle gegen Vater Tan...

Das waren die Gedanken des Protoagenten, als er durch tropischen Regen und feuchte Hitze durch den dampfenden Dschungel stapfte.

Als die Sonne aufging, ließ der Regen nach. Sie hielten an. Mustafa und April aßen etwas von dem, was sie in ihren geflochtenen Rucksäcken tragen. Eagle begnügte sich mit einer einzigen Pille, die für ihn Nahrung, Feuchtigkeit und frische Kraft bedeutete.

Die Frühstückspause dauerte fünfzehn Minuten. Dann ging es weiter durch den regennassen Dschungel. Mit Überraschung bemerkte Eagle, dass die beiden Indonesier keinerlei Erschöpfung zeigten. Sie waren genau wie er selbst dem Blut nach Wilde.

Während der Mittagspause beschloss Eagle, konkreter auf das einzugehen, was vor ihnen lag. Er entnahm seinem Rucksack zwei Spezialmasken.

»Das sind Gasmasken«, erklärte er. »Leider habe ich nur zwei davon, denn ich wusste nicht, dass wir so charmante Gesellschaft haben würden, Mustafa. Wenn wir uns dem Gefahrengebiet nähern, muss Ihre Schwester daher den Rückweg antreten. Bitte machen Sie ihr das klar.«

Nach Aprils vergeblichem Protest und fünfzehn Minuten Ruhepause ging es abermals weiter. Stunde auf Stunde, Kilometer nach Kilometer. Die Landschaft blieb sich gleich. Dreimal hob April den Arm - das Signal, anzuhalten. Immer geschah dies dann, wenn ein Zubringerpfad in den Hauptpfad, auf dem sie gingen, mündete. Die ersten zwei passierten sie - beim dritten hielten sie an. Dort fanden sie Fußabdrücke.

Eagle befahl den anderen, zurückzubleiben, und überprüfte die Abdrücke im weichen Boden. Nach weniger als zwei Minuten war er im Bilde. Es war kein schönes Bild.

Über den schmalen Pfad aus Westen war eine Gruppe von etwa dreißig Männern gekommen. Die meisten hatten die geflochtenen Schuhe der Eingeborenen getragen und kleine Füße. Also war anzunehmen, dass es sich um Sumatraner handelte. Die Abdrücke waren tief - die Männer hatten schwere Lasten geschleppt. Einige wenige mussten westliche Stiefel getragen haben, und ihre Fußabdrücke waren nicht so tief wie die der Eingeborenen. Also Europäer oder Chinesen.

»Gibt es in der Nähe eine Lichtung, wo eine größere Gruppe ein Lager aufschlagen könnte?«, fragte Eagle Mustafa.

Der übersetzte die Frage für April, und sie gab sofort die Antwort.

»Ja - etwa eine Stunde vor uns liegt ein verlassener Kampong. Er wäre durchaus als Lager geeignet.«

»Die Männer, die hier vorbeigekommen sind, waren müde. Das kann man aus den Abdrücken lesen. Ich glaube, wir werden unsere Freunde in dem verlassenen Kampong finden. Wo führt dieser Nebenweg hin?«

Über Mustafa gab April Auskunft, dass am Ende des fast völlig überwachsenen Pfades eine alte Plantage lag, die nicht mehr bearbeitet wurde, und ein kleiner Fluss.

»Wer hat diese Spuren hinterlassen?«, fragte Mustafa.

»Eine Frage, die ich noch nicht beantworten kann. Aber ich habe eine Gegenfrage: Tragen die Eingeborenen dieser Gegend Stiefel? Und würden die - äh - fremden Teufel diesen Weg benutzen, um in ihre Aluminiumfestung zu gelangen?«

Mustafa lächelte. »Sie sind ein kluger Mann, Mr. Eagle. Die Antwort lautet in beiden Fällen nein. Darum müssen diese Spuren von Leuten stammen, mit denen wir nicht gerechnet haben. Weder von Kubus noch dem Feind, den wir suchen. Es müssen Guerillas gewesen sein. Ist es möglich, dass sie kamen, um uns unsere Arbeit abzunehmen?«

Eagle dachte nach. Mr. Merlin hatte gesagt, dass die Rotchinesen schon über Vater Tan informiert seien. Ob sie aber wussten, wo sie ihn finden konnten, war wieder eine andere Frage. Aber wenn sie es wussten - wie würde Peking es wohl anstellen, Vater Tan vom Antlitz der Erde zu entfernen? Die Antwort war leicht: Sie würden genau wie Mr. Merlin einen Zerstörer schicken, wie Eagle einer war. Nur würden sie ihren Mann vielleicht nicht Protoagent titulieren.

Eagle hatte mehrere Probleme. Erstens standen die Roten vor ihm. Zweitens war es möglich, dass sie, wahrscheinlich weniger erfahren in dieser Art von Arbeit, in einer großen Gruppe kamen, die von Vater Tans Spähern schon gesichtet worden waren. In diesem Fall war der alte Fuchs nicht unvorbereitet und musste einen Angriff erwarten. Schließlich durfte es unter keinen Umständen geschehen, dass die Roten zuerst angriffen. Sollten sie erfolglos sein, würde das Gas vielleicht das gesamte Gebiet verpesten, oder es mochte in die Hände von Piraten fallen, die damit jahrelang die Dörfer der Insel erpressen konnten.

Es gab keinen Ausweg: Hier war ein neues Ziel aufgetaucht. Ein Nebenziel, das ausgeschaltet werden musste, bevor gegen Tan etwas unternommen werden konnte.

In gewisser Beziehung hatte Eagle noch Glück im Unglück gehabt. Er hatte die Roten entdeckt, bevor sie etwas von seiner Anwesenheit ahnten. Außerdem war er noch einen guten Tagesmarsch von seinem Hauptziel, der Aluminiumfestung, entfernt. Waren die Roten noch nicht von Tan und seinen Schergen entdeckt worden und gelang es ihm, sie mit so wenig Geräusch wie möglich auszuschalten, dann brauchte er sich keine Sorgen zu machen.

Er sagte Mustafa und April, dass vorläufig noch nichts geschehen würde.

Eineinhalb Stunden später lag Eagle flach auf dem Boden und beobachtete den im hellen Mondschein klar erkennbaren Kampong. Dass das verlassene Dorf von Guerillas besetzt war, konnte er an den Wachen sehen - zwei an jedem Ende, jeweils unter der ersten und letzten *rumah*, der auf Pfählen gebauten Hütten. Aber nur die ihm nächsten Wachen sah er deutlich. Sie waren wach - gerade noch. Es musste bald Ablösung geben, denn der Kopf des einen Mannes begann schon nach vorn zu sinken. Beide Männer saßen auf ihren Tornistern, die Gewehre über den Oberschenkeln. Sie waren müde und würden schlafen - ohne je wieder aufzuwachen. Die zwei Pfeile, die aus Eagles CO_2-Pistole zischten, bewerkstelligten das. Beide Pfeile durchbohrten die Schläfen der Männer; sie fielen fast geräuschlos zu Boden. Eagle ging geduckt am Rand des Dschungels zum anderen Ende des Dorfes. Bald waren auch die beiden übrigen Guerillawachen außer Gefecht - die CO_2-Pistole hatte Worte gesprochen, auf die es keinen Widerspruch gab.

Eagle schaltete sein Chamäleon-Element ein und trat ins Dorf. Wie Mustafa vorausgesagt hatte, enthielt es nur acht *rumahs*. Eagle näherte sich der ersten, von der er nach dem Abfall darunter annehmen konnte, dass Guerillas darin schliefen. Bald hörte er ihr Schnarchen. Wie eine Schlange erklomm er einen der Pfähle, bis sein Kopf gerade über die Schwelle des Eingangs ragte. Vier Männer lagen fest schlafend auf dem Boden der Hütte. Vier CO_2-Pfeile genügten, sie für immer außer Gefecht zu setzen. Er wollte gerade den Abstieg beginnen, als er etwas in der Hütte sah, das ihn davon abhielt. Da lag etwas Hochinteressantes in der Ecke: Panzerfäuste aus dem Zweiten Weltkrieg. Diese Leute waren wirklich auf Großwild aus. Eagle fand auch noch zwei Gewehre und eine russische Tokarev. Gute Waffen, aber um die Aluminiumfestung einzunehmen, reichten sie nicht. Er würde noch woanders suchen müssen. Aber erst galt es, einige Vorbereitungen zu treffen.

Aus einer Seitentasche seines Rucksacks zog er den Stahlbogen, schraubte die beiden Teile zusammen und hakte die Sehne ein. Aus dem Köcher nahm er drei Pfeile, aus einer Tasche seines Anzugs drei purpurfarbene Mini-Granaten. Mit Klebeband befestigte er je eine der Kunststoffröhrchen an einer Pfeilspitze, nachdem er den winzigen Zeitzünder auf Aufschlagzündung gestellt hatte. Vorläufig beabsichtigte er nicht, diese Kombination von Pfeil und Mini-Granate zu benutzen, aber er musste für jede Eventualität gewappnet sein. Er warf sich den Bogen über die Schulter und verließ die Hütte so geräuschlos, wie er sie betreten hatte.

Als er wieder auf dem Boden stand, sah er Licht aufleuchten; unter einer *rumah* in der Mitte des Dorfes stand ein Mann und zündete sich eine Zigarette an. Fast im Reflex hob Eagle die CO_2-Pistole und wartete auf mehr Bewegung vor der Hütte - denn es konnte wohl Zeit für die Wachablösung sein. Dann hätte er fast aufgelacht: der Guerilla mit der Zigarette im Mund beantwortete seine schweigend gestellte Frage ebenso schweigend. Er knöpfte sich die Hose auf, und Eagle hörte das Plätschern auf dem schon nassen Dschungelboden. Die glimmende Zigarette machte das Zielen einfach. Eagles Pfeil traf den Mann zwischen den Augen, er brach in seinem eigenen Urin zusammen. Eagle ließ ein neues Magazin in die Pistole gleiten und schlich zur nächsten Hütte.

Vier Männer, vier Pfeile, vier Leichen. Wieder durchsuchte Eagle die Hütte und fand diesmal, was er suchte: zwei Gewehre, zwei Pistolen - und zwei Mörser in zerlegtem Zustand.

Noch sechs weitere *rumahs* mussten von Guerillas gesäubert werden. Er begann gerade den Abstieg, als er Geräusche hörte, die nicht hierher gehörten. Er zog sich in die Hütte zurück und blickte durch einen Schlitz in der geflochtenen Wand. Da wusste er, was die Geräusche verursachte.

Er sah den ersten der braunhäutigen, halbnackten Männer sofort, obwohl der sich gut verborgen hielt. Aber die lange Bambusröhre in seiner Hand bewegte sich, während das hohe Dschungelgras, das er sich als Tarnung gewählt hatte, in der windstillen Nacht bewegungslos stand. Dieser kleine Fehler entging Eagles Apachen-Augen nicht.

Ein leiser, fast unhörbarer Ruf kam aus der Richtung, in die Eagle blickte. Die Antwort erfolgte aus der westlichen Ecke des

Kampongs. Eagle ging zur anderen Seite der Hütte, sah durch das weitoffene Korbgeflecht und wusste, wer jetzt sein Gegner war: acht Männer, alle mit langen Blasrohren bewaffnet. Ihnen entgegen schritt eine zweite Gruppe vom anderen Ende des Kampongs. Wahrscheinlich standen im Dunkeln des Dschungels noch einmal so viele. Er nahm den Bogen von der Schulter und lächelte grimmig. Leicht würde es nicht sein, mit so vielen fertig zu werden.

Vielleicht würde er selbst lebend davonkommen, aber ohne seine Hilfe konnten Mustafa und April das gewiss nicht schaffen; und er brauchte mindestens einen von ihnen zur Bewältigung seiner Aufgabe.

Er hörte das Bellen von Mustafas .45er, und kurz danach einen Schrei Aprils. Es war ein Warnschuss und ein Warnschrei, und er kannte die Bedeutung beider.

»Kubus!«

Elftes Kapitel

Innerhalb von Sekunden war die Nachtluft vom Pfeifen Dutzender Pfeile erfüllt, die gezielt ins Innere jeder Hütte flogen. Abgeschossen wurden sie nicht von Bogen, wie Eagles Volk sie trug und von denen er eine moderne, perfektionierte Ausgabe benutzte; sie kamen aus Blasrohren.

Die Schmerzensschreie der Getroffenen - denn die Kubus waren gute Schützen - wurden lauter und lauter. Zu dem allgemeinen Lärm kam jetzt auch noch das Krachen von Gewehrschüssen, als einige Guerillas versuchten, sich zu verteidigen. Auch das Kläffen von Mustafas .45er konnte Eagle hören. Er wusste, etwas musste er jetzt unternehmen, wollte er seine zwei Begleiter lebend wiedersehen.

Er legte einen Pfeil auf die Sehne und spannte die Waffe. Dann zielte er auf den Fleck, an dem die Kubus sich zu konzentrieren schienen. Die Sehne schlug gegen sein Handgelenk, der Pfeil fand sein Ziel. Plötzlich war es mit der Windstille der Tropennacht vorbei. Von einer gelben Flamme begleitet, erhob sich da, wo die Gruppe der Kubus in den Büschen gestanden hatte, ein kurzer, starker Wind, ein kleiner Orkan, der alles vor sich hertrieb. Die blendende Flamme erlosch Sekunden später, der Wind hielt etwa eine halbe Minute an. Einen Laut hatte es nicht gegeben, auch keine Explosion.

Nur Flamme und Wind, und als beide auslöschten, war auch alles im Umkreis von fünf Metern tot: die Pflanzen, die Tiere - und die Menschen. Nur feine, graue Asche blieb.

Eagle stand in der Tür der *rumah*, den Bogen in der linken Hand, die CO_2-Pistole in der rechten. Das Chamäleon-Element war auf Gegenlicht eingestellt; statt den Träger unsichtbar zu machen, nahm es die Konträrfarbe des Spektrums an, entgegengesetzt zur Farbe der Umgebung. Zweck dieses Effekts war es, Eagle von oben sichtbar zu machen, wenn einmal eine Evakuierung durch Hubschrauber nötig sein sollte. Aber er konnte, wie Eagle jetzt bewies, auch andere, ebenso nützliche Anwendungsmöglichkeiten haben.

Als eine schimmernde, weiß-rote Gestalt stand er in der Tür und ließ den schreckenerregenden Kriegsruf der Apachen durch den Dschungel hallen. Der Schrei hatte die erwünschte Wirkung: Sowohl die Kubus außerhalb des Kampongs als auch die roten Guerillas darin erstarrten wie vom Blitz getroffen.

Aber die Kubus erholten sich zuerst. Nur kurz ließen sie die Blasrohre von den Lippen sinken. Dann schossen sie wieder - und zielten jetzt nur auf die leuchtende Gestalt über dem Boden.

Kein Teil von Eagles Haut war unbedeckt; der Tarnanzug, der selbst für Nickelmantelgeschoße undurchdringlich war, gab den Giftpfeilen der Kubus keine Chance, seinen Träger zu verletzen. Vor den Augen trug er die große Schutzbrille, die nicht nur sein Gesicht tarnte, sondern es ihm auch ermöglichte, im

Dunkeln so zu sehen wie bei Tage. Die Brille arbeitete mit Infrarotstrahlen.

Eagle ließ die erste Pfeilsalve aus seiner CO_2-Pistole bei den Gegnern einschlagen. Er hörte sechs Todesschreie - er hatte sechs Pfeile verschossen.

Wieder durchgellte der Ruf der Apachen die Nacht.

Wieder wurden die Blasrohre erhoben und trotzig primitive Pfeile auf ihn abgeschossen. Wieder zeigte Eagle, dass er darüber erbost war: sieben Kubus fielen tot um, Stahlpfeile in den Schläfen.

Er lud nach und wartete mit gespreizten Beinen, die Hände auf den Hüften. Er fühlte keine Furcht, aber er sah auch keine auf den Gesichtern der Kubus.

Eagle dachte an Mustafa und April in ihrem Versteck hinter den Gegnern. Seine Stimme war wie Donner: »Mustafa! Wenn ich den Arm hebe, sollt ihr euch erheben - wie zwei Tote, die auferstehen! Du und deine Schwester sollt langsam auf mich zukommen! Tut, was ich sage! Jetzt!«

Er hob den rechten Arm, die Hand in Richtung der zwei Sumatraner geredet. Als sie sich erhoben hatten, begann seine Hand in einer fast hypnotischen Bewegung zu rotieren.

Langsam kamen Mustafa und April näher, als seien sie durch unsichtbare Fäden mit seiner winkenden Hand verbunden. Als sie etwa die Hälfte der Entfernung zurückgelegt hatten, gestikulierte Eagle mit beiden Händen, nachdem er die Pistole in den Gürtel gesteckt hatte. Er legte beide Hände vors Gesicht, zeigte den beiden sich langsam nähernden Figuren die Handflächen, wiederholte die Geste und fragte sich, wie lange der Hokuspokus wohl noch wirken würde. Als Mustafa und April die Pfähle der Hütte erreicht hatten und Anstalten machten, die rohe Holzleiter zu besteigen, starrte Eagle wieder in die Gesichter der Kubus. Langsam schreiten, das nahmen sie vielleicht noch als Wunder hin - aber Treppensteigen war etwas anderes. Ein Kubu hob schon das Blasrohr an den Mund und zielte auf die Hütte. Blitzschnell setzte Eagle ihm einen Stahlpfeil in den Hals. Aber blitzschnell war nicht schnell genug. Er hörte den Aufschrei des Mädchens, das ihm gerade die Hand entgegenstreckte. Er zog April in das Innere der Hütte, half dann Mustafa die Leiter herauf.

»Schlangengift?«, fragte er.

»Ja, das Gift der *ular pohon*, einer kleinen grünen...«

»Zoologie-Stunde bitte nach der Pause«, sagte Eagle, nahm eine weiße Pille aus seinem Anzug und steckte sie April in den Mund.

»Ein Allzweck-Schlangenserum«, sagte er. »Jetzt müssen Sie die Wunde zum Bluten bringen und sorgfältig aussaugen. Beeilen Sie sich, wenn Sie Ihre Schwester retten wollen!«

Die Kubus standen um ihre gefallenen Brüder herum. Aber etwas Neues entwickelte sich dort unten. Die Braunen gaben seltsame Schreie von sich. Eagle wusste nicht, was sie bedeuteten, bis er sah, wer da völlig unbewaffnet, nur mit einem kleinen Tuch bekleidet, das knapp die Genitalien bedeckte, in den Kreis der Krieger trat.

Der Mann war mindestens zwei Meter groß, eine Seltenheit unter Asiaten. Um sein langes schwarzes Haar lag ein geflochtenes Band. Seine dunklen Augen blickten klar, herausfordernd und völlig furchtlos. Er schritt langsam und würdig. Eagle wusste nicht, ob dieser Riese Häuptling oder Medizinmann des Stammes war, es war ihm auch gleichgültig. Im Augenblick war er der Mann, zu dem die Kubus aufblickten, ihr Anführer, dem sie blind folgten, dessen Tod für sie die Niederlage bedeuten würde.

Mit einem leichten Druck auf den Abzug der CO_2-Pistole hätte Eagle einem ganzen Stamm das Rückgrat brechen können. Ein Schuss - ein Stahlpfeil - ein toter Mann, der den Tod nicht fürchtete.

Der Mann hatte ein junges Gesicht, edle Züge; Eagle fand keinen anderen Ausdruck dafür: ein primitiver Ritter ohne Furcht und Tadel.

Ein Held, der es gewagt hatte, dieser leuchtenden, tödlichen Gestalt, für die er gewiss nie eine Erklärung finden würde, entgegenzuschreiten.

Eine Bewegung zu seiner Rechten - Eagle wand den Kopf etwas. Einer der Guerillas wollte die kleine Pause, in der sich zwei mutige Männer furchtlos gegenüberstanden, auf seine Weise nützen. Er hatte ein Gewehr durch die Strohmatte geschoben und war gerade daran, den Abzug zu betätigen. Die Kugel verließ den Lauf, aber im Augenblick des Abschusses fiel der Schütze selbst tot zu Boden; eins von Eagles Nadelgeschossen war ihm ins Herz gedrungen. Die Kugel aus seinem Gewehr schlug harmlos in einen Bambusstrauch.

Der junge Riese war sich wohl bewusst, was Eagle für ihn getan hatte. Mit großer Würde verneigte er sich.

Willst du diesen Mann töten, John Eagle?

Nein, ich will ihn nicht töten. Aber er steht vor mir, er steht gegen mich, er gibt nicht nach...

Du willst also ein Feigling sein, John Eagle?

Eagle rang mit seinem Gewissen, mit der Situation, der er gegenüberstand.

Der junge Riese unten machte eine Geste. Mit dem Zeigefinger deutete er auf eine der *rumahs*. Mehrere kurze Worte kamen aus seinem Mund. Zwei seiner Krieger legten ihre Waffen nieder und überquerten die Lichtung. Während sie langsam auf die Hütten zugingen, blickten sie fast fragend Eagle an, als erwarteten sie, jeden Augenblick durch eine seiner geheimnisvollen Waffen gefällt zu werden. Eagle wusste nicht, um was es ging.

Als die Kubus die Hütte erreicht hatten, riefen sie den Insassen oben etwas zu. Aus der Hütte kam keine Antwort, aber aus allen anderen *rumahs* riefen Guerillas. Mustafa dolmetschte.

»Ich habe keine Ahnung, was die Kubus sagen, ihre Sprache verstehe ich nicht. Aber aus den Antworten der Guerillas geht hervor, dass sie in der Hütte ein Mädchen gefangen halten. Sie haben es offenbar letzte Nacht geraubt und missbraucht. Jetzt meinen die anderen, das Mädchen soll freigelassen werden, denn sonst rösten sie alle in der Hölle. Was soll geschehen?«

»Wie geht es Ihrer Schwester?«

»Sie lebt noch - ich habe alles getan, was ich konnte.«

»Dann kommen Sie zu mir, stellen Sie sich dicht hinter mich, und sprechen Sie, als seien Sie ich. Geben Sie den Befehl, das Mädchen sofort freizulassen.«

Mustafa stellte sich in den Schatten hinter die lichtschillernde Figur Eagles und tat wie geheißen. Ein Guerilla steckte den Kopf durch ein Loch in der Wand und brüllte trotzig etwas zurück. Der Kopf verschwand, als eins von Eagles Geschoßen die Stirn des Trotzigen durchbohrte.

»Etwas Nachdruck kann nie etwas schaden«, sagte Eagle leise. »Bitte wiederholen Sie das Kommando.«

Mustafa rief wieder. Wieder kamen laute Rufe aus der rumah, in der das Mädchen war.

»Sie sagen, das Mädchen als Geisel sei ihre einzige Hoffnung, zu überleben«, übersetzte Mustafa.

Eagle nickte und nahm einen Pfeil mit Mini-Granate aus seinem Kodier. Er zielte, aber nicht auf die Hütte mit dem Mädchen, sondern auf eine am äußersten Ende des Kampongs. Ein Blitz, ein kurzer Windstoß - und die Hütte mitsamt ihren Bewohnern war verschwunden.

»Sagen Sie denen mit dem Mädchen, ihre Hütte steht als nächstes auf der Liste - wenn sie die Gefangene nicht sofort freilassen.«

Zwei dünne Beine erschienen auf der Leiter, und ein Mädchen, kaum älter als vierzehn Jahre und ein großes Stück Heftpflaster überm Mund, stieg langsam herunter. Sie rieb sich die Handgelenke, von denen die Fesseln wohl eben erst entfernt worden waren; dann ging sie auf den jungen Giganten zu. Er legte ihr den Arm um die Schultern und entfernte das breite Klebepflaster von ihren Lippen. Während dieser Zeit handelte er, als sei er nicht von Feinden umgeben, und Eagle musste seinem Mut Hochachtung zollen. Mit einer Armbewegung schickte der Anführer das Mädchen dann in den Schutz des Dschungels zurück.

»Sagen Sie allen Guerillas, sie sollen sofort aus den Hütten kommen, sonst...« Eagle deutete auf seinen Bogen mit aufgelegtem Pfeil.

Mustafa übermittelte den Befehl. Langsam, zögernd, sich voller Angst umsehend, kamen die Roten aus den *rumahs* geklettert; es waren noch an die zwanzig Überlebende. Sie standen auf der Lichtung zwischen Eagle und dem Kubu-Riesen. Die Männer wussten nicht, zu wem der beiden sie gehen sollten. Eagle löste das Problem für sie.

Er wechselte einen Blick mit dem Kubu und machte eine Bewegung mit der Rechten. Dann legte er seine Waffen beiseite und wartete.

Der Kubu stieß einen Ruf aus, nur eine einzige Silbe. Aus allen Richtungen kamen die Todesboten aus den Blasrohren der Wilden. Innerhalb von Sekunden rollten sämtliche Guerillas in Todesqualen auf dem Boden.

Der Kubu ging Schritt für Schritt rückwärts auf den Dschungel zu. Bevor ihn das satte Grün aufnahm, blickte er zu dem weißen Mann hinauf. Ihre Blicke trafen sich, und beide machten eine Geste, die unter den Angehörigen aller wilden Völker als Zeichen guten Willens und Friedens gilt: Sie grüßten mit der leeren Handfläche.

Als die Kubus verschwunden waren, blieben nur Eagle, Mustafa, und die sich noch immer in Schmerzen windende April zurück. Und die Toten, denen der Dschungel bald eine Bestattung bereiten würde.

Eagle drehte sich um, kniete nieder und betrachtete Aprils Schenkelwunde. Sie war geschwollen.

»Haben Sie das Gift ausgesaugt?«, fragte er Mustafa, ohne sich umzudrehen.

»Ich - ich habe um die Wunde herumgeschnitten, aber ich konnte nicht... ich durfte doch nicht... Wir haben sehr strenge

Gesetze, was die geschlechtlichen Beziehungen zwischen Bruder und Schwester betrifft. Versuchen Sie, zu verstehen...«

»Sie lassen lieber Ihre Schwester krepieren, als Ihren Mund an eine Wunde zu legen, die etwas nahe an... Nein, das kann ich nicht verstehen!«

Er schaltete das Chamäleon-Element ab, entfernte seine Gesichtsmaske und beugte sich über die Pfeilwunde an der Innenseite von Aprils Oberschenkel. Kurz drehte er sich noch einmal zu Mustafa um. »Gehen Sie von Hütte zu Hütte. Was Sie an Waffen finden - auf den Boden damit!«

»Erwarten Sie, etwas Besonderes zu finden?«

»Ja, und wenn ich Recht habe, dann dürfen wir keine Zeit verlieren, dieses Dorf zu verlassen. Beeilen Sie sich!«

Mustafa zögerte. »Und wenn die Kubus zurückkommen?«

»Das werden sie nicht. Ihr Anführer hat mir darauf sein Wort gegeben.«

»Sie verstehen die Kubu-Sprache?«

»Das, was nötig war, habe ich verstanden. Gewisse unausgesprochene Worte gehören sowohl der Kubu-Sprache als auch der meines Volkes an.«

Er beugte sich tiefer zu April hinab und begann, das lebenzerstörende Gift aus der hässlichen Wunde zu saugen.

Zwölftes Kapitel

Als die Sonne durch den Dschungel funkelte, waren sie schon zwei Stunden südlich des Dorfes. Durch den Regen war der Boden noch mehr aufgeweicht, und Eagle und Mustafa mussten dem Mädchen ab und zu helfen. Mustafa war der Meinung gewesen, man hätte ruhig bis zum Morgen warten können. Aber Eagle hatte guten Grund für seine Eile. Als er die von Mustafa aus den Hütten geworfenen Waffen überprüft hatte, war sein Verdacht bestätigt worden.

»Schau, schau«, sagte er und handhabte einige der Stücke. »Schwere Maschinengewehre, Karabiner, Panzerfäuste, Mörser. Alles recht wirksame Waffen, um so ein Projekt wie das, das wahrscheinlich vor uns liegt, zu vernichten - wenn man Munition dafür hat. Es ist aber keine Munition hier!«

»Ich verstehe, Mr. Eagle. Eine zweite Gruppe bringt die Munition, und diese Gruppe müssen wir finden.«

»Das mit der zweiten Gruppe stimmt, finden müssen wir sie aber nicht. Es ist anzunehmen, dass sie entweder aus einer anderen Richtung kommen oder noch hinter uns sind. Logisch: die Waffen müssen in Stellung gebracht werden - erst danach wird die Munition gebraucht.«

»Vielleicht treffen die Leute der zweiten Gruppe auch auf die Kubus«, sagte Mustafa hoffnungsvoll.

»Darauf können wir uns leider nicht verlassen. Und vor dem Aufbruch gibt es noch einiges zu tun.«

Nachdem Eagle Aprils Wunde gereinigt und verbunden hatte, ließ er sie drei Stunden lang schlafen. Während dieser Zeit nahmen er und Mustafa die gefundenen Waffen so auseinander, dass keine davon noch zu gebrauchen war. Wichtige und am Ort unersetzbare kleine Teile wurden weit in den Dschungel hinausgeworfen.

Mustafa war der Meinung, man sollte allen Toten vor dem Aufbruch die Hälse durchschneiden - zur Abschreckung für andere Feinde, die es auf sie abgesehen haben konnten. Eagle hatte eine bessere Idee. Sie zogen die Leichen quer durch den Kampong und verteilten sie, manche sitzend mit Waffen in Händen, andere aufrecht, einige schienen zu schlafen. Sie entfernten die Blasrohrpfeile und zogen die Stahlnadeln aus Eagles CO_2-Pistole aus den Wunden. Eagle bemerkte, dass alle Guerillas von den Blasrohrpfeilen tödlich getroffen worden waren - auf die Wirkung des Giftes allein hatten sich die Kubus nicht verlassen. April hatte wahrlich Glück gehabt.

Eagle sah sich zufrieden im Kampong um. Er hatte der zweiten Gruppe einige Rätsel aufgegeben. Sie würde wahrscheinlich einige Zeit damit verschwenden, ihre Waffen wieder gebrauchsfähig zu machen, und das war Zeit, die Eagle brauchte. Nachdem April noch eine Serumtablette genommen hatte, gab er das Signal zum Aufbruch.

Ihr Bein schmerzte und war fast steif, aber sie versuchte, sich nichts anmerken zu lassen. Tapfer hielt sie mit den beiden Männern Schritt. Gegen Mittag legte Eagle eine fünfzehnminütige Rast ein. Er schluckte eine seiner Astronautenpillen, Mustafa und April aßen etwas Trockenfleisch.

Nach dem Essen reinigte er wieder Aprils Wunde und legte einen frischen Verband an. Sie sagte etwas zu Mustafa.

»Meine Schwester ist der Meinung, Sie seien gleichzeitig hart und weich«, übersetzte er. »Es mache ihr Freude, Ihre Hand auf ihrer Haut zu fühlen.«

»Sagen Sie Ihrer Schwester, es macht mir ebenso große
Freude, meine Hand auf ihren warmen Körper zu legen. Aber das weiß sie wahrscheinlich«, antwortete Eagle und lächelte seine Patientin an. Trotz der Schmerzen, die er ihr wahrscheinlich bereitete, lächelte sie zurück.

Gegen Abend sollten sie das Ende ihres Pfades erreichen, jene Stelle im Dschungel, die April erwähnt hatte: wo die natürlichen Pfade endeten und ein neuer, von Männern gehackter Weg weiterführen würde, den man aber erst finden musste.

»Es ist sehr seltsam«, sagte April über ihren Bruder. »Der Weg, auf dem wir uns jetzt befinden, endet plötzlich. Man sieht nichts als den Dschungel auf drei Seiten. Um den neuen Pfad zu finden, muss man einen getarnten Hebel suchen - und dieser Hebel öffnet den Dschungel. So hat es mir mein Mann beschrieben.«

Sie zeigte auf einen Punkt der rohen Skizze, die sie mit einem Zweig auf den Erdboden gezeichnet hatte. »Das erste Tor ist hier. Dann, nach etwa hundert Metern, geht der Pfad zu Ende, man muss die Dschungelwand öffnen. Und dann wieder hier - und hier - und hier.«

Eagle erkannte sofort, um was es sich handelte: einen raffiniert ausgeklügelten Irrgarten.

»Und jedes Mal muss man den Hebel finden. Mein Mann hat mir beschrieben, wo einige von ihnen sind; andere müssen wir erst suchen. Und wir müssen uns vor eisernen Lianen hüten, die quer über den Weg gespannt sind. Man darf sie nicht berühren, sonst kommt *setang*, der lachende Tod.«

Ohne Zweifel Stolperdrähte. Sie mussten wirklich sehr vorsichtig sein, denn diese Leute hatten an fast alles gedacht. Aber nicht an John Eagle, den Protoagenten.

»Nachts werden die Pfade nicht benutzt, wenigstens war es bisher so. Wir können uns also darauf verlassen, nachts ungestört zu sein.«

Eagle streichelte ihre Wange und gab keine Antwort. Er verließ sich auf gar nichts.

»Hier beginnt der neue Pfad«, sagte April. »Wir müssen nur irgendwo in der Dschungelwand den Anfang finden.«

Keine leichte Aufgabe. Lianen, Bambus, hohe und niedrige Büsche, Bäume und Sträucher umgaben sie wie eine feste Wand. Eine Wand der Natur, in die Menschen eine Tür geschnitten hatten. Zu der man aber erst den Schlüssel finden musste... Obwohl die Abenddämmerung schon begonnen hatte, konnte Eagle mit seinen von Apachen geschulten Augen erkennen, dass eine Stelle des Dschungels anders aussah als ihre Umgebung. Zu viele Schlingpflanzen, nicht genügend Bambusstauden. Er sah das vergnügte Lächeln auf Aprils Gesicht.

»Meine Schwester kann Ihnen jetzt zeigen, wo der Hebel ist«, sagte Mustafa.

»Sagen Sie der jungen Dame, dass sie mir die Stelle bereits bezeichnet hat.«

Er drückte April sanft beiseite und bemerkte sofort einen abgebrochenen Bambusstab, der in seltsamem Winkel im Boden steckte. Eagle setzte seine Infrarotbrille auf. Ja - da war es. Am

Ende des Bambusstabes, dicht am Boden, glänzte etwas metallisch. Er nickte April zu, sie bewegte den Hebel, und mit einem reißenden Laut öffnete sich die Tür im Dschungel. Sie war nur etwa einen Quadratmeter groß, aber die schnellwachsenden Pflanzen der Tropen bedeckten sie fast völlig. Der Motor, der die Tür öffnete - wo er war, dafür interessierte sich Eagle jetzt nicht -, musste nicht nur den Mechanismus betätigen, sondern auch die Lianen und anderen Gewächse zerreißen.

Eagle schritt gebückt zuerst durch die Tür. Hinter der Wand sah er sich um und fand nichts, was Verdacht erregt hätte. Er winkte April und Mustafa, ihm zu folgen. April schob das Tor, das wohl mit einer Art Feder versehen war, leicht wieder zu. In wenigen Tagen würde es neu überwachsen sein.

Schon nach zwanzig Schritten sah Eagle etwas vor sich auf dem Weg - eine »silberne Liane«, den ersten Stolperdraht. Er hob den Arm: halt!

Er sah, dass der Draht zur Linken an einen Baumstamm gebunden war. Das gefährliche Ende lag also rechts.

Und da war es - unter einem Büschel Gras, das selbst in der Halbdunkelheit Eagles Apachen-Augen als unnatürlich gefärbt auf fiel. Er setzte seine Gasmaske auf und hob das falsche Grün langsam hoch. Der Stolperdraht endete bei einem Aluminiumbehälter - genauer gesagt, am Verschluss dieses Behälters. Ein geschickt konstruierter Verschluss, der mit wenig Kraft aufgerissen werden konnte. Nicht mehr Kraft als die eines Fußes, der über den Draht stolperte...

Aber der zweite Draht - wozu gab es einen zweiten Draht am Verschluss des Behälters? Eagle folgte diesem Draht vorsichtig etwa zehn Meter, ohne ihn zu berühren. Dann wusste er Bescheid. Der Draht endete in einem kleinen, schwarzen Kasten, der einem Stromkreisunterbrecher ähnelte. Wie das Ding genau funktionierte, wusste Eagle nicht. Seinen Zweck erkannte er sehr wohl. Es war eine ganz gewöhnliche Einbruchssicherung. Wer über den Draht stolperte, riss den Verschluss von der Gasflasche und betätigte als letzte, unfreiwillige Handlung auch noch den

Alarm, so dass Vater Tan genau wusste, dass sich Unbefugte seiner Festung näherten.

Eagle nahm eine winzige Drahtschere aus seinem Rucksack, drückte mit einer Hand den kleinen Messingarm des Unterbrechers in die entgegengesetzte Richtung, schnitt den Draht durch und klebte dann den Arm mit einem Stück Klebeband so fest, dass er den Alarm nicht durch ein Tier oder Regen und Wind zufällig auslösen konnte. Danach gingen die drei weiter.

Erst nach einem Kilometer fanden sie die nächste »Tür«. Jetzt war es für Eagle schon einfacher, auch sie zu öffnen. Inzwischen war es pechdunkel geworden, denn die Nacht kommt schnell in den Tropen.

Eagle führte jetzt an, Mustafa und April folgten. Durch das Marschieren war Aprils Wunde weiter geschwollen und entzündet, sie litt große Schmerzen. Nachdem sie Mustafas Hilfe mehrmals abgelehnt hatte, bot Eagle ihr seinen Arm an. Sie nahm ihn dankbar.

Jetzt kamen sie nur langsam voran, nicht nur wegen Aprils Zustand, sondern auch weil sie mehr und mehr Stolperdrähte entdeckten. Schon hatte Eagle vier davon unschädlich gemacht.

»Bald«, so sagte April ihm durch Mustafa, »kommen wir an eine Tür, hinter welcher der neue Pfad in genau entgegengesetzter Richtung weiterführt - so, als gehe man zurück.«

Sehr gerissen, dachte Eagle. Er bewältigte auch dieses Hindernis.

April war der Meinung, sie würden Vater Tans Festung in etwa einer Stunde erreichen. So weit, so gut. Das wirkliche Problem lag noch vor ihm: Wie gelangte er in den teuflischen, menschlichen Ameisenhaufen hinein?

In etwa einer Stunde würden viele Leute in Vater Tans Mannschaft fest schlafen. Eine Wache würde es gewiss geben, aber das hielt Eagle nicht für ein ernsthaftes Hindernis. Was erwartete ihn in der Festung? April konnte ihm diese Frage nicht beantworten.

»Mein Mann sagte nur, das Ganze sei wie ein von Menschen erbauter Ameisenhügel. Kein Fenster, nur eine Tür. Kein Mann aus unserem Kampong war jemals darin.«

Mehr wusste sie auch nicht. Eine große Metallkugel, halb im Boden vergraben, mit Erde und Vegetation bedeckt - so stellte sich Eagle Tans Zerstörungszentrum vor. Aus der Luft unsichtbar, vom Boden her praktisch unauffindbar, von technologischen Wundern umgeben und verteidigt. Es war schon gut, dass auch Mr. Merlin mit einigen technologischen Wundern aufwarten konnte.

»Was jetzt zu tun ist, muss ich allein tun. Hier trennen sich unsere Wege«, sagte er zu Mustafa.

Mustafa übersetzte; er und April hatten eine kurze Unterhaltung. Mustafa lächelte.

»Meine Schwester sagt, Sie brauchen uns auch weiterhin - aber um ganz ehrlich zu sein, ich glaube nicht, dass sie das Terrain ab hier kennt. Trotzdem möchte sie genau wie ich Ihnen weiter mit unseren bescheidenen Kräften zur Seite stehen. Es sei denn, Sie zwingen uns, zurückzubleiben. Aber dazu müssten Sie uns an Bäume fesseln.«

Eagle dachte kurz nach. Es war ihm völlig klar, dass die beiden Indonesier den Ort sehen wollten, der April den Mann und beiden den Vater genommen hatte.

»Also gut«, sagte er schließlich, »aber Sie müssen beide in großem Abstand folgen. Und sagen Sie Ihrer Schwester, dass sie von jetzt ab allein gehen muss; weder Sie noch ich werden die Möglichkeit haben, sie zu stützen. Ist das klar?«

April brachte es fertig, das Gesicht vor Schmerz zu verziehen und gleichzeitig zu lächeln.

Eagle schritt voran. Während der nächsten zehn Minuten fand er zwei weitere Stolperdrähte und eine Tür in der Dschungelwand.

»Gasmasken auf setzen! Ich glaube, wir werden sie bald brauchen.«

Mustafa und April setzten ihre Masken auf, die der Mann vorher in Jangi gekauft hatte - in einem Laden, der überalterte Ausrüstungsstücke der Heere aller Länder verkaufte.

Eagle setzte seine eigene Maske auf, Jahrgang 1974, die aus Mr. Merlins Laboratorium stammte und gegen alle bekannten, und, so hoffte Eagle, auch gegen einige noch unbekannte Todesgase wie das von Vater Tan Schutz bot.

Auch das nächste Tor war leicht zu öffnen; Eagle ging als erster durch. Aber dahinter lag eine Sackgasse - oder so schien es. Der neue Pfad führte nur bis zu einer zweiten Dschungelwand. Dort gab es also irgendwo eine Öffnung. Seltsam, sehr seltsam...

Wieder fand er die Tür - aber nicht den getarnten Hebel, der sie öffnete. Vielleicht lag er vor dem ersten, schon offenen Tor? Er schritt durch dieses zurück und suchte. Plötzlich hörte er das Reißen von Schlingpflanzen, das Rauschen von Blättern: Das zweite Tor hatte sich automatisch geöffnet. Sehr klug - zwei automatisch parallel geschaltete Tore. Aber warum?

»Seien Sie äußerst vorsichtig. Ich kann keinerlei Stolperdrähte sehen, aber es gefällt mir überhaupt nicht.«

»Eine Falle?«, fragte Mustafa.

»Möglich. Nichts berühren, was nicht unbedingt nötig ist.«

Eagle ging durch das automatische Tor und sah es sich von der anderen Seite genau an. Nichts Außergewöhnliches.

Dann drehte er sich um und sah sein Ziel. Da war es - genauso, wie April es beschrieben hatte. Ein gigantischer Ameisenbau, umgeben und bedeckt von schlanken Merbau-Bäumen. Er konnte die schmalen Lüftungsschächte sehen, die überall metallisch glänzten; aber auch sie waren gegen Sicht aus der Luft getarnt. Von oben sah das Ganze nur wie ein Hügel aus, auf dem alles, was die Natur darauf gesetzt hatte, abgeholzt worden war; derartige Hügel gab es viele in Mittel-Sumatra.

Von hier aus würden ihm April und Mustafa eine Belastung sein. Er sah auf die Uhr - zwanzig Minuten nach Mitternacht. Durch seine Infrarotbrille erkannte er zwei weitere Stolperdrähte zwischen sich und seinem Ziel, und wahrscheinlich gab es noch mehr, die vorläufig nicht sichtbar waren. Die Spannung in ihm wuchs. Hier kam es auf gute Arbeit an, Arbeit, die er nur allein schaffen konnte. Er drehte sich um, wollte durch die Öffnung gehen, um Mustafa und April ihre Anweisungen zu geben, die aus nur wenigen Worten bestehen würden: *Bleibt hier - und adieu!*

Da sah er, dass sie bereits auf seine Seite der dichten Dschungelwand geschlüpft waren, zuerst April, dann Mustafa. Mustafa drehte sich gerade um, wollte das Tor wie alle anderen hinter sich schließen, da sah Eagle es!

Er wollte laut rufen, war sich aber völlig bewusst, dass das im Augenblick nicht reichte.

Er wollte rufen: »Nicht berühren!« Aber da war es schon zu spät. Zu spät für Mustafa.

Dessen Hände drückten bereits die Öffnungsklappe nach unten - wie eine kleine Garagentür. Als sich der haardünne Draht über seinem Kopf spannte, hechtete Eagle vorwärts. Er und April rollten über den Boden, nur eine Sekunde, bevor sie beide den zischenden Laut hörten. Eagle riss den Kopf herum und sah, dass er Mustafa nicht mehr helfen konnte. Die kleine, jetzt offene Aluminiumflasche über der Tür hatte ihre Aufgabe erfüllt. Eagle sah hilflos zu, wie der junge Mann zusammenbrach, zuckte - dann als grinsende Leiche gegen einen niedrigen Strauch fiel.

Eagle riss April mit sich, weg von dem toten Bruder, weg von dem mörderischen Gas.

Bevor er es verhindern konnte, hatte sie die eigene Maske abgerissen, starrte auf den Leichnam, öffnete den Mund um zu schreien; aber Eagle hielt ihr eine Hand vors Gesicht, verschloss ihr den Mund.

»Sieh ihn nicht an, lass die Maske auf seinem Gesicht.« Dann erinnerte er sich, dass sie ihn ja nicht verstehen konnte. Er hoffte, der Ton seiner Worte würde deren Bedeutung übermitteln.

»Fort! Geh fort von hier! Ich mache jetzt allein weiter.« Er stieß sie durch die noch immer offene Tür und wandte sich der Aluminiumfestung zu. Mit der rechten Hand vergewisserte er sich, dass die Mini-Granaten da waren, wo er sie hingesteckt hatte. Eagle wusste, sie würden sich sehr bald als nützlich erweisen. Noch etwas anderes wusste er: April hatte sich gleich nach dem Ausfließen des Gases die Maske abgerissen. Nichts war ihr geschehen. Also löste sich das Gas schnell und harmlos an der Luft auf und war nur für unmittelbar neben den Behältern stehende Personen tödlich.

Die letzten hundert Meter, die ihn von der Festung trennten, rannte er in einer Zeit, die ihm bei einer Olympiade die Goldmedaille eingebracht hätte.

Als Mary Sih das rote Licht in der Mitte ihres Instrumentenbretts plötzlich blinken sah, sprang ihr das Herz fast aus der Brust. Seit vier Tagen hatte sie dieses Warnungslicht beobachtet. Im Grunde schien niemand in der Festung mehr ernsthaft mit einem Angriff menschlicher Feinde zu rechnen. Aber man wollte sichergehen, und so blieb das komplizierte und ausgeklügelte Warnsystem in Betrieb. Ab und zu kam es vor, dass ein Tier oder ein Eingeborener den Alarm auslöste. Dann zeigten verschiedene kleine Lampen an, wo die Unterbrechung stattgefunden hatte, und Männer der technischen Abteilung konnten ausgeschickt werden, um den Schaden zu beheben - und die vom Gas getöteten Menschen oder Tiere zu begraben.

Niemand schöpfte Verdacht, als sich Mary Sih freiwillig für die Nachtwache meldete. Mit seiner angeborenen Arroganz dachte Vater Tan, dass er auch in der Chemikerin Mary Sih einen neuen, begeisterten Mitarbeiter gefunden hatte. Die Überwachung des Warnsystems war nur eine der Pflichten, die sie mit der Nachtwache übernahm. Verschiedene chemische Vorgänge, die nicht abgebrochen werden durften, mussten beobachtet werden. Ihre Mitarbeiter waren nur zu froh, für die einsame Nachtschicht eine Freiwillige gefunden zu haben.

Vater Tans äußerster Termin war nur noch sieben Tage entfernt. Mary glaubte Grund für die Annahme zu haben, dass die Befreier nachts kommen würden. Sie berührte den Schlüssel an ihrem Hals, der aus der Festung hinausführte, aber noch nicht in die Freiheit. Sie kannte den Weg durch den Irrgarten nicht, aber sie entließ die Männer aus der Aluminiumfestung, die draußen Reparaturen auszuführen hatten.

Zuerst hatte sie geglaubt, die Arbeit als Nachtwache würde ihr Gelegenheit geben, das ganze Projekt zu sabotieren. Damit war es aber nichts. Das Instrumentenbrett, vor dem sie saß, diente nur zur Kontrolle, zu weiter nichts. Die Hebel, Schalter und Knöpfe zur Bedienung waren in einem anderen Raum. Sollte eine Kontrolllampe anzeigen, dass etwas nicht in Ordnung war, konnte sie nur diese Tatsache übersehen. Die Chance, dass etwas an dem Projekt schiefging, war allerdings sehr gering. Denn gehörten die Menschen, die es erarbeitet hatten, nicht zu den besten Technikern der Welt? Alle Zeiger standen genau an den Stellen der Skalen, an denen sie sein sollten...

Was das rote Licht in der Mitte betraf - Mary wollte, dass es aufleuchtete, und fürchtete sich ebenso davor. Denn das konnte nur eins bedeuten: Ihre Befreier - wenn es sich um Befreier handelte - hatten erfolgreich alle anderen Fallen, Stolperdrähte und Gasflaschen umgangen oder außer Betrieb gesetzt. Und bei der letzten, der einzigen, die nicht durch Zufall ausgelöst werden konnte, nur durch das Schließen von menschlicher Hand, am Doppeltor, hatten sie die Gefahr übersehen. Einer, mehrere, vielleicht alle, lagen dort draußen tot, mit einem gräßlichen Lachen auf den Gesichtern. Und das Schlimmste dabei war: Sie wusste ja noch nicht einmal, ob ihre Meldung nach Penang gelangt war. Ob Peking versuchte, sie herauszuholen.

Aber es war das rote Licht in der Mitte, welches blinkte.

Sie musste sich Klarheit verschaffen. Sie konnte ihr Herz schlagen hören, als sie die Warnanlage abschaltete, das Wachzimmer verließ und geräuschlos durch den Korridor schritt. Als sie der Tür ins Freie zuging, wusste sie, dass es nur zwei Möglichkeiten gab. Die Befreier mussten auf dem Weg zum Laboratorium sein - oder sie waren noch beim Doppeltor und bewegten sich überhaupt nicht, würden sich nie mehr bewegen. Sie steckte den Schlüssel ins Schloss. Das leichte Quietschen, als die Tür sich öffnete, hörte sich für

Marys Ohren wie ein Kanonenschuss an.

Die Leute in Penang hatten gewiss ihren Namen weitergeleitet. Also musste sie sich identifizieren.

»Ich bin Mary Sih«, flüsterte sie. »Ich bin Mary Sih...« Damit ging sie in den Dschungel hinaus, ins schwarze Unbekannte.

»Ich bin Mary Sih...«

Ihr weißer Labormantel war der einzige helle Fleck in der samtschwarzen Dunkelheit. Sie schluckte krampfhaft und ging zwei, drei Schritte vom Tor fort. Vielleicht lagen ihre Befreier um sie herum lauernd auf dem Boden. Vielleicht waren sie tot...

Eine harte Hand legte sich ihr auf den Mund und erstickte den Schrei, der aus ihrer Kehle drängen wollte. Ein kraftvoller Arm hielt sie so fest, als sei sie in einen Schraubstock gespannt.

»Mary Sih, verstehen Sie Englisch?«

Sie nickte.

»Erwarten Sie jemanden, Mary Sih? Jemand, der das Projekt zerstören soll?«

Wieder nickte sie. Natürlich hatte sie jemanden erwartet. Aber diese Stimme?

»Na also, ich bin gekommen. Jetzt werde ich die Hand von Ihrem Mund nehmen. Sollten Sie aber einen einzigen Laut ausstoßen, wird es Ihr letzter sein. Was Sie da auf Ihrer Brust spüren, ist das tödliche Ende einer lautlosen Schusswaffe. Verstehen Sie mich?«

Sie nickte zum dritten Mal und fühlte, wie sich die Hand von ihrem Gesicht löste, langsam...

Eagle trug noch Kapuze und Maske. Erschreckt blickte sie in die harten, glänzenden Augen dahinter.

»Sie sind Amerikaner!«

Eagle hatte den Bericht über Mary Sih gelesen und wusste also, dass sie sehr gut englisch sprach; aber er musste sich vergewissern, dass sich nicht eine andere Frau als Mary Sih ausgab. Er wusste auch, dass sie eine rote Agentin war, und so fiel es ihm nicht schwer zu kombinieren, dass sie mit der Anwesenheit der Guerillas etwas zu tun hatte, für ihre Expedition verantwortlich war.

»Sie haben doch um Hilfe ersucht, oder?«

»Das habe ich, aber Sie sind doch Amerikaner!«

»Ich war eben zufällig in der Nähe. Unsere Vorgesetzten hielten mich für fähig genug. Ich hoffe, Genossin, Sie haben keine Rassenvorurteile.«

Sie schüttelte den Kopf. »Natürlich nicht.« Dann blickte sie sich um. »Sind Sie allein? Völlig allein?«

»Ich bin allein, habe aber Explosivstoffe bei mir. Wie geht die Sache jetzt weiter?«

»Mit Explosivstoffen können Sie von hier draußen wenig tun. Sie könnten zwar alle in der Festung töten, aber nicht Vater Tan. Sein Raum ist völlig bombensicher. Auch der Produktionssaal und die Lagerhalle sind nur von innen her zerstörbar. Vater Tan, Tzu Hsi und der Chefchemiker haben als einzige Schlüssel dazu. Ich kann nur eins tun, und zwar...«

Was Mary Sih tun konnte, erfuhr Eagle nie. Er hörte einen feuchten, klatschenden Laut, und das Mädchen sank in seinen Armen zusammen. Zwischen ihren Schulterblättern steckte der *golok*, den Eagle schon einmal gesehen hatte.

Der *golok*, der einmal Aprils Mann gehört hatte...

April verzog das Gesicht zu einem hässlichen Lächeln. Es war wie das Lächeln des Todes der himmlischen Seligkeit, das Eddie Lee so genau beschrieben hatte. Aber die kleine Barbarin war nicht tot, ganz und gar nicht. Sie durchlebte einen fast körperlichen Orgasmus, weil sie einen Menschen von dem Stamm, der ihr Vater, Bruder und Mann genommen hatte, getötet hatte. Auge um Auge...

Schnell trug Eagle Mary Sihs Körper dorthin, wo April stand. Er legte den Leichnam nieder und schlug April voll ins Gesicht.

»Und jetzt mach endlich, dass du wegkommst, Mädchen! Ich habe hier noch einiges zu erledigen.«

Dreizehntes Kapitel

Tzu Hsi lag nackt auf dem Laken. Ihre Uhr gab Viertel vor eins am Morgen an, aber sie konnte nicht schlafen. So war es nun schon seit einer Woche: sie warf sich im Bett hin und her, ihr Körper war müde, aber der Schlaf kam nicht. Denn ihr Gehirn wollte nur denken, planen.

Alle ihre Vorbereitungen konnten jetzt konkrete Form annehmen. Es waren Vater Tans Vorbereitungen, seine Pläne - aber sie würde die Früchte seiner Saat ernten, wenn sie ihre Rolle richtig und wirksam spielte.

Dass Vater Tans Planung sich einem Höhepunkt näherte, wusste sie. So völlig beschäftigt war er damit, dass seine körperlichen Anforderungen an sie hatten zurückstehen müssen. »Die Nähe unseres Ziels pulsiert so stark durch mein Blut, dass auch du mich nicht ablenken darfst«, hatte er gesagt. Sie hatte seine Entschuldigung so enttäuscht angenommen, als könnte sie es kaum erwarten, wieder von ihm bestiegen zu werden. Aber ihr inneres Lächeln war noch strahlender als das auf ihrem Gesicht. Wenn ihre Pläne erst einmal Frucht getragen hatten, dann würde er nicht mehr fähig sein, das, was er Liebe nannte, auszuüben. Dann würde dieser ekelerregende alte Mann nicht mehr das Bett mit ihr teilen.

Sobald sie an ihn dachte, wurde ihr kalt. Aber neuerdings hatte der untere Teil ihres Körpers außer dieser Kälte auch eine unerträgliche, weiß-glühende Hitze empfunden...

Sie lachte laut in der Dunkelheit. Sehr wohl wusste sie, welches Schicksal Vater Tan für seine Lieblinge, diese Wissenschaftler aus vielen Ländern, plante.

Wenn sie ihre Aufgaben erfüllt hatten, nach der großen Kundgebung seiner tödlichen Macht auf der kleinen Insel vor Singapur, würden sie selbst Opfer ihres Werkes werden - Opfer des Todes der himmlischen Seligkeit!

Aber ein so schneller Tod sollte nicht Tans Schicksal sein, wenn sie selbst bereit war, ihn zu beseitigen. Sie wusste, wie Vater Tan sterben musste: langsam, qualvoll, um Gnade wimmernd. Oh, so langsam...

Das Kabinett im Thronraum würde sie benutzen, den antiken Folterstuhl, auf den er so stolz war. Den er mit fast so viel Zärtlichkeit liebkoste, wie er sie selbst betastete.

Er würde auf dem Stuhl sitzen, und langsam würden Zangen unter dem Sitz seine ausgetrockneten Genitalien abquetschen - langsam, während ihm Tränen aus den Augen strömten, während sich seine Stimme kreischend überschlug.

Tzu Hsi leckte sich voller Vorfreude die bleichen Lippen. Aber selbst diese angenehmen Gedanken konnten das Feuer in ihren Lenden nicht zum Erlöschen bringen. Ein Feuer wie in einem Vulkan, dessen unheimliche Kräfte sich auf eine Eruption vorbereiteten - bis glühende Lava über ihre nackten Schenkel floss...

Es war nicht nur Sex, was sie brauchte, wünschte, ersehnte. Mary Sih würde das Instrument ihres körperlichen Friedens sein.

Mary Sih war eine kluge Frau, nicht ein so dummes Stück Weiblichkeit wie die Sklavinnen in Vater Tans Haus, die sie sich unterworfen hatte. Die hatte sie quälen und foltern können, weil sie sie fürchteten. Mary Sih aber hatte keine Furcht vor ihr. Ob sie wohl diese kleine Hexe mit den runden Schenkeln in ein wimmerndes, sich in Schmerzen krümmendes Kätzchen verwandeln konnte - eine speichelleckende Sklavin, die darum bettelte, von ihrer Herrin getreten, gepeitscht, gebrannt, geschlagen zu werden? Sie besaß ein überzeugendes Hilfsmittel. Tzu Hsis heißer Körper übermittelte ihrem Gehirn eine klare Meldung: Nur die so unschuldig aussehende Chemikerin konnte ihr helfen. Und zwar jetzt!

Tzu Hsi erhob sich von ihrem Bett und ging zu dem Tisch in der Ecke. Aus einem rotlackierten Juwelenkästchen nahm sie einen Ring: Ein Drache aus Jade, auf dessen Kopf eine winzige goldene Nadel gerade sichtbar war. Das wahre Kunstwerk eines

Goldschmieds, der vor tausend Jahren gelebt hatte, und eine weitere Möglichkeit, ihre Macht über Menschen zu beweisen. Sie hatte den Ring bislang nur einmal getragen, während des Treffens in Hongkong. Dort war es sehr zu ihrem Bedauern nicht nötig gewesen, ihn zu benutzen. Das Gas hatte genügt. Sie streifte den Ring über den langen Zeigefinger der linken Hand.

Tzu Hsi wusste, Mary Sih würde ihr gefügig sein. Und wenn nicht, dann...

Nackt stand sie vor dem großen Spiegel. Sie hatte keinen Grund, mit ihrem Spiegelbild unzufrieden zu sein. Mary Sih sollte eigentlich stolz sein, einer so perfekten' Schönheit dienen zu dürfen.

Sie wählte ein bis auf den Boden fallendes Gewand aus weißer Seide, das den Vorteil hatte, mit einer einzigen Bewegung der Schultern auf den Boden zu fallen. Geräuschlos öffnete sie die Tür und schritt in den Gang.

Der Kontrollraum lag in einem anderen Teil der Aluminiumfestung, in der Nähe der äußeren Tür. Sie ging ohne Eile und ohne Furcht, gesehen zu werden. Niemand würde ihr Recht anzweifeln, sich zu jeder Tag- und Nachtzeit überall in der Festung frei zu bewegen. Durch die Gänge mit den Quartieren der Techniker und Aufseher ging sie an der von allen diesen Halbsklaven benutzten Toilette vorbei. Die Tür stand offen, die Toilette wurde also nicht benutzt. Sie bog daran vorbei um die Ecke. Dann hielt sie an. Hatte sie am anderen Ende des Ganges eine Bewegung gehört? Fühlte sie einen kühlen Luftzug auf ihrem Gesicht?

Sie wollte zu der äußeren Tür gehen, dann erschien ihr das als lächerlich. Wie konnte denn kalte Luft in diesen klimatisierten Ameisenbau gelangen? Es war ganz einfach die Kälte der Metallwände, die ihr sex-heißer Körper mehr als sonst spürte.

Als sie die Tür des Kontrollraums öffnete, sah sie nur das Glimmen der winzigen Lichter auf dem Schaltbrett. Und sie sah, dass Mary Sih nicht im Kontrollraum war. Mary Sih hatte ihren Posten verlassen!

Wahrscheinlich war sie nur auf der Toilette. Aber Tzu Hsi wollte das, wenn Mary zurückkehrte, anders auslegen. Vater Tan würde nicht sehr froh über eine Mitarbeiterin sein, die ihren Posten verließ - mit etwas Erpressung konnte man sich Mary Sih leichter gefällig machen.

Wieder dieser kühle Wind. Jetzt war sie sicher, dass sie sich nicht geirrt hatte. Sie drehte sich um. Die Tür - Tzu Hsi wusste, sie hatte die Tür geschlossen; jetzt stand sie halb offen. Sie fühlte die Nähe eines anderen Wesens. Eines Wesens, das sich ihr näherte.

Im selben Augenblick, in dem sich ein Arm um sie schlang, fühlte sie einen Stich im Arm wie von einer Biene.

John Eagle schloss den Mund der Frau mit der Hand, um sie am Aufschreien zu hindern; aber es war kaum nötig. Ihr Kopf bot seiner Hand keinen Widerstand, ihr Körper war wie ein wasserschwerer Schwamm, ihre Beine konnten das Gewicht dieses plötzlich schlaffen Körpers nicht mehr tragen.

Er zog die hauchdünne Nadel aus Tzu Hsis Oberarm. Es war das erste Mal, dass er diese neue Waffe benutzte. Der Inhalt der kleinen Injektionsspritze arbeitete jetzt im Körper der Frau, weckte den Willen zur Wahrheit und Kooperation.

So stand es in dem Bericht, den die Chemiker Mr. Merlin unterbreitet hatten. Eagle legte die Frau vorsichtig auf den Metallboden und beobachtete den Sekundenzeiger seiner Uhr.

Zwanzig Sekunden nach Injektion tut das Objekt genau das, was von ihm verlangt wird. Versuche an zwei Dutzend Freiwilligen haben das erwiesen. Wirkdauer fünfzehn Minuten. Objekt sollte während dieser Zeit so wenig wie möglich bewegt werden. Motorik kann völlig ausfallen, Gehör und Sicht sind nicht in Mitleidenschaft gezogen. Sprache langsam, stockend. Nach Ende der Wirksamkeit folgte Ohnmacht-ähnlicher Schlaf.

Als Tzu Hsi Eagles erste Frage beantwortete, sah er, dass der Bericht zu recht die *langsame, stockende Sprache* erwähnt hatte. Tzu Hsi sprach langsam, leise und deutlich.

»Ich bin unter dem Namen Tzu Hsi bekannt - Herrscherin des Himmels-, und ich werde die Himmel beherrschen.« Sie sprach wie im Traum, die Augen blieben geschlossen.

»Wann wirst du die Himmel beherrschen, Tzu Hsi? Wann?«

»Wann? Wenn die Insel zerstört ist... Bald.«

»Durch das Gas? Wird so die Insel zerstört werden, Tzu Hsi?«

»Das Lachen der Himmlischen Seligkeit... Alle, alle werden sterben.«

»Wie heißt die Insel?«

»Kleine Insel - Palau Ayer Chawan... Bald - in wenigen Tagen.«

»Das Gas ist schon auf der Insel, Tzu Hsi?«

»Nein, nein. Es ist noch hier, im Produktionssaal - und im Lagerraum... An zwei Orten.«

»Und du hast die Schlüssel für beide?«

Die Frau öffnete die Augen und starrte Eagle an.

»Sie sind in meinem Zimmer... Wer bist du?«

»Ich muss an deinem Plan einiges ändern, und du wirst mir dabei helfen, Tzu Hsi. Verstehst du?«

»Ja, ich verstehe... Werde helfen... Aber erst musst du mir helfen.«

Das hatte er nicht erwartet.

»Wie?«, fragte er.

»Nimm mich - jetzt... Ich befehle es!«

»Hier gebe ich die Befehle, und ich habe jetzt Wichtigeres zu tun.«

Er kniete neben ihr und musste seine ganze Kraft anwenden, um ihren sich aufbäumenden Körper am Boden zu halten. *Motorik kann völlig ausfallen...* Nicht bei diesem Biest!

»Nichts ist wichtiger als Liebe... Wer du auch bist - liebe mich... Jetzt, sofort... Ich brenne!«

Das durfte doch nicht wahr sein!

»Gib mir die Schlüssel!«

»Ja, aber erst stoß mich!«

Eagle war beim Versuch, sie auf dem Boden zu halten, auf den um sich schlagenden, weichen Körper gefallen. Das seidene Gewand öffnete sich, er sah den hellschimmernden Körper. Ihre Beine umschlangen ihn, zogen ihn an sich... Ihre Kraft war übermenschlich.

»Ich brauche dich - Liebe - bitte... Es wird dir nicht leid tun - bitte...«

Ihr Unterleib bäumte sich ihm entgegen, rieb sich drehend an ihm - und er fühlte, dass auch er nur ein Mann war. Sein Penis drängte gegen die enge Haut des Tarnanzugs.

Er würde den Herrschaften in Mr. Merlins Labor einige Wahrheiten über ihr Wahrheits- und Kooperationsserum erzählen. Soviel Kooperation hatten sie wahrscheinlich nicht erwartet. Hatten auch die freiwilligen Versuchspersonen so reagiert?

Nur fünfzehn Minuten Wirkdauer.

»Jetzt - ich muss dich haben.«

Ihre Hände waren wie Klauen, er spürte ihre Nägel durch das dünne Material.

Brutal stieß er zu, denn Zärtlichkeit war hier nicht am Platz. Sie hob ihn stöhnend vor Wollust mit ihrem eigenen Körper hoch vom Boden ab, wand sich rotierend, den Mund weit geöffnet. Er packte zu, um den Schrei, den er erwartete, zu erdrosseln. Ihre Beine umklammerten ihn, beide Körper waren wie einer.

Eagle hatte schon früher Erfahrungen mit Nymphomaninnen gemacht - aber diese Liebe auf hartem Metallboden, mit einer halb wahnsinnigen Chinesin war etwas, an das er sich lange erinnern würde.

Er musste sich beeilen. Mit bewusster Rohheit stieß er in sie hinein, mit tierischer Wildheit stieß sie zurück. Bis wie ein Geysir, der gen Himmel bricht, das Feuer in ihr sich überschlug - und auch seine Lenden glühten. Sie kamen zusammen.

Ruhig lag sie unter ihm, atmete schwer - und er musste zugeben, es war ein Erlebnis gewesen. Aber nicht dazu war er gekommen.

Nur noch zehn Minuten.

Jetzt kam der Augenblick der Wahrheit.

»Wirst du meinen Befehlen jetzt Gehorsam leisten?«

»Du befiehlst, ich gehorche. Immer...«

»Die Schlüssel - wir werden in dein Zimmer gehen und sie holen.«

»Ja.«

Fast mit Bedauern löste er sich von ihr.

»Kannst du aufstehen? Gehen?«

»Ich - ich glaube nicht.«

Entzückend. Gerade jetzt trat das ein, was die Experten in ihrem Bericht geschrieben hatten: *Motorik kann völlig ausfallen.*

Eagle half ihr beim Aufstehen, musste sie stützen, führte sie zur Tür. Er sah sich im Gang um - kein Mensch in Sicht. Noch acht Minuten...

Er lehnte Tzu Hsi gegen die Wand, denn allein konnte sie kaum stehen. Er vergewisserte sich, dass die Tür nach außen noch offenstand. Der Holzblock, den er auf die Schwelle gelegt hatte, war noch an seinem Platz.

Er hielt die Frau aufrecht, und sie dirigierte ihn durch den Gang zu ihrem Zimmer. Als sie an der Toilette vorbeikamen, sah er Licht unter der Tür.

Wieder lehnte Eagle Tzu Hsi gegen die Wand - sie glitt halb hinunter, fiel aber nicht.

Die Toilettentür öffnete sich, ein Chinese kam heraus und knöpfte sich bedächtig die Hose zu. Es sollte die letzte bewusste Handlung seines Lebens sein. Die allerletzte vollzog er völlig unbewusst, nachdem Eagles Philippinenmesser seinen Nacken durchbohrt hatte. Nur wenige Tropfen Blut kamen aus der winzigen Wunde, als der Mann tot zu Boden sank.

Eagle zog den Mann in die Toilette und setzte ihn auf die Schüssel. Als er wieder in den Gang zurückkam, hielt er inne: Schritte! Weiche, leise Schritte von Füßen, die keine Schuhe trugen. Also wahrscheinlich javanische Aufseher. Als er die Stimmen hörte, wurde er in dieser Annahme bestätigt. Er zog

Tzu Hsi mit sich um die Ecke. Die Toilettentür wurde geöffnet, er hörte Lachen. Seine CO_2-Pistole war schussbereit.

Aber sie wurde nicht benötigt, nicht dieses Mal. Die zwei Javaner schlossen die Tür wieder und gingen in der entgegengesetzten Richtung weiter. Wahrscheinlich gab es dort noch eine Toilette.

Langsam atmete Eagle aus. Die Frau führte ihn in ihr Zimmer, zeigte ihm, wo die Schlüssel in einem Wandschrank hingen, und brachte ihn zu einer großen Tür, die Eagle mit einem der Schlüssel öffnete.

»Was ist das, Produktion oder Lager?«, fragte er.

»Produktion - der Lagerraum ist woanders.«

Beide traten ein, und Eagle überschaute schnell den Raum. Entlang einer Wand standen vier riesige Behälter aus Stahl. Eine Röhre mit farbiger Flüssigkeit zeigte den Inhalt an. Bis auf einen Behälter waren alle fast voll. An ihren Fronten sah er Messgeräte, Schalter, Ventile und Flüssigkeitshähne. An die Decke stiegen aus jedem der Kessel gläserne Röhren, die wahrscheinlich in den Lagerraum führten.

Die Instrumente mussten die Mischung des Gases kontrollieren.

»Vater Tan lässt niemanden an diese Instrumente heran, außer dem Chefchemiker. Er sagt, größte Vorsicht ist geboten...«, murmelte Tzu Hsi.

Eagle ließ keine Vorsicht walten. Wahllos drehte er an den Hähnen, öffnete einige Ventile, schloss andere. Die sprunghaften Bewegungen der Zeiger an den Instrumenten und ein zischendes Geräusch aus dem Inneren der Kessel waren das Resultat.

Der Zeitfaktor wurde jetzt kritisch. Nur noch einige Minuten, bis die Frau in einen Ohnmacht-ähnlichen Schlaf fallen würde.

»Wo ist der Lagerraum?«

Sie zeigte, schon etwas ermüdet, auf die Wand hinter den Kesseln.

»Los, zeig mir, wie man dort hineinkommt!«, befahl er.

Sie begann, lallend den Weg zu beschreiben. Eagle sah, dass er sie zurücklassen musste. Den Schlüssel hatte er, und der Abschied von Tzu Hsi fiel ihm nicht schwer. Ihre Augen begannen sich zu schließen, und er ließ sie auf den Boden gleiten.

Ohnmacht-ähnlicher Schlaf. Das wenigstens stimmte. Und wenn er erfolgreich war, dann würde sie aus diesem Schlaf nie erwachen.

Er erreichte das Ende des Ganges, wollte gerade links abbiegen, als der Schrei ihn jäh bremste. Es war mehr als ein Schrei - es war ein Laut, wie ihn nur eine Frau, die intensive Schmerzen erleidet, von sich geben kann.

Es war mehr als ein Schrei - es war auch ein Wort. Ein Wort, das er kannte:

»Eeeeeeaaaaagle!«

Vierzehntes Kapitel

Durch die halboffene Tür konnte Eagle in das Thronzimmer sehen. Die antiken Schmuckstücke und Wandteppiche interessierten ihn weniger als die drei Menschen im Raum. Einen von ihnen erkannte er sofort als den Feind, den er suchte - Tan Leng Lay. Er saß auf dem etwas höheren der beiden goldenen Stühle vor dem niedrigen Tisch mit der grün glühenden Leuchtkugel. Vor dem anscheinend uralten Kabinett stand ein zweiter Mann, nach seiner zerrissenen Hose und dem ausgebleichten Hemd zu urteilen, ein Mensch von niedrigem Rang in Vater Tans Projekt. Ein Indonesier. Aber Eagle war weder an seinem Rang noch an seiner Herkunft interessiert - nur an dem, mit dem er sich gerade beschäftigte.

Er betätigte eine Anzahl von Elfenbeingriffen an der Vorderwand des Kabinetts, in dem sich die dritte Person befand.

April.

Als Eagle zur Tür hereinsah, sprach der alte Mann zu dem Indonesier: »Und sage ihr, ich glaube es einfach nicht, dass sie rein zufällig innerhalb unserer Schutzvorrichtungen ist. Sage ihr ferner, wenn sie sich weigert, uns die wahren Gründe ihres Hierseins mitzuteilen, wird sie sterben - nicht schnell und sauber wie das junge Mädchen, das sie rücklings erstach, sondern langsam und sehr schmerzvoll. Während du ihr das sagst, drehst du den rechten Hebel etwas zur Seite, nur ganz wenig, das genügt.«

Der Indonesier übersetzte die Worte, die der alte Mann auf Englisch gesprochen hatte, aber er war etwas zu enthusiastisch, was den Elfenbeingriff betraf. Aprils Schrei war die Folge: »*Eeee-eeeaaaaagle!*« Danach einige verzerrte, fast unverständliche Worte.

»Sie spricht von einem Mann namens Eagle, einem Weißen, der über die Meere kam«, sagte der Indonesier.

April sah ihn und schrie abermals auf.

Damit tat sie weder sich selbst noch Eagle einen Gefallen. Der erste Schuss aus seiner CO_2-Pistole verfehlte das Ziel, weil der Indonesier im selben Augenblick den Kopf in seine Richtung herumriss. Der zweite Stahlpfeil traf ihn mitten in die Stirn. Der dritte Schuss wurde nicht gefeuert, weil Eagle abgelenkt war: durch Aprils herzzerreißendes, schmerzerfülltes Kreischen.

Der braune Mann hatte, als er zu Boden sank, mehrere Griffe an dem Kabinett nach unten gerissen.

Fluchend sprang Eagle quer durch den Raum. Als er sich an den Alten erinnerte, war es zu spät. Mit einer Schnelligkeit, die man einem Mann seines Alters kaum zugetraut hätte, hatte der Alte seinen Stuhl verlassen und gleichzeitig die grün glimmende Kugel vom Tisch getreten. Eagle sah einige Gobelins beiseite gleiten und feuerte zwei Pfeile in diese Richtung, sprang dann zur Wand und riss die Behänge ab - aber er sah nur die metallene Wand dahinter. Er raste zu dem Kabinett zurück.

Wie mit einer einzigen Bewegung riss er alle Griffe nach oben und die Türen des Kabinetts auf. Er biss die Zähne zusammen.

April saß nackt auf einem Stuhl mit einem Loch in der Sitzfläche. Wenn die Türen geschlossen waren, drangen mehrere

Stahlnadeln tief in das Fleisch des Opfers, etwa in Höhe von Hals und Brust. Anscheinend saßen die Nadeln schon ziemlich tief in Aprils Brüsten, denn das Blut strömte aus den Wunden und lief an dem gequälten Körper herab. Etwas tiefer wurde ein kleiner Glaskasten gegen den Leib gepresst, der mit Skorpionen gefüllt war. Sein Öffnungshebel war noch nicht gezogen worden. Auf der anderen Seite hing eine ähnliche Einrichtung, nur saßen in diesem Glaskasten zwei Dschungelratten, die hungrig in das Fleisch des Mädchens bissen.

Eagle riss den Kasten weg, griff hinein und brach den Ratten die Hälse.

Wo die Füße des Mädchens fest an den Boden geschnallt waren, steckte eine kleine grüne Schlange den Kopf durch die Öffnung eines dritten Glaskastens, und Eagle konnte sehen, dass ihre Giftzähne bereits mehrmals die Haut durchbissen hatten.

Der schrecklichste Teil dieser dämonischen, jahrhundertealten Erfindung befand sich unter dem Stuhl. Man hatte Vorbereitungen für männliche wie weibliche Opfer getroffen. Die männlichen Genitalien wurden durch eine Zange - langsam oder schnell, je nachdem, wie der entsprechende Hebel betätigt wurde - abgetrennt. Bei Frauen drang ein senkrechter Stab, mit scharfen Glassplittern besetzt, in die Vagina ein, wenn ein Hebel nach unten gedrückt wurde. Ein zweiter Hebel versetzte den Stab in langsame Drehbewegung.

Beide Hebel zeigten nach unten, denn der fallende Folterknecht hatte sie im Tode mitgerissen.

Eagle sah, dass es für April auch nicht mehr den Schatten einer Chance gab. Die Schlange hatte Gift in ihren Körper gepumpt, der grausame Metallstab mit seinen Glassplittern zerfetzte ihr Inneres.

Ihre Augen sahen ihn flehend an, sie versuchte, seinen Namen auszusprechen.

Er wusste, was er tun musste. »Es tut mir leid, meine Kleine, so furchtbar leid...«, sagte er, bevor er ihre Qualen mit einem Stahlpfeil beendete.

Aus Lautsprechern ertönte eine Stimme. Sie sprach chinesisch, aber Eagle benötigte keinen Dolmetscher, um zu wissen, was die Befehle bedeuteten.

Als er wieder auf dem Gang stand, sah er, wie zwei verschlafene Chinesen aus ihren Zimmern kamen. Einer hatte noch die Geistesgegenwart, seinen Revolver in Anschlag zu bringen, aber die Kugel prallte harmlos von Eagles Schutzanzug ab. Schon Sekunden später lag der Schütze neben seinem Genossen tot auf dem Boden. Ein zweiter Schuss traf Eagle in den Rücken, er fühlte ihn, drehte sich um und sah noch das erstaunte Gesicht eines dritten Chinesen, ehe er ihn ebenso schnell zum Schweigen brachte.

»*Chua ta! Sar ta!*«, kreischte Tans Stimme durch die Lautsprecher, und für jene Leute, die kein Mandarin sprachen, folgte die englische Übersetzung: »Fangt ihn! Tötet ihn!«

Schließlich sah sich Eagle nur noch drei Indonesiern gegenüber, die den seltsamen, maskierten Teufel anstarrten, der ihnen ohne Zögern entgegenkam. Einer der drei warf seine Pistole fort, hob die Hände und rief: »Nicht tot - bitte, nicht tot...«

»Doch tot«, sagte Eagle und drückte ab. Aber der Mann blieb stehen. Eagle hatte sein Magazin leergeschossen.

Der braune Mann fiel auf die Knie, presste die Hände vor sich auf den Boden. Egale nickte und ging an ihm vorbei. Da bewegte sich einer seiner Kameraden. Eagle sah das Blitzen des *golok*, sah die schwere Waffe auf sich zufliegen und setzte den Fuß darauf, als sie von ihm abprallte. Blitzschnell ergriff er den golok und gab ihn dem Werfer zurück - tief in den Hals. Der dritte Mann nahm die Sekunden wahr, in denen Eagle mit seinem Freund beschäftigt war, und floh. Eagle sah ihn zur Tür hinaus und um die Ecke rennen. Er wollte den Demoralisierten nicht umbringen und beschloss, ihn in einen der Räume zu sperren. Später - wenn es ein Später gab - würde er ihn freilassen.

Er öffnete eine Tür mit einem von Tzu Hsis Schlüsseln und holte tief Atem, als er sah, in welchem Raum er gelandet war.

Ein Saal, zu zwei Dritteln voller Aluminiumfässer in sauberen Stapeln, nummeriert und kodiert. Er wusste, was schon eine kleine Quantität des tödlichen Gases bewirkte. Wenn all diese Fässer mit dem Stoff gefüllt waren, dann lag da mehr als genug, um eine kleine Insel zu entvölkern. Es musste noch genügend übrigbleiben, um auch Singapur aus der Welt zu schaffen - und möglicherweise noch einen Teil von Malaysien.

Eagle verspürte ein Gefühl des Triumphes. Er war gekommen, um das Gas zu zerstören - und er hatte es gefunden. Die Zerstörung würde jetzt leicht sein. Oder vielleicht auch nicht? Er drehte sich um. Der Mann, der ihn noch vor Sekunden um Gnade gebeten hatte, stand am Eingang der Lagerhalle und grinste in einer Mischung aus Böswilligkeit und Freude. Kein Wunder, denn hinter ihm warteten sechs weitere Kerle.

Verdammt - er hatte seine CO_2-Pistole nicht nachgeladen, als er die Chance dazu gehabt hatte. Aber die Gaspistole war schließlich nicht seine einzige Waffe. Er griff in seinen Anzug und zog eine Mini-Granate heraus. Farbe Purpur, minimale Sprengkraft. Er wollte sich schließlich nicht selbst in die Luft jagen. Mit einem Karatesprung fällte er den Grinsenden, ergriff ihn beim Kragen und schob ihm in einer fließenden Bewegung, bevor die anderen reagieren konnten, die kleine Plastikröhre in die Tasche; dann warf er ihn wie einen Medizinball seinen Kameraden zu. Er wusste, die Mini-Granate war auf Kontaktzündung eingestellt.

»Kleines Geschenk für dich und deine Freunde«, rief er, aber die Worte waren noch nicht aus seinem Mund, als die gelbe Flamme schon hochschoss. Keine Explosion, nur eine Flamme, die fast sofort wieder verlöschte. Übrig blieben sieben verkohlte Leichen.

Jetzt... war der Lagerraum an der Reihe!

Eagle verschloss die Tür hinter sich. Er hatte einen Schlüssel, und Tzu Hsi hatte gesagt, dass es nur zwei weitere gebe. Mit etwas Glück war der Chefchemiker unter den Toten. Und was Vater Tan betraf - er glaubte nicht, dass der Alte gerade jetzt persönlich auftreten würde.

Eagle kniete nieder und entnahm seinem Rucksack eine mit goldgelber Flüssigkeit gefüllte Mini-Granate. Killer Nummer Eins. Er hob das Röhrchen ans Ohr, um die Zahl der Anschläge genau zu zählen, als er den elektronischen Zeitzünder einstellte. Wie lange? Fünf Minuten reichten nicht. Er musste selbst die Aluminiumfestung verlassen haben. Besser waren sieben Minuten. Er drehte an der kleinen weißen Scheibe mit dem geriffelten Rand, dann legte er das Röhrchen auf eins der am höchsten gelagerten Fässer. Außerdem nahm er sich Zeit, in die CO_2 ein volles Magazin einzulegen. Was sich fast sofort als vernünftige Vorsichtsmaßnahme erwies.

Eagle hörte hinter sich ein Klicken, als das Schloss der Tür von außen geöffnet wurde. Mit einem Schlüssel!

Also war der Chefchemiker noch unter den Überlebenden, dachte Eagle, als er sich der langsam aufgehenden Tür zuwandte. Der Anführer hielt den Schlüssel noch in der Hand.

Die fünf Männer, die den Raum betraten, öffneten die Augen weit vor Schrecken, als sie sahen, in welche Richtung Eagle zielte, während er sich die Maske mit der Linken noch einmal fest übers Gesicht zog: auf das Stahlfass, das der Tür am nächsten stand. Warum fünf Pfeile verschwenden, wenn auch einer die Aufgabe erfüllen konnte? Diesen einen Pfeil schoß Eagle in das mit tödlichem Gas gefüllte Fass.

An den grinsenden Leichen vorbei verließ er die ungastliche Stätte.

Auf dem ersten Korridor konnte er keine Menschen sehen, er war leer bis zum Eingang zu Vater Tans Thronsaal. In diesem Prunkraum machte Eagle kurz Pause und hinterließ mitten auf dem Seidenteppich eine weitere Mini-Granate, die auf sechs Minuten eingestellt war.

Eine dritte rollte er in den Gang und ging dann in der entgegengesetzten Richtung zum Ausgang. Der Teil des langen Korridors, wo er Tzu Hsi verlassen hatte, lag ebenfalls leer da - sogar Tzu Hsi war nicht mehr zu sehen. Dafür sah er etwas anderes, das ihm einige Sorgen bereitete. Auf der halben Länge des Ganges bewegte sich etwas - eine Wand. Eine Wand schob sich quer über den Gang! Sie sollte ihn daran hindern, den Ausgang zu erreichen! Genau in dem Augenblick, als er die Trennwand erreicht hatte, um vielleicht doch noch durchzuschlüpfen, verankerte sie sich fest wie eine Geldschranktür in der Seitenwand. Die Entfernung war selbst für Eagle zu groß gewesen; er musste zugeben, dass Vater Tan bei der Planung seiner Aluminiumfestung an alles, aber wirklich an alles gedacht hatte. Jetzt wurde die Sache brenzlig. Eagle wusste das, und Vater Tan wusste es auch.

Fünfzehntes Kapitel

»Das war Pech, Eagle jetzt sitzt du in der Falle!«

Die Stimme des alten Mannes kam aus dem Deckenlautsprecher. »Und dieser Falle wirst du nicht entkommen. Meine Ingenieure haben gut gearbeitet. Die ursprüngliche Aufgabe dieser Spezialtüren war es, bei Feuergefahr Produktion und Lager luftdicht abzuriegeln. Aber so haben wir zwei Fliegen mit einer Klappe geschlagen. Die beiden Räume, an denen du so interessiert warst, sind isoliert, Jiagle, und du mit ihnen. Vier Tore, von denen du nur eines gesehen hast, halten dich gefangen, aber nicht lange. Denn bald werde ich dich töten - auf meine Art. Erinnerst du dich an deine kleine Freundin im Thronsaal? Aber zuerst möchte ich mehr über die Leute wissen, die dich beauftragt haben. John Eagle, hörst du mich?«

»Ich höre dich, ehrenwerter Alter. Und ich sollte dir eigentlich nicht widersprechen. Aber auch ich habe einiges mitzureden -

und ich bin noch nicht zum Sterben bereit. Wenn du mich so gut hörst wie ich dich, dann solltest du jetzt die Hände über die Ohren legen, denn gleich knallt es hier gewaltig!«

Eagle rollte eine grüne Mini-Granate über den glatten Boden in Richtung der Wand, die ihm den Ausweg versperrte, und rannte dann so weit wie möglich davon fort, den Korridor hinunter. Zehn Sekunden... Eine große, gelbe Flamme - und dann, hinter einer kleinen Rauchwolke, ein unregelmäßig gezacktes Loch. Groß genug für Eagle.

Hinter der Öffnung, die er sich geschaffen hatte, rannte er nach links, dann nach rechts. An der Toilette vorbei in den Gang, der zum Ausgang führte. Aber auch dort war ihm der Fluchtweg blockiert. Eagle hatte noch genau drei Minuten... Sofort sah er, dass ihm die Mini-Granaten hier nicht helfen würden. Diese Trennwand war nicht aus leichtem Aluminium konstruiert, sie bestand aus Stahlbeton, und war zu massiv für eins seiner grünen Röhrchen. Und eine orangefarbene Granate wagte er nicht zu benutzen. Sie hätte die Wand und auch John Eagle pulverisiert.

Jetzt musste er schnell und scharf nachdenken - wozu er nur noch zweieinhalb Minuten Zeit hatte. Jetzt saß er wirklich in einer Falle, es sei denn...

Die Toilette! In der Toilette war ein Luftschacht gewesen!

Er öffnete die Tür, warf ein grünes Röhrchen dem dort sitzenden Leichnam in den Schoß und die Tür wieder zu. Fünf Sekunden - Bumm! Die Tür flog aus den Angeln, was ihm das Öffnen ersparte. Die Schüssel und der darauf sitzende tote Chinese waren verschwunden - und durch die Decke sah Eagle die Sterne!

Noch eine Minute und vierzig Sekunden. Eagle lachte, als er über die Trümmer nach oben kletterte. Noch einmal hörte er die Stimme Tans: »Lache nur, John Eagle. Aber ich werde dich nicht vergessen. Du bist mir dieses Mal entkommen, doch wir werden uns wieder begegnen!«

»Da bin ich sicher - aber du wirst vor mir dort sein. Meiner Schätzung nach in etwas weniger als einer Minute.«

Eagle zog sich durch die Öffnung im Dach und ließ sich den von Menschen errichteten Hügel hinunterrollen - in die Dunkelheit des Dschungels. Der Pfad lag gerade vor ihm und bot ihm Gelegenheit, einen weiteren Sprintrekord aufzustellen.

Er hatte das erste Tor des Irrgartens gerade erreicht, als die erste der orangefarbenen Granaten hochging...

Leichter Regen fiel, den sich John Eagle dankbar ins Gesicht tropfen ließ. Er öffnete den Mund und schmeckte das frische Nass. Dann sah er an sich hinunter, nachdem er die Maske abgenommen hatte: sein Anzug war etwas versengt, aber ansonsten hatte er die Explosion gut überstanden. Der Hügel war verschwunden, im Boden klaffte ein tiefer Krater; er rauchte wie ein von der Natur geschaffener Vulkan, in dem die Erde kochte. Eine tiefe Wunde im Dschungel, die bald von selbst heilen würde. John Eagle hatte gute Arbeit geleistet - Mr. Merlin würde zufrieden sein. Der Protoagent schritt davon. Er erwartete, einige Tiere auf seinem Weg zurück in die Zivilisation zu finden - aber ganz gewiss keine Menschen.

Er glaubte, völlig allein zu sein - bis er hinter sich auf dem weichen Boden Schritte hörte.

Das schöne, seidene Gewand hing ihr in Fetzen vom Körper. Das Haar klebte in losen Strähnen, war nass und lehmbespritzt.

Aber sie lebte und war noch immer eine der schönsten Frauen, die John Eagle je gesehen hatte: die einzige Überlebende aus Vater Tans Aluminiumfestung.

»Sie sind nicht nur eine schöne Frau, Tzu Hsi«, sagte John Eagle, »Sie sind auch eine sehr kluge Frau.«

Sie stand vor ihm. »Das haben alles Sie vollbracht - ein Mann allein. Mit etwas Hüfe von mir, wenn ich mich recht erinnere. Aber jetzt werden Sie mich töten. Habe ich recht?«

Eagle war verwirrt.

»Sie brauchten sich mir nicht zu zeigen, Tzu Hsi«, sagte er. »Ich hätte Sie für tot gehalten. Warum folgen Sie mir?«

»Der Sinn meines Lebens verschwand mit dem Projekt - nie werde ich jetzt herrschen. Und nie wieder werde ich einen Mann finden, der mir das gab, was Sie mir gaben, Eagle. Ich erinnere mich... So sollen Sie es denn auch sein, der mich von dieser Welt in eine bessere bringt. Darum folgte ich Ihnen. Aber zuerst - zuerst sollen Sie mich noch einmal so lieben wie vorhin, hier auf dem weichen, nassen Boden, wenn ich bei vollem Bewusstsein bin und das ganz erleben kann, was Sie mir geben werden...«

Eagle war nicht sicher, ob er diese Frau wirklich töten musste. Sie bedeutete keine Gefahr mehr für ihn; die einzige Gefahr war, dass sie sein Gesicht gesehen hatte. Hatte er nicht seiner Mutter versprochen, nie unnötig zu töten?

Er sah, wie Tzu Hsi langsam die Arme hob und das, was von dem weißen Seidenkleid übriggeblieben war, zu Boden fallen ließ. Nackt stand sie vor ihm, zu Leidenschaft und Liebe bereit. Sie trug nichts mehr am Körper als einen Ring mit einem großen Jadestein, als Drachenkopf geschnitzt. Sie kam einen Schritt auf ihn zu, streckte ihm die schlanken Arme entgegen...

»Sind wir Freunde?«, fragte sie. »Wenigstens während wir uns lieben?«

Aber da wusste Eagle schon, dass es mit der Liebe im Dschungel dieses Mal nichts wurde. Und dass Tzu Hsi nicht die einzige Überlebende in Vater Tans Projekt sein würde. Denn er sah, wie ihr Daumen an dem Jade-Ring herumtastete, sah die feine goldene Nadel aus dem Mund des Drachens springen - eine tödliche Zunge. Während sie ihm noch den Arm um den Hals schlang, ergriff er ihr schlankes Handgelenk und drückte es zurück. Zurück gegen ihr eigenes Gesicht...

In ihren Augen stand weißglühender Hass, als die Nadel eine winzige Dosis des lachenden Todes in ihre Wange injizierte. Dann verschwand auch der Hass aus ihren Augen, und sie lächelte.

Tzu Hsi war eine so schöne Frau gewesen, dass selbst das Gas nur ein Lächeln, keine Grimasse, auf ihr totes Gesicht zauberte.

Eagle ließ die Leiche liegen, wohin sie gefallen war. Der Dschungel sollte ihr eine würdige Bestattung bereiten.

Der Regen hatte aufgehört, der Wald war totenstill - wie in Ehrfurcht vor den Opfern.

Sechzehntes Kapitel

Mr. Merlin trank seinen Brandy genüsslich und langsam. Dann war er plötzlich fast sicher, dass Polly ihm eine neue Marke serviert hatte. Etwas schmeckte anders. Er würde sie fragen, denn Ungewissheit konnte er nicht vertragen, ob es sich nun um Brandy handelte oder um seine Arbeit.

Er stellte das große Brandyglas auf den Schreibtisch und nahm einen Ring von der Glasplatte. Ein herrliches Juwel, das nur wenige Frauen tragen konnten, und vor Hunderten von Jahren hergestellt. Seine Leute im Labor hatten die Gasreste, die der Ring enthalten hatte, analysiert. Nichts Besonderes aber die winzige Menge, die davon zum Tode eines Menschen benötigt wurde, hatte ihm klargemacht, dass die Fässer im Lagerraum der Dschungelfestung genügt hätten, nicht nur ganz Asien zu entvölkern, sondern auch Europa und Amerika. Diese Bedrohung hatte John Eagle mit seinen Bomben beseitigt.

Alles in allem wieder eine erfolgreiche Mission. John Eagle hatte sich sein hohes Gehalt wohl verdient.

Die zweite Guerillagruppe war nie in Erscheinung getreten. Vielleicht hatte der verlassene Kampong des Todes sie abgeschreckt - vielleicht waren sie auch auf die Kubus gestoßen.

Es war alles glatt gelaufen - bis auf eine an sich unwichtige Kleinigkeit.

Als Eagle über das interne Fernsehnetz Bericht erstattet hatte, fragte Mr. Merlin ihn, ob er Verbesserungsvorschläge für seine Ausrüstung machen wollte.

Und zum erstenmal, seit er Mr. Merlins Protoagent war, hatte John Eagle seinem Chef gegenüber die Stimme erhoben: »Ja, ich habe einen Vorschlag. Er betrifft das Wahrheitsserum, das ich Tzu Hsi eingespritzt habe. Zum Teufel, Sir - wenn ich wieder mal ein Aphrodisiakum als Waffe benutzen muss, dann möchte ich wenigstens vorher darüber informiert werden!«

Mr. Merlin lächelte in Erinnerung an Eagles Empörung. Dann hob er den Hörer des schwarzen Telefons ab. »Polly, bitte kommen Sie zu mir. Dieser Brandy...«

ENDE

FATIMAS FAUST *(The Fist Of Fatima)*

Erstes Kapitel

Janet Archer ließ ihr Badehandtuch unbenutzt, als sie aus der Dusche kam. Die Hitze würde ihren sonnengebräunten Körper auch so schnell genug trocknen. Sie spürte den kühlenden Effekt des verdunstenden Wassers schon, als sie über das grüne Milchglas, das neugierigen Araberaugen den Blick ins Innere des Apartments verwehrte, in die brütende Nachmittagshitze hinaussah.

Es war fünf Uhr, und die Moscheen hatten gerade mit ihrem Ruf zum Gebet begonnen. Die Lautsprecher, die an den riesigen Kuppeln hingen, trugen den durchdringenden Gesang der Muezzins durch die gesamte Stadt.

»Zu grell?«

Sie dachte zuerst, er meine den Gesang, aber nein, er wollte ihre Meinung zu seiner Krawatte wissen. Der Handels-Attaché der Botschaft der Vereinigten Staaten in der Libyschen Arabischen Republik, Alex Archer, war dreiunddreißig und sowohl ein hervorragender Arabist als auch ein anerkannter Ölfachmann. Er sah blendend aus - jedenfalls in den Augen seiner Frau - und gab gern zu, dass er seine Reputation als einer der bestangezogenen Männer seiner Umgebung dem Geschmack seiner Frau verdankte. Aber auf diesem Außenposten hier gab es zu wenig Gelegenheit, seine Fähigkeit zu demonstrieren. Die gesellschaftlichen Ereignisse, an denen sie teilnahmen, waren entweder formelle Cocktails oder Abendessen in ihrer oder einer anderen Botschaft, oder die hemdsärmeligen Bierfeste der Ölexperten, mit denen Alex zu tun hatte. Der heutige Abend war eine Ausnahme.

»Nein, der Schlips ist in Ordnung«, sagte Janet. »Aber der Anzug passt nicht so recht dazu. Zu diesem Anzug stimmt eher eine von deinen braunen oder orange Krawatten.«

Er nickte und löste den Knoten. »Meine hilfreiche Fee«, grinste er.

»Ich wünschte, sie würden damit aufhören«, sagte sie plötzlich. »Mit diesem Gesinge, meine ich.«

Alex Archer sah seine Frau an. »Was ist los, Janet?«

»Ich - ich weiß nicht. Es liegt an dieser Stadt - vielleicht. Oder an der Hitze.«

Alex nickte wieder. Sie waren jetzt schon zwei Jahre in Libyen und wussten beide, was die kommenden Sommermonate bringen würden. Die Ghibli-Zeit nannte man das: eine Jahreszeit, in der die Temperatur von normal dreißig bis fünfunddreißig Grad blitzschnell hochschießen konnte, wenn statt des Nordwinds der Südwind blies, der Ghibli. Der feine Sand der oberen Sahara und die Hitze dieser Wüste, die er mit sich brachte, strömten dann in die Stadt und durchdrangen die Spalten selbst der solidesten Häuser.

»Wir werden es schon ertragen«, sagte er. »Solange nur die Klimaanlage durchhält.«

Sein Versuch zu scherzen stieß auf wenig Gegenliebe. Die Klimaanlagen waren dafür berüchtigt, mindestens einmal pro Woche auszufallen, was eine weitere Woche ohne Kühlung bedeutete, denn es gab nur sehr wenige fähige Mechaniker in der Stadt.

»Komm, Janet - wirklich, was ist los?«

»Diese Party heute Abend. Am liebsten würde ich nicht...«

»Du weißt, dass wir hinmüssen«, sagte er leise. Die Pflichten einer Diplomatenfrau waren bei weitem nicht so unterhaltsam, wie die Romanschreiber vorgaben. »Davon abgesehen, diese Party ist anders. Ganz zwanglos und aus einem bestimmten Grund. Vielleicht wird sie sogar ganz lustig.«

»Ich weiß«, gab sie zu. »Erstens könnte der gute Alte sich beleidigt fühlen, und außerdem sind wir es Gerry schuldig, bei seinem Abschiedsfest dabei zu sein. Du hast recht, Liebling. Ich geh' mich anziehen.«

Alex sah seine Frau an. Langbeinig, Brüste und Hüfte nicht zu schwer, aber auch nicht zu mager. Vollkommen - wie ihr Gesicht und ihre Loyalität.

»Moment mal.« Er berührte sie leicht am Arm. »Ich könnte mir einen anderen Anzug anziehen, weißt du? Und zwischendurch...«

Sie schüttelte den Kopf. »Nein. Wir kommen sonst noch zu spät. Aber was deinen Vorschlag betrifft, dafür ist später noch Zeit - nach der Party.«

Aus irgendeinem Grund - sie wusste nicht, warum - hingen ihre letzten Worte dumpf im Raum. Und trotz der erstickenden Hitze des Spätnachmittags lief ihr plötzlich ein eiskalter Schauer über den Rücken.

Die Party hatte bereits begonnen, als die Archers an den Wachen vorbei durch das schmiedeeiserne Tor gingen, das den einzigen Zugang zu der von einer Mauer umschlossenen Botschaft des Königreichs Saudi-Arabien bildete. Das Portal des Botschaftsgebäudes stand offen, und noch bevor sie es erreicht hatten, schüttelte Faisal Al-Mabrouk Alex zur Begrüßung die Hand. Obwohl er nicht älter als fünfzig aussah, ging der Botschafter Saudi-Arabiens auf die Siebzig zu und war der Doyen unter den in Tripolis akkreditierten Diplomaten. Deshalb hatte er darauf bestanden, die Abschiedsfeier zu Ehren des stellvertretenden Botschafters Gerard Buckner zu geben, der nach Washington zurückkehrte, um eine neue Aufgabe zu übernehmen. Die Einladung Al-Mabrouks war so informell wie die Party: »Gerry und ich sind verschiedener Meinung über die Nahost-Politik, über Religion und über Alkohol. Deshalb würde er schon dafür sorgen, dass man mich irgendwie von der Gästeliste streicht, wenn ich nicht selbst die Abschiedsfeier gäbe.«

Faisal Al-Mabrouk war nicht nur ein humorvoller und gutgelittener Mann, sondern auch ein sehr scharfsinniger Diplomat. Als er jetzt Janet die Hand schüttelte, zwinkerte er Alex zu.

»Es tut mir immer wieder leid, dass Sie als Angehörige jener Nationen, die behaupten, die Gleichberechtigung der Geschlechter verwirklicht zu haben, so selten Ihre Frauen als Diplomaten einsetzen. Was wäre das für ein Vergnügen für uns alte Barbaren!«

Ein kahlköpfiger Mann mit schwerer Brille sah dem alten Botschafter über die Schulter. »Das sagen Sie nur, weil Sie noch nicht alle unsere Frauen gesehen haben, Faisal. Nicht jede hält den Vergleich mit Mrs. Archer stand.«

Faisal Al-Mabrouk machte ein langes Gesicht. »Ach, und all diese Jahre habe ich die amerikanische Weiblichkeit nach Ihrer Zahnpasta-Fernsehwerbung beurteilt! Alex, gibt es denn keine Strafe für den, der Ihrer Verbrauchernation Lügen erzählt?«

Alex lachte. »Wir arbeiten daran, Faisal. Hallo, Gerry.«

Gerry Buckner rückte seine dicke Brille zurecht und zeigte mit dem Daumen ins Innere. »Kommt rein. Er hat eine Klimaanlage, die läuft.«

Der Araber nickte. »Selbstverständlich. Die Handwerker vergessen ihre arabischen Brüder nicht. Alex, in einer Ecke der Bibliothek werden Sie etwas finden, das Sie vielleicht wiedererkennen - eine volleingerichtete Bar. Ich kann mir nicht vorstellen, wie so etwas seinen Weg in die Botschaft des saudiarabischen Königreichs finden konnte, zumal Alkohol eine Erfindung der Feinde Allahs ist; aber da es sie nun einmal gibt, schlage ich vor, dass Sie und Janet mithelfen, mein Haus von dieser Abscheulichkeit zu befreien.«

Es war das alte Bäumchen-wechsel-dich-Spiel, diesmal notwendig geworden durch die Ankunft des bulgarischen Missionschefs und seiner prustenden Frau, die soeben durch das Tor kamen. Die Archers und Gerry Buckner gingen ins Haus, schüttelten Hände und sagten *Hallo*, bis sie beim US-Botschafter und seiner stets lächelnden Frau stehenblieben. Nachdem jeder kurz etwas über das unerträgliche Wetter gesagt hatte, entschuldigten Alex und Gerry sich und gingen zur Bar.

»Wo ist Frances?«, fragte Alex.

»Bei einer der Ägypterinnen«, sagte Gerry. »Als ich sie zum letzten Mal sah, diskutierten sie gerade über die hohe Kunst des Puffspiels und die unterschiedlichen Spielweisen in West und Ost.«

»Klingt aufregend«, meinte Alex, als sie die Bar erreichten. »Martini, sehr trocken«, sagte er zum Barmann. »Das ist ein Martini-Cocktail, hauptsächlich Gin, ein Schuss Vermouth und eine Olive.«

»Ja, Sir.« Der libysche Barmann runzelte die Stirn. Alex nahm an, dass der Mann wahrscheinlich in einem der Klubs der Wheelus Air Base gearbeitet hatte, bevor die Vereinigten Staaten dem Druck Libyens so bereitwillig nachgegeben hatten und den Stützpunkt schlossen. Aber man ging trotzdem besser sicher. Ihm waren schon zu viele »Martinis« serviert worden, die aus einem Wasserglas voll Vermouth bestanden.

»Scotch mit Eis«, sagte Gerry. »Das ist auf jeden Fall besser als Sticken.«

»Der Scotch?«

»Das Puffspiel. Wenigstens mal was anderes. Das ganze vergangene Jahr haben sie über nichts als Sticken geredet. Puffspiel - damit kann man wenigstens die Kinder beschäftigen. Vielleicht.«

Alex kostete seinen Martini. Nicht schlecht. Als Gerry seinen Drink in der Hand hatte, sahen die beiden Amerikaner sich an und zuckten mit den Schultern. Alex sagte, was beide dachten.

»Wir haben uns lange genug gedrückt. Zeit, uns unters Volk zu mischen.«

Sie wünschten einander Glück und trennten sich. Alex verbrachte die nächsten zehn Minuten damit, über russische, französische, libysche, libanesische und bulgarische Witze zu lachen und russischen, französischen, libanesischen und bulgarischen Frauen Komplimente zu machen - die Frau des libyschen Würdenträgers war zu Hause geblieben. Wahrscheinlich hinter ihrem Schleier.

Die ersten zehn Minuten beinhalteten eine Nachfüllpause an der Bar und dann mehr Witze und Komplimente bei einer Reihe weiterer Länder.

In den zweiten zehn Minuten brach die Hölle los.

Die beiden Wachen am Tor standen steif wie Eiszapfen in Hab-Acht-Stellung, wie der Mann mit der Pistole es vorgeschlagen hatte. Er war angezogen gewesen wie alle anderen, die vor ihm gekommen waren - Anzug und Schlips, sauber und adrett: ein Araber, wahrscheinlich aus Syrien oder dem Libanon. So dachte der Wachtposten, der ihn zuerst sah. Es war ein Spiel, das er gern trieb - zu versuchen, das Land zu erraten, aus dem der Gast stammte, bevor er den Ausweis überprüfte. Natürlich ging das nur bei neuen Gesichtern. Dieser Mann hatte ein neues Gesicht. Aber er hatte keinen Ausweis.

Was er hatte, war eine Pistole. Und dann hatte er auch die der Wachen.

Er richtete auf jede der beiden Wachen eine Waffe und sprach knallhartes Arabisch. Keinen der libyschen Dialekte, aber was er sagte, ließ an Deutlichkeit nichts zu wünschen übrig: »Ruhig. Ganz ruhig, oder ich knall' euch ab.«

Jetzt kamen vier Männer aus einem schwarzen Mercedes, der auf der anderen Straßenseite parkte, durch das Tor. Jeder von ihnen trug einen langen Gegenstand, in Zeitungspapier gewickelt Kaum waren sie durch das Tor, nahmen sie das Papier ab und enthüllten vier eindrucksvolle Karabiner. Der Anführer mit der Pistole winkte in Richtung Tür. Die Wachen verstanden, was er von ihnen wollte, und bewegten sich auf das Haus zu. Der Mann mit der Pistole und einer der Karabinerschützen folgten ihnen. Die anderen drei verteilten sich um die Villa.

Faisal Al-Mabrouk tauschte gerade mit dem italienischen *Charge d'affaires* ein paar Nettigkeiten aus, als er die Bewegung an der Tür wahrnahm. Er dachte zuerst, es handle sich um einen verspäteten Gast, und mit aufgesetztem Lächeln ging er los, bereit, die Hand zum Gruß auszustrecken. Das Lächeln schwand, als er die Wachen eintreten sah. Dann bemerkte er die Waffen.

»Was soll das?«

Der junge Mann mit den Pistolen trat vor und berührte mit der Rechten respektvoll Herz, Lippen und Stirn.

»Wir bitten tausendmal um Verzeihung, Exzellenz, aber dieses Haus untersteht jetzt unserer Kontrolle.«

Glas zerklirrte plötzlich im Wohnraum. Eine Frau schrie, dann noch eine. Der Botschafter konnte weit genug in den Raum sehen, um den Karabiner im Fenster zu erkennen.

Der Mann mit den Pistolen sprach leise. »Weitere zwei Männer befinden sich in Schlüsselpositionen.«

Der Botschafter explodierte. »Das ist unglaublich! Wissen Sie nicht, dass dies die saudi-arabische Botschaft ist?«

»Wir sind uns dessen bewusst, Exzellenz. Und es tut uns herzlich leid, unser Geschäft hier abwickeln zu müssen. Aber sowohl der Ort als auch die Zeit waren günstig. Wir bitten Sie um Ihr Verständnis und Ihre Unterstützung. Führen Sie uns in den großen Saal.«

»Mein Verständnis? Ich will Ihnen zeigen...«

»Exzellenz, wenn Sie nicht unverzüglich tun, was ich sage, werde ich Ihre beiden Wachen an Ort und Stelle erschießen. Gehen Sie jetzt - bitte.«

Faisal Al-Mabrouk drehte sich um und ging auf den Salon zu. Dabei sah er, wie seine Gäste aus der Bibliothek und auch aus dem gegenüberliegenden Flügel des Hauses zusammengetrieben wurden. Er betrat den Raum und antwortete den fragenden Gesichtern vor sich so gut er konnte. Er sprach englisch, weil das die Sprache war, die fast alle verstanden: »Meine Damen und Herren, die Botschaft meines Landes ist erneut geschändet worden. Es scheint, als hätten wir ein zweites Khartum.«

Es gab Laute der Überraschung und verständnisvoll zusammengezogene Augenbrauen. Jeder in der diplomatischen Welt wusste, was geschehen war, als die saudi-arabische Botschaft in der sudanesischen Hauptstadt von Terroristen des Schwarzen September überfallen worden war.

Janet Archer spürte, wie der Arm ihres Mannes sich um ihre Schultern spannte. Und zum zweiten Mal an diesem Tag fühlte sie, dass ihr ein kalter Schauer über das Rückgrat lief. Sie stand wie betäubt, als der Mann mit den Pistolen sprach.

»Niemand wird verletzt, wenn unsere Forderungen erfüllt werden. Die Amerikaner - wo sind sie? Ah, Sir, würden Sie bitte vortreten?«

Alex Archer ließ seine Frau los und lächelte sie an. Er ging quer durchs Zimmer zu einem Platz neben dem Flügel, den der Pistolenlauf bezeichnet hatte.

»Die Frau ebenfalls«, befahl der Pistolenschütze.

Der Anführer schien Mitte Zwanzig zu sein, ein gutaussehender junger Araber, obwohl etwas mager. Er war hochgewachsen für einen Araber - über 1,80 m groß, schätzte sie. Dunkles Haar, dunkle, blitzende Augen, die trotz allen Feuers eine animalische Gelassenheit zeigten. Ein hübscher Junge, nur durch die gezackte Narbe auf der rechten Wange entstellt.

»Sehr schön, jetzt haben wir zwei Amerikaner. Es müssen noch mehr sein. Ich bitte Sie, identifizieren Sie sich, indem Sie zu den anderen treten - schnell, bevor ich durch Ihren Mangel an Zusammenarbeit gezwungen bin, diese hübsche Amerikanerin da zu erschießen. Also kommen Sie. Verleugnen Sie Ihr Land nicht.«

Der US-Botschafter und seine Frau gingen zum Flügel. Sie lächelten den versammelten Gästen zu. Gerry Buckner und seine Frau bewegten sich ebenfalls. Aber sie lächelten nicht. Gerry nahm statt dessen einen übergroßen Schluck Scotch und sah dann traurig in sein leeres Glas.

»Noch mehr?«

Der US-Botschafter antwortete. »Ich fürchte, Sie werden sich mit uns begnügen müssen.«

»Gut. Ich möchte, dass jeder dieses Haus verlässt. Jeder, außer den Amerikanern.«

Der Botschafter Saudi-Arabiens war außer sich. »Dies ist mein Haus - und die Botschaft meines Landes. Ich werde nicht gehen.«

»Exzellenz, wir wollen nicht gegen unsere arabischen Brüder Krieg führen - und auch nicht gegen diese unschuldigen Menschen. Nur die Amerikaner bleiben, die Männer. Wir kämpfen nicht mit Frauen.«

»Brüder? Sie wagen es, sich die Bruderschaft mit irgendetwas anderem als Schweinen anzumaßen?«

Der US-Botschafter trat dazwischen. »Faisal, tun Sie, was er sagt. Bitte.«

Der Pistolenschütze nickte. »Ja. Tun Sie das. Sonst werde ich diese Schweine hier vor Ihren Augen töten. Das schwöre ich bei Allah!«

»Allah!« wiederholte der saudi-arabische Botschafter. »Was wissen Menschen wie Sie von Allah?«

Das Gesicht des jungen Mannes verdunkelte sich. »Wir wissen mehr von Allah als manch einer! Wir sind das Schwert Allahs und tun seine Arbeit. Wir sind Allahs Rache und die Kämpfer für die Freiheit seines Volkes. Gehen Sie jetzt, Sie und alle anderen - alle, außer den amerikanischen Schweinen!«

Faisal Al-Mabrouks Augen verdüsterten sich. »Schwert, Rache, Kämpfer. Dies sind weder Allahs Wege noch die Wege zur Freiheit, aber ich kann von Ihnen nicht verlangen, das zu verstehen.« Er seufzte schwer. »Ich bin ein alter Mann, und es kümmert mich wenig, was Sie mit mir tun würden, wenn ich mich widersetzte. Aber es gibt andere hier, die noch viel vor sich haben. Was sind Ihre Forderungen?«

Der Mann mit den Pistolen schüttelte den Kopf. »Alles zu seiner Zeit, Botschafter.«

Al-Mabrouk nickte. »Natürlich. Sie müssen zuerst in die Presse kommen.« Er wandte sich zu den zwei Gruppen von Gefangenen. Zuerst sprach er zu der größeren Gruppe. »Meine Damen und Herren, ich bitte Sie, meine Botschaft zu verlassen, und hoffe, dass unser nächstes Treffen unter zivilisierteren Bedingungen stattfinden wird.« Die Gäste begannen, sich nach draußen zu bewegen, die Augen nicht auf die Waffen, sondern auf ihren jetzt uralt wirkenden Gastgeber gerichtet, der zu den sechs Amerikanern getreten war. Er streckte dem US-Botschafter die Hand entgegen. Sie wurde fest ergriffen.

»Ich bitte um Vergebung, Sir«, sagte er mit zitternder Stimme.
»Dies ist nicht Ihre Schuld.«

Ernst und schweigend nahm er die Hände der Frauen, eine nach der anderen in seine Linke. Dann schüttelte er Alex die Hand.

»Als ich so jung war wie Sie, hatte ich gehofft, den Tag zu sehen, an dem alle Menschen...« Er konnte nicht weitersprechen und ging schnell zu Gerry Buckner weiter. Als er den Mund öffnete, um etwas zu sagen, ergriff der Amerikaner warm seine Hand, und seine Stimme klang nur eine Spur zu laut: »Nehmen Sie es mir nicht übel, Exzellenz, aber Sie geben saumäßige Parties.«

Faisal Al-Mabrouk lächelte traurig und nickte. Er nahm auch die Frau des US-Botschafters an der Hand. »Kommen Sie. Wir müssen gehen.«

Janet wandte sich Alex zu. Bevor sie etwas sagen konnte, küsste er sie leicht auf die Stirn. »Janet, du musst jetzt gehen. Wir sehen uns später. Wir haben heute Abend eine ganz besondere Verabredung - nicht wahr?«

»Ja. Wie immer.« Aber ihre Stimme brach mitten im letzten Wort.

Der Botschafter und die drei amerikanischen Frauen wurden mit Karabinern im Rücken aus dem Haus eskortiert.

»Haschim«, rief der Gewehrschütze am vorderen Fenster. »Jetzt sind Soldaten da.«

Haschim, der junge Mann mit der Narbe, wandte die Augen nicht von seinen drei Gefangenen. »Bewaffnet?«

»Mit Gewehren. Ich kann acht von hier aus sehen.«

Haschim befahl einem der anderen Männer, die Seiten und die Rückfront des Hauses zu überprüfen. »Durch die Fenster im

Obergeschoss. Sei vorsichtig und mach dich nicht zur Zielscheibe.«

Der Wortwechsel war auf Arabisch. Obwohl der Dialekt sich sowohl von der klassischen als auch der libyschen Version der Sprache unterschied, verstand Alex ihn doch. Er übersetzte für die beiden anderen Amerikaner.

»Ah, Sie sprechen unsere Sprache?«, fragte Haschim auf Englisch.

»Ich habe sie studiert, ja.«

»Gut. Wegen Ihrer besonderen Fähigkeiten werden wir Ihnen ein zusätzliches Gebet in unserer Sprache gestatten, bevor Sie sterben.«

Die Augen des Botschafters verengten sich. »Also wird es doch ein neues Khartum?«

Haschim lächelte. »Das kann ich noch nicht sagen. Zuerst wollen wir sehen, wie unsere Forderungen aufgenommen werden. Dann entscheiden wir, wer lebt und wer stirbt.«

»Und wann werden Sie diese Forderungen bekanntgeben?«

Haschim sah auf seine Uhr. Seit sie angekommen waren, war eine knappe Stunde vergangen. »Es ist fast soweit. Wo wollen Sie hin?« Die Frage galt Gerry Buckner.

»Zur Bibliothek, wo sich die Bar befindet. Dies ist eine Party, ob Sie das nun wahrhaben wollen oder nicht.« Er warf Alex und dem Botschafter einen Blick zu. »Kann ich Ihnen etwas mitbringen?«

»Scotch«, sagte der Botschafter.

»Dasselbe«, von Alex. Irgendwie schien sein gewohnter Martini nicht auszureichen.

Gerry drehte sich zu Haschim zurück. »Und für Sie?«

»Moslems trinken nicht!« bellte der Araber.

Gerry sah erstaunt drein. »Wenn das so ist, dann erinnern Sie mich daran, dass ich mich nicht bekehre. Komme sofort zurück.«

Als Haschim einem seiner Leute befahl, mitzugehen, kam der Mann, den er nach oben geschickt hatte, zurück. Er sah nervös aus.

»Sie haben das Haus umstellt. Soldaten, und alle mit Gewehren.«

»Arabische Soldaten. Denk daran, Mohammed.«

Alex sah sich den jungen Mann an, der den Namen des Propheten trug. Sehr jung - vielleicht achtzehn oder neunzehn. Falls er aus einer traditionellen Familie kam, bedeutete sein Vorname, dass er der Erstgeborene war. Aber er war jung und hatte Angst, und seine magere Gestalt bebte. Der Junge hatte allen Grund zur Angst, dachte Alex. Dann lachte er. Der Junge hatte allen Grund zur Angst?

»Ist was komisch?«, fragte Haschim.

»Sie würden es nicht verstehen.«

»Dann ist es, glaube ich, Zeit.«

In der Pause, die folgte, wagte keiner der beiden Amerikaner zu atmen.

»Ja, es ist Zeit, unsere Forderungen bekanntzugeben.«

»Das hat aber wirklich gedauert«, höhnte Gerry von der Tür her. Er hielt ein Silbertablett hoch wie ein gelernter Kellner, blieb vor seinen beiden Landsleuten stehen und präsentierte die drei randvollen Kristallbecher mit einer Gestik, die ihm im besten Restaurant von Paris Ehre gemacht hätte.

»Das ist aber ein ziemlich steifer Drink, Gerry.«

»Manchmal verlangt es die Gelegenheit.«

»Ich sagte, dass ich jetzt bereit bin, meine Forderungen bekanntzugeben. Sie da, Mr. Amerika, Sie werden aufschreiben, was ich sage. Auf Arabisch, dann in Englisch.«

Alex nickte. »In Ordnung. Ich brauche natürlich Papier und etwas zum Schreiben.«

»Sie haben nichts?« Aber er unterbrach sich, und Mohammed wurde losgeschickt, um das Notwendige zu holen. Während sie warteten, schlürften die drei Amerikaner ihren Scotch.

»Sie nehmen das alles nicht sehr ernst, wie?«, fragte Haschim. »Weil ihr Amerikaner nämlich zu weich geworden seid, um zu kämpfen, zu verdorben vom Luxus, um zu glauben, dass euch etwas geschehen kann. Oder glaubt ihr, dass die ganze Welt sich verneigt, wenn jemand USA sagt?«

Der Botschafter übernahm die Antwort. Es war eine Gegenfrage: »Sind Sie je in den Vereinigten Staaten gewesen, Haschim?«

»Nein - und ich habe auch nicht den Wunsch.«

»Ihre Wünsche sind selbstverständlich Ihre Sache. Tatsache aber ist, dass Sie noch nie auf amerikanischem Boden gestanden haben und nicht viele unserer Landsleute kennen.«

»Na und?«

»Ganz einfach, Haschim. Es ist völlig unmöglich, Ihnen zu erklären, warum wir so und nicht anders auf Ihre Pistolen und Karabiner reagieren. Sie würden es doch nicht verstehen.«

»Glauben Sie, dass Ihre Haut stärker ist als meine Kugeln? Oder dass ich Sie nicht töten werde?«

Haschims wachsende Wut wurde durch die Antwort des Botschafters nicht gemildert.

»Nein, daran verschwenden wir keinen Gedanken. Wir nehmen es einfach nicht ganz so furchtbar wichtig, wie Sie es offensichtlich tun.«

Alex war froh, als Mohammeds Rückkehr mit einem Blatt Papier und einem Kugelschreiber die Spannung brach. Er nahm es ihm ab und bemerkte, dass es das teure Botschaftspapier war. Während Haschim diktierte, schrieb Alex. Dann übersetzte er das Arabische ins Englische. Die Forderungen waren vertraut - die Sprache einfach:

- Dreizehn Gefangene in Jordanien sollen freigelassen werden.

- Die Bundesrepublik Deutschland soll zwei Gefangene entlassen, die mit dem Schwarzen September sympathisierten.

- Israel soll alle weiblichen palästinensischen Gefangenen auf freien Fuß setzen.

- Die USA sollen einen Mann freilassen und ihm sicheres Geleit nach Jordanien garantieren, »unserem tapferen Bruder, der den Kennedy tötete«.

Alex gab dem Botschafter die Forderungen. Der bejahrte Diplomat sah auf das Blatt nieder, dann Haschim an.

»Sie wissen natürlich, dass keine dieser Forderungen erfüllt werden kann.«

Haschim grinste. »Nicht notwendigerweise, Botschafter. Nicht, wenn Sie gute Arbeit leisten. Wenn Sie die Autoritäten da draußen überzeugen können, dass wir es ernst meinen, dann muss sich das Blutvergießen von Khartum hier nicht wiederholen.«

»Ich?«

»Sie.« Er nahm dem Botschafter die Liste ab, las sie schnell durch und gab sie zurück. »Sie können gehen, Botschafter. Nehmen Sie die Forderungen mit und unsere - wie nennt man das? -, unsere Frist. Sieben Uhr morgens. Fast zwölf volle Stunden. Soviel Zeit steht Ihnen zur Verfügung, um uns zu benachrichtigen, dass diese Forderungen erfüllt werden. Andernfalls sind diese beiden tote Männer.«

Es war sieben Uhr fünfunddreißig, als der Botschafter die amerikanische Botschaft erreichte. In seinem Zimmer, wo die drei Frauen warteten, umarmte er seine Frau und nahm dann die Hände der anderen beiden in die seinen.

»Man hat ihnen noch nichts angetan.«

Das war alles, was er sagen konnte, und Janet Archer wusste, dass die Betonung auf noch lag. Als er ging, um sich in sein Büro zu begeben, sah sie die Erleichterung in den Augen seiner Frau. Zu wissen, dass er lebte, ihn zurückkehren zu sehen... Arme Frances, dachte Janet. Noch ein paar Tage, dann wären Gerry und Frances hier weggewesen, auf dem Weg nach Hause. Jetzt würden vielleicht zwei Frauen nach Hause zurückkehren. Zwei schwarzgekleidete Frauen.

Acht Uhr abends
Die Nachricht des Botschafters war nach Washington gesendet worden. Sie war kurz und knapp, aber sie enthielt alles Wichtige.

Acht Uhr zehn
Der Botschafter von Saudi-Arabien, begleitet von einem Mitglied der Revolutionsregierung Libyens, betrat das Büro. Empörung und Entschuldigung äußerten sich in einem knappen Wortwechsel. Zwischen ihnen stand die unausgesprochene Tatsache, dass es wenig zu tun gab. Die Regierungen, die in den Forderungen erwähnt waren, wurden kontaktiert. In der Zwischenzeit bezogen libysche Scharfschützen Posten um die Villa. Aber die Chance, dass einer der Terroristen sich zeigen würde, blieb gering. Und selbst dann hätte man alle fünf gleichzeitig erschießen müssen - falls die beiden Amerikaner überleben sollten.

Acht Uhr zwanzig
»Was getan werden kann, wird getan«, versicherte der Botschafter den beiden Frauen. Diese erwiderten, sie seien sich dessen sicher. »Wir können beten«, schlug Frances Buckner vor. Schweigend begann sie, und Janet Archer tat es ihr nach.

Acht Uhr vierzig
In der saudi-arabischen Botschaft saßen Alex und Gerry jetzt im Obergeschoss in getrennten Schlafzimmern, jeder von einem Mann bewacht, Alex von dem nervösen Mohammed. Beide aßen die Vorspeisen, die für die Party gedacht gewesen waren.

Acht Uhr fünfundfünfzig
Haschim zu Alex: »Wir werden der Welt zeigen, dass man uns ernst nehmen muss.« Alex zu Haschim: »Gewehre und Bomben werden immer ernst genommen - ganz gleich, wer sie benutzt.«

Neun Uhr zehn
»Möchten Sie noch Kaffee?«, fragte die Frau des US-Botschafters. Frances Buckner schüttelte den Kopf. »Ich kann sonst nicht schlafen.« Dann, als sie die Absurdität ihrer Feststellung bemerkte, hielt sie ihre Tasse unter die Kanne.

Neun Uhr fünfzehn
Faisal Al-Mabrouk zu dem amerikanischen Botschafter: »Haben Sie Antwort von Ihrer Regierung?« Der Botschafter: »Ja.«
»Und von den anderen Regierungen ebenfalls? Haben sie geantwortet?«
»Ja.«
»Ich nehme an, die Antworten waren wie erwartet.«
»Genau. Sie hätten auch nicht anders ausfallen können, oder?«
»Nein. Ich glaube kaum.«

Neun Uhr zwanzig
Haschim betrat das Zimmer, in dem Gerry Buckner bewacht wurde. »Bei Allah! Sie trinken noch immer Alkohol?« Gerry lachte. »Allah erschafft - Buckner verbraucht. Wissen Sie etwas Besseres, um sich die Zeit zu vertreiben?«

Neun Uhr fünfunddreißig
Mohammed zu Alex: »Glauben Sie, dass unsere Forderungen erfüllt werden?«
»Nein, das glaube ich nicht. Sie etwa?«
»Ich weiß nicht. Möchte Ihre Regierung Ihnen denn nicht das Leben retten?«
»Was man möchte und was man kann, sind zwei verschiedene Dinge.«

»Glaubt Ihre Regierung, dass wir Sie nicht töten werden?«

»Unsere Regierung hat allen Grund zu glauben, dass ihr es tun werdet. Sagen Sie mir, Mohammed, macht Ihnen Töten Spaß?«

»Ich... Ich habe noch nie jemanden getötet. Aber ich habe keine Angst vor dem Töten - oder vor dem Tod! Ich bin auf beides gut vorbereitet worden.« Der Junge griff in sein Hemd und schloss die Hand um ein kleines goldenes Medaillon. Es kam Alex bekannt vor, aber etwas daran war ungewöhnlich.

»Ich bin Teil der Vorhut einer großen Bewegung«, sagte der Junge.

»Dann haben Sie auch keinen Grund, so verängstigt auszusehen, oder?«

Zehn Uhr

Haschim zu Gerry: »Warum schlafen Sie nicht?«

»Ich bin nicht müde.«

Zehn Uhr fünf zehn

»Wir reden immer von einem neuen Khartum«, sagte der US-Botschafter. »Lassen Sie uns statt dessen versuchen, ein Bangkok daraus zu machen.« Der Sinn seiner Rede war allen klar, die sich im Botschaftsbüro versammelt hatten. Drei Monate vor dem Massaker in Khartum waren in der thailändischen Hauptstadt Diplomaten als Geiseln festgehalten worden. Aber der Anschlag endete damit, dass man die Terroristen von ihren Forderungen abbringen konnte. Die Geiseln wurden freigelassen.

»Ich glaube nicht daran«, sagte der saudi-arabische Botschafter.

»Ich auch nicht«, antwortete der Amerikaner. »Aber wir dürfen nichts unversucht lassen.«

Der Offizier der libyschen Revolutionsregierung erhob sich. »Wir werden es versuchen.«

Zehn Uhr dreißig

Haschim hatte das Telefon im Flur vor dem Zimmer abgenommen, in dem Alex bewacht wurde. Obwohl er leise sprach, waren seine arabischen Antworten recht deutlich zu verstehen.

»Nein, schicken Sie niemanden. Wir verhandeln erst dann, wenn Sie mir sagen können, dass unsere Forderungen erfüllt sind... Nein. Die Frist bleibt. Morgen früh um sieben Uhr... Wir sind ja vernünftig, Bruder. Unter allen unseren arabischen Brüdern sind wir die vernünftigsten.«

Zehn Uhr fünfundfünfzig

Haschim betrat den Raum, in dem Gerry Büchner bewacht wurde. »Er schläft«, berichtete die Wache.

»Den Schlaf der Trunkenheit. Gib mir deine Waffe und weck ihn auf.«

Aber das war leichter gesagt als getan. Schulterschütteln half nichts. Die Ohrfeige Haschims hatte mehr Erfolg.

»Was...?«

Gerry Buckners Augen starrten blind ins Zimmer. Er griff nach seiner Brille, aber sie war nicht mehr da. Der Schlag hatte sie quer durchs Zimmer geschleudert.

»Gib ihm seine Brille«, befahl Haschim. Als Gerry Buckner sie wieder aufgesetzt hatte, fuhr Haschim seinen Gefangenen an: »Ein Mann sollte in der Lage sein, den Tod kommen zu sehen, selbst ein Mann wie Sie.«

Der Amerikaner schüttelte den Kopf, als versuche er, ihn klar zu bekommen. Er sah von Haschim zum Fenster, und Verwirrung zeichnete sich auf seinem Gesicht ab, als er die Nacht davor bemerkte.

»Es kann noch nicht sieben Uhr sein«, sagte er.

»Wir haben uns entschieden, nicht bis sieben zu warten. Es ist offensichtlich, dass unsere Forderungen nicht erfüllt werden.«

»Was Sie schon zu Anfang wussten.«

»Richtig.« Er hob den Karabiner an die Schulter. »Sind Sie bereit, Ihre Seele in die Hölle schicken zu lassen?«

Gerry Buckner stand auf. »Nicht im geringsten. Aber ich nehme an, das macht keinen Unterschied.«

»Stimmt.«

Der erste Feuerstoß traf den Amerikaner ins Gesicht und spritzte Glas und Blut in alle Richtungen. Von da aus schoss Haschim schnell tiefer.

Alex Archers rechte Faust traf Mohammeds Kopf kurz über dem linken Ohr. Er wusste, was die Schüsse draußen bedeuteten. Sein Bewacher wusste es ebenfalls, und dessen plötzliche Fassungslosigkeit hatte Alex seine Chance gegeben. Chance? Vielleicht nicht, aber er konnte es ja versuchen...

Taumelnd stieß Mohammed sich von der Wand ab und bot ein perfektes Ziel für einen schnellen Fußtritt. Er ging hart zu Boden und ließ seine Waffe fallen - den Karabiner, den Alex gerade in der Hand hatte, als die Gestalt eines weiteren Terroristen in der Tür erschien. Die beiden Gewehre sprachen gleichzeitig, aber Alex' Kugeln lagen besser im Ziel. Sofort sah er sich nach Deckung um. Es konnte nur noch Sekunden dauern, bis...

»Bitte - töten Sie mich nicht!«

Die wimmernde Bitte kam von dem Jungen, der ihn bewacht hatte, den er getreten hatte und der nun unterwürfig vor ihm kniete. Zu spät erkannte Alex, dass er sich nicht hätte ablenken lassen dürfen. Der Feuerstoß von der Tür her sagte ihm das, ebenso wie die sengenden Einschläge in der ganzen linken Seite seines Körpers. Er wirbelte mit der Waffe gerade rechtzeitig zu seinem Angreifer herum, um die zweite Salve in Brust und Hals zu bekommen.

Archer war tot, bevor sein Rücken gegen das feingeschnitzte Paneel krachte, das den Raum schmückte. Der wild grinsende Haschim wusste das, aber es kümmerte ihn nicht. Seine Narbe färbte sich rot vor Erregung, als er das Magazin in den Körper seiner toten Geisel leerpumpte.

Zweites Kapitel

Es war zehn Minuten nach elf, als die Nachricht die amerikanische Botschaft erreichte: die beiden Amerikaner waren tot, einer der Terroristen ebenfalls. Die übrigen vier Araber waren mit erhobenen Händen aus der saudi-arabischen Botschaft marschiert, der Anführer schwenkte dabei ein weißes Tischtuch. Sie hatten sich ergeben und befanden sich jetzt im Gefängnis.

Irgendwie war Janet Archer nicht fähig zu weinen. Sie wusste nicht, warum Frances es konnte und sie nicht, aber es war so. Vielleicht war es der Schock, der ihre Emotionen gelähmt hatte. Vielleicht würde sie weinen können, wenn er nachließ, aber jetzt war es unmöglich, und das schien ihr irgendwie nicht richtig. Sie musste doch jetzt in der Lage sein, um Alex zu weinen.

Der junge libysche Offizier hatte gebeten, die beiden Frauen sprechen zu dürfen. »Wir werden die Mörder ohne Nachsicht zur Rechenschaft ziehen. Das kann Ihren Schmerz nicht lindern, ich weiß, aber die Strafe wird des Verbrechens würdig sein. In dieser außerordentlich komplexen politischen Welt, in der wir leben, mag meine Regierung nicht in der Lage sein, offen zu sagen, wie sie über diese Abscheulichkeit denkt. Aber die Schuldigen werden bestraft werden. Das versichere ich Ihnen.«

Der amerikanische Botschafter äußerte sich nicht zu den Versicherungen des Offiziers, nicht einmal zwei Stunden später, als eine zweite Nachricht über die Terroristen die Botschaft erreichte.

Genau um zwölf Uhr dreißig waren zwei Landrover mit kreischenden Bremsen vor dem Gebäude zum Stehen gekommen, in dem die vier Terroristen bewacht wurden. Sechs Männer in schwarzen Uniformen und mit automatischen Feuerwaffen stürmten das Gebäude. Zehn Minuten später rasten die Landrover wieder davon und nahmen die vier Attentäter mit sich.

Es war ein präzise geplantes Unternehmen, schnell und sauber. Und trotzdem - selbst unter Berücksichtigung des Überraschungsmoments - hoben sich vielerorts zweifelnd die Augenbrauen, als eine bezeichnende Tatsache publik wurde: Während der gesamten Operation hatten weder die Angreifer noch die Wachen einen einzigen Schuss abgegeben.

Drittes Kapitel

Die Stimme des Präsidenten der Vereinigten Staaten war ernst und passte zu seiner Stimmung.

»Wir haben uns heute hier versammelt, um die Namen von zwei tapferen Männern der Liste jener Angehörigen des Auswärtigen Dienstes hinzuzufügen, die in Erfüllung ihrer Pflicht den Tod gefunden haben. Sie haben den höchsten Preis für die Verteidigung von Prinzipien gezahlt, die nicht nur uns Amerikanern heilig sind, sondern die schon von Beginn der Menschheitsgeschichte an von allen zivilisierten Völkern geachtet wurden.

Die Unverletzlichkeit der Botschaft ist eines dieser ehrwürdigen Prinzipien. Diejenigen, die diese Unverletzlichkeit in Frage stellen, sind Verbrecher der schlimmsten Sorte, die sich durch ihre Handlung von der menschlichen Gesellschaft ausschließen. Aber jeder Terrorist, der eine unschuldige Geisel festhält, bedroht die Grundlage unserer Zivilisation. Deshalb ist es unerlässlich, dass alle Nationen sich zu einem weiteren Prinzip bekennen: für solche Erpressung und Gewaltanwendung darf es keine Nachsicht geben. Denn wer einmal nachgibt, ermutigt andere, dieselbe Taktik zu versuchen. Alle Nationen müssen diese Prinzipien mit Entschlossenheit verteidigen und diejenigen zur Rechenschaft ziehen, die sie missachten.«

Der Präsident ließ den Blick auf den beiden Frauen in Schwarz ruhen. Sein Ton wurde sanfter.

»Während wir uns hier versammeln, um derer zu gedenken, die uns die Erinnerung an ihr ehrenvolles Opfer hinterlassen haben, stellen wir uns gleichzeitig in tiefer Trauer an die Seite derer, die zurückgeblieben sind.«

Die Zeremonie war vorüber, die Beerdigung sollte im Nationalfriedhof Arlington stattfinden. Der Präsident sah auf die Uhr. Bevor er am Grab erscheinen musste, konnte er noch schnell die Besprechung einschieben, die er an diesem Morgen abgesagt hatte.

Er stieg vom Podium herunter und trat zu den beiden Frauen. Er sagte nichts, sondern berührte jede von ihnen nur leicht am Arm. Es gab nichts zu sagen. Es überraschte ihn deshalb, als ihm draußen im Korridor einer seiner Berater nachgelaufen kam.

»Mr. President, es handelt sich um Mrs. Archer. Sie lässt fragen, ob sie Sie vielleicht kurz sprechen könnte - vor der Beerdigung.«

Der Präsident sah noch einmal auf die Uhr. Dann wurde er ärgerlich mit sich selbst. Das wäre ja noch schöner, wenn er nicht einmal fünf Minuten erübrigen konnte, um mit einer Frau zu sprechen, deren Mann im Dienst des Vaterlandes getötet worden war.

»Schicken Sie sie sofort ins Büro des Außenministers.«

Als sich die Bürotür öffnete, war es nicht Mrs. Archer, die eintrat, sondern ein Mann. Ein hochgewachsener, schlanker Mann mit schwarzem Haar und blauen Augen - er hatte während der Feier Mrs. Archers Arm gehalten.

»Ich erwartete eigentlich Mrs. Archer.«

»Das weiß ich, Sir.« Seine Stimme war respektvoll, aber nicht devot. Seine Augen blickten kühl und ließen den Präsidenten nicht los. »Ich überredete Janet - Mrs. Archer -, um dieses Gespräch zu bitten. Für mich. Ich komme nicht im Auftrag Mrs. Archers, meine Gründe sind privater Natur. Um es gleich vorwegzunehmen: Ich mache mir Gedanken über die Mörder, die ihren Mann und Mr. Buckner töteten. Sie sagten eben etwas von gerechter Bestrafung.«

»Das habe ich gesagt, ja. Wir werden nichts unversucht lassen...«

»Gestatten Sie mir die Unterbrechung, Sir, aber ich weiß, dass Ihre Zeit kostbar ist. Ich bin sicher, dass Sie alles in Ihrer Macht Stehende tun werden, um diese Männer ihrer gerechten Strafe zuzuführen. Ich dachte nur, dass ich die Sache vielleicht beschleunigen könnte.«

Der Präsident ging um den Schreibtisch und setzte sich in den braunen Ledersessel. Seine Sinne waren hellwach. Er fühlte sich von diesem Mann nicht persönlich bedroht, aber irgendetwas in seinem Auftreten sagte ihm, dass er äußerst gefährlich war. Und dann das bestimmte Gefühl, dass er das Gesicht schon einmal gesehen hatte... Nach einer Pause nickte der Präsident.

»Ja, Sie kamen mir gleich zu Anfang bekannt vor. Ein gemeinsamer Freund, Mr. Merlin, zeigte mir einmal ein Foto von Ihnen. Mr. Eagle, nicht wahr? John Eagle.«

»Ganz recht, Sir.«

»Tut mir leid, dass ich Sie nicht sofort wiedererkannt habe. Ich sehe eine Menge Gesichter, Mr. Eagle. Offen gesagt, Ihres hätte ich am liebsten wieder vergessen.«

»Verständlich. Ich werde Sie nicht lange aufhalten.«

»Da bin ich mir sicher, Mr. Eagle. Sie sagten etwas über eine Beschleunigung?«

»Ja, Sir. Ich möchte die Mörder suchen.«

»Wenn das ein Auftrag von Mr. Merlin ist, warum kommen Sie dann zu mir?«

»Es ist kein Auftrag, Sir. Noch nicht. Deshalb bin ich hier. Wie Sie vielleicht wissen, ist mein Vertrag mit Mr. Merlin sehr strikt. Ich würde es lieber nicht riskieren, ihn zu brechen, aber wenn ich muss, dann werde ich es tun. Außerdem stehen mir auf einer offiziellen Mission verschiedene Ausrüstungsgegenstände zur Verfügung, die mir nützlich werden können. Was ich sagen will: ich gehe auf jeden Fall, ob mit oder ohne Genehmigung...«

»Eagle, ich kann Ihnen keine Genehmigung...«

»Das weiß ich, Mr. President. Ich bitte Sie nur, Mr. Merlin anzurufen. Sprechen Sie mit ihm. Sagen Sie ihm, Sie hätten nichts dagegen, wenn ich...«

Der Präsident seufzte hörbar. »Ich nehme an, Alex Archer stand Ihnen sehr nahe?«

»Ja, Sir.«

»Erzählen Sie mir davon.«

So kurz er konnte, erzählte Protoagent John Eagle dem Präsidenten von sich selbst und Alex Archer.

Viertes Kapitel

Nach Ortszeit Hawaii war es drei Uhr morgens, eine Zeit, in der selbst die ausdauerndsten Nachtschwärmer begannen, an Bett und Schlaf zu denken. Aber die Männer, die in den etwa vierzig Räumen, Labors, Apartments und Tunnels der Festung innerhalb des erloschenen Vulkans Makaluha vor der Insel Maui arbeiteten, richteten sich nicht nach Uhren. Dies galt besonders für den einsamen Bewohner des obersten Geschosses, des riesigen, glasverkleideten Raumes, der über dem gähnenden Rachen des toten Kraters hing.

Merlin war vielfacher Millionär; er besaß die Silbermähne eines Löwen, die Augen eines Adlers, das Gesicht eines Falken und die Schultern eines Bullen. Sein Gehirn funktionierte wie ein Computer, nicht nur, was sein Datengedächtnis betraf, sondern auch seine Fähigkeit, die Logik jedes Problems zu durchdenken - in acht Sprachen. Als einer der wenigen reichen Männer von intellektueller Potenz war er ein fähiger Nuklearphysiker und einer aus der elitären Gruppe der weitbesten Schachspieler. Er hatte auch einige Romane geschrieben, die zu Bestsellern geworden waren r natürlich unter fremdem Namen.

Auch Merlin war nicht sein eigentlicher Name, der noch weniger bekannt war als der Name, der auf den Buchumschlägen stand. Als Schriftsteller hatte er komplexe Handlungen konstruiert und seine erdachten Helden dazu benutzt, um den Ereignissen die gewünschte Richtung zu geben. In seinem gegenwärtigen Spiel sah Mr. Merlin ebenfalls komplexe Strukturen vor sich, und nicht alle waren von ihm geschaffen. Doch er hatte einen ganz und gar realen Helden ausgebildet, um alles in Ordnung zu bringen.

Mr. Merlin befand sich auf der gegenüberliegenden Seite seines Büros, als das schwarze Telefon auf seinem Schreibtisch zu läuten begann. Er berührte einen Knopf an der Seite seines Stuhls. Ein Motor summte leise, und die Räder, die ihm schon so lange statt der Beine dienten, brachten ihn durch das Zimmer. Eine deutsche Kugel, die ihn in den Argonnen ins Rückgrat getroffen hatte, hatte seine Beine schon 1918 nutzlos gemacht.

Er hob den Hörer ab. Die Stimme am anderen Ende war weich und feminin.

»John Eagle befindet sich in Lager drei, wie Sie angeordnet hatten. Er ist jetzt im Instruktionsraum und wartet auf Ihre Nachricht.«

»Sehr gut. Lassen Sie ihn noch ein Weilchen warten. Ich hätte gern einen Cognac, Polly.«

Es blieb gerade genug Zeit, eine neue Zigarre anzuzünden, bevor sich die Tür öffnete und die wunderschöne Frau mit dem gar nicht schönen Namen Polly Perkins ins Zimmer kam. Diese königliche *Kamaaina* war zu einem Achtel Hawaiianerin und hatte Mr. Merlin ihre Loyalität seit mehr als zwanzig Jahren bewiesen. Als sie den Cognacschwenker mit der brennenden Kerze vor ihn hinstellte, nahm er einen Augenblick lang ihre Schönheit in sich auf. Dann wandte er sich dem Cognac zu.

Hervorragend, wie gewöhnlich.

»Polly, auf dem Tisch neben dem Video-Master finden Sie eine Reihe von Aufnahmen. Sie sind nummeriert. Würden Sie sie bitte in den Sender geben, sobald ich mich darauf beziehe...«

»Wollen Sie mit Lager drei Kontakt aufnehmen?«

Mr. Merlin hob das Glas an die Lippen. »Nicht gleich. Wir wollen Mr. Eagle noch ein wenig schmoren lassen.«

In dem speziellen Instruktionsraum der Anlage, die er als Lager drei kannte und die unter einem Stück der sonnenverbrannten Wüste des Death Valley lag, wartete John Eagle. Wenn er in der Lage gewesen wäre, Mr. Merlins Bemerkung über sein »Schmoren« zu hören, hätte er gelächelt. Apachen schmorten nicht. Und John Eagle, der von den Apachen aufgezogen worden war, besaß als Grundsubstanz seiner Psyche die unendliche Geduld seiner Stammesbrüder, wenn sie sich Ereignissen gegenübersahen, deren Verlauf sie nicht kontrollieren konnten.

Außerdem konnte er sich nicht über das Tempo beschweren, mit dem sich die Dinge entwickelt hatten. Er hatte Samson, seinem wachsamen Kontaktmann, hinterlassen, wo er in Washington wohnen würde. Das war Routine, wenn er seine weitläufige Ranch in Arizona verließ. Nach seinem Besuch beim Präsidenten waren weniger als drei Stunden vergangen, bis die Nachricht kam. Dann noch eine Stunde für die Anweisung, ins Lager drei zu fahren, und dann etwas mehr als vier Stunden für die Reise im Privatjet.

Der Instruktionsraum war nicht groß und enthielt nur das absolut notwendige Mobiliar: drei geradlehnige Stühle und eine moderne schwedische Couch, auf der Eagle jetzt saß. Die gegenüberliegende Wand bestand aus verschiedenen Bildschirmen. Einige von ihnen waren an Film- und Video-Geräte hier und im Makaluha-Krater angeschlossen, andere dienten zur direkten Benutzung im Raum. Manche lagen hinter Glas, andere bestanden aus weißer Leinwand. Es gab sowohl reguläre als auch Rückpro-Einheiten. Das Ganze war eine elektronische Orgie.

Ein leises Summen von der Wand sagte ihm, dass eine weitere Einrichtung des Raumes zu arbeiten begonnen hatte: die Video-Kamera, die sein Bild zu Mr. Merlin sendete. Wie gewöhnlich wusste er, dass er selbst kein Bild empfangen würde. Er hatte seinen Arbeitgeber nie gesehen. Und er bezweifelte, dass das jemals geschehen würde. Es war ihm recht. In Anbetracht der großzügigen Bedingungen seines Vertrages war ihm fast alles recht.

Die Tür hinter ihm öffnete sich. Als er sich umdrehte, sah Eagle einen kleinen Japaner in weißem Jackett mit einem Cognac-Wärmer. In diesem Augenblick schaltete sich der Lautsprecher an der Wand vor ihm ein.

»Ich hoffe, Sie trinken mit mir ein Gläschen vom Besten. Zumindest halte ich ihn dafür. Aus meinem privaten Keller.«

»Danke«, antwortete Eagle. Er nahm das große Tulpenglas aus dem Wärmer und hob es in Richtung der Bildschirmwand. Es war ausgezeichneter Cognac.

»Er ist teuer, John, aber vielleicht verrate ich Ihnen, wo Sie eine Kiste davon erstehen können. Wenn Sie Interesse haben und es sich noch leisten können.«

Es ging los, wie Eagle erwartet hatte. Er sagte nichts.

»Die Bedingungen unseres gemeinsamen Vertrages sind natürlich recht großzügig, nicht wahr?«

»Ja, Sir.« Über diesen Punkt gab es keinen Zweifel. Einhunderttausend Dollar pro Jahr für die fünf Jahre, die der Vertrag lief, und eine Million am Ende. Dazu der Landbesitz und vieles andere. Ja, die Bedingungen waren höchst großzügig - vorausgesetzt, er lebte lange genug, um zu kassieren.

Mr. Merlins Stimme klang sehr geschäftsmäßig. »Dann wundert es mich ein wenig, John, dass Sie unsere Vereinbarung aufs Spiel setzen wollen.«

»Das hatte ich nicht vor, Mr. Merlin.«

»Dann habe ich vielleicht etwas missverstanden. Ich bekam einen Anruf von einem alten Freund.«

»Vom Präsidenten, ja, Sir.«

»Obwohl er zugab, Ihre Entschlossenheit zu bewundern, John, hat ihn Ihr Urteil doch nicht gerade befriedigt.«

Eagles Stimme wurde hart. »Es war mir nicht um seine Bewunderung zu tun - oder um seine Zufriedenheit.«

Jetzt war es Mr. Merlins Stimme, die sich verschärfte: »Aber meine Zufriedenheit - darum geht es. Vielleicht sollten Sie die Bedingungen unseres Vertrages noch einmal lesen?«

»Ich kenne ihn auswendig.«

»Fünf Jahre. Fünf Jahre, in denen Sie mir zur Verfügung stehen, meinen Befehlen gehorchen, meine Aufträge ausführen. Fünf Jahre, in denen Sie tun, was ich will! Wenn Sie als Ein-Mann-Armee selbständig operieren wollen, dann tun Sie das gefälligst in Ihrer Privatzeit. Wenn Sie eine persönliche Vendetta zu erledigen haben, dann bitte ebenfalls. Aber bis unser Vertrag abgelaufen ist, Mr. Eagle, bis dahin haben Sie keine freie Zeit.

Jede Stunde jedes einzelnen Tages gehören Sie mir. Verstanden?«

»So steht es in unserem Vertrag, ja.«

»Und das möchte ich Ihnen noch einmal mit aller Deutlichkeit bestätigen. Versuchen Sie es erst gar nicht - nein, ich gebe Ihnen keinen Urlaub.«

»Mr. Merlin...«

»Hören Sie bitte zu. Ich bin es nicht gewohnt, Ungehorsam zu dulden. Und als genau das betrachte ich Ihre Handlung. Dem Alten in den Rücken fallen - nennt man das nicht so? Haben Sie tatsächlich geglaubt, Sie könnten den Präsidenten dazu bringen, mir zu befehlen, Ihnen diesen Auftrag zu geben?«

»Ich bat ihn nur, Sie eventuell zu fragen...«

»Fragen! Sie wissen sehr gut, dass eine Frage des Präsidenten so gut wie ein Befehl ist. Wie dem auch sei, der Präsident hat mich nicht darum gebeten. Er erzählte mir lediglich von Ihrer Unterredung, das ist alles.«

Mr. Merlin hielt inne. »Warum, John? Warum sind Sie mit Ihrer Bitte nicht zu mir gekommen? Ich glaube, ich weiß es. Aber ich möchte Ihre Erklärung hören.«

»Sie ist nicht schwer: Ich nahm nicht an, dass Sie es mir glauben würden. Aber was ich tun muss, ist eine persönliche Sache.«

»Tun muss?«

»Ja.«

Erneut Stille. »Der Präsident sagte mir, Alex Archer sei Ihr Kommilitone in Oxford gewesen. Sie waren sehr enge Freunde und auch Trauzeuge bei seiner Hochzeit. Jetzt ist er tot, und Sie sehen sich als großen Rächer, der die Schuldigen vernichtet.«

»Er war ein guter Mann«, sagte Eagle.

»Und gute Männer sterben zu Tausenden. Denken Sie an die vielen Kleinkriege, John. Wie viele gute Männer sind dabei verloren gegangen? Wollen Sie mit dem Schwert in der Hand losstürmen und all diese Toten rächen?«

»Mr. Merlin - der Mord an Alex Archer und Gerard Buckner war dumm und sinnlos. Es war ein Verbrechen, das ungesühnt bleiben wird, wenn die Dinge ihren Lauf nehmen. Einmal ganz abgesehen von der Tatsache, dass dies andere dazu ermutigen würde, dasselbe zu versuchen, muss diese Tat gesühnt werden - auf die einzige Art und Weise, welche die Täter verstehen.«

»Muss?«

»Muss.«

Ein Räuspern, dann eine Pause. »Ganz Ihrer Meinung. Setzen Sie sich zurück und entspannen Sie sich. Ich habe einige Dinge, die ich Ihnen zeigen möchte.«

»Wie wären Sie vorgegangen?«, fragte Mr. Merlin.

»Da bin ich mir nicht sicher. Ich hatte eine ungefähre Beschreibung der Mörder von Janet, aber...«

»Aber das hier ist besser.«

Ein Farbfoto erschien auf einem Bildschirm. Vier Männer kamen nachts aus einem Gebäude, die Hände erhoben; der erste Mann trug ein weißes Tuch.

»Hier sind Ihre Mörder, John. Von dem Anführer haben wir eine Nahaufnahme. Die anderen nannten ihn Haschim.«

Ein zweiter Schirm neben dem ersten wurde hell. »Sieht aus, als sei unser Mann einem Dolch zu nahe gekommen.« Mr. Merlin bezog sich offenbar auf die gezackte Narbe an der rechten Wange des Mannes.

»Vielleicht kommen wir nächstes Mal noch näher heran.«

»Kann sein, dass Sie dazu nie Gelegenheit bekommen. Hier sind jetzt Ihre wirklichen Objekte.«

Die beiden Schirme erloschen, dann wurde der rechte wieder hell. Ein kurzer Streifen Film zeigte einige Männer, die aus einem

Gebäude kamen, das aus demselben Material erbaut schien wie das erste. Die vier Terroristen waren von einer anderen Gruppe umringt, die schwarze Uniformen, offene Kragen und kurzärmelige Hemden trug. Die vier, die Eagle auf dem ersten Foto gesehen hatte, trugen keine Waffen, die anderen in Schwarz hatten Karabiner in den Händen. Ein Bild stand plötzlich still auf dem Schirm.

»Was Sie hier sehen, ist der Ausbruch. Fällt Ihnen etwas auf?«

Eagle nickte. »Die Männer in Schwarz. Sie sind schwarz. Es sind keine Araber, oder wenigstens sehen sie nicht so aus.«

»Fezzanis. Jedenfalls sagte der Kameramann das. Er meinte, sie hätten einen libyschen Dialekt gesprochen, der darauf hindeutete, dass sie aus dem Fezzan kamen, dem südlichen Teil des Landes. Hier...«

Eine Karte der arabischen Republik Libyen erschien auf dem Bildschirm ganz links.

»Als Libyen erstmals Nation wurde - im Jahre 1951 unter dem Sanussi-Oberhaupt Idris wurde es aus drei Provinzen geformt: Tripolitania im Westen, Cyrenaica im Osten und Fezzan im Süden. Die ersten beiden - die nördlichen zwei Drittel des Landes - waren rassisch homogener, als der südliche Fezzan, wo die Menschen negroid sind. Trotzdem hielt das Ölgeld des libyschen Königreiches die Nation zusammen, wenn auch nicht sehr fest. Der Umsturz von 1969 brachte das Ende der Monarchie und die Geburt der Republik. Bisher ist es den jungen Offizieren, welche die Staatsgeschäfte durch den Revolutionsrat leiten, gelungen, alles zusammenzuhalten. Es gibt jedoch separatistische Elemente innerhalb der Grenzen Libyens. Manche von ihnen meinen, die Führung sei nicht entschieden genug für die Verteidigung der arabischen Sache eingetreten, andere sagen, die Sache Arabiens sei nicht Libyens Angelegenheit.«

Eagle verdaute das. »Und Sie wollen damit sagen, dass die Leute aus dem Süden, diese Fezzanis, in die letztere Gruppe fallen?«

»Die Logik mag uns zu diesem Schluss führen, aber der Fezzan ist ein seltsames Land, John, und bringt manch eigenartige Philosophie hervor. Es hat nicht viel Zweck, darüber zu spekulieren, wie die Menschen in dieser sandumschlossenen Wüste an der Grenze der Großen Sahara denken. Nein, das war nicht der Sinn meines kleinen geschichtlichen Diskurses. Ich wollte zum Ausdruck bringen, dass die politische Situation in der arabischen Republik Libyen keineswegs klar ist. Weiterhin ist zu bemerken, dass wir nicht wissen, ob diese Fezzani-Gruppe auf irgendeine Art, offiziell oder inoffiziell, von der Regierung unterstützt wird. Offiziell behaupten sie natürlich, dass sie nicht die geringste Idee haben, wer die Männer waren oder wohin die zweite Gruppe die vier Terroristen brachte.«

»Und inoffiziell?«

»Mag sein, dass sie die Wahrheit sagen.«

»Ist das wahrscheinlich? Nicht ein Schuss wurde abgegeben - weder von den schwarzen Banditen noch von den Soldaten, welche die Terroristen bewachten.«

Mr. Merlin machte eine Pause. »Es könnte sein, dass die Fezzanis schnell genug waren, um die Soldaten zu überraschen. Wahrscheinlicher ist, dass die Soldaten, welche die Terroristen bewachten, mit deren Ideen sympathisierten. Dennoch müssen sie nicht gewusst haben, dass eine Flucht geplant war, und sie mussten ebenfalls nicht wissen, wer für die Planung und Ausführung verantwortlich war.«

Der Film lief weiter. Die Männer waren jetzt durch das Tor und stiegen in die Landrover. Der Kameramann hätte sich offenbar auf der anderen Straßenseite befunden. Es sah aus, als habe er aus einem Fenster im zweiten Stock gefilmt. Plötzlich schwenkte die Kamera zurück zur Tür. Ein einzelner Mann, ein Neger in Uniform, lief zum Tor. Als er es erreichte, blieb das Bild stehen.

»Nach seinem Verhalten zu urteilen, scheint dieser hier die Operation geleitet zu haben. Beachten Sie seine Größe.«

Der Mann war groß - riesig. Und hatte einen massiven, muskulösen Körperbau.

»Durch vergleichende Messungen hat man seine Größe auf fast zwei Meter geschätzt. Sehr ungewöhnlich bei den Fezzani, die normalerweise nicht einmal einsachtzig erreichen.«

»Wollen Sie sagen, dass er importiert worden ist?«

»Nein, ich glaube, das können wir ausschließen. Die Sprache ist ein Anzeichen dafür. Er sprach den Dialekt wie ein Eingeborener. Noch wichtiger ist die Bemalung. Sehen Sie.«

Rechts neben dem stillstehenden Film erschien das Gesicht des großen Schwarzen in Vergrößerung. Obwohl es einem Mann Anfang Dreißig gehören zu schien, sahen die tiefen Linien unter den Backenknochen aus wie die Falten des Alters.

»Stammeszeichnungen«, sagte Mr. Merlin. »Ganz alltäglich in vielen afrikanischen Ländern und besonders im Fezzan. Es ist ein unauslöschliches Losungswort für die Angehörigen des eigenen Stammes und bis vor nicht allzu langer Zeit ein sicheres Todesurteil, wenn man dabei ertappt wurde, auf fremdem Gebiet etwas Unerlaubtes zu tun.«

Die Vergrößerung blieb stehen, als der Film daneben weiterzulaufen begann. Der große Mann sprang katzengleich in den Fahrersitz des vordersten Rover, und der Wagen fuhr los. Der zweite folgte. Der Bildschirm wurde weiß.

»Ende der Episode«, sagte Mr. Merlin.

»Man kann von Glück sagen, dass Sie überhaupt etwas gefilmt haben«, bemerkte Eagle.

Mr. Merlin lachte leise in sich hinein. »Unsere Regierung ist nicht immer ganz so hilflos, wie Sie manchmal anzunehmen scheinen, John. Der Mann, der diesen Film drehte, war Teil eines Netzwerks von Beobachtern, die ihre Posten einnahmen, sobald der Botschafter Washington alarmiert hatte. Deshalb wissen wir auch, was geschah, nachdem die Landrover südwärts davongefahren waren.«

Die Karte Libyens auf dem Bildschirm erhielt nun ein Deckblatt. Auf dem durchsichtigen Kunststoffblatt befand sich ein roter Pfeil, der eine Stelle auf der Karte bezeichnete, wo die Westgrenze des Landes auf die Hoheitsgebiete Tunesiens und Algeriens traf.

»Der festgebackene Wüstensand Nordlibyens eignet sich hervorragend als Landebahn für Flugzeuge. Die Gruppe verließ Tripolis in einer klapprigen DC-3 und flog nach Südwesten. Das Flugzeug, das die Abzeichen einer Chartergesellschaft aus Tripolis trug, aber dieser Gesellschaft nicht gehört, glich in jeder Hinsicht den Maschinen, die im Alltagsverkehr der Ölgesellschaften fliegen. Soweit die Versuche, sich zu tarnen. Die Maschine landete am westlichen Ende des Pfeiles, den Sie vor sich sehen. Der Name der Oase ist Ghadames.«

»Und von da aus?«

»Nichts mehr. Die Fezzani-Herkunft der Befreier deutet nach Süden, aber wir wissen es nicht.«

»Warum nicht über die Grenze, entweder nach Algerien oder Tunesien?«

»Möglich. Aber dies hier...« -, ein neues Dia erschien -, »...lässt es unwahrscheinlich erscheinen.«

Es war ein Stück Goldschmuck an einem Kettchen: eine sehr kunstvoll gearbeitete, stilisierte Hand, deren Finger zu einer Faust geballt waren.

»Fatimas Hand ist im ganzen Mittleren Osten ein Glückssymbol, aber die Arbeit an diesem Stück ist mit aller Bestimmtheit libysch. So sagt jedenfalls unser Experte. Es hing um den Hals des Terroristen, den Alex Archer tötete. Ein sehr ungewöhnliches Stück. Der Experte behauptet, nie etwas Ähnliches gesehen zu haben. Normalerweise sind die Finger gespreizt und zeigen gerade nach unten.«

»Also Fatimas Faust«, sagte Eagle nachdenklich. »Das passt zu dem Rest.«

»Sie bekommen das Stück, bevor Sie fahren. In der Zwischenzeit informieren Sie sich am besten genauer darüber, wohin Sie reisen.«

Die gesamte Wand bedeckte sich jetzt mit Karten: Temperaturkarten für die gegenwärtige Jahreszeit, Geländekarten, die die Bodenerhebungen zeigten, Straßenkarten - auf denen die meisten Straßen auf halbem Weg durch das Land endeten. Aus der Sprechanlage kam eine Stimme, die nicht Mr. Merlins war, sondern die frisch-fröhliche eines nicht ganz vertrauenswürdigen Reiseberaters. Er hatte gerade seinen Vortrag begonnen, als Mr. Merlin unterbrach.

»Übrigens, John, vielleicht interessiert Sie Ghadames' Geschichte. Seit mindestens zweitausend Jahren ist es die heimliche Schmugglerhauptstadt des Ostens. Man nennt es auch Perle der Wüste.«

Eagle lachte. »Wenn es solch eine Perle ist, warum haben Sie es dann noch nicht gekauft?«

»Ich bin allergisch gegen Hitze, John. Salute.«

Eagle hob sein Glas gegen die Kamera und dann an die Lippen. Verdammt guter Cognac. Vielleicht sollte er sich von Mr. Merlin eine Sendung davon bestellen lassen - falls es ihm gelang, lebend zurückzukommen.

Fünftes Kapitel

Es war fünf Minuten nach zehn Uhr abends, als die einmotorige Beaver von ihrem Kurs übers Mittelmeer abwich. Fünf Minuten danach bestätigte der Pilot den aufgeregten Funkspruch des Turms am Flughafen von Tripolis. Der Funkspruch kam auf Französisch.

»Tut mir leid, mein Junge. Können wir's auf Englisch versuchen?«

Ein englisch sprechender Flugüberwachungsmann meldete sich. »Sie sind nicht mehr auf dem richtigen Kurs.« Die Funkleitstelle wiederholte die Flugkoordinaten, die der Pilot erhalten hatte, als das winzige Flugzeug die tunesische Insel Dscherba verließ. Oder jedenfalls begann sie die Wiederholung. Der Pilot unterbrach die Meldung mit unüberhörbar britischem Akzent.

»Ich weiß verdammt gut, dass ich nicht mehr auf Kurs bin! Der Motor setzt aus... Ich versuche, ein einigermaßen hartes Stück Sandpiste zu finden, um diese Mühle herunterzubekommen. Machen Sie sich nützlich, und halten Sie mir die anderen Maschinen vom Halse!«

»Niemand ist Ihnen im Weg, jedenfalls nicht auf Ihrer Höhe. Halten Sie Funkkontakt.«

Die Beaver war eine Chartermaschine, die für Kurzflüge mit fünf oder sechs Passagieren von Bohrstelle zu Bohrstelle vermietet wurde. Mr. Merlin hatte dafür gesorgt, dass sie den Sprung auf die Touristeninsel Dscherba machte und dort heimlich einen Passagier an Bord nahm, der laut Paß ein Mr. John Miller war und für einige Wochen auf der Insel wohnte. Nachdem sein Auftrag erfüllt war, sollte Eagle sich bis an eine bestimmte Stelle an der libyschen Küste durchschlagen und einen kleinen Signalsender in Betrieb setzen, damit ein vor der Küste liegendes Boot ihn aufnehmen und auf die Insel zurückbringen konnte, wo Eagle eine ganze Woche lang Sonne in sich aufsaugen wollte - wenn er bis dahin nicht schon genug davon hatte.

Sie wechselten kaum ein Wort miteinander. Der Engländer bekam von seinem Arbeitgeber eine Gehaltszulage für diese kleine Extratour, und er freute sich darüber. Er wusste, dass Eagle Amerikaner war, und nahm wahrscheinlich an, dass er zur CIA gehörte. Aber er hielt sich nur an Tatsachen. Als sie starteten, machte er eine Bemerkung über die Hitze und sah das langärmelige Khakihemd und die lange Hose seines Passagiers fragend an. Er bekam keine Antwort. Er konnte nicht wissen, dass John Eagle unter seiner äußeren Kleidung einen hautengen Kunststoff-Anzug trug, der stets automatisch für angenehme Temperatur sorgte. Der Anzug hatte auch sonst noch einige erfreuliche Eigenschaften, wie zum Beispiel die Fähigkeit, Kugeln abzuweisen - wenn es nicht gerade ein Schuss mit einer

Waffe von extremer Durchschlagskraft aus Kernschussweite war - und seine Fähigkeit, sich mit Hilfe eines speziellen Chamäleon-Elements der jeweils vorherrschenden Farbe seiner Umgebung vollkommen anzupassen.

Nichts deutete darauf hin, dass der Passagier irgendwie bewaffnet war, und er trug auch tatsächlich nichts am Leibe. Der Pilot hatte den Verdacht, dass das große Gepäckstück im Heck der Maschine irgendeine Art Waffe oder Waffen enthielt, und er hatte Recht. Aber es hätte ihn überrascht zu sehen, was es enthielt: ein wahrhaftiges Arsenal.

Allerdings war er neugierig, was der Amerikaner vorhatte, nachdem er gelandet war. Der Landeplatz würde voraussichtlich gerade innerhalb des libyschen Hoheitsgebietes und kaum fünf Kilometer landeinwärts liegen. Außer der kleinen Küstenstadt Zuara gab es, so weit das Auge reichte, nichts als Sand und nach Norden zu die See. Der Pilot kam zu dem Schluss, dass Zuara das Ziel des Mannes sein musste. Irgendwo anders wurde er geröstet, bevor er ankam. Ein Mann zu Fuß da unten, wenn die Sonne sich dem Zenith näherte...

Das Sprechfunkgerät knackte. »Ich glaube, das ist es«, sagte der Pilot zu Eagle. Dann meldete er sich.

»Sie sind jetzt über dem Festland und versuchen am besten, sofort zu landen. Wenn Sie zu weit nach Süden fliegen, treffen Sie auf die Dschebels, die Berge. Sagen Sie uns Bescheid, wenn Sie gelandet sind, und auch, ob Sie Ihre Schwierigkeiten selbst beheben können.«

»Right-ho. Ich gehe runter.«

Die Landung war holprig, aber sonst professionell. Als der Motor schwieg, fragte der Pilot Eagle, ob er ihm mit dem Gepäck helfen könne.

Eagle öffnete die Bordtür. »Nein, danke. Ich schaff' es schon allein.«

Sekunden später stand er auf dem Boden und entfernte sich, sein Gepäck über die Schulter geworfen. Er hielt erst an, als er die Maschine wieder starten hörte. Seine Apachenaugen hatten sich an das im Dunkeln liegende Land gewöhnt, das jetzt, seit er mit ihm in Berührung war, zu leben begann. Es gab wenig Sterne in dieser Nacht, aber ihr Licht genügte ihm. Er suchte mit den Augen einen vollen Kreis von 360 Grad ab und vergewisserte sich, dass er völlig allein war. Dann schlüpfte er aus dem ungemütlichen Khaki. Er breitete Hemd und Hose flach auf dem Sand aus, öffnete das Paket und legte seinen Inhalt sorgfältig auf den Stoff, den er vorbereitet hatte.

Zuerst kam das kleine, kunststoffumhüllte Chamäleon-Element. Er streckte sein linkes Bein aus, passte das Element in die kleine Tasche hinter seinem linken Knie und verband die beiden Drähte, die das Element auf Fingerdruck in Funktion setzten.

Als nächstes kam die CO_2-Pistole, die wie eine Luger aussah, aber länger und mit einem Ringvisier an der Mündung versehen war. Die superleise Waffe flüsterte kaum, wenn sie ihre schlanken, metallenen Todesnadeln abfeuerte.

Jetzt erschien ein Vielzweck-Gerätegürtel aus dem Paket, den Eagle sich um die Hüften legte. Zwei Drähte des Gürtels passten in einen Stecker, der das Material des Gürtels dem Chamäleon-Element anglich. Eagle verstaute die Gaspistole sicher auf der linken Seite des Gürtels. Dann klopfte er leicht die sechs Taschen hinter der Pistole ab: sechs Magazine mit Pfeilen - sieben, wenn er das Magazin mitrechnete, das bereits in der Waffe steckte. Je zwölf Pfeile. Verschiedene der anderen Taschen waren ebenfalls gefüllt. Da waren die ans Wunderbare grenzenden Nahrungs- und Durstlöscher-Tabletten, in Mr. Merlins Labors entwickelt. Es gab auch eine Anzahl durchsichtiger Kunststoffampullen mit drei unterschiedlich gefärbten Flüssigkeiten. Die Farben bezeichneten die Art und das Ausmaß der Explosionen, die sie auslösen konnten. Und dann war da noch der Signalsender, den er benutzen würde, wenn sein Auftrag erledigt war.

Drei weitere Waffen kamen aus dem Gepäck. Die ersten beiden - ein ganz normal aussehendes Klappmesser und ein kurzer Eisenholzknüppel mit einem versenkten, fünfzehn Zentimeter langen Eispicker - ließen sich an Eagles Gürtel befestigen. Die dritte Waffe befand sich in einer Kunststoffhülle: seine Lieblingswaffe, der Bogen aus Speziallegierung, in zwei Teile zerlegt. Er ließ ihn so, und nachdem er den Kunststoffköcher mit den zwanzig Stahlpfeilen und der Tasche mit dreißig abnehmbaren Extraspitzen überprüft hatte, legte er Pfeil und Bogen auf das Khaki.

Nur eins fehlte noch: sein Transportmittel.

Das Gerät erschien in elf Teilen, die sich mühelos zusammenfügen ließen: ein kleines Motorrad, beinahe ein Spielzeug, aber weitaus dauerhafter, denn es konnte einen zwei Zentner schweren Mann mit knapp vier Litern Benzin hundertfünfzig Kilometer weit bringen. Eagle hatte vier Tankfüllungen bei sich. Das Motorrad hieß Wüstenmaus und war so niedrig, dass ein Fahrer, der sich über die Lenkstange beugte, kaum einen Meter vom Boden entfernt war. Auch dies war eine von Merlin angeregte Erfindung, ebenso das robuste, synthetische Material, aus dem die Reifen gefertigt waren - und das farblose, geruchlose und giftige Gas, mit dem sie aufgepumpt waren.

Um Viertel vor elf war er fertig. Seine gesamte Ausrüstung befand sich auf dem Motorrad, das der Protoagent jetzt bestieg. Die Entfernung von Zuara nach Ghadames betrug dreihundert Kilometer - Luftlinie. Aber es gab eine Anzahl von kleinen Dörfern und Ölbohrstellen auf dem nördlichen Teil seiner Reise, die er meiden musste. In Wirklichkeit würde er also etwa dreihundertfünfzig Kilometer weit fahren müssen. In flachem, offenem Gelände hatte er die Wüstenmaus bis auf 150 Kilometer pro Stunde gebracht, aber jetzt war Nacht, und er wusste, dass sein Vorderrad jederzeit in ein Loch mit weichem Sand geraten konnte. Eine Dauergeschwindigkeit von etwa achtzig bis neunzig Stundenkilometern würde ihn in vier Stunden nach Ghadames bringen. Seine voraussichtliche Ankunftszeit war also etwa drei Uhr morgens.

Eine gute Zeit, um der Perle der Wüste einen Besuch abzustatten.

Er sah auf die Kompassnadel seiner Armbanduhr und startete den leisen Motor.

Auf die Minute genau um drei Uhr lag Eagle flach auf dem Bauch und horchte. Er war ungefähr noch anderthalb Kilometer von der Oastenstadt entfernt, wenn er nach dem einsamen Lichtsignal des kleinen Flugplatzes am Stadtrand urteilte. Etwa fünfhundert Meter hinter ihm lag das Motorrad in einem Flecken weichen Sandes vergraben. Er hatte die Koordinaten der Stelle, und sollte er die Maschine in den nächsten Tagen wieder brauchen, dann wusste er, wo er sie finden konnte. Danach würde sie in dem ständig wandernden Wüstensand verloren sein, wenn nicht die Wüste selbst sich entschloss, sie freizugeben.

Die Nacht war nicht still.

Die Töne klangen eigenartig, unheimlich. Eagle hatte sie natürlich schon vorher gehört - im Instruktionsraum von Lager drei. Aber trotz der hochwertigen Klangwiedergabe der Geräte war die Wirklichkeit doch noch eindrucksvoller.

Die Stimmen, die ihre Rufe ertönen ließen, kamen von den Dächern der von einer Mauer umgebenen Stadt. Sie gehörten den weiblichen Wächtern, die seit uralten Zeiten die einzigen legitimen Bewohner der Dächer waren. Abgesehen von bestimmten besonderen Tagen, an denen es auch den Männern der Siedlung erlaubt war, hinaufzusteigen. Die >Stimmen von Ghada- mes< waren bereits mehrfach das Objekt anthropologischer Forschungen gewesen, und die Wissenschaftler waren über die Bedeutung der Rufe uneins. Die Frauen standen für ein Interview nicht zur Verfügung. Die Männer schwiegen.

Die Stimmen ähnelten den Rufen der amerikanischen Indianer - wenigstens in ihrer Absicht. Es waren Berichte über die Ereignisse der Nacht und des Tages - denen, die unten arbeiteten oder schliefen, ständig zu Gehör gebracht. Die Rufe, die Eagle gegenwärtig hörte, waren monoton, langsam ansteigend und wieder abfallend, lang und auseinandergezogen, als seien sie atonale Wiegenlieder, um unruhige Babys einzuschläfern. Die

Frauen, die für Eagle nicht sichtbar waren, bemühten sich nicht um Harmonie. Jede folgte ihren eigenen Neigungen.

Keine Gefahr. Jedenfalls nicht, solange die Töne sich nicht verschärften. Das würde bedeuten, dass etwas Neues in der Landschaft bemerkt worden war. Man hatte Eagle versichert, dass die Augen der Wächterinnen auf den Dächern scharf wie Geieraugen waren. Aus der Kenntnis seines eigenen Volkes bezweifelte er das nicht im Geringsten. Aber es war trotzdem Zeit.

Er machte sich auf den Weg.

Der Flughafentower mit seinem rotierenden Scheinwerfer lag ein wenig zu nah an der linken Seite des äußeren Walls, und so hielt er sich rechts. Den ersten halben Kilometer brachte er schnell laufend hinter sich. Dann, um auch das leichte Geräusch seiner abgepolsterten Füße auf dem Sand noch zu vermeiden, fiel er in Trott. Auf halbem Weg lag er erneut flach auf der ausgetrockneten Erde. Wieder horchte er, denn seine Ohren trugen ihm ein neues Geräusch zu.

Nicht von den Frauen. Sie sangen immer noch in langsam steigenden und fallenden Tönen. Nein, dies war ein Brummen. Sehr leise und noch kaum hörbar, aber ständig lauter werdend.

Eagle zählte fünf Sekunden. Dann hörten es auch die Frauen, was sich an der Veränderung ihrer Stimmen mühelos ablesen ließ.

Eine Serie von scharfen, klickenden Geräuschen und einzelnen hohen Kehlkopftönen kam nicht von allen Stimmen, sondern nur von denen an der nördlichen Mauer. Eagle erkannte das neue Geräusch: ein Motor. Irgendein Fahrzeug kam von Norden her, das der Fahrer mit abgeschalteten Scheinwerfern lenkte.

Eagle konnte die Staubwolke sehen, die das Fahrzeug hinter sich herzog. Es fuhr direkt auf die Stadtmauer zu, Geschwindigkeit schätzungsweise achtzig, dröhnender Motor, der die immer noch singenden Frauen von Ghadames übertönte.

Das Fahrzeug erreichte die von ihm am weitesten entfernt liegende Seite der Stadtmauer und fuhr hinten um sie herum. Eagles scharfe Augen verfolgten es bis zu dem Punkt, an dem es fast auf der Südseite wieder hätte erscheinen müssen, als der Motor abgestellt wurde. Das Fahrzeug hatte angehalten. Es war Zeit für Eagle.

Er hielt sich an die Nordseite der Mauer, um das indirekte Licht des Flugplatzes zu vermeiden, und umrundete die Stadtmauer. Als er den Landrover sah, lächelte er. Er überschätzte seine Bedeutung nicht. Für sich allein bedeutete er gar nichts. Der Landrover war in diesem Teil der Welt das Standardfahrzeug. Jeder fuhr damit.

Einschließlich der Männer, die er suchte.

Flach gegen die Mauer gedrückt, hielt er den Atem an, um die Geräusche besser hören zu können, die durch die Nacht zu ihm drangen. Vor ihm lagen ein Rondell Wüstenpalmen und dahinter ein Haufen primitiver Hütten, hinter denen sich ein wettergegerbtes Steingebäude erhob. Er hatte ein Foto des Gebäudes gesehen, von dem die Einwohner der Stadt behaupteten, es sei von den Römern errichtet worden. Die Behauptung war in Frage gestellt worden, aber das interessierte Eagle nicht. Was ihn interessierte, waren die Geräusche, die von dort kamen: die Stimmen und Geräusche eines Kampfes.

Die Stimmen auf den Dächern über und hinter ihm hatten wieder ihr einschläferndes Auf und Ab begonnen. Offensichtlich war die Wächterin, die für diesen Teil der Mauer zuständig war, nicht sehr aufmerksam. Oder sie kümmerte sich einfach nicht um das, was da vor sich ging. Nach all dem, was er in Lager drei erfahren hatte, nahm er das letztere an. Umso besser für ihn, wenn...

Wenn er es so aussehen lassen konnte, als käme er von diesen baufälligen Hütten her.

Es war den Versuch wert. Geräuschlos bewegte er sich auf die Palmen zu, durch sie hindurch und zwischen die Hütten.

Dann beschleunigte er seine Schritte. Das Geräusch, das er jetzt machte, war nicht mehr wichtig.

So hoffte er.

Und dann, als er sah, was in dem Rund der Steinruinen geschah, wusste er, dass er sich keine Sorgen zu machen brauchte.

Die Frau war eine Tuareg. Das sah er an ihrer Kleidung. Um genauer zu sein, er sah es an dem, was sie nicht trug. Libysche Frauen verdeckten ihre Gesichter, Tuaregfrauen nicht. Und libysche Frauen interessierten sich für das Schicksal anderer libyscher Frauen. Um Tuaregfrauen kümmerten sie sich nicht.

Was dieser Tuaregfrau geschah, ließ sich sehr einfach definieren. Es war ein Vergewaltigungsversuch.

Die Frau - oder das Mädchen, wie Eagle jetzt sah, als er näher kam - kämpfte wie eine wütende Tigerin. Eine mit Klauen, nach der Art zu urteilen, wie der Mann plötzlich aufheulte und sich mit der rechten Hand ins Gesicht fuhr. Es war der erste Schmerzensschrei, der von dem kämpfenden Paar gekommen war, aber ihm folgte ein zweiter, als die Faust des Mannes nach vorn schoss und die Frau ins Gesicht traf.

Sie stürzte zu Boden. Der Mann begann, auf sie zuzugehen, hielt aber inne, als sie nach hinten abrollte und wieder auf die Füße kam. Sie machte das mit der Eleganz einer trainierten Sportlerin, obwohl ihr Verfolger nicht sehr beeindruckt schien. Seine Worte waren nicht verständlich, aber Eagle erkannte den Ton. Er war mörderisch.

Eagle hegte keine Zweifel über das, was geschehen würde, wenn der Mann sie nun zu fassen bekommen würde. Der Protoagent streckte den rechten Arm vor, die CO_2-Pistole wisperte. Der Stahlpfeil fuhr dem Mann kurz über dem Hals ins Gehirn. Er fiel zu Boden wie ein leerer Sack.

Das Gesicht der Frau zeigte Überraschung und dann Verwunderung, als sie die Leiche vor sich musterte. Eagle vergewisserte sich, dass sich zwischen ihm und der hohen Stadtmauer eine große Hütte befand, und schaltete das Chamäleon-Element aus.

Ihre Augen fanden ihn sofort. Sie erstarrte mit aufgerissenem Mund.

»*Dschinn?*«

Eagle winkte sie zu sich. »Komm her«, sagte er leise.

Langsam kam sie auf ihn zu und wandte die Augen von seinem Gesicht, als suche sie jemand anderen. Als sie vor ihm stand, lächelte sie.

»Englisch sprichst du?«

»Ja.«

»Dann bist du kein *Dschinn* - kein böser Geist. Warum hast du ihn getötet?«

»Tut es dir leid?«

»Leid?«

»Bist du traurig, dass ich ihn getötet habe? Nicht glücklich?«

Sie verstand. »Ich sehr glücklich, du ihn töten. Du auch anderen töten?«

Anderen? Als die Bedeutung ihm aufging, hörte er die Fußtritte hinter sich. Seine Ohren hatten schon auf die Geräusche gewartet, welche die Gegenwart eines anderen verraten würden. Er wirbelte auf den Fersen herum, die Waffe schussbereit, aber er brauchte nicht zu feuern. Noch bevor er begonnen hatte, sich zu drehen, hörte er das *Twack*. Einen Moment lang konnte er die Ursache des Geräuschs nicht erkennen, nur den schwarzen Mann in der schwarzen Hose. Er stand mit gespreizten Beinen, die Hand mitten beim Ziehen einer Pistole erstarrt. Dann ließ die Hand plötzlich los und fasste zuckend nach seinem Rücken. Ein Ausdruck des Schmerzes glitt über das schwarze Gesicht, dann fiel der Mann auf ein Knie und stürzte vornüber.

Der Messerknauf sah aus wie Silber.

Eagle blieb in der Bereitstellung, die er nach der Drehung eingenommen hatte.

»Alles in Ordnung«, sagte das Mädchen. »Es waren nur zwei. Nicht mehr.«

»Wer war dann das?« Er zeigte auf das Messer.

»Mein Vater, glaube ich.« Sie pfiff leise. »Das ist das Zeichen, dass alles in Ordnung ist.«

Eagle wusste, dass der Mann dort in den Schatten stand, bevor er sich bewegte. Seine Gaspistole war auf den Bauch des Mannes gerichtet. Nur für alle Fälle.

Das Mädchen zischte. »*La, la*! Nein! Es ist mein Vater!«

Er trug einen dunklen Umhang und einen Turban, der so geschlungen war, dass er von seinem Gesicht nur zwei scharfe Augen freiließ. Hochgewachsen und schlank, näherte sich dieses Phantom der Nacht Eagle und dem Mädchen schweigend. Als seine Augen von Eagles Gesicht zu seiner Pistole wanderten, meinte Eagle, etwas wie milde Belustigung darin zu entdecken. Die Worte des Mannes waren jedoch an das Mädchen gerichtet.

»Tochter, ich möchte *schay*. Bring diesen mit dir, wenn du willst.«

Dann ging er an ihnen beiden vorbei und verschwand im Eingang einer nahen Hütte.

Eagle senkte seine Waffe.

»*Schay*?«, fragte das Mädchen.

»Gleich. Erst möchte ich etwas sehen.«

Er drehte den Körper des Toten um und langte in das offene Hemd. Sorgsam zog er die goldene Kette über den kraushaarigen Kopf. An dem Kettchen hing Fatimas Faust.

Die Nacht hatte gut begonnen.

Sechstes Kapitel

Die Hütte war aus Gerümpel und alten Baumaterialien errichtet und mit Strohgeflecht und hartgebackenem Lehm zusammengehalten. Sie bestand aus einem einzigen großen Raum, der in der Mitte durch einen farbenfrohen Vorhang geteilt wurde. Es gab zwei Eingänge, und als Eagle und das Mädchen durch den einen hereinkamen, sah er, dass drei Männer durch den anderen hinausgingen. Alle trugen dunkelblaue Umhänge und hielten ihre Gesichter bedeckt.

Der Vater des Mädchens saß mit gekreuzten Beinen allein vor einem kleinen Holzkohlenfeuer, über dem ein Kupferkessel zischte. Das Mädchen setzte sich zu ihrem Vater und hielt ihm das Messer hin, das sie aus dem Rücken des toten Negers gezogen hatte.

Er umschloss den Griff mit seiner Hand. Das Messer hatte eine schön gearbeitete, etwa zwölf Zentimeter lange Klinge. Er sah Eagle an.

»Was ich verliehen habe, ist mir zurückgegeben worden«, sagte er durch seinen dichten Schleier. »Eine gerechte Schuld ist beglichen.«

Eagle nickte. Er stand noch immer. Zwar kannte er die Sitten dieses Volkes nicht, aber die Apachen-Höflichkeit schrieb vor, dass man sich nicht an ein Feuer setzte, wenn man nicht ausdrücklich dazu eingeladen war.

»Man nennt mich Dschebel. Dies ist meine Tochter Kyra. Wie nennt man dich?«

»John.«

»Ich möchte, dass du dich zu uns setzt, John.«

»Ich danke dir, Dschebel.«

Kyra füllte drei kleine Tassen mit bernsteingelber Flüssigkeit aus dem Kupferkessel und löffelte dann große Mengen Zucker hinein. Als sie eine der Tassen vor ihren Vater setzte, schien es Eagle, als wechselten sie einen schnellen Blick. Er wusste, dass er recht gehabt hatte, als sie ihm seine Tasse reichte.

»Ich nehme meinen schay dort.« Sie nickte in Richtung auf den vielfarbigen Vorhang, der den Raum teilte, sah dann wieder zu ihm hin und lächelte. Eagle hatte keinen Zweifel, dass das Lächeln eine Einladung war. Er fragte sich, wie ihr Vater wohl auf diese Einladung reagieren würde. Er wurde nicht lange auf die Folter gespannt.

»Sie ist ein heißblütiges Mädchen«, sagte Dschebel, als sie allein waren. »Ganz wie ihre Mutter, die vor einigen Jahren starb.« Er seufzte. »Es scheint der Wunsch meiner Tochter zu sein, dich heute Nacht zu unterhalten. Für den Fall, dass du sie anziehend findest...« Er ließ den Satz unvollendet, aber Eagle verstand auch so.

»Nun zu wichtigeren Dingen, John. Der schay - schmeckt er dir?«

Während er sprach, hob Dschebel die Tasse unter seinen Schleier und trank. Eagle trank ebenfalls. Es war Tee, aber der Geschmack war kaum wiederzuerkennen, nachdem die Überdosis Zucker ihn fast in Sirup verwandelt hatte.

»Er ist ausgezeichnet«, sagte Eagle.

»Du bist höflich«, antwortete Dschebel. »Ihr aus der westlichen Welt findet den süßen Geschmack unerträglich. Aber als Energiequelle ist unser Tee von Nutzen.«

»Du scheinst einiges von der westlichen Welt zu wissen.«

»Ja, weil ich in meinem Volk ein Sonderling bin. In meiner Jugend verließ ich für einige Zeit die Wüste, um zu erwerben, was der Europäer eine Erziehung nennt. Ich erwarb und kehrte zurück. Das Tuaregleben liegt mir mehr, obwohl ich einiges von meinem Wissen an die nächste Generation weitergegeben habe.«

Er deutete auf den Raum hinter dem Vorhang. »Kennst du die Sitten der Tuareg, John?«

»Ich habe ein wenig davon gehört, ja.«

Die Instruktionen in Lager drei hatten sich nur sehr oberflächlich mit den Tuareg beschäftigt. Vor allem, weil die Beteiligung dieses Volkes an der Art Terrorismus, dem Eagle auf der Spur war, gleich Null war. So hatte er nicht viel mehr gelernt, als er schon vor Jahren über die Tuareg gelesen hatte. Eagle wusste, dass sie wahrscheinlich von den Berbern abstammten, dass aber die Rassenmischung fast jede Spur der weißen Haut und des glatten Haares der Berber ausgelöscht hatte, so dass sich die Tuareg heute von den dunkelhäutigen, kraushaarigen Menschen, die ihnen in der Weite der Wüste zahlenmäßig so überlegen waren, nicht mehr unterscheiden ließen. Der männliche Tuareg war traditionsgemäß ein Krieger, zu der Ansicht erzogen, dass Landarbeit schmachvoll ist - wie fast alle anderen Arten von Arbeit außer dem harten Kriegshandwerk. Die Geschichte der Sahara und der Sandmeere, die sie umgeben, ist mit Blut geschrieben, und die hochgewachsenen, schlanken Tuaregkrieger, die das Land von ihren herrlichen Rennkamelen herab beherrschten, sind zum Gegenstand romantischer und geheimnisvoller Erzählungen geworden. Hinter der traditionellen blauen Maske, mit der die Krieger stets ihr Gesicht verdeckten, steckten Männer, mit denen man rechnen musste, die jahrhundertelang die Handelswege für Sklaven und andere Wertgegenstände überwacht, ihren Herrschaftsanspruch durch das Schwert und später durch das Gewehr fest verankert hatten.

»Die Legenden gibt es immer noch«, hatte es am Schluss seines Instruktionstonbands geheißen. »Aber in der heutigen Zeit, in der Kriege in einer Größenordnung und zwischen Gegnern geführt werden, die der Tuareg nicht mehr versteht, lebt er in der Vergangenheit und verweigert die Anpassung. Er weigert sich, innerhalb der Mauern einer Stadt zu leben, und schlägt sein Lager davor auf. Er ist ein nutzloser Mann, ein Krieger ohne Krieg.«

Die Ähnlichkeit zwischen den Tuareg und den letzten beiden Generationen von Apachen war Eagle nicht entgangen.

»Ich verstehe einiges von dem, was ich gehört habe«, fügte er, zu Dschebel gewandt, hinzu.

»In mancher Hinsicht sind wir ein törichtes Volk«, sagte der Tuareg. »Aber wir haben es nie für nötig gehalten, mehr als ein gutes Kamel, verlässliche Waffen, ein Minimum an Nahrung und ein primitives Obdach zu besitzen. Es gibt wenig mehr, nach dem uns verlangt. Und doch stehen wir still. Ich glaube, es wird eines Tages keine Tuareg mehr geben. Und ich glaube auch, dass Allah große Tränen weinen wird, wenn dieser Tag kommt.«

Die Worte hätten von Eagles altem Großvater Ho-kwa-sikna stammen können. Nur der Wechsel vom Kamel zum Pferd, vom Tuareg zum Apachen, von Allah zum Großen Geist.

Plötzlich änderte sich der Ton des Tuareg.

»Ich habe dir gesagt, dass ich Dschebel genannt werde. Weißt du, was dieses Wort bedeutet?«

Eagle nickte. »Berg.« Der berühmte Felsen von Gibraltar hatte ursprünglich Dschebel Tarik geheißen, zu Ehren des Moslemgenerals Tarik, der im frühen achten Jahrhundert Südspanien erobert hatte.

»In unserer Tradition ragt der Berg hoch empor und überblickt alles, was unten in der Ebene vor sich geht. Es ist ein Ehrentitel, John, einer, der Verantwortung mit sich bringt. Eine dieser Verantwortlichkeiten zwingt mich nun zur Ungastlichkeit. Ich muss dich fragen, warum du hierhergekommen bist. Du bist Amerikaner und ein Krieger mit Waffen. Ich frage nicht aus Neugier, sondern aus Pflicht.«

»Ich bin gekommen, um jemanden zu töten«, sagte Eagle ruhig.

»Wen?«

»Ich weiß es nicht - nicht genau.«

»Und wo hält diese Person sich auf?«

»Es wird mehr als nur einer sein. Ich weiß nicht, wo.«

»Aber du bist nach Ghadames gekommen. Warum?«

»Die, die ich suche, waren ebenfalls hier.«

»Warum suchst du sie?«

»Sie töteten Freunde.«

Eine Pause. »Dann handelst du also auf eigene Faust - nicht im Auftrag deiner Regierung?«

»Beides.«

»Was weißt du von denen, die du suchst?«

Eagle zog das goldene Kettchen mit Fatimas Faust aus der Tasche und hielt es dem Mann auf der anderen Seite der glimmenden Kohlen hin.

Die Augen des Mannes, der sich Berg nannte, weiteten sich und zogen sich dann zusammen. Dann tat er etwas völlig Unvorhersehbares.

Seine Hand fasste nach seinem Schleier und nahm ihn ab.

»Nur diese Nacht will ich dir mein Gesicht zeigen. Du wirst es nicht Wiedersehen, bis das Leben meinen Körper verlassen hat.«

Es war ein scharfgeschnittenes Gesicht, fast ein Indianergesicht, mit vorstehenden Backenknochen und geschwungener Nase, mit einem festen, breiten Mund. Es war schmaler als das durchschnittliche Indianergesicht, aber Eagle hatte keine Zweifel: dies war das Gesicht eines Kriegers.

»Du nahmst einem der Toten draußen dieses Zeichen ab?«

»Ja, aber ich habe es schon früher gesehen. Die Männer, die ich jage, tragen dieses Zeichen. Vielleicht kannst du mir helfen, sie zu finden.«

»Ich habe vor, dir zu helfen, John. Es ist allerdings schon spät, zu spät für mich, um die notwendigen Vorräte zu beschaffen. Heute Nacht wollen wir uns ausruhen. Morgen werden wir alle Vorbereitungen treffen. Die Männer, die du suchst, sind weit von den Mauern von Ghadames. Es ist eine lange Reise, auf die wir uns vorbereiten.«

»Wir? Ich bat dich nicht, mich zu begleiten. Ich bitte nur um Information.«

»Der schwarze Teufel, der die Träger der Faust anführt, ist ebenso sehr ein Feind der Wüste wie er dein Feind ist.«

»Dschebel, was ich zu tun habe, erledige ich am besten allein.«

Die Augen des Tuareg blitzten.

»Das sagst du, weil du nicht weißt, was dir bevorsteht. Es ist nicht die Sprache der Weisheit.« Er erhob sich, und Eagle tat es ihm nach.

»Wir werden weiter darüber sprechen, wenn die Sonne aufgeht, John. Im Augenblick, so glaube ich, beginnt meine Tochter ungeduldig zu werden. Nicht wahr, Kyra?«

Keine Stimme antwortete. Nur ein Rascheln kam hinter dem Vorhang hervor.

Dschebels Lippen verzogen sich zu einem Lächeln. »Du wirst dich einem Problem gegenübersehen, aber wenn du ein Krieger bist, solltest du es lösen können.« Das Lächeln wurde noch breiter. »Vielleicht.«

»Meine Schwester Nagia«, sagte Kyra, um das zweite Mädchen vorzustellen, das Eagle vorfand, als er den Vorhang hinter sich schloss.

Die Überraschung war nicht ganz so groß, wie ihr Vater gemeint hatte. Eagle hatte das leise Flüstern und das unterdrückte Kichern schon beim Tee gehört. Aber er war nicht auf die Schönheit der beiden Mädchen vorbereitet, auf ihre wohlgeformten Körper, die er in völliger Nacktheit sehen konnte, während sie auf den Fersen hockten und ihm mit leuchtenden Augen erwartungsvoll entgegensahen. Ihr rabenschwarzes Haar und die hellbraune Haut verrieten, dass sie von fast reinem Tuaregblut waren. Keine von beiden schien voll entwickelte Brüste zu haben, obwohl sie so fest und wohlgeformt aussahen wie alles andere an ihnen. In dem schwachen Licht, das von einem Holzkohlenfeuer verbreitet wurde, sahen ihre Gesichter engelhaft aus. Oder dämonisch. Beides traf zu. In einem Volk, dem noch nicht beigebracht worden war, dass man sich des sexuellen Genusses schämen musste, war es möglich, lüstern und moralisch zur selben Zeit auszusehen. Ein engelhafter Sukkubus. Und hier hatte er zwei davon.

»Nagia ist meine kleine Schwester. Sie wartet mit mir auf dich.«

»Wir helfen jetzt, dich ausziehen?«

Der Gedanke an die besondere Kombination, die notwendig war, ihn aus seinem Spezialanzug zu befreien, ließ Eagle lächeln. Als die beiden Mädchen zurücklächelten, sagte er: »Nein, ich mache das selbst. Es ist schwer.«

Kyra kicherte und sagte etwas zu ihrer Schwester. Beide Mädchen lachten zusammen.

Er löste den Gerätegürtel, der seine Waffen enthielt, und auch das kleine Päckchen auf seinem Rücken, in dem sich sein Bogen und die Pfeile befanden. Er legte sie am Fußende des Bettzeugs auf den Lehmboden und schälte sich aus dem einteiligen Kunststoffanzug.

Einen Augenblick stand er breitbeinig vor den Mädchen. Sie musterten seinen Körper mit gieriger Bewunderung und lächelten sich dann schelmisch zu.

»Hier«, sagte Kyra und klopfte auf den freien Raum zwischen sich und ihrer Schwester. Schon bevor er sich zwischen sie kniete, fühlte er die wohlbekannte Regung in seinen Lenden. Ein Dilemma, hatte Dschebel gesagt. Eagle fand das nicht, als er nach den beiden griff. Er war ein wenig überrascht, als Kyra seine Finger abstreifte.

»Nein. Noch nicht. Erst uns vorbereiten - und dich.«

Sie zog ihn sanft auf den Rücken, und Nagia hob ebenso sanft seinen Kopf, um einen zusammengefalteten Umhang als Kissen darunterzuschieben. Kyra lächelte auf ihn herab, fasste in die Falten des Bettzeugs und zog drei Messinggefäße hervor, die ein wenig kleiner waren als Limonadeflaschen. Dann rückte sie sich so zurecht, dass ihre Knie gerade über seiner linken Hüfte lagen. Nagia machte dasselbe zu seiner Rechten. Sie legte die Hände zu einer flachen Schale zusammen und ließ sie dann heruntersinken, bis ihre Handrücken Eagles Unterleib berührten.

Über diese Fingerschale goss Kyra aus einem der Gefäße schimmerndes, dünnflüssiges Öl. Es roch nach Moschus.

»Dies kommt weit von Osten her«, sagte Kyra. »Alles wird besser, wenn Mann und Frau...« Sie spitzte die Lippen, als ihr offensichtlich nicht das richtige englische Wort einfiel. »Du weißt schon«, sagte sie. Um sicherzugehen, dass er verstand, ließ sie die Fingerspitzen zwischen seine Beine gleiten. Er reagierte unwillkürlich. »Ja«, lachte sie. »Du weißt. Jetzt machen wir uns bereit.«

Zuerst hatte Eagle gedacht, er werde der Empfänger der öligen Substanz sein, aber nachdem Kyra sich etwas davon in die Hände gegossen hatte, beugten sich beide Mädchen über seinen Körper und begannen, sich gegenseitig sanft einzuölen. »Zuerst wir, dann du«, sagte Kyra, während sie ihre Hände mit den Brüsten ihrer Schwester füllte. Inzwischen stützte sich Nagia leicht mit den Unterarmen auf Eagles Bauch, um Kyras Hüften besser zu erreichen. Er fragte sich, warum die beiden Mädchen, die doch allein gewesen waren und gewusst hatten, dass er kommen würde, auf ihn gewartet hatten, um diesen Ritus auszuführen. Die Antwort folgte unmittelbar darauf: Dies war auch Teil seiner Vorbereitung.

Sie streichelten einander sehr sanft und dabei auch ihn. Es schien Eagle, als werde von dem Öl *zufällig* mehr auf einen bestimmten Teil seines Körpers verschüttet als auf die anderen, einen Teil, durch den das Blut jetzt drängender pulsierte. Aber jedes Mal streifte die Hand, welche die verschüttete Flüssigkeit aufzusammeln versuchte, seinen Körper nur flüchtig. Es war stets nur eine leichte Berührung, obwohl er innerlich nichts mehr wünschte als einen festen Zugriff.

Beide Mädchen zogen jetzt die Knie unter ihm weg und legten sich neben ihn. Aber während Kyras Gesicht neben seinem lag und ihre Augen sehnsüchtig in die seinen starrten, lag Nagia andersherum, so dass eine feste Gesäßbacke und ein Schenkel sein Gesicht streiften.

»Wir machen das, damit auch unser Rücken Öl bekommt«, erklärte Kyra.

Aber er bemerkte, dass sie auch ihm seinen Teil zukommen ließen.

Er fühlte, wie Nagias Lippen ihn umschlossen, die Zähne berührten kaum das Fleisch. Er zitterte. Das Mädchen schmatzte hörbar mit den Lippen und kicherte, wobei ihr runder Popo vor Vergnügen bebte.

»Es schmeckt gut, das Öl«, sagte Kyra. »Nagia mag es.«

Eagle sandte einen Selbstbeherrschungsbefehl durch seinen Körper. Um sich abzulenken, sagte er zu Kyra: »Nagia spricht nicht viel. Kann sie kein Englisch?«

Kyras Lippen streiften sein Ohr. »Sie kennt die englischen Worte, aber ich bin die Älteste. Jetzt spreche ich. Ich tue auch, was ich will - zuerst.« Und indem sie sich abrupt auf richtete, ergriff sie Eagles Glied mit beiden Händen - und senkte den Kopf darauf, so dass ihr Haar über seinen Körper spielte.

»Gut?«, fragte sie Eagle.

Er nickte.

»Mehr gut«, lächelte sie. »*La*!«, sagte sie scharf zu Nagia. »Jetzt bekommt John das Öl.«

Ihre Hände und ihr Fleisch bedeckten seinen gesamten Körper. Das Öl ergoss sich freizügig, sie ölten ihn ebenso sehr mit Brüsten und Bäuchen ein wie mit Beinen und Armen. Durch eine plötzliche, gemeinsame Bewegung der beiden fand er sich umgedreht, halb auf Kyra liegend, während Nagia an seinem Rücken arbeitete. Das Öl klatschte ihm auf die Schultern und rann ihm das Rückgrat herab zum Gesäß. Es war dieser Körperteil, den die jüngere Schwester jetzt zu massieren begann: eine pressende und ziehende Bewegung wie von sanften Wellen. Unter ihm begann die ältere Schwester mit Schlängelbewegungen.

»*La*! Nein, John - noch nicht. Dies ist erstes Öl. Zwei mehr kommen noch.«

Eagles Lachen klang hart.

»Nein, Kyra, der Meinung bin ich nicht.«

»Nein, John! Es ist noch nicht Zeit!« Ihre Augen leuchteten jetzt vor Vergnügen, sie wand sich immer noch unter ihm. Das Mädchen, das ihm den Rücken liebkoste, half ihr, indem sie seine Position ständig leicht veränderte - gerade genug, um jeden seiner Vorstöße das Ziel verfehlen zu lassen.

Aber plötzlich krümmte er sich nach oben und rechts. Er fühlte, wie das Gewicht auf seinem Rücken von ihm abfiel. Da umklammerte er fest Kyras Schenkel und hielt ihren Oberkörper mit den Schultern zu Boden. In einem wilden Kraftausbruch riss er ihr die Beine auseinander. Sein erster Stoß war roh und barbarisch - genau wie er beabsichtigt hatte.

Der Schmerzenslaut erstickte ihr in der Kehle, als er zum zweiten Mal in sie eindrang. Sie öffnete den Mund, um ihr aufgestautes Gefühl herauszuschreien, würgte aber an ihrem Schrei, als der Mann sie zum dritten Mal durchdrang. Tränen vermischten sich jetzt mit dem Öl auf ihrem Gesicht, als sie sich unter ihm zerstoßen fühlte. Zu Staub zerstoßen. Aber aus dem Staub erhob sich eine Wolke wie ein Ghibli-Sandsturm, wurde größer, weißer, heißer, als sie sich tief in ihrem Schoß zu formen begann, sich dann ausbreitete - hoch in ihren Bauch, ihre Brüste, ihre Kehle -

»Aaaaaaaahhhhhaaaaaa!«

Sie brach unter ihm zusammen. Es war vorüber. Aber nein, das war es nicht - er hatte nicht aufgehört. Die Wolke war doch explodiert, es ging nicht mehr. Sie konnte nicht...

»Nein - halt. Ich kann nicht...«

Eagle biss die Zähne zusammen. »Es ist wie beim Öl, Kyra. Du hast den ersten Teil bekommen. Jetzt fehlen noch zwei.«

»Oh, nein - *la*, Ja! - Aaaiiih!«

Die zweite Wolke war zerborsten, unmöglich - es war unmöglich, das dritte Mal zu überleben! Er musste, musste aufhören! Verzweifelt irrten ihre Augen durch den Raum. Es musste einen Weg geben...

Der kurze Dolch lag nicht allzu weit entfernt. Knapp eine Armlänge entfernt. Wenn sie ihn...

Sie langte danach.

Eine andere Hand kam ihr zuvor.

Eagle hielt den Dolch wenige Zentimeter vor ihre Augen und hob den Oberkörper.

»Wolltest du das?«

»Ich - ich...«

»Für meine Kehle vielleicht?«

»Nein, ich...«

»Dann für deine eigene?«

»*Nein!* Ich...«

Sanft, fuhr er in seinen Bewegungen fort. Sie versuchte zu sprechen, aber es gelang ihr nicht. Irgendetwas formte sich in ihr, aber diesmal war es anders. Es kam langsam über sie, eine sich ausdehnende Wärme, im Gleichklang mit seiner Bewegung. So etwas hatte sie noch nie erlebt. Sie wollte die Augen schließen, sich dem hingeben, was da von ihr Besitz ergriff, aber seine harte Stimme schlug an ihr Ohr.

»Das Messer, Kyra. Möchtest du es jetzt?«

Sie konnte ihm nicht antworten.

»Kyra! Antworte!«

Und plötzlich hörte er auf, sich zu bewegen.

Ihre Augen öffneten sich, starrten ihn wild an, wobei sie versuchte, sich hoch- und gegen ihn zu werfen. Aber sie konnte nicht, sein Gewicht nagelte sie an den Boden.

»*Min fadlak* - bitte!«

»Ich fragte, ob du das Messer willst. Na?«

»Nein - nein!«

Er warf es zur Seite. »Was willst du denn, Kyra?«

»Ich will - dich!«

»Sag' noch einmal *bitte*. Sag's!«

»Bitte!«

Da bewegte er sich wieder in ihr, und sie entspannte sich. Sie fühlte, dass es noch einmal von vorn beginnen würde, anfangen mit diesem sanften, schaukelnden Tasten. Aber nein - es war das *andere*, dieses barbarische und plötzliche und harte und...

Als seine Leidenschaft sich verströmte, verminderte Eagle den Druck auf das Mädchen, so dass ihr ekstatischer Schrei sich lösen konnte. Dann fiel Kyra nach hinten in die Decken. Sie war erschöpft. Aber sie lächelte schwach.

Eagle löste sich von ihr.

Die leuchtenden Augen der jüngeren Schwester verschlangen ihn.

Er lächelte. »Die Ältere hat bekommen, was ihr gebührt. Ist die Jüngere bereit?«

Nagia erwiderte sein Lächeln. »Du bist wirklich ein Krieger. Unser Vater tat recht, als er dich ehrte. Er zeigte dir sein Gesicht - eine große Ehre.«

»Ich fragte, ob du bereit bist.«

»Bist du's?«

Eagle zeigte auf die Messingkannen. »Vielleicht fangen wir damit an.«

Siebtes Kapitel

Eagle war schon wach und angezogen, als Dschebel ihn von der anderen Seite des Vorhangs zum Essen und Trinken einlud. Nach Eagles Schätzung musste es etwa zehn Uhr morgens sein. Er sah auf seine Kompass-Uhr und stellte fest, dass er Recht hatte. Bevor er sein Lager verließ, sah er auf die Gesichter der beiden Mädchen nieder, mit denen er es geteilt hatte. Sie schliefen beide.

Eagle bemerkte, dass Dschebel wieder seinen Gesichtsschutz trug, als er sich ihm gegenüber vor das Holzkohlenfeuer setzte. Es waren noch zwei andere Männer im Raum. An ihren Augen konnte Eagle sehen, dass sie jünger als Dschebel waren und ihm unterstanden. Er wusste das ebenfalls aus der vorhergegangenen Diskussion. Zweimal hatte einer der jüngeren Männer Einwände gegen etwas erhoben, was *Berg* sagte, und zweimal hatten ein oder zwei ruhige Worte ihn zum Schweigen gebracht.

Jetzt, als Dschebel Eagle eine kleine Schale über das Feuer reichte, verfolgten die beiden anderen seine Bewegung. Eins der Augenpaare starrte hasserfüllt und schmal, aber im Augenblick gefiel es Dschebel, die beiden Tuareg zu ignorieren und Eagles Aufmerksamkeit auf die Schale zu lenken.

»Dies sind die Innereien eines Schafes. Ich habe dir zu Ehren eines schlachten lassen. In meinem Volk werden die Innereien als Delikatesse betrachtet. Du magst dir selbst Tee nehmen - und Zucker.«

Eagle nickte, und auf seinem Gesicht war die Dankbarkeit darüber abzulesen, dass niemand es für notwendig gehalten hatte, den Zucker vorher abzumessen. Er goss sich den Tee aus dem Kupferkessel in die Tasse, die einer der jungen Männer ihm gab. Nachdem er ihn gekostet hatte, kam er zu dem Schluss, dass es auch ohne Zucker ziemlich starkes Gebräu war. Er versuchte die Innereien. Sie waren ausgezeichnet. Er lächelte zustimmend.

Dschebel sagte: »Diese beiden Männer sind meine Helfer, John. Sie kennen dein Vorhaben und stimmen mir bei, dich auf jede mögliche Art zu unterstützen. Die Streitmacht, die wir in Ghadames aufstellen können, wird klein sein, aber das ist nicht von Wichtigkeit.«

Eagle schluckte den Mundvoll Fleisch. »Ich danke dir für deine Hilfsbereitschaft und für die deiner Männer. Aber wie ich dir schon letzte Nacht erklärte: dies ist etwas, das ich lieber allein tun würde.«

Alles, was er von Dschebels Gesicht sehen konnte, waren die Augen, die sich plötzlich verkniffen. Sie blieben fast zehn Sekunden lang geschlossen und öffneten sich dann wieder. Jetzt lag etwas wie eine Bitte um Verständnis darin.

»Mein Sohn, letzte Nacht sagtest du, du wüsstest einiges von unseren Traditionen. Das ist gut, denn es mag dir helfen zu verstehen, warum ich diese Bedingungen stelle. Dein Feind ist auch unser Feind. Nicht allein, weil seine Männer in unsere Lager eindringen, wie du es letzte Nacht erlebt hast, nicht allein, weil sie es wagen, unsere Frauen zu überfallen. Es gibt noch eine größere Sünde, John - eine, die du vielleicht nicht leicht verstehen wirst, die aber von jedem Tuareg anerkannt wird. Als Allah die Welt erschuf, machte er manche Orte zu heiligen Stätten. Du nennst die schöpferische Kraft nicht Allah, stimmst mir aber vielleicht trotzdem zu?«

»Mein Volk würde dir zustimmen, ja.«

»Und was würde dein Volk tun - oder tun wollen -, wenn jemand das schändete, was alle für heilig halten? Müßte es nicht wünschen, die Schuldigen vom Angesicht der Erde zu tilgen?«

Eagle nickte langsam. Die Geschichte des amerikanischen Indianers war soeben recht gut zusammengefasst worden.

Dschebel nickte ebenfalls. »Dies ist unser Kampf, John. Verweigere uns nicht das Recht dazu.«

»Wie könnte ich das, Dschebel? Wie kann ich dir irgendetwas verweigern? Du hältst den Schlüssel in der Hand. Wenn du mir nicht sagst, was ich wissen muss, kann ich nichts tun. Richtig?«

»Richtig, mein Sohn. Aber wenn du fragst, werde ich dir sagen, was du wissen willst. Ohne alle Vorbehalte.«

Eagle stellte seine Tasse ab. »Du würdest mir sagen, wo ich die Träger der Faust finde?«

Dschebel nickte. »Meine älteste Tochter verdankt dir ihr Leben. Wie könnte ich nein sagen? Aber es ist meine Hoffnung, dass du nicht fragen wirst. Es ist meine Hoffnung, dass du den Tuareg erlauben wirst, noch einmal - und vielleicht zum letzten Mal - zu zeigen, wer sie sind.«

John Eagle, Protoagent, dachte schnell nach. Dann antwortete er dem Tuareg.

»Es bleibt nicht viel Zeit zum Sprechen. Ihr habt Vorbereitungen zu treffen.«

»Auch du wirst einige Vorbereitungen treffen müssen, John«, sagte Dschebel, nachdem die beiden Jüngeren die Hütte verlassen hatten. »Die erste betrifft deine Kleidung. Meine Töchter werden dich mit Tuaregkleidern versorgen, die für die Reise nach Süden geeigneter sind. Dann brauchst du Waffen und ein Transportmittel. Von jetzt an, bis wir uns wieder trennen, wirst du als Tuareg leben und handeln. Du wirst Tuaregwaffen tragen und ein Kamel reiten - und du wirst dein Gesicht mit dem *litham* verdecken. Auf diese Weise wirst du von allen, denen wir begegnen, als Tuareg akzeptiert werden.«

»Vielleicht nicht von allen«, sagte Eagle. »Die Augen eines deiner Männer zeigten keine Freude an dem neuen Gast.«

»Du verstehst es, die Augen zu lesen. Das war Baturi. Seine Worte sprachen heute Morgen gegen dich. Er sagt, dass man von dem weichen Fremdling nicht erwarten könne, wie ein Krieger durch die Wüste zu reiten. Er fürchtet, du würdest eine größere Bürde sein als eine Frau.«

»Und was hast du geantwortet?«

»Dass wir sehen werden, was die Zeit bringt. Ich hielt es nicht für angebracht zu sagen, dass seine wirkliche Abneigung gegen dich von seinen eigenen Wünschen bezüglich meiner Töchter stammt, die ihn beide nicht mögen. Ich muss dich warnen, dass er dich nicht als Freund ansieht. Und nun, wenn ich meine Töchter aus ihrer Faulheit wecken kann, wollen wir dich richtig anziehen.«

Sowohl Kyra als auch Nagia waren entzückt über die Aufgabe, den Amerikaner anzukleiden. Sie waren schon etwas weniger entzückt, als die Kleider gebracht wurden und sie entdeckten, dass das Tuaregkostüm über den Kunststoffanzug geworfen werden sollte, den er bereits trug. Aber nachdem sie beide verstanden hatten, dass sie ihn nicht aus seiner engen Hülle herauslocken konnten, machten sie sich mit Eifer an die Arbeit.

Zuerst wurde ihm eine weiche weiße Tunika angelegt. Dann kam der dunkelblaue *barracan* aus schwererem Material, der in weiten Falten von seinen Schultern fiel. Das Prinzip war, verschiedene Isolationsschichten übereinanderzulegen, um die Kühle des Körpers zu bewahren. Nachts, wenn die Temperaturen über dem Sand sanken, funktionierte die Isolierung andersherum. Allerdings war diese Funktion für den Protoagenten nicht so wichtig - sein eigener Anzug sicherte das Wohlbefinden völlig.

Jetzt kam das Stück Kleidung, von dem Eagle wusste, dass es ihm unbequem sein würde - der *litham*. Die Kombination aus Turban und Schleier war ein etwa dreieinhalb Meter langer, indigoblauer Schal aus Baumwolle. Nachdem er sich gesetzt hatte, damit Nagia besser an seinen Kopf kam, wand sie es schnell um ihn herum und ließ nur den Spalt für seine Augen und das lose Stück unter Nase und Mund zum Atmen, Essen und Trinken. Als Nagia fertig war, wollte Eagle den *litham* noch einmal abgenommen haben, um ihn selbst binden zu lernen.

»Nicht nötig«, antwortete Kyra. »Ich oder Nagia werden es für dich tun.«

»Soll das heißen, dass ihr mitkommt?«

Die Mädchen nickten fröhlich.

»Was wir vorhaben, ist ein Krieg!«

»Richtig, ein Krieg. Aber nur die Männer kämpfen. Frauen kochen und versorgen die Kamele.« Kyras funkelnde Augen wanderten über seinen Körper. »Und noch ein paar andere Dinge.«

»Abgesehen von Farbe und Form deiner Augen siehst du aus wie ein Tuareg«, sagte Dschebel und bot Eagle Tee an. Als Eagle den Kopf schüttelte, holte der Tuaregführer zwei Dinge unter einer Decke hervor.

»Kennst du das?«, fragte er, wobei er sie dem Amerikaner entgegenhielt.

Eagle bejahte. Der Skimitar war auf jeder Seite scharf geschliffen. Ein Mann, der sich im Schlaf darauf rollte, würde wahrscheinlich in zwei sauber zerschnittenen Hälften erwachen.

»Das ist für den Nahkampf. Auf unserem Weg nach Süden wird einer meiner Männer dich den Gebrauch lehren.«

»Ich habe eine solche Klinge schon benutzt«, sagte Eagle. Seine Grundausbildung hatte etwa dreißig verschiedene Klingen umfasst, lange und kurze, schmale und breite, gerade und gebogene. »Ich bin auch mit dem Gewehr vertraut«, sagte er und nahm den drei Meter langen Steinschloss-Vorderlader von Dschebel entgegen.

»Dann bleibt uns nur noch, dir ein passendes Reittier zu suchen«, sagte Dschebel. »In gewisser Hinsicht ist es die falsche Jahreszeit dafür. Es ist Brunft.«

Als Junge hatte Eagle gelernt, dass es gut war, sich von dem Büffelbullen, dem Hengst und dem männlichen Bären fernzuhalten, wenn diese Zeit kam. Wenn sie brunftig waren, hatten sie Blut in den Augen.

Offenbar hatte sich beim Stamm die Neuigkeit verbreitet, dass der Ausländer sich zum erstenmal mit dem Kamelreiten versuchen wollte. Der Ort, an den Dschebel Eagle führte, war voller Männer, Frauen und Kinder, die ihn beobachteten, als er zu den in sengender Sonne liegenden Kamelen ging.

Es gab etwa dreißig Tiere; sie lagen alle auf den Bäuchen und hatten die Beine unter sich geklemmt. Vier Tuaregfrauen standen mit langen Stangen zwischen der Herde, die dazu benutzt wurden, ein sich regendes Tier wieder auf seinen Platz zu verweisen. Alle waren arabische einhöckrige Dromedare, und obwohl es verschiedene Größen in der Gruppe gab, hatten sie doch dieselbe helle, graubraune Farbe.

Die Wüstenschiffe.

Dschebel begann, Eagle einige Unterschiede bei den Tieren zu erklären.

»Die größten sind die Lastträger. Die hier drüben, die schlankeren, sind *maharis* zum Reiten. In jeder Gruppe gibt es natürlich männliche und weibliche. In Anbetracht der Jahreszeit rate ich dir...«

Eine Woge des Gelächters ging plötzlich durch die Menge. Als er sich umdrehte, sah Eagle sofort den Grund. Ein Tuareg hatte einer Frau ihren langen Stab abgenommen. Er war zwischen die Kamele getreten und hatte ein sehr kleines Tier aufstehen lassen. Während er es auf den offenen Platz zutrieb, zeigte er mit der Stange auf Eagle. Nachdem er etwas gerufen hatte, stimmte er in das Gelächter mit ein.

Eagle meinte zu wissen, was vor sich ging, zumal der Mann seine Bemerkungen in eine bestimmte Richtung zu lenken schien - dorthin, wo Dschebels Töchter standen. Die beiden Mädchen stimmten jedoch nicht in das Gelächter ein.

»Dein Mann Baturi hat Sinn für Humor«, sagte Eagle.

Dschebel antwortete ruhig. »Ich fürchte, der Spaß geht auf deine Kosten - und auch auf Kosten meiner Töchter, obwohl er sich große Mühe gibt, nicht mehr als eine leichte Andeutung in seine Worte zu legen. Er sagte, der Fremde möge am besten ein junges Weibchen wählen, weil er nur dazu imstande wäre.«

Eagles Tonfall blieb so ruhig wie der seines Gastgebers. »Was sind eure Sitten für eine Herausforderung zum Duell?«

»Nein«, sagte Dschebel, »diese Größenordnung hat es noch nicht erreicht. Eine Herausforderung würde zu diesem Zeitpunkt nicht gut aufgenommen werden. Außerdem bist du selbst in ihren Augen noch kein Krieger. Für dich gibt es im Augenblick nichts anderes, als ihn zu ignorieren und weiterzumachen.«

Unter seinem *litham* spannten sich Eagles Gesichtsmuskeln und lockerten sich dann wieder. Wenn er nichts tun konnte, dann musste er sich fügen. Aber es würde nicht leicht sein, Baturi zu ignorieren. Er wandte seine Aufmerksamkeit den Kamelen zu.

»Das da drüben - warum ist es gefesselt?«

»Es ist eins meiner eigenen Tiere. Seine Beine sind zusammengebunden, um es ruhig zu halten. Es ist wilder als die anderen. Und wenn es auch nicht ruhig hält, so ist es doch daran behindert, die Köpfe der Frauen einzutreten, die das Tier bewachen. Es wäre nicht richtig für dich. Aber hier zum Beispiel...«

»Einen Moment, Dschebel.«

Der Tuareghäuptling sah das Glitzern in Eagles Augen. »Nein, John. Nicht diesen.«

»Es liegt nicht in deiner Macht, ihn mir zu geben?«

»Er gehört mir. Aber...«

»Aber du denkst wie Baturi? Dass ich annehmen soll, was er mir anbietet?«

»Nein, lass mich auswählen.«

»Als wir hierher kamen, sollte ich die Auswahl treffen. Jetzt plötzlich willst du es tun.«

»John...«

»Dschebel, ich bitte dich um das Kamel. Wenn du so willst, erbitte ich es mir als Bezahlung dafür, dass ich das Leben deiner Tochter gerettet habe. Lieber wäre es mir allerdings, wenn ich es als Geschenk erhielte.«

Dschebel antwortete nicht sofort. Dann: »Weißt du, wie man auf einem Kamel sitzt?«

»Das kommt später. Nachdem er sich an den Gedanken gewöhnt hat, mich als Reiter zu akzeptieren.«

Der Tuareg nickte. »Du brauchst...«

»Ich brauche ein langes Seil und viel Platz. Am besten sagst du deinen Leuten, sie sollen weiter zurückgehen. Alle außer etwa zehn von deinen Männern mit diesen langen Stangen. Ich werde sie hinstellen, wo ich sie brauche.«

Eagle wusste nichts darüber, wie man ein Kamel zuritt, aber er kannte sich mit Hengsten aus. Auf seiner Ranch in Arizona hatte er einen kohlrabenschwarzen Hengst - Sooty -, der nie Leder gerochen hatte, bis Eagle es ihm auf den Rücken warf. Sooty war ein Einmannpferd und würde es immer bleiben. Ein herrliches Tier.

Aber als er Sooty zähmte, hatte er einen Pferch gehabt. Das war jetzt die Aufgabe der zehn Männer mit den Stangen - sie sollten als Barriere wirken, wenn das Tier auf sie zukam. Außerhalb des großen Kreises, den sie bildeten, stand der Rest des Stammes, verwundert über diese eigenartige Methode des Kamelzähmens und darauf wartend, dass der Außenseiter sein Spiel verlor.

Eagle war sich bewusst, dass einer der zehn, die Dschebel ausgewählt hatte, Baturi war; aber er sagte nichts. Im Zentrum des Kreises stehend, prüfte er, ob die Entfernungen stimmten. Alles in Ordnung. Er wandte seine Aufmerksamkeit dem Seil zu.

Dschebel kam zu ihm. »Wenn du bereit bist, werde ich dir das Kamel bringen lassen.«

»Ich hole es mir selbst«, sagte Eagle. »Alles ist bereit, außer einer Kleinigkeit.«

»Und das wäre?«

»Diese Kleider. Sie sind mir im Wege, ich ziehe sie aus. Mit deiner Erlaubnis.«

Als Dschebel zögerte, sagte Eagle mit Nachdruck: »Solange ich mein Tier nicht gezähmt habe, bin ich kein Tuaregkrieger, richtig?«

»In den Augen der anderen nicht.«

»Dann bitte ich dich, dies für mich zu halten.« Mit einem Ruck fiel der *litham* ab.

Ein Raunen erhob sich in der Menge.

Eagle schlüpfte aus dem blauen Umhang und der weißen Untertunika.

»So, und jetzt zu meinem Kamel.«

Mit Lasso und Stange in der Linken und dem Messer in der Rechten trat Eagle neben das Tier. Die Augen des Kamels waren geschlossen, verdeckt von den dicken, ledrigen Lidern.

»Sag' deinem Herrn guten Tag«, befahl Eagle, als er die Schlinge um den langen, zottigen Hals warf. Die Lider öffneten sich, als das Seil sich plötzlich spannte. Als das Tier aufzustehen versuchte, hielten seine Fesseln es zurück, und mit einem trompetengleichen Röhren fiel es in den Sand.

Eagle legte das Ende seiner Stange sanft auf die geschlitzte Oberlippe des Kamels.

»Ruhig, Junge - ich sag' dir schon, wann.«

Er ließ die Stange, wo sie war, und trat vor das Tier. Das Messer blitzte in der Morgensonne, einmal - zweimal. Mit einem Geräusch, das dem einhelligen Kichern von Dschebels Töchtern glich, schossen die beiden befreiten Beine nach vorn. Aber noch bevor sie auf halbem Weg zu ihrer menschlichen Zielscheibe waren, hatte sich die Holzstange gehoben und fiel jetzt hart auf die Schnauze des Kamels nieder.

»Los!«, schrie Eagle und sprang auf die Füße, als das schwerfällige Biest mit einem wilden Schlachtruf hochkam. Nachdem er das Messer in den Gürtel zurückgesteckt hatte, nahm Eagle die Stange in die rechte Hand. Langsam ging er rückwärts und ließ dabei das Seil durch die linke Hand gleiten, bis sich etwa fünf

Meter zwischen ihm und dem Tier befanden. Dann zog er das Tau straff.

Das Kamel bewegte sich nicht, schien das Seil nicht einmal zu bemerken, das jetzt zum zweitenmal an ihm riss. Es schnaubte nur gelangweilt und träge und öffnete das Maul zu einem eindrucksvollen Gähnen.

Eagle ging vier Schritte vor, riss das jetzt schlaff hängende Seil hoch und um die Schnauze des Kamels herum. Als er es diesmal straff zog, schnürte der Hanf die Lippen des Tieres zusammen.

»Hooooh, Wüstenkönig!«, rief Eagle. »Hoooooo-aaaiiiiyy-yaahh!«

Er ließ das Seil erschlaffen, straffte es dann wie eine Peitsche. Und dann wurde es wieder schlaff - als das Kamel mit einem Brüllen auf den Ursprung seiner Beschwernis zustürmte.

Es bewegte sich nicht schnell, nicht schnell im Vergleich zu einem Pferd, aber Eagle wusste, dass die Schwerkraft der sechs Zentner tödlich sein würde, wenn sie ihn unter sich begruben. Trotzdem blieb er bis zum letzten Moment stehen, drehte sich dann nach Stierkämpfermanier auf dem Absatz und ließ das Tier rechts an sich vorbeilaufen. Unterdessen schwang seine Linke in hohem Bogen herum, um den Kopf des Kamels in seine Richtung zu reißen. Gleichzeitig krachte der Stab in seiner Rechten gegen das linke Vorderbein des Tieres. Eagle hatte kaum Zeit zurückzuspringen, bevor das Kamel schwer zur Seite stürzte.

Es kam sich schüttelnd wieder hoch. Sein röhrendes Schnauben und das Feuer, das nun hinter den weitgeöffneten Augenlidern glomm, verrieten Eagle, dass es ihm gelungen war, die Aufmerksamkeit des Tieres zu erregen. Er ließ das Seil los. Jetzt brauchte er beide Hände für den Stab.

Der riesige, schwankende Höcker schien Eagle wie ein vierbeiniger Berg, der auf ihn zukam. Eagle nahm die Stange wie einen Baseballschläger, holte weit aus und traf das Kamel kurz unter dem Ohr am Kopf. Er wechselte den Griff, um den Vorteil des zurückschnellenden Holzes zu nutzen, und platzierte seinen nächsten Schlag auf ein hochkommendes Bein, genau auf das Fußgelenk. Die Augen des Kamels verengten sich vor Schmerz und blitzten dann Feuer, als sie versuchten, Eagle zu finden. Aber der Mann stand nicht mehr da.

»Hoooooooyyyaaaaahh! Hier bin ich, Kamel - komm her, wenn du mich suchst!«

Eagle stand jetzt im Zentrum des Kreises, der von den zehn Tuaregs gebildet wurde. Mit herausfordernd gespreizten Beinen und zum Himmel gereckten Armen bildete sein Körper im Plastikanzug die fünf Zacken eines schimmernden Sterns.

»Hierher, Wüstenkönig - du weißt, wer ich bin!«

Das Kamel schien sich tatsächlich zu erinnern. Schnaubend und mit den Hufen schlagend griff es erneut an. Wieder lenkte Eagle das Tier an sich vorbei. Diesmal ließ er es noch weiter laufen, bevor er ihm seinen Stab mit dumpfem Schlag kurz unter dem Knie gegen die Hinterbeine hieb. Mit einem gleitenden, schleudernden Versuch, das Gleichgewicht wiederzufinden, ging das Hinterteil des Kamels zu Boden. Eagle sprang herum zum Kopf des Tiers, aber das Kamel reagierte überraschend schnell. Mit einem mächtigen Ruck kam es hoch - und bevor Eagle noch einen Schlag gegen seine Vorderbeine landen konnte, schossen die Kiefer nach unten und verfehlten mit ihren mahlenden Reihen gelber Zähne nur um Haaresbreite Eagles Kopf. Noch bevor Eagle sich auf den nächsten Angriff vorbereiten konnte, sah er, dass keiner mehr kommen würde. Wutschnaubend schwankte das Kamel auf den äußeren Kreis zu.

Schnell traten zwei Tuaregs vor den Flüchtling. Ihre Stangen schlugen ihm gegen Brust und Beine. Das Kamel stieg wie ein gefangenes Pferd hoch und versuchte, nach links auszubrechen, um dort die Fluchtmöglichkeit zu finden, die ihm hier versperrt wurde. Aber wieder schloss sich das Loch, und Stangen schwirrten im Sonnenlicht. Ein dritter Versuch, diesmal, noch weiter links, brachte dasselbe Ergebnis. Das massige Tier ging etwa zehn Schritte zurück und schüttelte sich. Es war kein aus Angst geborenes Zittern, wie Eagle feststellte, als das Kamel wendete und sich aufs Neue dem Zentrum des Kreises zuwandte. Es war weißglühende Wut.

Das Tier wusste nun, woran es war: Zuerst musste der Mann in der Mitte zermalmt werden. Und das nahm es sich jetzt vor.

Es stampfte den Sand mit seinen doppelzehigen Füßen, als es auf seinen Feind zukam. Der Mann war vorbereitet und schwang die lange Stange um seinen Kopf wie einen Propeller. Wieder warf er dem Kamel seinen herausfordernden Schrei entgegen.

»Hoooooyyyaaaahhh! Komm und lerne deinen Meister kennen!«

Und wieder spürte das Kamel den scharfen Schmerz an seinen Vorderbeinen, spürte, wie es fiel und der Sand hochkam und gegen seinen Unterkiefer schlug. Als es den Kopf zu heben begann, durchzuckte Schmerz seine Nüstern. Dann wurde sein Hals zusammengeschnürt, und etwas traf seine Hinterbeine.

Wie ein Fels fiel das riesige Tier in den Sand. Es zog die Beine unter seinen Körper und lag ruhig da, während es den Mann beobachtete, der jetzt vor es hintrat.

Das Seil fest in der linken Hand, hielt Eagle die Stange mit der Rechten bereit. Seine ruhigen, blauen Augen starrten in die des Kamels. Die Kohlen in den Augen des Tieres hatten ihr Feuer verloren.

»Jetzt gehörst du mir, Wüstenkönig.«

Die dicken Lippen des Tieres vibrierten in einem Schnauben. Ansonsten lag das Kamel still.

Eagle wandte sich dem Ring der Männer zu. Als seine Augen Dschebel gefunden hatten, rief er dem Tuareghäuptling zu: »Willst du mir nun zeigen, wie ich meinen neuen Freund reiten soll?«

Als Dschebel durch den Kreis ging, erhob sich ein Schrei aus der Menge. Das Kamel regte sich, begann eine Bewegung mit seinem linken Vorderbein, die Eagle sanft mit der Stange stoppte. Er brauchte jetzt keinen Schmerz mehr zuzufügen - so hoffte er.

Dschebel hatte Anweisung gegeben, einen Sattel und Zaumzeug in den Kreis zu bringen. Der Kreis selbst verengte sich jetzt, als die zehn Männer auf die Mitte zugingen. Wenigstens einer von ihnen war jetzt sehr schlecht gelaunt, dachte Eagle.

Als zwei Frauen damit begannen, den Sattel aufzulegen, nahmen Dschebels Töchter ihnen das ab. Kyra sah Eagle an und lachte, dann machte sie sich mit Nagia zusammen an die Arbeit. Dschebel zeigte auf die Stelle des Höckers, wo der Sattel befestigt werden sollte, und erklärte dann kurz, wie man mit hochgezogenen Knien auf dem Tier saß.

Plötzlich sah Eagle aus den Augenwinkeln, wie ein Tuareg seine Stange auf die Flanke des Kamels fallen ließ. Mit neuer Wut schüttelte sich das Tier hoch und warf die beiden Mädchen rücklings in den Sand. Der Rest des Stammes nahm Reißaus.

Eagle hielt seine Stange hoch. »Hoooh, mein Großer! Hooooooyyyaaaahhh!«

Das Tier stand stocksteif, die Augen fest auf den Mann vor sich gerichtet. Langsam, sehr langsam, brachte Eagle seine Stange sanft mit den Vorderbeinen des Kamels in Berührung und nahm sie dann wieder fort. Das Kamel rührte sich nicht. Eagle wiederholte die Bewegung. Mit einem verhaltenen Brummen fiel das Kamel gehorsam in seine frühere Ruhestellung zurück.

»Er gehört dir, John - und dies hier auch«, sagte Dschebel und hielt Eagle die Kleider entgegen, die er abgeworfen hatte.

Eagle nickte. »Es war Baturis Stange, nicht wahr?«

»Ja. Er versuchte angeblich, das Tier dazu zu bringen, sich ein wenig zu heben, damit die Bauchgurte angelegt werden konnten.«

»Und das glaubst du ihm?«

»Kein Tuareg nennt einen anderen einen Lügner - bis absolut kein Zweifel mehr besteht. Davon abgesehen habe ich dir gesagt, dass die Zeit noch nicht reif ist.«

»Ich bin ein geduldiger Mann, Dschebel, aber...«

»Ich würde dich nicht geduldig nennen. Aber in meinem Volk gibt es ein Sprichwort: Wer eine Beleidigung rächt, bevor noch vierzig Jahre vergangen sind, kennt nicht die volle Süße der Rache.«

Achtes Kapitel

»*Elf Tage?*«

»Vielleicht zehn, aber wahrscheinlich elf«, antwortete Dschebel. Während der Hitze des Tages hatte der Stamm Vorbereitungen für die Reise getroffen. Das meiste davon taten die Frauen - das Füttern und ausgedehnte Tränken der Kamele, das Sammeln der Verpflegung -, während die Krieger sich darauf beschränkten, ihre Waffen zu säubern und durch das Lager zu stelzen, wobei sie mit ihren Krummsäbeln nach imaginären Feinden schlugen. Es war später Nachmittag, als Dschebel seine beiden Adjutanten zu sich befahl, und nach dieser Zusammenkunft rief er Eagle hinter dem Vorhang hervor. Eagle hatte sich mit seiner Steinschlossbüchse beschäftigt und damit, Dschebels heißblütige Töchter abzuwehren. Sie hatten sein Reittier versorgt, nun wollten sie für ihn sorgen, obwohl ihr Vater befohlen hatte, ihm ein wenig Frieden zu gönnen.

Dschebel hatte eine grobe Karte auf den Lehmboden gezeichnet.

»Unsere Tiere können nicht mehr als fünfundfünfzig Kilometer am Tag durchhalten, John. Die Entfernung, die wir hinter uns bringen müssen, beträgt etwa fünfhundertsiebzig Kilometer. Also keine schwierige Rechenaufgabe.«

Geduld war offensichtlich ein Teil des Lebens in der Wüste.

»Außerdem«, fuhr Dschebel fort, »hängen wir von den Oasen ab. Glücklicherweise finden wir sie auf unserer Reise, wo wir sie brauchen.«

Eagle versuchte, die grobe Karte mit denen zu vergleichen, die er in Lager drei gesehen hatte. Von dem Punkt, der Ghadames hieß, führte der Weg, den Dschebel eingezeichnet hatte, geradewegs nach Süden, größtenteils an der algerischen Grenze entlang, bis diese Grenze sich im Westen zurückzog. Eagle kannte nur eine größere Stadt im Fezzan.

»Wollen wir nach Ghat?«

Dschebel nickte beifällig. »Nicht ganz so weit. Bevor man nach Ghat kommt, erreicht man eine Bergkette. Einen von diesen Bergen suchen wir. Sein Name ist Kaf Adschnun, ein treffender Ort für die, welche wir suchen. Übersetzt bedeutet der Name Teufelskopf, und unter den Fezzani geht das Gerücht, dass der Berg von bösen Geistern bewohnt wird.«

Dschebels Messerklinge bewegte sich an einer Furche nördlich des Berges entlang. »Dies ist das Wadi Tanesuft, dem wir in den letzten beiden Tagen folgen werden, weil es nahe an den Wasserlöchern liegt. Hier schneidet es eine Hügelkette. Wenn wir die höchste Stelle erreichen, gelangen wir direkt zu dem Berg.«

Etwas weiter oben gab es zwei Kreise auf der Karte, die Eagle wiedererkannte, bevor er noch ihre Namen gehört hatte. Dschebel deutete auf den ersten und nördlichsten der beiden.

»Am fünften Tag der Reise behindert das Ubari-Sandmeer unseren Weg. Wir alle sollten inbrünstig um Windstille beten. Hier« - der untere Kreis - »treffen wir wieder auf die Ubari, aber nur auf ihre westlichen Ausläufer, die wir umgehen können, wenn der Wind ungünstig steht.«

Der Tuareg hatte Eagles Gesicht beobachtet.

»Beunruhigt dich die Länge der Reise?«

»Nein, Dschebel. Was mich stört, ist die Länge der Zeit.«

Trotz der kriegerischen Fähigkeiten der Tuareg würden sie doch eine unnütze Belastung für ihn sein, besonders wenn das Ziel in Sicht kam. Außerdem ließ sich ein Angriff von dreißig Männern auf Kamelen - gefolgt von weiß Gott wie vielen Frauen und Lasttieren - kaum im geheimen abwickeln. Diese Methode lag dem Protoagenten nicht, hauptsächlich weil ein solcher Angriff - eine Rechnung mit zu vielen Unbekannten - nicht viel Aussicht auf Erfolg haben konnte.

Eagles Uhr zeigte kurz vor acht Uhr abends, als die Tuareg losritten. Er war noch keine fünf Minuten im Sattel, als er erkannte, warum das Kamel Wüstenschiff genannt wird. Abgesehen von seiner Fähigkeit, riesige Abschnitte der See ohne Wasser zu durchqueren, konnte seine stampfende und rollende Fortbewegungsweise einem angehenden Seemann sterbensübel werden lassen.

Es war fünf Uhr morgens, als sie zur ersten Oase kamen. »Wir halten hier nur, um die Kamele trinken zu lassen«, sagte Dschebel, als sie abstiegen. »Essen kommt später am Morgen. Möchtest du vielleicht Tee?«

Eagle lehnte dankend ab. Als er Kyra, die aus dem Nichts vor ihm aufgetaucht war, seine Zügel gab, fühlte er den wohlbekannten, glühend heißen Punkt zwischen seinen Schulterblättern. Er drehte sich um und fand Baturis Augen auf sich gerichtet. Nicht mehr als drei oder vier Sekunden lang verhakten sich ihre Blicke. Dann brach der Tuareg den Bann und führte mit gutturalem Lachen sein Kamel zum Wasserloch.

Eine halbe Stunde später waren sie schon wieder im Sattel und ritten nach Süden. So ging es noch lange, nachdem die Sonne links von ihnen in majestätischer Größe aufgegangen war. Schnell verließ die Kälte Mensch und Tier, und bald darauf brannte die Hitze auf die blauen Umhänge der Krieger herunter.

Es war zehn Uhr morgens, als sie die Oase erreichten, in der sie den heißesten Teil des Tages verbringen wollten. Als sie abstiegen, bemerkte Eagle, dass ein einzelner Tuareg aus einem Palmenhain kam, um Dschebel zu begrüßen. Sie wechselten ein paar schnelle Worte und sahen dabei zu Eagle hin. Der zweite Tuareg nickte, und Eagle sah zu, wie er ein schlankes Kamel bestieg und schneller als normal nach Süden davonritt.

»Das Wasser hier ist das beste der Wüste«, sagte Kyra und reichte Eagle eine kupferne Schale.

Nagia nahm die Zügel des Kamels, als die ältere Schwester Eagle zu einer Hütte führte, die aus Palmwedeln gebaut war. »Hier bleiben wir«, verkündete sie und breitete bereits eine Decke über den Eingang. Eagle grinste. Warum nicht? Er hatte nichts Besseres zu tun.

Aber Sekundenbruchteile nach dem Gewehrschuss stand er auf den Füßen.

»Alles in Ordnung«, versicherte ihm das Mädchen. »Ein Spiel, mehr nicht. Die Männer zeigen, wie gut sie schießen können.«

Eagle kam der Gedanke, dass er sein eigenes Gewehr noch nicht abgefeuert hatte, seit Dschebel es ihm gegeben hatte. Er nahm es zur Hand.

»Nein«, bat Kyra leise.

Er ließ sie schmollend in ihrem Tuareg-Wigwam zurück.

Was er sah, war mehr als nur Zeitvertreib. Es war ein Schießwettbewerb auf Kamelrücken - auf beweglichen Kamelrücken. Tonscherben wurden in den Sand gesteckt, und dann stemmte der Krieger in etwa zwanzig Meter Entfernung die Füße auf die Schultern seines Tieres und galoppierte parallel daran entlang. Mit beiden Händen am Gewehr, zielte er nach links, und wenn er meinte, das Ziel in der Schusslinie zu haben, zog er den Abzug durch. Es war die Art Spiel, die Eagle in seiner Jugend getrieben hatte. Aber es gab eine Reihe schwerwiegender Unterschiede. Das Tuareggewehr war viel sperriger als die kürzeren Büchsen, die Eagle benutzt hatte - obwohl das nicht allzu sehr ins Gewicht fiel; Eagle war ein hervorragender Bogenschütze aus dem Sattel. Das war natürlich der wesentlichste Unterschied: die Stetigkeit des Pferdes im Gegensatz zum Schwanken des Kamels. Auf der anderen Seite mochte die langsamere Bewegung diesen Nachteil wieder ausgleichen.

Dschebels Leute bewiesen auf jeden Fall, dass sie ihr Handwerk verstanden. Es fiel kaum ein Schuss, der sein Ziel nicht in tausend Stücke riss.

»Sie sind gute Armee, ja?«

Es war die kleine Nagia, stolz auf die Männer ihres Stammes.

»Ja, sehr gut. Kannst du mir ein paar Scherben bringen?«

Als sie verstanden hatte, rannte sie davon, dass ihre Röcke flogen. Minuten später war sie zurück und trug drei kleine Töpfe.

»Die sind noch ganz, Nagia«, sagte er. »Ich wollte Scherben.«

Sie zeigte auf sein Gewehr. »Schon gut - du wirst sie zerbrechen.«

Wenn das Gewehr überhaupt etwas wert war, konnte er nicht vorbeitreffen, jedenfalls nicht aus dem Stand. Er nickte und führte sie zu einer Stelle, die den Turnierschützen gegenüberlag. Bevor er noch die Möglichkeit gehabt hatte, ihr etwas zu sagen, war sie schon draußen im Sonnenlicht und legte die Töpfe für ihn aus. Er holte die beiden aus Schafsleder gearbeiteten Beutel für Pulver und Blei heraus, legte sie vor sich auf den Boden und nahm die Büchse.

Sie war schon geladen gewesen, bevor sie Ghadames verlassen hatten. Kurz nachdem er sie von Dschebel erhalten hatte, hatte er die Ausrichtung des Laufs überprüft. Er war so gerade wie die Pfeile, die er auf seinem Rücken trug. Jetzt zielte er sorgfältig und drückte den Abzug. Der Hammer fiel, das Pulver explodierte, der Lauf sprang nach oben - und der Topfrand brach in Stücke.

Eagle runzelte die Stirn. Die Länge des Gewehrs hatte ihn getäuscht. Er musste die Waffe anders halten, denn er traf ungern nicht ins Schwarze, was in diesem Fall das grüne Karo im Zentrum des gelben Topfes war.

Er lud die Waffe erneut und hob sie an die Schulter. Diesmal saß die Kugel ein wenig zu tief, vielleicht einen Zentimeter. Aber der Topf existierte nicht mehr. Eagle lud nach und spähte zum zweiten Topf. Diesmal riss er die Waffe schnell hoch und feuerte einen Bruchteil, bevor sein Ziel sich über der Mündung zeigte. Der Schuss riss den rechten unteren Teil des Topfes weg, ließ aber den oberen intakt. Sein nächster Schuss war eine Wiederholung derselben Bewegung, aber diesmal war der Topf völlig verschwunden.

Den dritten Topf nahm er in einem blitzschnellen horizontalen Schwenk. Der Schuss saß ein wenig links vom Zentrum, aber nicht weit. Ein etwa handtellergroßes Stück blieb zurück. Eagle feuerte noch einmal und pulverisierte es.

»Du schießt gut«, sagte Nagia. »Ich hole mehr Töpfe.«

Eagle schüttelte den Kopf. Er hatte etwas anderes mit dem Nachmittag vor. Nagia klatschte vor Entzücken in die Hände, als er es ihr sagte.

Um bei der Wahrheit zu bleiben, beide Töchter Dschebels waren entzückt.

Kurz vor Sonnenuntergang machten sie sich erneut auf die Reise. Als Eagle sich im Sattel umdrehte, um sich die Formation anzusehen, merkte er, dass ihr Trupp größer geworden war. Wo letzte Nacht noch etwa dreißig Männer gewesen waren, ritten jetzt mehr als vierzig. Zweiundvierzig, um genau zu sein.

Bei der ersten Gelegenheit fragte er Dschebel danach. Die erste Gelegenheit kam um elf Uhr am nächsten Morgen, als sie ihr Tagesziel erreichten. Die Antwort war ebenso unumwunden.

»Ja, ein paar sind zu uns gestoßen. Viele Tuaregs hassen die schwarzen Teufel aus dem Süden.«

»Viele?«

»Ja. Du wirst es sehen. Hier an diesem Ort treffen wir Aschur und seine Männer. Sie stoßen von Osten zu uns.«

Eagle verstand. »Du hast ihm Boten geschickt.«

»Ihm und anderen. Du siehst, wir werden dem Feind nicht allein entgegentreten.«

»Wie viele, Dschebel - wie viele insgesamt?«

Dschebel rollte die Augen. »Vielleicht einhundert, vielleicht zweihundert.«

Eagle öffnete den Mund, um etwas zu sagen, aber er überlegte es sich und stelzte zum Brunnen.

Wieder hatten Dschebels Töchter eine schattenspendende Hütte für ihn errichtet. Wieder hatten sie eine ganz bestimmte Vorstellung davon, wie sie sich die Zeit vertreiben wollten. Oder jedenfalls Kyra.

»Nein«, sagte er fest, und das Eis in seiner Stimme nahm ihr die Lust, noch einmal zu fragen. Nagia allerdings hatte eine bessere Idee. Sie zeigte ihm zwei frische Töpfe.

Eagle nickte, ergriff sein Gewehr und schlug den *barracan*-Vorhang zurück.

Er stieß fast mit dem Tuareg zusammen, der draußen gestanden hatte.

Nagia übersetzte, was Baturi sagte. Der giftige Tonfall aber brauchte keine Interpretation.

»Ich lade dich ein, deine Schießkunst zu beweisen. Ich möchte sehen, wie gut du mit der Langbüchse bist - nun, da du dein Können mit der kurzen bewiesen hast. Wagst du es, dich mit uns zu messen?«

»Ich wage es«, sagte Eagle ihm durch Nagia. »Wann und wo?«

Baturis Erwiderung war länger, als Eagle es für notwendig gehalten hätte. Und die letzten vier Worte klangen, als bezögen sie sich auf etwas anderes als Zeit und Ort. Nagia sagte ihm jedoch nur, dass es in einer Stunde sein würde, um den Kriegern etwas Ruhe zu gönnen.

»Und was hat er sonst noch gesagt?«

Sie mied seinen Blick. »Nur, dass der Wettbewerb auf Kamelen stattfinden soll. Das ist alles.«

Eagle war anderer Meinung, aber er hatte keine Zeit, nachzuhaken. Denn er fragte sich, ob eine Stunde Training reichen würde.

Es gab zwei Komplikationen, die das bald noch fraglicher erscheinen ließen.

Die erste war sein Kamel. Sein Wüstenkönig hatte ihn zwar in den letzten Tagen im Sattel akzeptiert, aber es gefiel ihm nicht besonders, dass plötzlich hinter seinem Ohr ein Gewehr losging. Beim ersten Schuss ließ sich das Tier auf die Knie fallen, und Schütze und Gewehr flogen über seine rechte Schulter. Eagle klopfte sich den Sand ab und näherte sich vorsichtig dem knienden Tier. Er stieg in den Sattel und befahl dem Kamel, aufzustehen. Als es gehorchte, schlang er sich die Zügel um den Unterarm und lud seine Büchse im Sattel. Er ließ das Tier im Schritt gehen, riss die Büchse in Richtung auf den Tontopf hoch, den Nagia aufgestellt hatte, und feuerte. Wieder ging das Kamel in die Knie, aber Eagle war darauf vorbereitet und blieb im Sattel. Er klopfte dem Kamel auf die Schulter. Als er sich wieder erhob, hörte er Nagias freudigen Ausruf.

Er hatte den Topf zu Konfetti gemacht.

Schön, aber das war im Schritt gewesen.

Das Gewehr an der Schulter, ließ Eagle sein Reittier jetzt rennen und schwang den Lauf in einem Rhythmus, der dem des Kamelrückens entgegengesetzt war, auf und ab. Dies war ein Trick, den er den anderen Tuaregs abgeschaut hatte. Es kostete ihn drei Schuss, bis er genau ins Schwarze traf. Seine zwei nächsten Versuche waren ebenfalls gut, und jedes Mal ließ er das Kamel ein wenig schneller laufen als zuvor. Es war eine Frage des Rhythmus', der Handhaltung und des richtigen Atmens - am Druckpunkt bedeutete das, überhaupt nicht zu atmen.

Er grinste vor Genugtuung unter seinem *litham*, als er die zweite Komplikation erfuhr. Er hörte sie geradewegs von Dschebel, der - nach seinem Laufschritt und der Lautstärke seiner Stimme zu urteilen - wütend wie eine Hornisse war.

»Baturi prahlt überall im Lager mit der Herausforderung, die du angenommen hast. Warum hast du zugestimmt?«

»Warum nicht?«

»Du hättest das Tablettschießen leicht vermeiden können. Nicht nur, dass es ein Sport für erfahrene Scharfschützen ist, du hast auch keine eigene Frau.«

Eagles Augenbrauen zogen sich zusammen. »Ich verstehe dich nicht. Ich habe einem Tonscherbenschießen vom Kamelrücken aus zugestimmt. Das ist alles.«

»Das ist bei weitem nicht alles. Die Scherbe...«

»Vater!« Es war Nagia. »Alles ist in Ordnung. Ich weiß, John schießt gut! Ich nehme die Herausforderung für ihn an. Baturi denkt, John schießt nicht gut!« Sie spie in den Sand.

Dschebel sah von den Augen seiner Tochter zu denen Eagles. »Ich beginne zu verstehen.«

»Damit wir beide verstehen«, sagte Eagle, »was hast du eben über das Schießen gesagt?«

»Die Tonscherbe, auf die du schießen wirst, liegt auf einem großen Messingtablett. Das Tablett balanciert auf dem Kopf einer Frau - traditionsgemäß einer, die dir gehört.«

Eagle drehte sich langsam zu dem Mädchen um und dann wieder zu ihrem Vater, »Nagia?«

Das Mädchen schlug mit kindlichem Entzücken die Hände zusammen. »Du schießt gut - ja, John?«

Neuntes Kapitel

Selbst mit dem *litham* vor dem Gesicht wirkte Baturi wie ein aufgeblasener Frosch. Er stolzierte zwischen den Kriegern umher, schlug ihnen auf die Schultern und lachte schallend über den Witz, den er sich mit dem Fremden erlaubt hatte. Die anderen Tuareg erwiderten die Gefühle ihres Stammesbruders nicht offen, obwohl sie vielleicht derselben Meinung über den Ausländer waren. Viele ließen Dschebel nicht aus den Augen.

»Sie fragen sich alle, ob ich die Sache abblasen werde«, sagte er zu Eagle.

»Warum tust du es nicht?«

»Ich kann nicht. Eine Herausforderung, die angenommen worden ist, gilt. So ist es Sitte.«

»Worauf warten sie dann?«

»Sie warten darauf, dass ich dich töte, bevor du Gelegenheit hast, meine Tochter niederzuschießen. Dann gäbe es niemanden mehr, der die Herausforderung annehmen könnte. Und das möchte Baturi natürlich ebenfalls.« Dschebel schwieg. »Ich hoffe, du schaffst es, John.«

»Das hoffe ich auch. Wie steht es mit Baturi? Ist er ein so guter Schütze?«

»Baturi ist ein Meister mit allen Waffen. Er wird sein Ziel nicht verfehlen.«

»Und wenn auch ich treffe, was dann? Noch eine Runde?«

»Nein. Allah sei Dank, dass jeder von euch nur einen Schuss hat. Der Herausforderer kommt zuerst. Wenn er vorbeischießt, brauchst du überhaupt nicht anzutreten. Aber wie ich schon sagte, er wird nicht vorbeischießen. Wenn du fehlst, ist er der Sieger. Wenn du triffst, bist du ihm ebenbürtig. Das ist alles.«

Es reichte, dachte Eagle, um Nagias hübschen Kopf über den Sand zu verspritzen.

Dschebel lachte rau, als müsse er sich dazu zwingen. »Also gehen wir. Als Führer ist es meine Pflicht, das Turnierfeld abzustecken und die Regeln bekanntzugeben.«

Aber das Turnier verspätete sich. Ein Schrei erhob sich aus dem Lager: Reiter von Osten her! Ein einzelner Tuareg ritt los, um sie sich näher anzusehen. Bald kam er zurück. Es waren die Krieger unter Aschurs Befehl. Aschur bat darum, den bevorstehenden Wettkampf zu verschieben, damit auch sein reisemüder Haufen dem Ereignis beiwohnen konnte. Ein Tablettschießen sah man nicht jeden Tag.

Eagle ergriff sein Gewehr und führte sein Kamel zu einem leeren Sandfleck. Allah segne Aschur, dessen Blutrünstigkeit ihm Zeit zum Üben verschafft hatte.

Baturi war nicht erfreut über die Verzögerung, die mehr als anderthalb Stunden dauerte. Aber Eagle verbrauchte insgesamt mehr als sechzig Schuss Munition. Er fragte sich, ob es überhaupt noch einen intakten Tontopf im Lager gab.

Unglücklicherweise fand dann jemand noch zwei.

Dschebel schritt die Entfernung ab, fünfundzwanzig Meter. Er ließ ein Tuch auf die Stelle fallen und bedeutete Baturis Frau, ihren Platz einzunehmen. Sie war fett, um die Vierzig und, Nagia zufolge, guten Mutes bei ihrer Aufgabe. »Baturi hat ihr versprochen, dass er den Rest des Tages mit ihr verbringen wird«, sagte sie kichernd. »Versprichst du mir das auch?«

Eagle nickte abwesend. Seine Augen hingen an ihrem Vater, der sich zuerst einmal vergewisserte, dass die Füße der dicken Frau links und rechts neben dem Tuch standen. Sie stand mit dem Rücken zu ihnen wie eine Statue - eine Statue, auf deren Kopf das große Messingtablett ruhte. Dschebel stellte den kleinen Tontopf mitten darauf. Jetzt erkannte Eagle die Logik des Tabletts. Es schützte die Frau darunter, wenn der Topf zerbrach - falls er zerbrach. Auch die Tatsache, dass die Frau dem Schützen den Rücken zuwandte, ergab Sinn: kein plötzliches Zusammenzucken aus Furcht. Wenn der Knall des Schusses zu ihr drang, hatte die Kugel schon ihr Ziel gefunden. Wo immer das war.

Dschebel war jetzt die fünfundzwanzig Meter zurückgeschritten. Wo er anhielt, ließ er ein zweites Tuch fallen. Dann drehte er sich im rechten Winkel und maß weitere fünfundzwanzig Meter ab. Ein drittes Tuch fiel zu Boden.

Baturi brachte sein Kamel kurz hinter das dritte Tuch. Er hob sein Gewehr als Zeichen des Sieges hoch über den Kopf und rief etwas.

»*In'scha'allah*«, wiederholte Nagia für Eagle. »Allahs Wille geschehe.«

Aber Baturi bewegte sich nicht, bis Dschebel die erhobene rechte Hand fallen ließ. Da gab er seinem Tier die Fersen und ritt los.

Das Tier stürmte auf das zweite Tuch zu, das Dschebel ausgelegt hatte. Zehn Meter, fünfzehn - dann, als der Kopf des Kamels über dem Tuch angekommen war, hob sich das Gewehr auf den Sekundenbruchteil genau, stand einen Herzschlag lang still, während der Bauch des Tieres über das Tuch hinweg flog, und feuerte.

Der Schuss war ebenso vollkommen wie seine Ausführung. Mit einem Freudenschrei schleuderte die Frau die wenigen verbliebenen Scherben von dem Tablett in die Luft.

Dem Schrei folgte ein zweiter, von Eagles Seite her: Nagia rannte mit einem frischen Topf in der Hand auf die Stelle zu. Während Eagle sein Kamel zu dem dritten Tuch führte, sah er zu, wie Nagia der anderen Frau das Tablett abnahm. Dschebel ging hin, um das Ziel richtig aufzusetzen.

Eagle dachte an nichts anderes mehr als daran, wie die Kugel aus seinem Gewehr den Tontopf zerschmettern würde. Es war ein Apachentrick, den der weiße Mann in jüngster Zeit entdeckt zu haben glaubte: Stell' dir etwas als gelungen vor, und es ist gelungen. Auch die Tuaregmethode mochte etwas für sich haben, also ging Eagle auf Nummer Sicher.

»In'scha'allah!«, sagte er durch zusammengepresste Lippen.

Dschebels Hand senkte sich.

Eagles Kamel rannte los. Zehn Meter, fünfzehn. Ein schneller Blick hinunter auf das Tuch, dann zurück auf das Ziel, eine ziehende Bewegung mit dem Gewehr, die den Zuschauern wie ein blitzartiges Zucken vorkam, für Eagle aber flüssige Bewegung war. Sein Atem stand still, er zog den Abzug durch.

Der Topf explodierte. Eagle wusste nicht, in wie viele Stücke, und es kümmerte ihn auch nicht. Er hielt sein Kamel nicht an, bis er an die Stelle kam, wo Baturi auf seinem Tier saß.

Eagle sprang von seinem Kamel und riss den erstaunten Tuareg mit sich. Wenn er Nagia getötet hätte, dann wäre dies Baturis letzter Augenblick gewesen. Er hatte Nagia nicht getötet. Deshalb...

Eagle stand blitzschnell wieder auf den Füßen. Baturi kam langsamer hoch, aber seine Hand schlüpfte ins Gewand. Sie blieb dort, während der Tuareg Eagles nächste Bewegung abwartete.

Eagle machte sie nicht, jedenfalls nicht die, welche Baturi erwartet hatte. Statt ihn anzugreifen, ging der Fremde die fünf Schritte zurück bis zu der Stelle, wo Dschebel stand.

»Ich habe ein Kamel gezähmt. Ich habe bewiesen, dass ich ein ebenso guter Schütze bin wie dieser Mann. Bin ich noch immer nicht einem Krieger gleichwertig?«

Dschebels Augen verengten sich. »Warum fragst du?«

»Weil du diesen Baturi wissen lassen sollst, dass ich ihn zum Zweikampf herausfordere. In einer Stunde. Er hat die Wahl der Waffen. Aber ich warne dich, Dschebel. Wenn du dich weigerst - oder wenn er sich weigert -, dann gehe ich zurück und töte ihn jetzt auf der Stelle.«

»Das würde mir nicht gefallen, John. Deshalb werde ich ihn informieren, dass ein Krieger ihn herausfordert.«

Baturi nahm die Neuigkeit ruhig auf. Seine Antwort klang, als hätte er den Mund voll Schlangengift.

Dschebel übersetzte: »Frage deinen neuen Krieger, wie er über den langen Skimitar denkt, denn es ist die Waffe, mit der ich ihn in tausend Stücke schneiden werde.«

Eagle lachte rau. »Der erste Schnitt ist immer am schwersten.«

Es gab zwei Dinge, an die Eagle nicht gedacht hatte, als er Baturi herausforderte. Das erste war die Tageszeit. Die Sonne hatte eine solche Höhe und Intensität erreicht, dass die Hitze mit voller Gewalt auf den Sand herunterbrannte. Das zweite hatte etwas mit der Bekleidung zu tun. Eagle hatte schon früher mit dem Schwert gekämpft, auch mit dem Krummsäbel, aber nicht im vollen Tuaregkostüm, einen Turban um das Gesicht geschlungen. Aber, so hatte Dschebel gesagt, dies war die Art, in der ein Tuareg kämpfte, und so sollte das bevorstehende Duell ausgetragen werden.

Eagle hatte nicht weiter argumentiert.

Sein Kunststoffanzug löste ohnehin das Hitzeproblem, vielleicht war er sogar von Vorteil. Das zweite Problem, die fliegenden Gewänder, gaben seinem Gegner einen leichten Vorteil, aber keinen großen.

Aber es gab noch ein paar zusätzliche Feinheiten bei der Tuaregversion des Schwertkampfes. Dschebel ging sie rasch durch.

»Zusätzlich zum Krummsäbel kannst du einen Dolch benutzen, um deinen Gegner zu verwunden oder zu töten. Ich leihe dir gern meinen.«

»Nein, danke.« Eagle zog seinen eigenen Dolch und stieß ihn dann in den Gürtel zurück.

»Sieht aus, als sollte er reichen«, sagte Dschebel. »Dann brauchst du nur noch einen Skimitar.«

»Aber ich habe einen - du hast ihn mir selbst gegeben.«

»Nein, John. Das ist nicht die Klinge, die hier gemeint ist. Komm.«

Eagle folgte Dschebel an den Ort, wo die Duellwaffen aufbewahrt wurden. Als er sie sah, wusste er, warum diese Waffe dangen Skimitar genannt wurde. Die gebogene Klinge maß vom Heft bis zur Spitze fast einen Meter, und dazu kamen noch etwa fünfundzwanzig Zentimeter Griff. Wie bei den kleineren Modellen waren auch hier beide Schneiden scharf geschliffen. Er prüfte die Waffe an drei Stellen mit seinem Daumen und war beeindruckt.

»Diese Klingen«, erklärte Dschebel, »werden kaum für den Krieg benutzt, sie sind unsere traditionellen Duellier-Klingen.«

Eagle nahm den langen Skimitar zur Hand. »Gibt es noch etwas über Traditionen zu sagen, das ich wissen sollte?«

»Ja. Nichts mehr über die Waffen. Aber unsere Regeln gebieten, dass du deinen Gegner nur tötest, wenn er auf den Füßen steht. Wenn Baturi fallen sollte, musst du zurücktreten, bis er wieder auf gestanden ist.«

»Wie weit zurück?«

»Fünf Schritte, nicht mehr. Es kommt darauf an, dass du ihm erlaubst, sich vollständig zu erheben, bevor du erneut angreifst.«

»Ist das alles?«

Dschebel erhob sich. »Ja, alles.«

Der Kampfplatz fand Eagles Zustimmung. Er lag zwischen zwei Hainen innerhalb des Lagers und maß etwa dreißig Meter im Durchmesser. Der Boden war flach und die Erde fruchtbarer, dunkler und von festerer Beschaffenheit als der Wüstensand. Seine Füße würden guten Halt finden.

Eagle hatte die gesamte, ihm zur Verfügung stehende Zeit dazu benutzt, sich mit der Duellwaffe vertraut zu machen. Ein starker Arm konnte sie einhändig schwingen, aber die Grifflänge erlaubte auch eine zweihändige Benutzung, was die Schlagkraft wahrscheinlich verdoppeln würde. Eagle hatte nicht den leisesten Zweifel, dass es nur eine Frage der Zeit war, bevor Baturi ein toter Mann sein würde.

Als er durch die Menge in den inneren Kreis ging, bemerkte er, dass verschiedene Zuschauer seinen Optimismus nicht teilten. Er sah die unmissverständlichen Zeichen dafür, dass Wetten abgeschlossen wurden, obwohl kein Geld den Besitzer wechselte.

»Worum wird gewettet?«, fragte er Dschebel.

»Um Kamele und Frauen natürlich«, war die Antwort.

»Und wie stehen die Wetten?«

»Drei zu eins für Baturi. Schließlich kämpfst du auf Tuaregart, bist aber kein Tuareg. Die Logik spricht für Baturi.«

»Wie ist es mit dir? Auf wen hast du gewettet?«

»Einem Häuptling ist das Wetten nicht gestattet, John.«

Eagle nickte. »Dann warst nicht du es, den ich eben bei Aschur sah.«

»Höchstwahrscheinlich nicht. In unserer Kleidung sehen wir uns alle sehr ähnlich. Komm, es ist Zeit.«

Eagle wartete, bis Dschebel die Mitte erreicht hatte und Baturi losgegangen war. Er passte es so ab, dass er und sein Gegner den Häuptling gleichzeitig erreichten.

Dschebel brachte die rituellen Fragen schnell hinter sich. Die erste Frage an die beiden Männer bezog sich auf die Waffen. Trug einer von ihnen mehr als den vorgeschriebenen Skimitar und den Dolch bei sich? Eagle, der sein Gepäck und den Gerätegürtel bei Nagia zurückgelassen hatte, verneinte. Baturi ebenfalls.

Zweite Frage: Wünschte der Provokateur seine Herausforderung zurückzuziehen?

Zweite Antwort: Zum Teufel, nein.

Drittens: Hatte der Herausgeforderte etwas an der Berechtigung der Herausforderung auszusetzen?

Die Antwort, von Dschebel übersetzt: »Der Abschaum hat es gewagt, einen Krieger herauszufordern. Möge der Hurensohn zu einem Häuflein Kameldreck zerhackt werden!«

»Recht blumig«, erwiderte Eagle, zu seinem Übersetzer gewandt. »Aber lasst uns sehen, wie der Bastard kämpft.«

»Dazu wirst du Gelegenheit haben, John. Und zwar jetzt.«

Dschebel ließ jeden der beiden Männer die rituellen fünf Schritte zurückgehen, drehte sich auf dem Absatz um und kehrte zum äußeren Rand des Kreises zurück. Keiner der beiden durfte sich bewegen, bis der Häuptling die Reihen der Zuschauer erreicht hatte. Kein Zweifel, Baturi verstand sein Handwerk.

Als erstes riss er triumphierend seinen Skimitar hoch und stieß einen schrillen Schrei aus, der vermutlich bewirken sollte, dass das Herz seines Gegners vor Schreck aussetzte.

Dieser Teil war laienhaft. Aber die Klinge sauste in hohem Bogen nach unten, und in vollkommenem Gleichklang machte er einen schnellen Schritt vor, so dass die Spitze der Waffe, als sie auf den Boden traf, in einen der Sandflecken der Arena schlug. Grobkörnige Sandpfeile schossen auf die Augen seines Opfers zu - und Baturi setzte mit einem unberechenbaren, hackenden, tödlichen Rundschlag nach.

Sehr professionell.

So dachte Eagle, als er zur Seite trat, um dem blendenden Sand zu entgehen und seine Klinge hochriss, um die seines Angreifers abzublocken. Das Klirren von Metall auf Metall widerhallte in der Stille, die jetzt über der Oase hing. Unmittelbar darauf folgte ein zweiter Zusammenstoß. Wieder war es Baturis Skimitar, der angriff, und Eagles, der verteidigte.

Und schon wieder sangen die Klingen, aber diesmal parierte der Tuareg einen vertikalen Hieb des Fremden. Die Männer hielten ihre Waffen mit beiden Händen wie Streitäxte, und ihre langen, blauen Gewänder flogen, während die Krummsäbel hieben, parierten, zurückgeschwungen wurden und erneut losschlugen.

Die beiden Männer hatten sich kaum aus dem Zentrum des Kreises bewegt. In dieser ersten Phase wollte keiner von beiden auch nur einen Fußbreit Boden nachgeben. Sie testeten ihre Stärke. Eagle hatte nicht erwartet, dem Tuareg sofort Schaden zufügen zu können. Falls Baturi damit gerechnet hatte, musste er den Gedanken schnell aufgeben. Dieser Ausländer schien den Skimitar zu kennen - und sein Griff war zu fest -, um ihn im Sturmangriff in den Boden zu hämmern.

Wie auf Kommando ließen die beiden Krieger voneinander ab und begannen jenes langsame Umschleichen, das so vielen martialischen Künsten gemeinsam ist. Auch diese zweite Phase diente dazu, den Gegner kennenzulernen.

Sie bewegten sich von links nach rechts, mit nicht mehr als zwei Meter Abstand zwischen sich. Baturi hielt seine Klinge mit der Spitze nach unten, so dass sie fast den Boden berührte. Noch einmal der Trick mit dem Sand? Eagle bezweifelte es. Wahrscheinlich bereitete der Tuareg sich auf einen Ausfall vor, falls Eagle ihm Gelegenheit dazu gab. Aber die Stellung seiner eigenen Klinge, die er diagonal vor dem Oberkörper hielt, würde es dem Tuareg schwer machen, eine Öffnung zu finden. Zweimal täuschte Baturi den Ausfall vor. Zweimal hielt sich Eagle außerhalb der Reichweite, ohne die Stellung seines Skimitar zu verändern. Beim dritten Mal veränderte Eagle die Position seiner Klinge doch - und zwar schnell.

Es begann ebenfalls mit einem kurzen Vorzucken der Klinge und dem Beginn eines Rückzugs, nur dass die zweite Bewegung kürzer als erwartet ausfiel. Baturis Säbelspitze schoss nach vorn unten - und dann gerade nach oben, so dass die geschwungene innere Klinge der Waffe die Luft durchschnitt wie eine umgedrehte Guillotine.

Eagle parierte ungelenk und aus dem Gleichgewicht gebracht, aber wirkungsvoll. Doch die Wucht des Schlages glitt von Baturis schnell gewendeter Klinge ab und trieb Eagles Säbelspitze ungefähr zwanzig Zentimeter tief in den Boden. Herausreißen und Zurückspringen kamen gerade noch rechtzeitig - Baturis nachfolgender Horizontalschlag verfehlte nur knapp sein Ziel.

Sehr knapp, wie das freihängende Unterteil von Eagles *litham* bewies. Sauber abgeschnitten flatterte es zwischen den beiden Männern zu Boden.

Mit einem Siegesschrei stürzte Baturi sich auf Eagle, und sein Skimitar wirbelte durch die Luft wie eine Windmühle. Der Tuareg grinste unter seinem Gesichtsschutz. Sein Gegner war also doch nicht so perfekt - er hätte die Klinge unter dem Schlag von rechts nach links reißen müssen, um angreifen zu können, wenn Baturis Waffe vorbeigezischt war. Aber der Narr ließ seine Klinge rechts außen, wo der Tuareg einen Schlag aus jedem Winkel leicht parieren konnte.

Das Lächeln wurde dem Tuareg gewaltsam vom Gesicht gewischt, als Eagle angriff - nicht mit seiner Stahlklinge, denn er wusste, dass Baturi ihre ungünstige Position erkannt hatte, sondern mit der Klinge seines rechten Fußes! Ein schneller Schritt nach links brachte ihn aus dem Gefahrenbereich des Säbels. Der weitausholende Tritt gegen Baturis Schulter war mehr als genug, um den Tuareg aus der Fassung zu bringen - und aus dem Gleichgewicht.

Die Zuschauer stießen einen kurzen, vielstimmigen Schrei aus, als Baturi den Skimitar von sich warf, um sich nicht selbst zu verletzen, und mit dem Gesicht zuerst zu Boden stürzte.

Eagle sprang vor, um ihm den Rest zu geben, aber er erinnerte sich, als die Schreie der Tuareg ihm plötzlich wie Kanonendonner in den Ohren klangen. Fluchend trat er die vorgeschriebenen fünf Schritte zurück und wartete.

Baturi erhob sich auf ein Knie und suchte nach seiner Waffe. Sie lag etwa zwei Meter von ihm entfernt, und um zu ihr zu gelangen, musste er an dem wartenden Ausländer vorbei. Jetzt war es Eagle, der unter seinem *litham* boshaft grinste. Es gab keinen würdevollen Weg für Baturi, an seine Waffe zu kommen. Das Gemurmel aus der Menge schien zu fordern, dass er jetzt aufstehen und zu ihr laufen sollte, aber der Tuareg wusste, dass er es niemals rechtzeitig schaffen würde. Es gab nur eine Möglichkeit, und Baturi entschied sich dafür.

Eagle hatte recht gehabt. Die Zuschauer zischten, als sein Gegner auf allen vieren auf seine Waffe zu krabbelte.

Der Tuareg schoss hoch und stieß einen zweiten Schrei aus. Diesmal war es jedoch kein triumphierender Schrei wie beim erstenmal, sondern ein Ausbruch der Wut.

Wieder griff er an, aber Eagle trat ihm entgegen. Das Klirren von Metall auf Metall kam jetzt schnell und wütend, und keiner der beiden gab nach oder trat zurück, bis...

Plötzlich wich Baturi zurück, als suche er nach einem besseren Halt für seinen Fuß, um einen neuen Ausfall vorzubereiten. So jedenfalls erklärte sich Eagle die Bewegung, aber er sah sofort, dass er nicht Recht haben konnte, weil Baturi nicht aufhörte, zurückzuweichen. Der Tuareg hielt seinen Skimitar jetzt nur mit der Rechten, seine Linke verschwand im Gewand. Das Blitzen des Sonnenlichtes auf dem kleinen Stück Stahl, das aus dem Umhang zum Vorschein kam, warnte Eagle schon vor der Gefahr, bevor die Hand noch hochgeschnellt war. Der Dolch flog und klirrte gegen Eagles Säbel, den er, als er auf Baturi zuging, erhoben hatte und nun mit vollem Schwung niederfallen ließ - auf Baturis Skimitar.

Die Wucht riss dem Tuareg den Griff aus der Hand. Seine beiden Hände schossen vor, um die fallende Waffe zu fangen. Aber Eagles Klinge blitzte noch einmal, und Baturis beide Hände folgten seiner Waffe zu Boden - sauber knapp über den Handgelenken abgetrennt!

Einen Augenblick lang starrte der Tuareg wie im Wahn auf die beiden blutspritzenden Stümpfe. Dann blitzte nackte Panik in seinen Augen auf, als ihm klar wurde, dass er ohne Waffe war - und immer noch stand! Das war das Zeichen, auf das Eagle gewartet hatte. Während Baturi rasch in die Knie ging, fuhr ihm die Spitze von Eagles Skimitar in die Brust. Sein eigener Fall gab der Klinge die Kraft, ihm Herz und Lungen zu durchstoßen. Als

Baturis Knie den Boden berührten, rammte Eagle nur den Griff der Waffe in die Erde.

Das Schwert formte das dritte Bein eines Dreifußes, der den Toten in der Position des Betenden hielt. Eagle sah nur einen Moment zu, wie das Blut sich unter den drei Wunden des Tuareg zu Lachen sammelte. Dann trat er das Schwert unter ihm weg. Er blickte nicht mehr hin, als die Leiche mit dem Gesicht zuerst zu Boden sank. Es war ihm gleich. Sein Rachebedürfnis war befriedigt worden.

Aber die Menge war nicht erfreut. Es gab zwar keine Wutausbrüche, nicht einmal Gemurmel. Aber Totenstille herrschte, als Dschebel in den Kreis trat. Eagles Hand fuhr in seinen Umhang und schloss sich um seinen Dolch. Die Bewegung entging Dschebel nicht.

»Das ist richtig, du musst die Tötung vollenden.«

Jetzt sah Eagle auf den Toten inmitten der rasch größer werdenden Blutlache nieder. »Noch ein bisschen Tradition?«

Dschebel nickte. »Ein toter Tuareg braucht sein *litham* nicht mehr. Du musst es ihm wegnehmen, sein Gesicht ansehen und ihm die Kehle aufschneiden. Längs, vom Schlüsselbein bis zum Kinn.«

Eagle verstand. Er vollendete sein Werk schnell und rollte die Leiche dann zurück. Als er zu Dschebel aufblickte, bemerkte er, dass weder er, noch jemand aus der Menge dem Toten ins Gesicht sah.

Dschebel sprach ein paar knappe Sätze. »Wenn wir weiterreiten, hältst du dich hinter mir an seiner Statt. Jetzt, da er nicht länger unter uns ist, soll sein Name nicht mehr erwähnt werden.

Ruhe dich den Rest des Tages aus, John. Der nächste Abschnitt der Reise ist länger als die vorhergehenden.«

Als Dschebel den Rand des Kreises erreichte, wurde die Menge wieder lebhafter. Obwohl noch immer alle Männer die Gesichter bedeckt hielten, konnte Eagle sehen, dass manche fröhlich waren und manche nicht. Die Wetten natürlich. Er achtete sorgfältig auf die Art, wie Aschur Dschebel begrüßte, besonders die tröstende Art, in der Dschebel den anderen Anführer um die Schulter fasste. Eagle war sicher, dass sich später am Nachmittag zusätzliche Frauen oder Kamele in Dschebels Besitz befinden würden.

Er grinste voller Genugtuung darüber. Und er war nun auch bereit, die Wünsche der beiden Töchter Dschebels zu erfüllen, die respektvoll auf ihn warteten.

»Ja, beide von euch«, sagte er, als er zwischen ihnen auf die Hütte aus Palmwedeln zuging. »Aber diesmal Nagia zuerst.«

Sie kicherte, als sie die Ölkännchen bereitstellte. »Es ist gut, dass wir einen langen Nachmittag vor uns haben. Und niemanden, der vor der Decke steht, um zu horchen.«

Aber sie irrte sich. Ein kleiner Mann mit dem traditionellen *litham* vor dem Gesicht war gerade lange genug vor der Hütte gewesen, um die englisch gesprochene Unterhaltung zu hören. Dann eilte er an einen Platz am Rande des Lagers. Er vergewisserte sich, dass er unbeobachtet war, dann kniete er sich neben einer Palme zu Boden und nahm ein handtellergroßes, lederbezogenes Gerät aus den Falten seines Gewandes. Er zog eine Antenne bis auf etwa fünfzig Zentimeter aus und begann, leise und schnell zu sprechen.

Zehntes Kapitel

Während der nächsten drei Tage und Nächte vergrößerte sich die Zahl der Krieger bei jedem Halt und überschritt bald die Hundert. Die größte Gruppe, die noch zu ihnen stoßen sollte, wurde auf der anderen Seite des Sandmeers erwartet. Dschebel, der anerkannte Anführer der Expedition, hatte Eagle erzählt, dass sie sich für die letzten drei Tage der Reise in kleinere Gruppen aufsplittern würden, sobald alle Häuptlinge sich versammelt hatten. »Die Frauen und das Gepäck lassen wir dann zurück, damit wir schneller vorwärts kommen.«

Sie erreichten das Sandmeer am Abend des vierten Tages, kurz nach sieben Uhr. Als die Kamelkarawane begann, sich im Gänsemarsch hindurchzufädeln, spürte Eagle die Erregung, die in der Luft lag. Eine Mischung von Aufregung und Ehrfurcht hatte die sonst so leidenschaftslosen Krieger ergriffen. Er fühlte es in sich selbst - sie verließen die verkrustete Sandlandschaft des Nordens und betraten eine Welt, die sich nach keinerlei Gesetzen richtete. Das Verhalten des hartgebackenen Sandes war bekannt und für den Wüstenwanderer völlig voraussehbar. Die feinkörnigen und sich ständig verändernden Ebenen und Winkel dieses ausgedörrten, wüsten Sandmeeres jedoch konnten nie vollständig erforscht werden. Für die, die sich hineinbegaben, war es immer aufs Neue eine Herausforderung und ein grausamer Gegner. Nirgends bot sich dem wagemutigen Reisenden auch nur die kleinste Zuflucht. Das Sandmeer war tödlich in seiner Gleichgültigkeit, konnte aber auch unerwartet böswillig sein. Sandlawinen waren eine seiner Waffen, wie Eagle entdeckte, als sie knappe zwei Stunden in der Ubari waren.

Die lange Reihe der Reiter hielt sich dicht an die oberen Kanten der Dünen. Dies war der stabilste Teil der riesigen Wogen, welche die Tuareg jetzt umringten. Eagle ritt noch immer hinter Dschebel, dessen Krieger die übrigen anführten. Die einzelnen Gruppen fügten sich nach einem Ordnungssystem ein, das wahrscheinlich von Tradition und Sitte vorgeschrieben war. Dschebel hatte Eagle vor etwas gewarnt, das er *weiche Stellen* nannte, und Eagle nahm an, dass er damit Löcher auf dem Grat meinte, in die sein Kamel treten konnte, was einen Beinbruch zur Folge gehabt hätte. Aber es gab wenig, was er dagegen tun konnte, außer rechtzeitig von dem fallenden Tier abzuspringen. Abgesehen davon musste das Kamel selbst aufpassen.

Aber so einfach war es nicht, wie Eagle bald sah.

Es begann als ein Geräusch - ähnlich einem schweren Platzregen - in seinem Rücken. Er wandte sich sofort um, aber selbst in dieser kurzen Zeitspanne war es schon geschehen. Nur ein Dutzend Reiter weiter hinten war ein Teil des Grates zusammengebrochen. Oder jedenfalls sah es so aus, als hätte ein riesiges Ungeheuer einen gigantischen, halbmondförmigen Bissen aus dem Dünensattel gerissen. Der Einbruch bot Platz für mindestens drei Kamele, aber Eagle konnte nur ein Tier sehen, das versuchte, dem Sand zu entkommen, der es unaufhaltsam unter sich begrub.

Der Reiter hatte sich flach ausgestreckt und rollte ins Tal hinab. Sobald er die Sohle erreichte, sprang er auf und lief parallel zur Düne, von der er gerade gefallen war. Sein Reittier war verschwunden.

»Er ist in Sicherheit«, sagte Dschebel ruhig. »Die anderen sind verloren.«

Sandmeer war der richtige Name für die Ubari, dachte Eagle. Er hatte soeben zwei Männer ebenso unrettbar ertrinken sehen, als wäre es im Mittelmeer geschehen.

Während der Stunden vor Sonnenaufgang ereigneten sich noch sieben weitere Sandeinstürze. Die Gesamtverluste beliefen sich auf zwölf Krieger, fünf Frauen, neun Reitkamele und zwei schwerbeladene Lastkamele.

Eagle war von dem stoischen Gleichmut beeindruckt, mit dem Dschebel die Meldungen aufnahm. Einmal hörte er ihn murmeln: »Es gibt schlimmere Dinge in der Ubari.«

Das stimmte. Es war zehn Uhr morgens, als eines davon eintraf. Das Schlimmste.

Die Kamele waren seit etwa fünf Minuten unruhiger als gewöhnlich. Eagle wusste, dass kein Tier schnaubt und zaudert, wenn es nicht guten Grund dafür gibt, aber er wartete. Dschebel würde ihm Bescheid sagen, wenn es etwas zu tun gab.

Eagle sah es einen Augenblick vor dem Tuareghäuptling: eine Art Dunst am südöstlichen Horizont. Dschebel richtete sich auf und drehte sich im Sattel um. Er rief ein einziges Wort. Es wurde aufgegriffen und schnell weitergegeben.

»*Ghibli!*«

Eagle sah sofort, dass es nur eine Abwehr für das gab, was da kam. Die Männer ließen ihre Tiere knien und glitten dann auf der rechten Seite herunter, wobei sie sorgsam darauf achteten, den Dünensand nicht mehr als notwendig zu stören. Es war gefährlich, den Grat zu verlassen, aber was da heraufzog, war noch gefährlicher.

Eagle tat es den anderen nach und duckte sich tief hinter dem Höcker seines Reittiers zu Boden. Niemand wagte, sich hinzulegen. Wenn das Kamel auf einen zu rutschte, war man rettungslos verloren. Selbst in seiner geduckten Haltung wusste Eagle nicht sicher, ob er wirklich eine Chance hatte.

Er unterdrückte den Wunsch, den kommenden Sandsturm zu beobachten. Er hatte ohnehin schon genug davon gesehen, bevor er aus dem Sattel geglitten war: eine Linie, die sich über den gesamten südöstlichen Horizont zog und von leichtem Dunst zu einem dicken, teppichähnlichen Ding wurde, das irgendjemand über den Wüstenboden rollte. Es war, als beobachte er eine Flutwelle, die sich auf sie zu wälzte - und vielleicht war das kein schlechter Vergleich. Nur dass der Ghibli die Wüstenversion von Flutwelle und Hurrikan zusammen war.

Der Wind nahm ständig an Stärke zu. Sein gedämpftes Brüllen wurde immer lauter. Dann war es plötzlich still. Eine tödliche Stille schien das Universum zu durchdringen, als der Wind eine Pause machte, vielleicht Atem holte.

Dann brach der Weltuntergang herein.

Es war, als gäben die Dünen, der Himmel und alles Übrige auf einmal nach. »Ruhig, Junge«, sagte Eagle zu seinem Kamel - ob es nun nützte oder nicht. Das Tier hatte keine Chance, ihn in dem ohrenbetäubenden Getöse zu hören. Er schloss die Augen, sonst gab es keinen wirksamen Schutz gegen die wirbelnden, beißenden Sandpfeile, die ihm gegen Hände und den Teil seines Gesichts schlugen, das der *litham* ungeschützt ließ. Das Atmen war fast unmöglich - wäre völlig unmöglich gewesen ohne die Gesichtsmaske -, aber Eagle lernte schnell den Trick, durch kaum geöffnete Lippen langsam und tief einzuatmen, um dann seine Lungen mit einem explosiven Atemstoß freizublasen. Jetzt sah er auch, dass das Kamel wirklich ein Kind der Wüste war. Wenn sich die dicken Augenlider senkten, schlossen sie auch den feinsten Sand aus, genau wie die zusammengekniffenen Nüstern, und seine Haut war zäh genug, um dem Ansturm der Sandpfeile zu widerstehen.

Eagle hustete und würgte, aber er hielt durch. Die Uhr an seinem Handgelenk verriet, dass das Inferno genau eine Stunde und dreiundfünfzig Minuten dauerte.

Eagle hätte nicht sagen können, dass es vorbei war. Das Brüllen klang ihm noch immer in den Ohren, das stechende Gefühl auf Gesicht und Händen war noch immer da, als ein Schlag auf die Schulter ihn herumfahren ließ. Selbst dann war er noch nicht sicher, ob der plötzliche Druck nicht bedeutete, dass er kopfüber in sein Grab glitt. Aber als er die sandverklebten Augenlider hob, sah er Dschebel neben sich stehen.

»Ich freue mich, dass du es geschafft hast.«

Eagle hustete sich den Staub aus der Kehle. »Dachtest du, ich würde auf der Strecke bleiben?«

»Es hing von ihm ab.« Er zeigte auf das Kamel. »Und natürlich von Allah.«

»Natürlich«, sagte Eagle.

Überall sah man Krieger und Frauen die Tiere streicheln, die sie beschützt hatten. Es gab einige Ausnahmen. Die Anzahl der Toten betrug acht.

Die Ubari hatte erneut zugeschlagen, dachte Eagle, als er es Dschebel nachtat und sein Kamel bestieg. Als hätte er seine Gedanken Wort für Wort erraten, drehte sich Dschebel zu ihm um.

»Acht Tote. Zusammen mit denen, die wir bisher verloren haben, sind es fünfundzwanzig. Wir werden noch mehr verlieren, bevor dieser lange Tag vorüber ist.«

Er behielt Recht. Die fast zweistündige Verspätung wegen des Sturms bedeutete nicht nur, dass sie in der schlimmsten Mittagshitze durch die Ubari reiten mussten. Das Sandmeer hielt noch weitere Lawinen für sie bereit. Bevor sie gegen sechs Uhr abends die Oase erreichten, hatten sie noch dreizehn Menschen und elf Kamele verloren.

Elftes Kapitel

Der Terrazzo-Steinfußboden trug ein reichverziertes Muster, dessen vielfarbige arabische Ornamente das Auge zum Zentrum führten, wo das Mittelstück in goldgelben Stein geschnitten war: die geballte Faust der Fatima.

Die Männer, die den ovalen Raum mit dem hohen Kuppeldach umstanden, achteten nicht auf das Ornament. Es waren etwa einhundertzwanzig, alle Männer des Lagers, zu zwei Dritteln Araber, der Rest Neger. Alle hatten zwei Dinge gemeinsam: die schwarzen Arbeitsuniformen ohne Rangabzeichen und das goldene Kettchen am Hals mit der Heiligen Faust.

Ihre Haltung drückte schweigenden Respekt aus. Sie wussten, warum sie gerufen worden waren. Sie sollten wieder einmal Zeuge werden, was mit einem von ihnen geschah, dessen Haltung nicht respektvoll genug gewesen war. Sie kannten die Einzelheiten des Falles nicht, noch würden sie sie zu hören bekommen. Jedenfalls nicht offiziell. Um die Mittagszeit würde es wilde Gerüchte genug geben. Man konnte das Verbrechen niemals an der Bestrafung ablesen - es gab nur eine Strafe. Sie wurde jedoch auf die verschiedenste Weise vollstreckt.

So standen die Leute denn schweigend in dem ovalen Raum und warteten auf das Unvermeidliche. Voller Respekt schenkten sie den beiden Männern ihre volle Aufmerksamkeit, die sich bewegungslos vor der Terrazzo-Faust gegenüberstanden.

Beide Männer waren schwarz, beide trugen schwarze Arbeitshosen und Schnürstiefel, beide waren von den Hüften aufwärts nackt. Beide waren groß für dieses Wüstenland, aber damit hörte die Ähnlichkeit auf. Der Kleinere war immer noch größer, schwerer und muskulöser als die meisten Zuschauer, aber neben dem Größeren schien er zu schrumpfen. Der Größere maß fast zwei Meter. Sein patronenförmiger Kopf krönte einen zweieinhalb Zentner schweren Muskelberg, der sich V-förmig zu einer schmalen Taille verengte, elastisch wie ein enggedrehtes Hanfseil. Eine seiner Hände hätte zwei des anderen umschließen können. Sein Gesicht mit den Stammeszeichnungen, die sich an der breiten, flachen Nase trafen, verriet unnachgiebige Kraft. Seine Augen glommen wütend.

Die Augen des kleineren Mannes standen voller Furcht, als er über die beiden Kreise auf dem Boden und das Symbol darin hinwegsah. Er wusste, was ihn erwartete. Jetzt fehlte nur noch der Befehl, der es ankündigen würde.

Die wilden Augen des größeren Mannes blitzten durch den Raum. Ein Lächeln zeigte, wie befriedigt er darüber war, dass das Publikum sich in der rechten Stimmung befand. Die Totenstille in dem riesigen Raum machte seine Worte hörbar, obwohl sie sehr leise gesprochen wurden.

»Akbar, verteidige dich«, sagte er.

Der Mann, der Akbar hieß, schnellte das rechte Bein zurück und verlegte sein Gewicht darauf, wobei er die Hände abwehrend hob. Die meisten Zuschauer kannten seine Fähigkeiten im Zweikampf ohne Waffen. Schließlich hatte er viele von ihnen selbst ausgebildet. Und doch wussten sie, dass es bei diesem Zweikampf nur ein Resultat geben konnte und dass das auch Akbar klar war.

Der Führer glitt nach vorn, die Hände an seinen Seiten ballten sich zu Mammutfäusten. Als er vorrückte, nahm der andere Mann das linke Bein zurück. Der größere Mann kam gnadenlos näher.

»Los, Akbar. Du kannst nicht ständig zurückgehen. Dein Ziel steht hier. Besiege mich, dann bist du der Führer.«

»Ich will nicht Führer sein, nur gehorchen«, erwiderte der andere und machte einen weiteren, langen Schritt zurück.

»Den Eindruck hatte ich nicht, Akbar.« Die riesigen Stiefel hatten die Faust überquert und kamen jetzt aus den Kreisen heraus.

»Ich hatte nicht die Absicht, deinen Befehlen zu widersprechen!« antwortete Akbar. Noch ein Schritt zurück.

Der Führer lächelte grausam. »Dann gehorche ihnen jetzt. *Bleib stehen und verteidige dich!*«

Mit einem Schrei stieß der Kleinere sich von dem Steinboden ab. In einer raschen Bewegungsfolge kam erst sein rechter Fuß auf die Brust des größeren Mannes zugeschossen, fiel dann herab und stieß auf den Boden, als sein linkes Bein blitzartig herumwirbelte und nach dem Kopf des Gegners trat.

Er traf sein Ziel nicht. Der Führer hatte sich während des Täuschungsmanövers nicht bewegt, hatte bis zum letztmöglichen Moment mit seiner Reaktion gewartet. Als er sich dann bewegte, ließ er beide Handflächen flach gegen das linke Schienbein des anderen klatschen, ein gewaltsamer Block, der Akbars Tritt mitten in der Bewegung stoppte. Akbar versuchte, das Bein wieder auf den Boden zu bringen, um mit dem anderen anzugreifen, aber im Augenblick des Zusammentreffens hatten sich die riesigen Hände wie Schraubstöcke um sein Bein geschlossen. Jetzt hoben und schleuderten sie den kleineren Mann, dass er in etwa vier Meter Entfernung auf den Boden schlug.

Als erfahrener Judoka und Träger des schwarzen Gürtels drehte Akbar sich gekonnt in der Luft, landete mit einer perfekten Ukemi-Rolle und stand unmittelbar darauf wieder seinem Gegner zugewandt. Aber das erste, was seine Augen erfassten, war die Faust des Gegners, die auf sein Gesicht zuschoss. Seine hochgerissenen, gekreuzten Arme lenkten den Schlag ab, aber eine Faust schloss sich um sein linkes Handgelenk. Mit einem gewaltigen Ruck, der Knochen und Sehnen trennte, wurde ihm der Arm aus dem Schultergelenk gerissen. Der Kopf schlug ihm in den Nacken, als die freie Faust des Führers ihm den Unterkiefer ausrenkte.

Einen Augenblick ließ der größere Mann von Akbar ab, der aber durch umwölkte Augen sah, was auf ihn zukam. Mit aller Kraft, die ihm noch zur Verfügung stand, versuchte er eine Abwehr mit dem rechten Vorderarm. Aber das hatte nicht mehr Wirkung als ein Streichholz, als der rechte Stiefelabsatz des Führers die jämmerliche Deckung durchbrach und Akbars Brustkasten eindrückte.

Blut quoll Akbar jetzt aus Nase und Mund, und der Atem versagte ihm, als ihm Gallensaft in die Kehle schoss. Wieder zuckten die Stiefel des Führers vor, und Akbar fiel in sich zusammen, die linkte Hüfte zerschmettert. Dann fühlte er wieder diese Hände - eine in seinem Nacken, die andere um den rechten Oberschenkel. Die Schwerkraft zog an seinen ausgerenkten Gelenken, als er hochgehoben wurde. Seine blutunterlaufenen Augen kämpften wild gegen die sinkenden Schleier, aber er konnte nichts sehen als das hohe Kuppeldach über sich. Und dann nicht einmal mehr das.

Er befreite seine Kehle gerade noch rechtzeitig von dem Blutpfropfen, der sie blockierte, um einen gräßlichen Schrei auszustoßen, dann riss der Führer ihn mit unwiderstehlicher Gewalt herunter und zerschmetterte ihm das Rückgrat.

Der Führer erhob sich und ließ seinen toten Untergebenen fallen. Nicht das geringste Geräusch war im Raum zu hören, außer den Absätzen, die auf das Symbol in der Mitte zugingen. Vor der Heiligen Faust drehte er langsam den bulligen Kopf, und seine Augen schienen jeden Mann im Raum direkt anzublicken.

»Geht jetzt«, sagte er leise. »Tut eure Pflicht.«

Die Festung am Kaf Adschnun lag in einem kleinen Tal, das von diesem Berg und zwei anderen, kleineren geformt wurde. Die Festung bestand zum größten Teil aus Zementblöcken und Putz - einer Bauweise, die an der Südküste des Mittelmeers weitverbreitet ist. Der Kaf-Adschnun-Komplex war für den Fall eines schweren Angriffs mit Stahlplatten verstärkt, aber der

Kommandeur wusste recht gut, dass solch ein Angriff unwahrscheinlich war. Nicht nur, dass seine Festung vom freien Land aus nicht sichtbar war, der Aberglaube hielt die Menschen des Fezzan auch von den Bergen fern. Und wenn man nicht sehr tief flog, dann sahen die sandfarbenen Dächer der Anlage mit ihrer unregelmäßigen, felsartigen Struktur genauso aus wie die zerklüftete Landschaft ringsum. Da sämtliche Fahrzeuge ausschließlich nachts und ohne Scheinwerfer fuhren, gab es kaum eine Chance, dass die Anlage von irgendjemandem entdeckt wurde, der ernstzunehmen war.

Ernstzunehmen?

Der Kommandeur dachte über dieses Wort nach, während er nun die Räume durchquerte, welche die große Halle von dem Raum trennten, den er gern sein *Audienz-Zimmer* nannte. Es lag in seinem privaten Flügel, wo sich die wirklich wichtigen Dinge befanden.

Einer der Räume war das Kommunikationszentrum. Er öffnete die Tür, trat aber nicht ein. Der Neger im Zimmer wusste, was der Kommandeur wollte. »Nein, nichts weiter. Atschans Nachricht war die letzte.« Der Führer schloss wortlos die Tür und ging weiter. Seine Stirn lag jetzt in Falten. Vielleicht sollte er doch etwas gegen diese Tuareg unternehmen. Schließlich wussten sie von diesem Komplex. Selbst in den unzugänglichsten Stellen der Wüste konnte nichts geschehen, was der Aufmerksamkeit der Tuareg längere Zeit entging. Aber die Tuareg hatten nie Interesse an seinen Aktivitäten gezeigt, warum also jetzt? Atschans Nachricht berichtete von einer ständig wachsenden Tuareg-Streitmacht. Und von dem Ausländer, der englisch sprach.

Vielleicht...

Er stieß eine weitere Tür auf. Eine Wache nahm Haltung an, als er den Korridor hinunterging. Ein zweiter Wachtposten salutierte und öffnete die Tür am Ende des Flurs. Der Führer schenkte den beiden Männern nicht einmal ein Nicken, als er in seinen Privatgemächern verschwand. Er wählte ein neues schwarzes Hemd aus und blieb vor dem großen Wandspiegel stehen, bevor er es anzog. Was er sah, gefiel ihm. Lächelnd überlegte er, ob er auch die Hose wechseln sollte. Auf Schenkeln und Knien zeigten sich Blutflecken.

Er entschied sich dagegen. Nein, hier war der offensichtliche Beweis dafür, dass er das war, als was sie ihn bezeichneten: der schwarze Tod.

Drei Männer warteten bereits auf ihn, als er das Audienz-Zimmer betrat. Er kam eine Viertelstunde zu spät, aber niemand verlor ein Wort darüber. Natürlich wusste er, dass sie pünktlich gewesen waren, wenn nicht gar zu früh. Auf Pünktlichkeit bestand er. Es war offensichtlich, dass es einen wichtigen Grund geben musste, wenn er selbst zu spät kam.

Der Raum war nur ein Drittel der Versammlungshalle und karg bis auf die Einlegearbeit auf dem Fußboden, eine kleinere Version der großen Faust, und eine Gobelinfaust, die hinter dem einzigen Stuhl an der Wand hing. Der Stuhl war ein schwerer syrischer Thronsessel mit Einlegearbeiten in farbigen Hölzern, Elfenbein, Ebenholz und Gold.

Die drei Männer, alle Palästinenser, nahmen Haltung an, als er eintrat, und rührten sich nicht, bis er sich gesetzt hatte. Selbst dann blieben sie in soldatischer Haltung stehen.

»Ich habe euch drei rufen lassen, weil neue Aufträge auf euch warten. Für jeden von1 euch müssen Vorbereitungen getroffen werden, die nicht länger als eine Woche dauern dürfen. Du, Salem.«

Der Mann rechts trat einen Schritt vor. Er war klein und dicklich, und sein Gesicht hätte an einen Cherub erinnert, wenn er gelächelt hätte. Aber er lächelte nicht.

»Du wirst nach Beirut gehen. Kennst du die amerikanische Hochschule dort?«

»Nur vom Hörensagen.«

»Du wirst sie genauer kennenlernen, bevor du gehst, an der Spitze von vier Männern. Deine Aufgabe wird es sein, den Präsidenten der Schule und so viele Mitglieder des Lehrkörpers zu töten, wie du kannst. Keine Studenten, nur Angehörige der Fakultät. Ich gebe dir die Einzelheiten später.«

»Sollen sie zuerst als Geiseln gehalten werden?«

»Nein. Genug davon. Und es wird nicht nötig sein, sie zusammenzutreiben - Universitäten haben ständig Versammlungen. Gibt es irgendwelche Fragen, die du schon jetzt beantwortet haben möchtest?«

»Wie komme ich in den Libanon?«

»Dafür wird Sorge getragen.« Der Führer lächelte. »Und auch für den unausgesprochenen Teil deiner Frage - den Rückzug. Noch etwas?«

Salem wirkte nervös. »Die Fakultätsmitglieder... Sollen wir auch Araber töten?«

»Araber? Was ist das für ein Araber, der auf einer Universität lehrt, die nichts anderes verbreitet als westliche Propaganda? Wenn ihr auf den Abzug drückt, wird es vor euren Läufen keine wahren Araber geben. Ist das klar?«

»Ja.«

Der Führer nickte. »Geh nun, Salem.« Als der schwerfällige Palästinenser auf dem Absatz kehrt machte, wandte der Führer sich dem nächsten zu. Es war ein Mann Ende der Dreißig, dessen Haar sich zu lichten begann. »Awad, dein Auftrag wird dich nach Tunis führen. Du leitest ein Zwei-Mann-Team. Bist du mit unseren Sprengstoffbriefen vertraut?«

»Ja, genau.«

»Du bekommst dein Material auf der libyschen Seite der Grenze. Die Empfänger leben alle in Tunis, außer einigen wenigen auf der Insel Dscherba. Was die Entdeckungsgefahr anbetrifft, so brauchen wir uns nur um die tunesische Postverwaltung zu sorgen. Es sollte ein leichter Auftrag sein.«

Awad war schon gegangen, bevor er den dritten Mann im Raum ansprach. Das war der jüngste der drei, ein gutaussehender Junge mit blitzenden dunklen Augen. Die gezackte Narbe auf der rechten Wange war der einzige Makel in seinem Gesicht.

»Haschim«, sagte der Führer. »Dein Auftrag unterscheidet sich von den anderen. Die drei Männer, die du in Tripolis geführt hast, werden wieder bei dir sein.«

»Es sind gute Männer.«

»Ich bin mir ihrer Fähigkeiten bewusst, ebenso wie ich deine kenne, Haschim. Du kannst Menschen führen und bist selbst kein geistloser Befehlsempfänger. Das stört mich ein wenig, aber... Es macht nichts. Was mich wirklich stört, ist, dass du verunsichert bist. Warum, Haschim?«

»Kann ich offen sprechen?«

»Du meinst, ohne Furcht vor Bestrafung? Ja.«

»Die beiden Aufträge, die Sie soeben vergeben haben... Bei beiden werden arabische Brüder sterben müssen.«

»Du hast gehört, was ich über die an der Universität gesagt habe?«

»Ja. Und Sie haben natürlich Recht. Aber könnte es nicht sein, dass diese Araber wie so viele einfach fehlgeleitet sind? Dass sie nicht wissen...«

»Diese Araber sind nicht einfach fehlgeleitet, Haschim. Sie führen aktiv andere in die Irre. Tag für Tag infizieren sie das Denken derer, die ihnen anvertraut sind. Sie müssen ausgeschaltet werden. Und wir werden das tun.«

»Und die Briefempfänger in Tunis? Sind sie auch...«

Die Stimme des Führers war kalt. »Deine Erlaubnis, ohne Furcht vor Bestrafung zu sprechen, ist abgelaufen. Von jetzt an wirst du nur zuhören oder sprechen, wenn du gefragt wirst.«

Haschims Narbe rötete sich, aber er presste die Lippen fest zusammen.

»Hervorragende Selbstbeherrschung, Haschim. Sag mir, weißt du, wo du jetzt bist?«

»Irgendwo im Süden Libyens. Die genaue Position kenne ich nicht.«

»Wenige Menschen kennen sie. Nur die, deren Pflichten es gebieten. Warum, glaubst du, ist das so?«

»Für den Fall der Gefangennahme...«

Der Führer nickte. »Denn manche Männer zerbrechen unter Druck, nicht wahr?«

»Das ist wahr.«

»Wie steht es mit dir, Haschim? Wirst du ihnen erzählen, wo sich diese Anlage befindet?«

»Werde ich...«

»Der König von Marokko hat der arabischen Sache nicht immer freundlich gegenübergestanden, oder, Haschim?«

Der junge Mann antwortete vorsichtig. »Er befindet sich in einer schwierigen Lage.«

»Womit du sagen willst, dass sein eigenes Haus auf schwankenden Füßen steht. Du hast Recht. Durch dich und deine Männer wird es noch schwankender werden. Kannst du dir vorstellen, was geschehen würde, wenn man euch auf marokkanischem Hoheitsgebiet gefangen nehmen würde - euch, die Mörder von zwei amerikanischen Diplomaten? Ich will es dir verraten. Der gute König wäre hin und her gerissen zwischen seinem Sinn für internationale Gerechtigkeit und dem Wissen, dass seine politischen Gegner nach eurer Freilassung schreien würden - so laut schreien, dass das Echo seinen ohnehin schon wankenden Thron stürzen könnte.«

Haschim sagte langsam: »Hassan würde uns nicht freilassen...«

»Das glaube ich auch. Aber er wird das Problem lösen müssen, nicht wahr?«

»Die Libyer hätten ein Problem. Er würde uns einfach an sie... Ist das tatsächlich Ihr Plan?«

»Ganz recht. Irgendwann in der nächsten Woche wirst du dich mit deinen drei Freunden im Gewahrsam der marokkanischen Sicherheitspolizei befinden. Und unsere libyschen Freunde werden das Problem nicht lösen, Haschim, das versichere ich dir. Du magst jetzt gehen.«

»Wohin?«

»Wenn du aus dem Raum kommst, wird dich ein Wachtposten erwarten. Er hat Anweisungen, dich zur Sicherheit in eine Zelle zu bringen. Deine drei Freunde sind bereits dort.«

Als er allein war, lächelte der Führer.

Wenn dieser Plan Erfolg hatte, konnte er eine nach dem Westen tendierende Regierung stürzen. Wenn die Schreie um die Freilassung der Attentäter laut genug waren - und seine geplante Ermordung der vier richtig abgepasst wurde -, dann blieb das Blut an Hassans Händen kleben. Es würde allen offensichtlich sein, dass der König versucht hatte, das Problem aus der Welt zu schaffen, indem er die unbequemen arabischen Patrioten tötete.

Er lächelte, während er auf seine riesigen Hände hinuntersah. Die Araber sprachen von islamischer Brüderschaft, aber manche Brüder waren eben besser als andere. Alle Brüder, ganz gleich welcher Hautfarbe, galten als den Negern überlegen. Nun gut. Für den Augenblick kam die Sache der Araber ganz gelegen. Solle Al Fatah doch denken, dass sie die Terroristen befehligte. Sollte der Schwarze September denken, er sei die Elitetruppe von Henkern. In der Zwischenzeit stiegen Männer, die ihm loyal gesinnt waren, in den Rängen dieser und ähnlicher Organisationen höher und höher.

Wenn die Zeit reif war, würde kein Zweifel darüber bleiben, wer das wirkliche Oberhaupt war. Einige der kleinen braunen Brüder mochten das nicht besonders erfreulich finden, aber ihr Rückgrat ließ sich ebenso leicht brechen wie das eines schwarzen Mannes.

Die Tür zum Audienz-Zimmer öffnete sich. Ein Wachtposten kam auf den Thronsessel zu.

»Chef, eine Nachricht von Atschan. Sie bereiten sich darauf vor, die Oase zu verlassen. Sie teilen sich in vier Gruppen auf, nur die Krieger. Die Frauen und das Gepäck bleiben zurück.«

Der Posten wartete darauf, entlassen zu werden. Er bekam noch einen Befehl.

»In dreißig Minuten im Kartenraum. Ich brauche vier Helikopter-Besatzungen.«

Zwölftes Kapitel

Noch drei Tage, dachte Eagle, *nur noch drei Tage*. Sie würden so schnell vergehen wie die vorherigen. Vielleicht noch schneller, jetzt, da die Kamele fast doppelt so schnell liefen.

Sie bewegten sich nicht länger im Gänsemarsch, sondern erlaubten ihren Reittieren, sich ihren Platz in der südwärts reitenden Gruppe selbst zu suchen - mit einer Ausnahme. Die Führungsposition war für den Häuptling reserviert. In Eagles Gruppe war das Dschebel.

Etwa vor vier Stunden hatte sie in vier Gruppen die Atschan-Oase verlassen. Eagles Uhr zeigte acht. Die Nacht war kühl.

Dschebels Gruppe von vierzig Kriegern - die anderen Gruppen waren etwa ebenso groß - ritt auf der äußersten Rechten oder dem westlichen Flügel in langem Bogen, richtete sich aber jetzt aus, bis Eagles Kompass ihm zeigte, dass sie geradewegs nach Süden strebten. Er war bei der letzten Beratung der Häuptlinge dabei gewesen, als die vier klauenähnlichen Linien in den Sand gemalt worden waren, aber er hatte kein Wort von dem Plan verstanden, den Dschebel auseinandersetzte. Den endgültigen Treffpunkt symbolisierte ein Häufchen Erde, zweifellos der Berg, der ihr Ziel war.

Eagle hatte das Problem durchdacht und war zu dem Entschluss gekommen, dass es keine andere Möglichkeit gab. Ein einzelner Mann - er selbst - konnte die Verteidigungslinien in Kaf Adschnun überwinden. In dieser Zeit der hochentwickelten Waffensysteme konnte man nicht nach Art des Lawrence von Arabien und seiner Reiter in die Festung dringen. Er wollte Dschebel das klarmachen. Er würde zuerst hineingehen - allein und zu Fuß. Wenn sein Sprengstoff in die Luft ging, würde dies das Zeichen zum Angriff für die anderen sein. Es gab keine Alternative.

Doch all seine Überlegungen und Entschlüsse waren unnötig, nur dauerte es noch fast einen vollen Tag, bis er das herausfand.

Am folgenden Morgen um neun saßen sie schon seit vier Stunden im Sattel und ritten in der gleichen schnellen Gangart des Vortags. Es war genau neun Uhr fünf, als Eagle knapp über dem südlichen Horizont etwas Eigenartiges auffiel. Zuerst waren es nur Punkte. Vier Punkte. Wie groß sie waren und wie weit entfernt, ließ sich schwer ausmachen. Große Vögel? Es sah nicht so aus - falls es nicht eine Art gigantischer Hummeln war, die zu viert in einer auseinandergezogenen Reihe flogen. Eagle kannte keinen Vogel, der sich so verhalten hätte. Nur eine von Menschenhand geführte Maschine, eine ganz bestimmte Maschine, würde...

Als Dschebel kurz darauf halten ließ, wusste Eagle, warum es sich handelte: um Hubschrauber, die sich in einer Linie auf sie zubewegten, so dass die westlichste Maschine direkt auf ihre Gruppe stoßen würde. Vier Hubscharuber, vier Gruppen Tuareg. Das war kein Zufall.

Dschebel war derselben Meinung. Er reckte sich im Sattel und zeigte auf die Helikopter, die noch immer weit entfernt waren, aber schnell herankamen. Sein Befehl bestand aus einem einzigen Wort, das er für Eagle übersetzte.

»Ausschwärmen!«

Sofort verteilten sich die Reiter in alle Himmelsrichtungen, als hätte jemand eine Granate in ihre Mitte geworfen. Dschebel trieb sein Kamel weiter in die Richtung, die er vorher eingeschlagen hatte. Eagle folgte ihm. Sie ritten beide direkt auf den Hubschrauber zu, der jetzt am südlichen Himmel größer und größer wurde. Eagle spähte um sich und stellte fest, dass das Ausschwärmen reibungslos voranging. Wenn der Hubschrauber sie erreicht hatte, würden alle weit verteilt sein. Ein guter Plan, aber nicht gut genug. Kein Kamel der Welt kann einem Hubschrauber davonlaufen.

Aber es gab auch einige Dinge, denen selbst der schnellste Hubschrauber kaum entkommen konnte.

Einem Stahlpfeil, zum Beispiel.

Die nordafrikanische Flinte fiel in den Sand, als Eagle in die Falten seines Gewandes griff und das Paket berührte, das er auf dem Rücken trug. Er suchte etwas daraus hervor und holte es vorsichtig nach vorn, während er ebenso vorsichtig die Zügel seines Kamels mit den Zähnen hielt. »Ruhig, Junge - ruhig«, befahl er dem Tier. Eagle überlegte sich, ob er abspringen sollte, aber das hätte keinen Zweck gehabt. Er konnte Dschebel nicht anhalten, das wusste er, und wenn er den Punkt erreichen wollte, an dem er sein musste, um die Maschine abzufangen, dann musste er sich beeilen.

Die beiden Teile seines Metallbogens ließen sich ohne Schwierigkeiten zusammenschrauben, aber Eagle wusste, dass das Spannen ein Problem sein würde. Die Aufgabe war schwierig genug, wenn man mit beiden Füßen fest auf dem Boden stand. Einige sehr starke Männer hatten schon erfolglos versucht, die Waffe so weit zu biegen, dass sich die zweite Schlaufe aufziehen ließ. Und er wolle dasselbe auf dem hüpfenden Höcker eines laufenden Kamels fertigbringen!

Aber er hatte Glück. Mit zu Eisenbändern gespannten Bauchmuskeln brachte er die kleine Schleife beim vierten Versuch über das Ende. Der rohe Ledergeschmack in Eagles Mund verriet ihm, dass er vor Anstrengung fast die Zügel durchgebissen hatte. Aber die erste Tat war geschafft.

Jetzt erschien aus dem Köcher auf seinem Rücken einer jener stählernen Todesstacheln, mit denen er zahllose Male seine Fähigkeiten bewiesen hatte. Es gab nur noch eins zu bewältigen: die Granate musste angebracht werden.

Sie kam aus dem Gürtel. Farbe: grün. Er legte das Röhrchen in die Hand, die den Bogen hielt, und suchte mit der anderen in einer weiteren Tasche des Gürtels. Die Finger eines anderen Mannes wären unter diesem Zeitdruck ins Zittern gekommen. Eagle blieb ganz ruhig. Bewege dich so schnell du kannst, ja, aber überschreite nie deine Grenzen.

Er fand den Pflasterstreifen aus seinem Erste-Hilfe-Kasten und holte ihn unter dem Umhang hervor. Dann ließ er den Bogen an der rechten Seite heruntergleiten, bis er sich am Sattelhorn einhängte. Mit beiden Händen klebte er das grüne Röhrchen an die Pfeilspitze. Eine Drehung der Kappe nach rechts: Aufschlagzündung.

Er grinste, aber das Lachen verging ihm sofort wieder. Er hatte Dschebel zu weit vorausreiten lassen!

»Hiiiiyahhh!«, schrie er und schlug seinem Kamel mit dem Bogen in die Flanken. Der Hubschrauber war jetzt so nah, dass er fast die Gesichter der beiden Passagiere in der durchsichtigen Kuppel erkennen konnte. Und plötzlich konnte er sie deutlich sehen - und die Waffe, die den plötzlichen Lärm machte und Hunderte von winzigen Stürmen überall im Sand um ihn...

Er sah, wie Dschebel kopfüber hinter seinem Kamel zu Boden ging. Auch das Kamel krümmte sich und fiel in den Sand. Eagle hob sich im Sattel und legte den Pfeil auf.

Zu spät!

Die Wucht der Maschinengewehrsalve traf ihn an der rechten Schulter und riss ihn um 360 Grad herum. Ein Teil derselben Salve hatte sein Kamel unter ihm gefällt, und er fand sich auf den Boden zu taumelnd. Sein Aufschlag war professionell, nachdem er sowohl den Bogen als auch den Sprengstoff von sich gestoßen hatte. Die Granate würde von dem leichten Schlag nicht explodieren, aber es war besser, vorsichtig zu sein.

Die Männer im Hubschrauber waren offensichtlich ebenso vorsichtig, als sie einen Moment lang über Eagles ausgestreckter Gestalt verhielten. Er konnte fühlen, wie der wirbelnde Rotor den Sand aufpeitschte. Dann spürte er, wie ihm eine neue Kugelsalve in den Rücken schlug. Der Schutzanzug hielt ihr gut stand.

Der Helikopter hob sich und schwankte nach Westen ab, als Eagle aus seiner Wüstenkleidung schlüpfte. Dann rollte' er die Kunststoffkapuze über den Kopf und aktivierte das Chamäleon-Element hinter seinem Knie. Er war jetzt von dem ihn umgebenden Sand nicht mehr zu unterscheiden und kroch schnell auf seine Waffen zu.

Der Hubschrauber war bereits außerhalb der Reichweite seines Bogens und sandte ratternden Tod unter die vereinzelten Reiter. Er flog in weitem Bogen, um die Tuareg einen nach dem anderen zu töten. Zweimal hörte Eagle Steinschlossflinten feuern, aber die Beweglichkeit des Hubschraubers und die Reichweite seiner Waffen waren Schutz genug gegen die einschüssigen Waffen der Tuareg. Kriegsgeschrei mischte sich mit dem Trompeten der Kamele, als kurze Feuerstöße wieder und wieder Tod ausspien.

Eagle verfluchte seine Hilflosigkeit angesichts dieses Massakers, während das Maschinengewehrfeuer durch die Wüste widerhallte.

Widerhallte?

Nein, was er da hörte, war kein Echo. Von Osten her kam das entfernte Rattern anderer Maschinengewehre. Vier Gruppen Tuareg, vier Hubschrauber. Wer der Feind auch war, er hatte ein funktionierendes Nachrichtensystem.

Was er nicht mehr lange haben würde, war einer seiner Hubschrauber.

Die Mordmaschine flog jetzt nördlich von Eagle, weiter ihre Opfer abschlachtend auf dem Rundkurs, den sie sich gesetzt hatte - ein Kurs, der sie fast an ihren Ausgangspunkt zurückführen würde. Eagle nahm entschlossen Bogen und Pfeil zur Hand und lief nach Nordosten. Es war noch immer zu weit für seine Waffe; während er lief, musste er gewaltsam seine Wut darüber unterdrücken, dass er so hilflos war, während um ihn herum die Tuareg starben. Es konnte sich aber nur noch um Minuten handeln, bis...

Plötzlich hielt Eagle an. Zwischen ihm und dem Helikopter befand sich nur noch ein einziger Tuareg, der nicht vor dem Hubschrauber zu fliehen schien, sondern ihn angriff! Eagles Stirn legte sich in Falten, denn der Arm des Kriegers winkte hoch erhoben. Die Sonne blitzte auf dem Gegenstand in seiner Hand. Es war kein Gewehr und zu schmal für einen Skimitar.

Aber auf jeden Fall war es nutzlos gegen die Kugeln, die ihn und sein Tier zu Boden rissen.

Der Hubschrauber drehte auf der Stelle und hielt nach weiteren Opfern Ausschau. Eagle hob seinen Bogen. Er schätzte die Entfernung auf hundertfünfzig Meter. Normalerweise kein schwieriger Schuss, aber sein Pfeil trug zusätzliches Gewicht. Er korrigierte seine Haltung, spannte den großen Bogen und ließ den Peil davonschnellen.

Es blitzte einmal kurz, als das Sonnenlicht sich an dem Stahlschaft brach.

Dann stand eine neue Sonne am Himmel, eine kurzlebige, die einen Regen aus Metall, Kunststoff, Knochen und Fleisch mit sich brachte und von einem Donnergrollen gefolgt wurde.

Der Todesvogel war tot. Aber auch vierzig Tuaregkrieger.

Und zwei von ihnen interessierten ihn persönlich.

Der ihm am nächsten Liegende war zuletzt gestorben. Schon bevor er den Toten erreichte, sah er, wonach er suchte, und erkannte es: eine Antenne. Eagle musterte die Leiche des kleinen Kriegers und nahm dann den Sender auf. Er hörte schwache Stimmen und das Dröhnen eines Motors. Eine Idee entwickelte sich in seinem Gehirn.

Der Sender war offensichtlich auf derselben Frequenz wie die Helikopter. Der Eigentümer hatte versucht, ihnen zu bedeuten, wer er war, aber sie...

»Geschieht dir recht, du kleines Schwein!«, sagte Eagle. Dann ging er zu dem zweiten Tuareg - wenn der erste überhaupt einer gewesen war.

Irgendwie hatte er gehofft, dass Dschebel noch am Leben sein würde. Er war es nicht. Eagle begann, die blutigen Löcher in seiner Brust zu zählen, hörte aber beim sechsten auf. Er lag auf dem Rücken, sein *litham* war ihm abgerissen. Wie Dschebel gesagt hatte: Eagle würde sein Gesicht nicht ein zweites Mal sehen, »bis das Leben meinen Körper verlassen hat.«

Etwa drei Minuten lang saß Eagle neben dem Toten und dachte nach über die Tradition der Krieger, das stolze Erbe der

Tuareg und die Torheit der Expedition, die Dschebel unternommen hatte. Zwei Männer in einer modernen Kriegsmaschine hatten die Nutzlosigkeit der Tuaregmethoden klar bewiesen. In einer Schlacht zu sterben, war die eine Sache. Aber so zu sterben, bevor man auch nur einmal mit einem Schwert zuschlagen oder seine Flinte abfeuern konnte, das war blanker Hohn. Und doch...

Auf dem Gesicht des alten Mannes lag ein Lächeln.

Der erste zu sein, den es traf, in vollem Galopp in den Tod zu stürmen...

Eagle legte den *litham* zurück und grub dann mit den Händen ein flaches Grab in den Sand. Er legte Dschebels Leiche hinein, und als der Sand sie wieder bedeckte, stand er auf; seine Augen glitten über das Schlachtfeld.

Er hatte nicht die Zeit, vierzig Krieger zu beerdigen.

Er hatte nur Zeit, sie zu rächen.

Er schaltete den Sender ein und drückte auf den Sendeknopf. Seine Stimme klang laut und klar: »Na los, ihr Hurensöhne, kommt und holt mich!«

»Nichts mehr von Team vier«, berichtete der Funker. »Überhaupt kein Signal.«

Der Kommandeur war schlecht gelaunt. Er wusste jetzt, dass der englisch sprechende Mann ein Amerikaner war, der Akzent war unmissverständlich. Aber wo steckte er? Team vier hatte die vollständige Vernichtung seiner Tuareggruppe gemeldet, hatte als erstes mit den Wüstenreitern Kontakt gehabt; und jetzt konnte er keinen Kontakt mehr mit ihnen bekommen!

»Die anderen?«

Der Funker setzte sich schnell mit Hubschrauber zwei und drei in Verbindung. Sie meldeten die Beendigung ihres Auftrags. Besatzung eins antwortete nicht sofort, aber schließlich kam auch sie durch. »Wir sind gelandet. Haben hier unten etwas Besonderes gefunden.« Der Führer erfuhr, was das Besondere war, und gab lachend seine Zustimmung.

»In Ordnung. Besatzung eins kehrt hierher zurück. Besatzung zwei und drei nach Westen abdrehen, um herauszufinden, was mit Besatzung vier geschehen ist. Aber vorsichtig. Da unten ist ein Amerikaner - er lebt und ist wahrscheinlich bewaffnet. Möglicherweise hat er Besatzung vier ausgeschaltet. Schießt auf alles, was sich bewegt.«

Eagle hörte den arabischen Wortwechsel; ohne die Sprache zu verstehen, wusste er, dass es um ihn ging. Wenn er noch weitere Beweise brauchte, so hatte er sie in dem Moment, als die beiden Hubschrauber am östlichen Horizont auftauchten. Er warf den Sender von sich und machte sich schnell an die Arbeit. Vom Sattel seines Kamels nahm er das Hanfseil, das er mit sich geführt hatte, seit er das Tier gezähmt hatte, das ihm jetzt tot zu Füßen lag. Das Kamel war ein gutes Transportmittel gewesen, aber wenn Eagles Plan funktionierte, hatte er bald ein noch besseres - und zwar ziemlich bald.

Er warf sich den Bogen über die Schulter und ging schnell zu dem toten Eigentümer des Sendegeräts.

Er zog ein Ende des Seils unter dem Gewand und den Schultern des kleinen Mannes durch und verknotete es auf Brusthöhe. Dann lehnte er die Leiche gegen ihr totes Reittier, brachte Arme und Ellenbogen in natürliche Stellung und führte das lose Ende des Seils unter dem Bauch des toten Kamels durch und zwischen den Beinen des Mannes wieder heraus. Er zog sanft daran, und die Ellenbogen gaben nach, als versuche der Tote, über das Kamel zu kriechen. Gut. Er ließ das Seil locker und legte den Mann wieder so wie vorher hin.

Die beiden Hubschrauber wurden größer am Himmel, ihre wirbelnden Rotoren lauter. Eagle sah, dass sie noch immer mindestens eine Minute weit entfernt waren. Als er sich neben den kleinen Mann legte, grinste er ihn an.

»Denk mal an, alter Knabe - posthume Kriegsführung!«

Es dauerte anderthalb Minuten, bis einer der Hubschrauber in Reichweite gekommen war. Durch das Glas konnte Eagle die beiden Männer im Inneren sehen.

Er fasste das Sehende fester und zerrte daran. Der Hanf spannte sich und zog an den Schultern des Mannes, so dass sich der Oberkörper über das Kamel schob. Die Männer im Hubschrauber sahen die Bewegung und begriffen, was vor sich ging: der Mann da unten versuchte, sein Gewehr zu erreichen!

Sie feuerten eine volle Minute in die Leiche hinein, beide Hubschrauber gemeinsam. Einen Augenblick lang, als der Sand um ihn peitschte, dachte Eagle, dass sein Plan nicht klappen würde. Beide Hubschrauber hoben sich.

Aber dann flog einer von ihnen zu dem nahen Wrack ihres Kameraden - und begann, tiefer zu gehen.

Tiefer! Eagle bündelte seine Gedanken zu einem unausgesprochenen Befehl: landen!

Sie gehorchten, als hätten sie ihn gehört. Jetzt hatte er nur noch einen Wunsch: Motor abstellen!

Der Motor hustete, der große Rotor wurde langsamer. Es war klar, dass sie hierherbeordert worden waren, um den ausländisch sprechenden Fremden und den fehlenden Hubschrauber zu finden. Sie hatten die Maschine gefunden und, wie sie glaubten, auch den Fremden. Aber eine genaue Untersuchung musste folgen.

Eagle wartete darauf, dass die beiden Männer die Kanzel verließen. Schwarze Gesichter, schwarze Uniformen. Schwarze Karabiner. Während der eine sich bückte, um ein verbogenes Stück Metall im Sand zu betrachten, ging der andere behutsam auf die Leiche zu, die sie gerade in Fetzen geschossen hatten. Eagle war jetzt aufs äußerste angespannt. Seine vorgestreckte Rechte schloss sich fester um den Bogen. Seine Linke hielt die Kerbe des Pfeils gegen die straffe Sehne. Dann riss er den rechten Arm hoch, zog gleichzeitig die linke Hand zurück und ließ den Pfeil davonschnellen.

Nicht auf einen der beiden Neger zu.

Sondern auf den zweiten Hubschrauber, der noch am Himmel schwebte.

Er explodierte wie ein Silvesterfeuerwerk: Blitz, Knall und Konfetti.

Dem Mann, der Eagle am nächsten war, blieb der Mund offenstehen.

Er stand noch immer offen, als der Pfeil aus Eagles CO_2-Pistole ihm kurz vor dem rechten Ohr in den Kopf schlug. Eagle wartete nicht, bis er fiel, sondern schwang die Pistole zu dem gelandeten Hubschrauber herum.

Der Pilot hatte seinen ersten Schock überwunden und versuchte, sich in Sicherheit zu bringen. Er hielt wild Umschau nach dem verborgenen Schützen. Ein gellendes Lachen ließ ihn herumfahren, aber er sah nichts - niemals wieder.

Das Sprechfunkgerät schrie auf Arabisch, als Eagle in die Kanzel stieg. Er kannte diesen Hubschraubertyp nicht, war aber sicher, dass er nicht lange brauchen würde, um sich mit ihm vertraut zu machen. Eine Ledertasche hinter dem Sitz zog seine Aufmerksamkeit auf sich. Er grinste, als er sie öffnete. Er hatte nicht nur ein Transportmittel bekommen, sondern auch eine Reihe detaillierter Karten. Mit ihrer Hilfe und seiner Kompass-Uhr überprüfte er seine gegenwärtige Position. Fast genau nach Süden, weniger als hundertfünfzig Kilometer entfernt, würde er auf das tiefe trockene Flussbett treffen, das Wadi Tanesuft ließ. Dieses Wadi würde ihn geradewegs zu seinem endgültigen Ziel führen, jenen immer enger werdenden, kreisförmigen Höhenlinien, welche die Steilhänge eines Berges bezeichneten.

Kaf Adschnun.

Eagle legte die Karten zur Seite und ging das Instrumentenbrett sorgfältig durch. Seine Augen blieben an einem sonderbaren Gerät hängen, das ans Funkgerät angeschlossen zu sein schien. Es war ein kleiner, schwarzer Kasten, und Eagle konnte sich über seine Funktion nicht klarwerden; seine Hand fuhr darauf zu, hielt aber kurz davor an. Er hatte schon Ähnliches gesehen.

Mit einem Druck auf den Sendeknopf fuhr er dem immer noch prasselnden arabischen Redeschwall in die Parade.

»Tut mir leid, diese Sprache versteht hier niemand«, sagte er.

Am anderen Ende entstand eine Pause. Dann kam eine tiefe Stimme aus dem Lautsprecher: »Sie sind ein talentvoller Mann, Amerikaner.«

Kaf Adschnun.

Eagle lachte und wartete.

»Sehr talentvoll. Ich nehme an, meine Männer sind tot?«

»Sehr tot«, gab Eagle zurück. »Sie sind der nächste.«

Diesmal war es der andere, der lachte. »Nein, das glaube ich nicht. Wissen Sie, wenn es um Vorsichtsmaßregeln geht, bin ich ungemein gründlich. Halten Sie sich fest, Yankee!«

Aber Eagle war schon beim ersten Gelächter des anderen aus der Kanzel gehechtet. Als die letzte Warnung des Führers kam, war er schon fast zehn Meter von der Maschine weg. Die Explosion fand ihn weitere zwei Meter entfernt flach auf dem Bauch.

Er schnitt eine Grimasse, als er das Wrack hinter sich betrachtete. Der Mann, den er jagte, plante weit voraus. Es bestand kein Zweifel daran, dass das schwarze Kästchen dazu diente, die Helikopterpiloten davon abzuhalten, mit ihren Maschinen zu desertieren; aber es hatte ebenso wirkungsvoll Eagles Transportpläne durchkreuzt.

Er ging zu der Stelle, wo er den Bogen zurückgelassen hatte, nahm ihn auseinander und sah auf seine Uhr: zehn Uhr dreißig. Der heißeste Teil des Tages lag noch vor ihm. Und hundertfünfzig lange Kilometer.

Er nahm eine durststillende Tablette und sah nach Süden. Der Kunststoffanzug würde ihn vor der Hitze schützen, aber er hasste es, über lange Strecken so eingeengt laufen zu müssen. Es gab jedoch keine andere Wahl. Er brauchte den Anzug, und Laufen war seine einzige Fortbewegungsmöglichkeit. Nachdem er Bogen und Pistole verstaut hatte, begann er mit ausgreifenden Schritten zu laufen.

Dreizehntes Kapitel

Er lief.

Er lief anderthalb Stunden lang ununterbrochen, bis die Sonne im Zenith stand. Dann ruhte er sich fünfzehn Minuten lang aus und machte sich erneut auf den Weg. Er lief, wie er als Junge gelaufen war: lange Schritte, tiefe, regelmäßige Atemzüge, Geist und Körper zu einer Hochleistungsmaschine verbunden, die einen Fuß nach dem anderen vorschnellte und nur ein Minimum an Gewicht darauf legte, um ihn stetig vorwärts zu bewegen.

Um vier Uhr nachmittags hielt er noch einmal fünfzehn Minuten lang an. Er war nicht müde, sondern sogar ungeduldig weiterzukommen, aber es bestand keine Eile mehr. Diejenigen, die er jagte, waren jetzt sicher, dass er von der Erdoberfläche getilgt worden war. Selbst wenn sie wider Erwarten damit rechnen sollten, dass er die Explosion überlebt hatte, so besaß er doch kein Fortbewegungsmittel. Es gab niemanden, der in der Einöde der Wüste zu Fuß ging. Niemand - nicht einmal John Eagle - hätte sich während der Hitze des Tages auch nur kriechend fortbewegen können. Falls er nicht eine spezielle Ausrüstung besaß.

Aber das konnten sie schließlich nicht wissen, oder?

Um sechs nahm Eagle noch eine seiner durststillenden Tabletten. Physisch und psychisch erfrischt, begann er, seine Geschwindigkeit wieder zu steigern. Sein Körper arbeitete jetzt auf Hochtouren, und mit jedem Schritt fühlte er sich stärker mit seiner Umgebung verbunden. Ein erhöhtes Gefühl der Euphorie machte sich bemerkbar. Zahllose Weise haben von diesem Gefühl erzählt und es aus vielen Gründen gepriesen. Eagle bewertete es ebenfalls hoch.

Nicht zuletzt vervielfachte es seine Effizienz beim Töten.

Als die Sonne über die östlichen Dünen stieg, sah Eagle, dass er in der nächsten Stunde eine Entscheidung treffen musste. In zwei Stunden kreuzte die Ubari erneut seinen Weg. Von den Karten wusste er, dass diese gefährliche Strecke des Sandmeers nicht breit war. Er wusste ebenfalls, dass es ihn zwischen vier und acht Stunden kosten würde, sie im Bogen zu umgehen.

Mit einem wilden Lachen, dessen Echo der Himmel selbst auf ihn zurückzuwerfen schien, traf er seine Entscheidung. Sollte die Ubari versuchen, ihn zurückzuhalten - er würde sie mit ihren eigenen Waffen schlagen.

Es war, als schreckte der südliche Arm des Sandmeers vor Eagles Herausforderung zurück. Um vier Uhr nachmittags war er ohne Zwischenfall durch.

Um sechs kreuzte er eine Straße, die südwestlich nach Sardalas, einer Oasenstadt des Fezzan, führte. Von dort schwang die Straße zurück nach Osten, wo Eagle erneut auf sie treffen würde, um dann parallel zu ihr weiterzulaufen, während sie sich einen Weg nach Ghat suchte. Er hatte allerdings nicht vor, ihr so weit zu folgen.

Er lief, rastete und lief. Er hatte die Straße bereits zum zweitenmal gekreuzt und kam zu der Vertiefung, die den Anfang des Wadi Tanesuft bezeichnete. Jetzt lief er unter sternklarem Nachthimmel, der dem einsamen Jäger das Licht gab, das er brauchte, um sein Opfer zu finden. Die Landschaft war zerklüftet, besonders rechts von ihm, wo eine Hügelkette höher und höher stieg.

Auf seiner Uhr war es genau zehn Uhr dreißig, als er den Berg sah, der Kaf Adschnun hieß.

Der Lastwagen bedurfte einer Überholung, nach den klappernden Ventildeckeln zu schließen. Die Schweinwerfer waren zur Tarnung ausgeschaltet, und diese Tatsache war Beweis genug für Eagle, dass der Lastwagen seine Aufmerksamkeit wert war. Während er am Fuß des Berges gesessen hatte, waren ihm eine Reihe von Dingen durch den Kopf gegangen.

Erstens: die Leute, die er jagte, saßen da oben auf dem Berg, weil sie allein sein wollten. Deshalb hatten sie auch einen vermeintlich von Gespenstern bewohnten Ort gewählt.

Zweitens: dieselben Leute würden sich nicht allein auf die Macht des Aberglaubens verlassen, um Eindringlinge fernzuhalten. Eine ganze Anzahl Fallen würde den unwillkommenen Besucher erwarten.

Drittens: der Hubschrauber-Zwischenfall hatte ihm bewiesen, dass sie mit modernsten Waffen ausgerüstet waren.

Eagle zweifelte nicht daran, dass er den Gipfel erreichen konnte, ohne ein Alarmsystem oder eine Mine zu aktivieren. Aber lieber hätte er es nicht mitten in der Nacht versucht. Andererseits wollte er aber nicht bis zur Morgendämmerung warten. Er hatte keine Angst, entdeckt zu werden, das Chamäleon-Element würde ihn davor bewahren. Aber er war von weither gekommen...

Und jetzt war der Lastwagen da und begann, den Berg hinaufzukeuchen: ein uralter englischer Zweitonner mit Planenverdeck. Eagle fand ohne Schwierigkeiten Halt an der Leinwand und schlüpfte ins Innere, als der Wagen einen steilen Hang hochfuhr. Schnell durchsuchte er die vier flachen Kisten, die das Fahrzeug mitführte. Schon ihre Form verriet ihm den Inhalt, aber er stemmte den Deckel der nächsten Kiste zur Sicherheit mit seinem Messer auf. Er hob ihn nur einige Zentimeter, um seinen Verdacht zu bestätigen: Karabiner.

Und solch eine Waffe hatte Alex Archer niedergemäht.

Eagle schloss den Deckel und schob etwas in den Spalt - ein grünes Röhrchen. Er berührte die Kappe nicht. Noch nicht. Stattdessen ging er ans hintere Ende der Ladefläche, öffnete die Plane und studierte sorgsam die Landschaft.

Linien, Konturen, Klippen, Vorsprünge, Felsbrocken. Vielleicht würde er dieses Wissen nie brauchen können, aber für alle Fälle...

Der Lastwagen hielt.

Eine arabische Stimme kam von vorn links.

Ein zweiter Araber antwortete.

Dann hörte er ein Stiefelpaar links am Fahrzeug entlang nach hinten gehen.

Eagle griff nach der weißen Kappe des grünen Röhrchens.

Fünfmaliges Klicken im Uhrzeigersinn: fünf Sekunden Frist.

Eins: Eagle schoss durch die Plane wie ein Blitz.

Zwei: Eagle huschte leise und schnell zum Straßenrand. Ein schwarzer Uniformierter, mit einem Karabiner bewaffnet, ging ans Ende des Lastwagens.

Drei, vier: Eagle lag flach auf dem Bauch hinter einem verkrusteten Erdhügel. Der Schwarze öffnete die Plane und setzte seinen linken Stiefel auf das Trittbrett.

Fünf: einer der Stiefel - Eagle sah nicht, welcher - kollerte die steile Straße herunter. Er brannte lichterloh. Ebenso das Wrack des Lastwagens, der Fahrer und der Eigentümer des Stiefels.

Irgendwo oben auf dem Hügel schrillte eine Pfeife, eine Stimme brüllte. Ein Licht ging an. Dann noch eins.

Eagle dankte den Leuten in Gedanken, dass sie ihm ihre Position verrieten. Dann packte er seine CO_2-Pistole und nahm eine Abkürzung hügelaufwärts, von der Straße fort.

Er hatte sich über die Sicherungsmaßnahmen nicht getäuscht. Noch keine zehn Meter weit war er gekommen, als er den ersten Stolperdraht entdeckte - den ersten von vielen, wie seine Apachenaugen ihm verrieten. Sie waren in unregelmäßigen Abständen und ohne bestimmtes System gezogen. Eine äußerst wirkungsvolle Methode. Eagle hatte schon früher Minenfelder überwunden, aber solch eine Operation war zeitraubend. Jetzt hatte er Blut geleckt und konnte es kaum noch erwarten, seine Mission zu beenden. Er traf seine Entscheidung und wand sich wieder der Straße zu.

Sie war nicht schwer zu finden. Bis hinauf zur Kuppe war sie jetzt ein einziges Lichtband. Batterielampen, Lastwagenlichter und auf Landrovern montierte Suchscheinwerfer tasteten sie der ganzen Länge nach ab und suchten auch das Gelände auf beiden Seiten ab. Es war eine Armee auf der Suche nach einer Armee.

Eagles Bogen war gespannt, er überprüfte seine Granatenröhrchen. Noch hatte er sechs lila Röhrchen mit der Zerstörungskraft normaler Granaten und vier grüne, die einschlugen wie schwere Artillerie. Einen Moment lang betrachtete er die drei orangenen Röhrchen, schob sie aber wieder in seinen Gürtel zurück. Es wäre ein Leichtes gewesen, ein oder zwei dieser alles vernichtenden Superwaffen auf den Gipfel zu schicken. Wahrscheinlich wäre sein Auftrag damit zu Ende gewesen. Aber er wusste, dass die leichte Art ihn jetzt nicht mehr befriedigte. Er musste selbst sehen, was da oben war.

Er schob eine grüne und zwei lila Röhrchen zurück in seinen Gürtel, als Reserve. Die übrigen sieben Granaten befestigte er an seinen stählernen Pfeilspitzen. Jetzt war er bereit. Er schlüpfte unter einem Überhang durch und legte sich flach auf einen Felsvorsprung, erfreut über die Sicht, die sich ihm bot. Fast die gesamte Länge der Straße vom Fuß bis zum Gipfel lag offen vor ihm.

Er wählte seine Ziele und Pfeile ohne besonderen Plan. Das erste grüne Röhrchen wurde auf Aufschlag eingestellt und vernichtete einen Landrover und den Lastwagen dahinter. Zwei lila Röhrchen wurden auf sechs und zehn Sekunden eingestellt und flogen zu weit entfernten Stellen auf der anderen Seite der Straße. Wenn ihr tödlicher Sturmwind den Himmel erglühen ließ, würde das den Kerlen zu denken geben. Ebenso wie der Rest der Pfeile, die, zwischen drei und zehn Sekunden eingestellt, über die gesamte Straße verteilt wurden.

Bevor noch die erste Granate explodierte, begann Eagles CO_2-Pistole zu wispern, mähte zuerst einen Mann ganz links nieder und schnellte dann hügelabwärts, um einen Rover-Fahrer zu fällen, dessen Fuß von der Bremse zuckte und den frei rollenden Rädern erlaubte, zwei schreiende Gewehrschützen zu zermalmen, bevor der Wagen in den Straßengraben sank.

Als dann der Himmel hell wurde und Teile der Straße hochflogen, als wollten sie zu den Sternen, begannen noch mehr Männer zu schreien. Manche standen in Flammen, andere hatten

Nadeln in der Kehle. Einer riss den Arm hoch über den Kopf und schrie jemandem etwas zu, der vermutlich sein Vorgesetzter war. In seiner Hand lag einer von Eagles Pfeilen. Eagle grinste, als drei Männer auf den Rufer zustürzten. Die Explosion kam gerade rechtzeitig, um aus allen vieren graue Asche zu machen.

Pschhhh-pschhhhhh...

Die Gaspistole brachte neuen Opfern den flüsternden Tod. Eagle lud mit einem frischen Zwölfermagazin nach und verschoss die Hälfte davon, was sechs weitere der schwarzgekleideten Söldner auf den Weg zu Allahs himmlischen Gärten schickte.

Seine Augen bohrten sich durch Rauch und Feuer, um irgendwo auf der Straße ein neues Ziel zu finden. Es gab keins mehr.

Er huschte hügelaufwärts, die Gaspistole schussbereit. Die Nacht war still bis auf einen Lastwagen, dessen Motor lief. Er stand etwa zwanzig Meter vor der Hügelkuppe und funktionierte irgendwie noch, obwohl beide Türen aus ihren Scharnieren gerissen waren und der Aufbau hinter der Fahrerkabine nur noch aus einem Streifen verbrannter Leinwand bestand. Der Fahrer saß hinter dem Lenkrad - oder jedenfalls der halbe Fahrer. Sein linker Arm und der Kopf fehlten.

Als Eagle kurz darauf rechts neben der Straße oben auf der Hügelkuppe lag, sah er das Tor in dem silbrigen Licht klar vor sich. Rechts und links vom Tor folgte ein hoher Drahtzaun dem Bergkamm. Die elektrischen Leitungen waren unübersehbar. Hinter dem Tor und dem Zaun, ebenfalls unübersehbar, befand sich die erste Verteidigungslinie der Söldner, ausgerüstet mit einer ganzen Auswahl von Waffen, angefangen von leichten Schnellfeuergewehren bis hin zu vier oder fünf schweren Maschinengewehren. Hinter ihnen, ein Stück weiter den Hügel hinunter, lag eine Gruppe von Gebäuden um einen Innenhof, zu dem die Straße führte.

Die Festung auf dem Kaf Adschnun.

Eagle wandte sich wieder dem Tor, dem Zaun und der dicht dahinter in Deckung liegenden Truppe zu. Das leise Geräusch, das ihm schon eine Weile in den Ohren geklungen hatte, kam ihm jetzt deutlicher zu Bewusstsein. Er grinste und kroch rückwärts von der Kuppe herunter, stand dann auf und lief zu dem Lastwagen. Eine kurze Inspektionsrunde sagte ihm, dass die Reifen noch intakt waren.

Mit einer einzigen Bewegung warf er den kopflosen Fahrer auf die Straße hinunter und glitt hinter das Lenkrad. Dann trat er auf die Kupplung und rammte den Schalthebel in den ersten Gang.

Der Lastwagen schoss röhrend vorwärts. Er brüllte abermals auf, als Eagle den Schalthebel über kreischendes Metall in den zweiten Gang riss. Er hatte ihn im dritten, als die Wagenräder über die Hügelkuppe donnerten. Jetzt in den vierten - und dann abwärts.

Der Tachometer stand auf fünfzig Kilometern, dann auf sechzig und kroch ständig höher, während Eagle den Fuß bis zum Boden durchdrückte. Zehn Meter gewonnen, dann zwanzig, dann...

Bei fünfundzwanzig Metern eröffneten sie das Feuer auf den schwankenden Laster. Kugeln aller Kaliber klatschten gegen die Motorhaube und den Kühlergrill, und Querschläger summten vom Dach und von den Seiten der Fahrerkabine davon.

Eagle war noch zehn Meter entfernt, als eine Maschinengewehrsalve die Windschutzscheibe zerschmetterte und nur Handbreit von ihm entfernt die Rückenlehne zerfetzte. Unmittelbar darauf fühlte Eagle, wie die rechte Vorderseite des Lastwagens absank, und er hörte das Kreischen der Metallfelge auf dem Sand darunter.

Ein Sicherheitsfaktor weniger - der Wagen würde jetzt geerdet sein, wenn er den Elektrozaun traf -, aber der Kunststoffanzug war so gebaut, dass er gegen hohe...

Ganz gleich, es war sowieso zu spät, jetzt noch die Taktik zu wechseln. Viel zu spät.

Der Lastwagen hatte neunzig Kilometer auf dem Tacho, als er in den Zaun krachte. Das Schloss des Tors hielt der Wucht stand, wie Eagle erwartet hatte, aber das Tor selbst wurde samt einem Teil des Zauns auf jeder Seite durch den Aufprall flachgedrückt. Ein elektrisches Zucken ging durch Eagles Körper, als knatternde und knisternde Geräusche seine Ohren füllten - und Todesschreie von allen Seiten. Es waren kurze Schreie. Die Spannung musste höllisch hoch gewesen sein.

Der Lastwagen raste weiter den Hügel hinab; Eagle drehte sich nicht danach um, wie viele seiner Feinde unter dem Zaun begraben worden waren. Aber er hörte, dass alle Schüsse, die seinem Weg folgten, von weiter entfernt kamen. Direkt hinter ihm war alles still.

Vor ihm war allerdings der Teufel los. In dem Innenhof, dem er sich näherte, eilten etwa ein Dutzend Männer an ihre Verteidigungspositionen. Und das war noch nicht alles.

Plötzlich brüllte der Motor des Lastwagens im Todeskampf auf, und zwei breite Feuerzungen schossen zu beiden Seiten der Haube heraus. Aber der Lastwagen würde in höchstens drei Sekunden den Zwischenraum zwischen den beiden nächstgelegenen Gebäuden erreicht haben.

Eins: Eagle drückte den Schalthebel in den Leerlauf.

Zwei: Er sprang aus der Kabine und landete mit einer Schulterrolle auf dem harten Boden.

Drei: Der Lastwagen rumpelte von der Straße auf die feste Oberfläche des Hofes.

Vier: Der Benzintank explodierte mit ohrenbetäubendem Getöse.

Fünf, sechs: Das lodernde Metallskelett krachte in das Gebäude, das dem Eingang gegenüberlag, und jagte Söldner in alle Richtungen. Eagle sah zu, und es kam ihm seltsam vor. Der Lastwagen hatte fast zur Hälfte die Wand durchbrochen, aber die Männer, selbst die, die dem Lastwagen nicht im Weg gestanden hatten, liefen noch immer - noch immer weg vom Laster. Manche warfen sogar ihre Waffen fort. Warum denn...

Und dann wusste Eagle den Grund.

Die Wucht der Explosion zerstörte zwei Gebäude vollständig, als eine Feuersäule mit berstendem Krachen in den Himmel schoss und die Nacht in Tag verwandelte. Zufällig hatte er seinen brennenden Wagen in ihr Munitionslager gejagt!

Allah - oder sonst jemand - lächelte in dieser Nacht auf ihn herab.

Aber Eagle lächelte nicht. Der schwerste Teil der Arbeit lag noch vor ihm.

Er wusste, in welches Gebäude er wollte: das mit der Stahlwand. Es stand zwei Häuser vom Munitionslager entfernt, und die Explosion hatte große Stücke Putz von der Wand gerissen. Stahl bedeutete, dass dahinter jemand steckte, der es wert war, geschützt zu werden.

Er näherte sich dem Gebäude von hinten. Genau wie alle anderen hatte auch dieses Haus ein Obergeschoss. So sicher die Festung auch war, hatte der Erbauer doch die Möglichkeit eines Angriffs nie ernsthaft in Erwägung gezogen. Sonst hätte er nicht diese hohen, dekorativen Fenster einsetzen lassen, den Traum jedes Einbrechers. Innerhalb von zehn Sekunden, nachdem er die Fassade erreicht hatte, hockte Eagle auf einem Fensterbrett im ersten Stock.

Drinnen brannte ein Licht, zwei Menschen befanden sich in dem Raum. Es waren Frauen, die Gesichter verschleiert. Als eine von ihnen zum Fenster sah, glitt Eagle aus ihrem Gesichtsfeld. Dann hielt er inne und wandte sich um. Das Chamäleon-Element garantierte ihm, dass...

Das Fenster wurde von innen geöffnet.

»Warum kommst du nicht herein?«, fragte eine fröhliche Stimme.

Seine Augen starrten ihr ins Gesicht, das sie jetzt enthüllt hatte.

»Nagia?«

»Kyra auch«, sagte das zweite Mädchen. »Komm schnell rein, John.«

Vierzehntes Kapitel

»Wie...«

»Mit dem Wirbelvogel, der die anderen getötet hat«, antwortete Kyra, aber das war nicht die Frage, die er hatte stellen wollen. Er vollendete seinen Satz.

»An deinem engen Hautanzug, John. Niemand sonst haben wir gesehen, der so etwas trägt.«

Eagle sah hinter sein linkes Knie. Die Drähte des Chamäleon-Elements schienen alle intakt zu sein, aber es war offensichtlich dennoch ausgefallen. Der elektrische Zaun; vielleicht etwas anderes. Was, wenn jemand ihn gesehen hatte - und er war so sicher, da er unsichtbar war...

Er würde Merlin seine Meinung dazu sagen, soviel war klar. Aber in der Zwischenzeit musste er sich die Abenteuer der Mädchen anhören, ob er wollte oder nicht.

»Wir sind Sklavinnen«, sagte Nagia. »Aber mach dir keine Sorgen, John, wir haben noch niemanden geliebt. Keine Zeit hat er, so beschäftigt ist er damit, Befehle zu brüllen.«

»Er?«

»Der große Fezzani, den sie Führer nennen. Größer als du, John.«

Kyra nickte. »Aber du besserer Mann.«

Nagia kicherte. »Obwohl wir noch nicht sicher sind.«

»Hört auf, an nichts anderes als an Sex zu denken!«, bellte Eagle. »Wie kommt es, dass ihr bei den Kriegern wart? Alle Frauen sollten Zurückbleiben.«

»Wir fragten anderen Häuptling«, sagte Kyra. »Anderer Häuptling verlor zwei Frauen an Vater. Wir baten ihn...«

»Schon gut, schon gut.«

Es war offensichtlich Aschur, von dem sie sprachen, aber sie erwähnten seinen Namen nicht, weil er tot war. Er wusste, sie warteten darauf, dass er etwas über ihren Vater sagte. »Euer Vater...«

»Er ist tot, nicht wahr, John?« Kyra sah ihm gerade in die Augen. »Der, den sie Führer nennen, sagt, dass alle Tuareg tot sind. Aber mein Vater kämpfte tapfer - ja?«

»Ja.«

»Dann weinen wir nicht um ihn, der glücklich starb.«

Ende des Themas. »Der, den sie Führer nennen - wisst ihr, wo ich ihn finden kann?«

»Du kämpfst mit ihm und tötest ihn - wie den Krieger, dessen Namen wir nicht sagen können?«

Eagle fand die barbarische Wonne, mit der Kyra ihre Fragen stellte, nicht besonders erfreulich, aber er nickte. »Vielleicht. Aber zuerst müssen einige andere Dinge erledigt werden.« Er nahm zwei der orangefarbenen Röhrchen aus seinem Gürtel. Eigentlich hatte er vorgehabt, sich den Führer persönlich vorzunehmen, aber die Anwesenheit der Mädchen machte das unpraktisch. Er würde auf dieses Vergnügen verzichten müssen, wenn er wollte, dass die Mädchen lebend hier herauskamen. Und das wollte er.

»Gehen wir«, sagte er. »Geradewegs zu dem nächsten Landrover oder Lastwagen, mit dem wir hier herauskommen können.«

»Ich weiß, wo Lastwagen sind«, sagte Nagia, als sie in den Flur kamen. »Folge mir.«

Er schloss die Tür und folgte den Mädchen zu einer Treppe ins Erdgeschoss.

»Wüstenwagen da«, zeigte Nagia. Er sah ihn durch ein Fenster. Einen blankpolierten Landrover, den jemand gut in Schuss gehalten hatte. Wenn er dem Führer schon das Fell nicht über die Ohren ziehen konnte, dann wollte er ihm wenigstens seinen Privatwagen stehlen.

An seiner Seite flüsterte Kyra: »Du nimmst andere Gefangene auch mit?«

»Welche anderen Gefangenen?«

»Vier, unten im Keller. Dorthin haben si6 uns gebracht, als wir zuerst kamen.«

Eagle runzelte die Stirn. Langsam begann es auszusehen wie ein Massenausbruch. Aber Gefangene des Führers waren wahrscheinlich seine Verbündeten.

Er hatte keine Ahnung, wie sehr er sich irrte.

Die beiden Mädchen gingen voran, krochen in fast vollständiger Dunkelheit die enge Wendeltreppe hinunter. Unten gab es sechs Zellen, die von außen durch eine einzige Glühbirne erleuchtet wurden. Der einsame Fezzani, der sie bewachte, verschlief sowohl Eagles Ankunft als auch seinen eigenen Tod. Während Eagle den Dolch in seinen Gürtel zurücksteckte, benutzte Kyra einen Schlüssel vom Bund des Mannes, um die erste der vier Zellen zu öffnen.

Eagle lächelte über ihre Ortskenntnisse. In der kurzen Zeit, die sie hier unten gewesen war, hatte sie schon alles erfahren, was sie zum Überleben brauchte. Er fragte sich, ob sie dem Posten wohl versprochen hatte, mit ihm ins Bett zu gehen.

Das Lächeln verging ihm, als der erste Mann aus seiner Zelle kam. »Halt, Kyra - mach keine Türen mehr auf!«

Der junge Mann mit der gezackten Narbe auf der Wange war überrascht. »Sie sprechen englisch? Sind Sie Amerikaner?«

Jetzt spähten drei weitere arabische Gesichter durch die Zellentüren. Sie sprachen schnell in ihrer Muttersprache mit ihrem Bruder draußen. Eagle schnitt ihnen das Wort ab.

»Ich bin Amerikaner. Einer von denen, die ihr so gern umbringt, nicht wahr?«

»Ich habe nicht - wir...«

»Ich habe dein Gesicht schon gesehen, Haschim. So heißt du doch, oder?«

Wieder begannen Haschims Kumpane ihr Geplapper. Die Konferenz war kurz, aber als er sich Eagle wieder zuwandte, sahen die drei anderen Augenpaare den Amerikaner ebenfalls an. Ein Funke Hoffnung glomm in ihnen. Haschim machte wenig Umstände: »Wenn Sie von der Regierung der Vereinigten Staaten kommen, dann ergeben wir uns Ihnen.«

Eagles Lippen verzogen sich zu einem grausamen Lächeln. »Ich habe nicht vor, Gefangene zu machen.«

»Sie wollen uns umbringen?«

»Ein Freund von mir hätte dasselbe fragen können.«

»Aber wir sind nicht die Verantwortlichen! Wenn Sie uns mitnehmen, werden wir an Ihrer Seite kämpfen, bis wir hier heraus sind. Wir wissen, dass wir in Ihren Händen sicher sind, und dass die amerikanische Justiz uns gerecht behandeln wird. Es gibt keinen anderen Ort auf dieser Erde, wohin wir uns wenden könnten.«

»Mag sein. Tatsache aber ist, dass es überhaupt keinen Ort auf dieser Erde gibt, wohin ihr noch gehen werdet. Haschim, bedeutet dir der Name Gerard Buckner etwas? Gerard Buckner, Angehöriger des diplomatischen Corps der Vereinigten Staaten? Ich hoffe, du erinnerst dich, denn das ist für ihn!«

Das war ein Pfeil aus Eagles Gaspistole, der in Haschims Bauch schlug. Die Hände des Palästinensers krampften sich um die schmerzende Nadel, während er mit weit aufgerissenen, fast wahnsinnigen Augen in die Knie ging.

»Bitte - *bitte!* Im Namen Allahs...«

»Im Namen Alex Archers - nimm dies!«

Eagles nächste Nadel traf Haschim genau zwischen den Augen in den Kopf. Eagle stieg über die Leiche und wandte sich den drei Zellen zu. Er zeigte den Männern eines von seinen kleinen orangen Röhrchen, die er aus dem Gürtel genommen hatte, und nachdem er die Kappe in die richtige Position gedreht hatte, warf er die Granate in die Zelle, in der Haschim gewesen war.

»Und das, Gentlemen, kommt direkt von mir. Ihr habt weniger als dreißig Minuten, Allah um das zu bitten, was er Schweinen wie euch gewähren will.«

Er sah, dass sie ihn nicht verstanden. Da fasste er Kyra bei den Schultern und schob sie vor.

»Übersetz es ihnen!«

Sie tat es mit Inbrunst, und ihre Augen begannen zu leuchten, als die drei unter ihren Worten bleich wurden.

Oben in der großen Versammlungshalle stolperte ein Wachtposten in Eagles Visier und stürzte zu Boden. Eagle zeigte auf seine Waffe, und Nagia lief, um sie zu holen.

»Weißt du, wie man damit umgeht?«

Sie nickte eifrig. »Zieh das kleine Ding - bumm. Ja?«

»Ja, aber es geht *bumm-bumm-bumm*.« Es war ein Schnellfeuergewehr. »Halt es schussbereit. Ich will nur noch eines von diesen Röhrchen hier...«

Kyra zog an der Hand, die das zweite Röhrchen hielt. »Ich weiß, wo du es hintun musst. Ich kenne einen sehr guten Platz. Da, wo der Führer immer sitzt.«

Eagle drehte die Kappe auf dreißig Minuten und folgte dem Mädchen. Der Raum, in den es ihn führte, war bis auf den Thronsessel und einen Wandteppich dahinter leer. Während Eagle das Röhrchen unter den Stuhl legte, rannte Nagia auf den Wandteppich zu. »Das nehmen wir mit!«, rief sie fröhlich.

»Was du willst«, sagte Eagle abwesend.

Sein Kopf zuckte hoch, als sie erschreckt aufschrie.

»Nicht alles, was du willst, weißer Mann!«

In Fleisch und Blut war der Führer noch eindrucksvoller als im Film, wie Eagle bemerkte, als er seine CO_2-Pistole hochriss. Aber Nagia stand ihm im Weg. Den Gobelin an sich gepresst, den sie von der Wand - und der Tür, die dahinter versteckt gewesen war - gerissen hatte, hing sie nun im Arm des großen Fezzani. Sie und ihr Gewehr.

»Weg!«, schrie Eagle Kyra zu, die sich hinter den Thronsessel warf. Er war aus gutem, solidem Holz und hielt zumindest der ersten Salve stand. Jetzt war Eagle im Schussfeld. Breitbeinig stand er der Karabinermündung gegenüber.

Aber die Salve kam nicht, nicht sofort.

»Du bist der, der mit den Tuareg ritt?«

»Ich kam mit ihnen, ja.« Wenn Nagia sich nur gewehrt hätte, um ihm das Ziel dahinter freizugeben! Aber sie war vor Schreck erstarrt.

»Dann muss ich dir ein Kompliment machen. Du bist ein äußerst tüchtiger Mann. Bisher hast du mich drei Hubschrauber und eine Menge Lastwagen gekostet. Ganz zu schweigen von einem großen Munitionslager, meinem elektrischen Zaun und einer ganzen Anzahl Männer. Gut gemacht, Blässling. Solange du gelebt hast, hast du mich ziemlich in Trab gehalten.«

»Das Spiel ist noch nicht aus, Schwarzer.«

Die Augenbrauen des Führers hoben sich amüsiert.

»Nein? Dann verzeih mir, wenn ich es zu einem vorschnellen Schluss bringe.«

Der Karabiner spuckte vermeintlichen Tod. Eagle krümmte sich unter dem Aufprall der Kugeln, aber der Kunststoffanzug hielt stand. Er richtete sich auf.

»Jetzt bin ich an der Reihe!«

Wieder kam die Pistole hoch, aber der riesige Fezzani schleuderte Nagia blitzschnell und mit rudernden Armen dem Amerikaner entgegen. Im nächsten Moment war Eagle zur Seite getreten, doch der Führer war schon zu dreiviertel durch die Tür. Eagle zog den Abzug durch.

Zu spät. Die Tür wurde zugeworfen.

Verdammt!

Eagle zog das leere Magazin aus der Pistole und schob ein neues hinein. Er ging auf die Tür zu, durch die sein Opfer entkommen war.

»John.« Kyras Stimme klang besorgt. »Die Zeit... Du hast gesagt, dreißig Minuten. Wieviel Zeit ist noch?«

Eagle warf einen Blick auf seine Uhr. »Noch zweiundzwanzig Minuten. Du hast recht - raus hier, und zwar schnell!«

Fünfzehntes Kapitel

Als sie in den Innenhof kamen, begann eine Sirene durch die Nacht zu heulen. Drei Männer, die zwischen der Tür und dem Landrover standen, erledigte Eagle mit der Gaspistole. Hinter dem Lenkrad sitzend, schoss er zwei weitere nieder, während Kyra neben ihn auf den Sitz glitt. Nagia blieb noch vor dem Wagen stehen, um ihren neuen Karabiner auszuprobieren. Ihr Finger blieb ein wenig zu lange auf dem Abzug liegen, sie riss einem Angreifer das halbe Gesicht weg.

»Ist nicht einfach, loszulassen«, beschwerte sie sich bei Eagle, als er sie auf den Rücksitz warf. »Uiiiui!«, rief sie, »noch mehr Gewehre hier hinten!«

Der Rover sprang nach vorn. Zweiter Gang, dritter - aber die heulende Sirene rief mehr und mehr Soldaten ins Freie und auf die bergan führende Straße zur Hügelkuppe.

»Halt das Lenkrad!«, schrie Eagle Kyra zu. Seine Hände ließen los, bevor die ihren noch wie wild danach griffen. Aus seiner Gürteltasche zog er die verbleibenden drei Röhrchen - eins grün, zwei lila. Er hatte noch ein orangefarbenes, aber das passte jetzt nicht.

»Halt das Lenkrad still, verdammt!«

Es gelang ihr nicht, und Eagle musste seine linke Hand benutzen, um den Rover vor der Kollision mit einer schnell näher kommenden Hausfassade zu bewahren. Als er mit kreischenden Reifen daran vorbeischoss, gefolgt von mehreren Gewehrsalven, nahm er die Kappe eines lila Röhrchens zwischen die Zähne und stellte sie auf Aufschlag ein.

»Wirf du!«, befahl er Kyra. »Gib's ihnen - denen da!«

Er zeigte mit der Hand auf eine Gruppe von drei Fezzanis,

die ihre Gewehre an die Schultern rissen. Kyras steifarmiger Wurf war nicht gerade professionell, sie verfehlte ihr Ziel um zehn Meter. Aber es gab noch mehr Soldaten im Hof, und die starke Bombe tötete vier von ihnen.

»Noch mehr?«

»Hier, nimm das«, sagte er und zeigte auf die Gaspistole in seinem Schoß. Als sie sie ergriff, warf er sein zweites lila Röhrchen. Eine Sechsergruppe verbrannte zu Asche, während gleichzeitig eine Salve von sechs Schüssen den oberen Rand der Windschutzscheibe durchlöcherte. Noch immer im dritten Gang, röhrte der Rover auf den Ausgang des Innenhofes zu, wo zwei Gewehrschützen Kugeln in die heranrasende Maschine pumpten und dann um ihr Leben rannten, als der Wagen auf sie zugeschossen kam. Einer von ihnen schaffte es, der andere hinterließ viel Blut am rechten Kotflügel des Rovers.

»Immer weiterschießen!« Sein letztes Röhrchen, der grüne Sprengstoff, lag bereit, aber er wagte nicht, das Lenkrad loszulassen. Sie waren jetzt noch zwanzig Meter von dem flachgedrückten Zaun entfernt. Dazwischen befanden sich höchstens noch ein Dutzend Männer. Und dahinter...

»Ein Lastwagen kommt, John«, verkündete Nagia. »Schnell!«

Er riss den Kopf zurück. Sie hatte verdammt recht.

Eagle traf seine Entscheidung. Er nahm die Kappe des grünen Röhrchens zwischen die Zähne und stellte sie ein. Zehn Sekunden. Dann ließ er das Röhrchen aus dem Fenster fallen und raste weiter.

Noch fünfzehn Meter. »Bleib in Deckung!«, schrie er Kyra zu. »Aber schieß weiter!«

»Wie mach' ich beides?« beschwerte sie sich, duckte sich aber sofort unter das Fenster, als eine Kugel vom Dach über ihr abprallte.

Zehn Meter - und die Tür an Eagles Seite bekam eine Salve ab, die noch einen guten Teil des Instrumentenbretts zertrümmerte.

Neun, acht, sieben...

Das grüne Röhrchen explodierte. »Treffer!« berichtete Nagia. Als er sich schnell umdrehte, sah Eagle, dass das gesamte Heck des Lastwagens zerstört worden war. Der Kühler und die beiden Passagiere standen in Flammen.

Fünf Meter, vier - sie waren durch das Tor! Jetzt noch vierzig Meter bis zur Kuppe, und dann ging es immer nur bergab.

Dreißig Sekunden lang fuhr Eagle wie der Teufel. Der Rover polterte über einen Felsbrocken, was ihn Auspuffrohr und -topf kostete, und kam dann mit allen vier Rädern auf die Straße. Eagle zog den Schalthebel in den vierten Gang. Seine Uhr sagte ihm, dass die Zeit nur so flog. Jetzt blieben ihnen nur noch vierzehn Minuten.

Eagles empfindlicher Geruchssinn registrierte den unverkennbaren Gestank von Benzin. Die Nadel der zerschossenen Benzinuhr stand auf Null.

Er riss das Lenkrad plötzlich herum, um einem Krater auszuweichen, der ihn eine oder beide Achsen gekostet hätte. Der Rover schleuderte gegen ein zerstörtes Fahrzeug am Straßenrand und röhrte protestierend auf. Aber er fuhr weiter, wohin Eagles Hände ihn führten.

Als sie den Berg hinter sich gelassen hatten und ebenen Boden erreichten, blieb Eagle auf der Straße und trat das Gaspedal bis zum Boden durch. Bis zur Zündung hatten sie nur noch sieben Minuten, und er wollte jede einzelne dazu benutzen, Abstand zwischen sich und den großen Knall zu bringen, der kommen musste.

Das Dröhnen des auspufflosen Rovers begann, ab und zu auszusetzen, was bedeutete, dass die Fahrt ihrem Ende zuging. Während einer dieser kurzen Pausen hörte er ein neues Geräusch - schwach, aber deutlich. Und er erkannte es wieder. Er sah nach vorn und zur Seite und durchsuchte den Nachthimmel. Die Mädchen bemerkten es und begannen ebenfalls zu suchen. Es überraschte ihn nicht, als Nagia, die zum Berg zurücksah, ihre kurze Meldung machte.

»Es sind die Wirbelvögel, John. Zwei. Aber weit weg.«

Das würde nicht lange so bleiben, dachte Eagle, und gerade in diesem Augenblick dehnte sich eine der Fehlzündungen zu einem deutlichen Husten aus. Das würde auch nicht mehr lange dauern.

Eagle bog von der Straße ab und fuhr direkt nach Westen. Er nahm nicht an, dass er seine Verfolger lange täuschen konnte. Schon die Staubfahne, die er hinter sich herzog, musste ihn verraten. Aber die offene Straße war ein denkbar ungeeigneter Ort, sich vor einem Hubschrauber zu verteidigen. Die Stelle, auf die er zusteuerte, war ebenfalls nicht ideal, aber zumindest würden die Wände des Wadi Tanesuft ihnen ein wenig mehr Schutz bieten als die Straße.

Stotternd, ächzend, holpernd und keuchend rollte der Rover weiter, während die Hubschrauber von Süden ständig näher kamen. Es schien, als seien sie nicht besonders in Eile. Na klar, dachte Eagle, sie hatten es auch nicht nötig. Er allerdings -

Plötzlich trennten ihn nur noch wenige Meter von dem gähnenden Wadi.

Nur noch ein Meter.

Dann seufzte der Motor ein letztes Mal und starb. Nur die Rotoren der Hubschrauber waren zu hören. Und Eagles raue Stimme: »Schnell, raus hier. Die Gewehre - nehmt sie mit! Und jetzt, *schieben!*«

Noch bevor die Mädchen aus dem Rover gestiegen waren, stand Eagle schon dahinter und stemmte die Schultern dagegen. Der Boden senkte sich bereits. Es sollte nicht allzu schwer sein, den Wagen...

Die Räder bewegten sich ein wenig und rollten dann zurück in ihre Ausgangsposition. Ein zweiter Versuch brachte dasselbe Ergebnis. Beim dritten Mal spannten sich Eagles Muskeln bis zum Bersten, als er das Heck hoch und nach vorn stemmte und... Die Räder rollten unaufhaltsam auf den Rand des Flussbetts zu.

Eagle wartete nicht darauf, dass der Rover die Talsohle erreichte, er schob die Mädchen schon auf den Rand zu.

»Runter da, und sucht euch Deckung. Schießt, wenn es etwas zum Schießen gibt - und kommt nicht zu nah an den Rover!«

Hinten im Wagen hatten vier Karabiner gelegen. Jedes der Mädchen hielt zwei in den Armen, als sie das Flussufer hinuntersprangen. Eagle legte sich flach hinter den Rand und richtete seine CO_2-Pistole aus.

Er dachte an seinen Bogen, aber dazu blieb keine Zeit mehr. Die Hubschrauber kamen jetzt sehr schnell näher. Eagles Augen verengten sich. Der in den Graben stürzende Rover musste ihnen zu denken gegeben haben. Er sah auf seine Uhr. Höchstens noch eine Minute, dann würde ihnen etwas anderes zu denken geben.

Sie kamen von Südwesten. Eigentlich hatten sie geplant, dem Rover den Weg abzuschneiden, und jetzt mussten sie den Kurs ändern. Das war von Eagles Standpunkt aus günstig, weil so das Flussbett zwischen ihm und den Hubschraubern lag. Sie kamen näher, noch näher...

Und plötzlich glühte der südliche Himmel auf, als hätte die Sonne sich entschlossen, der Erde einen unangemeldeten Besuch abzustatten. Eagle schützte die Augen vor dem grellen Licht; die Druckwellen der Luft und das Beben der Erde liefen durch seinen Körper. Kurz spähte er nach Süden.

Es sah aus wie der Vesuv, nur dass es keine Lava gab. Und als die grelle Helligkeit langsam zu einem sanfteren Mondleuchten wurde, sah er, dass es noch etwas anderes nicht gab.

Kaf Adschnun war nicht länger ein Berg. Er war nichts anderes als eine Reihe von Geröllhügeln, niedriger als die Gebirgskette, deren Gipfel er gewesen war.

Die beiden Hubschrauber schwankten in der Luft, wegen der Druckwellen oder wegen des Schocks oder wegen beidem. Es sah aus, als verlöre einer der Piloten, der Eagle am nächsten war, die Kontrolle über seine Maschine - aber einen Sekundenbruchteil später wusste Eagle, dass er sich geirrt hatte. Der Hubschrauber sackte nur in das Südende des Wadi hinab und kam direkt auf sie zu! Aus der ihm abgewandten Seite der Kanzel wurde etwas wie ein Granatwerfer geschoben.

Der Schütze ging auf Nummer Sicher. Eagle hörte den Schuss früher, als er ihn erwartet hatte. Eins musste er dem Mann allerdings lassen - er war gut. Was von dem Rover noch übrig war, lag in glühenden Teilen überall verstreut.

Die Entfernung von der Gaspistole zum Hubschrauber war weniger als fünfzig Meter, aber Eagle wartete. Die Kanzel selbst war höchstwahrscheinlich kugelsicher, deshalb bestand die Möglichkeit, dass seine Nadel sie nicht durchschlagen würde. Nein, es gab nur einen Weg, und wenn die Maschine weiter nordwärts flog...

Sie tat es.

Als die Öffnung in der Kanzel sich mit Eagle auf gleicher Höhe befand, war das Gesicht des Piloten nicht mehr als zwanzig Meter entfernt. Mit einem Wispern reduzierte sich der Raum zwischen diesem Gesicht und der langen, dünnen Nadel auf Null.

Der Hubschrauber fiel vom Himmel wie ein toter Vogel. Einer erledigt, einer noch zu holen.

Aber der andere Hubschrauber war vorsichtig geworden und flog jenseits des Wadi weiter nach Norden, wo der Pilot sich zur Landung anschickte.

In diesem Augenblick eröffneten die beiden Mädchen in der Schlucht das Feuer. Sie hätten sich keinen schlechteren Moment dafür aussuchen können. Aus dieser Entfernung erreichten sie nichts weiter, als ihre Stellungen zu verraten. Eagle zielte mit seiner Pistole direkt auf die Maschine und wartete darauf, dass sie den Sand berührte. Der Pilot setzte sie auf und stellte den Motor ab. Zweihundert Meter entfernt. Eagle hatte auf diese Distanz oft ins Schwarze getroffen, aber er brauchte etwas, worauf er schießen konnte - etwas aus Fleisch und Blut.

Die Gestalt, die auf der Pilotenseite dem Hubschrauber entstieg, war sicher - der Mann wusste, dass die Gefahr unten hinter dem Rand des Wadi lag. Welcher der drei Pfeile, die Eagle abschoss, den Mann erledigte, wusste der Protoagent nicht. Er meinte, es sei der erste gewesen, und bei dem Gedanken daran ging ein zufriedenes Lächeln über sein Gesicht. Aber, wie einer der Propheten gesagt haben könnte, Hochmut kommt vor den

Fall. Er schwang den Lauf zu langsam auf die andere Seite der Maschine. Der Mann im Inneren dagegen war alles andere als langsam.

Er hechtete, rollte ab und lag dann flach an den Boden gepresst hinter dem Rand. Eagle hatte die Maschinenpistole gesehen, die mit dem Mann gekommen war, und er hatte noch etwas gesehen.

Die Größe des Mannes. Es gab nur einen unter seinen Gegnern, der solch eine Silhouette hatte.

»Wo bist du, Weißer?«, brüllte der Führer.

»Hier drüben - Schwarzer!«

Eagle stand aufrecht im Mondlicht, sein Kunststoffanzug bot ein perfektes Ziel. Er hoffte, dass der Fezzani es versuchen würde - seine eigene Waffe wartete nur auf eine Bewegung des Schwarzen gegenüber. Sie kam - ein Gewehrlauf schob sich über den Sandrand. Dann eine Salve von sechs Schüssen, von denen zwei an Eagles Hüften abprallten. Eagles zwei Pfeile erreichten absolut nichts. Das mindeste, was er tun konnte, war sich zu einem beweglichen Ziel zu machen.

»Hiiiyyyyeeeeeaaaa!«

Sein Schrei hallte von den Wänden des Wadi wider, als Eagle das raue, ausgewaschene Steilufer hinuntersprang. Salven aus der Waffe des Schwarzen Todes folgten ihm und Kyra und Nagia schossen zurück, was den Kopf des Fezzani zu Eagles Leidwesen zurückscheuchte. Aber es hinderte ihn auch an einem genauen Schuss. Sonst hätte er schon längst erkennen müssen, dass hier nur ein Kopfschuss wirksam war - und Eagle bezweifelte nicht, dass der Mann gut genug mit der Waffe umgehen konnte, um das zu schaffen. Davon abgesehen brauchte er mit einer Maschinenpistole gar nicht so gut zu sein, um zu treffen.

Eagle hechtete und rollte auf die Talsohle, fiel dann gebückt in Trott, der ihn durch das Flussbett hinter einen der unregelmäßig verkrusteten Hügel brachte, die den Rand des Flussbetts säumten. Die Spitze des Hügels wurde unmittelbar darauf durch einen Feuerstoß von oben abgesägt.

Hier konnte er nicht lange bleiben.

Etwas anderes mochte allerdings klappen...

Kyra und Nagia befanden sich etwa fünfzig Meter weiter südlich oben in der Wand. Er merkte, dass beide ratsuchend in seine Richtung sahen. Er versuchte es, aber es brauchte unglaublich viel Armwinken und Gestikulieren, bis sie verstanden.

Als es ihnen schließlich klar wurde, begannen sie, den Feind über sich mit Dauerfeuer zu belegen.

Eagle hatte seine Entscheidung getroffen. Jetzt hätte er sich gewünscht, dass sein Spezialanzug aus zwei Teilen bestanden hätte. Aber dem war nicht so, und es hatte keinen Zweck, darüber zu jammern. Sekunden später war er völlig nackt. Er legte das Material so hinter den Hügel, dass es aussah, als sei er noch immer dort und ließ ein neues Magazin in seine CO_2-Pistole schnappen. Dann, während die Mädchen einen Kugelregen nach oben sandten, machte er sich auf den Weg.

Fünfzehn Sekunden lang lief er, und seine nackten Füße griffen in die harte Kruste und stießen ihn vorwärts, bis er sich mit dem Rücken gegen die steile Wadiwand warf. Seine Haut genoss die Kühle der Nachtluft und wurde von diesem lange vermissten Kontakt mit der Natur neu belebt. Selbst Eagles Kopf schien in der Kühle klarer zu werden, aber es lag nicht allein an der Temperatur. Seiner Kleidung entledigt, war er aufs Neue der nackte Apachenkrieger auf der Suche nach seinem Opfer.

Geräuschlos fanden seine Füße mit angeborenem Instinkt Halt in der Erde, als er sich seinen Weg nach Norden in der Wand suchte. Etwa vierzig Meter vor ihm bog das Wadi leicht nach rechts. Es reichte, um ihm Deckung zu geben, wenn er nach oben stieg - falls der Fezzani nicht aufstand, um zu feuern.

Aber dann hätte Eagle ihn im Visier gehabt.

Die Kugeln der Mädchen sangen die Begleitmelodie, als er um die Biegung kam. Der Gedanke ging ihm durch den Kopf, dass sie es nicht mehr allzu lange durchhalten konnten. Die Magazine waren ziemlich groß, aber... Er hoffte eben, dass die beiden Tuareg-Schönheiten etwas davon verstanden, wie man Munition sparte.

Als die Karabiner schwiegen, wusste er, dass seine Hoffnung ihn getrogen hatte.

Er fasste nach oben, um einen Vorsprung zu testen, und ließ die Hand fallen. Nicht gut. Er rückte nach rechts und versuchte es noch einmal. Besser. Lautlos kroch er nach oben, nur wenig durch die Waffe behindert, die er ständig schussbereit hielt. Was sich dort oben auch bewegen mochte, es würde ihm nicht entkommen.

Nichts bewegte sich über ihm. Stattdessen bewies der Fezzani, dass er noch immer an der alten Stelle war.

»Was ist los, Yankee? Keine Munition mehr? Ich hab noch welche, die du dir holen kannst - kostenlos!«

So ist's recht, Junge. Nur immer weiterquatschen.

»Du kommst mich teuer zu stehen, weißer Mann, sehr teuer. Aber du wirst einsehen müssen, dass ich nicht so leicht sterbe wie die, die mir dienen. Keine Munition mehr und auch keine von deinen kleinen Bomben, nehme ich an? Sonst hättest du schon eine ausprobiert, hab ich recht?«

Eagle dachte kurz an das letzte orange Röhrchen in seiner Gürteltasche und wandte seine Aufmerksamkeit dann wieder der Aufgabe vor ihm zu. Direkt vor ihm lag der obere Rand der Wand. Langsam zog er sich Millimeter um Millimeter höher, bis er sehen konnte...

Es hätte nicht besser sein können.

Der Führer lag hinter dem Uferrand, kaum zwanzig Meter entfernt; seine Beine zeigten direkt auf Eagle. Sein Oberkörper war nackt. Zwischen ihnen befand sich die Kanzel des Hubschraubers, von der Eagle wenig mehr als einen Teil sehen konnte.

Eagle hob den rechten Arm und richtete seine Waffe aus. Es war ein Schuss, der nicht fehlen konnte. Direkt unter der Kanzel durch.

Aber er drückte nicht ab.

Dies war ein Mann, dessen Gesicht Eagle unter allen Umständen sehen wollte, wenn er auf den Abzug drückte.

Wenn möglich. Wenn nicht - wenn sein Ziel ihn plötzlich hörte und sich umdrehte -, dann würde er es dem Bastard eben *so* geben.

Eagle zog sich hoch und stand auf beiden Füßen, als der Schwarze wieder in das Wadi hinunterrief:

»He, Yankee, du bist nicht schlecht, hörst du? Aber gegen mich kommst du nicht an, das werde ich dir beweisen. Hörst du mich, weißes Schwein?«

Laut und deutlich, antwortete Eagle im Stillen. Er befand sich jetzt auf gleicher Höhe mit dem Hubschrauber und schlich lautlos näher. Plötzlich erstarrte er. Irgendetwas stimmte nicht. Er hörte Atmen. Nicht das Atmen des Mannes vor ihm, sondern unterdrücktes Atmen, wo keins hätte sein sollen - aus dem Inneren des Hubschraubers!

Eagle wirbelte herum.

Der Araber hechtete bereits aus der Kanzel. Er war etwa so groß wie Eagle und hing mitten in der Luft, so dass Eagle ihn mit einem Schlag seines rechten Unterarms leicht stoppen konnte. Zu nah für die Pistole, verdammt, aber der Schlag setzte den Mann außer Gefecht. Seine Augen verdrehten sich, nur das Trägheitsmoment ließ ihn gegen Eagle stürzen. Er brauchte nicht mehr als einen Augenblick, um ihn abzuschütteln, aber das war mehr als genug Zeit.

Genug für den Schwarzen Tod, um heranzukommen und mit dem Kolben der Maschinenpistole nach Eagles Kopf zu zielen.

Eagle fuhr zurück, als der Stahlkolben vorbeizischte, aber er hämmerte die Finger seiner rechten Hand gegen die Außenhaut des Helikopters. Die CO_2-Pistole flog davon. Mit der Linken schlug er jedoch so gegen die Maschinenpistole, dass ihr anderes

Ende den Fezzani voll ins Gesicht traf. Während der Schwarze einen Schritt zurücktaumelte, fuhr Eagle mit beiden Armen zwischen die Maschinenpistole und die Arme des Fezzani, beugte sich vor und riss die Unterarme mit voller Wucht herunter. Der Schwarze merkte, dass er über Eagles Rücken zu fliegen drohte, und ließ die Waffe los.

Klug!

Und schnell, fügte Eagle hinzu, als er der keulengleichen Faust auswich und mit einem Fußtritt auf die Brust des Gegners zielte. Der Tritt streifte nur leicht sein Ziel.

Beide Männer traten sofort zurück. Ihre Augen verhakten sich ineinander und wanderten dann zu der Maschinenpistole am Wadirand.

»Das schaffst du nie«, sagte Eagle durch die Zähne.

»Habe ich auch nicht vor. Ich werde dich mit meinen Händen töten.«

»Du kannst es versuchen«, korrigierte Eagle. »Also los, mach's doch!«

»Hier kommt dein Tod, du Schwein!«

Eagle nahm den Hechtsprung halb an und gab seine eigene Kraft dazu, um das Gewicht des Fezzani krachend gegen den Helikopter zu lenken. Aber der Schwarze kam blitzschnell wieder hoch, und seine rechte Stiefelspitze zischte knapp an Eagles Gesicht vorbei. Ihr folgte wie ein Schlachterbeil eine schwarze Handkante. Eagle riss den linken Arm hoch, um sie abzublocken, und stieß mit einem weitausholenden Tritt nach.

Der Fezzani ließ beide Hände fallen, um den Tritt abzuwehren, und Eagle nutzte die Gelegenheit, um seine Faust in das Gesicht vor sich zu rammen. Der Fezzani schüttelte nur einmal den Kopf und hob Eagles Bein dann mit solcher Gewalt, dass der Weiße glatt vom Boden gerissen wurde. Er krachte Zentimeter von der Maschinenpistole entfernt zu Boden, wobei ihm seine rechte Hand mehr Schmerzen bereitete als sein Rücken.

Er richtete den Oberkörper auf und ließ sich dann wieder zurückfallen, als der Fezzani auf ihn zusprang. Eagle stemmte seine

Schultern in den Sand, mied die Klauenfinger, die es auf seine Augen abgesehen hatten, und brachte seine Schienbeine in die Magengrube des Schwarzen. Abgestemmt, hoch und über! Die Erde schien zu beben, als der Fezzani flach auf den Rücken stürzte. Beide Männer wandten einander den Rücken zu, als sie hochschossen, aber Eagle war langsamer - er hatte versucht, die rechte Hand zu benutzen, als er sich abstieß, und der Schmerz hatte ihn gebremst. Das Ergebnis war, dass eine rechte Gerade in sein Gesicht schlug und ihn wieder zu Boden schickte. Aber als der Fezzani die Linke nachsetzte, traf ein Tritt von Eagle sein Gesicht.

Diesmal war Eagle schnell wieder oben, und sein Sprung überraschte den Schwarzen in einer nachteiligen Position am Boden. Eagle hatte sich nicht die Zeit genommen, die nächtliche Landschaft zu studieren, deshalb wurde er von der Tatsache überrascht, dass sein Schwung sie beide über den Rand hinunter riss.

Sie schlugen hart auf, er verlor seinen Halt an dem Hund, der...

Eagle fühlte den Rücken des Fezzani unter sich an der Wand entlangschleifen, sich an irgendetwas verhaken - und dann flog er über ihn, wie beim Tomoe-Nage-Überwurf, den er selbst kurz zuvor versucht hatte. Er schlug auf den rauen Boden und hatte gerade noch Zeit, die linke Hand hochzureißen, um die Kollision mit einem Felsen zu vermeiden. Er verlagerte das Gewicht und wirbelte um seine Achse, um dem Fezzani dieselbe Handkante ' hinters linke Ohr zu knallen. Der taumelnde Schwarze rammte mit der rechten Schulter den aufragenden Fels, schlug mit der linken Schulter zu Boden und begann, weiter abzurutschen. Er war halbwegs wieder auf den Beinen, als Eagles Füße ihm brutal ins Gesicht hämmerten.

Der Schlag warf den Fezzani nieder. Als er sich abrollte und wieder auf die Füße kam, fuhr er sich schnell mit dem Unterarm über Mund und Nase, um das Blut abzuwischen. Eagle vermerkte mit Befriedigung, dass die Nase des anderen gebrochen war.

An anderen Körperstellen blutete er ebenfalls, wo Schulter- und Brusthaut mit dem Boden in Berührung gekommen waren. Eagle fühlte, dass auch seine Haut prickelte, und wusste, dass er nicht viel besser aussehen konnte; aber er brachte ein kaltes Grinsen zustande.

»Ich warte noch immer auf den Tod, den du mir in Aussicht gestellt hast«, sagte er.

»Du brauchst nicht mehr lange zu warten«, schwor der Schwarze. Er kam langsam auf Eagle zu und verlagerte sein Gewicht sorgfältig von einem Bein auf das andere, während er in einem Bogen um Eagle herumschlich, der ihn aus seiner Position schräg unter dem weißen Mann zu einem vorteilhaften Punkt bringen sollte. Eagle seinerseits bewegte sich in die gleiche Richtung, um dem Gegner den Weg abzuschneiden und seinen Höhenvorteil zu halten. Das Gelände hier war noch immer steil, mit tiefen Regenwasserrinnen. Hinter ihnen ging es noch weitere zwanzig zerklüftete Meter nach unten.

Eagles gleitender Fuß stieß plötzlich an eine unerwartete Bodenerhebung. Einen Moment lang kam er aus dem Gleichgewicht - aber das war genug. Mit einem Triumphschrei sprang der Schwarze hoch, seine Stiefel zuckten in einem blitzschnellen Täuschungsmanöver auf Eagles Kopf zu und stampften dann zu Boden, als die beiden Fäuste wie ein Schraubstock aufeinander zukamen. Mit Eagles Kopf dazwischen.

Eagles Doppelarmblock wirkte, aber nur knapp. Sein nächster Zug war ebenfalls defensiv, als er den Arm vor dem Oberkörper herunterriss, um einem Fußtritt die Wucht zu nehmen, der ihm die Brust eingedrückt hätte. Er stolperte drei Schritte zurück, als seine Schulterblätter plötzlich erneut gegen einen dieser ungelegenen Vorsprünge schlugen. Nur dass dieser bei weitem nicht ungelegen kam!

»*Hiiiyyyaaaaahh!*«

Eagle stieß sich mit aller Kraft, die ihm noch zur Verfügung stand, von der Wand ab. Hackend und tretend krachte er in den Fezzani, der sich vergeblich gegen den Angriff zu wehren versuchte. Mit einem mächtigen Griff stemmte der Schwarze sich hoch und bekam ein Knie in die Kehle. Als seine Hände herabsanken, trieb Eagle ihm die linke Faust in den Mund. Der Schwarze krümmte sich, um ein Gemisch aus Blut und Zähnen zu spucken, und wirbelte dann mit einem blitzschnellen Ellenbogenschlag herum.

Er verfehlte total sein Ziel, und die Wucht riss ihn in eine fast vollständige Drehung. Seine Augen wurden wild, als er erkannte, dass der weiße Mann hinter ihm war! Sie wurden noch wilder, als er fühlte, wie die Knie des Amerikaners sich in seinen Rücken bohrten, so dass die Gewalt des Stoßes ihn taumelnd, stolpernd, fallend hinunterstieß und...

Als der Fezzani zu stürzen begann, riss Eagle beide Hände mit dem Unterkiefer des anderen nach oben. Das Brechen der Nackenwirbel des Führers schnitt seinen Todesschrei in der Mitte ab.

Eagle stemmte sich hoch. Er wusste nicht, dass seine rechte Hand gebrochen war, bis Nagia danach griff.

Sechzehntes Kapitel

Mr. Merlin wartete auf den Anruf von der Yacht im Mittelmeer so ungeduldig, dass Polly Perkins kaum Zeit hatte, ihn anzumelden.

»Samson«, sagte er.
»Wir haben ihn, Sir. Und sind auf dem Weg nach Dscherba.«
»Einzelheiten.«
Samson gab sie ihm. Danach trat Stille ein.
»Sir - sind Sie noch dran?«
»Ja.«

»Wollen Sie mit Eagle sprechen? Er ist etwas erschöpft. Es scheint, er hat ein bisschen zu viel mit zwei Tuaregmädchen gespielt, aber... Nun, wenigstens kann er sprechen.«

»Nein, ich möchte jetzt nicht mit ihm sprechen, aber Sie können ihm etwas ausrichten.«

»Sir?«

»Als erstes können Sie ihm sagen, dass ich ihn sofort in Lager drei sehen will. Jetzt, da seine private Vendetta vorüber ist, habe ich eine andere Kleinigkeit für ihn.«

»Ja, Sir.«

»Sagen Sie unserem Protoagenten außerdem, dass die Kosten für verlorene oder zerstörte Ausrüstung aus seinem Gehalt bestritten werden, weil dieser Ausflug in die Wüste seine Idee war. Das betrifft auch das Chamäleon-Element, das nicht entwickelt wurde, um über längere Zeit an eine Hochspannungsleitung angeschlossen zu werden. Haben Sie das, Samson?«

»Ja, Sir, aber...«

»Aber was?«

»Äh, nichts. Gibt es sonst noch etwas?«

Mr. Merlin hielt inne. »Ja. Sie können ihm sagen, dass der alte Knacker sein Gehalt wahrscheinlich doch nicht pfänden wird und dass eine ganz besondere Kiste Cognac für ihn bestellt worden ist. Erstens als Zeichen der Anerkennung für hervorragende Leistungen...«

»Und zweitens, Sir?«

»Und zweitens als Gedächtnisstütze dafür, dass er besser nie mehr dem alten Knacker in den Rücken fällt!«

Mr. Merlin warf den Hörer dramatisch auf die Gabel. Aber er konnte trotzdem das Lächeln nicht unterdrücken, das sich auf seinem Gesicht auszubreiten begann.

ENDE

DIE MORDTEUFEL *(The Death Devils)*

Prolog

Die Frau, die er als Mutter kannte, war alt, aber aufrecht und würdig wie eine weiße Birke. Sie war froh. Weißes Reh war froh, dass er wieder einmal zu ihr gekommen war, um sie um Erlaubnis zu bitten, die Apachenreservation verlassen zu dürfen, welche das von ihr gewählte Heim war. Sie liebte diesen großen, dunkelhaarigen jungen Mann, als ob er ihrem eigenen Leibe entsprungen wäre und nicht dem einer Weißen, der Frau, deren blaue Augen in seinem Gesicht leuchteten. Als sie aber jetzt in seine Augen sah, entdeckte sie darin Härte - in seinen Augen und in seinem Gesicht.

»Ich habe dich nie über deine Arbeit befragt, John. Ich habe nie gefragt, weil du, einer von uns, niemals etwas tun würdest, das nicht ehrenhaft ist. Aber ich habe die Gesichter vieler Krieger gesehen und kenne die Zeichen. John - du hast getötet.«

»Das ist wahr, Mutter.« Seine Augen wichen den ihren nicht aus, und das tat ihrem Herzen wohl.

»Mehr als einmal hast du getötet. Ich glaube, du hast sehr oft getötet.«

»Auch das ist wahr.«

Sie blickte diesen schwarzhaarigen jungen Mann an, dessen Haut nicht weiß war, sondern eine Schattierung hatte, die irgendwo zwischen der von der Sonne gebräunten Haut eines Weißen und der dunklen eines Apachen lag. Sie sah ihn mit Liebe und auch mit Sorge an, denn sie wusste, was das dauernde Töten anderen angetan hatte; wie es ihre Herzen und ihre Seelen verhärtet hatte, in den Tagen der Krieger, vor langer Zeit.

»Und die Menschen, die du getötet hast - haben sie den Tod verdient?«

Er antwortete ohne Bewegung: »Ja, Mutter.«

»Wer entscheidet, wen du tötest? Du selbst?«

»Nein. Ein anderer, der mir befiehlt.«

Sie schwieg kurze Zeit, blickte ihn nur weiter an. »Und ist er ein guter Mann, der andere, der dir sagt, wen du töten musst? Oder befiehlt er dir, Unschuldige umzubringen?«

»Er befiehlt es nicht, und ich tue es nicht. Nicht unschuldige Menschen...«

Sie nickte. »Und meine erste Frage - ist er ein *guter* Mann?«

»Ein guter Mann? Dies, Mutter, kann ich dir wirklich nicht beantworten.«

Erstes Kapitel

»Ich habe sie gewarnt. Verdammt noch mal, ich habe sie gewarnt!«

Der ältliche Mann, mit Schultern wie ein Büffel, fuhr in seinem Rollstuhl mit kurzen, ungeduldigen Bewegungen hinter seinem geschnitzten Schreibtisch hervor. Als er sich dem großen Fenster näherte, welches auf die hawaiianische Insel Maui Ausblick gab, wurde das Missfallen auf seinem Gesicht noch deutlicher. Ein schöner Tag auf Maui hatte begonnen; der Himmel war strahlend blau.

Er schnaufte vor Wut. In diesem Haus merkte man nichts von der Stimmung, die einen schönen Tag begleitet. Das Gebäude glich einer Festung, hatte mehr als vierzig Räume, Laboratorien, Wohnungen und Tunnel. Der weißhaarige Mann hatte es im Rachen eines tiefen Kraters bauen lassen, tief unter der Erde, mit nur wenigen Ausblicken auf die Insel.

»Ich habe das vorausgesehen«, sagte er durch die Zähne. Dann drehte er sich zu der Frau um.

»Ja, Sir, Sie haben sie gewarnt. Sie haben es vorausgesagt.«

Polly Perkins. Ein schrecklicher Name für eine so schöne Frau. Die harten Linien in seinem Gesicht wurden etwas weicher. Das schaffte sie immer. Diese Frau, schon über vierzig, konnte ihn immer noch weich machen. Ein Achtel Hawaiianerin, der Rest französisches und angelsächsisches Blut, schön, treu, tüchtig.

»Sir, der Minister hat wieder angerufen. Er sagt, es eilt.«

»Dieselbe Sache?«

»Ich glaube schon. Er erwähnte die Unterhaltung, die Sie und er vor sechs Monaten hatten, irgendetwas über Landwirtschaft.«

Merlin nickte. »Ich will mir das Tonband anhören, Sie wissen schon, welches ich meine.«

»Ja, Sir. Aber der Minister wartet auf Ihren Rückruf.«

»Ich weiß, Polly. Soll er warten. Ich habe auf seinen Anruf sechs Monate gewartet...«

Sie ging zur Wand, berührte die Vertäfelung, drei Einstellknöpfe erschienen, und sie sagte, alles sei bereit.

»Gut. Fangen Sie an. Aber zuerst ein kleines Glas Brandy, Polly.«

»Es ist noch etwas früh, Sir...«

»Früh? Ich hoffe bei allem was heilig und unheilig ist, dass es nicht zu spät ist!«

Abwechselnd hörte man die Stimmen zweier Männer von dem Tonbandgerät in der Wand. Einer dieser Männer war der Verteidigungsminister der Vereinigten Staaten von Amerika.

Merlin: Die Sache gefällt mir nicht, Sir. Gefällt mir überhaupt nicht.

Minister: Sie sind ein kalter Krieger. Es ist Ihnen noch nicht bewusst, dass es auch politische Gebiete gibt, in denen der Austausch von Informationen keine Bedrohung für unser Land bedeutet. Wir leben in einer neuen Zeit, Merlin.

Merlin (mit höhnischem Lachen): Welche Zeitungen haben Sie bloß gelesen?

Minister: In Ordnung. Ich gebe zu, wir sind nicht gerade wild darauf, denen drüben unsere neuesten Raketen zu zeigen, aber das hier ist etwas anderes. Das Landwirtschaftsministerium hat diese Männer sorgfältig überprüfen lassen. Jeder ist ein angesehener Wissenschaftler, alle haben sich während der letzten zwanzig Jahre nur damit beschäftigt, die Produktivität der chinesischen Landwirtschaft zu heben. Sie wollen hier unsere Methoden studieren - unsere landwirtschaftlichen Methoden. Ich kann darin wirklich kein Sicherheitsrisiko sehen, das Sie so aufregt. Selbst wenn es etwas geben sollte, was sie nicht sehen sollen... Sie werden ja die ganze Zeit streng beobachtet.

Merlin: Die Sache stinkt mir trotzdem. Ich habe Sie nicht aus einer Laune heraus angerufen, Sir...

Minister: Also, warum dann?

Merlin: Weil ich einen Riecher für so etwas habe - einen sehr erfahrenen Riecher. Irgendein Gefühl, ganz hinten in meinem alten Gehirn - mehr kann ich noch nicht sagen. Die Sache gefällt mir einfach nicht.

Minister (seufzt): Es wird Sie nicht überraschen, dass wir, die Vereinigten Staaten, nicht unsere Außenpolitik auf - auf Ihren Riecher basieren können. Weder auf Ihren Riecher noch auf meinen. Ein Gefühl ist eben keine Tatsache...

Merlin: Noch etwas sagt mir mein Gefühl, und Sie sollen es wissen: Innerhalb eines Jahres werden Sie mich in der Sache wieder anrufen - oder vielleicht auch Ihr Chef. Und wir werden wieder über unsere chinesischen Brüder reden. Aber dann kann es schon zu spät sein.

Minister: Wenn der Anruf kommt, Merlin, hoffe ich, dass der Triumph Ihnen wohl tun wird...

Merlin lachte kurz. »Ich wusste es. Aber ich triumphiere nicht.«

Polly nickte. »Ich werde jetzt die Verbindung herstellen, Sir.«

Er hob das angewärmte Brandyglas vom Tisch. Triumph? Nein, danach war ihm nicht zumute. Dass ihn der Minister jetzt anrief - und in dieser Angelegenheit -, kündigte nichts Gutes an. Für irgendjemanden würde es eine Reise in die Hölle bedeuten; er selbst war schon zu alt dazu.

Wieder nickte er, ohne dass jemand im Zimmer war. Ja - nach diesem Gespräch mit dem Minister würde es ein zweites Telefonat geben.

Schade, John Eagle machte gerade Ferien, die er auch dringend brauchte. Aber schließlich war er der Protoagent...

Zweites Kapitel

Cyril Compton hatte eine Gänsehaut, die ihm den Rücken hinauf- und wieder herunterlief. Es war 22.30 Uhr, und er saß an der Bar des *Mandarin-Hotel* in Hongkong. Aber er fühlte sich nicht so recht wohl. Er war nervös, verständlicherweise. Schließlich...

Er war zweiundvierzig Jahre alt, sah aber jünger aus. Glaubte er. In dem Spiegel vor sich sah er ein kräftiges Gesicht, selbst wenn es jetzt schon eine etwas hohe Stirn hatte. Und ein leichtes Doppelkinn. Der große Fliegerschnurrbart gab ihm etwas Schneidiges, machte ihn aber älter. Sollte er ihn abrasieren?

Aber darüber würde er sich Sorgen machen, wenn er wieder zu Hause war. In New York. Er trank seinen Martinicocktail auf einen Zug. *Was war ihm nur passiert?*

Herrgott noch mal - hier saß er, Cyril Compton, aus Rawlins in Kansas, in Hongkong, einer britischen Kronkolonie. Und er war in einem Jumbo 747 hergeflogen. Die Kollegen im Büro würden staunen...

Er winkte dem Bartender, aber der Chinese übersah ihn. Cyril wusste, er hatte ihn bemerkt, aber er übersah ihn. Immer wurde Cyril Compton übersehen. Auch im Geschäft - bis auf das letzte Mal. Da konnte man es sich nicht leisten, ihn zu übersehen. Oh, ja, es gab genügend Vertreter, die in der ganzen Welt die Erzeugnisse der Firma verkauften. Aber dieses Mal wurde kein Vertreter gebraucht - dieses Mal benötigte man einen Mann mit technischen Fachkenntnissen - ihn, Cyril Compton!

Ob er es wohl schaffen würde, den Auftrag nach Hause zu bringen? Vielleicht. Nein, das war die falsche Haltung. Bestimmt würde er es schaffen. Die Produkte, die er anzubieten hatte, waren gut. Und wenn man technische Einzelheiten wissen wollte, dann konnte er, Cyril Compton, die auch liefern! Außerdem wusste er, welche Einzelheiten er nicht liefern durfte. Man munkelte, die Kerle wären ziemlich gut darauf trainiert, auch Geheimnisse aus den Menschen herauszuholen. Man sagte, dass sie so lange Fragen stellten, bis sie weder ihn noch seine Firma, die Chemie Wenona AG, wieder benötigten. Vielleicht durch Folter?

»Kellner!«, rief er. Er brauchte noch einen Drink. Aber der Mann hinter der Bar schien ihn wieder nicht zu hören. Dann erinnerte sich Cyril: Er war ein Bartender...

»Bartender!«, rief er, und sofort kam der freundlich lächelnde Chinese und brachte ihm einen Drink.

Seltsam, wieso diese Chinesen so perfektes Englisch sprachen. Er sah das Namensschild auf der Jacke des Mannes: LEE.

»Hören Sie«, sagte er, »zu Hause, in den Staaten, da hatten wir mal einen Bürgerkrieg. Da gab es einen General, der hieß genau wie Sie...«

Der Bartender lächelte. »Robert E. Lee, kämpfte auf der Seite der Südstaaten. Keine Verwandtschaft.«

»Ach - man hat Sie das schon mal gefragt?«

»Einmal pro Woche. Mindestens...«

»Geben Sie mir noch einen Martinicocktail - aber diesmal nicht ganz so viel Vermouth.«

»Okay, Yank...«, sagte der Chinese und lächelte immer noch. Cyril beobachtete die eleganten Chinesinnen in ihren enganliegenden Kleidern, sehr sexy, mit einem Schlitz an der Seite, der mächtig viel Bein zeigte. Aber man durfte nichts anfangen mit ihnen - wahrscheinlich saß irgendein schlitzäugiger Freund an einem der Tische und wusste alles über Karate und Judo und ähnliche Spielchen.

Wieder lief ihm eine Gänsehaut den Rücken hinunter. Oder herauf? Der Grund war aber nicht der Gedanke an Karate und Judo - überhaupt nicht der Gedanke an Chinesen. Cyril fühlte sich beobachtet. Im Spiegel konnte er einen jungen Mann an einem Tisch hinter sich sehen. Einen Weißen. Groß, kräftig gebaut, ein Athlet. Schwarzes Haar, blaue Augen. Und seine Haut war eigentlich nicht weiß, eher wie die Farbe seines Anzugs, ein helles Bronze.

Als sich Cyril nach ihm umdrehte, sah der Mann fort, winkte der Kellnerin zu, zeigte sein leeres Glas. Und wie freundlich die Kellnerin war - natürlich, zu so einem Mann waren alle Frauen freundlich. Und sollte sich so ein Mann mal bei einer Kellnerin oder einer anderen Frau im Raum einen falschen Griff erlauben, die würden gewiss nicht um Hilfe schreien. Aber selbst wenn sie es taten - dieser junge Mann sah so aus, als könnte er mit einer ganzen Anzahl von Freunden fertigwerden.

Doch darum ging es nicht.

Es ging darum, dass der Mann ihn schon seit geraumer Zeit beobachtete. Erst draußen an der Rezeption, jetzt in der Bar.

»Ihr Martini, Sir«, sagte der Bartender.

»Äh - danke vielmals«, sagte Cyril und sah dann den Mann auf sich zukommen. Er trank schnell. Doch als er das Glas absetzte und den Mann neben sich zu sehen erwartete, war er verschwunden.

»Noch einen Drink, Sir?«, fragte der Bartender.

»Nein, danke. Ich glaube, das reicht mir.«

Er wusste nicht, ob er genügend Trinkgeld auf der Theke gelassen hatte, denn die Währung von Hongkong war ihm noch ein Buch mit sieben Siegeln. Er verließ die Bar.

Was sollte er mit dem angebrochenen Abend tun? Dem einzigen Abend, den er in Hongkong verbringen würde? Ob er sich die nächtlichen Straßen der Stadt ansehen sollte? Aber das wollte er nicht. Doch, er wollte schon, aber... Gib's doch zu, Cyril Compton, du hast einfach Angst! Ja, Angst. Und morgen - morgen würde er in den Norden reisen. Auf besondere Einladung der Volksrepublik China, von Rot China...

Cyril schüttelte den Kopf. Den Namen durfte man da oben nicht gebrauchen, die mochten das nicht. Er hatte bei der Vorbesprechung in New York gut zugehört, als man ihn, Cyril Compton, für die Wenona AG nach China geschickt hatte. Und danach hatte er sich noch schnell einige alte chinesische Filme angesehen, um sich über das Land zu informieren.

Als er in die Empfangshalle trat, sah er wieder den Mann aus der Bar. Er stand an der Tür und schaute auf die Straße. Aber Cyril wusste Bescheid...

In diesem Augenblick traf er seine Entscheidung. Er wusste jetzt, wo er seine einzige Nacht in Hongkong verbringen würde: in seinem Hotelzimmer. Im Bett.

Zwischen 21.00 Uhr und 21.15 Uhr klopfte es an Cyrils Tür. (»Die genaue Zeit weiß ich nicht mehr. Warum auch, um Himmels willen?«)

»Ja?«, sagte er. Er hatte schon Jacke und Hemd abgelegt und war gerade dabei, sich einen Morgenmantel anzuziehen. »Wer ist da?«

»Der Etagenkellner, Sir«, antwortete eine Stimme mit chinesischem Akzent. »Sie haben vorhin Ihre Brieftasche in der Bar liegen lassen.«

Seine Brieftasche! Natürlich. Er erinnerte sich, dass er einige Scheine herausgenommen hatte, um für die Drinks zu zahlen. Und dann hatte er sie auf die Bar gelegt... Er öffnete die Tür.

Aber dann hatte er doch die Brieftasche wieder in seine Brusttasche gesteckt! Ganz bestimmt! Er drehte sich zum Bett um, auf dem die Jacke lag...

»Guten Abend, Mr. Compton«, sagte es hinter ihm, und diesmal lag kein orientalischer Akzent in der Stimme. Der Mann in dem hellbraunen Anzug schloss die Tür hinter sich.

»Was, zum Teufel...«, fragte Compton.

»Bitte machen Sie keinen Lärm, Mr. Compton«, sagte der Mann. In einer Hand hielt er eine flache Aktentasche. »Ich soll Ihnen in keiner Weise wehtun - wenn möglich. Es wird doch nicht nötig sein, Mr. Compton, oder?«

»Ich...«

Weiter kam Cyril Compton nicht. Der Mann stürzte auf ihn zu wie der Blitz, in seiner Hand glitzerte etwas Silbernes. Ein Messer? Nein, kein Messer. Es war... Es war eine Injektionsspritze, eine sehr kleine Spritze. Nachdem der Mann im braunen Anzug sie ganz schnell und fast schmerzlos in Cyril Comptons Schulter gestoßen hatte, beförderte der Inhalt ihn innerhalb von Sekunden in den Schlaf.

John Eagle legte den Bewusstlosen vorsichtig, als wäre er ein Kind, auf das Bett. Er nahm den Zimmerschlüssel und steckte ihn in dieselbe Tasche, in der die Spritze lag. Dann verschloss er die Tür sorgfältig und ging zum Fahrstuhl.

»Ich reise morgen früh ab«, sagte er zu dem hübschen Mädchen an der Rezeption. »Schon sehr früh, darum möchte ich meine Rechnung jetzt begleichen.«

Die Kleine lächelte ihn an. »Sie sind Mr...«

»Soames. Eric Soames.« Und das war auch der Name, der auf seinem gefälschten amerikanischen Reisepass stand.

Die Chinesin machte die Rechnung für zwei Nächte fertig und gab Eagle die Quittung.

»Ich hoffe, es hat Ihnen bei uns gefallen, Mr. Soames. Vielleicht steigen Sie dann auch in anderen Ländern in Hotels ab, die zu uns gehören...«

Eagle zahlte in Hongkong-Dollars und nickte. Das war eigentlich ein Witz. Denn da, wo er hinreiste, gab es keine Hotels im Stil des *Mandarin*.

Als sich die Tür des Fahrstuhls öffnete, trat eine Chinesin mit langen Beinen heraus und sah ihn abschätzend an. Nicht schlecht, dachte er. Aber so ein Mädchen, das war ein Luxus, den er sich für später aufheben musste. Genau wie die Luxushotels. Jetzt musste er die Rollen spielen, die ihm von Mr. Merlin vorgeschrieben worden waren. Jetzt musste er das viele Geld verdienen, das ihm der alte Mann zahlte. Hinaus aus dem Fahrstuhl, hinein in Comptons Zimmer. Er verschloss die Tür von innen. Compton lag noch immer so, wie er ihn auf das Bett gelegt hatte. Er hob ihn hoch und setzte ihn in einen Sessel neben dem Spiegel, dann legte er die Aktentasche auf den Schreibtisch und öffnete sie. Er sah Compton an, dann sein eigenes Spiegelbild.

»Adieu, Eagle - willkommen, Compton«, sagte er leise.

Nach einer halben Stunde war er fertig. In Merlins Laboratorien waren die einzigartigen Materialien entwickelt worden, die er jetzt als Make-up benutzte. Zwar hatte Merlin auch von Hollywood etwas gelernt, aber die schnelltrocknenden und dauerhaften Substanzen aus Kunststoff, die der Protoagent jetzt auf seinem Gesicht auf trug, waren in Hollywood unbekannt. Aus gutem Grunde. Selbst die beste Kamera kann kleine Mängel nicht entdecken. Das menschliche Auge aber ist zehnmal so empfindlich wie eine Kamera, wenn es darum geht, Make-up von echter Haut zu unterscheiden. Als Eagle mit seiner Arbeit vor dem Spiegel fertig war, konnte man ihn von Cyril Compton nicht mehr unterscheiden. John Eagle, Protoagent, hatte sich in Cyril Compton, den Chemiker verwandelt.

Compton hatte einen kleinen Bauch. Nachdem Eagle sich völlig ausgezogen hatte, sorgte er dafür, dass auch dieser kleine Unterschied ausgeglichen, berichtigt wurde. Das Material dazu kam ebenfalls aus den Tuben in der Aktentasche. Comptons Kleider, die er dem Mann auszog, passten ihm nur halbwegs, aber das würde da, wo er hinfuhr, niemand bemerken. Nur seine eigenen Schuhe musste er anbehalten, denn die von Compton waren um mehrere Nummern zu groß. Aber seine eigenen Halbstiefel kamen aus England, konnten in einem Dutzend Länder gekauft werden und würden kein Problem darstellen, wenn er sie zurücklassen musste.

Er überprüfte sich noch einmal im Spiegel und ging dann hinunter zur Rezeption. Dasselbe Mädchen, dem er als Eric Soames seine Rechnung bezahlt hatte, lächelte ihn an. Wenn auch nicht ganz so freundlich, wie es Eric Soames angelächelt hatte...

»Mein Name ist Cyril Compton. Ich brauche mein Zimmer für einen weiteren Tag. Hoffentlich lässt sich das machen.«

Das Mädchen blätterte im Zimmerbuch. »Sie haben Glück, Sir. Soeben ist ein Zimmer frei geworden. Sonst wäre es schwer, so mitten in der Touristensaison.«

»Aber es geht in Ordnung, das ist die Hauptsache.«

Auch wenn nicht gerade ein Zimmer frei geworden wäre - Eric Soames Zimmer -, hätte Merlin dafür gesorgt; seine Agenten in Singapur und Sydney hatten je ein Einzelzimmer reserviert, das dann im letzten Moment abgesagt worden wäre.

»Sie haben Ihre Pläne geändert?« fragte das Mädchen den Mann mit dem Fliegerschnurrbart.

»Ein wenig«, sagte John Eagle.

Als Eagle in Comptons Zimmer zurückkam, war der Chemiker wach. Die Augen des Mannes starrten sein lebendes Spiegelbild an. Nur die konnte er auch bewegen, sonst war er völlig gelähmt, von dem Mittel, das ihm Eagle eingespritzt hatte. Es kam ebenfalls aus einem von Merlins Labors.

Eagle setzte sich Compton gegenüber auf einen Stuhl.

»Njet probeewitjeh dweegawtsja.« Dann schüttelte er den Kopf. »Entschuldigen Sie - Sie sprechen ja nicht russisch.« Wieder benutzte er den orientalischen Akzent von vorhin. »Ich sagte: Versuchen Sie nicht, sich zu bewegen. Sie können es nicht. Ha-

ben Sie Angst? Blinzeln Sie zweimal mit den Augen für Ja, einmal für Nein.«

Comptons Augen zuckten zweimal.

Eagle nickte. »Das ist gut, Mr. Compton. Denn wenn Sie Angst haben, werden Sie nichts Unvernünftiges tun, das mich zwingen würde, Sie zu töten. Ich soll das nämlich möglichst vermeiden. Was mich betrifft, so wäre es mir schon recht, wenn Sie tot wären. Aber ich muss meinen Vorgesetzten gehorchen. Genauso wie Sie den Ihren. Also, es tut mir leid, und ich entschuldige mich dafür auch im Namen meines Chefs, dass ich hier einen wahrscheinlich großen Auftrag für Ihre Firma sabotiere. Aber meine eigene Aufgabe ist wichtiger als ein Auftrag für die Wenona AG. Sie möchten wohl wissen, um was für eine Aufgabe es sich da handelt...«

Comptons Augen blinzelten zweimal.

»Dachte ich mir«, sagte Eagle und lachte. »Aber was man nicht weiß, macht einem nicht heiß. Auf jeden Fall werden Sie morgen früh in dem großen Kleiderschrank aufwachen. Natürlich werden Sie sofort daran denken, Alarm zu schlagen. Bitte überlegen Sie sich das gut. Unsere Leute sind überall, und der hiesigen Polizei kann man nicht trauen. Gehen Sie auch nicht zum amerikanischen Konsulat. Dort wäre man schon auf der Suche nach Ihnen. Denn man wird bis dahin wissen, dass Sie - oder ein Mann, der wie Sie aussieht - etwas getan haben, das dem Geist der Zusammenarbeit, der augenblicklich zwischen Ihrem Land und dem im Norden von hier gelegenen vorherrscht, schadet. Ich nehme an, Sie verstehen mich?«

Wieder bewegten sich Comptons Augen schnell zweimal.

»Na also. Und jetzt haben wir zwei nichts mehr, worüber wir uns unterhalten können; ich werde also einen Wodka bestellen, und wir werden uns verabschieden.«

Eagle stand auf und Comptons Augen öffneten sich voller Furcht. Zwei Sekunden später schlossen sie sich wieder, als die Nadel der kleinen Spritze aus seinem Arm gezogen wurde. Eagle legte Compton so bequem wie möglich in den geräumigen Kleiderschrank. Aus Comptons Aktentasche entfernte er die wichtigsten Papiere und entnahm der Jackentasche den amerikanischen Reisepass.

Es gab noch mehr Papiere. Ja, zum Beispiel den Schnellhefter mit den Warenlisten der Wenona AG. Den legte Eagle in seine eigene Aktentasche. Außerdem das wichtigste Dokument: die offizielle Einladung der Volksrepublik China, an einen gewissen Cyril Compton adressiert, in welcher besagter Herr gebeten wurde, der Handelsmesse in Kanton beizuwohnen. Operation Orchidee, Phase eins, war beendet.

Nur noch eins wollte er tun, bevor er sich dem Schlaf hingab, für den sein Körper in den nächsten Tagen dankbar sein würde.

Er musste noch üben. Zwar hatte er die ganze Routine schon stundenlang in Lager drei geprobt, aber nicht mit den Kleidern, die er jetzt trug. Er hängte seine Stoppuhr an die Wand, drückte auf den Knopf und begann sich auszuziehen. Schuhe und Socken fielen in einer Bewegung von den Füßen. Eine zweite Bewegung: Gürtel ab, Reißverschluss der Hose herunter, Hose in einer fliegenden Bewegung vom Körper, dann das Hemd. Bis auf seine Unterhose war Eagle jetzt nackt. Dreiundzwanzig Sekunden. Nicht schlecht, aber auch nicht sehr gut. Wenn er bedachte, was nach dem Ausziehen noch zu tun war, dann musste er es in kürzerer Zeit schaffen. Er zog sich an, versuchte es noch einmal. Wieder dreiundzwanzig Sekunden.

Eagle fluchte. Noch einmal. Merlin hatte gelacht, als er ihn in Lager drei beobachtet hatte. »Bilden Sie sich doch ein, Sie seien in Ihrem Lieblingspuff!«

»Danke für die Blumen – ich habe besseren Geschmack!«

»Fein. Ich möchte auch nicht, dass Sie bei diesem Einsatz auf ein Seitengleis geraten. Übrigens: Hände weg von dem Mädchen! Wie ich den chinesischen Sittenkodex kenne, ist sie wahrscheinlich noch Jungfrau. Und das soll sie auch bleiben, verstanden? Ich weiß, was Sie bei anderen Einsätzen treiben – aber das darf bei diesem nicht passieren! Nicht mit diesem Mädchen, John!«

»Zur Kenntnis genommen. Ihre Orchidee wird sich als blütenweiße Jungfrau von mir verabschieden - wenn ihr Sittenkodex das so will...«

Orchidee. Himmlische Orchidee. Der Name gefiel Eagle. Ein vielversprechender Name für ein Mädchen. Er hoffte nur, dass sie diesem Versprechen auch gerecht wurde.

Drittes Kapitel

Außerhalb der Stadt Shih-hsing in der Provinz Kwangtung, etwa hundertachtzig Meilen von dem Ort entfernt, an dem John Eagle an sie dachte, kam die junge Frau, die einen so wohlklingenden Namen besaß, aus ihrem Zimmer in der Schlafbaracke, die wie eine Quonsethütte aus dem Zweiten Weltkrieg aussah. Hätte der Protoagent sie jetzt sehen können, wäre er wahrscheinlich der Meinung gewesen, dass der Name gut zu ihr passe. Es gibt keinen Laborkittel der Welt, den man sexy nennen kann. Trotzdem hatte dieses Mädchen durch etwas festeres Anziehen des Gürtels, durch den größeren Ausschnitt um den langen schlanken Hals es fertiggebracht, auch in dem formlosen Kleidungsstück eine Sexualität auszustrahlen, für die viele Frauen ein Vermögen ausgegeben hätten. Sie besaß eine fast knabenhafte Figur. Fast - denn mit den richtigen, wenn auch kleinen Rundungen an den rechten Plätzen hätte niemand sie für einen Knaben halten können. Sie war nur einen Meter zweiundfünfzig groß und hatte ein zierliches, ovales Gesicht, große schwarze Augen, lange Wimpern, seidenschwarzes langes Haar. In den schwarzen Augen stand ein melancholischer Ausdruck.

Aber nicht lange.

Sie war herausgekommen, weil es in der Baracke wärmer als sonst war. Sie hatte Überstunden gemacht, war müde, und trotzdem war ihr nicht nach Schlaf zumute. Die Sterne funkelten wie kalte Diamanten. »Die Sterne sind die Seelen unserer Vorfahren, die unser Schicksal lenken.« Aberglaube, aber selbst ihr Vater hatte ihr das beigebracht, und er war ein moderner Mensch gewesen. Ihr Vater...

Sie blickte zu den Sternen auf. »Bist du da oben, mein Vater? Führst du mich? Zeigst du mir aus der anderen Welt, wie ich mich verhalten soll?«

Sie hörte Schritte hinter sich. Der Laut brachte sie in die Wirklichkeit zurück. (»Was ist Wirklichkeit?«, hatte ihr Vater einmal gefragt. »Wirklichkeit ist das, was wirklich ist«, hatte sie geantwortet.)

Der uniformierte Mann, der vor ihr stehenblieb, war ein Teil dieser Wirklichkeit. Ebenso seine Stimme.

»Guten Abend, Tochter von Yang«, sagte er. Oberst Chou Ko-chu vom Geheimdienst des Volkes verbeugte sich höflich und nahm ihre Hand. Seine fühlte sich spröde an. Und obgleich Oberst Chou gerade erst Vierzig war, war »spröde« ein gutes Wort, um den ganzen Mann zu beschreiben. Dürr wie eine Vogelscheuche, mit einer Stimme, die ebenfalls so dünn und spröde war wie eine Schäferflöte.

Das Mädchen zitterte, als er ihre Hand in seine beiden nahm und zärtlich drückte.

»Guten Abend, Oberst Chou«, sagte sie ohne Erregung.

»Ich möchte Ihnen noch einmal mein tiefes Mitgefühl aussprechen - zu Ihrem schweren Verlust.«

»Es ist schon viel Zeit vergangen, und Zeit heilt Wunden.«

»Darüber bin ich froh. Drei Wochen sind vergangen, seit Ihr hochgeehrter Vater dieses Leben verließ. Ich hätte schon vorher zu Ihnen kommen sollen - aber es gab viel zu tun. Ich musste unser Projekt einige Wochen verlassen. Das Dahinscheiden des geehrten Dr. Yang bedaure ich zutiefst.«

»Sie sind ein vielbeschäftigter Mann«, sagte sie und schloss die Augen, als wäre sie von plötzlicher Trauer überkommen.

Nach einigen Sekunden sagte Oberst Chou: »Unser Land wird ihn sehr vermissen. Das Volk schuldet ihm viel.«

Sie lächelte nachdenklich. »Es machte meinem Vater Freude, für sein Land und sein Volk zu arbeiten. Er würde nicht das Gefühl haben, dass man ihm etwas schuldet.«

»Auch Ihnen, kleine Orchidee, schuldet das Volk viel. Kann ich Ihnen mit irgendetwas behilflich sein?«

»Mit nichts, Oberst Chou. Meine Arbeit füllt mich völlig aus.«

Er nickte. »Gewiss. Aber dieses Projekt wird eines Tages beendet sein. Was werden Sie dann tun?«

»Es wird andere Projekte geben.«

»Wahrscheinlich. Aber Sie könnten viel mehr vom Leben haben - wenn Sie es wünschen.«

Sie sah ausdruckslos in sein schmales Gesicht. »Ich arbeite für mein Volk dort, wo ich benötigt werde.«

Er kniff die Augen zusammen. »Das meinte ich nicht...«

»Ich weiß.«

Er seufzte. »Ohne Ihren geehrten Vater brauchen Sie jetzt jemanden, der sich Ihrer annimmt.«

»Ich bin zwanzig Jahre alt und daran gewöhnt, auf eigenen Beinen zu stehen.«

»Kleine Orchidee, ich meine einen Mann. Einen Mann, der sich wie Ihr geehrter Vater um Sie kümmern würde.«

»So einen Mann kenne ich augenblicklich nicht.«

Der Oberst kniff die Augen noch mehr zusammen. »Eine Frau wie Sie braucht Zuneigung, sie braucht einen Mann, der...«

»Oberst Chou, Sie haben wahrscheinlich Recht. Als Studentin im Biologiesemester habe ich gelernt, welches die sexuellen Bedürfnisse sowohl der Menschen als auch der Tiere sind. Ich bin mir auch meiner eigenen Bedürfnisse völlig bewusst. Aber im Augenblick bedarf ich nicht des männlichen Geschlechts. Mein Vater ist seit drei Wochen nicht mehr bei mir, und einen Ersatz für seine Liebe sehe ich noch nicht.«

»Ich wollte Ihnen kein Vater sein...«

»Auch dessen bin ich mir bewusst. Aber ich benötige augenblicklich einfach keine engere männliche Freundschaft.«

Er sah sie einen Augenblick schweigend an. »Verschließen Sie nicht die Tür, kleine Orchidee. Seit geraumer Zeit bewundere ich Sie und würde Sie gern näher kennenlernen. Glauben Sie mir, ich kann Ihnen vieles bieten.«

»Niemand bestreitet, dass Oberst Chou ein Mann von großem Einfluss ist«, sagte sie.

»Hat Ihr geehrter Vater jemals zu Ihnen über mich gesprochen?«

»Niemals!«, sagte sie, und ihre Augen blitzten.

»Manchmal hatte ich das Gefühl, er war mir nicht freundlich gesonnen.«

»Sie irren, Oberst Chou.«

»Dann ist die Tür also nicht verschlossen?«

»Es gibt keine Tür, die sich nicht öffnen lässt, wenn jemand den richtigen Schlüssel besitzt.«

Er ließ ihre Hand fallen. »Kleine Orchidee, ich nehme das als Ermutigung mit auf meinen schweren Weg. Es ist klug von Ihnen, mir diese Ermutigung zu geben. Aber es wird spät, die Pflicht ruft mich. Es wird noch andere Nächte geben - dann werden wir wieder miteinander sprechen. Leider bin ich kein sehr geduldiger Mann...« Er verbeugte sich lächelnd. »Sie ist einer meiner Nachteile, diese Ungeduld. Ich und viele andere hatten oft Grund, das zu bedauern.«

»Was ist Wirklichkeit?«, hatte ihr Vater gefragt.

Sie lag auf dem schmalen Bett in ihrem Zimmer, das klein, aber für ihre Bedürfnisse groß genug war. Wenigstens für ihre physischen Bedürfnisse. Was das Psychologische betraf, so wäre vor einiger Zeit noch nicht einmal das Dach des Universums zu hoch für sie gewesen. Es gab physische Wirklichkeiten und seelische, und beide waren voneinander verschieden.

»Wirklichkeit ist das, was wirklich ist«, hatte sie ihrem Vater geantwortet. Er hatte gelacht. In ihrem Vater waren ein ernsthafter Wissenschaftler und ein Mensch mit einem goldenen Sinn für Humor vereint. Viele seiner Handlungen zeigten das.

»Eine hypothetische Frage verdient eine indirekte Antwort«, sagte sie, aber er war anderer Meinung.

»Direktheit, meine Tochter, ist ganz im Gegenteil die einzig richtige Reaktion auf eine hypothetische Frage. Und außerdem war deine Antwort nicht indirekt. Sie war sowohl wahr als auch ohne Bedeutung. Manchmal, meine Tochter, glaube ich, Wahrheit und Bedeutungslosigkeit sind einander sehr ähnlich.«

Jetzt, als sie an die Decke ihres dunklen Zimmers starrte, wurde ihr klar, dass diese Unterhaltung von größerer Bedeutung gewesen war, als sie damals annahm. Es war nun zwei Monate her. Schon damals war ihr aufgefallen, dass ihr Vater sich verändert hatte. Es begann, als er aus Amerika zurückkehrte. Natürlich fühlte er sich geschmeichelt, als' man ihn auswählte, die Gruppe zu führen. Denn obgleich er Projektleiter war, bedeutete das nicht, dass nicht jemand anderer, der sich politisch mehr ausgezeichnet hatte als Dr. Yang, den Auslandsbesuch anführen konnte. Aber er hatte sich wirklich auf die Reise gefreut.

»Nach allem, was wir hier hören, müssen die Vereinigten Staaten das schönste und gleichzeitig das schrecklichste Land der Erde sein«, sagte er.

Auf dem Gebiet, das für Dr. Yang und seine Tochter von Interesse war, hatten die Amerikaner jedenfalls Großartiges geleistet. Sie hatten Wunder vollbracht, und um diese Wunder zu studieren, schickte man die Gruppe von Biologen unter Dr. Yang in den feindlichen Westen.

Ihr Projekt beschäftigte sich mit der Zucht eine neuen Art von Insekten, die von anderen Insekten lebten: von Pflanzenschädlingen, die in China für eine Anzahl von Missernten verantwortlich gewesen waren. Zwar arbeiteten viele sehr tüchtige Wissenschaftler an dem Projekt, aber es schien, als hätten die Amerikaner einen großen Vorsprung auf dem Gebiet der Insektenmutation; im Geiste der neuen Zusammenarbeit zwischen Ost und West kam also Dr. Yangs Gruppe als Beobachter nach Amerika.

Aber es war nicht der gleiche begeisterte Dr. Yang, der einige Wochen später nach Hause kam. Etwas an ihm war anders. Er sah seine Arbeit mit ganz anderen Augen an, unter ganz neuen Blickpunkten.

»Aber, Vater, die Arbeit, die wir hier vollbringen, ist doch für unser Volk sehr wertvoll!«, hatte sie damals noch gesagt. »Können wir China einen größeren Dienst leisten, als ihm bessere Ernten zu bescheren?«

»Das wäre wahrlich erstrebenswert, meine Tochter. Ich fürchte nur, dass das nicht das einzige Ziel unseres Projekts ist.«

»Aber bist du nicht der Projektleiter? Würdest du darüber nicht genau Bescheid wissen?«

»Schon, schon - ich bekomme regelmäßige Berichte über den Fortschritt, aber...« Er ließ das Ende des Satzes in der Luft hängen. »Kannst du mir erklären, meine Tochter, was an unserem Projekt einen Mann wie Oberst Chou interessieren könnte? Einen hohen Offizier ohne ein Fünkchen wissenschaftlicher Kenntnisse? Wie kommt es, dass ein Projekt dieser Art von einem Soldaten überwacht wird?«

»Es ist üblich, dass Armeeoffiziere...«

»Er ist Offizier des *Geheimdienstes*! Irgendwo gibt es einen Aspekt, der mir noch nicht klargeworden ist.«

»Könnte es sein, dass man versucht, falschen Gerüchten über uns vorzubeugen? Lügen? Du warst in Amerika, die Amerikaner könnten...«

»Unsinn. Die Menschen dort haben nichts gegen uns. Und unsere Beziehungen werden von Jahr zu Jahr besser. Wir leben einfach mit verschiedenen Ideologien. Nein, das ist nicht der Grund. Ich denke mehr an den Zweck unserer Arbeit hier: gesteuerte Genen-Mutation. Was wir zu erreichen versuchen und wahrscheinlich erreichen werden, könnte vielleicht auch bei Menschen angewandt werden...«

Sein Ton hatte sie geängstigt. »Glaubst du wirklich?«

»Ich weiß es nicht. Aber ich weiß, dass ich mir über Oberst Chou schon vor meiner Reise Gedanken gemacht habe. Ich habe mich entschlossen, mehr über ihn in Erfahrung zu bringen.«

»Vater, du musst vorsichtig sein! Solltest du einen Mann wie Oberst Chou beleidigen, kränken...«

Er hatte nur gelacht. »Ich bin ein alter Mann, meine Tochter zu alt, um jemanden zu kränken. Abgesehen davon - ich werde nur das tun, was meine Aufgabe ist: mich sehr genau mit dem Projekt befassen, dessen Leiter ich schließlich bin. Vielleicht nur etwas mehr als bisher.« Er wurde sehr ernst und neigte sich zu ihr. »Und weil ich eben ein alter Mann bin, habe ich deinetwegen einige Vorsichtsmaßregeln getroffen. Würdest du, wenn ich einmal nicht mehr bin, gern diesen Ort verlassen, kleine Orchidee?«

»Du meinst Shih-hsing?«

»Nein, ich meine China. Ich glaube, es würde dir in den Vereinigten Staaten gut gefallen, auch die Leute dort. Ich habe ein Anliegen an dich, meine Tochter.«

Sie verbeugte sich auf altmodische Art. »Dein Wunsch ist mir Befehl, Vater.«

Er legte eine weiche Hand auf ihre. »Du wirst deine englischen Sprachkenntnisse verbessern. Ich habe einige Bücher besorgt. Mit dem, was du in der Schule gelernt hast, wirst du bald sehr gut Englisch sprechen. Und sollte mir etwas zustoßen, dann ist es möglich, dass jemand dich abholt.«

Dass jemand dich abholt...

Und dann war ihm etwas zugestoßen, ganz plötzlich. So plötzlich, dass man fast hätte glauben können... Nein!

In einigen Zuchträumen standen große Tanks mit Sauerstoff und Wasserstoff. Sie wurden dazu benutzt, die Atmosphäre für die Larven zu stabilisieren. Dr. Yang war in einem dieser Räume allein, als aus bisher unbekanntem Grunde einer der Tanks explodierte. Der gesamte Flügel des Gebäudes wurde zerstört, als ob eine Bombe...

Aber nein - nein! Sie hatte es sich immer wieder gesagt: Er war ein zu wichtiger Mann bei diesem Projekt, ihn würde man nicht...

Oder hatte ihr Vater doch etwas gefunden - etwas, das er nicht hätte finden sollen?

Auf jeden Fall hatte sie sich auf das Erlernen der englischen Sprache konzentriert.

Dass jemand dich abholt...

Sie stand vom Bett auf. Jetzt konnte sie doch nicht einschlafen. Aber sie wusste, Oberst Chou war irgendwo da draußen. Also sah sie nur von dem schmalen Fenster in die mondklare Nacht hinaus. Die Leichtmetallbaracken, in denen die Wissenschaftler, die Techniker und die Insekten lebten, glänzten im Mondlicht. Die Insekten waren der Grund ihres Hierseins, ihrer Arbeit. Oder hatte ihr Vater recht gehabt, und es gab noch einen anderen Grund? Warum war das gesamte Terrain von einem hohen Drahtzaun umgeben, der elektrisch geladen war? warum gab es vier Wachtürme mit Maschinengewehren, die Tag und Nacht bemannt waren? Und warum so viele Wachen? Allesamt Leute des Oberst... Warum?

Vielleicht hatte ihr Vater doch recht gehabt, als er meinte, ein einfaches Projekt, das sich mit Insektenzucht befasste, müsste nicht militärisch bewacht werden. Denn ihr Vater war so plötzlich gestorben.

Es ist möglich, dass jemand dich abholt...

Viertes Kapitel

Der Mann mit dem Gesicht und dem Pass von Cyril Compton schloss die Augen, als hätte ihn das monotone Klickklack der Eisenbahnräder auf den Schienen eingeschläfert. 14.15 Uhr. Fast Zeit für Phase drei der Operation Orchidee. Er konzentrierte sich mit geschlossenen Augen vollkommen auf die Schwierigkeiten, die vor ihm lagen. Bisher war alles verhältnismäßig einfach und ungefährlich gewesen - die Sache mit Cyril Compton.

Danach hatte er gut geschlafen und erwachte früh genug, um das Hotel unbeobachtet, nur mit einer Aktentasche in der Hand, zu verlassen. Er nahm die Hafenfähre hinüber nach Kowloon und dann eine Taxe zum Bahnhof. Der Zug war bis auf die letzten Sitz- und Stehplätze besetzt, jede freie Fläche war außerdem mit den Körben, Paketen und Säcken der Fahrgäste gefüllt. Auf der britischen Seite gab es kaum Formalitäten. Nach Ankunft in Lo Wu musste alles aussteigen und über den Sham-Chun-Fluss auf einer Brücke zu Fuß in die Volksrepublik China gehen. Dort waren die Beamten erheblich strenger.

»Unser Land heißt Sie willkommen«, sagte der Zollbeamte und prüfte sorgfältig Eagles Pass, in dem der Name Cyril Compton stand. Dann besah er sich die Aktentasche, zuerst von außen, dann von innen.

»Warenmuster«, sagte Eagle, als der Beamte die kleinen durchsichtigen Ampullen mit weißen Schraubverschlüssen befingerte. »Ich repräsentiere eine Firma der chemischen Industrie.«

Der Beamte nickte, sah sich noch die Pillen und persönlichen Sachen in seinem Waschzeug an, blätterte durch den Schnellhefter. Auf einer Seite, die durch eine Büroklammer markiert war, sah er genaue zeichnerische Wiedergaben der kleinen Ampullen, in den Farben ihres Inhalts, mit Analysen der verschiedenen Chemikalien. Er verglich und war zufrieden. Schließlich befühlte er noch vorsichtig die ganze Mappe, um eventuelle Geheimfächer zu entdecken. Die waren zwar da, aber Eagle wusste, er würde sie nicht finden. Nachdem die Mappe entworfen worden war, hatte Merlin sie testen lassen. Er hatte den amerikanischen Zollbehörden einen Tip zukommen lassen, dass ein gewisser Mann versuchen würde, Edelsteine nach San Francisco zu schmuggeln. Der Mann, einer von Merlins Leuten, kam per Düsenmaschine aus Sydney, einem Knotenpunkt für internationale Schmuggler. Die Tasche wurde denn auch genau untersucht - aber das Geheimfach, das zu der Zeit nur gefalteten Stoff enthielt, wurde nicht entdeckt.

Ebenso wenig wie jetzt, da es ähnliches Material verbarg.

»Ich hoffe, es gefällt Ihnen in der Volksrepublik China, Mr. Compton«, sagte der Beamte und nahm sich den nächsten Grenzübergänger vor.

Eine Stunde später fuhr der viel sauberere und geräumigere Zug von der Brücke nach Kanton ab. Aus dem Lautsprecher kam Musik. Ende von Phase zwei.

Eagle öffnete die Augen. Es war 14.40 Uhr. »Entschuldigen Sie«, sagte er zu dem deutschen Geschäftsmann, der neben ihm saß. Er fuhr nach Kanton, um die Genossen an seiner Firma in Duisburg, einer modernen Stahlgießerei, zu interessieren. Eagles Blick zum anderen Ende des Wagens machte sein Ziel klar: das WC.

Als er in den Korridor schritt, bemerkte er, dass er genau von einem Soldaten in grüner Uniform beobachtet wurde, der vor der Tür der Toilette stand. Eagle konnte noch zwei weitere Soldaten in seinem Wagen sehen, einen davon ohne Gewehr, also ein Offizier. Durch die Glastür am Ende des Wagens entdeckte er zwei weitere Soldaten, je einen auf jeder Plattform der beiden Waggons. Drei. Das war die Anfangszahl, um die er sich sorgen musste. Nur machte man sich in seinem Geschäft keine Sorgen.

Er nickte dem Offizier höflich zu und bemerkte, dass er eine Pistole am Gürtel trug. Dann ging Eagle in die Toilette, verriegelte die Tür und wartete.

Das war alles. Er wartete einfach.

Eine Minute verstrich. Dann zwei.

Dann klopfte es höflich an die Tür. Nach dreißig Sekunden etwas weniger höflich. Eagle tat nichts, als den Sekundenzeiger seiner billigen Armbanduhr zu beobachten. Noch zehn Sekunden, dann hörte er den Laut des Nachschlüssels in der Tür. Leise öffnete sich die Tür nach außen, Eagle stellte sich so, dass er nicht gesehen werden konnte, dicht an das Waschbecken. Mit der Waffe in der Hand kam der Offizier in den winzigen Raum, vorsichtig. Aber Eagles Bewegung, als er den Arm mit der Pistole in einen eisernen Griff nahm, war dem Chinesen zu schnell - viel zu schnell. Sein Kopf kollidierte mit der Toilettenwand, den Bruchteil einer Sekunde, nachdem Eagle sein Handgelenk gebrochen hatte. Er hatte noch nicht einmal Zeit, einen Schmerzensschrei auszustoßen, da lag er schon bewusstlos am Boden, und Eagle hatte die Tür wieder geschlossen.

Er hob seine Aktentasche mit einer Hand auf, die Pistole des Offiziers mit der anderen. Es war die chinesische Imitation einer russischen Tokarev, welche wiederum eine Imitation der amerikanischen Browning ist. Nicht gerade die beste Waffe, aber sie würde reichen.

Bevor Eagle die Tür nach außen öffnete, nahm er eine Visitenkarte Comptons aus der Tasche und ließ sie auf den Boden fallen. Dann ging er zurück in den Korridor und sah sofort, dass der Offizier noch nicht vermisst worden war. Aber ein dicklicher Mann - anscheinend ein Engländer - stand und wartete, um ebenfalls die Toilette zu benutzen.

Jetzt musste Eagle sehr schnell handeln.

Er verstecke die Pistole unter der Aktentasche und öffnete die Tür zur Plattform. Er hatte sich einen kleinen Schnitzer geleistet: draußen standen drei Wachen. Der dritte Mann, den er vorher nicht gesehen hatte, war ebenfalls ein Offizier, wohl aus dem Nebenwagen.

»Guten Morgen«, sagte Eagle höflich auf Russisch zu dem ersten Soldaten, der in seine Richtung blickte. Aber der schüttelte bereits den Kopf, als wollte er andeuten, dass Fahrgäste sich nicht auf der Plattform aufhalten dürften. Er machte auch entsprechende Gesten mit seinem Gewehr. Eagles Stiefel traf ihn genau vor der Brust, er ließ das Gewehr klappernd auf die Plattform fallen und stürzte zu seiner großen Überraschung plötzlich aus dem Zug.

Noch vor dem plötzlichen Aussteigen ihres Kameraden hatten die beiden Soldaten auf der anderen Plattform gemerkt, dass etwas nicht stimmte. Der Soldat mit dem Gewehr wurde von dem ersten Schuss der Tokarev ins rechte Auge getroffen, der zweite Schuss traf den Offizier in die Schläfe. Der Offizier brach in der Ecke der Plattform zusammen, wo ihn niemand bemerkte. Der Soldat mit dem Gewehr aber lag mitten auf der Plattform, wo ihn jeder, der daran interessiert war, hätte sehen können.

Das war Mist. Aber Eagle konnte nichts daran ändern, er hatte nicht genügend Zeit, beide Leichen vom Zug zu werfen.

Denn jetzt kam eine kritische Phase.

Die Leiter außen am Wagen machte es ihm leicht, auf das Dach zu klettern. Schnell blickte er in beide Richtungen. Keine Wachen oben. Man hatte ihn vor dieser Eventualität gewarnt. »Aber sie hatten so wenig Unannehmlichkeiten auf diesem Zug in den letzten Jahren - da ist man etwas schlampig geworden«, hatte der Fachmann für China in Lager drei gesagt, und er hatte Recht behalten.

Zeit...

Während er auf dem Dach hockte, nahm Eagle seinen Gürtel ab und legte ihn wieder an, fädelte ihn aber gleichzeitig durch drei Schlaufen seiner Aktentasche. Dann starrte er in die Landschaft. Prima. Hügeliges Gelände. Hätte diese Phase etwas länger gedauert, dann wäre er jetzt schon im Flachland gewesen. Er wusste, der Zug würde in wenigen Minuten langsamer fahren: rotchinesische Lokomotiven schafften die Steigung nicht mit hoher Geschwindigkeit. Hoffentlich kam man inzwischen nicht auf den Gedanken, ihn auf dem Dach zu suchen. Jetzt musste man jede Sekunde entweder die Leichen auf der Plattform finden, oder der Engländer im Klo würde Alarm schlagen, wenn er merkte, dass er Gesellschaft hatte.

Eagle wettete auf den Briten, aber das war jetzt unwichtig. Er kam sich ziemlich nackt vor da oben und dachte mit Bedauern an seinen kugelfesten Anzug, der den meisten Kalibern widerstand. Aber das war nun mal ein Risiko, das er eingehen musste, um in sein Aktionsgebiet zu gelangen.

Himmlische Orchidee.

Er hoffte nur, dass sie dieses Risiko wert war!

Fünftes Kapitel

»Sie ist es wert«, hatte Merlin gesagt, als Eagle diesen Punkt erwähnte. »Abgesehen davon, haben Sie etwas Besseres zu tun?«

Eagle saß im Befehlsausgabezimmer von Lager drei, tief unter der Hitze des Death Valley. Der Protoagent starrte auf die Wand vor ihm, die aus mehreren Kinoleinwänden, Fernsehschirmen und Tonbandgeräten bestand. Das Ganze war durch direkte Kabel mit der Zentrale im Makaluha-Krater verbunden: ein Paradies für jeden, der Elektronik als Hobby betrieb. Nur war man hier an Hobbys nicht interessiert; alles hatte einen mehr oder weniger tödlichen Zweck. Während Eagle Merlins Stimme über Stereo hörte, sah er ihn nicht auf dem Bildschirm. Er hatte noch nie das Gesicht seines Arbeitgebers gesehen, und wahrscheinlich würde das auch nie passieren.

Hatte er etwas Besseres zu tun? Merlin kannte die Antwort auf diese Frage ganz genau. Auch Sampson wusste sie, der dafür hoch bezahlt wurde, dass er jederzeit wusste, wo John Eagle während jeder Sekunde seiner Freizeit war. Vor vier Stunden hatte Eagle in Manhattan die unwillkommene, krächzende Stimme Sampsons gehört. Über Telefon.

»Alarm Rot«, hatte Sampson gesagt. »Hoffentlich störe ich nicht.«

Eagle konzentrierte seine Ohren auf das Telefon, seine Augen auf die rosa Brustwarzen des süßen nackten Mädchens, das neben ihm lag und sich halb über ihn beugte. Auch Eagle hatte seine Kleider abgelegt.

»Ich kann's nicht glauben«, sagte er ins Telefon.

»Was kannst du nicht glauben – dass ich dich anrufe?«

»Doch, das glaube ich sofort. Aber dass du hoffst, du störst nicht.«

»Also - es tut mir in tiefster Seele leid«, sagte Sampson, und in seiner Stimme lag nun eine Spur von Sarkasmus.

»Gib mir noch eine Stunde«, sagte Eagle.

»Eine halbe.«

»Du hast ein Herz wie Butter...«

»Noch so eine Bemerkung, und ich gebe dir nur fünfzehn Minuten!«

»Eine halbe Stunde«, sagte Eagle und legte auf.

»Eine halbe Stunde«, sagte auch das Mädchen und seufzte.

»Johnny, es ist neun Uhr morgens, und ich habe mir den ganzen Tag freigenommen, damit wir beide...«

Eagle nickte. »Habe ich den Eindruck gemacht, als ob ich das nicht zu schätzen wüsste?«

Sie hieß Natalie, war Modezeichnerin, und sie lächelte nicht. »Als du das letzte Mal bei mir warst, passierte genau das gleiche. Warum feuerst du ihn nicht, diesen Sampson?«

Eagle lachte. Die süße kleine Natalie hatte keine Ahnung, in welcher Branche er beschäftigt war. Sie wusste nur, dass er ziemlich erfolgreich war und viel Geld verdiente. Aber Recht hatte sie. Beim letzten Mal war der Anruf Sampsons um zwei Uhr nachts gekommen.

Allerdings - beschweren konnte sie sich nicht. Während der letzten Nacht hatte er sie gut unterhalten. Mehrmals. Und sie hatte selbstlos mitgeholfen. Jetzt war es eigentlich an der Zeit, dass sie die Unterhaltung bestritt. Das sagte er ihr auch.

»Ich habe nur noch dreißig Minuten Zeit und davon brauche ich fünf zum Anziehen.«

»Dann will ich versuchen, schnell zu liefern«, sagte sie, während sie sich über ihn rollte.

Und dann unterhielt sie ihn.

Gekonnt.

Im Befehlsausgaberaum von Lager drei zog Eagle nur ein mürrisches Gesicht als Antwort auf Merlins Frage. Dass er das Gesicht seines Chefs nicht sah, bedeutete noch nicht, dass Merlin in Hawaii seinen Protoagenten nicht auf dem Bildschirm beobachten konnte. Denn eine Fernsehkamera summte in der Ecke und folgte Eagle auch, wenn er sich im Raum bewegte.

Er hatte nichts Besseres zu tun - von wegen.

Merlin amüsierte seine Reaktion.

»Wie lange haben Sie jetzt Ferien gemacht, Johnny?«

»Nicht ganz einen Monat, Sir.«

»Also sollten Sie etwas Bewegung machen. Nicht nur im Bett, Johnny. Sie müssen Ihr Russisch aufpolieren. Es würde der Operation nichts schaden, wenn unsere chinesischen Freunde glauben, unsere russischen Freunde seien für den Einsatz verantwortlich. Unser Sprachenfachmann wird für alles sorgen. Noch vor Ihrer Abreise in sechs Stunden... Die Ausrüstungsabteilung habe ich auch schon benachrichtigt. Leider wird Ihre Angriffstaktik diesmal etwas anders sein als sonst. Sie werden gleich sehen, warum.«

Danach kam Merlin direkt zum Thema. Auf der Leinwand erschien das Gesicht eines ältlichen Chinesen.

»Dr. Yang Kuan-hua. Ein hervorragender Wissenschaftler, Entomologe, ein brillanter Kopf.«

»Rotchinese?«, fragte Eagle.

»Ja - und tot.«

Dr. Yangs Gesicht verschwand. Dafür erschien das Foto einer Gruppe von Chinesen. In ihrer Mitte erkannte Eagle Dr. Yang.

»Vor sechs Monaten besuchten diese Wissenschaftler die Vereinigten Staaten, um unsere Methoden der Schädlingsbekämpfung durch Insekten zu studieren. Ich will Sie nicht mit Einzelheiten langweilen, die können Sie sich später noch auf Tonband anhören. Für uns ist wichtig, dass diese Leute sich hauptsächlich für Insekten interessierten, die von unseren Entomologen gezüchtet worden waren, um andere Schädlinge zu fressen. Als sie die Erlaubnis dazu erhielten, protestierte ich beim Minister, ohne

Erfolg. Die nationale Sicherheit sei nicht bedroht, sagte er. Aber er irrte sich ganz gewaltig.«

Eagle bemerkte die längere Pause und wusste, Merlin hatte sie extra eingelegt, damit er ihm gratulieren konnte. Er tat es nicht, weil er noch immer an Natalie dachte.

Ein weiteres Bild erschien.

»Das«, sagte Merlin, »ist eines der Insekten, die wir entwickelt haben. Ein wirklicher Killer. Die chinesische Delegation schien mächtig an ihm interessiert zu sein.« Rechts erschien jetzt ein zweites Bild. »Und hier haben wir etwas noch Neueres: Dieser kleine, hässliche Kerl frisst den Killer, den Killer, der wiederum Pflanzenschädlinge frisst. Können Sie mir folgen?«

»Nicht ganz. Warum sollten unsere Leute ein Insekt züchten, das nützliche Insekten vertilgt?«

»Sie haben sehr gut verstanden, Johnny. Wir nannten das Ding auf der rechten Seite *Mordteufel*, und es ist eine Erfindung der Chinesen. Das war der Grund für den Besuch Dr. Yangs und seiner Gruppe in Amerika! Sie benötigen eine Anzahl unserer kleinen Helfer, um ihrerseits deren Feinde zu züchten. Die Tatsache, dass wir dieses Foto haben, und die weitere Tatsache, dass die Mordteufel vereinzelt bereits in Getreideanbaugebieten der USA entdeckt worden sind, erfordert diesen Soforteinsatz. Sonst kann es eine Katastrophe geben.«

»Und wie ist es mit DDT oder einem ähnlichen Insektizid?«

»Die Chinesen sind nicht dumm. Sie haben dafür gesorgt, dass die unerwünschten Einwanderer dagegen völlig immun sind. Wir müssen einfach dafür sorgen, dass keine dieser Biester mehr in unser Land kommen!«

Eagle benötigte keine weiteren Gründe. Die Vereinigten Staaten und einige ihrer Handelspartner hingen mit ihrer Ernährung von steigender Getreideproduktion ab. Die Mordteufel konnten die Landwirtschaft in ein absolutes Chaos stürzen.

»Wir sind der Meinung, dass vorläufig nur sehr kleine Mengen dieser Killerinsekten eingeschleust sind. Wir müssen jetzt versuchen, die Quelle dieser Pest, die Zuchtanlage, zu finden und zu zerstören. Wir glauben zu wissen, wo diese Quelle liegt, sind aber nicht ganz sicher. Als Dr. Yang seinen Brief schrieb, wusste er es selbst noch nicht genau.«

»Dr. Yang war doch Chef der Delegation. Und Leiter des Projekts, wahrscheinlich.«

»Stimmt. Aber es wäre nicht das erste Mal, dass man drüben einen berühmten Wissenschaftler als Projektleiter einsetzt, während in Wirklichkeit ein ganz anderer der Drahtzieher ist. Mit einem berühmten Mann an der Spitze gewinnt auch ein teuflisches Komplott, für das wir dieses hier halten, Glaubwürdigkeit und Respektabilität. Aber bei allem Pech hatten wir auch etwas Glück: Dr. Yang hegte bereits während seines Besuchs hier Zweifel, und er schrieb sie nieder. In diesem Brief steht das Wesentliche - er wurde beim Sekretär der Entomologischen Gesellschaft hinterlegt, war aber an den Präsidenten selbst adressiert. Dr. Yang hinterließ die Anweisung, dass der Brief nur im Falle seines Todes an den Präsidenten weitergeleitet werden sollte. Der gute Doktor sorgte dafür, dass uns eine derartige Meldung, getarnt als fachwissenschaftliche Korrespondenz, erreichen würde. Aber das war schon nicht mehr nötig. Dr. Yangs Nachfolger, dieser Mann hier - er heißt Won Chi -, informierte uns ganz offiziell, dass Dr. Yang bei einem Unfall ums Leben kam. Unfall... Und Yangs Brief wurde vom Präsidenten mit großem Interesse gelesen.«

Auf der Leinwand erschien eine Vergrößerung des Briefes:

Sehr geehrter Herr Präsident,

ich hoffe aus tiefster Seele, dass dieser Brief Sie nie erreichen wird. Denn das würde bedeuten, dass meine Lebensaufgabe und der Geist der Zusammenarbeit zwischen unseren Ländern verraten worden ist. Vielleicht bin ich nur ein dummer, alter Mann, aber ich habe ein inneres Gefühl, das mich zum Schreiben zwingt.

Dumm, weil ich nur einen Verdacht hege, keine wirkliche Kenntnis von einem Komplott habe, obwohl ich überzeugt bin, dass es existiert. Deshalb halte ich es für meine Pflicht, Ihnen mitzuteilen, was ich weiß:

Es ist durchaus möglich, dass unser Projekt in Shi-hsing nicht nur der Entwicklung von Schutzinsekten dient. Was der weitere Zweck sein könnte, ist mir erst kürzlich aufgefallen. Versuche mit Gensteuerung bei Insekten könnte auch bei größeren Tieren angewendet werden, sogar beim Menschen. Bisher habe ich noch keine Versuche mit anderen Tieren beobachtet, aber es ist möglich, dass es Versuchsanstalten in anderen Teilen der Welt gibt, die sich damit beschäftigen.

Es ist ferner möglich, dass die Resultate unserer Experimente zur biologischen Kriegsführung benutzt werden. Es ist kein Geheimnis, dass Insekten die Träger von natürlichen und unnatürlichen Krankheiten sein können. Auch unsere Militärs sind mit dieser Tatsache vertraut. Sollte dieser Brief Sie erreichen, wissen Sie, dass ich nicht mehr unter den Lebenden weile. Es ist dann anzunehmen, dass mein Tod von denen arrangiert wurde, die in Wirklichkeit hinter unserem Projekt stehen. Wirklichkeit. Was ist Wirklichkeit? Eine wichtige Frage, und eine Antwort darauf werden Sie auf beiliegendem Foto finden. Das Mädchen heißt Himmlische Orchidee. Es ist meine Tochter und Vertraute und ebenfalls Entomologin in Shi-hsing. Mein einziger Wunsch ist, dass Sie meine Tochter nach Amerika kommen lassen. Wahrscheinlich kann sie Ihnen wertvolle Informationen geben, wenngleich ich auch an ihr persönliches Glück denke. Ich möchte, dass sie in Amerika aufwächst.

Ich werde ihr sagen, dass sie im Falle meines Todes jemanden erwarten soll, aber ich habe auch noch einen Brief für sie beigelegt. Sie wird dem Überbringer dieses Briefes ihr Vertrauen schenken. Um sich auszuweisen, soll er sie nur fragen: Was ist Wirklichkeit? *Sie wird ihn verstehen.*

Herr Präsident, ich kann Sie nicht um Vergebung bitten, falls ich mit allen meinen Annahmen Unrecht habe. Denn nur ich werde es dann wissen.

Mit größtem Respekt, Yang Kuan-hua

»Okay«, sagte Eagle, »ich habe den Brief gelesen. Was steht in dem Begleitbrief?«

»Er ist sehr kurz. Dr. Yang sagt ihr darin nur, dass er es für gut hält, wenn sie ein neues Leben in Amerika beginnt.«

Der Brief verschwand von der Leinwand, eine Karte Chinas erschien, und links davon das Foto eines Mädchens. Eagle sah sich die Karte erst an, als das Foto des Mädchens wieder ausgeblendet war.

»Ein hübsches Kind, Johnny«, sagte der alte Mann lachend, »aber Sie müssen bedenken: Sie könnte Kommunistin sein und sehr gefährlich.«

»Werden wir sie herausholen?«

»Sie sollen es versuchen. Wir kennen das Geheimprojekt, aber wir wissen nicht, wo die diversen Zuchtstätten der Mordteufel sind. Vielleicht weiß es das Mädchen - besonders wenn es Verdacht geschöpft hat, was den Tod ihres Vaters betrifft. Ihre Aufgabe ist es, das Projekt in Shih-hsing völlig zu zerstören und das Mädchen mit herauszubringen.«

Eagle dachte einen Augenblick nach. »Sie sind ganz sicher, dass es noch weitere Brutstätten gibt?«

»Nicht sicher. Aber man kann die Mordteufel nicht tiefgefroren in die Staaten schmuggeln und auch nicht in Behältern, weil sie nur kurze Zeit leben. Sie würden alle auf dem Transport sterben.«

»Also...«

»Also muss es Brutstätten auf der westlichen Erdhälfte geben, wahrscheinlich ganz in unserer Nähe. Eile ist geboten.«

Auf der Karte Chinas erschien jetzt ein rotes Kreuz, das einen Ausschnitt markierte, der dann auf Karten größeren Maßstabs erschien. Auf einer sah man das Gelände um Shih-hsing. Auf der zweiten war hauptsächlich der Verlauf der Eisenbahn von Hongkong nach Kanton eingezeichnet. Und dann erschien ein weiteres Foto, das einen Mann von etwa vierzig Jahren zeigte.

»Das ist der Mann, nach dem Sie Ausschau halten müssen, Johnny. Er heißt Cyril Compton und ist Chemiker...«

Sechstes Kapitel

Als die Bremsen zu kreischen begannen, war Eagle bereit. Aus seiner hockenden Stellung heraus war es leicht, den Schwerpunkt auf seine Hände zu verlagern. Sowie er das getan hatte, setzte er seinen Plan in die Tat um - und zwar schnell.

Ein schnell fahrender Zug kommt nur langsam zum Stehen, aber Eagle hatte keine Absicht, darauf zu warten. Auf beiden Seiten des Gleises würde es bald von grünen Uniformen und Gewehren wimmeln; nur würden die Chinesen warten, bis der Zug angehalten hatte. Eagle dagegen nicht.

Er kroch schnell zum Vorderende des Dachs, sprang dann über die Plattformen auf den nächsten Wagen. Bremsen und Räder machten solchen Lärm, dass man den Aufschlag seiner Stiefel kaum hören konnte. Er rannte noch weiter nach vorn und wartete. Jetzt...

Der Zug fuhr immer langsamer, und Eagle ließ sich vorsichtig auf die Plattform des Wagens fallen. Noch im Absprung sorgte er dafür, dass einer seiner Stiefel den untenstehenden Posten am Hals erwischte, Zehe gegen Kehlkopf. Der Posten auf der gegenüberliegenden Plattform hatte noch nicht einmal Zeit, sein Gewehr zu heben - da war Eagle schon abgesprungen. Er landete neben den Schienen auf seiner rechten Schulter, rollte über die Hüfte ab, einmal und noch einmal. Durch die Aktentasche wurde die Landung nur etwas erschwert, aber peinlich war es, dass die Tokarev ihm aus dem Gürtel rutschte und etwa vier Meter von ihm entfernt liegenblieb. Vier Meter waren zu weit, wie er herausfand, als er versuchte, an die Waffe heranzurobben. Die Kugel, die nur wenige Zentimeter von seiner ausgestreckten Hand in den Lehmboden schlug, belehrte ihn eines Besseren. Eagle warf sich platt auf den Boden und ließ sich vom Bahndamm rollen. Er konnte hören, dass der Zug jetzt angehalten hatte, aber er sah bisher nur einen Uniformierten auf den Schienen, wahrscheinlich den Posten von der Plattform, den er nicht hatte unschädlich machen können. Der hatte ihn bereits gesehen und zielte auf ihn. Die Kugel ging daneben, aber sie würde bald Gesellschaft haben, und nach dem Gesetz der Serie musste eine der Kugeln ihr Ziel finden.

Es war Zeit, die Party zu verlassen - mit oder ohne die Tokarev.

Das Gelände längs der Bahn bestand aus Bodenwellen, die wiederum von kleineren Gräben durchschnitten wurden. Das Ganze sah aus wie eine riesige Farm, auf der man mit dem Pflügen begonnen hatte, nur war die Natur in diesem Falle der Pflüger gewesen. Das hatte schon Merlin erwähnt, als man sich im Lager drei die stark vergrößerten Aufklärungsfotos angesehen hatte.

Diese Graben-Tal-Grat-Struktur des Geländes passte Eagle gut in seinen Plan, denn als die Kugeln wie Hagel in seine Richtung flogen, gaben ihm die Kämme und Gräben vollkommene Deckung. Nur Querschläger bedeuteten einige Gefahr - aber die würde nicht lange dauern.

Eagle rannte einen der Gräben entlang - in der Richtung, aus der der Zug gekommen war. Am Ende des Grabens zählte er bis sieben (sieben hielt er für seine Glückszahl) und sprang dann über den niedrigen Kamm in den nächsten Graben. Er war gesehen worden, um ihn herum peitschten Kugeln den Boden. Rennen, wieder zählen, springen - und die Kugeln hörten sich an wie ein Stahlgewitter. Es war gut, dass man auf ihn schoss. Denn Soldaten, die schießen, rennen nicht. Also vergrößerte er die Distanz zwischen sich und ihnen.

Aber man wusste nicht, was ihnen noch einfallen mochte; also war es an der Zeit, Operation Lieblingspuff zu beginnen.

Er rannte nicht weiter, nachdem er zum dritten Mal die Gräben gewechselt hatte. Hinter einer besonders hohen Bodenwelle hielt er an. In Sekunden hatte er Jacke, Hose und Stiefel ausgezogen und warf sie auf den Boden. Seine beste Zeit im Hotel war achtzehn Sekunden gewesen. Jetzt, da die Soldaten in der Nähe waren, schaffte er es in viel kürzerer Zeit - aber eine Stoppuhr hatte er diesmal nicht dabei.

Er hörte einen Laut. Keine Schritte, keine Stiefel auf hartem Erdboden. Es war ein metallisches Geräusch und erinnerte Eagle an etwas, das er kürzlich in einer amerikanischen Zeitung gelesen hatte; der Autor war ein chinesischer Politiker gewesen: »Wir haben keine Benzinkrise in China, denn wir besitzen nicht sehr viele Autos. Chinesen benutzen ihre Beine - oder Fahrräder.«

Das Geräusch stammte von einem Fahrrad. Sogar von zwei Fahrrädern. Komisch, dass Merlin nicht erwähnt hatte, die Soldaten könnten auf dem Zug Fahrräder mitführen. Nein, komisch war es unter den Umständen eigentlich nicht. Ein nackter John Eagle, der aussah wie ein nackter Cyril Compton, blickte den langen Graben hinunter, der in der Ferne einen Bogen beschrieb. Aus Richtung der Kurve kam das scheppernde Geräusch der Fahrräder.

Also gut - wenn unsere lieben chinesischen Freunde so scharf darauf sind, unsere Warenmuster zu sehen - bitte.

Geschwind öffnete er die Aktentasche und entnahm ihr eine winzige Glasampulle. Der Inhalt war purpurfarben. Aber das reichte nicht. Er nahm eine andere Ampulle, die etwas Grünes enthielt, dann eine zweite. Die weißen Verschlusskappen drehte er bis zum Anschlag nach rechts: Aufschlagzündung. Jetzt brauchte er nur auf das Ziel zu warten...

Der kleine Mann, der voranfuhr, fiel fast vom Fahrrad, als er hinter der Kurve einen nackten Mann vor sich sah. Einen weißen nackten Mann, der den Arm hob, als wollte er etwas werfen... Er drehte sich im Sattel, um dem zweiten Radler einen Befehl zuzurufen. Aber der Befehl wurde nicht gerufen und nicht gehört. Gehört und gesehen wurde nur eine orangefarbene Explosion - und danach gab es nur zerfetzte Körper und zerschmetterte Fahrräder. Sekunden später folgte eine zweite Explosion, von der zeitgezündeten Minigranate, die Eagle zuvor in einen Graben näher am Zug geworfen hatte. Diese zweite Explosion würde einige Verwirrung anrichten.

Aber jetzt an die Arbeit...

Mit der Rasierklinge aus seinem Apparat schlitzte er die Seite der Aktentasche auf und zog das flache Bündel aus hauchdünner Plastik heraus. Es bestand aus zwei Teilen, beide waren identisch. Einen Teil legte er für den Augenblick beiseite. Den zweiten Teil faltete er flach auf dem Boden auseinander: einen kompletten Anzug aus Plastik, der den Körper eines Mannes vom Scheitel bis zur Sohle bedeckte. Eine kaum spürbare, zweite Haut. Dieser Anzug hatte mehrere nützliche Eigenschaften. Er widerstand den meisten Kalibern und war so klimatisiert, dass der Träger stets in einer komfortablen Mitteltemperatur lebte. Drittens aber: Das Ding war verdammt schwer anzuziehen!

Eagle hatte beide Beine und den linken Arm im Anzug, als er ein drittes Fahrrad hörte. Er bückte sich schnell und nahm eine grüne Ampulle zur Hand, drehte die Kappe nach rechts und steckte sich die Ampulle zwischen die Zähne. Sein rechter Arm glitt in den leeren Ärmel, der Handschuh am Ende war kaum fühlbar. Eagle zog den fadendünnen Reißverschluss nach oben. Jetzt musste er nur noch Kapuze und Gesichtsmaske überstreifen, was etwas mehr Zeit erforderte.

Aber vorher gab es noch etwas zu tun. Eagle hörte, wie das Fahrrad angehalten wurde, wie Schuhe mit Erde in Berührung kamen. Etwa fünfzehn Meter nördlich von ihm, in dem Graben zu seiner Rechten. Über dem Kamm tauchte ein gelbes Gesicht auf - der Chinese stieß einen Triumphschrei aus, seine Pistole bellte zweimal. Er war ein schlechter Schütze, eine seiner Kugeln ging um drei Meter daneben. Aber die zweite schlug gegen Eagles Schenkel und prallte ab, obwohl der Mann wusste, er hatte getroffen. Während er noch den Bruchteil einer Sekunde über dieses Phänomen nachdachte, landete die grüne Ampulle zu seinen Füßen - und er flog in die Luft.

Eagles Hand tastete schon hinter seinem linken Knie herum. Der Anzug hatte nämlich noch eine weitere Eigenschaft: Er tarnte seinen Träger vollkommen, sowie das Chamäleon-Element eingeschaltet war. Genosse Chamäleon hatte bisher nur einmal versagt: als Eagle mit einer Hochspannungsleitung in Berührung kam und der Anzug ihn zwar vor dem Tod durch Starkstrom bewahrte, die Farbanpassung an die Umgebung aber plötzlich nicht mehr funktionierte, was recht peinlich war, weil er seinen Verfolgern plötzlich sichtbar wurde. Merlin war wütend über diese Panne gewesen und hatte das Chamäleon-Element völlig neu durchkonstruieren lassen. Das Modell, das Eagle jetzt benutzte, widerstand auch elektrischem Strom und glich sich innerhalb von Sekunden so der Farbe seiner Umgebung an, dass eine perfekte Mimikry erreicht wurde. Nur wenn man sich gegen sehr helles Licht stellte, entstand ein Silhouetten-Effekt. Aber vorläufig gab es noch nichts Besseres, auch nicht in Merlins Labor: das Chamäleon-Element war nur so groß wie eine mittlere Münze.

Eagle stellte die Kontakte her und war nicht mehr zu sehen. Er entleerte die Aktentasche und verteilte deren Inhalt in verschiedene strategisch platzierte Taschen seines Anzugs. Dann hob er den zweiten Tarnanzug vom Boden auf und befestigte ihn an seinem eigenen. Auch er nahm sofort die Farbe seiner Umgebung an. Eagle würde diesen Anzug erst in zwei oder drei Tagen benötigen.

Er ließ die Aktentasche liegen. Jetzt war er kampfbereit. Aber noch konnte er Phase drei nicht beenden.

»Phase drei besteht nicht nur aus Ihrem Entkommen vom Zug, Johnny. Bevor Sie sich Ihren weiteren Aufgaben widmen, müssen Sie noch eine kleine Schau abziehen. Sie müssen so viel Staub aufwirbeln, dass die Leute in Peking eine Großfahndung nach dem *Sabotagetrupp* in die Wege leiten. Erst dann können wir sicher sein, dass man Comptons Karte finden wird. Man wird die Wachen auf dem Zug befragen und hören, dass Sie zu einem der Männer russisch gesprochen haben. Erst dann wird man auch von Compton hören, dass Sie mit ihm ebenfalls russisch gesprochen haben.«

»Und wie werden sie das herausfinden?«

»Über ihren Doppelagenten im amerikanischen Konsulat. Er glaubt, wir wissen nicht, dass er für beide Seiten arbeitet...«

Eagle hatte noch Zweifel. »Aber, Sir, Sie haben mir doch extra eingeschärft, dass ich Compton raten soll, nicht zum amerikanischen Konsulat zu gehen.«

»Genau - aber Sie werden ihm auch mitteilen, dass unser Konsulat ihn wahrscheinlich suchen wird. Das wird ihm ganz schön Angst einjagen. Der Mann hat weder einen Pass noch Geld. Wenn ihn die Furcht nicht zum Konsulat treibt, dann wird es die Notwendigkeit tun.«

»Eigentlich tut mir dieser Compton leid.«

Merlins Stimme war ernst. »Mir auch, Johnny, mir auch. Aber für jeden kommt mal der Augenblick, da er etwas für sein Land tun muss. Mr. Cyril Compton weiß es zwar nicht, aber wir führen hier so eine Art Krieg - und er wird rekrutiert. Hoffentlich wird er eine wirklich gute Vorstellung geben.«

Eine gute Schau...

Er hatte vier Soldaten auf dem Zug umgelegt. Seine Minigranaten hatten drei weitere erledigt, und möglicherweise hatte er auch noch einige mit der Ampulle erwischt, die er zeitgezündet hatte. Das war schon eine recht zufriedenstellende Schau. Oder? Dieser Teil des Einsatzes rangierte eigentlich unter Öffentlichkeitsarbeit, und davon verstand er nicht viel.

Er bewegte sich vorsichtig und unsichtbar im Graben, zurück in Richtung des Zuges. Sein von Apachen trainiertes, ultrasensitives Gehör identifizierte mehrere Paare von Stiefeln, die in seine Richtung liefen.

Der erste Soldat kam langsam und vorsichtig um die Ecke. Der Mann, der gesucht wurde, hatte schließlich Explosivstoffe bei sich, und er konnte hinter jeder Ecke des Grabens lauern. Er selbst hatte noch vor fünf Minuten die Meinung vertreten, dass es Unsinn sei, in den Gräben zu laufen - es wäre weitaus sicherer, oben von den Kämmen Ausschau zu halten.

»Großartige Idee!«, hatte der Feldwebel gesagt. »Damit dieser Bursche uns noch leichter sehen kann! Ich nehme an, du meldest dich für diesen Selbstmordeinsatz freiwillig?« Er hatte den Kopf geschüttelt, und der Feldwebel hatte gesagt: »Siehst du, darum bin ich Feldwebel und du nur Gemeiner!« Er war losgegangen, vorsichtig, als Gruppenführer von sechs Mann. Alle waren mit Gewehren bewaffnet, alle bis auf den letzten Mann. Aber das war natürlich der Feldwebel, und der hatte eine Pistole. Feldwebel führten nur selten vorn. Ja, an dem, was der Feldwebel gesagt hatte, war etwas dran. Das Problem eines Soldaten war, lange genug zu leben, um Feldwebel zu werden. Wenn es dann brenzlig wurde, konnte man von hinten anführen, während sich vorn die Untergebenen die Gedärme aus dem Leib schießen ließen...

Vorsichtig.

Mit den Augen maß er die Entfernung zwischen sich und der nächsten Grabenbiegung. Es gab ja auch kleine Minen, auf die man treten konnte... Der Soldat hinter ihm stieß ihn ungeduldig mit dem Gewehr in den Rücken; er drehte sich um und zog eine Grimasse. Die Kerle schienen es ganz schön eilig zu haben, ihn tot zu sehen. Die Kapitalistenschweine! Und die russischen Revisionisten-Strolche! Aber wo war da schon der Unterschied für einen gemeinen chinesischen Soldaten? Und jetzt sagten die in Peking, dass die Amerikaner Freunde seien. Sehr seltsam... Aber ihm passte das gut, er wollte sich mit niemandem herumschlagen.

Aber wie, in Maos Namen, konnte dann ein einfacher Soldat wissen, wer Freund war und wer Feind? Antwort: Das konnte er nicht wissen, er tat einfach seine Pflicht. Und was diese Pflicht war, das sagte ihm sein direkter Vorgesetzter. In diesem Falle der Feldwebel ganz hinten, der jetzt rief: »Los, vorwärts, worauf wartest du?«

Der Soldat verschluckte seine Furcht und ging vor. Er fühlte, wie sich etwas zwischen der Wand des Grabens und ihm bewegte. Dann ergriff etwas seine Arme - und hob ihn einen halben Meter in die Höhe! Der Soldat protestierte lauthals, und auch die anderen begannen, etwas zu merken. Und dann geschah etwas sehr Seltsames: Seine Waffe feuerte.

Seine Waffe feuerte!

Der Soldat, der direkt hinter ihm gestanden hatte, fiel rücklings zu Boden, in der Stirn ein blutiges Loch. Mit wutverzerrtem Gesicht brüllte der Feldwebel ihn an, als das Gewehr, das eine unsichtbare Macht wie in einem Schraubstock hielt, noch einmal sprach. Ein zweiter Soldat fiel.

»Ich schieße gar nicht - so glaubt mir doch - ich bin das nicht!«, kreischte der Soldat, aber man glaubte ihm nicht. Zwei Gewehre und die Pistole des Feldwebels entluden sich gleichzeitig in seinen Körper.

Der für die Soldaten unsichtbare Protoagent griff die drei Überlebenden an. Mit dem rechten Handrücken schlug er scharf gegen die Schläfe eines Mannes, sein linker Stiefelabsatz zerschmetterte den Unterkiefer eines zweiten. Der Feldwebel mit der Pistole floh schreiend, in panischer Angst. Aber Eagle war schneller. Sein Fuß brach die Wirbelsäule des Mannes.

Eagle hob die Pistole auf, wieder eine Tokarev. Im Gürtel des Feldwebels staken außerdem noch drei volle Magazine. Eagle verstaute die Munition in verschiedenen Taschen des Chamäleon-Anzugs und betrachtete die Leichen. Sechs weitere, das machte alles in allem dreizehn. Reichte das nicht für die befohlene Schau? Selbst wenn dreizehn eine Unglückszahl war? Er kletterte auf den Rand des Grabens und sah in die Landschaft. Schöne Gegend - bis auf die große Gruppe von Soldaten, die da in seine Richtung lief. Kein Wunder, bei dem Lärm, den er gemacht hatte. Wie ein Bienenschwarm kamen sie über das Feld. Gut - nur dieses Mal würden die Bienen gestochen werden.

Die Tokarev stach sofort drei, dann klickte sie nur noch - das Magazin war leergeschossen. Eagle überlegte, ob er eins der Reservemagazine benutzen sollte, ließ es dann aber sein. Munition war wertvoll, und außerdem war er der Meinung, dass sechzehn Tote genügten.

Er ließ sich auf die Grabensohle gleiten, verstaute die Pistole und begann in regelmäßigem, ziemlich schnellem Laufschritt, die Szene zu verlassen. Die Maske zog er vom Gesicht, um freier atmen zu können. Er lief in östlicher Richtung, aber bald musste er gegen Norden abdrehen. Das Gebiet hatte er in Lager drei genau studiert - er wusste, es war nicht nötig, die gesamten 140 Meilen, die ihn von seinem Ziel trennten, zu Fuß zurückzulegen. Sollte das doch zweckmäßig sein, konnte er es in drei Tagen schaffen. Als junger Mann hatte er im Indianer-Reservat gelernt, wie man lange Entfernungen schnell zu Fuß zurücklegte.

Vorläufig aber hatte er noch keine festen Pläne. Phase drei war beendet, er war vom Zug weg, er war frei in Rot China...

Mit der rechten Hand schlug er die Manschette seines Anzugs zurück, Auf der Innenseite war sein Zeit- und Navigationsinstrument, gleichzeitig auch zum Signalisieren zu gebrauchen. Im Labor hatte man das Ding seines Aussehens wegen *Heftpflaster-Uhr* getauft. Es war jetzt 15.30 Uhr, und alles schien in bester Ordnung.

Sechzehn Tote lagen hinter ihm. Da war es ein schönes Gefühl, noch zu leben, sich frei wie der Wind zu bewegen, in aller Ruhe die Entfernung zwischen sich und dem Mädchen, das ihn erwartete, zurückzulegen.

Wäre er allerdings in der Lage gewesen, die Gedanken dieses Mädchens zu diesem Zeitpunkt zu lesen, dann wäre er etwas weniger selbstzufrieden gewesen.

Siebtes Kapitel

Sie betrachtete den Mann, der ihr am Schreibtisch gegenübersaß, und versuchte, Mitleid für ihn zu empfinden. Schließlich war Won-Chi jetzt Projektleiter, und man hätte ihn respektieren sollen oder wenigstens so tun. Aber er saß da, ganz wie einst ihr Vater, und bat sie, ihm zu helfen, für ihn zu intervenieren. »Das können die doch nicht tun!«, rief er fast wie ein quengelndes Kind.

»Ich sehe nicht ein, was...« Aber sie wurde sofort unterbrochen.

»Sie bringen die Larven weg, ohne mich auch nur zu fragen! Mich! Bin ich nicht der Projektleiter?«

Sie lächelte. »Ja, Sie sind Projektleiter.«

Der dicke Mann bemerkte den Unterton.

»In keiner Weise sollte das bedeuten, dass Ihr geehrter Vater...«

»Aber Sie sind doch der Projektleiter«, wiederholte sie. »Warum kommen Sie dann zu mir? Ich habe keinen Einfluss mehr.«

Er ließ eine Pause eintreten. »Ich möchte Sie in keiner Weise verletzen, aber ich hatte den Eindruck, als sei Ihr Einfluss viel größer, als Sie zugeben.«

Als sie ihm antwortete, war ihre Stimme eiskalt: »Bin ich ohne mein Wissen in eine einflussreiche Stellung befördert worden? Das ist kaum anzunehmen.«

Er schüttelte den Kopf. »Sie missverstehen mich...«

»Dann haben Sie nicht sehr deutlich formuliert, Won-Chi.«

»Möglicherweise nicht.« Der Mann wischte sich die Schweißperlen vom Gesicht. »Aber man hat mir zu verstehen gegeben, dass Sie großen Einfluss auf eine gewisse Person in gehobener Stellung haben.«

»Und welche Person soll das sein, Won-Chi?«

»Man erwähnte Oberst Chou.«

»So, so, Oberst Chou«, sagte sie ruhig. »Seien Sie versichert, Won-Chi, man hat Sie falsch informiert. Aber ich werde mir trotzdem anhören, was Sie vorzubringen haben.«

»Er hat Befehl gegeben, die Larven zu entfernen, sie wegzubringen...«

»Das sagten Sie schon, Won-Chi.«

»Aber wohin werden sie gebracht? Und warum? Unsere Erfahrungen haben uns gelehrt, dass genau hier die günstigsten klimatischen Verhältnisse bestehen, junge Larven zu züchten - Teste auszuführen. Wie Sie wissen, Miss Yang...«

»Vielleicht weiß Miss Yang das nicht.«

Won-Chi erbleichte, als er sich umdrehte und hinter sich den lächelnden Oberst Chou im Türrahmen stehen sah.

»Genosse Oberst, ich - ich...«

»Sie haben nicht angeklopft, Oberst Chou«, sagte das Mädchen mit ruhiger Stimme.

Der Mann in Uniform verbeugte sich formell. »In meinem Eifer, die mir gestellten Aufgaben so schnell und so perfekt wie möglich auszuführen, vergesse ich manchmal meine guten Umgangsformen. Ich hoffe, Sie werden mir verzeihen.«

Orchidee neigte kaum merkbar den Kopf. »Ich habe Ihnen nichts zu verzeihen. Schließlich haben Sie nicht mich unterbrochen.«

In den Augen Chous sah sie etwas, das sie an einen Blitz erinnerte - an einen schwarzen Blitz. Aber das war nur vorübergehend, dann lächelte er wieder.

»Natürlich wollte ich nicht die gelehrten Sätze unseres geehrten Projektleiters unterbrechen. Bitte, fahren Sie fort, Won- Chi.«

»Es war nichts von Bedeutung, Genosse Oberst.«

»Ich verstehe. Wissenschaftler haben ihre kleinen Geheimnisse.«

»Nein, ganz gewiss nicht. Ich sagte nur - ich sagte nur...«

»Macht nichts. Ich kam hierher, weil man mir sagte, ich würde Sie wahrscheinlich bei Miss Yang finden. Ich möchte mich mit Ihnen über gewisse neue Entwicklungen unterhalten. In meinem Büro. In einer halben Stunde. Bitte seien Sie pünktlich...«

»Sehr wohl, Genosse Oberst...«

Als der Oberst die Tür hinter sich schloss, schien der dickliche Projektleiter einer Ohnmacht nahe.

»Es sieht so aus, als hätten wir nichts mehr zu besprechen, Won-Chi. Anscheinend will man Sie doch um Ihren Rat bitten. Im Büro des Obersts, in einer halben Stunde.«

»Miss Yang...«

»Die Verwaltung dieses Projekts ist nicht Teil meiner Aufgabe. Ich bin Wissenschaftlerin. So war das, als mein Vater noch lebte, und so soll es bleiben. Haben Sie als Projektleiter an meiner Arbeit etwas auszusetzen?«

»Nein, natürlich nicht!«

»Dann bitte ich Sie um Erlaubnis, meine Arbeit fortsetzen zu dürfen. Es sei denn, es gäbe noch etwas Wichtiges zu besprechen.«

»Nein, es gibt nichts - gar nichts...« Er ging zur Tür. »Auf Wiedersehn, Miss Yang.«

Sie lächelte freundlich. »Man hat die Larven also fortgebracht? Welche Larven? Alle?«

»Nein, nicht alle.«

»Welche?«

»Miss Yang, es tut mir leid, Sie belästigt zu haben. Sie sind nicht mit allen Aspekten unseres Projekts vertraut. Einige davon kennen nur sehr wenige von uns.«

»Und glauben Sie nicht, dass ich - die Tochter des Mannes, der dieses Projekt gegründet und geleitet hat - mit diesen besonderen Aspekten vertraut gemacht werden sollte?«

Die Furcht auf seinem Gesicht sagte ihr, was sie wissen wollte. Er wusste, dass er zu weit gegangen war. Ohne ein weiteres Wort verließ er das Zimmer. Als er gegangen war, sah sie auf die Uhr. In fünfundzwanzig Minuten würde die Besprechung zwischen Oberst Chou und Won-Chi unter vier Augen stattfinden.

Und unter sechs Ohren.

»Genosse Oberst...« Durch die geschlossene Tür von Oberst Chous Büro konnte sie die Stimmen der beiden Männer hören, etwas gedämpft, aber deutlich. Es war natürlich Glück, dass Oberst Chou sich keine Sekretärin im Vorzimmer hielt. Allerdings hatte er einen ganzen Trupp Uniformierter jederzeit zu seiner Verfügung.

Won-Chi sprach mit weinerlicher Stimme, die des Obersten war eiskalt. »Ich glaube, Sie verstehen mich nicht, Won-Chi. Die Larven wurden entfernt, weil ich es für zu gefährlich hielt, sie weiter hier zu lassen.«

»Aber sie entwickelten sich hier unter idealen Bedingungen. Ich hatte alle Vorsichtsmaßnahmen getroffen...«

»An Ihrer wissenschaftlichen Arbeit war nichts auszusetzen, Won-Chi.«

»Oh, Sie meinen, es bestand ein Sicherheitsrisiko? Aber nur ganz wenige von uns kennen die wirklichen Ziele unseres Projekts, Genosse Oberst. Ich glaube nicht an die Gefahr, dass ein feindlicher Agent zu uns durchdringt...«

»An diese Gefahr glaube auch ich nicht, Won-Chi. Aber Sie müssen verstehen, das Projekt hat eine neue Phase erreicht. Die Larven sind nach...«

Das nächste Wort konnte Orchidee nicht deutlich verstehen. Es klang wie *Chirkee* oder *Chickee*. Won-Chi aber schien es genau zu kennen. Es war anscheinend ein Ortsname, und er schien völlig überwältigt, als er sagte: »Wir greifen also an! Aber das war doch gar nicht beabsichtigt! Diese Insektenmutation sollte nur letzte Verteidigungsmaßnahme sein!«

»Ruhe!«

»Aber es stimmt, Genosse Oberst. Sie haben selbst oft gesagt, das seien Ihre Befehle.«

»Vielleicht habe ich das wirklich gesagt. Aber vielleicht habe ich auch die Entscheidung getroffen, wie diese Insekten, die Sie freundlicherweise für uns gezüchtet haben, verwendet werden sollen. Manchmal, mein lieber Won-Chi, wissen selbst unsere Führer nicht, was für Land und Volk am besten ist. Jedenfalls sind die Larven zu dem erwähnten Ort gebracht worden, und meine Vorgesetzten wurden davon informiert.«

»Dass einige Exemplare dorthin gebracht werden sollten, ja. Aber doch nicht die gesamte Gattung!«

»*Augenblick...*«

Orchidee erhob sich aus ihrer gebeugten Stellung an der Tür, und nicht einen Moment zu früh. Sie hatte gerade noch Zeit, geräuschlos in den Korridor zu schlüpfen, als der Oberst die Tür aufriss, sich umschaute, nichts sah und dann wieder in das Zimmer zurückging. Orchidee verließ das Gebäude. Sie hatte genug gehört.

Es war 21 Uhr, als sie in ihrem Zimmer in der Wohnbaracke einen Schrei vom gegenüberliegenden Ende des Hofs hörte. Sie erkannte die Stimme, und sie hegte den gräßlichen Verdacht, dass sie Won-Chi nie Wiedersehen würde.

Es war acht Uhr früh in Washington und drei Uhr nachts auf Hawaii. Merlin hob das klingelnde schwarze Telefon ab, die direkte Verbindung mit dem Verteidigungsministerium.

»Guten Morgen, Herr Minister. Es tut einem Steuerzahler wohl, dass unsere Beamten schon so früh tätig sind.«

»Ja, es ist wohl etwas früh für Sie da draußen. Ich hoffe, ich habe Sie nicht aufgeweckt.«

»Um was handelt es sich, Herr Minister?«

»Um Hongkong, Merlin. War das Ihr Mann in Hongkong?«

»Welcher meiner Männer in Hongkong? Ich habe zwei dort, und beide beschweren sich über die steigenden Lebenskosten. Beide erwähnten Gehaltserhöhungen...«

»Keine Witzchen, Merlin! Bedeutet Ihnen der Name Cyril Compton etwas?«

»Ja.«

»Dachte ich mir, Merlin. Wissen Sie, was Sie da angestellt haben?«

»Ich weiß es sehr genau. Und vielleicht teilen Sie mir jetzt das mit, wovon Sie glauben, dass ich es angestellt habe.«

»Okay, Merlin, von Anfang an. Gegen Mittag erwacht dieser Cyril Compton, nachdem er die Nacht bewusstlos in seinem Kleiderschrank verbracht hat. Er ist splitternackt und hat das Gefühl, von einer Droge benommen zu sein. Dass er keine Kleidung anhat, wird ihm erst bewusst, als er aus dem Schrank stolpert und ein Zimmermädchen beim Bettenmachen überrascht. Es rannte laut kreischend aus dem Zimmer.«

»Da wäre ich gern dabei gewesen«, sagte Merlin.

»Kann ich mir vorstellen. Compton wurde von Kellnern und Gästen in einen Besenschrank gesperrt. Zehn Minuten später kam ein Beamter vom US-Generalkonsulat. War das alles Eagles Werk?«

»Ja.«

»Mein Gott, Merlin, wie konnten Sie...«

»Man hat mir - und Eagle - einen Auftrag gegeben. Diesen Auftrag führen wir aus.«

»Ja, aber die Rotchinesen kreisdien, dass auf ihrer Seite der Grenze ein Mann, der wie Compton aussieht und Comptons Papiere hat, eine große Anzahl Menschen getötet hat.«

»Aber sie nehmen nicht an, dass der Killer Amerikaner ist, oder?«

»Nein! Aber, Merlin, auch die Russen toben! Denn sie wissen sehr wohl, dass sie nichts damit zu schaffen haben. Ihr Mann kann doch nicht einfach tun, was ihm gerade einfällt...«

»Mein Mann tut das, was mir einfällt. So steht es in seinem Vertrag.«

»Aber warum, Merlin? Warum musste Ihr Mann die Russen mit hineinziehen?«

»Weil Eagle nach Rot China musste, und zwar so, dass unsere freundschaftlichen Beziehungen zu den Rotchinesen nicht bedroht werden. Er durfte auf keinen Fall als Amerikaner auftreten. Also schickte ich ihn als Russen.«

»Aber wir haben doch auch zu den Russen freundschaftliche Beziehungen...«

»Ich hatte im Lauf meiner Karriere freundliche Beziehungen zu vielen Seiten. Ich bin eben ein alter Krieger. Wenn Ihnen meine Arbeit nicht passen sollte, können Sie mich ja feuern, Herr Minister. Und jetzt ist es wirklich Zeit, dass ich wieder ins Bett gehe. Gute Nacht, Herr Minister.«

Polly Perkins lächelte ihn an, während sie sein Brandyglas füllte. »War es klug, ihm das so um die Ohren zu knallen?«

»Das nächste Mal werde ich etwas sagen, das auch nicht klug ist, aber von Goethe. Ein deutscher Ritter hat das sogar laut aus seinem Burgfenster gebrüllt.«

Achtes Kapitel

Es war dunkel, als John Eagle am westlichen Rand des Dorfes Tung-kuan vorbeikam und auf den Fluss Tung zulief, dessen Lage er von der Landkarte in Lager drei im Gedächtnis hatte. Er war nicht müde, hatte sich aber darauf gefreut, das Wasser zu erreichen, denn nur das Wasser würde ihn von der Last Cyril Comptons befreien - von seinem Doppelkinn, seinem Schmerbauch und seinem Schnurrbart. Die kosmetische Plastikmasse, die er für sein Make-up benutzt hatte, war so zusammengesetzt, dass nur völliges Untertauchen in Wasser sie auflösen konnte. Sonst war sie völlig regenbeständig, denn während Luft sie erreichte, blieb sie in Form und Farbe unverändert. Merlin hatte kluge Leute in seinen Laboratorien. »Nehmen Sie kein Bad, Eagle«, hatte der Leiter ihm gesagt, »auch wenn Sie sich selbst nicht mehr riechen können!«

Es war ein niedriger Preis, den er für seine Sicherheit bezahlt hatte. Aber jetzt stank er wirklich wie ein Skunk. Leise schlüpfte er ins Wasser, nachdem er seinen Chamäleon-Anzug am Ufer unter einen Felsen gelegt hatte. Dann gab er sich dem Luxus hin, lauwarmes Wasser an seinen Körper zu lassen, zu fühlen, wie die Plastikschichten von seiner Haut schmolzen, wie sauberes Wasser seine Poren reinigte. Als keine Spur von Cyril Compton mehr an ihm haftete, kehrte er zum Ufer zurück, zog seinen Tarnanzug wieder an und überquerte darin den Fluss. Von dem Punkt, an dem Eagle den Zug verlassen hatte, konnte man eine gerade Linie nach Norden ziehen, die genau zu dem Dorf Shih-hsing führte. Leider nahm der Fluss einen anderen Lauf, und so hatte

Eagle weitere Märsche über Land vor sich. Über recht raues Land.

Jemand könnte dich abholen. Jemand...

Sie hatte nicht geträumt, denn sie hatte noch nicht geschlafen. Sie lag nur auf ihrem Bett und trug noch ihren Labormantel. Unter den Umständen war das gut, denn der Laut, den sie hörte, und der sie vom Nachdenken abhielt, war Wirklichkeit. Jemand klopfte an die Tür, zum zweitenmal.

»Wer ist da?«, fragte sie.

»Ich bin es, Oberst Chou.« Er hätte seinen Namen nicht zu nennen brauchen, die Stimme war unverwechselbar.

»Es ist schon spät, Oberst«, rief sie.

»Sehr spät«, antwortete er. »Ich muss aber trotzdem mit Ihnen sprechen. Bitte öffnen Sie.«

Sie hatte keine Wahl. Sie stand vom Bett auf und glättete ihr Haar. *Was tust du, kleine Orchidee? Du machst dich schön für den Mörder deines Vaters?*

Sie erschauerte bei dem Gedanken, dann lächelte sie mit Entschlossenheit. *Ja, ich mache mich für Oberst Chou schön. Und ich werde für ihn lächeln! Und ich schwöre, ich werde ihn auch eines Tages tot zu meinen Füßen sehen!*

»Oberst Chou«, sagte sie, als sie die Tür öffnete, »es tut mir leid, dass ich Ihr Klopfen nicht sofort hörte. Ich habe geschlafen.«

»Natürlich.« Er nahm ihre Hand in seine. Wenn er bemerkte, dass sie zitterte, ignorierte er es.

»Es ist nicht die beste Zeit für einen Besuch«, sagte er. »Aber die Angelegenheit ist dringend, sonst hätte ich Sie nicht gestört.«

»Womit kann ich Ihnen behilflich sein, Oberst Chou?«

Die blitzende Erregung in seinen Augen missfiel ihr.

»Miss Yang, ich möchte Ihnen den Posten der Projektleiterin anbieten. Sie sollen in die Fußstapfen Ihres geehrten Vaters treten.«

Sie sah ihm fest in die Augen. »Und Dr. Won-Chi, Oberst?«

»Er zählt nicht mehr. Ich habe ihn - versetzt. Ja, versetzt.«

»Etwas plötzlich, wenn ich so sagen darf, Oberst. Erst heute Vormittag...«

»Plötzlich, ja«, unterbrach der Oberst. »Aber er wurde woanders benötigt. So ist das nun einmal in einem Land wie dem unseren, das im Aufbau begriffen ist. Man muss jederzeit einsatzbereit sein. Und Sie, kleine Orchidee? Nehmen Sie mein Angebot an?«

Sie trat etwas zurück. »Oberst, Sie haben mir diesen Posten angeboten, noch bevor ich Zeit hatte, mich an den Gedanken zu gewöhnen, dass Dr. Won-Chi nicht länger unter uns weilt...« Schlecht ausgedrückt. Aber er schien nichts gemerkt zu haben.

»Wir werden diese Anlage bald an einen anderen Ort verlegen. Wohin, das kann ich Ihnen vorläufig noch nicht sagen. Aber darum bleibt Ihnen nicht viel Zeit, zu einer Entscheidung zu kommen.«

»Warum müssen wir von hier fort?«

»Aus klimatischen Gründen.«

»Davon müsste mir doch etwas bekannt sein.«

»Nur sehr wenige Leute sind bisher informiert worden. Volk und Republik bieten Ihnen diesen Posten an.«

»Ich habe immer meine Pflicht dem Volk und der Republik gegenüber erfüllt. Aber es gibt andere, mit besseren Qualifikationen.«

»Lassen Sie mich das beurteilen!«

»Das können Sie nicht beurteilen, Oberst Chou, das kann nur ein Wissenschaftler. Ich bin dieser Aufgabe noch nicht gewachsen.«

»Sollten Sie mein Angebot ablehnen, dann wird mein Bericht über die Angelegenheit natürlich entsprechend ungünstig ausfallen. Außerdem, wenn wir hier demontieren, werden Sie vorläufig kein Schaffensfeld mehr haben. Das wird in drei Tagen der Fall sein.«

»In drei Tagen schon?«

»Noch etwas wollte ich Ihnen sagen: Ich glaube, wir beide sollten von jetzt an viel, viel enger zusammenstehen - nicht nur in unserer Arbeit. Ich möchte Ihre Gesellschaft auch während der Freizeit genießen. Verstehen Sie, was ich meine?«

Wie konnte sie ihn missverstehen? »Ich fühle mich geschmeichelt, durch beide Vorschläge. Aber ich muss Sie bitten, mir etwas Zeit zum Überlegen zu lassen. Nicht jeden Tag bekommt ein Mädchen solche Angebote - beide so ehrend.«

»Sie haben drei Tage, Miss Yang.« Er drehte sich auf dem Absatz um und verließ den Raum.

Drei Tage.

Sie blickte aus dem Fenster und sah Oberst Chou über den Platz schreiten. Sie sah auch im Mondlicht den Wachturm und etwas, das wie ein Maschinengewehr aussah.

Jemand könnte dich abholen.

Sie blickte zu den Sternen auf. *Vielleicht, Vater. Vielleicht hast du Recht. Aber wenn der Jemand, von dem du sprachst, in vier Tagen kommt, dann kommt er zu spät.*

Neuntes Kapitel

Im Morgengrauen rannte Eagle noch immer mit langen Schritten durch die erwachende Landschaft. Wie eine Maschine lief er, ohne auch nur die kleinste Müdigkeit zu zeigen. Er atmete langsam und tief, sein Geist und sein Körper waren eine Einheit.

Etwa alle zwei Stunden machte er eine Pause von zehn bis fünfzehn Minuten. Nach jeder Pause war die Maschine, die man Protoagent nannte, für weitere Leistungen bereit. Zweimal während der Nacht hatte er kleine Pillen eingenommen, die ihm sowohl Nahrung als auch Feuchtigkeit in konzentrierter Form ersetzten. Sie waren eine Abwandlung des Pemmican der Apachen, im Labor erzeugt.

Jetzt wählte er den kleinen Hügel, den er gerade hinauflief, als Ruhepunkt für seine nächste Pause.

Er dachte an seinen Zeitplan.

Am Spätnachmittag würde er am Hsi-Fluss sein. Es dauerte dann noch zwischen acht und vierundzwanzig Stunden, am Pei-Fluss entlang an sein Ziel zu gelangen; alles hing davon ab, wie schnell er vorankam, ob über Land oder auf dem Fluss. Dann war er schon drei Tage in Rot China und hatte weitere drei Tage, um sich in südlicher Richtung an die Küste durchzuschlagen, wo ihn ein U-Boot erwartete.

»Vergessen Sie nicht, Johnny, Sie haben das Mädchen bei sich. Das wird Sie etwas verlangsamen«, hatte Merlin ihn gewarnt. Er würde also versuchen, so weit wie möglich auf dem Pei-Fluss voranzukommen, denn es war anzunehmen, dass die Himmlische Orchidee nicht so durchtrainiert war wie er selbst. Der Pei floss direkt nach Makao, und etwas westlich von dieser portugiesischen Kolonie würde das U-Boot warten.

»Das U-Boot wartet nur einen Tag auf Sie. Wenn Ihr Signal bis dahin nicht gehört wird...«

Merlin hatte den Satz unvollendet gelassen. Die Gewässer vor der rotchinesischen Küste waren kein Abenteuerspielplatz.

Der Zeitplan funktionierte. Um 16.30 Uhr stand er am Ufer des Hsi, ließ sich ins Wasser gleiten und schwamm absichtlich nicht direkt zum anderen Ufer, sondern etwas stromabwärts, um die Muskeln zu entspannen. Für ihn war das eine Ruhepause, die er sich später ersparen konnte. Als er ans Ufer geschwommen war, nahm er eine Nahrungspille. Dann lief er weiter.

Meile um Meile legte er in der Nacht zurück, während die Sterne auf den einsamen Läufer herabblickten.

Zwei Stunden vor Morgengrauen erreichte er den Pei-Fluss. Er schwamm in die Mitte des Flusses und trieb ohne Bewegung an der Oberfläche, bis in der Entfernung eine Barke sichtbar wurde. Sie war in ein Hausboot umgebaut worden, und Eagle ergriff ein Tau, das außenbords hing. Mühelos schwang er sich an Bord, völlig getarnt in seinem Chamäleon-Anzug. Nur ein alter Mann saß in dem kleinen Ruderhaus, er sah und hörte nichts von seinem blinden Passagier. Eagle legte sich auf das Achterdeck und schlief sofort ein, während die Barke ihre Fahrt nach Norden fortsetzte.

Er hatte bis zu vierundzwanzig Stunden für diesen Teil der Reise berechnet. Tatsächlich ließ er sich aber schon nach vierzehn Stunden wieder ins Wasser gleiten, denn die Barke legte in der kleinen Flussstadt Ying-te an.

Als nächstes Fahrzeug suchte sich Eagle ein Schnellboot der Flusspolizei aus, wahrscheinlich das schnellste Fahrzeug auf dem ganzen Pei. Abgesehen von der schnellen Beförderung bot es ihm gleichzeitig die Möglichkeit, Mannschaft, Bewaffnung, Geschwindigkeit zu studieren, alles Dinge, über die er auf der Rückfahrt genau informiert sein musste. Leider konnte er nur kurze Zeit auf dem Boot verbringen, denn es wendete nach einigen Meilen und fuhr wieder gegen Süden.

Abermals stieg Eagle um, diesmal auf eine lange Kohlenbarke, die nur sehr langsam vorankam. Wahrscheinlich wäre er an Land zu Fuß schneller vorwärtsgekommen. Aber er blieb auf dem großen Kahn, um seine Kräfte für später zu schonen. Und weil der Fluss wahrscheinlich für ihn und das Mädchen der Fluchtweg sein würde, war es gut, wenn er so viel wie nur möglich davon erkundete. Die Rückreise würde erheblich schwieriger sein - nach dem Feuerwerk.

Denn dass es ein Feuerwerk geben würde, das wusste er.

Die Heftpflasteruhr gab die Zeit mit 22.30 Uhr an. Zwei Stunden hatte es gedauert, nachdem er den Fluss verlassen hatte, bis er die Wachtürme, den hohen Drahtzaun und die von zwei Posten bewachte Hauptpforte vor sich sah: das Projekt Shih-hsing. Jetzt hieß es erstens, rein in die Festung. Zweitens: das Mädchen finden. Drittens: alles, was zerstörbar war, zerstören. Viertens: mit dem Mädchen wieder entkommen.

Also, zuerst einmal rein.

Der hohe Drahtzaun war oben noch mit Stacheldraht, der sich nach außen neigte, gesäumt und ein doppeltes Hindernis, weil er auch elektrisch geladen war. Am besten war es also, den Eingang für Herrschaften zu benutzen, das Hauptportal. Nur war das große Tor fest verschlossen, und die beiden Posten sahen zwar schläfrig aus, aber...

Eagle überlegte, ob er Mini-Granaten setzen sollte, entschied sich aber dagegen. Die musste er für wichtigere Zwecke aufheben, und außerdem waren sie zu laut. Vorläufig musste er möglichst ohne Lärm operieren. So lange, bis er das Mädchen gefunden hatte. Geräuschlos näherte er sich dem Tor. Dort waren die Drähte etwas großmaschiger als am Zaun.

Wenn er nur hätte hineinlangen können und den Strom irgendwie abschalten... Nein, das musste den Alarm auslösen. Denn es waren natürlich Alarmdrähte, die da spinnwebgleich in Bodennähe hingen. Jedes Lebewesen, das den Zaun berührte, würde ein heulendes Kreischen in die Landschaft schicken. In Hi-Fi und Stereo.

Jedes Lebewesen...

Eagle lachte tonlos. Jetzt wusste er, wie er das Tor aufmachen konnte.

Automatisch berührte seine Hand die Tokarev unter seinem Arm. Schade, dass er nicht seine gewohnte Waffe bei sich hatte, die mit CO_2 geladene Pistole, die lautlos nadelscharfe Pfeile abfeuerte. Da hätte er nur auf den Posten gezielt, der da ahnungslos vor sich hinträumte; er wäre vorwärts gefallen...

Aber er hatte die CO_2-Pistole nicht und musste sich etwas anderes einfallen lassen.

Der Abstand zwischen Boden und unterstem Draht des Zauns maß etwa zwanzig Zentimeter. Diese zwanzig Zentimeter waren die Lösung des ganzen Problems.

Eagle robbte langsam zum Tor. Hätte ein Wachtposten in diesen Augenblicken in seine Richtung gesehen, wo der Boden hell von den Scheinwerfern beleuchtet wurde, er hätte nichts bemerkt außer einem sich langsam bewegenden Schatten zwischen den schattenwerfenden Bäumen. Aber die Wachen sahen nicht in Eagles Richtung, sie sprachen miteinander, einer lachte. Was machen Soldaten, die nichts Besseres zu tun haben? Sie erzählen sich schmutzige Witze. Aber dieser Witz würde nie weitererzählt werden.

Langsam öffnete Eagle den Reißverschluss der Tasche mit den Reservemagazinen für die Tokarev. Er zog den Verschluss wieder zu, nachdem er ein Magazin herausgeholt hatte. Neben ihm lag ein kleiner Felsen. Maßarbeit. Er schlug mit dem Magazin gegen den Stein - klick dann legte er es so hin, dass Scheinwerferlicht darauf fiel.

Der ihm am nächsten stehende Wachposten drehte den Kopf in seine Richtung und sah das angestrahlte Magazin auf dem Boden. Er wusste nicht, was er davon zu halten hatte, und wurde neugierig. Er lehnte sein Gewehr gegen das Schilderhäuschen und ging mehrere Schritte in Eagles Richtung. Dort bückte er sich, betrachtete das Magazin. Als er es fast berührte, wurde seine Hand plötzlich wie in einer Zange festgehalten, und er blickte in ein paar fremde Augen. Nur den Bruchteil einer Sekunde lang - dann zwang ihn eine unsichtbare Macht nach hinten, in Richtung des Zauns. Er fiel gegen die Drähte, der Stoff seiner Uniform, seine Haut und sein Fleisch brannten, er schrie. Die Sirenen hörte er Sekunden, bevor er starb...

Sein Kamerad brüllte ins Telefon des Wachschuppens. Gut, denn das bedeutete, dass er den Tod seines Kameraden nur als einen ungeschickten Unfall betrachtete. Und seine Waffe stand draußen.

Als Eagle das Tor weit genug öffnete, um hineinzugelangen, sah der Posten das zwar, unterbrach aber nicht seinen Redestrom. Er dachte wohl, das sich öffnende Tor hätte mit dem Unfall zu tun.

Viele Soldaten rannten in Eagles Richtung, und er ließ sie rennen. Er hatte seine erste Aufgabe in Shih-hsing vollbracht.

Der Oberst und das Mädchen waren in einem der Bruthäuser als die Sirenen zu heulen begannen. Er hatte sie gebeten, eine Inventarliste für den Umzug anzufertigen. Am nächsten Tag schon sollte es losgehen... Er hatte ihr gesagt, dass sie in nördliche Richtung fahren würden.

»Wird man dort alles neu aufbauen?«, fragte sie.

»Nein, nur die Ausrüstung wird gebraucht. Da, wo wir hinfahren, ist sonst alles vorhanden. Ich kann Ihnen eines sagen, Miss Yang: unsere neue Arbeitsstätte wird außerhalb Chinas liegen. Haben Sie schon einmal den Wunsch gehabt, im Ausland zu arbeiten?«

»Ich habe niemals daran gedacht, meine Heimat China zu verlassen.«

Das war eine Lüge; in den letzten Tagen hatte sie kaum an etwas anderes gedacht.

»Und unsere andere Unterhaltung - haben Sie schon eine Entscheidung getroffen?«

»Ich weiß noch nicht, wie ich meinem Land am besten dienen kann.«

»Die Zeit drängt, Miss Yang. Hoffentlich verstehen Sie das.«
»Ich weiß.«

»Wirklich? Ich will aber Ihre Entscheidung sofort wissen. Jetzt sofort. Verstehen Sie?«

Die Sirene erklang, und sie musste keine Antwort geben, denn Oberst Chou sagte: »Bleiben Sie hier!« Er rannte aus dem Gebäude. Aber sie gehorchte ihm nicht und folgte ihm langsam auf den großen Hof hinaus.

Die Sirene, die rufenden Männer - bedeutete das...

Jemand wird dich...

Sie konnte sich später nicht erinnern, wie lange sie am selben Fleck gestanden hatte, bis sie die Stimme hörte: »*Was ist Wirklichkeit, Miss Yang?*«

»Wirklichkeit ist...« Sie hielt inne und merkte, dass die Stimme englisch gesprochen und dass sie in derselben Sprache geantwortet hatte.

Aber es war niemand da.

Niemand!

Dann fühlte sie, wie etwas ihre Hand nahm und ein Stück Papier hineindrückte. Selbst in dem schwachen Licht, das aus dem Gebäude nach außen drang, konnte sie die chinesischen Schriftzeichen lesen - die Unterschrift ihres Vaters. Ein kurzer, vielsagender Brief.

»Gehen Sie zu einem Platz, wo wir allein sein können. Dort werden Sie mich sehen. Verstehen Sie?«

Sie nickte stumm und öffnete dann die Tür der Nachbarbaracke. Es war der Schuppen, in dem die Handwerker ihre Werkzeuge aufhoben, Reserveteile für Maschinen und die allgemeine Instandhaltung des Projekts.

»Kein Licht machen!«, sagte die Stimme - eine starke, männliche Stimme. Kurz danach sah sie den Mann, dem sie gehörte. »Dieser Anzug macht unsichtbar«, sagte er, »und ich habe auch einen für Sie. Schnell, ziehen Sie sich aus!«

Sie zögerte. »Ich habe mich noch nie vor einem Mann...«

»Keine Zeit für falsche Scham - kommen Sie, ich helfe Ihnen. Ich bin nicht daran interessiert, was Sie schon getan haben und was nicht. Auch Ihr Körper interessiert mich nicht. Tun Sie, was ich Ihnen sage. Ich habe eine anstrengende Reise hinter mir und wenig Geduld.«

Sie konnte nur seine Augen sehen, wollte aber wissen, vor wem sie...

Er verstand ihren Blick und zog die Kapuze zurück. Sein Gesicht war rau und kantig wie ein Fels - und unrasiert. Die blauen Augen waren gleichzeitig hart und sanft. Ob er wusste, wie diese Mischung von weich und hart auf Frauen wirkte?

Sie fühlte seine Hand auf ihrem Labormantel; dann riss er ihr den Mantel vom Leib.

»Ziehen Sie sich aus, Miss Yang, bitte!«

Sie zögerte nicht länger und hoffte nur, dass er nicht ganz die Wahrheit gesprochen hatte, als er sagte, er sei an ihrem Körper nicht interessiert. Seine Augen folgten jeder ihrer Bewegungen;

als sie nackt vor ihm stand, schämte sie sich nicht so sehr, wie sie es eigentlich erwartet hatte.

Dann übernahm er die Aufgabe, sie anzuziehen. Seine Hände auf ihren Schenkeln - feste Hände und doch sanft. Er zog das dünne Material um sie hoch, über ihren Rücken, ihre Brüste, die er nur leicht streifte. Seine starken Hände zogen geschickt den Reißverschluss hoch.

Sanft. Ja, dieser große starke Mann war sanft.

Die Tür des Schuppens wurde von außen aufgerissen, zwei der vier Männer, die hereinstürzten, trugen Uniformen, hatten Gewehre in Händen.

Eins der Gewehre zielte genau auf sie.

Die Waffe feuerte, die Kugel traf...

Zehntes Kapitel

Eagle fluchte lautlos. Das war eine Dummheit sondergleichen gewesen. Ganz klar: nachdem das Alarmsystem zerstört war, musste es repariert werden. Wohin würden also die Leute, die sich um Reparaturen zu kümmern hatten, zuerst gehen? In den Werkzeugschuppen mit den Ersatzteilen! Pech, dass sie auch noch zwei Soldaten mitgebracht hatten. Einer der beiden...

Eagle musste handeln. Mit der flachen Hand schob er das Mädchen aus der direkten Schusslinie. Aber der Mann hatte eine kurze Reaktionszeit und anscheinend das Mädchen sofort als sein erstes Ziel gewählt. Den Bruchteil einer Sekunde, nachdem der Schuss gefallen war, hörte Eagle Orchidee hinter sich leise aufschreien. Sie war von der Kugel und von seiner Bewegung gegen die Rückwand des Schuppens geworfen worden; er sah, dass sie mit einer Hand ihren Arm umklammerte, während er wütend gegen die vier Männer vorging.

Sie standen dicht beieinander - zu dicht, um sich gut verteidigen zu können. Eagle warf sich ihnen entgegen, und es war wie beim Kegeln. Die zwei vorderen Männer stolperten gegen die beiden, die noch draußen vor dem Schuppen standen, und die wiederum fielen in den Sand. Mit der Linken ergriff Eagle eins der Gewehre, riss es dem Soldaten aus den Fäusten und knallte es mit der gleichen Bewegung einem der Zivilisten in die Seite. Dem blieb die Luft weg, er fiel zu Boden, während ihn der Soldat anstarrte. Er starrte nicht lange. Eine halbe Se- künde später traf ihn Eagles Absatz in den Unterleib.

Danach griffen die letzten beiden an. Der eine war Soldat und attackierte auf militärische Weise mit angelegtem Gewehr. Von ihm erwartete Eagle nicht so viel Gefahr wie von dem Zivilisten, einem gewaltigen Kerl. Eagle erledigte den Soldaten schnell und wirksam: Er drückte ihm mit einem Schwung den Kolben seiner Waffe in den Mund, und der Mann erstickte an seinem eigenen Blut.

Der Zivilist stand wie ein Ringkämpfer vor Eagle, als wollte er ihn herausfordern. Er erwartete ganz augenscheinlich, diesen Kampf zu einem schnellen Ende zu bringen.

Darin hatte er Recht, denn Eagle konnte bereits die Schritte der Männer hören, die durch den Schuss gewarnt worden waren, dass es im Werkzeugschuppen mehr gab als Geräte.

Eagle trat scharf mit dem rechten Fuß aus, der Gorilla mit dem Rhinozerosgesicht drehte sich in Richtung des Beins, um es zu packen und zu brechen. Nur wusste er nicht, dass Eagle diese Finte schon oft erfolgreich benutzt hatte. Während er sich leicht nach links drehte, zog Eagle schon den Fuß zurück; der Gorilla war nicht ganz so schnell. Mit zwei Karateschlägen beider Hände brach Eagle dem Chinesen den Hals am dritten Wirbel.

Eagle drehte sich zu Orchidee um. »Alles in Ordnung?«

»Er hat mich getroffen!«, klagte sie.

»Ja.« Er nahm ihre Hand von der Stelle an ihrem rechten Arm, die sie umklammerte. Von einem Einschuss war nichts zu sehen.

»Das ist ein weiterer Vorzug Ihrer neuen Arbeitskleidung: kugelfest. Aber Sie hatten Glück, dass die Kugel Sie nicht hier erwischt hat...« Er strich sanft über ihre nackte Brust, während er den Reißverschluss ihres Anzugs völlig nach oben zog. »Und jetzt die Maske und die Kapuze. Legen Sie die an, während ich...«

Er hantierte hinter ihrem linken Knie. Das Chamäleon-Element funktionierte auch an diesem Anzug vorzüglich: Innerhalb von Sekunden sah er von Orchidee nichts mehr außer dem noch nicht vom Anzug bedeckten Gesicht, und auch das verschwand, als sie die Maske aufgesetzt hatte.

»Noch etwas müssen Sie anlegen«, sagte er und gab ihr eine Brille aus durchsichtigem Kunststoff. Die Notwendigkeit für diese Brille war ihm erst im letzten Augenblick eingefallen, und Merlin hatte gesagt: »Mein Gott, Sie haben recht, John! Wenn ihr beide getarnt seid, wie wollt ihr euch dann gegenseitig sehen?«

Aber das Labor musste nur das Prinzip, nach dem die Chamäleon-Anzüge entwickelt worden waren, umkehren. Schon eine Stunde später hatte der Chefchemiker zwei Kunststoffbrillen entsprechend präpariert, und Eagle holte sie auf seinem Weg nach Hongkong selbst ab.

»Sind Sie soweit?«, fragte Eagle, und als das Mädchen nickte: »Wir steigen durchs Fenster. Erst ich, dann Sie. Sehr langsam, sehr leise. Immer dicht an den Wänden bleiben, und weg vom Licht.«

Wieder nickte sie, als Eagle ihre Hände ergriff und sie zum Fenster führte. Er hatte ein Bein schon draußen, als der erste Soldat durch die Tür trat. Eagle fühlte, wie sich Orchidee von seiner Hand losriss. Sie führte einen perfekten Karateschlag gegen die Schläfe des Soldaten aus. Er fiel zu Boden, sein Gewehr mit viel Geklapper ebenfalls.

»Das war nicht schlecht«, flüsterte Eagle. »Los!«

Er ließ sich draußen auf den Boden fallen, half dann dem Mädchen aus dem Fenster. Sie waren ringsum von nervösen Soldaten umgeben. Während sie sich durch die Truppen schlängelten, hörten sie jemanden Befehle brüllen, der in der offenen

Tür des Werkzeugschuppens stand, den sie gerade verlassen hatten.

»Oberst Chou«, flüsterte das Mädchen. »Ihm untersteht alles hier.« Und sie begann, sich in Richtung der Stimme zu bewegen.

»Nein!« Eagle ergriff ihren Arm, zog sie in den Schatten zwischen zwei Baracken. »Zuerst will ich wissen, wo die Teufel sind.«

»Teufel?«

»Die Killerinsekten - die Mordteufel!«

»Die sind nicht hier. Jedenfalls nicht die, die Sie suchen. Die sind fortgebracht worden.«

»Fortgebracht? Wohin?«

»Oberst Chou sagt, sie sind nicht mehr in China.«

Merlins Informationen stimmten also. Nur hatte man die verdammten Käfer oder Wanzen zu früh entfernt. Eagle steckte die Hand in die Tasche.

»Was ist das?«, fragte Orchidee, als sie die vielfarbigen Ampullen in seiner Hand sah.

Er sagte es ihr, während er an allen grünen Ampullen die weißen Kappen einstellte. Diesmal schärfte er die Mini-Granaten so, dass sie zu einer vorbestimmten Zeit explodieren würden. In fünf Minuten. Er sagte ihr das, als er ihr einige Ampullen gab.

»Sehen Sie diese fünf Gebäude da drüben? Legen Sie in jedes eine Ampulle. Und wenn Sie damit fertig sind, gehen Sie zur Hauptpforte. Ich warte dort auf Sie.«

»Aber das sind doch Schlafsäle.«

»Sie haben mich verstanden. Mein Auftrag lautet, dieses Projekt vollkommen zu zerstören.«

»Und alle Menschen hier umzubringen?«

»Nicht alle. Nicht Sie, kleine Orchidee.«

»Aber all die Arbeiter, die Techniker, die keine Ahnung haben, was hier vorgeht?«

»Vielleicht haben Sie Recht. Also gut, wir werden den Unschuldigen die Möglichkeit geben, zu entkommen. Hier...« er änderte die Einstellung der Ampullen. »Jetzt haben die Leute dreißig Sekunden Zeit. Wenn sie merken, dass alle Gebäude Feuer fangen, und nur einigermaßen schlau sind, werden sie ins Freie laufen.«

»Und was ist mit denen, die nicht so schlau sind?«

Seine Stimme war hart. »In jedem Krieg gibt es Tote und Verwundete, Miss Yang. Vielleicht ist es Ihnen noch nicht klar, dass wir hier in einem Krieg stehen... Aber jetzt los - und dann zum Haupttor. Viel Glück!«

Das Mädchen rannte über den Platz, Eagle in der entgegengesetzten Richtung.

In jedem der Gebäude, die er selber sprengen wollte, hinterließ er eine grüne Ampulle. Wenn möglich, benutzte er eine offene Tür oder ein Fenster, um seine tödliche Gabe zu deponieren. Wo das nicht möglich war, drückte er eine Fensterscheibe ein und ließ die Ampulle drinnen zu Boden fallen.

Sein letztes Ziel - das siebte - war der Werkzeugschuppen. Während er die Minigranate vorsichtig hinter der Tür auf den Boden legte, sah er einen schlanken Chinesen Kommandos brüllen. Es war die Stimme, die Orchidee als die des Oberst Chou bezeichnet hatte. Eagle wollte gerade auf den Mann zugehen, da sah er die Zeit auf seiner Heftpflasteruhr. Nein, dazu war jetzt keine Zeit. Es gab noch zwei Ziele, die ganz bestimmt ausgeschaltet werden mussten.

Er verabschiedete sich schweigend von Oberst Chou; der Mann würde später sterben.

Während er vorher das Projekt ausgekundschaftet hatte, waren ihm zwei Fahrzeuge aufgefallen: ein schwerer Lkw, der so aussah, als stamme er noch aus dem Zweiten Weltkrieg, und ein recht verbeulter Pkw, der wahrscheinlich dem Oberst gehörte. Ihm schienen das die einzig brauchbaren Fahrzeuge für eine eventuelle Flucht. Eagle wollte gewährleisten, dass sie diesen Zweck nicht erfüllen konnten, aber er hatte keine Zeit, unter der Haube Drähte abzureißen. So öffnete er die Tür auf der Fahrerseite und legte in jedem Fahrzeug eine seiner Ampullen unter das Gaspedal.

Eagle grinste. Wenn jemand eine kleine Reise in einem der Autos plante, würde er weiter kommen als gedacht. Nämlich bis in die Hölle.

Noch ein Blick auf die Uhr - alles war nach Plan gelaufen.

Eagle ging vorsichtig in Richtung des Tors. Orchidee wartete schon auf ihn. Gut. Es hätte ihm nicht in den Kram gepasst, wenn er sie jetzt noch hätte suchen müssen, wenige Minuten vor dem großen Feuerwerk. Er gab ihr durch Zeichen zu verstehen, dass sie vorläufig bleiben sollte, wo sie war. Er benötigte eine bessere Waffe als eine Pistole und wusste auch, wo sie zu beschaffen war. Mit wenigen langen Schritten war er am nächsten Wachturm, auf dem ein Scheinwerfer und ein Maschinengewehr montiert waren.

Die Zimmerleute hatten für genügend Fußstützen gesorgt. Oben stand ein einsamer Soldat, schaute in die Tiefe und wusste nicht, um was es unten ging. Eagle ergriff den Soldaten mit einer Hand am Hosenboden, mit der anderen am Oberarm und warf ihn über das Geländer in die Tiefe. Der Schrei des Mannes endete, als er auf dem harten Boden aufschlug.

Eagle schwang das MG herum, so dass es in den Hof zielte. Es war ein schweres, aber etwas altmodisches MG. Er beobachtete die anderen drei Wachtürme. Anscheinend war nur einer davon besetzt, der ihm nächste. Das war Glück, denn er wollte weder Zeit noch Munition darauf verschwenden, alle Wachtürme unschädlich zu machen. So würde nur seine erste Garbe für den Posten auf dem Nachbarturm bestimmt sein. Er brachte das MG in Stellung, sah wieder auf die Uhr.

Neun Sekunden. Acht, sieben...

Aus dem Augenwinkel sah er etwas auf den Turm zukommen: das Mädchen!

Fünf... Vier...

Oh, Gott - nein!

»*Nein!*«, brüllte er. »Bleiben Sie weg vom Turm! Deckung!«

Zwei... Eins...

Das Gelände vor ihm schien sich zu öffnen, als würde die Hölle selbst plötzlich hier geboren. Während Metall und Holz und Menschen gegen Himmel flogen, während ein halbes Dutzend orangefarbener Sonnen ihn blendeten, konnte Eagle nicht sehen, ob das Mädchen ihn gehört hatte. Seine Finger drückten auf den Abzug des MG. Erstes Ziel - der Posten im Turm. Die Garbe traf ihn quer über der Brust und warf ihn gegen das Geländer. Es war morsch - der Soldat fiel mitsamt dem Holz direkt auf den Zaun. Der Draht schien zum Leben zu erwachen. Flammen züngelten um den Posten auf, als dieser den Kontakt zwischen mehreren elektrischen Leitungen herstellte. Eagle musste den Jungs von der Werkbrigade seine Hochachtung bezeugen, sie hatten die Reparaturen schnell ausgeführt.

Während er das MG in Richtung Hof schwang, hörte er etwas an seinem Ohr vorbeifliegen, das sich wie ein wutentbrannter Moskito anhörte. Unten sah er einen Soldaten mit erhobenem Gewehr, der wohl ahnte, dass jemand auf dem Turm für die Massenvernichtung um ihn herum verantwortlich zeichnete. Der kluge Soldat zielte für seinen zweiten Schuss, als Eagle einen Schatten auf ihn zuspringen sah - Orchidee, die den Mann mit einem Handkantenschlag fällte.

Das schwere Maschinengewehr begann zu bellen. Eine kurze Garbe, dann noch eine, und noch eine...

Überall fielen Männer schreiend zu Boden, von Kugeln getroffen, von Stichflammen erfasst, von Metallsplittern zerfleischt. Eagle hatte genügend Munition - neben dem MG standen mehrere Kästen mit Gurten voller Kugeln. Er versuchte, soweit ihm das möglich war, nur auf die Uniformierten zu zielen.

Wieder sah er auf die Uhr. Wenn das Mädchen auftragsgemäß gehandelt hatte, dann mussten jetzt die übrigen fünf Gebäude...

In rascher Folge wurden unten fünf neue Sonnen geboren - die fünf Baracken flogen hoch und nahmen die zwei ihnen am nächsten stehenden Wachtürme mit. Mehr Schreie. Wahrscheinlich hatten doch viele der Insassen es vorgezogen, innerhalb ihrer schützenden Wände zu bleiben, als sie sahen, wie draußen

Menschen von Maschinengewehrkugeln getroffen wurden. Wie dem auch sei - er hatte sie getötet.

»*Und die Menschen, die du getötet hast - haben sie den Tod verdient?*«

»*Ja, Mutter.*«

»*Wer entscheidet, wen du tötest? Du selbst?*«

»*Nein. Ein anderer, der mir befiehlt.*«

»*Und ist er ein guter Mann - der andere, für den du tötest? Oder befiehlt er dir, Unschuldige zu töten?*«

»*Er befiehlt das nicht - und ich töte keine unschuldigen Menschen...*«

Es sei denn, ich töte im Kriege. Aber das hatte er der Frau, die er Mutter nannte, nicht gesagt.

Unten waren wieder drei Männer mit angelegten Waffen erschienen, und wieder sprach das MG über das einzige Thema, das es kannte - Tod.

Während Eagle und Orchidee über den mit glühender Asche und Trümmern bedeckten Boden gingen, konnten sie nur die brüllenden Flammen hören und das Ächzen einstürzender Gebäude. Sie kamen an dem Pkw vorbei, und Eagle bemerkte mit Genugtuung, dass jemand versucht hatte, mit dem Fahrzeug zu fliehen. Die Minigranate war explodiert, der Wagen war ein Wrack. Von dem Fahrer war nur ein abgerissenes Bein übriggeblieben, das mehrere Meter vom Auto entfernt lag.

»Alle sind tot«, sagte das Mädchen. Eagle wusste, dass diese Feststellung nicht ganz stimmte. Er hatte mindestens drei Männer gesehen, die zwar verwundet, aber noch am Leben waren. Wären sie schwer verletzt gewesen, hätte er die Tokarev benutzt, um ihre Qualen zu beenden. Aber er sagte das Orchidee nicht, denn er konnte es sich nicht leisten, bei ihr zu diesem Zeitpunkt Mitleid zu erwecken.

Als er nicht antwortete, fragte sie: »Worauf warten wir? Sollten wir nicht fliehen, bevor man Verstärkung aufbringt? Oder wollen Sie noch mehr Menschen töten?«

Er drehte sich zu ihr um und sagte mit Schärfe in seiner sonst so ruhigen Stimme: »Ich suche Oberst Chou. Ich muss mich vergewissern, dass er tot ist.«

Sie schüttelte den Kopf: »Wahrscheinlich liegt er hier unter den Übrigen. Viele von ihnen sind ja nicht mehr zu erkennen.«

»Möglich. Oder hatte er vielleicht einen vorbereiteten Fluchtweg? Ein geheimes Versteck?«

Das wusste sie nicht, und Eagle hatte es auch nicht erwartet. Aber man konnte mit ziemlicher Gewissheit annehmen, dass ein Mann wie Chou dafür sorgt, eventuelle Konsequenzen seines Handelns nicht selbst erleiden zu müssen.

»Wo war sein Hauptquartier? In welchem Gebäude?«, fragte er.

Sie zeigte ihm einen Trümmerhaufen, verkohltes, zum Teil noch brennendes Holz, verbogenes, durchglühtes Wellblech. Nichts Lebendes bewegte sich mehr darin.

»Okay, Miss Yang, wir gehen jetzt zum Fluss. Sehen Sie sich noch einmal um - wir haben ganze Arbeit geleistet. Aber bereiten Sie sich vor - das Schlimmste kommt noch.«

Wenn es nach Oberst Chou gegangen wäre, dann wäre dieser Satz Eagles Nachruf geworden...

Elftes Kapitel

Das Schlimmste kommt noch.

Oberst Chou wartete fünfzehn Minuten, bevor er sein Versteck verließ. Der Amerikaner - oh, Oberst Chou sprach genügend englisch, um den Unterschied zwischen englischer und amerikanischer Aussprache zu hören - der Amerikaner war schon ein kluger Kerl. Er wusste, dass es ein geheimes Versteck gab. Aber er wusste nicht, dass es dem Oberst unmöglich gewesen war, es zu erreichen. Und dabei hatten der Amerikaner und das Mädchen - Chou war sicher, es war die kleine Yang - ganz in seiner Nähe gestanden, während sie sich unterhielten!

Im Laderaum des alten Lkw, von dem stinkenden Stück Zeltbahn bedeckt, da hatte Chou gelegen. Dorthin hatte er sich zurückgezogen, als um ihn herum Menschen starben und das Projekt sich auflöste. Dort fühlte er sich einigermaßen sicher, bis ein Soldat plötzlich in den Fahrersitz sprang, um mit dem Lkw dem Chaos aus Feuer, Explosionen und MG-Garben zu entfliehen. Eine Kugel aus der Pistole des Obersten hatte dem Versuch ein schnelles Ende gesetzt.

Jetzt aber war alles ruhig. Der Amerikaner und das Mädchen waren fort, es wurde Zeit, Inventur zu machen. Als er aus dem Laderaum kroch, weiteten sich seine Augen: Alles, alles war zerstört. So viel Tod, so viel Schaden - und alles von den Händen eines Mannes! Ein einziger Mann hatte sich in das Projekt geschlichen und alles ausgemerzt.

Chou schritt langsam durch das, was einst sein Reich gewesen war, wo er als unumschränkter Befehlshaber geherrscht hatte. Das schien ihm jetzt schon Jahre her. Das Blut an seinem rechten Ellbogen und an seinem linken Oberschenkel war trocken. Es waren nur Streifschüsse gewesen, er hatte Glück gehabt. Glück? Er würde seinen Vorgesetzten Bericht erstatten müssen. Und dann würden sie wissen wollen, warum sich ein amerikanischer Agent solche Mühe gegeben hatte, ein friedliches Projekt zu zerstören. Wenn sie herausfanden, dass es gar kein so friedliches Projekt gewesen war, mussten sie dann nicht der Meinung sein, dass Oberst Chou, der fanatische Maoist, ein ganz klein wenig zu fanatisch gewesen war? Oberst Chou kannte seine Vorgesetzten zu gut, um lange über die Antwort auf diese Frage nachdenken zu müssen.

Trotzdem war er der festen Meinung, dass er im Recht gewesen war, und auch die da oben hätten das zugeben müssen, wenn er, er ganz allein, die stolzen Amerikaner ausgeschaltet hätte! Stattdessen...

Nein! Was nicht war, konnte noch werden. Er hatte noch immer das Kommando über einen Militärposten in Shao-kuan, zwanzig Meilen westlich von Shih-hsing. Die Männer dort waren seine Untergebenen.

Schade, dass alles so schiefgegangen war. Er hatte seine Abreise gut vorbereitet. Seine und ihre. Aber sie hatte sich nun als Verräterin entpuppt. So wie ihr Vater ein Verräter gewesen war. Oder? Nein - aber er wäre zum Verräter geworden, davon war Oberst Chou überzeugt. Wenn der gute Doktor erst gewusst hätte, was der wirkliche Zweck des Projekts gewesen war, das Oberst Chou in eigener Verantwortung zweckentfremdet hatte.

Ein Laut unterbrach seine Gedanken. Die Pistole in der Hand, ging Chou langsam vorwärts. Er glaubte, an einer der wenigen dunklen Stellen des Hofes eine Bewegung gesehen zu haben. Dann hörte er den Laut wieder: ein Stöhnen.

Es war ein Techniker. Der Oberst fand ihn auf dem Rücken liegend, in der Stirn eine klaffende Wunde. Seine Augen starrten in die Mündung der Pistole.

»Bitte, helfen Sie mir...«, sagte er leise.

»Los, aufstehen, Mann, ich helfe Ihnen.«

Chou zerrte den Mann hoch, zitternd stand er aufrecht. »Können Sie gehen? Ich brauche einen Mann, der noch funktionsfähig ist, sonst...«

Die Waffe in der Hand des Offiziers sprach klar von der Alternative. Der Techniker nickte stumm, sagte dann: »Ich glaube schon, Genosse Oberst.«

»Na also. Da drüben steht ein Lkw, gehen Sie rüber und fahren Sie ihn zum Tor. Ich warte dort auf Sie.«

Während der Mann zum Lastwagen stolperte, ging der Oberst langsam auf den Lagerausgang zu. Und hörte sofort etwas anderes - ein Geräusch, das nicht von seinen eigenen Stiefeln oder von denen des Technikers verursacht wurde: Metall schlug gegen Metall.

Er ging um die Ruine einer Schlafbaracke herum und sah eine junge Frau mit einem Fahrrad.

Die Frau stand wie vom Blitz getroffen. Sie hielt einen Schraubenschlüssel in der Hand.

»Mein Fahrrad, Oberst - ich habe es repariert. Die Reifen sind noch in Ordnung, nur die Kette war vom Zahnrad gerutscht. Jetzt sollte es wieder fahren. Wenn der Genosse Oberst...«

»Ich benötige Ihr Spielzeug nicht, Genossin«, erwiderte der Oberst und wusste eine Sekunde später, dass er im Unrecht war.

Eine weitere Explosion beleuchtete die Ruinen des Projekts. Der Oberst hinkte um die Ecke der Schlafbaracke und sah die Flammen, die den Lkw verzehrten. Der Amerikaner hatte ganze Arbeit geleistet, das musste der Oberst zugeben. Schade, dass er auf der falschen Seite stand.

Er ging zu der Frau mit dem Fahrrad zurück. »Ich glaube, nun brauche ich doch das Fahrrad - tut mir leid.«

»Verstehe vollkommen, Genosse Oberst. Ich kann auch zu Fuß gehen. Meine Familie lebt nur einige Meilen entfernt im nächsten Dorf.«

»Ich glaube nicht, dass Sie das schaffen.«

»Sie meinen, weil ich verwundet bin?« Sie musterte das getrocknete Blut auf ihrem Arm. »Es ist nur ein Kratzer, nichts Ernstes.«

»Ich sprach nicht von Ihrer Verwundung, Genossin. Was hier heute Nacht geschah, darüber darf nicht gesprochen werden. Auch nicht von Ihnen, Genossin...«

Nackte Furcht verzerrte ihr Gesicht, als der Oberst mitleidslos seine Pistole hob. Dann fiel sie, mit zwei Einschusslöchern in der Stirn, neben dem Fahrrad auf die Erde.

Chou fuhr mit dem klapprigen Fahrrad in das Dorf Shihhsing. Wie lange die Fahrt gedauert hatte, wusste er nicht, und er hatte keinen Menschen auf der Landstraße getroffen. Mit voller Absicht hatte er schon seit geraumer Zeit Gerüchte verbreiten lassen, dass man sich in den Labors mit tödlichen Bazillen beschäftigte, dass es lebensgefährlich sein könne, sich der Umzäunung zu nähern. Jetzt musste er grimmig lächeln: Seine Propaganda war mehr als erfolgreich gewesen. Trotz Explosionen und Maschinengewehrfeuer hatte sich keine Seele in die Nähe des Projekts gewagt, niemand war gekommen, um zu gaffen oder zu helfen. Das Dorf war wie ausgestorben.

Aber ein Mann hätte kommen sollen - und zwar schnell. Trotz seiner Erschöpfung war er über die Pflichtvergessenheit dieses Mannes wütend. Am Rande des Dorfes stieg er von seinem Fahrrad und klopfte an eine Tür. Sie öffnete sich einen Spalt, der Oberst drückte ungeduldig dagegen und schob den Mann, der ihm geöffnet hatte, beiseite. Der Kerl war im Nachthemd.

»Oberst Chou - was ist geschehen?«

»Da Sie es nicht für nötig hielten, sich selbst darüber zu informieren, Hauptmann, werde ich das in meinem Bericht an unsere Vorgesetzten erwähnen. Aber erst später. Jetzt ziehen Sie sich gefälligst an und dann fahren Sie mich nach Shao-kuan!«

»Aber Genosse Oberst, ich habe kein Auto!«

»Hauptmann, widersprechen Sie gefälligst nicht! Sie haben meinen Befehl gehört. Ziehen Sie sich an und besorgen Sie ein Auto. Irgendein Auto. Und noch etwas, Hauptmann: Niemand darf erfahren, dass ich hier bin! Verstanden?«

Während der Hauptmann Vorbereitungen für die Fahrt nach Shao-kuan traf, gab Chous Körper ein Kommando, dem auch der Oberst sich nicht widersetzen konnte. Vollkommene Erschöpfung zwang ihn zum Schlafen.

Als er erwachte, saß er neben dem Hauptmann auf dem Vordersitz eines uralten Lastwagens und bemerkte sofort einen bestialischen Gestank.

»Wo, zum Teufel, haben Sie dieses Fahrzeug her, Hauptmann?«

»Aus der Scheune eines Geflügelzüchters, Genosse Oberst. Es war das einzige Fahrzeug, das ich finden konnte...

»Hühnerscheiße!«

»Er... ja, Genosse Oberst. Ich hoffte, Sie würden weiterschlafen.«

Der Oberst war jetzt dankbar für seine Müdigkeit. Er schlief wieder ein und erwachte erst, als er merkte, dass er von mehreren Männern aus dem Lkw getragen wurde.

»Alles in Ordnung, Genosse Oberst«, hörte er die Stimme des Hauptmanns. »Los, Männer, helft ihm...«

Die Uhr in dem kleinen Büro zeigte vierzig Minuten nach Mitternacht. Oberst Chou hatte sich gewaschen und trank aus einer kleinen Tasse *Mo Tai*, den starken Reiswein. Auf dem Stuhl hinter ihm lag eine frische Uniform. Aber sein Hauptinteresse galt der großen Landkarte, die fast eine ganze Wand des Raumes einnahm. Mit den Augen folgte er dem Lauf des Flusses Pei. Der junge Offizier, der unter dem Kommando von Oberst Chou den Militärposten Shao-kuan befehligte, bewunderte das Pflichtbewusstsein seines Vorgesetzten, war aber trotzdem der Meinung, dass Oberst Chou sich zumindest in einer Einzelheit irrte.

»Oberst, wenn es sich bei diesem Mann um den handelt, über den vor drei Tagen hier ein Bericht durchkam, dann ist er kein Amerikaner, sondern ein Russe...«

»Ich pfeife auf Ihren Bericht - und auf seine Nationalität! Ich will ihn haben! Ich will ihn tot sehen! Und die Frau auch.«

»Zu Befehl, Genosse Oberst!«

»Also, es werden sofort Schnellboote eingesetzt - hier, und hier auch.« Mit einem Brieföffner zeigte er auf mehrere Punkte der Landkarte.

»Ohne Zweifel werden die beiden versuchen, auf dem Fluss nach Süden zu entkommen. Es ist der schnellste Weg. Sie haben keine Nahrung und keinerlei Hilfsquellen, bis sie außerhalb des Landes sind.«

»Sind Sie denn fest davon überzeugt, dass sie das Land verlassen werden?«

Die Augen des Obersts spien Feuer. »Ob Russe oder Amerikaner - glauben Sie wirklich, der Bursche möchte länger als notwendig innerhalb unserer Grenzen bleiben? Ich kann Ihnen etwas verraten: Ich habe ein gigantisches Komplott gegen unsere Republik aufgedeckt! Sowohl diese Dr. Yang als auch ihr Vater waren hineinverwickelt. Den Vater habe ich liquidiert. Man wollte ein Insekt entwickeln, das unsere gesamte Landwirtschaft zerstört und uns die Hungersnöte vergangener Jahre wiedergebracht hätte. Die Saboteure müssen gefasst werden - das ist Ihnen doch wohl klar? Sie, mein Freund, müssen sich dafür einsetzen, mit Ihrer ganzen Truppe. Ich selbst werde mich flussabwärts begeben.«

»Um die beiden abzufangen, Genosse Oberst?«

»So ungefähr - ich habe dort unten schon eine Aktion eingeleitet, falls Sie hier keinen Erfolg haben sollten. Leider kann ich Ihnen nichts Näheres sagen. Sowie Sie die Befehle an die Schnellboote weitergegeben haben, mache ich mich auf den Weg.«

»Aber Genosse Oberst...«

»Keine Widerrede! Geben Sie die nötigen Befehle!«

»Jawohl, Genosse Oberst.«

Der junge Offizier verließ den Raum, und der Oberst, der selbstzufrieden lächelte, hörte, wie draußen Männer den Befehlen gehorchten. Er trank seine dritte Tasse *Mo Tai*. Der Saboteur und das Mädchen würden innerhalb von Stunden tot sein. Er war ein sehr, sehr fähiger Saboteur - aber er hatte einen Fehler begangen. Der Oberst hatte in seinem Versteck unter der Zeltbahn mitangehört, wie er erwähnt hatte, dass er flussabwärts fliehen wollte. Dabei konnte es sich nur um den Pei handeln.

Der junge Offizier kam in die Schreibstube zurück.

»Noch etwas: der Hauptmann, der mich hierherfuhr, muss sofort als Volksverräter verhaftet werden!«

»Aus welchem Grund, Genosse Oberst?«

»Ich werde die entsprechenden Formulare ausfüllen. Haben Sie ein Boot für mich bestellt?«

»Jawohl, Genosse Oberst, aber...«

»Aber was? Wann ist das Boot hier?«

»In einer Viertelstunde. Aber...«

»Ich weiß. Ich sehe so aus, als hätte ich soeben sämtliche Schlachten der Revolution allein ausgefochten. Haben Sie Zivilkleidung für mich?«

»Ja.«

»Dann lassen Sie die Kleidungsstücke sofort bringen.« Als der junge Mann zögerte, fragte der Oberst: »Sonst noch etwas?«

»Nein... Nein, Genosse Oberst.«

Er verließ wieder den Raum, und wenig später brachte eine Frau einen Anzug, wie er von Millionen Zivilchinesen getragen wurde: die Uniform der blauen Ameisen. Sie sind wie Schafe, dachte der Oberst, während er sich umzog, wie Schafe, die man nur zum Schlachthof führen muss. Er goss sich noch eine Tasse *Mo Tai* ein. Das würde seine letzte sein. Er konnte es sich nicht leisten, jetzt seine Reflexe durch Alkohol abzustumpfen.

Schafe. Alle waren sie Schafe. Nein, nicht alle. Aber der wahre Revolutionsgeist des Vorsitzenden Mao war verwässert. Nur wenige Leute besaßen ihn noch in voller Reinheit, und er war einer der wenigen. Eines Tages würde die Welt davon sprechen, dass ein chinesischer Oberst die mächtigen Vereinigten Staaten in die Knie gezwungen hatte...

Bis dahin gab es allerdings noch einige Hindernisse zu bewältigen. Er lächelte, denn er wusste, dass er diesen Schwierigkeiten gewachsen war. Wenn seine Anlagen auch völlig zerstört waren - der Zerstörer war etwas zu spät gekommen. Sein Schlag gegen die Ernährungsbasis des Westens würde doch noch Erfolg haben. Er würde an einem anderen Ort weiterarbeiten. Und nichts Unvorhergesehenes konnte ihn davon abhalten!

Die Tür öffnete sich, der junge Offizier trat ein. Lächelnd sagte Oberst Chou: »Sie haben meine Befehle ausgeführt?«

»Jawohl, Genosse Oberst.«

»Der Hauptmann ist unter Arrest?«

»Jawohl.«

»Das Boot wartet?«

»Jawohl, Genosse Oberst.«

»Sehr gut. Dann wollen wir jetzt zum Hafen gehen.« Er bemerkte, dass der Mann zögerte. »Noch etwas?«

»Die Formulare betreffs des Hauptmanns - Sie haben die noch nicht ausgefüllt.«

»Geben Sie mir die Papiere, ich werde sie auf dem Boot ausfüllen und Ihnen zugehen lassen. Jetzt habe ich dazu keine Zeit.«

»Das sehe ich ein, Genosse Oberst. Aber da wäre noch etwas anderes, etwas viel Wichtigeres.«

Der Offizier sah den Oberst nicht an, blickte nur auf den Schreibtisch nieder. »Genosse Oberst, Sie haben mir gesagt, das gesamte Projekt wurde zerstört. In diesem Fall müssen wir einen Bericht an unsere Vorgesetzten machen...«

»*Ich* bin Ihr Vorgesetzter!«

»Bitte um Entschuldigung, Genosse Oberst - Sie sind einer meiner Vorgesetzten.«

Der Oberst seufzte. »Verstehe.«

Er verstand. Das hätte er sich früher denken können, schließlich war er im Geheimdienst. Als er selbst noch Leutnant gewesen war, auch später als Hauptmann, hatte er ebenfalls zwei Vorgesetzte gehabt, und keiner der beiden hatte etwas vom anderen gewusst. Er war sich wie ein Mann auf einem Drahtseil vorgekommen, hatte aber nie das Gleichgewicht verloren. Auch dieser junge Mann hatte das Gleichgewicht bewahrt - bis zu diesem Augenblick.

»Also gut«, sagte er. »Wenn Sie darauf bestehen?«

»Danke, Genosse Oberst«, sagte der junge Mann und ging auf den Oberst zu, streckte die Hand aus. »Ich bin Ihnen wirklich dankbar, dass Sie...«

Wie eine Maske fiel das Lächeln von seinem Gesicht, als er in der Hand des Obersten den scharfen Brieföffner sah, den dieser vom Tisch genommen hatte.

Der Oberst zog den Leichnam des Offiziers hinter den Schreibtisch und sorgte dafür, dass kein Blut seine Kleidung befleckte. Blut, das aus der klaffenden Wunde am Hals des Mannes floss. Dann schritt er ruhig durch die Tür ins Vorzimmer, wo ein Sergeant ihn stramm grüßte.

»Ich glaube, draußen wartet ein Auto, um mich zum Hafen zu fahren. Bitte begleiten Sie mich.«

Zwölftes Kapitel

Eagle ließ den kleinen, mit Leinwand gedeckten Sampan flussabwärts gleiten. Mit größter Vorsicht beobachtete er beide Ufer und alle Boote, Dschunken und Lastkähne, die in entgegengesetzter Richtung fuhren, ganz gleich, wie harmlos sie auch aussahen.

Er bezweifelte, dass der Chinese, dem sie den Sampan gestohlen hatten, seinen Verlust früher als in fünf oder sechs Stunden entdecken würde. Selbst dann musste der Mann, der das Boot etwas nördlich von Shih-hsing am Ufer festgemacht hatte, zuerst annehmen, dass es sich von selbst losgerissen hatte. Aber Eagle wusste, dass er auf jede Eventualität vorbereitet sein musste, besonders, weil er den Leichnam Chous nicht gefunden hatte. Wahrscheinlich hatte Orchidee Recht, wenn sie sagte, dass Oberst Chou zerrissen irgendwo innerhalb des Zauns lag. Aber ein Mann wie Eagle nahm nie die Augen vom Spieltisch, bis die letzte Karte aufgedeckt war. Nicht bei diesem Geschäft: Protoagent. Obwohl Orchidee recht gut die englische Sprache beherrscht, das war ein Wort, das in keinem Wörterbuch stand. Sie hatte ihn ausgefragt, sowie sie eine Möglichkeit dazu bekam - und das war erst, nachdem sie im Sampan die Mitte des Flusses erreicht hatten. Vorher gab es keine Zeit für Privatgespräche. Aber als sie sich erschöpft auf den Bodenbrettern des kleinen

Bootes ausruhte, sagte sie: »Die Amerikaner trainieren ihre Spione gut. Sie haben eine Ausdauer wie ein Berufsathlet.«

»Berufsathlet? Vielleicht. Spion - nein.«

»Was sind Sie dann, wenn kein Spion?«

»Ich bin Protoagent. Das ist ein völlig neuer Typ des alten Geheimagenten.«

»Protoagent - ein Titel, der sich wichtig anhört.«

»Fällt Ihnen ein besserer ein?«

»Doch, vielleicht: Massenmörder.«

Danach sprachen beide lange kein Wort mehr. Er hielt Ausschau, sie schloss die Augen und ruhte sich von den Strapazen des Gewaltmarsches aus. Man hörte nur das Wasser gegen die Bordwand plätschern. Eagle steuerte zuerst in die Nähe des gegenüberliegenden Ufers, danach hielt er sich in der Strommitte. Die Heftpflasteruhr zeigte kurz nach Mitternacht.

»Bitte verzeihen Sie mir«, sagte sie plötzlich. »Ich weiß, Sie tun nur Ihre Pflicht. Ich bitte Sie um Entschuldigung.«

Er sah sich nach ihr um und lächelte. Beide hatten ihre Kapuzen und Gesichtsmasken abgenommen.

»Sie müssen sich nicht entschuldigen, Miss Yang«, sagte er. »Als Wissenschaftlerin haben Sie gelernt, wie man konstruktiv denkt, wie man den Mitmenschen hilft, eine bessere Welt aufzubauen. Ich bin kein Wissenschaftler - ich habe nur gelernt, wie man zerstört. Das Böse zerstört.«

»Und trotzdem helfen Sie mir?«

»Ja. Das war der Wunsch Ihres Vaters, als er nach Amerika kam.«

Ihre Augen strahlten ihn an. »Sie haben meinen Vater gekannt?«

Eagle schüttelte den Kopf. »Nein. Aber er hatte den Ruf eines sehr brillanten Mannes - und eines guten Menschen. Das ist jedenfalls die Meinung der Leute, die in meinem Land die Macht ausüben.«

»Ihr Land...«, sagte sie nachdenklich. »Das hier ist mein Land. Der Pei, das Dorf bei dem Projekt, wo Sie - wo wir... Wird Ihr Land mir gefallen, Proto...«

»John.«

»Ihr Name ist John?« Sie sprach es >Chon< aus.

»Ja.«

»Das ist Ihr ganzer Name? Oder wollen Sie mir nicht mehr verraten?«

»Stimmt.« Wieder lächelte er sie an. »Und wissen Sie, warum?«

»Ich glaube schon. Damit ich, falls wir gefasst werden, nicht zu viel weiß. Damit ich auch unter Folter nichts verraten kann.«

»Man wird uns nicht fassen, Miss Yang.«

»Sind Sie Hellseher, Chon? Oder haben Sie so viel Selbstvertrauen, dass Sie die Möglichkeit nicht einmal erwägen?«

»Das letztere, Miss Yang. Sie haben einen großen Wortschatz, wie lange lernen Sie schon die englische Sprache?«

»Noch nicht lange. Man hat mir aber gesagt, ich sei sehr begabt.«

Er lachte laut. »Der Meinung kann ich mich nur anschließen.«

»Ich will aber mehr über Amerika lernen als nur die Sprache. Audi über die Menschen, wie sie leben, wie sie lieben.«

Wieder lachte er. »Sie werden das alles lernen. Wie gesagt, Sie sind sehr begabt - und sehr hübsch.«

Plötzlich war ihm, als höre er Merlins Stimme: *Hände weg von dem Mädchen!*

Ernsthaft sagte Orchidee: »Chon, bitte erzählen Sie mir von Amerika - von der Liebe in Amerika.«

»Ich bin nicht sicher, ob mein Arbeitgeber damit einverstanden wäre.«

»Wollen Sie damit sagen, dass die Vereinigten Staaten etwas dagegen haben, wenn Ausländer etwas über die Liebe in Amerika lernen?«

Merlin: »In diesem Falle ganz gewiss! Wenn John Eagle der Lehrmeister ist!«

»Ich war schon immer Patriot«, sagte Eagle.

»Das Wort kenne ich nicht... Ich verstehe nicht.«
Merlin: »Aber ich, Johnny! Ich sage es Ihnen zum letzten Mal...«
»Macht nichts... Was ist schon so wichtig an einem Wort?« Ich freue mich, dass Sie so wissbegierig sind - und wahrscheinlich in jeder Beziehung begabt. Ich werde versuchen, in der knappen Zeit, die uns zur Verfügung steht, Ihnen so viel wie möglich...«

Orchidee rutschte näher an ihn heran, ihre Finger zogen den Reißverschluss des Tarnanzugs langsam auf, und Merlin hatte an der weiteren Diskussion keinen Anteil mehr.

Himmlische Orchidee.

Der Name passte wie ein Glacéhandschuh auf eine schlanke Hand. Schon einmal, vor Monaten, hatte Eagle in einem Sampan geliebt. Die Frau war eine Malayin und nicht so unerfahren gewesen wie dieses Mädchen, aber sie hatte ihn in einer wilden, fast animalischen Weise entspannt.

Orchidee zog den Tarnanzug aus, wie eine Schlange im Frühling ihre Haut abstreift, und bot Eagles Augen ihre knabenhafte Figur dar. Erst als sie nackt vor ihm kniete, schlug sie die schwarzen Augen zu ihm auf. Sie lächelte einladend und doch unschuldig. Als er seine falsche Haut ablegte, wurde aus dem einladenden, unschuldigen Lächeln eines voller Neugier - dann eins voller Anerkennung.

Sanft bettete Eagle sie auf die Bodenbretter, legte beide Tarnanzüge unter sie und ließ sich neben ihr niedersinken. Sanft streichelte er sie, während sie die Augen schloss. Er beeilte sich nicht; erst als sie die Beine um ihn schlang, begann er, in sie einzudringen.

Merlin hatte Recht gehabt, was den chinesischen Sittenkodex betraf; das Mädchen war noch Jungfrau.

»Jetzt...« keuchte sie.

»Gleich«, sagte er leise. »Gleich, kleine Orchidee, du bist noch nicht soweit.«

»Doch, doch, ich bin soweit - ich warte nur auf dich!«

»Wer ist hier Lehrer und wer Schüler?«

Noch war er kaum in sie eingedrungen - was sie fühlte, war nur ein Teil von ihm.

»Bitte, Chon...«

Er konnte die Feuchtigkeit ihrer Leidenschaft, die Hitze ihrer Gier spüren, und wartete darauf, dass ihr Körper die Bewegungen begann, die ihn langsam in sie hineinziehen würden. Er brauchte nicht lange zu warten.

Ihre Hüften begannen, langsam und rhythmisch zu rotieren, in dem unbewussten Heben und Senken, das Frauen instinktiv ausführen, ob sie nun zum erstenmal lieben oder routinierte Liebhaberinnen sind. Eagle hatte Frauen in allen Kontinenten geliebt - es war unbedingt ein Vorteil seines Berufs, dass er mit so vielen Reisen verbunden war...

Ihr Atem wurde schwerer, die Bewegungen ihres Körpers schneller.

»Chon - ich...«

Aber sie schwieg, als seine Hand ihr sanft den Mund verschloss. Er wusste, dass ein Schrei in ihr auf quoll, der ihr Genugtuung bereitet und an den sie sich später erinnert hätte. Aber es war zu gefährlich, die Aufmerksamkeit eventueller Beobachter auf den langsam treibenden Sampan zu lenken.

Ihr Körper bäumte sich plötzlich unter ihm auf, wurde steif - und entspannte sich, begann wieder mit den rotierenden Bewegungen, in einem neuen Rhythmus. Sie lächelte zu ihm auf, die Lippen weit offen, die Augen wie mit einem glasigen Film überzogen.

»Amerikanische Liebe ist sehr schön, mein Lehrer«, sagte sie. »So schön... Ahhh!«

»Du bist leicht zu überzeugen, meine kleine Orchidee.«

»Und du - weißt du etwas über chinesische Liebe?«, fragte sie.

Er sah sie mit gespieltem Ernst an. »Weißt du denn etwas darüber?«

Ihre Bewegungen wurden langsamer, genüsslicher, zu einem rhythmischen Umklammern und Freigeben. Sie kamen im Takt mit denen des Bootes - oder vielleicht waren es ihre Bewegungen, die das Boot schwanken ließen? Eagle hielt eine genauere Analyse nicht für nötig.

»Schließlich bin ich Chinesin«, beantwortete sie seine Frage neckend, »und habe viele Bücher über das Thema gelesen.«

»Sind praktische Lektionen nicht schöner als die Theorie in Büchern?«

»Viel, viel schöner«, sagte sie und zog ihn noch tiefer in sich hinein. »Und jetzt will ich dir chinesische Liebe beibringen.«

»Lektion Nummer eins?«

Sie hatte völlig aufgehört, sich zu bewegen. »Lieg ganz still...«

Er leistete ihrem Gebot Folge, obgleich sein Körper damit nicht einverstanden war. Aber wie immer beherrschte sein Geist seinen Körper.

Sie nickte glücklich. »Der Körper, mein Chon, hat viele Muskeln. Schon im alten China... Ahhh... Da, hast du das gespürt?«

Eagle fühlte, wie etwas saugend die Spitze seines Schafts umfasste - nicht zu fest, aber auch nicht zu sanft. Noch einmal, und wieder: saugen - loslassen - saugen - und wieder loslassen.

»Gefällt dir die chinesische Liebe, Chon? Und wie gefällt dir *das*?«

Das war ein Gefühl, als ob eine sanfte Bürste über die ganze Länge seines Penis' glitt - und noch einmal.

»Na, habe ich aus meinen Büchern gelernt?« lächelte sie.

»Ich werde in Zukunft viel mehr lesen...«, antwortete er und konnte es kaum glauben, dass er dieses kluge Kind erst vor Minuten defloriert hatte.

Er gab sich ganz dem exquisiten Vergnügen hin, das ihm der schlanke Körper bereitete: Saugen - loslassen - saugen - loslassen - sanft bürsten... Und alles, ohne dass sie die Hüften auch nur bewegte.

Aber er konnte einfach nicht völlig bewegungslos bleiben und schob sich ganz langsam vor und zurück.

»Oh, Chon - du hilfst mir nicht!«, klagte sie.

Wieder lag er ganz still - und wusste, dass es nun, so wie sie an ihm arbeitete, nicht mehr lange dauern würde, bis er... Er explodierte in ihr, und sie legte sich entspannt zurück.

Dann lachte sie.

Er lachte mit. »Recht gut, meine kleine Schülerin - Examen mit Auszeichnung bestanden!«

»Nur recht gut? Nicht sehr gut?«

»Man soll einer Anfängerin niemals zu viel Lob zukommen lassen - es nimmt ihr den Drang, sich zu verbessern!«

Ohne zu lächeln, fragte sie: »Ist das Boot noch immer...«

»Das Boot ist auf dem richtigen Kurs, immer flussabwärts...« Er begann, sie sanft da zu streicheln, wo es ihr die meiste Freude machte.

»Du bist auch auf dem richtigen Kurs, Chon«, sagte sie und schwieg sofort danach. Denn plötzlich war etwas in ihr, das sie noch nicht kannte. Statt des passiven Werkzeugs, das ihre internen Muskeln geliebkost hatten, spürte sie plötzlich eine Lanze von enormer Länge, härter als vorher... Sie wollte vor Entzücken schreien, aber wieder deckte seine Hand ihren Mund zu... Und er stieß in sie hinein, sie hob sich ihm entgegen - und er drang tiefer ein, als sie es für möglich hielt.

»Chon...«, flehte sie.

Er antwortete, aber nicht mit Worten.

»Chon - ich kann nicht mehr - oh...« Alles wurde schwarz um sie her - sie lag in einer dunklen Höhle, suchte das Licht - Licht - Licht...

Licht!

Es explodierte um sie wie tausend Sonnen! Wie das Feuerwerk am Neujahrstag, mit Flammen und Farben und funkelndem Leben. Die Welt war plötzlich neugeboren - in herrlichen Schmerzen!

»Ahhh...«

Später, als sie nebeneinander lagen, sagte sie zu ihm: »Es war ein Gefühl, Chon - ein Gefühl wie Angst...«

»Angst? Keine Freude?«

»Beides, Chon.«

»Jetzt warst du sehr gut - auf die gute, alte, amerikanische Art.« Er küsste ihre offenen Lippen, stieß mit seiner Zunge tief in ihren Mund vor, fühlte wie ein kleines Tier ihre Zunge und hielt plötzlich inne.

Er löste sich von ihr.

»Zieh' dich an - schnell!«

Sie sah, dass er bereits seinen Tarnanzug überstreifte, und folgte mit schlangengleichen Bewegungen seinem Beispiel.

»Was hast du gehört?«

»Motorengeräusch - ein Schnellboot!«

Als er seinen Anzug wieder anhatte, blickte er nach Steuerbord.

»Die Burschen sehen sich unser Boot sehr genau an. Vielleicht ist es nur Routine, vielleicht auch etwas anderes.«

Es war etwas anderes. Plötzlich lag der Sampan im Licht eines mächtigen Scheinwerfers. Eine durch ein Megaphon verstärkte Stimme schallte über das Wasser. Eagle blickte fragend das Mädchen an.

»Er sagt, wir sollen uns zeigen, und zwar schnell.«

»Okay, nimm die Kapuze ab und zeige dich. Sag', du bist eine...«

Orchidee hatte schon die Kapuze abgezogen und den Kopf in das gleißende Licht gesteckt. Aber die Megaphon-Stimme sprach wieder, und der Ton gefiel Eagle gar nicht.

»Er sagt, auch die zweite Person an Bord soll sich zeigen - er weiß, ich bin nicht allein.«

Das war logisch. Eine junge Frau würde nicht völlig allein den Pei hinunterfahren. Aber während sie, die Chinesin, sich zeigen konnte, ohne Verdacht zu erregen...

»Chon, sie kommen näher«, flüsterte sie, und er hörte die Furcht in ihrer Stimme.

Er traf sofort seine Entscheidung.

»Über Bord, Orchidee - *jetzt!*«

Während er vorn außenbords hechtete, hörte er sie am Heck des Sampans ins Wasser springen. Wie ein Hai durchschnitt sein trainierter Körper die Fluten, während er hörte, wie Maschinengewehrgeschosse auf dem Sampan einschlugen.

Dreizehntes Kapitel

»Chon!«, rief das Mädchen, als es wieder an die Oberfläche kam.

»Kopf runter - und schalte die Tarnung ein! Hinterm Knie!«

Durch ihre Stimmen alarmiert, bestrich der MG-Schütze das Wasser um sie herum, während Eagle so in Richtung des Mädchens schwamm, dass der halbverdunkelte Sampan zwischen ihm und dem Schnellboot lag. Er machte so viel Geräusch wie möglich, um die Aufmerksamkeit des Schützen auf sich und von Orchidee fortzulenken. Aber wo, zum Teufel, war sie? Er hatte sie nicht aus den Augen gelassen, konnte sie jedoch nicht mehr sehen. Dann erinnerte er sich: die Brille! Während er unter Wasser schwamm, legte er seine Kapuze an und setzte die Brille auf. Als er wieder auftauchte, schwamm sie neben ihm.

»Du lernst schnell - in jeder Beziehung«, sagte er.

»Furcht beschleunigt manches«, sagte sie, und er konnte an ihrem Gesicht sehen, dass sie noch Angst hatte.

»Bleib, wo du bist. Gib dem Sampan ab und zu einen kleinen Stoß...«

Er tauchte unter dem Sampan durch und auf das Schnellboot zu. Er wusste, dass der MG-Schütze, obgleich seine Waffe jetzt schwieg, noch immer nach einem Ziel Ausschau hielt. Die Männer an Bord waren keine Narren. Dass ihr Wild unter Wasser tauchen würde, konnten sie voraussehen. Dass dasselbe Wild aber wieder auftauchen konnte, ohne von ihnen gesehen zu werden - das konnten sie nicht wissen. Er schwamm mit langen, lautlosen Stößen zu dem Schnellboot.

Das Maschinengewehr auf dem Vorderdeck konnte um volle 360 Grad gedreht werden. Weil das Boot selbst äußerst manövrierfähig war, genügte ein einziges MG als Bewaffnung.

Wieder eine Garbe - er hörte die Einschläge auf Holz und Leinwand. Orchidee spielte ihre Rolle gut.

Und jetzt begann seine Aufgabe. Lautlos zog er sich an der Bordwand empor, lautlos betrat er das Deck - und grinste. Nur drei Chinesen waren an Bord: der MG-Schütze vorn, der Rudergänger und der Offizier, der das Megaphon in der Hand hielt. Er stand mit dem Rücken zu Eagle, die rechte Hand am Gürtel. Mit dem linken Handrücken schlug Eagle auf den Hals des Offiziers - das Megaphon fiel klappernd auf Deck, der Mann am Ruder drehte sich hastig um. Etwas Stahlhartes traf ihn an der Kehle, genau unter dem Kiefer. Er war sofort tot - wie auch sein Offizier.

Währenddessen hatte der Schütze das MG herumgeschwenkt und war bereit für alles, was da kommen mochte. Aber nicht für das, was er plötzlich vor sich sah: den Revolver seines Kommandanten, mitten in der Luft, die Mündung auf ihn gerichtet! Das war doch unmöglich... Oder?

Die Frage wurde nie beantwortet, denn der Revolver feuerte. Nur einmal - das genügte. Eagle warf die drei Leichen über Bord und hob das Megaphon auf.

»Miss Yang - wo, zum Teufel, sind Sie?«

Mit voller Kraft raste das Schnellboot den Pei hinunter. Kurs Süd-West. Eagle schaute auf seine Heftpflasteruhr: fast zwei Uhr. Noch lange bis Sonnenaufgang - aber sie hatten auch noch eine große Entfernung vor sich.

»Der Motor, Chon - er hält dieses Tempo nicht lange durch.«

»Möglicherweise. Aber ich glaube, dass wir lange, bevor der Motor den Geist aufgibt, von Bord gehen müssen.«

»Warum, Chon? Wenn du etwas vorsichtiger damit umgehen würdest...«

»Auch dann würden wir mit diesem Kahn nicht weit kommen. Weißt du, was das hier ist?«

»Ein Radio.«

»Ein Funkgerät mit Verbindung zu anderen Schnellbooten auf dem Fluss. Wenn mich nicht alles täuscht, dann hat das Boot schon wenige Minuten, nachdem sie uns gesichtet hatten, dies allen anderen Schnellbooten auf dem Pei mitgeteilt.«

»Dann wissen sie also, wo wir sind.«

»Wenn Oberst Chou noch am Leben ist, ja. Auf jeden Fall wissen sie, dass es auf dem Fluss etwas gibt, auf das man Jagd machen muss. Wenn die anderen Schnellboote nördlich von uns sind, haben wir eine Chance. Sonst werden wir sehr bald Gesellschaft bekommen.«

»Und darum versuchst du, eine recht große Entfernung in diesem Boot zurückzulegen...«

Er lachte. »Es sei denn, du gehst lieber zu Fuß?«

Sekunden, bevor sie die grauen Schatten auf dem Fluss sah, hatte er sie schon entdeckt. Die Schnellboote - gleich vier - kamen aus südlicher Richtung. Pech.

»Wie gut kannst du ein Maschinengewehr bedienen?«, fragte er.

»Chon, ich habe noch nic...«

»Kannst du das Boot steuern?«

»Ich könnte es versuchen. Ich bin sehr begabt...«

»Matrose Yang übernehmen Sie das Ruder!«, sagte er.

»Und das hier auch!«

Er warf ihr die Waffe des Offiziers zu, und sie fing sie geschickt auf.

»Was soll ich damit machen?«, fragte sie hilflos.

»Schießen - in Richtung des Feindes, wenn möglich!«

»Und wie steuere ich?«, fragte sie.

»Indem du den Bug beobachtest - wo der hinzeigt, da fährt das Boot hin. Und gib Vollgas!«

Zuerst kam das Motorengebrüll der vier Boote - dann das Signalfeuer der Morselampen. Wahrscheinlich Befehle, entweder anzuhalten oder die Geschwindigkeit zu verringern. Zuerst wollte Eagle mit seiner Lampe zurückmorsen - irgendetwas, nur um den Feind zu verwirren. Aber das hätte zu viel Zeit gekostet - und Zeit hatte er nicht. Also sprang er auf das Vorderdeck und brachte das MG in Stellung.

Orchidee steuerte einen ziemlich geraden Kurs.

»Du machst das prima!«, rief er ihr ermutigend zu. »Versuch, durch eine Lücke zwischen den andern Booten zu fahren! Und setz' deine Maske auf!«

Während sie das tat, kurvte das Boot wild über den Fluss, aber er war darauf vorbereitet. Und auch auf die Maschinengewehre der anderen.

In einem Zangenmanöver nahmen die vier Schnellboote Position auf beiden Seiten des fliehenden Bootes ein. Vier Spinnen, die eine Fliege ins Netz trieben. Und die Fliege nahm die Einladung an und raste mit voller Geschwindigkeit auf das Netz zu! Jetzt konnte es nicht mehr lange dauern. Alle vier MGs eröffneten das Feuer im selben Augenblick. Die ersten Garben zeugten für schlechtes Zielen. Es war die gleiche Situation wie auf dem Zug: Das Militär war außer Übung, schon lange hatte es auf dem Fluss nichts gegeben, worauf geschossen werden musste. Männer, die das Schießen üben, ohne zu glauben, dass sie das Erlernte jemals in die Praxis umsetzen müssen, üben nur aus Pflichtgefühl. Anders Eagle: Als er an fast allen Schusswaffen ausgebildet wurde, die bei den Armeen der Welt gängig sind, wusste er, dass er sehr wohl eines Tages sein Leben dieser Lektion verdanken konnte.

So wie jetzt auf dem Pei...

Obgleich er nur mit einer ähnlichen Waffe geschossen hatte, und noch dazu vor längerer Zeit, war das Resultat seiner ersten

Garbe erheblich besser als das seiner Gegner. Die ersten Schüsse lagen etwas zu tief und zu stark links, aber die nächsten genau im Ziel. Der MG-Schütze auf dem Vorderdeck drehte sich zweimal um die eigene Achse, bevor er über die Windschutzscheibe auf die Brücke stürzte.

Sofort kam die Antwort in Form eines Kugelhagels von dem Boot zu seiner Linken. Eagle schwenkte seine Waffe herum und schoss auf dieses Boot. Der Mann am feindlichen MG stand kerzengerade auf und warf die Hände in die Luft, als bete er zu einer Mondgöttin. Dann fiel er nieder und rollte vom

Deck in die schwarzen Fluten.

In wenigen Sekunden musste Eagle mitten zwischen den vier Schnellbooten sein, die jetzt noch versuchten, ihm den Weg abzuschneiden. Danach würden sie ihn jagen.

Die zwei noch übrigen MG-Schützen feuerten fast ununterbrochen, um ihn zu erledigen, bevor er dasselbe mit ihnen tat. Aber sie waren nicht die Ziele, die er im Augenblick suchte. Ihm kam es auf die am nächsten gelegenen zwei Schnellboote an, und - ja, die Chinesen an Bord dieser Boote taten genau das, was sie erwartet hatte.

Drei Mann auf einem Boot dieser Bauart können, wenn es wirklich hart auf hart geht, sich gegenseitig sehr behindern. Ist der Mann am MG erst einmal kampfunfähig, bleiben nur noch der Steuermann und der Kommandant übrig.

Unter den bestehenden Umständen hätte Eagle erwartet, dass die Kommandanten die Steuermänner nach vorn schicken und selbst das Ruder übernehmen würden. Genau das geschah auch auf dem Boot zur Linken. Auf dem anderen aber konnte der Kommandant entweder seinen Mann nicht dazu bewegen, nach vorn zu gehen, oder er hatte selbst genügend Mut, um sich am MG zu versuchen. Was Eagle betraf - ihm war beides recht. Denn als er seine nächsten zwei Garben feuerte, eine nach links, eine nach rechts, fiel keiner der Männer hinter den Maschinengewehren. Vielmehr zersplitterten auf beiden Booten die großen Glasscheiben, hinter denen die Steuerleute am Ruder standen.

Beide Boote fuhren plötzlich wilde Kurven, und durch die Kursänderung wurde einer der Männer auf dem Vorderdeck über Bord geschleudert. Der auf dem anderen Boot kroch auf allen vieren nach achtern, aber er schaffte es nicht. Schon die nächsten Schüsse Eagles trafen ihn.

Wie Kinderspielzeuge, die sich von der Schnur gelöst haben, rasten die Boote ohne lebende Mannschaft in bizarrem Muster über den Pei. Eins stieß fast mit einem der noch bemannten Boote zusammen, und Eagle bewunderte die Reaktion des Rudergängers. Die Kollision hätte Eagle Arbeit erspart. So musste er mit dem MG ein neues Ziel anvisieren. Zwei schnelle Feuerstöße nach rechts, und er hatte die Bordwaffe dieses Boots zum Schweigen gebracht. Drei Feuerstöße nach links, und auch von dieser Richtung her hatte er Ruhe. Wie lange?

Er kroch in den Ruderstand zurück und legte die Hand auf die von Orchidee.

»Lass los, Kleine. Ich übernehme wieder.«

»Ich... Ich kann nicht loslassen, Chon!«

Und tatsächlich waren ihre Hände, wie Eagle feststellte, um das Steuerrad verkrampft.

»Habe ich alles richtig gemacht, Chon?«

»Wir leben beide, und das Boot fährt noch. Keine schlechte Antwort auf deine Frage, oder?«

»Du bist ein seltsamer Mann, Chon«, sagte sie, und er hätte in diesem Moment ihre Augen hinter der Brille gern klarer gesehen.

»Du warst auch nicht schlecht, kleine Orchidee«, sagte er.

»Als Partnerin beim Kampf - oder im Sampan?«

Lachend antwortete er: »Unbedingt in beiden Fällen. Und das ist gut, denn der Kampf ist noch nicht zu Ende.«

»Ist das Lieben denn zu Ende?«

»Werte Miss Yang - die Leute in den beiden Booten hinter uns sind höchstwahrscheinlich in diesem Augenblick dabei, über Funk Verstärkung von Süden anzufordern. Wir werden sehr bald das Vergnügen haben, dessen bin ich sicher. Erst wenn unser Krieg beendet ist, kann ich deine Frage beantworten.«

»Du bist wirklich ein seltsamer Mann. Aber ich werde dich an diesen Augenblick erinnern - wenn der Krieg vorüber ist.«

Er hatte die letzten Worte schon nicht mehr bewusst gehört, denn weit voraus auf dem Fluss hatte er kleine schwarze Punkte gesichtet: eine ganze Reihe von Schnellbooten. Schnell kamen sie näher.

»Chon...«

»Sei still. Hörst du das?«

»Die Schnellboote!«

»Nein, unser Motor. Mein liebes Mädchen, jetzt wird es brenzlig. Der Motor stottert - unser Sprit geht zu Ende. Wir werden schon langsamer!«

Die Entfernung zwischen den zwei verfolgenden Booten und ihnen hatte sich verkürzt - und entgegen kamen ihnen sechs Boote mit frischen Mannschaften, vollen Tanks und vollen Patronengurten an ihren MGs.

»Zieh den Reißverschluss ganz hoch und steck' die Waffe in eine Anzugtasche.«

»Ich sehe in dem Ding so unweiblich aus...«, sagte sie.

»Aber immer noch besser, als wenn du tot im Pei schwimmst. Und das ist augenblicklich durchaus drin.«

Sie sah, wie er aus einer Tasche zwei purpurfarbene Ampullen nahm. Aber auf diese Entfernung...

»Glaubst du, du kannst sie von hier aus mit den Dingern treffen?«

»Das werde ich nicht mal versuchen.«

Er schätzte die Entfernung der anderen Boote und stellte dann die Zünder auf den Minigranaten ein. Eine steckte er in die schmale Rinne zwischen Windschutzscheibe und Decksaufbau. Die andere ließ er am Heck des Boots umherrollen.

»Miss Yang, sind Sie bereit, dieses schwimmende Heim zu verlassen?«

Als sie nickte, führte er sie an die Bordwand und sagte: »Bleib dicht bei mir - und weg von den anderen Booten! Jetzt!«

Beide hechteten über Bord und begannen sich sofort mit langen, starken Schwimmstößen von ihrem Boot zu entfernen. Orchidee schwamm wie eine Nixe - was auch gut war, denn für Lebensrettungsmaßnahmen hatte er jetzt keine Zeit.

Sie hielten auf das Ufer zu. Nach etwa zwei Minuten signalisierte Eagle Stopp. Er wollte sich vergewissern, dass alles so ablief wie geplant.

Das von ihnen verlassene Schnellboot fuhr einen verrückten Zickzack-Kurs, während die Benzinpumpe seines Motors die letzten Tropfen in den Vergaser spritzte, zusammen mit all den Schlacken, die sich in jedem Benzintank ablagern. Die zwei verfolgenden Boote kamen näher heran, aber mit Vorsicht. Doch die sechs Boote, die vom Süden her kamen, hatten keinerlei Grund, vorsichtig zu sein; sie rasten mit Vollgas heran. Wenn Eagle alles genau berechnet hatte...

Er grinste. Das leere Boot war jetzt kreisförmig von den anderen umgeben. Megaphone wurden gezückt, Kommandos gebrüllt, während die ganze Gruppe von neun Booten sich in südlicher Richtung bewegte. Dann fuhr eins der sechs neuen Boote an das in der Mitte heran. Als der erste Chinese den Fuß auf Deck setzte, explodierte die erste Minigranate. Noch bevor das Echo der Explosion von den Bergen zurückkam, ging auch die zweite hoch. Danach folgten kleinere Explosionen, als Benzintanks in die Luft flogen - und zuletzt hätte man es nicht für möglich gehalten, dass noch Sekunden vorher neun Schnellboote der chinesischen Volksrepublik auf dem Fluss gewesen waren. Nur einen Fleck gab es, wo das Wasser zu dampfen schien, wo Wrackteile schwammen. Das war alles.

Eagle berührte die Schulter des Mädchens und zeigte zum Ufer.

Ein großer Balken, der von einem halbfertigen Anlegesteg stammte, wurde nun ihr Fahrzeug. Das Mädchen hielt sich vorn daran fest, Eagle steuerte hinten. Nachdem sie sich am Ufer etwas ausgeruht hatten, hatte Eagle dem Mädchen eine seiner

Nahrungspillen gegeben und hatte selbst eine geschluckt. Zwar war er nicht hungrig, aber er wusste, dass sein Körper noch Energie benötigte. Zum Kämpfen - und zum Lieben. Allerdings war der schwere Balken, so sicher er sie auch den Fluss hinabtrug, kein Sampan. Er musste warten...

Gegen Morgen trieben sie an der Mündung des Hsiao vorbei. Das bestätigte seine Kalkulationen; wenn sie diese Geschwindigkeit beibehalten konnten, mussten sie den Sui gegen

Abend passieren. Weiter dem Pei folgend, würden sie am folgenden Tag die Flussstadt Chiang-men sehen, und von dort waren es noch vier bis fünf Stunden zu dem Ort, an dem das U-Boot auf sie wartete.

Das hörte sich alles recht einfach an - aber es gab zwei Risikofaktoren in diesem Fahrplan. Erstens konnte er kaum erwarten, dass sie diese ganze Zeit mit dem riesigen Holzklotz schwimmend durchhielten. Zwar war Orchidee kein Schwächling - aber für derartige Ausdauerproben war sie nicht vorbereitet. Zweitens kamen sie zu schnell voran. Nach dem ursprünglichen Plan hätte er das Labor vier Tage nach Überschreiten der rotchinesischen Grenze erreichen sollen. Tatsächlich aber war er schon am dritten Tag dort gewesen und hatte sein Zerstörungswerk ausgeführt. Jetzt war der vierte Tag, der Morgen des vierten Tages. Eagle war ganz einfach zu tüchtig gewesen.

Der Zeitplan musste geändert werden, denn er hatte jetzt fast zwei Tage Zeit, um die Küste zu erreichen.

Fast zwei Tage mit der Himmlischen Orchidee...

»Miss Yang«, rief er nach vorn, »ich glaube, es wird Zeit, dass wir uns die Füße vertreten!«

Vierzehntes Kapitel

Sie zogen zu Fuß weiter, in einer Art langsamen Dauerlaufs, bis die Heftpflasteruhr zehn Uhr morgens zeigte. Da ruhten sie sich im Schatten eines Baumes eine halbe Stunde lang aus und liefen dann weiter, bis sie gegen Mittag in ein kleines Gehölz kamen. Das Mädchen ließ sich bei einem Baum zu Boden sinken und lehnte sich gegen den dicken Stamm. Eagle nahm ihr die Maske vom Gesicht und zog ihre Kapuze herunter.

»Als du vom Beine vertreten sprachst, dachte ich, du hättest etwas anderes im Sinn«, sagte Orchidee.

Während er seine eigenen Kopfbedeckungen entfernte, fragte Eagle: »Ist dir danach zumute?«

Sie lächelte. »Schwimmen und Marschieren sind gewiss zwei sehr gesunde Sportarten, aber ich übe sie seit Jahren aus. Diesen neuen Sport aber kenne ich erst seit Stunden. Ich kann ihn nur als sehr anregend bezeichnen.«

Sie sah ihn mit lockenden Augen an. »Oder ist es unmoralisch, wenn eine Frau das zugibt?«

»Vielleicht in den Vereinigten Staaten«, sagte er und tastete nach dem Reißverschluss unter ihrem Kinn. »Aber wir sind ja nicht umsonst in China.«

Danach ließ er sie eine volle Stunde schlafen, während er Wache hielt. Er beobachtete ihr Gesicht, das auch im Schlaf noch einen sanften Widerschein der Freude trug, die sie von ihm empfangen hatte. Als er sie weckte, war sie sofort bereit, den Marsch nach Süden wieder aufzunehmen.

Um 15 Uhr kehrten sie zum Fluss zurück. Bis zum Abend schwammen sie oder fuhren als blinde Passagiere auf einem der vielen kleinen Flussboote mit. Eagle hielt dauernd Ausschau nach Schnellbooten. Nur ab und zu sahen sie eins, aber die Mannschaften schienen an den Flussbooten nicht interessiert zu sein. Als es dunkel wurde, schwammen sie eine halbe Stunde und legten dann eine kurze Pause auf den Bodenbrettern eines gestohlenen Sampans ein. Orchidee meinte, und hielt mit dieser Meinung nicht hinter dem Berg, dass die Pause zu kurz gewesen sei. Aber Eagle bestand darauf, dass der Sampan zurückgelassen und die Reise zu Fuß fortgesetzt wurde. »Wenn diese Schnellboote auf eines achten, dann auf einen mannschaftslos treibenden Sampan«, sagte er und gab ihrem Bitten nicht nach.

Als der Morgen kam, waren sie wieder auf dem Fluss, um noch vor Sonnenaufgang die Stromschnellen des Gebiets, wo der Sui in den Pei fließt, hinter sich zu bringen. Eagle war froh darüber, dass sie so gut vorankamen. Aber auch die Ruhestunden machten ihm Freude. Als sie Sonne im Zenit stand, verließen sie ihren unfreiwilligen Gastgeber, den Besitzer eines großen flachen Schleppkahns, der mit Tonerde beladen war, und liebten sich in einem verwilderten Reisfeld.

So ging es weiter: marschieren, schwimmen, lieben, während des ganzen Tages und auch während der Nacht; weder Eagle noch Orchidee langweilten sich dabei. Die großen physischen Ansprüche, die ihr Marsch nach Süden an sie stellte, wurden durch die Entspannungspausen gemildert. Es kam Eagle und auch Orchidee so vor, als sei der einzige Zweck ihrer Wanderung nicht die Flucht aus feindlichem Gebiet, sondern das schnelle Erreichen des nächsten Ortes, wo ihre Körper sich in Leidenschaft vereinen konnten. Einmal, als sie sich erschöpft voneinander getrennt hatten, auf einem mit besonders dichtem, saftigem Gras bedeckten Hügel liegend, zeigte das Mädchen in die Landschaft. Seine Augen waren tränennass.

»Das, Chon, da unten, das ist China. Nicht die Geschütze der Armee, nicht Männer wie Oberst Chou, nicht die Universitäten, an denen mein Vater und ich unsere Ausbildung erhielten. Dies hier - diese Felder und die Menschen, die sie bestellen - das ist mein Land, und so wird es immer bleiben. Lange, nachdem die kleinlichen Streitereien, die heute die Völker trennen, vergessen sind.«

Eagle nickte schweigend, wenn er auch in dieser Hinsicht weniger optimistisch war. Er glaubte nicht, dass die Philosophie eines Mao, die Machtgelüste eines Oberst Chou nur vorübergehende Erscheinungen waren. Die Mordteufel Chous konnten ebenso den fruchtbaren Westen in eine Wüste verwandeln wie dessen Kernwaffen die freundlichen Bauern auf den Feldern hier in leblose, verkohlte Klumpen.

»Wir müssen aufbrechen«, sagte er. »Es ist noch weit bis zur Küste.«

Es war nach Mitternacht; der siebte Tag hatte begonnen. Am Vortag hatten sie Chiang-men erreicht, waren von dort querfeldein in südwestlicher Richtung weitermarschiert und hatten am späten Abend T'ai-shan umgangen. Sie kamen der Küste näher, Eagle konnte das Salz riechen. Das war ein guter
Duft für ihn, aber er wusste auch, dass der Geruch des Meeres Orchidee traurig machte; für sie nahte der Abschied von ihrem Land und ihrem Volk.

Als sie die Küste erreichten, ruhten sie sich auf einer Düne im Schutz einer verlassenen Fischerhütte aus. Er beobachtete Orchidee, während sie auf die in der Bucht verankerten Dschunken und auf das Meer dahinter starrte. Überall roch man Salz und Fisch, das Dorf am Strand schien leblos. Nur das leise Plätschern der kleinen Wellen auf dem Sand war zu hören. Die Männer und Frauen des Dorfes schliefen noch.

Eine halbe Stunde nach Mitternacht verließen sie die Hütte. Schweigend gingen sie hinunter zum Strand, schritten in die Fluten. Mit langen, langsamen Stößen schwammen sie an der ersten Reihe Dschunken vorbei und auf ein Boot zu, das von Menschen verlassen schien. Es lag für Eagles Zweck genau an der richtigen Stelle im äußeren Kreis der vor Anker schwimmenden Dschunken. Wenn es nötig wurde, schnell zu fliehen, wollte Eagle nicht in der Mitte der Fischerflotte wie in einer Falle sitzen. Als sie das Boot erreicht hatten, gab Eagle dem Mädchen eine Nahrungspille und nahm selbst eine. Dann liebten sie sich, und danach schliefen sie.

Er weckte sie mit einem Kuss, als die ersten Menschen am Strand erschienen und kleine Boote vom Ufer abstießen.

»Wie spät ist es?«

Er legte ihr einen Finger auf den Mund: »Die Stunde Null. Wir gehen angeln.«

Er zeigte ihr die Heftpflasteruhr. Alle drei Zeiger standen auf zwölf. Er hatte Orchidee den Mechanismus der Uhr vorher erklärt: Mit dem Anhalten der Zeiger auf zwölf hatte der unsichtbare und lautlose Strahl, der die Männer in dem U-Boot zu ihnen führen sollte, seine Arbeit begonnen.

»Warum sind wir an Bord dieser Dschunke?«, fragte sie.

»Weil uns die Mannschaft, die bald an Bord kommen wird, zu dem vereinbarten Treffpunkt bringen soll - wenigstens über einen Teil der Strecke.«

Schweigend beobachteten sie ein kleines Boot mit fünf kräftigen Männern an Bord, das langsam auf die Dschunke zu ruderte. Es waren Männer, die an schwere Arbeit gewöhnt waren, mit starken Muskeln und Armen und Beinen. Orchidee sah Eagle fragend an. Er schüttelte den Kopf. Nein, es würde nicht nötig sein, diese Männer zu töten, nachdem sie ihre Aufgabe vollbracht hatten.

Zwei Stunden vor Sonnenaufgang setzte die kleine Flotte von sechs Dschunken ihre roten Segel und kreuzte gegen einen Süd-West-Wind ins offene Meer hinaus. Eagle war es völlig gleich, in welcher Richtung sie fuhren, das U-Boot würde sie finden.

Aber fünfzehn Minuten später sah Eagle, dass zwei Boote der Küstenwache vom Strand aus Kurs auf die Dschunken genommen hatten. Vielleicht war das nichts Außergewöhnliches, vielleicht aber doch. Falls die Geschütze der Küstenwache in der Nähe waren, wenn das U-Boot auftauchte... Das U-Boot würde leicht mit den zwei Schnellbooten fertig werden. Aber all die Menschen auf den Dschunken... Er hatte Orchidee so gut wie versprochen, es würde keine Toten mehr geben. Nicht nur wollte er sie nicht enttäuschen, er selbst tötete nur, wenn es unvermeidlich war. Aber explodierende Granaten zwischen den gedrängt segelnden Dschunken...

Auf seiner Heftpflasteruhr erschien ein hellgrüner Fleck: sein Signal wurde beantwortet.

Er blickte sich nach den Patrouillenbooten um. Jetzt gab es keinen Zweifel mehr - sie kamen direkt auf die kleine Flotte von Fischerbooten zu. Eagle wusste, was zu tun war. Er bedeutete Orchidee, genau dort stehen zu bleiben, wo sie war, dann stellte er sich hinter den Mann am Ruder. Seine Stimme klang wie ein gespenstischer Wind, ein Heulen, das in vergangenen Zeiten, als Apachen noch gegen Weiße kämpften, manchem Pionier das Blut in den Adern hatte gerinnen lassen.

»Hooooooooooooooaaaaaaaaaahhhh...«

Der Steuermann drehte sich mit erstarrtem Gesicht um.

»Hoooooaaaaaaaaahhhh...«

Nackte Furcht verzerrte die Züge des Mannes. Als Eagle das Ruder ergriff und scharf nach backbord riss, verlor der Mann jede Beherrschung und kreischte vor Angst wie ein Tier. Als Eagle sah, dass die anderen Männer an Bord alle herschauten, riss er den linken Fuß so hoch, dass er den Mann an der rechten Schulter traf, mit der Macht eines Vorschlaghammers.

Und wieder das Heulen aus einer anderen Welt: »Hooooooooooooaaaaaaaaaahhhh!«

Eagle hatte keine Ahnung, wie das chinesische Wort für Geist oder Gespenst lautete, aber er war ganz sicher, dass die fünf Männer auf der Dschunke jetzt genau daran dachten. Trotzdem taten sie noch nicht das, was Eagle wollte. Also musste er eine noch größere Schau abziehen, denn die beiden Patrouillenboote kamen jetzt schnell näher. Er berührte die kleine Metallscheibe hinter seinem linken Knie.

Das Chamäleon-Element konnte mehr bewerkstelligen, als seinen Träger unsichtbar machen. Es konnte auch in der anderen Richtung wirken. Als Eagle einen winzigen Knopf auf der Scheibe drückte, wurde er sehr sichtbar - in greller grüner Farbe, ein

Supergespenst! Er warf die Arme über den Kopf und stieß einen anderen Apachenschrei aus:

»Hiiiiiiihhhhhyyyyyyyyyeeeeeeeeaaaaaaahhhhhh!«

Die Antwortschreie kamen von den fünf Fischern, noch bevor sein eigener Schrei verklungen war. Innerhalb von Sekunden sprang die Mannschaft über Bord und rief ihre Kollegen auf den anderen Boten zu Hilfe.

Eagle grinste das Mädchen an, während er wieder an der Metallscheibe drehte. Danach konzentrierte er sich auf das Ruder. Er hatte Mannschaft und Boot getrennt, nun musste er noch das Boot von der Flotte absondern. Er ließ die Dschunke einen weiten Kreis beschreiben und nahm Kurs auf die grauen Schnellboote. Mit achterlichem Wind konnte er genau zwischen den beiden Schiffen durchsegeln. Aber er wusste sehr wohl, dass er es diesmal mit besser geschulten Männern zu tun hatte. Und mit schwereren Geschützen.

Die Megaphone begannen zu bellen. Orchidee stand dicht neben ihm.

»Chon, sie sagen...«

»Ich kann mir vorstellen, was sie sagen. Halt' dich fest, Mädchen!«

»Chon, du kannst ihnen nicht entkommen, sie sind zu schnell!«

Er nickte. Gut, dass sie sein grimmiges Lächeln nicht sehen konnte.

»Halt' dich nur fest - und duck' dich, denn diese Burschen können mit mehr aufwarten als mit Maschinengewehren.«

Wie zum Beweis feuerte jetzt das Boot zu ihrer Linken einen Warnschuss vor ihren Bug. Für die übrigen Dschunken bestand keine Gefahr mehr.

Wieder ein Schuss - diesmal warf das Geschoss unangenehm nahe eine Fontäne hoch.

»Sie werden uns versenken«, flüsterte das Mädchen.

»Ohne Zweifel«, sagte Eagle. »Es sei denn, wir versenken sie zuerst.«

»Aber wir haben keine Waffen!«
»Oh, doch - wir stehen darauf.«
Ihre Augen sagten ihm, dass sie verstanden hatte.
Jetzt begann das Geschütz des zweiten Patrouillenboots zu feuern. Es war kein Warnschuss mehr - er riss ihnen das halbe Vorderdeck weg. Eagle musste handeln. Er wählte das Schiff backbords als erstes Opfer, es lag etwas näher. Aus dessen Megaphon kamen noch immer Kommandos, also war wahrscheinlich der Einsatzleiter dort an Bord.

Langsam zählte Eagle bis fünf und riss dann das Steuer herum, so dass der Bug der Dschunke genau auf das Schnellboot zeigte.

»Spring über Bord und schwimm auf das zweite Boot zu!«, befahl er dem Mädchen. »Ich komme gleich nach. Los!«
Sie gehorchte ohne Widerrede.

Sowie sie von Bord war, nahm Eagle eine grüne Ampulle aus einer Tasche an seinem Ärmel und steckte sie zwischen die Zähne, drehte die weiße Kappe mit einer Hand, während die andere fest das Ruder umklammerte. Erst drehte er den Zünder ganz nach links - dann genausoweit nach rechts: ein zweischneidiges Schwert. In Merlins Labors wurden Waffen nach Maß geschneidert. Die Minigranate war jetzt für Aufschlagzündung eingestellt. Sollte aber der Aufschlag zu leicht sein, dann würde die Granate auf jeden Fall nach drei Minuten hochgehen - so einfach war das.

Beide Patrouillenboote begannen jetzt, gezielt zu schießen - und zu treffen. Holz splitterte um ihn herum, und Eagle lachte. Die Jungs waren gut - aber nicht gut genug. Dann hörte er auf zu lachen. Es fiel ihm ein, dass er einen schweren Fehler begangen hatte, einen Fehler, der ihn in letzter Minute das Leben kosten konnte. Er hatte die grüne Ampulle auf Aufschlagzündung gestellt - damit sie explodiert, wenn die Dschunke mit dem Wachschiff zusammenstieß. Aber was geschah, wenn einer der Männer an den Geschützen wirklich gut zielte? Genau das Gleiche! Adieu, Protoagent...

Weg von der schwimmenden Bombe, nur weg!

Er hechtete über Bord. Seine Arme und Beine bewegten sich wie eine wohlgeölte Maschine; jeder Meter, den er zwischen sich und die Dschunke legte, konnte den Unterschied zwischen Leben und Tod bedeuten.

Nur weg, weg von der Dschunke!

Als die Explosion kam, schien sie ihn aus dem Wasser zu heben. Einige Sekunden lang war er benommen. Wäre er noch zwanzig Meter weiter zurück gewesen... Ja, dann wäre er jetzt wohl mehr als nur benommen.

Er blickte sich um und sah nur noch Trümmer auf der Wasseroberfläche. Trümmer der Dschunke, Wrackteile des Schnellbootes. Diese Idioten! Sie hatten seine Arbeit für ihn getan, hatten die Dschunke gerammt.

Eagle riss den Kopf herum. Das zweite Boot hatte beigedreht, die Maschinen im Leerlauf. Während er in Richtung seines nächsten Ziels schwamm, hielt er Ausschau nach Orchidee. Er sah ihren Kopf über Wasser, dicht bei dem zweiten Boot. Verdammt zu nah! Er winkte ihr zu - weg von dem Schiff! Auch sie hatte in seine Richtung geschaut, ihn gesehen, seine Geste verstanden. Als Eagle die Bordwand erreicht hatte, konnte er sie nicht mehr sehen. Er hielt sich mit einer Hand fest und zog mit der anderen eine purpurfarbene Ampulle aus seinem Anzug. *Klick-klick-klick.* Wieder der Trick mit Fingern und Zähnen. Einstellung dreißig Sekunden. Gut. Minigranate an Deck unter eine Taurolle. Dann stieß er sich mit den Beinen ab und schwamm davon. Er begann zu zählen. Als er bei fünfzehn war, sah er das Mädchen. Es war nur zwanzig Meter von ihm entfernt - und schwamm in Richtung des Boots!

»Orchidee - nein!«, schrie er, aber es wurde ihm sofort klar, dass sie ihn weder sah noch hörte. Ihm blieb keine Wahl, er musste sie abfangen. Zwanzig Sekunden, fünfundzwanzig, sechsundzwanzig... Sie schrie auf, als er sie am Knöchel ergriff und tief unter Wasser zog. So unvorbereitet auf das Tauchen, musste sie viel Wasser schlucken. Aber besser etwas Wasser in den Lungen, als oben zu bleiben, wenn...

Das *Wenn* fand sofort statt und betäubte sie, obwohl sie mehrere Meter tief unter Wasser waren. Eagle ließ das Mädchen los, beide trieben nach oben. Sie war halberstickt, als er sie in die Arme nahm, und konnte nur ein Wort sagen, während sie Wasser aus ihren Lungen hustete: »Chon...«

Eagle fühlte, dass sie am Ende ihrer Kräfte war. Er musste sie über Wasser halten. Lange durfte dieser kleine Ausflug nicht mehr dauern.

»Alles in Ordnung«, murmelte er, trat Wasser und streichelte ihr Gesicht. Sie blickte in Richtung des Patrouillenboots. Es war nicht mehr zu sehen.

»Alles in Ordnung, meine kleine Orchidee«, wiederholte er. »Jetzt müssen wir nur noch das U-Boot finden, dann ist die Reise zu Ende.«

Er schaltete beide Chamäleon-Elemente so ein, dass sowohl er als auch das Mädchen sichtbar wurden.

Wo, zum Teufel, blieb das U-Boot?

Dann sah er es. Wenige Meter entfernt ragte das Periskop heraus, langsam brach das U-Boot durch die Wasseroberfläche.

»Mr. Compton? Sind Sie es, Mr. Compton? Sir?«

Eagle winkte. Das U-Boot kam auf sie zu.

Fünf Minuten später drückte der Kapitän seinen beiden Gästen wohlgefüllte Brandygläser in die kalten Hände.

»Unser Auftraggeber hat die Flasche Brandy speziell für Sie und Ihre Gefährtin an Bord geschickt«, sagte er mit einem Akzent, den Eagle sofort als britisch erkannte. Er hob sein Glas. »Ich trinke auf Ihrer beider Wohl. Sie haben da eine fabelhafte Schau abgezogen. Meine Mannschaft und ich haben mit Interesse zugeschaut.«

Er bemerkte, dass Eagle sein Glas nicht ebenfalls hob.

»Sie waren die ganze Zeit dabei?«, fragte Eagle.

»Oh, ja. Habe schon lange nicht etwas so Spannendes gesehen...«

»Hätten Sie uns nicht helfen können?«

»Werter Herr, mein Auftrag lautet, Sie hier abzuholen, und nicht, einen Krieg zwischen Ihrer Majestät und der Volksrepublik China anzufangen. Abgesehen davon hatte ich nicht den Eindruck, dass Sie Hilfe benötigten.«

Fünfzehntes Kapitel

Der Ort, an den das U-Boot sie gebracht hatte, faszinierte Orchidee. Sie wusste nicht genau, wie lange sie und Eagle an Bord verbracht hatten, noch wusste sie, wo sie waren. Der Eingang lag unter Wasser - das U-Boot war durch eine Höhle direkt hineingefahren.

Neben dem kleinen Steg an dem sie von Bord gegangen waren, sah sie einen Aufzug und war sich dann nicht ganz sicher, ob sie in der kleinen weißen Kabine nach oben oder nach unten transportiert wurden. Weder der Amerikaner, den sie nur als John kannte - dass Compton nicht sein wirklicher Nachname war, glaubte sie zu wissen -, noch die Leute in dem unterirdischen Gebäude gaben ihr irgendwelche Erklärungen. Das konnte sie verstehen. Erstens war sie Chinesin, und zweitens hegte sie den Verdacht, dass es auch nur sehr wenige Amerikaner gab, die diesen Ort kannten. Alles sah weiß, sauber, fast steril aus. Wie ein wissenschaftliches Laboratorium. Ja, wie ein Labor, der Forschung gewidmet. Welcher Art von Forschung wohl? Einige Resultate hatte sie schon gesehen: das Chamäleon-Element, die Minigranaten, die Heftpflasteruhr. Und die Nahrungspillen. Obwohl sie mehrere Tage weder gegessen noch getrunken hatte, war sie bis zu der Zeit, als sie an Bord des U-Boots wieder normale Nahrung zu sich genommen hatte, nicht wirklich hungrig gewesen. Was wurde wohl noch in diesem Labor ausgetüftelt?

Sie und John wurden in einen großen Raum geführt, dessen Wände voller Lautsprecher, Kinoleinwände und Fernsehmonitoren waren. »Gleich wirst du die Stimme meines Chefs hören«, sagte John.

Die Stimme kam aus einem Lautsprecher; sie glaubte, darin eine Mischung von hohem Alter und großer Macht zu hören.

»Guten Morgen, John.«

Es war also früh am Tage.

»Sir«, sagte John, und sie hörte großen Respekt aus seinem Ton heraus.

»Auch Ihnen wünsche ich einen guten Morgen, Miss Yang«, sagte die Stimme. »Hoffentlich war Ihre Reise nicht zu anstrengend.«

»Nicht zu sehr - es gab sogar Stunden, die man durchaus als angenehm beschreiben könnte.«

Sie blickte John an, lächelte und bemerkte, dass er verlegen zur Seite sah.

»Ich verstehe vollkommen.« Die Stimme klang etwas verärgert, aber dann schien die Spur von Verärgerung einem unterdrückten Lachen zu weichen, und es war jetzt an Orchidee, verlegen zu sein.

»Miss Yang, der Präsident der Vereinigten Staaten hat mich beauftragt, Sie auf amerikanischem Boden willkommen zu heißen. Nicht nur als Besucherin, denn in Washington ist man bereits dabei, die Papiere auszustellen, die Sie in Zukunft als amerikanische Bürgerin ausweisen werden. Man wird Ihnen auch Vorschläge unterbreiten, was Ihre Arbeit betrifft. Sie werden genügend Zeit haben, sich etwas auszusuchen, das Ihrer bisherigen Tätigkeit entspricht. Ferner...«

»Darf ich unterbrechen, Sir?«

»Ist Ihnen etwas unklar? Das kann ich mir denken.«

»Ich habe mehrere Fragen, Sir. Die Mordteufel... Haben Sie sie schon gefunden? Wissen Sie, wo der Ort *Chirkee* liegt?«

Pause, dann ein Summen. Auf eine Wand wurde eine Landkarte projiziert.

»Sie können es ruhig erfahren, Miss Yang. Als John von dem U-Boot aus seinen Bericht funkte, fütterten wir unseren Computer mit den Worten *Chirkee* und *Chickee*, und auch mit den Klimadaten von Shih-hsing. Sie sehen vor sich die Karte von Panama; das Wort *Chiriqui* erscheint darauf gleich fünfmal. Eine der neun Provinzen Panamas heißt *Chiriqui*. Es gibt einen Golf von Chiriqui, eine Stadt mit dem Namen Chiriqui Grande, und eine Bucht, die Laguna de Chiriqui heißt. Schließlich gibt es auch noch einen erloschenen Vulkan im Westen des Landes. Auch er heißt Chiriqui.«

»Ein Vulkan wäre nicht geeignet...«

»Sie haben völlig Recht, Miss Yang.« Orchidee glaubte, verhaltenes Lachen in der Stimme zu hören. »Vulkane sind sehr nützlich für gewisse Zwecke - John wird das bestätigen -, aber nicht zum Züchten von Insekten.«

Sie sah, dass auch John lachte, und fragte sich, warum das Erwähnen eines erloschenen Vulkans solche Heiterkeit auslöste.

»Haben Sie auch Karten, die Niederschläge und Temperaturen angeben?«

Eine zweite vielfarbige Karte erschien auf der Wand. Sehr schnell kam sie zu einer Entscheidung.

»Nach dem, was mir über die neuen Insekten bekannt ist, will es mir erscheinen, dass sie nur im nördlichsten Teil Panamas gezüchtet werden können. Das Klima dort ist ähnlich wie in Shih-hsing.«

»Auch unser Computer war Ihrer Ansicht, Miss Yang. Wir können beruhigt die südliche Hälfte des Landes vergessen. Das bringt uns also an die Laguna de Chiriqui oder in die Stadt Chiriqui Grande. Hier.«

Sie betrachtete die neue Landkarte.

»Aber das ist doch ein sehr großes Gebiet. So viele - so viele nasse...«

»So viele Sümpfe. Konnte Ihr Computer feststellen, in welchem davon...«

»Nein, nicht der Computer.«

»Aber Sie wissen es?«, fragte Eagle.

»Ja, wir wissen es, John, weil der Bericht, den Sie uns vom U-Boot aus gaben, wie üblich sorgfältig formuliert war. Sie erwähnen die Tatsache, dass Sie die Leiche Chous nirgends gesehen hatten. Das brachte uns auf die Spur. Andere Agenten konnten seinen Weg von China nach Panama verfolgen. Er lebt, es geht ihm gut. Wie lange noch, das hängt von Ihnen ab, John. Chou ist hier.« Ein roter Kreis erschien auf der Karte und schloss eine Landzunge am östlichen Ende der Chiriqui-Lagune ein.

»Wann breche ich auf, Sir?«

»In zwei Stunden, John. Zuerst per U-Boot nach Lager sechs, dann zum Ziel mit einem Düsenjäger. Ich nehme an, Sie werden erst noch Waffeninventur machen wollen.«

»Genau, Sir.«

»*Sir?*«

»Ja, Miss Yang?«

»Ich möchte Chon begleiten.« Eagle sah sie überrascht an.

»Miss Yang, ich glaube kaum...«

Sie sah Eagle mit blitzenden Augen an und lächelte nicht. Dann wandte sie sich wieder der Wand zu.

»Sir, ich habe keine Zweifel an Chons Fähigkeiten. Ich sollte sie am besten kennen. Aber er weiß einfach nicht, wie das aussieht, was er finden muss.«

»Miss Yang, unsere Landwirtschaftsexperten werden ihn genau informieren.«

»Über das, was wir nach Jahren in Shih-hsing erarbeitet haben? Das bezweifle ich sehr. Ich würde sogar sagen, dass Sie nur mit meiner Hilfe...«

Eagle unterbrach sie. »Du könntest mir gewiss auch hier das mitteilen, was ich wissen muss.«

»Ich kann dir nicht in zwei Stunden einen vollen Kurs in Entomologie geben.« Wieder sprach sie die Wand an: »Sie müssen wissen, Sir, ich bin auf meinem Gebiet genauso spezialisiert, wie Chon es auf dem seinen ist. Außerdem habe ich persönliche Gründe.«

»Oberst Chou«, sagte Merlin.

Sie wiederholte den Namen, als sei er Gift auf ihren Lippen. »Ich schulde Ihrem Lande, meiner neuen Heimat, sehr viel. Geben Sie mir die Möglichkeit, wenigstens einen Teil dieser Schuld zu begleichen. Chon wird Ihnen bestätigen, dass ich ihm auch in gefährlichen Situationen nicht zur Last gefallen bin.«

Als Merlin wieder sprach, schien es Eagle, als kämpfe sein sonst so eigenwilliger Chef mit dem Rücken an der Wand. »Ich nehme an, Miss Yang, Sie haben sich auch mit Fallschirmspringen beschäftigt?«

»Die Frauen des neuen China werden in vielen Sportarten ausgebildet. Ich bin mit Fallschirmen völlig vertraut.«

Merlin seufzte. »Die Herrschaften in Washington werden es mir zwar übelnehmen, dass ich Ihren hübschen Hals riskiere, aber Sie haben mich überzeugt. John, ich vertraue Ihnen die junge Dame an.«

»Ich danke Ihnen, Sir«, sagte Orchidee mit einem Lächeln, das gewiss auch auf einen so alten und weisen Mann wie Merlin nicht ohne Wirkung blieb. »Und ich bitte Sie, sich um mich keine Sorgen zu machen, denn in China wird das Leben eines einzelnen nicht so hoch bewertet.«

»Hier ist das anders«, sagte John.

»Wenn wir zurückkehren, werde ich mich umstellen. Und jetzt möchte ich Sie bitten, mich mit jemandem sprechen zu lassen, der etwas von Insekten versteht.«

Sechzehntes Kapitel

Dreißig Sekunden, nachdem sie in das schwarze Wasser der Lagune gefallen war, schwamm er an ihrer Seite. Er war wütend. Sie lächelte, spie große Mengen Wasser aus und lächelte dann wieder.

»Sei mir nicht böse, Chon! Ich hab's doch geschafft!«

»Böse? Du Teufelsweib, warum hast du mir nicht gesagt, dass du noch nie in deinem Leben an einem Fallschirm gehangen hast?«

»Weil du mich sonst nicht mitgenommen hättest.«

»Ich sollte dich ersäufen«, sagte er durch die Zähne, tat das aber nicht, sondern befreite sie von dem Fallschirm. Sie war nicht nur eine schöne Frau, sondern auch bewundernswert. Es gehörte schon allerhand Mut zu dem, was diese zierliche Chinesin eben vollbracht hatte.

Aber er sagte: »Wenn das hier vorbei ist und wir lebend zurückkommen, werde ich dir höchstpersönlich die Hose ausziehen und dir den blanken Hintern versohlen!«

Sie schwamm ruhig neben ihm. »Wenn du mir die Hose ausgezogen hast, wird dir etwas Besseres einfallen, als mich zu verprügeln.«

»Sei ruhig. Du brauchst alle Kräfte zum Schwimmen.«

Er schwamm schnell, sie musste sich wirklich anstrengen, um nicht zurückzubleiben. Es war eine besonders dunkle Nacht, wie ein Hai durchpflügte er das schwarze Wasser. Dann legte er sich auf den Rücken und wartete auf das Mädchen. Als sie zu ihm kam, konnte sie kaum mehr atmen.

»Nett... von... dir... auf mich zu warten.«

»Ich hatte nur Angst, du könntest ertrinken. Dann hätte mir mein Chef wahrscheinlich die Kosten des Tarnanzugs vom Gehalt abgezogen.«

»Dein Gehalt! Du kannst dein Gehalt in die hintere Öffnung eines Drachens stopfen!«

»Eines Tages, Miss Yang, wenn wir mehr Zeit haben, müssen Sie mir das chinesische Fluchen beibringen. Aber jetzt schwimm weiter!«

Lautlos verließen sie das Wasser und wateten durch tiefen Schlamm auf festes Land. Während Orchidee sich ausruhte, riss Eagle ein längliches Päckchen von seinem Tarnanzug ab. Sein Gesicht verriet Befriedigung, als er es öffnete und seine vertraute

CO_2-Pistole herausnahm. Es war die Waffe, die er schon bei vielen Aufträgen mitgeführt hatte - seine Flüsterpistole. Nachdem er sie genau überprüft hatte und sah, dass sie ein volles Magazin stählerner Todespfeile enthielt, steckte er sie in ein besonders dafür entworfenes Holster an seinem Gürtel. Danach beschäftigte er sich mit zwei länglichen Metallteilen, die er aus einem flachen Beutel auf seinem Rücken nahm. Er schraubte sie zusammen. Von all seinen Waffen benutzte er diese am liebsten. Es war ein Sportbogen in moderner Ausführung. Bogen und Sehne bestanden aus einer besonderen Legierung, die Pfeile aus Kunststoff hatten nadelscharfe Stahlspitzen. Sie staken griffbereit in einem leichten Köcher an seinem Gürtel. Mit dieser Waffe in der Hand fühlte er die Macht, welche die Apachen einst besessen hatten, in sich zurückströmen.

»Und jetzt wollen wir ihn suchen«, sagte er zu Orchidee.

»Sind wir schon so nahe an unserem Ziel?«, fragte sie.

»Ziemlich nahe. Wir sind genau abgesprungen, und mit meinem Kompass werden wir bald die Leute finden, die Oberst Chou besuchen wollte. Die Larvenbrüter sollten dann auch nicht mehr weit entfernt sein.«

»Ich sehe aber das Haus nicht, von dem dein Chef sprach.«

»Das werde ich schon finden. Deine Aufgabe ist es, unsere winzigen tödlichen Freunde zu suchen.«

Sie lachte ihn an. »Dabei kannst du mir helfen. Hier...« Sie zog zwei kleine Metallschachteln aus ihrem Anzug.

»Nimm eine«, sagte sie. »Du hast sehr kluge Kollegen. Sowie ich erklärt hatte, was ich brauchte, wurde es für mich angefertigt. In einer Stunde!«

Sie nahm einen winzigen Stöpsel aus einer Schachtel, der so aussah wie die kleinen Ohrhörer an Transistorradios und genau wie diese ins Ohr passte. Er folgte ihren Bewegungen und steckte sich den Stöpsel ins linke Ohr. In ihrer Hand hielt sie zwei größere Instrumente, an denen sie jetzt herumschraubte. Es waren kleine Sender, wie Eagle jetzt merkte, denn in seinem Ohr hörte er ein kratzendes, jaulendes Geräusch.

»Du hörst die Stimme des Mordteufels«, sagte Orchidee. »Glücklicherweise hatten eure Leute schon Tonbandaufnahmen von den wenigen Insekten gemacht, die ihnen in die Hände gefallen waren. Jetzt müssen wir diese Geräusche wieder und wieder abspielen - und wenn eine Antwort kommt, wissen wir, dass wir dicht bei den Brutstätten sind. Übrigens bin ich der Meinung, dass wir uns hier trennen sollten. Wir könnten dann in kürzerer Zeit ein größeres Gebiet absuchen.«

»Einverstanden. Aber eins merke dir, kleine Orchidee: Wir sind hier, um Insekten zu töten. Solltest du einem zweibeinigen Mordteufel begegnen, der den Namen Chou führt: wir haben keine Zeit für private Racheaktionen. Verstanden?«

»Ja... Sir.«

Hätte Eagle in diesem Augenblick ihre schwarzen Augen sehen können, hätte er einige drastische Änderungen in seinem Plan vorgenommen.

Der große Mann war nur als *Schlange* bekannt. Er hatte riesige Hände, die einen Menschen zu Tode quetschen konnten wie eine Boa. Was er haben wollte, das gab man ihm, ohne zu fragen. Durch seine Stärke beherrschte er seine Kameraden, durch seine Stärke und durch sein seltsames Hobby: Schlangen. Einen ganzen großen Raum des Hauses an der Lagune füllten die Käfige - und jeder Käfig war voller Schlangen. Es waren Schlangen aller Länder, Größen und Arten. Eins hatten sie mit ihrem Besitzer gemein: Sie waren Killer.

»Sie brauchen sich nicht vor ihnen zu fürchten, Señor Colonel! Die Schlangen sind Ihre Verbündeten, genau wie ich.«

Oberst Chou nickte und rückte seinen Stuhl noch etwas weiter von dem nächsten Käfig ab.

»Mein Herz ist traurig, weil ich Ihnen dies sagen muss, Señor Colonel. Aber ich muss Sie um mehr Geld bitten.«

Oberst Chou fühlte sich nicht wohl. Weder die Schlangen noch diese südamerikanischen sogenannten Revolutionäre gefielen ihm. Ihre Begeisterung beschränkte sich auf das, was sie verdienen konnten. Ihre Methoden und ihre Manieren waren die von Tieren.

»Sie können sehen, welche Schmerzen es mir bereitet, Sie mit so einem Anliegen zu belästigen, Señor Colonel... Ihr könnt es doch auch sehen, nicht wahr?«

Die um ihn Sitzenden nickten und sagten: »Si... So ist es.«

Nach einer Pause wandte der Oberst ein: »Es ist mir aber bekannt, dass erst kürzlich eine größere Summe an Sie gezahlt worden ist.«

»Wie immer sagt der Señor Colonel die volle Wahrheit! Aber unsere Kosten sind gestiegen, es kostet heute viel mehr, Menschen zu überzeugen. Da kommen diese Kubaner, diese Castro-Sklaven, die dem russischen Bären folgen, und sagen, sie seien die wahren Kommunisten! Aber sie kommen mit viel Geld in den Händen. Da fällt es einigen unserer Leute schwer, linientreu zu bleiben. Sie verstehen doch, Señor Colonel?«

Oberst Chou verstand nur zu gut.

»Wir tun, was in unseren Kräften steht, Señor Colonel. Besonders wenn einer von uns schwach wird und dem russischen

Rubel verfällt. Solche Leute müssen - äh - umgeschult werden. Sie verstehen, Señor Colonel?«

Der Oberst sah sich um, während seine Gastgeber sich über die Worte ihres Anführers zu amüsieren schienen. An der Wand sah er zwei an Bolzen in die Wand zementierte Eisenringe. Daran hingen breite Ledergurte mit dunklen Flecken. Auf einem Regal lagen eine Anzahl Geräte, deren Zweck er wohl kannte; darunter hingen Peitschen mit kurzen Griffen und langen Lederschnüren.

»Aber, Señor, ich bin ein Mann der Tat, kein Theoretiker. Und deshalb sind die meisten Überläufer - oder andere, die nicht wie ich Männer der Tat waren - mit ihren Händen in jenen Ringen an der Wand gestorben, bevor sie von der Echtheit meiner Gesinnung überzeugt waren. Wenn nicht in den Ringen, dann haben meine Lieblinge in den Käfigen... Doch ich will Sie nicht mit Einzelheiten langweilen, Señor Colonel. Ich brauche mehr Geld!«

Oberst Chou nickte. »Sie werden es erhalten.«

Die *Schlange* lachte laut und lange. »Seht ihr, was habe ich euch gesagt? Der gute Colonel aus Peking lässt uns nicht im Stich!« Er drehte sich wieder zu dem Chinesen um. »Die Zahlung wird groß genug sein?«

»Angemessen.«

Diese dreckigen, geldgierigen Schweine! Es war reine Erpressung. Mehr Geld - oder die Ringe an der Wand. Aber er musste sich das noch eine Weile gefallen lassen. Wenn die Insekten erst einmal - der Oberst lächelte bei dem Gedanken - versandbereit waren, dann brauchte er die *Schlange* und das Geschmeiß um sie herum nicht mehr. Dann würde er seinerseits eine Rechnung schicken. Eine Kugel ins Auge, ein Messer in den Rücken. Der Oberst schrieb gern Rechnungen dieser Art. Aber das war ein Vergnügen, das er sich für später aufheben musste.

»Wann wurden die Brutstätten zuletzt überprüft?«, fragte er.

Die *Schlange* dachte scharf nach. »Gestern, glaube ich. Oder war es vorgestern? Mario, wann wurden die Brutstätten zuletzt überprüft?«

Ein großer, brutal aussehender Mann dachte ebenfalls scharf nach. »Es ist, wie Sie sagen: gestern oder vorgestern.«

»In dem Fall will ich die Brutstätten heute Abend noch einmal überprüfen lassen - jetzt sofort.«

»In dunkler Nacht?«

»Hat Ihr Mann Angst vor der Nacht?«

»Mario? Sein Herz ist schwärzer als die schwärzeste Nacht, glauben Sie mir, Señor Colonel.«

»Ich glaube Ihnen«, sagte Chou. »Und während Sie und Ihre Leute sich um die Insekten kümmern und sich dann zu Ihren Frauen zurückziehen, werde ich schlafen. Ich bin müde.«

»Sie wollen allein bleiben? Hier?«

»Ja. Und jetzt tun Sie, was ich von Ihnen verlangt habe!«

»Glaubt der Señor Colonel, ich versäume meine Pflicht?«

»Wäre das der Fall, hätte ich es Sie vor geraumer Zeit wissen lassen.«

Die beiden Männer starrten einander in die Augen; die *Schlange* senkte zuerst den Blick. Dann lachte er. »Ich hoffe, meine Lieblinge werden Ihren Schlaf nicht stören, Señor Colonel«

»Auch ich hoffe das. Aber ich habe schon vieles überlebt, ich werde auch Ihre Lieblinge überleben. Und andere niedere Tierarten...«

Kurz nachdem man ihn allein gelassen hatte, hörte der Oberst einen Laut: die Tür. Diese Narren besaßen noch nicht einmal genügend Manieren, die Tür zu schließen. Aber die *Schlange*, hatte doch die Tür geschlossen. Und jetzt stand sie offen! Er hörte ein zweites Geräusch, ein Klicken. Mitten im Raum!

Und dann sah er die Pistole in der Luft schweben, zwischen sich und der Tür.

»Ihre letzte Minute ist gekommen, Oberst Chou«, sagte eine Frauenstimme.

Chon würde wütend sein. Aber das wusste sie schon, bevor sie sich von ihm getrennt hatte. Er hatte seine Aufgabe. Aber die Aufgabe, die sie sich selbst gestellt hatte, war auch nicht unwichtig. Die Insekten konnte man ohne große Schwierigkeiten finden. Chon würde sie vernichten, dessen war sie sicher. Aber ihre Vernichtung würde mit einigem Geräusch verbunden sein. Das musste den Oberst warnen, und er bekam wieder eine Chance, zu entkommen. Das durfte nicht sein.

Sie war bergauf gegangen, sowie sie den Amerikaner, den sie Chon nannte, verlassen hatte. Sie würde ihm nun zeigen, dass auch sie selbständig handeln konnte. Sie hatte die Lichter gesehen, als sie zum Ufer schwammen, hatte sich die Richtung gemerkt, die Entfernung geschätzt, während der an alles denkende Protoagent seine Waffen bereitlegte.

Es gab nur ein Fenster in der Vorderwand, rechts von der Tür. Im Hause sah sie mehrere Männer, und am Tisch, auf einem wackligen Stuhl, ihn: Oberst Chou.

Ihr Herz schlug schneller, ein Lächeln erschien auf ihren Lippen. Da saß er - und wartete auf seinen Tod!

Aber sie hatte ja keine Waffe! Wie konnte sie...

Ihre Gedanken wurden unterbrochen. Ein großer Mann mit riesigen Pratzen stand auf und ging zur Tür. Die anderen folgten. Obwohl das Chamäleon-Element seine Pflicht tat, drückte sie sich gegen die Wand. Der Große schloss die Tür hinter sich, drehte sich zu den anderen um, grunzte etwas und verschwand in der Dunkelheit. Die übrigen Männer gingen in verschiedene Richtungen, wohl zu ihren Nachtquartieren. Nur einer kam an ihr vorbei, mehrere Weinkrüge in beiden Armen. In einem losen Holster an seiner Hüfte hing eine Pistole. Es war ein leichtes, die Waffe mit Daumen und Zeigefinger aus ihrem Ruheplatz zu ziehen.

Der Mann zögerte einen Augenblick, als er das Gewicht der Pistole plötzlich nicht mehr spürte. Aber er hatte wohl dem Wein schon während der vergangenen Stunden fleißig zugesprochen, denn er schüttelte nur den Kopf und ging weiter. Sie wartete zehn Sekunden und schlich dann in Richtung Tür. Die rostigen Angeln machten ein Geräusch, der Oberst hörte es. Wie das ihrem Herzen Wohltat! Seine Augen sprangen fast aus ihren Höhlen, als er die auf seine Brust gerichtete Pistole sah. Wie schön es war, über eine solche Kreatur das Todesurteil zu verhängen.

»Ihre letzte Minute ist gekommen, Oberst Chou!«

»Wer - wie...?«

»Die Rache für meinen Vater, für Dr. Yang. Für das, was Sie seinem guten Namen angetan haben, und für alles, was Sie ihm selbst angetan haben, Oberst Chou!«

»Ich muss träumen...«

»Ihr Traum ist kalte Wirklichkeit, Oberst, bevor Sie für immer schlafen werden. Wenn ein Mann wie Sie nach dem Tode Schlaf findet, wenn Ihr Gewissen Sie schlafen lässt!«

»Eine Waffe in der Luft - natürlich träume ich.«

Sie zog sich Kapuze und Maske vom Kopf. Er musste wissen, wo die Vergeltung herkam.

»Nun, Oberst Chou, träumen Sie immer noch?«

Der Oberst stand auf. »Sie - Sie sind es, Miss Yang...«

»Die Tochter von Dr. Yang, Oberst. Dr. Yang, den Sie ermordet haben. In seinem Namen werde ich jetzt Sie töten!«

»Noch nicht, Señorita«, sagte eine Stimme hinter ihr. Gleichzeitig schlug eine riesige Hand ihr die Waffe weg, sie fiel zu Boden, und als sie sich umdrehte, traf dieselbe große Pratze sie ins Gesicht. Ihre Handgelenke wurden wie von einem Schraubstock festgehalten.

»Dios! So etwas habe ich im Leben noch nicht gesehen! Ein unsichtbares Mädchen! Wenn Mario nicht plötzlich seine Waffe vermisst hätte - wenn ich nicht mit zwei Leuten zurückgekommen wäre -, Señor Colonel, das hätte unangenehm ausgehen können!«

Der Oberst nickte, starrte Orchidee ins Gesicht. »Es muss etwas sein, das sie an sich hat. Ziehen Sie sie aus!«

»Mit Vergnügen, Señor Colonel. Und dann werden wir die junge Dame bitten, uns etwas über dieses Wunderding zu erzählen. Die Ringe an der Wand werden uns dabei behilflich sein, glauben Sie nicht auch, Señor Colonel?«

»Durchaus möglich, dass Sie recht haben.«

Schon bevor er sie sah, hatte Eagle ihre Bewegungen gehört: vier Männer. Aus dem kleinen Knopf in seinem Ohr drangen zwar noch nicht die Laute, welche die Nähe der Mordteufel verrieten, aber auch diese Geräusche waren von großer Bedeutung: Männer, die sich in einer bestimmten Richtung bewegten. Männer, die zu Oberst Chou gehören mussten! Es war eine abgelegene Gegend. Merlin hatte durch andere Agenten mit Sicherheit feststellen können, dass nur Oberst Chou und seine Gastgeber hier lebten und ihr Zerstörungswerk ausführten. Wo die Männer zu dieser Stunde auch hingingen - die Mordteufel waren bestimmt nicht weit entfernt.

Die Geräusche in Eagles kleinem Empfänger wurden lauter und lauter. Dann sah er sie.

Wie ein Geist folgte er ihnen und hörte nach etwa hundert Schritten das Geräusch, das ihm bestätigte, was er sich schon gedacht hatte: Die vier Männer hockten auf dem Boden, und in seinem Ohr hörte er das Antwortzirpen der Mordteufel.

Er war am Ziel.

Eagle zog die CO_2-Pistole aus dem Halfter. Viermal flüsterte die Waffe, dann stand Eagle auf und ging auf die Leichen zu. »Kriegsglück, Kameraden«, flüsterte er.

Er nahm den kleinen Empfänger aus dem Ohr und steckte ihn in eine Tasche seines Tarnanzugs. Vom Gürtel knöpfte er vier Plastikflaschen ab, die eine gelbliche Flüssigkeit enthielten. In Sekunden hatte er den Flascheninhalt über die Insektenbrut gegossen. Gerade wollte er etwas aus der Tasche nehmen, was Merlins Leute nicht erst hatten erfinden müssen - ein Streichholz -, da überlegte er es sich anders. Das Feuer musste Oberst Chou und andere warnen. Aber niemand von ihnen durfte am Leben bleiben, so lautete sein Auftrag. Und es war auch besser, wenn er, bevor er Oberst Chou seine ganze Aufmerksamkeit widmete, wieder mit Orchidee zusammentraf. Er hätte es seiner neuen Mitarbeiterin gegönnt, die Mordteufel selbst zu finden. Schließlich war es ihre brillante Idee gewesen, die winzigen Funkgeräte mitzubringen. Eagle musterte noch einmal die Zuchtstätten. Man hätte sie ohne elektronische Hilfe kaum finden können: flache Metallbehälter, etwa einen Meter im Quadrat, nicht mehr als vier Zentimeter hoch, mit dichten Schlingpflanzen bedeckt. Er hätte Vorbeigehen können, ohne auch nur etwas zu ahnen.

Zehn Minuten später fand Eagle die Spuren des Mädchens. Sie verrieten ihm, dass Orchidee nicht die Vernichtung der Mordteufel im Sinn gehabt hatte, sondern nur ihre Rache: Oberst Chou oben auf dem Hügel. Er hoffte, dass er nicht zu spät kam.

Siebzehntes Kapitel

Oberst Chou lächelte das nackte Mädchen an, in dessen tränenfeuchten Augen er trotz der großen Schmerzen, die ihr die festangezogenen Fesseln bereiteten, immer noch Trotz und Verachtung las.

»Vielleicht, meine süße Orchidee, werden Sie uns jetzt den Grund Ihres Besuchs mitteilen«, sagte er.

Die *Schlange* lachte. »Da gibt es kein *Vielleicht*, Señor Colonel! Wenn Sie nichts dagegen haben, werde ich die Befragung selbst führen. Es wäre mir ein wirkliches Vergnügen, denn hier in der Wildnis haben Männer wie ich wenige Zerstreuungen dieser Art.«

Der Oberst lächelte nicht mehr. »Weniger Worte, mehr Taten«, mahnte er. »Ich bin fest davon überzeugt, dass sie nicht allein kam. Wahrscheinlich ist ihr Begleiter in der Nähe, und es sollte mich nicht wundern, wenn es derselbe Mann ist, der ihr half, aus China zu fliehen.«

Die *Schlange* nickte. »Alles zu seiner Zeit, Señor, alles zu seiner Zeit. Zuerst muss ich das Rätsel dieses geheimnisvollen Kleidungsstücks lösen. Das Material ähnelt dem einer Strumpfhose, und davon habe ich meinen Weibern schon einige ausgezogen. Ich wette, es passt sich jeder Figur an, sogar einer wie meiner!« Er lachte und reckte seinen Bauch vor. Dann hielt er den Anzug, dessen Chamäleon-Element noch eingeschaltet war, so gegen das Licht, dass die Umrisse sichtbar wurden.

»Ich glaube, ich werde das Gewand einmal anprobieren. Vielleicht kann auch ich mich damit unsichtbar machen. Welche Freude ich dann den Damen antun könnte! Eine Vorbedingung ist wohl, dass auch ich mich zuerst meiner anderen Kleidung entledige.« Er ging auf Orchidee zu. »Das ist doch ein Teil des Geheimnisses, meine Kleine, oder irre ich mich?«

Sie starrte ihm nur hasserfüllt in die Augen und antwortete nicht. Er begann, seine stinkenden Sachen abzulegen, und stand bald nackt im Zimmer. Alle konnten sehen, dass der Anblick des Mädchens ihn erregt hatte, und er blickte sich herausfordernd um, ob jemand es wagte, über seinen Zustand zu lachen. Keiner wagte es, und so lachte er selber laut.

»So, jetzt wollen wir mal sehen, wie das klappt. Hier, und hier...« Seine Beine schlüpften in den Anzug; bald waren auch seine Arme von dem Tarnmaterial bedeckt. Es war einigermaßen schwierig, den Anzug anzulegen, denn das Chamäleon-Element war noch angeschaltet, und wo das Material den Körper bedeckte, wurde die *Schlange* unsichtbar. Nur indem er das hauchdünne Material gegen das Licht hielt, konnte er überhaupt sehen, dass er etwas in Händen hielt. Trotzdem gelang es ihm schließlich, bis nur noch sein Gesicht sichtbar blieb. Der Oberst war beeindruckt.

»Eine unglaubliche Erfindung«, sagte er und drehte sich dann zu Orchidee um. »Du wirst mir doch sagen, wie dieses Kleidungsstück funktioniert?«

Eine Stimme kam aus dem Raum, die Stimme der *Schlange*. Aber die *Schlange* war verschwunden. Der Mann hatte auch Maske und Kapuze übergezogen und war jetzt völlig unsichtbar. Nur als er an einer Tischlampe vorbeischritt, sahen der Oberst und die anderen, wo er war.

»Natürlich wird sie es uns sagen. Das tust du doch, mein Täubchen? Aber es scheint unserer gelben Schönheit nicht damit zu eilen. Vielleicht müssen wir ihr klarmachen, dass wir nicht so viel Zeit haben wie sie - und außerdem sehr wenig Geduld.«

»Fragen Sie das Mädchen, wie...«

»Alles kommt zu dem, der wartet, Señor Colonel. Überlegen Sie, Señor, und ihr, meine Freunde: In diesem Anzug können wir haben, was wir wollen, nehmen, was uns gefällt! Wir können in eine Bank marschieren und uns Geld holen wie in einem Selbstbedienungsladen. Ha! Jeden Monat einmal gehen wir in die Selbstbedienungsbank!«

Er nahm die Maske ab, seine Augen wurden sichtbar. Die Augen starrten den Chinesen an.

»Wir brauchen auch den Señor Colonel nicht mehr zu bemühen - wir benötigen seine an-ge-mes-se-nen Zahlungen nicht mehr.« Die Augen wandten sich einem kleinen fetten Mann mit einer Zigarre im Mund zu.

»Luis, mein Kleiner, du hast heute noch nicht deinen Unterhalt verdient. Tu das jetzt - leg' den Señor Colonel um!«

»Nein!«, rief der Oberst. »Warum wollen Sie...?«

Die Antwort war ein Schuss. Oberst Chou fiel gegen die Wand neben dem Mädchen, und der fette Mann steckte seinen rauchenden Revolver in den Gürtel zurück.

»So, jetzt haben wir etwas mehr Ruhe«, sagte die Schlange. »Und jetzt werde ich der jungen Dame einige Fragen stellen.«

Wohl um die Wirksamkeit des Verhörs zu verstärken, legte er die Gesichtsmaske an. Als Orchidee seine Stimme wieder hörte, stand er nur wenige Zentimeter vor ihr, sein ekelerregender Atem schlug ihr ins Gesicht.

»Also, meine Kleine, wirst du jetzt antworten?«

Sie schwieg.

»Hast du Angst, kleines gelbes Mädchen? Du brauchst dich nicht zu fürchten, wenn du meine Frage beantwortest. So eine leichte Frage.«

Sie sprach in die Wolke übelriechenden Dunsts hinein. »Nichts werde ich sagen - gar nichts!«

Die Männer lachten. Die *Schlange* sprach wieder.

»Hörst du, wie meine Freunde lachen? Sie werden auch noch lachen, wenn du weinst, meine Kleine! Sie wissen, dass du dich irrst. Denn was die Schlange wissen will, das erfährt sie. Du wirst mir verzeihen, wenn ich bei meiner Befragung etwas weniger raffiniert vorgehe, als du das von deinem Heimatland gewohnt bist. Wirst du jetzt meine Frage beantworten? Wirst du der Schlange sagen, was es mit diesem seltsamen Kleidungsstück auf sich hat?«

Ohne die Stimme zu heben, sagte Orchidee: »Ich werde Ihnen nichts sagen - nicht ein Wort.«

Die *Schlange* seufzte. »Das tut mir weh - ganz tief in meinem guten Herzen tut es mir weh, dass du mir diese Antwort gegeben hast, hübsches, kleines Mädchen aus China. Denn du wirst nicht mehr hübsch sein, wenn du mir endlich antwortest. Nein ist so ein schmerzhaftes Wort. Und jetzt wirst du die Schmerzen fühlen. Du tust mir aus tiefster Seele leid, und nur ungern...«

Er sprach nicht weiter. Das Geräusch eines zersplitternden Fensters brachte ihn zum Schweigen. Gleich danach hörte er zwei seiner Männer aufschreien. Todesschreie...

Eagle hatte lange genug gewartet. Er hatte das Fenster in genau dem Augenblick erreicht, als aus dem Haus das Bellen eines Schusses erklang. Er sah den Chinesen zusammenbrechen, hinter dem Tisch an der gegenüberliegenden Wand. Außerdem konnte er fünf Männer im Haus sehen - und Orchidee. Eagle musste an sich halten, um nicht sofort die Tür aufzureißen und auf das nackte, an die Wand gefesselte Mädchen zuzueilen. Fünf Männer konnte er sehen - aber die Stimme, die er hörte, kam von keinem der fünf. Vielleicht stand der Sprecher an der Wand neben dem Fenster? Um besser sehen zu können, nahm Eagle die Brille aus Kunststoff ab. Schließlich trug Orchidee nicht mehr den Tarnanzug. Sechs zu eins - man musste da ein etwas günstigeres Verhältnis schaffen.

Mit einer oft geprobten Bewegung glitt der stählerne Bogen von seiner Schulter in die linke Hand - während gleichzeitig seine Rechte einen Pfeil aus dem Köcher nahm. Nur den Bruchteil einer Sekunde brauchte er, um den Pfeil auf die Sehne zu legen, zu zielen, zu schießen. Schon waren die Verhältnisse günstiger. Ein kleiner Fetter griff sich an den Hals, in dem ein Pfeil steckte. Sein Schrei war noch nicht verhallt, der Mann hatte den Fußboden noch nicht erreicht, da stürzte bereits sein Nachbar hin. Eagles zweiter Pfeil hatte ebenfalls sein Ziel gefunden, zwischen den Augen des Mannes. Dieser schrie nicht.

Die Hände der anderen Männer lagen an ihren Waffen, aber sie hatten keine Zeit, zu ziehen. Ein dritter Pfeil drang seitlich in den Kopf eines langen dürren Banditen. Die Pistolen der zwei anderen feuerten jetzt in Richtung des Fensters, nur war dort nichts mehr zu treffen außer Glasscherben. Eagle war bereits vom Fenster zur Tür gerannt und ins Haus gestürzt. Seinen Bogen hatte er draußen fallenlassen, er hielt jetzt die C02-Pistole. Sie flüsterte zweimal, und die beiden noch sichtbaren Männer fielen wie Bäume, die von einer gigantischen Axt gefällt wurden, zu Boden. Sie zuckten im Todeskampf.

Nur der Unsichtbare blieb.

»Der Anzug!«, schrie Orchidee. »Er trägt meinen Anzug!«

Ihre Worte waren unnötig, Eagle hatte diese Folgerung schon gezogen, als er niemanden außer dem gefesselten Mädchen sah. Die Todesnadeln aus seiner C02-Pistole besprühten die Wand mit der Tür. Etwas, das er nicht sehen konnte, stieß mit ihm zusammen. Die Waffe entfiel ihm und Eagle wusste, dass die Dinge jetzt nicht mehr so günstig lagen: Unbewaffnet stand er einem unsichtbaren Feind gegenüber. Der kommende Kampf konnte sehr wohl der schwerste seines Lebens werden - vielleicht auch der letzte.

Er fühlte etwas an der linken Schläfe, hörte ein reißendes Geräusch. Eine unsichtbare Hand hatte ihm mit großer Gewalt die Kapuze vom Anzug gefetzt...

»Willkommen, Señor«, sagte eine tiefe Stimme, »willkommen. *Sie werden jetzt sterben!*«

Eagle wich zwei Schritte zurück, nahm eine geduckte Stellung ein. Sein unsichtbarer Gegner, von dem er weder wusste, wie groß noch wie stark er war oder wie klug, konnte jede seiner Bewegungen beobachten.

Bald wusste er, dass dieser Gegner stark war. Etwas prallte mit großer Gewalt gegen ihn, brachte ihn momentan aus dem Gleichgewicht. Instinktiv hob er die Arme, um sich vor dem, was dem Aufprall folgen musste, zu schützen. Im Gegenlicht der Lampe sah er einen Schatten, die Umrisse eines Fußes. Eagle wich dem Tritt aus, zielte mit seinem eigenen Fuß dorthin, wo er den Hals des Gegners vermutete. Aber er trat ebenso wie der unsichtbare Feind in die Luft. Jetzt hing sein Überleben davon ab, ob seine eigenen Reflexe schneller waren als die des Feinds. Nur gab es nichts, worauf seine so perfekt trainierten Nerven reagieren konnten.

Nein, das stimmte nicht ganz. Zwar konnte er den Gegner nicht sehen, aber der Geruchssinn eines Mannes, der von Apachen erzogen wurde, ist weitaus besser entwickelt als der von Weißen der Zivilisation. Und der andere Mann stank - nach schalem Wein, Knoblauch, und ungewaschen. Er konnte sich auch nicht geräuschlos bewegen. Jede seiner Bewegungen wurde auf dem morschen Bretterboden des Hauses hörbar.

»Na, komm doch, Großmaul«, sagte Eagle. »Du hast eben vom Sterben gesprochen...«

»Das ist wahr, *amigo*, davon habe ich...«

Sofort sah er ein, dass er einen Fehler gemacht hatte. Seine Stimme verriet, wo er stand, und er konnte nur mit Mühe Eagles Fuß ausweichen. Eagle bemerkte, wie sich ein Dielenbrett in der Nähe der Tür durchbog, als es von dem schweren Gewicht belastet wurde. Mit einem Hechtsprung warf sich Eagle in Richtung Tür, um den Mann aus dem Gleichgewicht zu bringen. Aber wie ein schwerer Hammer traf ihn ein Schlag auf den Kopf, noch bevor er sein Ziel erreichte. Er besaß trotz seines schmerzenden Schädels genügend Geistesgegenwart, um sich wie in Leopard über den Boden rollen zu lassen, den Füßen aus dem Wege, die dorthin krachten, wo er eben noch gewesen war. Und schon wieder war der Feind da - Eagle fühlte den Luftzug, als die große Faust des anderen seinen Kopf nur um wenige Millimeter verfehlte.

Eagle stieß mit dem Rücken gegen die Schlangenkäfige und hörte das Zischen der aufgestörten Reptilien. Mit der rechten Hand riss er einen Käfig vom Regal und warf ihn in die Richtung, die ihm seine Nase angab.

»Spiel' mit diesem Ding, amigo«, sagte er, als der Käfig mitten in der Luft gegen etwas prallte. Eagle hatte noch Zeit, einen zweiten Schlangenkäfig als Wurfgeschoss zu benutzen - aber keinen dritten.

Der große Mann, der ja mit den Eigenschaften des Tarnanzugs nicht vertraut war, hatte den Fehler begangen, sich genau zwischen die Lampe und Eagle zu stellen. Zum erstenmal konnte Eagle ihn sehen - oder wenigstens seine Umrisse: eine mächtige Silhouette!

Eagle sah, dass der Mann einen Schlangenkäfig in Händen hielt - und er stand dicht bei Orchidee.

»Bewegen Sie sich nicht, Señor«, sagte er. »Wenn Sie mir nur einen Schritt näherkommen, öffne ich diesen Käfig und halte ihn ganz nahe an die hübschen Brüste der Dame...«

Blitzschnell überschlug Eagle die Chancen seines Feindes. Sie standen verdammt gut. Aber er gönnte ihm nicht die Genugtuung, das einzugestehen.

»Du bist ein toter Mann, Freundchen...«

»Señor, wir sind alle tote Männer. Vom Augenblick unserer Geburt an wandern wir dem Grabe zu. Angst vor dem Tod kenne ich nicht - ich habe zu oft getötet. Und Sie, Señor?«

Eagle lachte. »Ich habe nichts zu fürchten. Denn ich töte - *jetzt!*«

Eagles Körper war seine einzige verbliebene Waffe. Und diese Waffe schleuderte er jetzt mit aller Gewalt gegen die Silhouette, die ihm gegenüberstand. Wie erwartet, reagierte der Mann, indem er ihm den Schlangenkäfig entgegenwarf. Der Käfig polterte zu Boden, nur den Bruchteil einer Sekunde, bevor Eagle den Schatten mit seinem Armen umschlang.

»No - Señor - no!«

Es war zu spät. Eagle hatte den Mann mit einer Kombination von Voll-Nelson und Bärenklammer im Griff, seine Beine hingen in der Luft.

»Bitte, Señor...«

In Eagles kraftvollen Armen war der große Mann so hilflos wie ein Baby.

»Jetzt breche ich deinen schmutzigen Hals, Großmaul. Es sei denn... Es sei denn, du gehst auf meine Bedingungen ein.« Er ließ den Mann etwas von dem Schmerz spüren, mit dem das Brechen der Wirbelsäule verbunden ist.

»Möchtest du meine Bedingungen hören, Großmaul? Soll dein Hals ganz bleiben?«

»*Si, Señor, si*...«

»Die Larvenbeete der Insekten - weißt du, wovon ich rede?«

»*Si, Señor*, die Käfer. Meine Männer und ich...«

»Wie viele gibt es davon? Eins? Zwei? Noch mehr?«

Er brauchte die Antwort auf diese Frage. Hätte Orchidee die Aufgabe erfüllt, die er ihr aufgetragen hatte, wäre diese Befragung nicht nötig gewesen. Dann hätte er mit diesem Mann auch nicht so kämpfen müssen, wie es eben geschehen war. Die CO_2-Pistole hätte alles so viel schneller erledigt.

»Wie viele Larvenbeete? Schnell!«

»Nur eins - ein großes. Señor, Sie haben Ihr Versprechen gegeben...«

»Ein Versprechen, das ich bestimmt halten werde. Aber zuerst will ich dich mal näher anschauen, Großmaul.«

Er lockerte kurz seinen Griff, drehte den Mann herum und riss ihm den Tarnanzug vom Leib. Bevor die *Schlange* wusste, was geschah, hatte Eagle ihn wieder gepackt.

»Hast du einen Namen?«

»Man nennt mich die *Schlange*, Señor.«

»Einen passenderen Namen hätte auch ich dir nicht geben können. Nur ein Unterschied besteht: Schlangen stinken nicht.« Er drückte den widerstrebenden Mann zu dem Regal mit den Schlangenkäfigen. »Davon sollst du dich gleich überzeugen.«

Die *Schlange* begann zu winseln. »*No, no, Señor por favor! Madre de Dios, no!*«

Jetzt standen sie direkt vor den Käfigen.

»Sind diese kleinen Grünen giftig?«, fragte Eagle und hielt den Kopf seines Gefangenen direkt ans Gitter.

»Nein, nein, Señor - ich habe keine giftigen Schlangen...«

»Dann hast du ja nichts zu fürchten. Warum zitterst du?«

»Señor, Ihr Versprechen...«

»Dass ich dir nicht den Hals breche? Das halte ich. Deine kleinen Freunde werden dir gewiss nichts tun - du sagst ja selbst, dass sie harmlos sind.«

Er öffnete die Tür des Käfigs. Die hervorquellenden Augen des Mannes starrten die verschlungenen Knäuel an, fingerdicke grüne Vipern, die zischten, weil sie aus ihrer Ruhe gestört worden waren.

Als Eagle den Kopf der *Schlange* in den Käfig stieß, kreischte der Bandit. Er schrie noch lauter, als ihn die grünen Reptilien angriffen, sich in seinem Gesicht, an seiner Stirn, an seinem Mund verbissen.

Der Schrei endete erst, als er bewusstlos zu Boden sank.

»Adios, Schlange«, sagte Eagle, ließ den leblosen Körper los und schaltete das Chamäleon-Element ab. Er sah Orchidee an. Sie schlug die Augen nieder.

»Du hast allen Grund, mich zu hassen, Chon«, sagte sie leise.

»Hassen? Nein, das nicht.«

Aus dem Gürtel eines der Toten nahm er ein Messer und durchschnitt ihre Fesseln.

»Aber eine Tracht Prügel hättest du schon verdient.«

Sie rieb sich die wundgescheuerten Handgelenke und sagte: »Das wäre vielleicht nicht so schlimm...«

»Später. Jetzt musst du dich erst wieder anziehen.«

»Chon, der - der Kerl hat den Anzug noch an!«

»Er ist tot. Und nackt. Und er stinkt wie ein Skunk. Tu', was ich sage!«

»Wenn nicht, wirst du mich dann bestrafen? Mit Prügeln, auf den Po?«

»Orchidee, du bist eine schamlose Person! Los, zieh dir den Anzug an. Ich helfe dir...«

Er zog der *Schlange* den Tarnanzug aus, und während sich Orchidee widerwillig die dünne Plastikhaut überzog, hob er die CO_2-Pistole vom Boden auf und untersuchte die Toten, um ganz sicherzugehen. »Beeil dich«, sagte er. »Ein Hubschrauber wird uns abholen, sobald ich das Signal gebe.«

Draußen hob Eagle seinen Stahlbogen auf. Er nahm eine der Pfeilspitzen ab und schraubte eine andere auf den Schaft, die er aus seinem Gürtel gezogen hatte. Beim Aufschlag würde diese Pfeilspitze das über die Bratbeete ausgegossene Benzin in Flammen aufgehen lassen. Das Feuer war das Ende seines Auftrags und gleichzeitig das Signal für den wartenden Hubschrauberpiloten.

Eagle stand auf dem höchsten Punkt des Hügels. Unten sah er die Leichen der vier Männer. Er legte den Stahlpfeil auf die Sehne seines Bogens.

Die Nacht war totenstill.

Er schoss den Pfeil ab und sah, wie die von Menschen erzeugten Teufel in den brüllenden Flammen einer von Menschen geschaffenen Hölle verbrannten.

ENDE

ISBN 978-3-7485-8517-6

www.epubli.de

Printed in Poland
by Amazon Fulfillment
Poland Sp. z o.o., Wrocław